I0660388

Ex Libris Bibliothecæ quam
Illustrissimus Ecclesiæ Princeps
D. PETRUS DANIEL HUETIUS
Episcopus Abrincensis Domui Professæ
Paris. PP. Soc. Jesu integram vivens donavit
Anno 1692

S. Tomassin filius fecit

À AMSTERDAM, chez I. LOUIS DE LORME.

VOYAGES
DE MONSIEUR LE CHEVALIER CHARDIN, EN PERSE, ET AUTRES LIEUX DE L'ORIENT.

TOME PREMIER,

Contenant le Voyage de *Paris* à *Ispahan*, Capitale de l'Empire de PERSE.

Enrichi d'un grand nombre de belles Figures en Taille-douce, représentant les Antiquitez & les Choses remarquables du Païs.

A AMSTERDAM,
Chez JEAN LOUIS DE LORME.
M. DCC XI.

PRÉFACE.

L'ON eſt aſſez convaincu depuis long-tems de l'utilité des *Voyages* ; & ſans fatiguer inutilement ici mes Lecteurs par l'ennuieuſe énumeration des differens avantages, qu'on en a continuellement tirés, depuis la découverte du *Nouveau Monde*, je me contente de les renvoyer à l'experience, & à cette prodigieuſe quantité de *Relations* qu'on en a régulierement publiées depuis plus de deux ſiécles.

On les reçoit toûjours avec plaiſir. Elles n'ont point encore rebuté par leur grand nombre ; & ſi la quantité pouvoit former un préjugé legitime du merite & de la bonté d'une certaine ſorte d'ouvrage, il n'y auroit point aſſurément de meilleure lecture que celle des *Relations*. Ce qu'il y a de certain, c'eſt qu'il n'y en a point qui ſoit plus generalement du goût du Public. On en eſt aſſez convaincu par l'empreſſement extraordinaire avec lequel il a toûjours reçu toutes les *Relations* qu'on lui a preſentées, quoi que parmi elles il s'en ſoit trouvé un grand nombre qui n'étoient nullement dignes de ſon attention ; tant par les fauſſetez dont on les avoit remplies à plaiſir, que par le peu d'exactitude avec lequel elles étoient faites.

Il me ſieroit mal de repréſenter ici quels ſont les avantages des miennes par deſſus les autres. J'en laiſſe le jugement aux Lecteurs judicieux, auſquels un étalage trop affecté de mes ſoins & de mes précautions pourroit peut-être cauſer de la défiance. Il me ſuffit de les avertir, que les principaux caracteres de mes *Relations* ſont l'exactitude & la ſincerité ; aiant crû qu'il étoit plus conforme à la Raiſon & à l'Equité de rapporter ſimplement & naturellement les choſes, telles qu'elles étoient, que d'en impoſer impudemment à la bonne foi du Lecteur, en lui faiſant des Deſcriptions agréables, mais chimeriques, de choſes qui n'auroient jamais exiſté que dans mon imagination, & dans mes Livres.

Je ne préviendrai point non plus mes Lecteurs ſur la ſimplicité de mon

 ſtyle.

ſtyle. On ne doit point attendre un Langage extrémement recherché d'un homme qui a paſſé preſque toute ſa vie dans les Païs Etrangers. C'eſt aſſez, ce me ſemble, que je ne me ſois ſervi que d'expreſſions aſſez naturelles & aſſez intelligibles; & c'eſt à quoi je me ſuis particulierement attaché.

L'extrême paſſion que j'ai toûjours eu pour les *Voyages*, m'en a fait entreprendre *deux* aux *Indes Orientales*.

Je partis de *Paris* pour le *premier* en 1664. & je n'y retournai qu'en 1670. ayant reſté environ ſix années entieres dans l'*Orient*, mais la plûpart du tems en *Perſe*, où mes affaires m'attachoient plus particulierement. J'avois rapporté de ce *Voyage* autant ou plus de *Memoires* qu'aucun des autres *Voyageurs*, qui m'avoient précedé dans cette route, & je ſavois plus de *Perſan* que tous ceux qui juſqu'alors avoient fait quelque Deſcription de ce grand Royaume. Néanmoins, ne me croyant pas encore aſſez inſtruit pour en faire imprimer des *Relations* ſuffiſamment circonſtanciées, je me contentai de publier ſimplement un Recueuil de divers Evénemens, dont j'avois été ſpectateur, auquel je donnai le titre de *Couronnement de Soliman III. Roi de Perſe.* Cette piece détachée du corps de mes *Memoires* fut imprimée à *Paris*, *chez Claude Barbin, en* 1671. *in* 12. Il n'y a point eu d'autre *Relation* de mon *premier Voyage*.

Je commençai le *ſecond* en 1671. & ne l'achevai qu'en 1677. La forte envie que j'avois de bien connoître la *Perſe*, & d'en donner des *Relations* exactes & fideles, me fit emploier tout ce temps à étudier, le plus aſſidûment qu'il me fut poſſible, la langue du Païs; à connoître avec exactitude les Mœurs & les Coutumes de ſes peuples; à frequenter & ſuivre régulierement la Cour; à y converſer avec les Grands, & avec les Sçavans; & enfin à y examiner ſoigneuſement tout ce qui pouvoit meriter la curioſité de nôtre *Europe*, par rapport à un grand & vaſte Païs que nous pouvons appeller *un autre Monde*, ſoit par la diſtance des Lieux, ſoit par la diverſité des Mœurs & des Manieres. En un mot, je pris tant de ſoin & tant de peine à m'inſtruire de ce qui regarde la *Perſe*, que je puis dire ſans exageration, que je connois, par exemple, *Iſpahan*, mieux que *Londres*, quoique j'y ſois établi depuis plus de vingt-ſix ans; que je parle le *Perſan* avec autant de facilité que l'*Anglois*, & preſque auſſi aiſément que le *François*; que j'ai vû preſque tout ce grand Empire, l'aiant entierement traverſé dans ſa longueur & dans ſa largeur, & aiant parcouru ſes *Mers Caſpienne* & *Oceane* d'un bout à l'autre, & ſes Frontieres en *Armenie*, en *Iberie*, en *Medie*, en *Arabie*, & vers le fleuve *Indus*; & qu'à l'égard du peu d'endroits où je n'ai point été moi-même, je m'en ſuis tellement informé, que je croirois, par maniere

-re de dire, m'y reconnoitre, si j'y étois soudainement transporté. C'est ainsi que j'ai ramassé les materiaux, dont sont composées les *Relations* de mon *second Voyage*; & voici quel est l'ordre que je leur ai donné.

Elles sont divisées en trois parties, dont chacune fait un volume.

Le I. Volume contient une espece de *Journal* de ce qui m'est arrivé, & de ce que j'ai rencontré de plus remarquable dans mon *Voyage*, depuis *Paris* jusqu'à *Ispahan*, Capitale de l'Empire de *Perse*. Cette premiere Partie, qui commence au mois d'Août 1671. & finit avec l'année 1673. avoit déja vu le jour. Je la fis imprimer à *Londres*, *chez Moses Pitt*, en 1686. *in folio*, sous ce titre: *Journal du Voyage du Chevalier Chardin en Perse, & aux Indes Orientales, par la Mer Noire & par la Colchide.* On la rimprima d'abord à *Amsterdam* en deux differens endroits, savoir *chez Abraham Wolfgang* en 1. Vol. in 12. & *chez Jean Wolters & Ysbrand Haring*, aussi en un Volume in 12. On la reimprima encore l'année suivante à *Lyon*, *chez Thomas Amaulry* en 2. Vol. in 12. mais avec quelques changemens. Le plus considerable est qu'on en chargea toutes les marges d'Argumens, dans lesquels on me fait parler assez souvent tout autrement que je ne devois naturellement le faire, & où l'on me fait quelquefois contrarier ce que j'avois rapporté dans le corps de l'ouvrage. Enfin la voici pour la cinquieme fois; mais retouchée en tant d'endroits, & si considerablement augmentée, qu'on peut en quelque façon la regarder comme un nouvel ouvrage. Je n'en donnerai point d'autre Preuve que la *Relation de la Religion des Mingreliens*, du Pere Dom *Joseph Marie Zampi*, Préfect des *Theatins* Missionaires en *Mingrelie*, que je donne ici * tout au long, au lieu que je n'en rapportois que quelques Extraits dans ma premiere Edition. Ces differentes augmentations ne sont pas moins dignes de la curiosité du Public, que ce que je lui avois déja donné; & si mon Ouvrage a merité le jugement avantageux qu'en porta l'illustre Mr. *Bayle*, dans ses mois de Septembre & d'Octobre de l'année 1686. des *Nouvelles de la Republique des Lettres*, lorsque je le mis au jour, j'ose croire qu'on le recevra maintenant avec d'autant plus d'agrément & de satisfaction, que je le donne ici dans un beaucoup meilleur état. On ne sera peut-être pas faché de savoir que cette premiere partie a été traduite en *Anglois*, en *Flamand*, & en *Allemand*. La Traduction *Angloise* a été imprimée à *Londres chez Moses Pitt*. en 1686. in folio. La *Flamande*, l'a été *à Amsterdam*, *chez Sander vande Jouwer*, en 1687. in 4. Et l'*Allemande*, à *Leipsik*, *chez Thomas Fritsch*, en 1687. aussi in 4.

Le II. Volume contient une Description Génerale de l'Empire de *Perse*, de son Gouvernement, de ses Forces, de ses Loix, des Mœurs & des Coutumes de ses Habitans; Celle des Arts & des Sciences des *Persans*, de leur Industrie & de leur Habileté, tant dans la Mechanique, que pour tout

* p. 50. du Tome I.

tout ce qui regarde la vie civile; celle de leur Gouvernement Politique, Militaire, & Civil; & enfin, celle de la Religion qu'ils professent, tirée tant de leur Culte public, que de leurs Livres les plus authentiques, dont on donne des Extraits fidéles.

Le III. est composé d'une Description particuliere de la Ville d'*Ispahan*, capitale de l'Empire de *Perse*, enrichie de seize Planches, ou Tailles douces, des plus beaux Edifices & autres Monumens de cette grande Ville, dessinez sur les lieux par le Sr. *Grelot*; & de la Relation de deux *Voyages* particuliers, que je fis en 1674. d'*Ispahan* à *Bandar-Abassi*, port celébre des *Persans*, dans le voisinage d'*Ormus*. Cette Relation contient, entre les autres curiositez, les magnifiques Ruines de *Persepolis*, cette ville si fameuse des anciens *Perses*, gravées en vingt-deux Planches & décrites fort exactement, avec des Remarques pour faire mieux entendre ces admirables Mazures, qui sont un des plus beaux Restes de l'Antiquité.

Tel est le plan de mes *Relations*, & c'est pour la premiere fois que j'en publie les deux derniers volumes. Délivré desormais du soin de les faire imprimer, je vais m'appliquer incessamment à la publication de ma *Geographie Persane*, de mon *Abregé de l'Histoire de Perse, tiré des Auteurs Persans*, & de mes *Notes sur divers Endroits de l'Ecriture Sainte*. Ces *Notes*, dont la pensée me vint dans l'Esprit dès mon premier *Voyage* en *Orient*, & que j'apellai dès lors mon ouvrage favori, par le plaisir avec lequel j'y travaillois, & par l'utilité que j'esperois que la Religion en pourroit tirer; ces *Notes*, dis-je, sont des manieres de Découvertes sur un fort grand nombre de Passages, dont l'intelligence dépend particulierement de la connoissance des Mœurs & des Coutumes des *Orientaux*: Car on sait que l'*Orient* est comme la scene de tous les faits Historiques de la *Bible*. La langue de ce Livre divin, sur tout de l'*Ancien Testament*, étant *Orientale*, elle est aussi très-souvent toute hyperbolique, toute figurée dans les discours les plus communs, & pleine aussi de toutes sortes de figures dans les pieces écrites en vers, & dans les Propheties; d'où il suit naturellement qu'on ne sauroit bien entendre les *Ecrits sacrez*, sans connoitre les choses d'où ces figures sont prises, telles que sont les proprietez naturelles & les mœurs particulieres d'un Païs. Je remarquai cela d'abord, à mon premier Voyage. Je m'appercevois de jour en jour que je trouvois en divers passages des *Livres Saints* plus de justesse & plus de beauté qu'auparavant, parce que j'avois devant les yeux les choses naturelles, ou morales, auxquelles ces passages faisoient allusion. J'observois d'ailleurs, en lisant les differentes *Traductions* que la plûpart des Peuples du Monde ont faites *de la Bible*, que chacun, pour rendre l'*Original* plus intelligible, emploioit des expressions qui accommodoient les choses aux

lieux

lieux où il se trouvoit; ce qui alteroit d'ordinaire le sens, & le rendoit souvent plus obscur, & quelquefois même absurde. Enfin, en consultant les *Commentateurs* sur ces sortes de Passages, j'y découvrois de grandes meprises, & je m'appercevois, qu'en mille endroits, ils dévinoient, ou marchoient à tâtons. Ce fut là ce qui me fit former le dessein de faire des *Notes* sur ces Endroits de l'*Ecriture*, me persuadant qu'elles pourroient être également agréables & utiles. Des personnes doctes, à qui je communiquai mon Projet, m'encouragerent beaucoup par leur approbation. Elles me presserent même beaucoup plus de l'executer promptement, lorsque je leur eus fait entendre qu'il n'en est pas de l'*Asie* comme de nôtre *Europe*, où l'on change plus ou moins ce qu'on appelle les *Modes*, soit pour les Habits, soit pour les Bâtimens, soit pour toute autre chose. En *Orient*, il n'en est pas ainsi. L'on y est constant presqu'en tout & partout. Les Habits y sont coupez & façonnez encore aujourd'hui, comme ils étoient il y a plusieurs siecles; ce qui fait croire, qu'en cette Partie du Monde, les Formes exterieures des choses, les Mœurs, les Habitudes, les manieres même de parler, étoient à peu près les mêmes il y a deux mille ans, qu'elles y paroissent encore aujourd'hui, à la reserve peut-être de ce que les Revolutions de Religion y peuvent avoir apporté de changement, ce qui n'est pas fort considerable.

Mais sans arrêter ici plus long-tems le Lecteur sur ce sujet, il en trouvera diverses Preuves dans mes *Relations*, dont il est tems de lui laisser commencer la Lecture.

Avis

Avis au Relieur pour placer les Figures.

Tome I.

Figure Numero I. page 1.
II. p. 46.
III. p. 131.
IV. p. 135.
V. p. 141.
VI. p. 147.
VII. p. 152.
VIII. p. 152.
IX. p. 154.
X. p. 154.
XI. p. 183.
XII. p. 194.
XIII. p. 202.
XIV. p. 203.
XV. p. 207.
XVI. p. 211.
XVII. p. 214.
XVIII. p. 215.

Tome II.

Figure Num. XIX. pag. 13.
XX. p. 30.
XXI. p. 38.
XXII. p. 50.
XXIII. p. 52.
XXIV. p. 80.
XXV. p. 112.
XXVI. p. 114.
XXVII. p. 119.
XXVIII. p. 122.
XXIX. p. 127.
XXX. p. 260.
XXXI. p. 263.
XXXII. p. 269.
XXXIII. p. 299.

Tome III.

Figure N°. XXXIV. p. 17.
XXXV. p. 17.
XXXVI. p. 17.
XXXVII. p. 17.

NB. que ces Numero XXXIV. & XXXV. sont composez chacun de deux Piéces qui se colent l'une au bout de l'autre, de la maniere dont les renvois gravez sur la Planche le marquent.

Fig. N°. XXXVIII. p. 26.
XXXIX. p. 29.
XL. p. 45.
XLI. p. 47.
XLII. p. 57.
XLIII. p. 59.
XLIV. p. 59.
XLV. p. 60.
XLVI. p. 70.
XLVII. p. 73.
XLVIII. p. 73.
XLIX. p. 75.
L. p. 91.
LI. p. 92.
LII. p. 100.
LIII. p. 100.
LIV. p. 100.
LV. p. 101.
LVI. p. 101.
LVII. p. 102.

NB. que ces No. LII. & LIII. sont composez chacun de deux Pieces qui se colent l'une au bout de l'autre, ainsi que les renvois gravez sur la Planche le marquent.

LVIII. & LVIII.* p. 103. NB. que ces 2. No. ne forment qu'une seule Bande de 4. Pieces qui se doivent coller l'une au bout de l'autre, ainsi que l'indiquent les renvois sur les Planches.

LIX. p. 103.
LX. p. 108.
LXI. p. 108.
LXII. p. 110.
LXIII. p. 111.

NB. que ce No. est composé de deux Pieces, qui se colent l'une au bout de l'autre selon les renvois.

LXIV. p. 113.
LXV. p. 113.
LXVI. p. 114.
LXVII. p. 115.
LXVIII. p. 117.
LXIX. p. 118.
LXX. p. 119.
LXXI. p. 119.
LXXII. p. 119.
LXXIII. p. 119.
LXXIV. p. 122. NB. que ce No. est de deux Pieces à coler l'une au bout de l'autre selon les renvois.
LXXV. p. 127.
LXXVI. p. 140.
LXXVII. p. 150. NB. que ce No. est de deux Pieces à coler selon les renvois.
LXXVIII. p. 159. NB. que ce No. est de deux Pieces à coler selon les renvois.

VOYA-

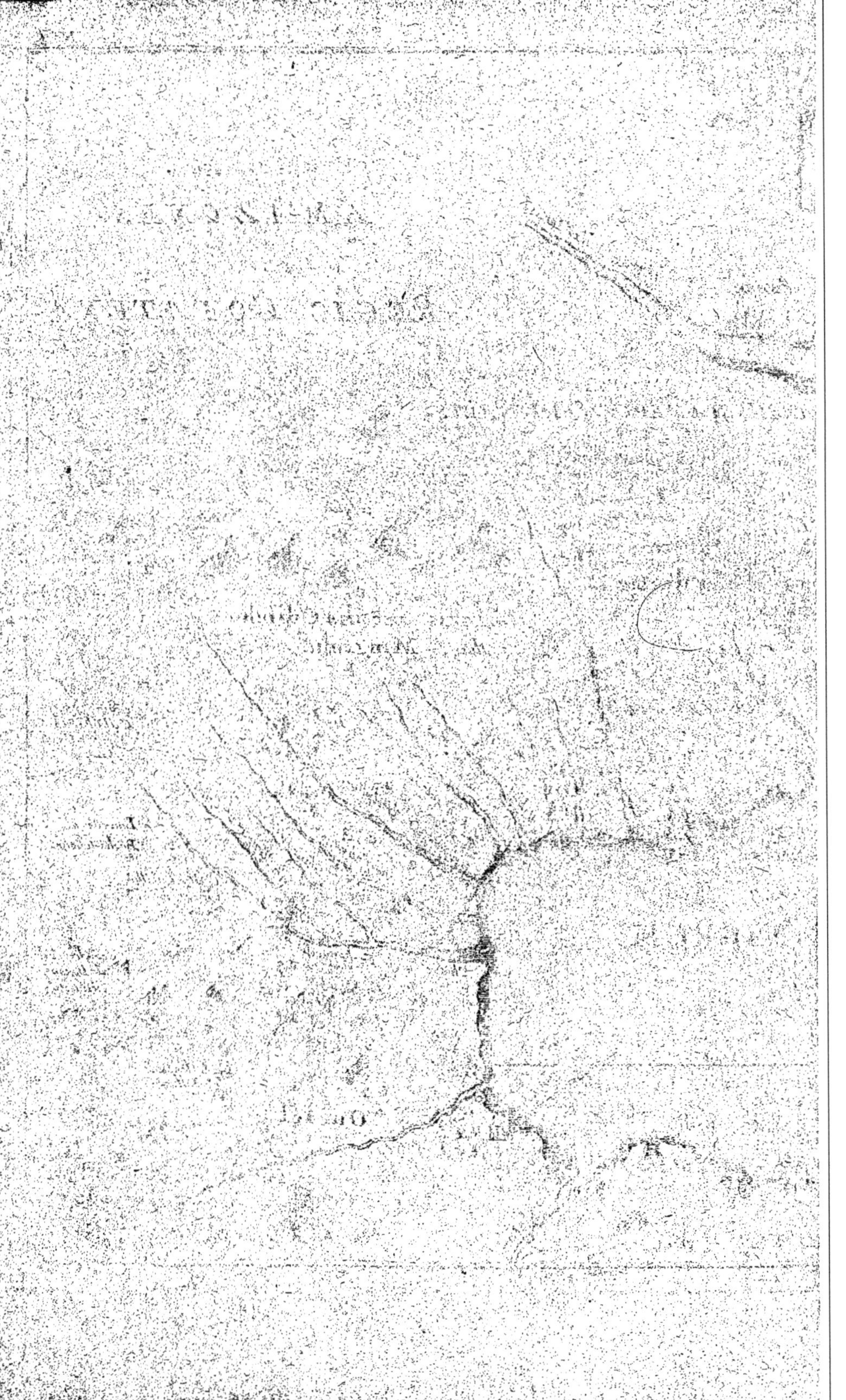

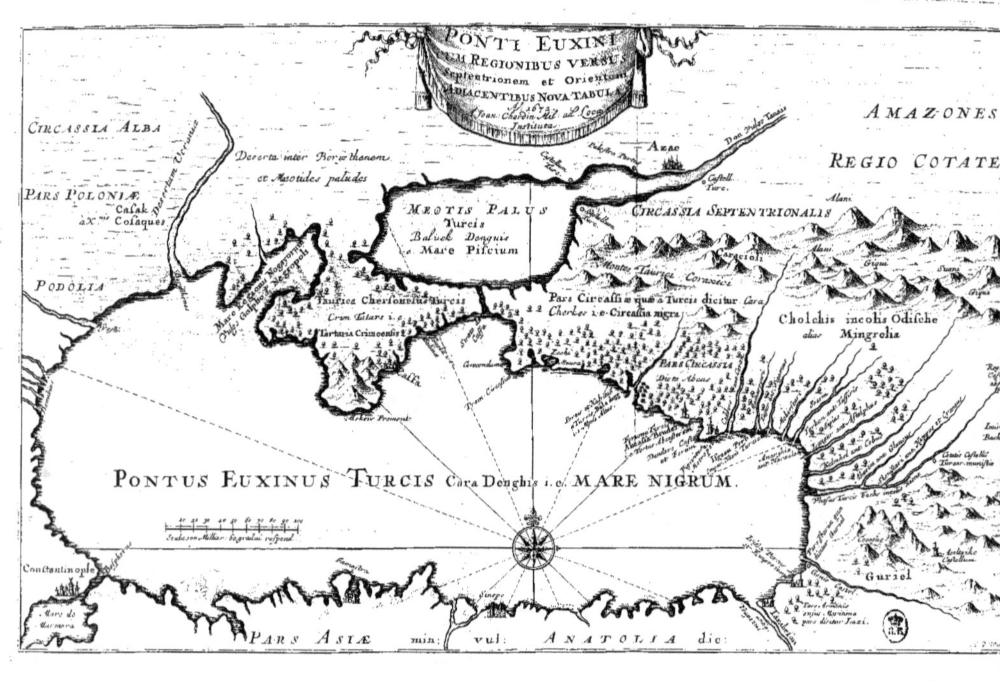
PONTI EUXINI
CUM REGIONIBUS VERSUS
Septentrionem et Orientem
ADIACENTIBUS NOVA TABULA
A° 1672
Joan: Chardin Mil: ad Loca
Instituta
AMAZONES
REGIO COTATE
CIRCASSIA ALBA
Deserta inter Borysthenem
et Mæotides paludes
Azac
Castell. Turc.
PARS POLONIÆ
Casak
Cosaques
MEOTIS PALUS
Turcis
Baluck Denguis
i.e. Mare Piscium
CIRCASSIA SEPTENTRIONALIS
PODOLIA
Taurica Chersonesus Turcis
Crim Tatare i.e.
Tartaria Crimoensis
Pars Circassiæ quæ a Turcis dicitur Cara
Cherkes i.e. Circassia nigra
Cholchis incolis Odische
alias Mingrelia
PARS CIRCASSIA
PONTUS EUXINUS TURCIS Cara Denghis i.e. MARE NIGRUM.
Constantinople
Guriel
PARS ASIÆ min: vul: ANATOLIA dic:

VOYAGE

DE MONSIEUR

LE CHEVALIER CHARDIN

DE PARIS A ISPAHAN.

E partis de Paris, pour retourner aux Indes, le 17. Août 1671. quinze mois justement après en être revenu. J'entrepris pour la seconde fois ce grand Voyage, tant pour étendre mes Connoissances sur les Langues, sur les Mœurs, sur les Religions, sur les Arts, sur le Commerce, & sur l'histoire des Orientaux, que pour travailler à l'établissement de ma fortune.

Le feu Roi de Perse m'avoit fait son Marchand par des Lettres patentes l'an 1666. & m'avoit chargé de faire faire plusieurs bijoux de prix, dont Sa Majesté avoit de sa propre main dessiné les modelles. Madame *Lescot*, Negociante fameuse par son esprit, & par la hardiesse de ses entreprises, encore plus que par les grands biens qu'elle avoit amassez, m'excitoit, de concert avec feu mon Pere, à executer ma Commission: & m'offrirent tous deux d'être de moitié avec moi. Monsieur *Raisin*, Lyonnois, fort honnête homme, & mon associé au précedent voyage, s'engagea de nouveau dans ce commerce. Quatorze mois durant nous fimes chercher dans les plus riches païs de l'Europe, de grandes pierres de couleur, de grosses perles, & le plus beau corail travaillé. Nous fîmes faire de riches ouvrages d'orfevrerie, des montres & des horloges curieuses; & parce que nôtre fonds n'étoit pas encore employé, nous fimes passer en Italie douze mille Ducats d'or. Mon Associé se rendit à Livourne avant moi par la voye de Genes; je m'y ren-

rendis à la fin d'Octobre par Milan, Venise, & Florence.

Le 10. Novembre nous nous embarquâmes sur un Vaisseau d'un Convoi Hollandois qui alloit à Smirne. Ce Convoi étoit composé de six Vaisseaux Marchands & de deux Vaisseaux de guerre. Sa charge montoit à trois millions de livres ou environ, non compris les effets que les Passagers, les Mariniers, & les Capitaines même cachent & ne declarent point, pour n'être pas obligez d'en payer les droits de Fret, de Douane, & de Consulat. Nous touchames Messine, Zante, & plusieurs autres Isles de l'Archipel. Nous eûmes à celle de Micone un diférent considerable avec un Corsaire Livournois, pour un de ses gens qui s'étoit sauvé à nôtre bord en nageant un mille. Il le falut rendre. Le Corsaire nous envoya dire qu'il venoit nous combatre, si nous ne lui rendions son Matelot. Nous ne trouvâmes pas que la chose en valût la peine.

Il y a d'ordinaire quarante Vaisseaux de Corsaires Chrétiens dans l'Archipel, tant de Majorque, que de Ville-franche, de Livourne, & de Malthe. Ces Vaisseaux sont petits la plûpart, & assez mal avictuaillez; mais équipez de gens que la misere, & une longue habitude à faire du mal, ont rendu déterminez, & cruels. Il n'y a point de maux imaginables qu'ils ne fassent aux Habitans des Isles de cette Mer, où ils peuvent aborder; quoi que ces Habitans soient tous Chrétiens, & que plusieurs reconnoissent le Pape.

Je ne saurois oublier la réponse, qu'un de ces Corsaires, nommé le Chevalier de *Témericourt*, fit en ce tems-là au Marquis de *Pruilly*, frere du Maréchal d'Humieres, qui montoit un Vaisseau de Roi nommé le Diamant. S'étant rencontrez à l'Isle de *Millo*, le Marquis invita le Chevalier, & la conversation s'étant tournée sur ceux qui font le *Cours*, il lui dit, comme me raconterent peu de tems aprés des Gentilshommes qui étoient présens, *Chevalier, les viols, les meurtres, les sacrileges que tu commets journellement, tes Blasphemes; en un mot, tes actions impies & barbares, ne te font-elles point craindre? Peux-tu esperer d'aller en Paradis? Ne crois-tu pas qu'il y ait un Enfer? Moi*, répondit le Chevalier, *point du tout; Je suis Lutherien, je ne crois rien de tout cela:* Voilà l'esprit des Corsaires, & voici une autre particularité qui les regarde.

Pendant que nous attendions le vent au port de *Micone*, il arriva deux grands Vaisseaux de guerre Venitiens. Ils y entrérent de nuit. L'Amiral en jettant l'ancre, tira des fusées du haut de son grand mats. Cela s'appelle faire la *roquette*, du mot Italien *rocquetta* qui signifie fusée; c'étoit pour avertir les Corsaires Chrétiens, qui pouvoient être au port, de se retirer avant le jour. Il y en avoit alors deux. Ils firent voile le lendemain matin, & allérent donner fonds derriere un Cap, à une lieuë de là seulement. L'Amiral étoit un noble Venitien, Chef d'Escadre. J'allai lui faire visite, & lui ayant demandé la raison de ces fusées, il me dit, qu'il avoit ordre d'en user ainsi, parce que la Republique s'étant engagée au Grand Seigneur dans le Traité de Candie, de chasser de l'Archipel les Corsaires Chrétiens, & d'en prendre autant qu'il se pourroit; mais qu'ayant d'ailleurs reçu plusieurs services de ces Corsaires, durant la derniere guerre qu'elle a eu contre le Turc, elle usoit de ce ménagement, afin de satisfaire la *Porte*, sans agir pourtant contre les Corsaires. Que dans cette vûe les bâtimens maritimes de la Republique avoient ordre de se faire toûjours connoître dans l'Archipel, afin que les Corsaires Chrétiens s'éloignassent d'eux, ou ne les aprochassent pas de si près, qu'on ne pût faire semblant de ne les pas voir. De jour, ajoûta-t-il, nous nous faisons assez connoître par nos Pavillons, mais de nuit, lors que nous entrons dans un Port, nous faisons tirer des fusées, & envoyons même quelquefois des Officiers à terre pour savoir s'il y a des Corsaires Chrétiens au Port, & les faire avertir de se retirer.

J'arrivai à *Smirne* le 7. Février 1672, après trois mois de Navigation. Nous essuyâmes en cette longue traversée un rude froid, & de fortes tempêtes. Nous manquâmes de vivres, & nous ne pouvions faire ce Voyage avec plus de risque, & plus de souffrances.

Je ne m'arrêterai point à faire la description de *Smirne*, n'y ayant rien observé, non plus que dans tout l'Archipel, qui ne se trouve dans les rélations de *Spon*, & d'autres Voyageurs savans, & exacts, qui y ont été depuis moi. Je me renfermerai à en raporter quelques points de Commerce, & d'Histoire, dont ils n'ont point parlé.

Je commence par celui des Anglois comme le plus considerable. Il est conduit par une Compagnie Royale, établie à Londres, laquelle se gouverne d'une maniere très-prudente, & qui ne sauroit manquer de réüssir. Il y a près de cent ans qu'elle subsiste, ayant été établie vers le milieu du Régne d'Elizabet; Régne fameux pour

pour avoir entr'autres choses produit diverses Compagnies de Commerce, & particulierement celles de Hambourg, de Russie, de Groenland, des Indes Orientales, & de Turquie, qui toutes durent encore. Le commerce étoit alors en son enfance, & rien ne marque mieux l'ignorance de ce tems-là, à l'égard des Pays un peu éloignez, que l'Association que faisoient ces Marchands; car ils se mettoient plusieurs ensemble, pour s'entre-conduire & pour s'entr'aider. Cette Compagnie qui regarde le Negoce de Levant, est d'une espece particuliere. Ce n'est point une Societé, où chacun fournisse une somme qui s'unisse en masse. C'est un Corps qui n'a rien de commun, que l'octroi & le privilége de négocier en Levant. Il se donne le nom de Compagnie reglée. Il n'y entre que des Marchands de race, ou des gens qui en ont fait l'apprentissage. On donne pour être reçû en ce Corps environ 120. écus, si l'on est moins âgé de 25. ans, & le double, si on l'est plus. La Compagnie ne commet à personne son pouvoir, ni la direction entiere de ses affaires. Elle se gouverne par elle-même, à la pluralité des voix. Celui qui fait assez de negoce pour porter huit écus d'imposition par an, a sa voix aussi forte que celui qui en fait pour cent mille. Cette Assemblée ainsi Democratique, envoye les vaisseaux, leve les taxes sur les Marchandises, presente l'Ambassadeur que le Roi envoye à la *Porte*, élit les deux Consuls de la Nation à Smirne, & à Alep, & empêche l'envoi des Marchandises qu'elle ne juge pas propres en Levant. Elle est presentement composée d'environ trois cens Marchands, & elle éleve en Turquie beaucoup de jeunesse de bonne maison, qui apprend le commerce sur le lieu. Ce commerce monte à six ou sept cens mille livres sterling par an, & consiste en étoffes de laine travaillées en Angleterre, & en argent, qu'on charge tant en Angleterre, qu'en Espagne, en France, & en Italie; en échange dequoi on raporte des laines, & des cottons filez, des galles, de la soye cruë & ouvrée, & quelques autres denrées de moindre valeur. La Compagnie ayant reconnu, que l'envie que l'interêt fait naître d'ordinaire entre les gens de même profession, étoit capable de les ruiner, qu'elle leur faisoit hausser, ou baisser le prix des Marchandises, pour courir sur le marché l'un de l'autre, qu'elle met en querelle les Marchands avec les Consuls, les Consuls avec l'Ambassadeur, & qu'elle fait faire mal-à-propos de certaines épargnes qui attirent des avanies, & de rudes vexations: La Compagnie, dis-je, ayant reconnu ces maux, y a fort sagement remedié; car le drap d'Angleterre, dont les Anglois portent en Turquie environ vingt-mille pieces par an, & la plûpart des autres Marchandises, leur sont envoyées avec un tarif du prix auquel ils les doivent vendre. On leur en envoye un autre, pour celles qu'on leur ordonne d'acheter, & ainsi il n'arrive point que les Marchands se causent aucun dommage, dans la vûë de leur profit particulier.

Pour éviter les autres desordres, la Compagnie donne pension à l'Ambassadeur Anglois qui reside à la *Porte*, aux Consuls, & à leurs Principaux Officiers, comme sont le Ministre, le Chancelier, le Secretaire, les Interpretes, les Jannissaires, & autres. Ces Officiers ne peuvent lever aucune somme sur les Marchands, ni pour raison de droits, ni sous prétexte de présens, ou de dépenses extraordinaires. Quand il en faut faire, ils avertissent les Deputez de la Nation qui sont deux Marchands constituez pour agir au nom des autres. Ces Deputez examinent & resolvent avec l'Ambassadeur, ou le Consul, ce qu'il faut donner, les voyages qu'il faut faire à la *Porte*, & ce qu'il y a à traitter. Ce n'est pas que l'Ambassadeur, ou le Consul, ne puissent agir seuls; mais ils en usent ainsi pour leur décharge, & même dans les affaires, ou importantes, ou extraordinaires, ils assemblent toute la Nation. Aussi-tôt que la resolution est prise, les Deputez avertissent le Trésorier de fournir ce qui est nécessaire, soit argent, soit nippes, ou curiositez. Ce Trésorier est établi par la Compagnie même; il fournit pour tout cela, satisfait ponctuellement à tous les frais, payant aussi exactement les gages de chaque Officier. Ainsi, l'Ambassadeur, & les Consuls, n'ont uniquement qu'à veiller à la sureté de la Nation Angloise, & au bien de son commerce, sans être distraits par leurs propres interêts. Il y a beaucoup d'autres beaux réglemens dans cette Compagnie pour la manutention de son trafic en Levant; aussi se fait-il avec un honneur & un profit tout autre que celui des Nations voisines. Cette Compagnie a ici plus de vingt maisons: & ceux qui en sont entretiennent tous des chevaux de prix. On sait que ceux de la Natolie, dont Smirne est une des plus fameuses villes, sont des plus beaux du monde.

Les Hollandois font aussi beaucoup d'affaires à Smirne, & même plus qu'aucune autre Na-

Nation de l'Europe; mais ils en font peu ailleurs, & tout leur commerce dans les autres villes du Levant ne va pas loin. Leur principal profit eſt à voiturer en Europe les Armeniens, & leurs Marchandiſes, & à les ramener. Ils gagnent auſſi beaucoup ſur leur argent, dont la Turquie eſt toute pleine. Cet argent eſt de bas alloi, & de plus notablement mêlé de pieces fauſſes. Il conſiſte en écus, demi-écus, teſtons, & pieces de quinze ſols. Les écus & les demi-écus ſont la plus part au coin de Hollande. Les Turcs les appellent *Aſlani*, comme qui diroit des Lions, à cauſe que de chaque côté il y a un Lion marqué deſſus. Les Arabes par ſottiſe, ou autrement, ont pris le Lion pour un chien, & ont nommé ces pieces *abou-Kelb*, comme qui diroit des chiens. Les quarts ſont preſque tous faux, & les meilleurs n'ont que moitié de fin. Cependant les Turcs ont ſi peu de diſcernement & de connoiſſance, qu'ils eſtiment davantage cette monnoye que celle d'Eſpagne. Ils appellent les écus d'Eſpagne *Marſillies*, parce que les Marſeillois ont été les premiers qui en ont porté de grandes ſommes en Turquie.

Les Etats entretiennent un Reſident à la *Porte*, auquel ils donnent quatre mille écus d'appointement. Ce Reſident a de plus la moitié du revenu des Conſulats Hollandois de Levant, qui quelquefois monte à beaucoup, y ayant eu un Conſul Hollandois à Smirne qui tira en un an cinquante mille écus de droits. Lors que j'y arrivai, le Conſul avoit de grands differens avec les Marchands; il les accuſoit de le tromper; il en prenoit leurs livres à témoin; il vouloit qu'ils fuſſent vûs, & les Marchands n'y vouloient entendre en aucune maniére. Le Reſident n'ayant oſé juger ce different, les parties s'en remirent aux Etats. Cependant de peur que la venue du Convoi ne fît de nouvelles affaires, les Marchands & le Conſul s'accordérent de ſes droits de Conſulat à dix mille cinq cens écus, pour tout ce que le Convoi avoit apporté, & pour tout ce qu'il emporteroit.

Les François ſont en grand nombre à Smirne, & dans tout le Levant. On en trouve en tous les Ports de Turquie qui ſont ſur la mer Mediterranée, & non ſeulement de Marchands, mais de toute ſorte de profeſſions. Il y a peu d'Arts mécaniques dont l'on ne trouve quelque ouvrier parmi eux & il n'y manque pas ſur tout de teneurs d'Auberge & de cabaretiers. Ils ſont preſque tous Provençaux; mais le négoce qu'ils y font eſt ſi peu de choſe, qu'un Marchand ſeul en chaque lieu pourroit faire toutes leurs affaires. A Smirne, par exemple, ils ſont plus de cent Marchands, & cependant la verité eſt, qu'il y a eu des années qu'il ne venoit pas de France quatre cens mille livres d'effets pour eux tous. Pluſieurs d'entr'eux n'ont pas cinq cens écus de fond. Ils ſont tous fort peu d'accord, & entretiennent fort bien la diviſion en leur commerce. Ainſi il ne faut pas s'etonner s'il diminuë, & s'il cauſe en général plus de dommage que de profit. Ceux qui en connoiſſent bien la nature, & les maximes, diſent que c'eſt cette deſunion qui les ruine en Levant, & que ſi l'on compare l'état préſent avec l'état paſſé du negoce qu'ils y font, on trouvera qu'il eſt plus miſerable, & plus ſterile que jamais. On ajoûte, que les Provençaux ont eu en Turquie des fortunes, & des rencontres de tems ſi favorables, qu'on ne peut aſſez s'étonner qu'ils n'ayent pas rempli leur païs de richeſſes en ces tems heureux. Un de ces tems-là commença environ l'an 1656, & dura treize ans, pendant leſquels ils faiſoient un commerce, ſur lequel ils gagnoient d'entrée quatre vingts & nonante pour cent.

Ce commerce, qui au fond étoit extrémement inique, eſt celui des pieces de cinq ſols, qui a tant fait de bruit en ſon tems. Les Turcs, qui les appelloient *Timmins*, prirent les premiéres à dix ſols la piece, ou ſix par écu. Elles demeurerent quelque tems à ce prix, & tomberent après à ſept ſols & demi. Ils ne vouloient point d'autre monnoye. Toute la Turquie s'en rempliſſoit, & l'on n'y voyoit plus guere d'autre argent, parce que les François l'emportoient. Cette bonne fortune les aveugla ſi fort, qu'ils ne ſe contentérent pas du grand gain qu'ils faiſoient, ils en voulurent davantage, ils ſe mirent à alterer les pieces de cinq ſols, & ils en firent faire d'argent bas à Dombes premiérement, puis à Orange, & à Avignon. On en fit de pires à Monaco, & à Florence, & enfin on en monnoya en des Châteaux écartez dans l'Etat de Genes, & en divers autres lieux, qui n'étoient que de cuivre argenté. Les Marſeillois, pour débiter leur monnoye, la rabaiſſoient eux-mêmes, & la donnoient en payement, & aux changeurs à moindre prix que le cours. Les Turcs furent long-tems ſans s'apercevoir de la tromperie qu'on leur faiſoit, quoi qu'elle fût ſi groſſiére, & ſi importante; mais enfin ils s'en aperçûrent, & elle les irrita ſi fort, qu'ils firent par tout de grandes avanies aux François,

çois, les traittant de faux Monnoyeurs, quoi que les Hollandois & les Genois y eussent autant de part. Ils envoyerent des Changeurs dans tous les ports du Levant, pour visiter l'argent qu'on apportoit, & décrierent cette monnoye, à la reserve du vrai coin de France, qu'ils reduisirent à cinq sols piece: & du coin de Florence, de Monaco, & de Dombes, dont l'aloi étoit le plus haut, qu'ils reduisirent à quatre sols. Mais enfin ils decrierent tout le coin alteré sans exception, & ne laisserent de cours qu'aux bonnes pieces de cinq sols, dont en peu de tems l'on ne vit plus paroître, parce qu'elles valoient intrinsequement plus que leur cours. Tous les Marchands Europeans, excepté les Anglois, étoient chargez, quand cela arriva, de grosses sommes de ces *Timmins*. Leurs Magazins en étoient remplis, il en venoit des Vaisseaux chargez, & on commençoit d'en fabriquer par tout. Le décri de cette monnoye causa beaucoup de perte à ceux qui en faisoient trafic, plusieurs y ayant perdu ce qu'ils avoient gagné, & quelques-uns davantage.

Les Anglois furent les auteurs du décri. Si cette monnoye eût continué d'avoir cours, leur negoce étoit ruïné, car il consiste particulierement en achat de soye. Or les Negocians des *Timmins* faisoient hausser le prix des soyes, ne se souciant pas à quel prix ils les achetassent, pourvû qu'on prît leurs pieces de cinq sols en payement. J'en ai vû à plus de cinquante marques differentes; les plus communes avoient pour coin d'un côté une tête de femme avec ces mots autour, *Vera virtutis imago*, & de l'autre l'Ecu de France, avec ceux-ci, *Currens per totam Asiam*.

Je ferai ici deux remarques; la premiere que c'est une chose bien surprenante, qu'en tout l'Empire Ottoman, le plus grand Empire du monde, on ne batte point de monnoye d'argent, que des demi-sols, qu'ils appellent *accha*, terme generique pour signifier *l'argent monnoyé*, que les Europeans ont corrompu en celui d'*aspres*; monnoye si petite, & si mince, qu'elle se perd entre les doigts. C'est pourtant là la monnoye originaire, & pour ainsi dire unique, des Turcs, avec quoi ils comptent & supputent au thresor, & aux bureaux des Finances, & à leurs Chambres des Comptes. Ils font de deux sortes d'*aspres*, la courante, ou réelle, qui vaut demi-sol, ou cent vingt à l'Ecu, & l'entiere, qu'ils appellent *l'immaculée*, qui vaut neuf deniers. Je n'ignore pas qu'on bat en Egypte une autre monnoye d'argent, qui vaut dix-huit deniers, qu'on appelle *para*, ou *paré*, terme qui signifie *partie de tout*. Mais, outre que ce n'est qu'en Egypte qu'on en bat, il y en a si peu qu'on ne s'en apperçoit presque pas dans le cours. Remarquez que le nom d'*Accha* signifie *blanc* en langue Turquesque, de même que celui d'*Aspron* en Grec, duquel les Europeans ont formé celui d'*Aspres*. C'est donc comme nôtre ancienne monnoye en France, appellée *blancs*, de la couleur du metail, de laquelle il ne reste plus que le nom, l'argent, à force de se multiplier parmi nous, ayant absorbé ces petites monnoyes. Quant aux monnoyes d'or on en bat en Egypte & seulement là. Ce sont des Ducats & demi Ducats du poids & de la forme de ceux d'Allemagne, qu'on appelle *Sultanins*, comme qui diroit, *Reaux*, ou *Imperiaux*, qui ont cours à cent trente sols, tantôt plus, tantôt moins; car le cours en est assez mal reglé. Les especes qu'on voit le plus en Turquie sont pour l'or, les Ducats de Venise, qu'on estime par-dessus tous, & ceux d'Allemagne; & pour l'argent, les pieces de huit & les *Dallers* & *Rixdallers*.

Ma seconde remarque, c'est qu'il n'y a pas de gens au monde plus aisés à tromper, & qui ayent été plus trompez que les Turcs. Ils sont naturellement assez simples, & assez épais, gens à qui on en fait aisément à croire. Aussi les Chrétiens leur font sans cesse une infinité de friponneries, & de méchans tours. On les trompe un tems, mais ils ouvrent les yeux, & alors ils frappent rudement, & se payent de tout en une seule fois. On appelle ces amandes qu'ils font payer, *Avanies*, terme qu'on prétend tirer du nom d'*Avany*, qui se donne en Perse aux Courriers de la Cour, & qui veut dire, *des gens qui prennent tout ce qu'ils trouvent*, parce qu'effectivement ces Courriers prennent sur leur route des chevaux à toute sorte de gens, quand ils en ont besoin, ou qu'ils en rencontrent de meilleurs que celui qu'ils montent, sans s'informer qui l'on est. Cette méchante coûtume vient de ce qu'en tout ce grand Royaume il n'y a point de postes établies comme dans nos païs. Ces avanies ne sont pas toutes des Impositions injustes, & il en est de cela comme des Confiscations si frequentes aux Doüanes. La plûpart des Ministres Ottomans & leurs Officiers devorent le peuple. La *Porte* souffre cela, & exhorte à la resipiscence. Si les plaintes cessent, le mal est étouffé; si elles redoublent, la *Porte* envoye couper la tête à l'accusé, & confisque son bien. Avec cela le peuple est van-

vangé, le trésor est accru, la justice est faite, & l'exemple est donné.

Les Marseillois disent, que ce sont les avanies qui ont ainsi affoibli le commerce des François en Levant; aussi en ont-ils payé pour des sommes immenses. Entre toutes celles dont j'ai ouï parler, il y en a une que l'on n'oubliera jamais, & qui leur fut faite du tems que *Monsieur de Sésy* étoit Ambassadeur de France à la *Porte*, & voici comment la chose arriva.

Il prit envie à son Excellence de se faire Fermier du Grand Seigneur, & de prendre la Ferme des Douannes de Constantinople, & de Smirne. Au bout de six mois *Monsieur de Sésy* se trouvant en arriere de cent-mille francs, demanda à en être déchargé, ce qu'on lui accorda par grace, à condition de payer ce qu'il devoit : mais comme il n'avoit point d'argent, les Turcs obligérent la Nation Françoise à payer pour lui. Aussi disoit-il aux Marchands qu'il n'avoit pris les Douannes, que pour le bien du commerce des François, & pour empêcher les differens qui naissent journellement entr'eux & les Turcs, à l'occasion des Douannes. Les Marchands ne manquoient pas de bien répondre, & de se défendre par de bonnes raisons; mais ce fut en vain, il fallut qu'ils paiassent les cent-mille francs : & comme ils n'avoient point d'argent eux mêmes, ils furent reduits à en emprunter des Juifs à vingt-cinq pour cent pour six mois. J'ai ouï assurer à des gens qui le savoient bien, que ces cent-mille francs furent remboursez si tard, que l'interêt monta à trois fois autant que le capital; de maniere que cette avanie coûta près de cent cinquante mille écus à la Nation.

Ils en païerent deux autres durant l'Ambassade de *Monsieur de la Haye*, le Fils, qui coûtérent deux cens-mille francs. J'ai aussi ouï conter à divers Marchands, qu'un de ses prédécesseurs prit quinze ans durant, cinq-cens écus sur chaque Voile Françoise qui venoit à Constantinople, pour le pretendu remboursement d'une dépense de six cens écus, qu'il disoit avoir faite pour le commerce de la Nation, & que lors que les Marchands lui representoient qu'il s'étoit cent fois remboursé de cette somme, il répondoit, *Je rendrai mes comptes, je ne prens que ce qui m'est dû.*

Les Venitiens tiennent un Consul à Smirne. Celui que j'y trouvai étoit un Vieillard de plus de soixante & dix ans nommé *Luppozzuoli*, lequel venoit de se marier, pour la septieme fois, à une jeune Grecque, qui étoit grosse : le bon homme le comptoit d'un air gaî & satisfait à ceux qui l'alloient voir.

Les Genois y tiennent aussi un Consul. Il y a là pourtant peu ou point de Marchands de ces Nations, sur tout de Genois, pour lesquels il n'y a rien à faire en Levant. Ils ne s'y étoient établis que pour le negoce des pieces de cinq sols, à cause du grand profit qu'on y faisoit; aussi dès que ce négoce fut défendu, leurs principaux Marchands se retirerent. Il n'en demeura que deux ou trois à Smirne, & pas un à Constantinople. Leur Compagnie de Levant commença à se dissoudre, & il n'y a pas de doute, que tout cet établissement des Genois se seroit entierement dissipé, par le rappel de leur Resident à la *Porte*, & de leur Consul à Smirne, s'ils n'avoient été retenus de faire ce rappel par deux considerations : l'une que les Turcs ne permettent jamais aux Nations établies chez eux de s'en retirer tout à fait : l'autre que cette entiere retraite auroit découvert trop manifestement le pauvre motif de la République, dans une entreprise qui lui avoit coûté beaucoup, & qui avoit donné une occasion à la France, de faire éclater le mécontentement qu'elle avoit de sa conduite. Peut-être ne sera-t-on pas faché de lire trois ou quatre pages, pour s'instruire plus particulierement de ce fait.

J'en commencerai le recit, en disant que les Genois ont autrefois été très-puissans au Levant. Qu'ils ont été maîtres de beaucoup d'Isles dans l'Archipel, de diverses Côtes de Mer en Grece, & de plusieurs villes sur la Mer noire. *Pera* même, à present un Fauxbourg de Constantinople, étoit à eux. L'histoire des Siecles passez raconte assez au long, de quelle façon, & en quel tems ils perdirent tout cela, sans qu'il soit besoin de le redire ici. La guerre de Candie qui arriva l'an 1645. leur fit venir l'envie de rentrer en commerce avec les Etats du Grand Seigneur; s'imaginant qu'ils s'empareroient du grand negoce, que les Venitiens y faisoient avant la guerre. Pour faire plus sûrement & plus promptement réüssir ce dessein, ils eurent recours à la recommandation du Roi de France, comme le plus ancien Allié de l'Empire Ottoman, & le plus consideré. Le Conseil du Roi, qui avoit alors bien d'autres choses en tête que le commerce, accorda aux Genois la recommandation qu'ils desiroient. Il ne s'aperçût pas de divers dommages qui en revenoient clairement à la Nation Françoise, dont le plus considerable étoit, le prejudice que

que cela faisoit aux Capitulations, qu'ils prétendent avoir faites avec la *Porte*, & dont la principale est; *Que les Nations Europeanes qui voudront s'établir au Levant, n'y pourront negocier que sous la Baniere & Protection de France.* Mr. de la Haye le Pere étoit alors Ambassadeur de France en Turquie, il donna toute sorte d'aide à la negociation des Genois; mais cependant elle ne réüssit point, parce qu'elle ne fut pas, dit-on, assez vivement poursuivie.

Ils la reprirent l'an 1664. excités par les grands profits qui se faisoient au negoce des pieces de cinq sols, comme je l'ai dit. Ils ne pouvoient pas s'attendre alors que la France sollicitât en leur faveur, comme elle fit la premiere fois, parce que les choses avoient bien changé, soit à l'égard du commerce en general, soit à l'égard du commerce de Levant en particulier, & ils voyoient bien au contraire que leur entreprise seroit desagréable à la France; mais ils pensoient que ce Royaume se fût tellement brouillé avec le Turc, par le secours donné contre lui aux Venitiens, & à l'Empereur, que son opposition, ou sa recommandation, seroit de peu d'efficace. Ils rechercherent l'assistance de l'Angleterre, & de l'Empire, & ils se contenterent à l'égard de la France, d'y donner une simple information de leur dessein. Leur Resident dit au Roi, qu'il s'étoit établi à Genes une Compagnie de Levant, que la Republique avoit dessein d'envoier un Ambassadeur à la *Porte*, & qu'elle esperoit que S. M. voudroit bien favoriser sa négociation. Le Roi lui repondit seulement, *Qu'il souhaittoit à la Republique toute sorte de bons succès.*

Cette réponse augmentant l'incertitude que les Genois avoient déja, de la reception qu'on leur feroit à Constantinople, & de la maniere dont le Grand Seigneur les voudroit traiter; ils envoyerent incognito le Marquis Durazzo, un des principaux Interessez en la Compagnie, pour s'assurer de tout, & pour traiter secrettement avec le Vizir. Ce Gentilhomme vint avec le Comte de Leslé Ambassadeur Extraordinaire de l'Empereur, & comme étant de sa suite. Il vit le Grand Vizir, negotia avec lui, & obtint avec l'entremise de cét Ambassadeur, & de l'Ambassadeur d'Angleterre, qui appuyerent fortement sa Negociation, que les Genois auroient des Capitulations semblables, à celles des Anglois, & des Hollandois. L'Envoyé ayant parole du Grand Vizir au nom de Sa Hautesse, retourna à Genes, & fit rapport de ce qu'il avoit traitté avec le Divan. Les Genois firent aussi-tôt preparer deux grands Vaisseaux pour aller à Constantinople, & ils y envoyerent le même Marquis Durazzo en qualité d'Ambassadeur.

La premiere negociation de ce Marquis avec le Vizir n'avoit pas été si secrette, que les François qui étoient au Levant ne l'eussent incontinent apprise. Le dessein des Genois les troubla. Ils apprehenderent que ce nouvel établissement ne fût dommageable à leur commerce: cela fit qu'ils écrivirent en France, que leur negoce souffriroit beaucoup de diminution, si les Genois s'établissoient en Turquie, qu'il falloit les en empêcher. On se resolut de le faire, & on donna des ordres pour cela à l'Ambassadeur de France à la *Porte*, qui étoit alors *Monsieur de la Haye* le Fils.

Il ne faisoit que de revenir d'Andrinople pour d'autres affaires, lors qu'il reçût l'ordre de s'opposer à l'établissement des Genois. Il envoya aussi-tôt demander permission d'y retourner; car en Turquie aucun Ambassadeur ne peut sans congé aller à la Cour. Le Grand Vizir n'y étoit pas: il étoit allé vers la Thessalie pour presser le Siege de Candie. Le *Caimacan*, qui est comme un Lieutenant de Grand Vizir, ayant eu des avis secrets de l'ordre que l'Ambassadeur de France avoit reçû, fit réponse, qu'il ne pouvoit lui accorder la permission qu'il demandoit, sans avoir auparavant le consentement du Grand Vizir.

L'Ambassadeur vit bien que c'étoit un refus qu'on lui donnoit. Il envoya un Gentilhomme à Andrinople avec des instructions, pour representer aux Ministres, que par les Capitulations que l'Empereur de France avoit avec le Grand Seigneur, la *Porte* s'étoit obligée à ne recevoir en Turquie aucune Nation d'Europe, que sous la Baniere Françoise: qu'ainsi c'étoit contrevenir à ces Capitulations que de traiter avec les Genois, & que si le Traité se concluoit, il se retireroit. Tout ce que le Gentilhomme de l'Ambassadeur representa, & ce qu'il communiqua de ses instructions, fut envoyé au Grand Vizir, & examiné au lieu où il étoit. La réponse qu'eut l'Ambassadeur fut tout-à-fait rude & incivile: il ne s'en faut pas étonner, le Grand Vizir étoit encore plein de l'affront, que les François lui avoient fait recevoir en Hongrie; elle contenoit. *Que la* Porte *étoit ouverte pour se retirer de même que pour venir, que l'Empereur de France n'avoit pas droit de vouloir empêcher le Grand Seigneur de faire la paix avec de vieux*

En-

Ennemis, *&* *de leur accorder des Capitulations, lors qu'ils les lui venoient demander*, *&* *qu'il devoit suffire à Sa Majesté d'être reconnuë à la* Porte *pour Empereur*, *&* *pour premier Prince de la Chrétienté*, *sans prétendre lui rien prescrire pour les autres.*

L'Ambassadeur Genois arriva à Constantinople, pendant qu'on travailloit ainsi à empêcher sa reception. Il n'en fut pas surpris; ayant eu des nouvelles sur sa route qui lui faisoient apprehender quelque chose de semblable. On lui donnoit avis que le Resident de Genes en France, ayant fait savoir au Roi, que ses Maîtres envoyoient le Marquis Durazzo à Constantinople en qualité d'Ambassadeur, le Roi avoit répondu; *Je souhaite bon voyage à l'Ambassadeur de la République*; *mais je ne sai pas ce que le Nôtre aura fait à la* Porte *sur ce sujet.* J'ai vû bien des gens qui ont crû, que si le Grand Vizir n'eût pas été piqué contre les François, pour les raisons que j'ai marquées, & n'eût pas eu quelque sorte d'aversion personnelle pour l'Ambassadeur, les Genois n'auroient point été reçûs en Levant; parce que la *Porte* ne consideroit pas assez un interêt de commerce, pour l'accorder au prejudice des Capitulations avec la France, qui sembloient lui en avoir ôté la liberté.

Après avoir demeuré douze jours à Smirne, je me remis en mer pour passer à Constantinople, où j'arrivai le 9. Mars. J'y débarquai sans peine, sans risque, & sans frais, beaucoup de choses precieuses que j'avois avec moi, & en si grande quantité, que deux chevaux ne les pouvoient porter. Monsieur de Nointel, Ambassadeur de France, me dit, que je fisse mettre son nom, & des fleurs de Lys sur mes Caisses, & qu'il les envoyeroit querir comme appartenantes à lui. Cela se fit, & avec la plus grande facilité du monde. Il envoia un Interpréte dire au Doüannier, qu'il étoit venu deux Caisses sur le Vaisseau Flamand, arrivé le jour précédent, qui lui appartenoient, & qu'il le supplioit de les laisser passer. Le Doüannier donna l'ordre pour cela, qui fut aussi-tôt éxécuté. L'Interprête alla au Vaisseau Hollandois, fit débarquer les deux Caisses, & les fit porter à l'Hôtel de l'Ambassadeur, qui eut la bonté de me les envoyer le même jour.

Les Ambassadeurs, les Residens, & les Envoyez, qui sont à la *Porte*, ont le privilége de faire entrer & sortir ce qu'ils veulent, en disant seulement, qu'il est à eux, sans que la Doüanne en prenne connoissance. On peut dire que cette honnêteté & générosité des Turcs n'a point sa pareille en toute l'Europe.

Lors que j'arrivai à Constantinople, Monsieur de Nointel se preparoit à aller trouver le Grand Seigneur à Andrinople, pour renouveller les Capitulations. L'affaire étoit d'importance, & faisoit éclat par tout, parce qu'elle duroit depuis sept ans, & que les Turcs negligeoient fiérement l'Ambassadeur, malgré la guerre qu'ils venoient de déclarer à la Pologne. Voici l'origine des differens, qui regnoient alors entre la France & la Turquie.

Au commencement du Regne de Mahomet IV. qui est aujourdhui Empereur des Turcs, & qui parvint à l'Empire à l'âge de sept ans, l'an 1648. l'Etat étoit gouverné par des Femmes, & par des Eunuques, qui remplissoient les premieres Charges comme il leur plaisoit. Les Turcs demeurent d'accord, que la Cour Ottomane ne fut jamais si corrompuë, & dans un si étrange déréglement de conduite. Presque tous les mois on voyoit un nouveau Grand Visir, auquel après quelques jours de Ministére on ôtoit la charge, & souvent la vie. C'est la coûtume de Turquie, qu'à l'avenement d'un Grand Vizir, tous les gens de condition le vont voir, & lui font un Présent. Les Ambassadeurs particulierement y sont comme obligez. *Monsieur de la Haye*, le Pere, qui étoit alors Ambassadeur de France à la *Porte*, voyant les frequens changemens de Grand Vizir, qui arrivoient en ce tems-là, crût que durant tout le bas âge de Sa Hautesse, les choses n'iroient point autrement, & qu'ainsi la visite & les présens qu'il faisoit à chaque nouveau Grand Visir, étoient visite & présens perdus, puisqu'on en changeoit presque tous les mois, & quelquefois plus souvent. De façon qu'il prit la resolution de regarder tranquillement ces changemens de premier Ministre, sans faire de visite, ni de présent à aucun.

Il arriva peu après, que *Cuperly Mahomet Pacha* eut le Sceau de l'Empire, c'est-à-dire, qu'il fut fait Grand Vizir. L'Ambassadeur crût, que la fortune de celui-ci ne seroit pas meilleure que celle de ses prédécesseurs, & qu'elle n'auroit aussi qu'une fort courte durée; mais il se trompa, & la chose réussit tout autrement. Ce Grand Vizir se maintint dans la charge jusques à sa mort, qui arriva l'an 1662.

Dès qu'il y fut entré, chacun lui fit sa visite, & les présens accoûtumez; entr'autres les Ministres Etrangers, excepté l'Ambassadeur

deur de France. On dit à celui-ci plusieurs fois d'en faire autant, & même on l'en pressa; mais le desir d'épargner un présent à la Nation le retint: néanmoins voyant enfin, que Cuperly s'établissoit à la Cour sur la ruïne de plusieurs Grands; & que selon toutes les apparences, il seroit quelque tems Grand Visir: il l'alla voir, & lui fit son present. Ce fut là veritablement une visite, & un présent perdus, car le Visir indigné de la négligence, & du peu de consideration qu'il avoit témoigné pour lui en cette importante rencontre, avoit formé le dessein de s'en vanger sur lui, & même sur toute la Nation Françoise. C'est là au vrai la source & l'origine de la mauvaise correspondance qu'il y a eu entre la France & la Turquie, durant tout le Ministere de ce Vizir, qui a été de douze années, & depuis même sous le Ministere de son fils qui lui succeda. De maniere que la dureté de la *Porte* envers les trois derniers Ambassadeurs de France, *Monsieur de la Haye* le pere, *Monsieur de la Haye* le fils, & *Monsieur de Nointel*, & les diverses avanies qui ont été faites aux François pendant vingt ans, se doivent rapporter originairement à un chagrin personnel, nonobstant les raisons sur quoi on les a fondées dans la suite; dont les principales & les plus justes étoient, l'entreprise sur Gigeri, & les secours donnez à l'Empereur, & aux Venitiens.

Le Vizir ne fut pas long-tems à chercher l'occasion de faire éclater son ressentiment. Il s'en presenta bien-tôt une, telle qu'il la pouvoit souhaiter pour un si mauvais dessein. C'étoit le tems de la guerre de Candie; la France avoit assisté secretement les Venitiens dès le commencement de la guerre, & l'on tient que *Monsieur de la Haye* eut ordre, d'avoir un commerce secret avec les Venitiens, & de leur faire savoir les desseins des Turcs. Il arriva l'an 1659. qu'un François, qui se faisoit appeller Vertamont, & qui avoit un emploi assez honorable en Candie dans les Troupes Venitiennes, alla demander congé au Capitaine Général d'aller voir Constantinople. Le Capitaine Général lui fit expedier un passeport, & le chargea d'un gros pacquet de Lettres pour l'Ambassadeur de France. Le François, qui n'avoit point d'autre dessein que de se faire Turc, se présenta au Caimacan de Constantinople, lui dit qu'il avoit quitté le Camp des Chrétiens, parce qu'il vouloit abjurer leur Religion pour embrasser le Mahometisme; au reste qu'il avoit un paquet de Lettres de grande importance à mettre entre les mains du Grand Vizir. Le Caimacan le fit aussi-tôt conduire à Andrinople, où étoit la Cour en ce tems-là. Ce perfide déserteur ne se contenta pas de renier la Foi, il decouvrit au Grand Vizir le commerce de l'Ambassadeur de France avec les Venitiens, & lui dit que le paquet de Lettres, qu'il lui remettoit, le lui feroit connoître fort clairement.

Le Grand Vizir avoit eu des soupçons de ce commerce caché, & il en devenoit comme assûré, par les choses qu'il entendoit dire à ce Renegat. On peut juger à quel point il s'emporta contre l'Ambassadeur de France, irrité comme il étoit, & de plus naturellement inhumain & sanguinaire. Il se posseda néanmoins, & témoigna dans cette rencontre plus de retenuë & de moderation, qu'il n'y avoit lieu d'en esperer.

Monsieur de la Haye qui avoit sû le dessein de Vertamont, & ce qu'il alloit faire à la Cour, & qui d'ailleurs connoissoit le naturel du Grand Vizir, la disposition de son esprit ennemi, & l'importance de ce qui se passoit; ne douta point que le pacquet intercepté ne lui fît une grande affaire. Il en communiqua avec ses Interpretes, & ses Secretaires. Celui des chiffres prit une telle épouvante, qu'il résolut de s'enfuir, sachant que le Grand Vizir sur un pareil sujet d'une Lettre en chiffres interceptée, avoit fait mourir sous le bâton un Interprete des Venitiens. Il dit à *Monsieur de la Haye*; *Monseigneur je suis craintif de mon naturel, & je déclare à Vôtre Excellence, que dès que je sentirai le bâton, il n'y a point de secret que je ne revele; faites moi cacher ou évader.* L'Ambassadeur le fit conduire en un lieu secret & bien assuré, & se prépara à ce qui en arriveroit. Il étoit au lit travaillé de la pierre, tellement qu'il ne put aller à Andrinople, lors qu'il reçut ordre de s'y rendre. Il fit dire au Caimacan, qui lui envoya cet ordre de la part du Grand Vizir, qu'il étoit au lit, & qu'il lui étoit impossible de se mettre en chemin, mais qu'il envoyeroit son Fils en sa place.

Tout ce que le Grand Vizir avoit trouvé dans le pacquet du Capitaine Général des Venitiens, étoit écrit en chiffres; on avoit en vain appellé les Renegats, & les Interpretes qui étoient à la Cour Ottomane: aucun n'avoit été capable de rien déchiffrer. Cela irritoit toûjours de plus en plus le Grand Vizir. *Monsieur de la Haye* le Fils le trouva en cette méchante humeur, lors qu'il arriva à Andrinople, & lui ayant répondu, peut-être, avec un peu plus de fermeté, que la circonstance ne ne le requeroit; Cuperly, que la passion emportoit, le fit outrager en sa personne, & le fit emprisonner en une Tour qui est attachée aux murailles d'Andrinople, en disant; *Qu'il ne falloit pas endurer dans le Deputé d'un Ambassadeur, quoi que son Fils, ce qu'il faudroit endurer dans l'Ambassadeur même.* Le Grand Vizir ne fit aucun outrage aux Marchands, ni aux Interpretes, qui étoient venus avec *Monsieur de la Haye.* Il n'en fit point non plus au Secretaire, ni au Chancelier. Il se contenta de les faire menacer de grands tourmens, & de la mort, s'ils ne déchiffroient les Lettres du Capitaine Général; mais ils ne souffrirent rien, & ils en furent quittes pour beaucoup de crainte. Un des Interpretes, nommé *Fournetti* en devint tellement malade, qu'il l'est encore après tant d'années, & qu'aparemment il ne guerira jamais.

La Cour Ottomanne étoit alors à Andrinople, comme je l'ai dit, & elle se préparoit à la guerre de Transilvanie. *Monsieur de la Haye* le Pere, aprenant que le Grand Vizir étoit prêt à partir pour y aller, & craignant qu'il ne partît sans élargir son Fils, comme il arriva en effet, fit un effort sur son mal, & entreprit d'aller à Andrinople; *Madame de la Haye*, sa Bru, l'animant à ce voyage, & lui représentant sans cesse, que s'il n'agissoit lui-même promptement pour la delivrance de son Fils, il couroit risque de le perdre; que le Grand Visir étoit cruel & irrité, & qu'il falloit l'adoucir.

Un mois avant son départ, il avoit fait un coup hardi, & qui merite qu'on le raconte. Voici ce que c'est. Peu avant la venuë de Vertamont à Constantinople, il arriva un François nommé Quiclet, avec sa Femme, & un autre François nommé Poulet, qui aimoit assez cette Femme, pour l'avoir voulu accompagner en toutes ses courses. Ce Quiclet étoit grand déchiffreur, homme de Lettres, mais de peu de jugement. Il avoit servi au dechiffrement sous des Ministres d'Etat, & des Ambassadeurs. Il étoit gueux autant presque qu'on le peut être. Une je ne sai quelle mauvaise étoile l'avoit conduit à Constantinople. On dit qu'ayant appris les récompenses, que le Grand Vizir promettoit à qui déchiffreroit les Lettres du Capitaine Général; la Femme de ce miserable alla dire à des gens de Monsieur de la Haye. *Son Excellence refuse de prêter de l'argent à mon mari; mais s'il veut, il en peut avoir du Grand Vizir tant qu'il voudra.* Je ne sais pas assurément, si la chose est comme on me l'a racontée; mais quoi qu'il en soit, *Monsieur de la Haye*, qui savoit la grande envie qu'avoit Cuperly d'apprendre ce que contenoient ces Lettres interceptées, qui apprehendoit qu'il n'y eût des choses qui le perdissent, & tous les François du Levant, & qui savoit la pauvreté du déchiffreur François; l'envoya querir, le mena sur une terrasse du Palais qui regarde le jardin, & après lui avoir fait faire quelques tours, l'entretenant de discours qu'on n'a point sûs, il fit signe à des gens apostez qui lui firent sauter la terrasse; d'autres gens postez aussi à l'endroit où il tomba, voyant qu'il n'étoit pas mort de sa chûte, l'acheverent, & l'ensevelirent secretement.

L'Ambassadeur de France étant allé à l'Audiance du Grand Vizir, ce Ministre fit apporter d'abord les Lettres interceptées, & lui dit de les expliquer. *Monsieur de la Haye* lui répondit, que tout le monde savoit que les Ambassadeurs & les Ministres des Princes de la Chrêtienté, ne s'écrivoient l'un à l'autre qu'en chiffres, de quelque matiere que ce pût être, & néanmoins qu'ils ne s'entendoient point eux-mêmes aux chiffres: qu'ils avoient des Secretaires qui les composoient, & les expliquoient; que depuis six mois il avoit envoyé en France celui dont il se servoit pour cela; toutesfois que si le Grand Vizir vouloit qu'il emportât les Lettres à son logis, il travailleroit à les déchiffrer, & que s'il en pouvoit venir à bout, il lui feroit savoir ce qu'elles contenoient. Le Grand Vizir ayant entendu cette réponse, ne fit que sourire à l'Ambassadeur, & aussi-tôt il se leva sans lui rien dire. Peu de jours après il partit pour Transsilvanie, laissant *Monsieur de la Haye le Fils* en prison, mais un peu moins resserré, & *Monsieur de la Haye le Pere* sans aucune sorte de réponse.

Le Grand Seigneur n'alla pas à cette guerre de Transsilvanie, il demeura à Andrinople. L'Ambassadeur s'y tint pendant toute l'absence du Grand Vizir, pensant obtenir de sa Hautesse l'élargissement de son Fils, mais personne n'osoit en parler sans l'ordre du Grand Vizir. Ce Ministre termina promptement la guerre, & revint victorieux à Andrinople. Aussi-tôt qu'il y fut arrivé, on lui parla de *Messieurs de la Haye.* Il répondit avec une feinte surprise, *Et quoi ces Messieurs sont-ils encore ici?* Cela vouloit dire, *qu'ils pouvoient s'en aller:* en effet le Fils fut aussi-tôt élargi, & l'un & l'autre s'en retournerent à Constantinople, sans avoir vû le Vizir.

Aussi-tôt qu'on fût en France l'affaire que ce

ce prémier Ministre avoit faite à *Monsieur de la Haye*; le Cardinal envoya un Gentilhomme au Grand Vizir, pour empêcher qu'elle n'eût de mauvaises suites. Cuperly, dont la haine étoit accrue par la vengeance, & qui haïssoit *Messieurs de la Haye* à mort, vouloit les renvoyer, & obliger ce Gentilhomme à prendre la place de l'Ambassadeur. Il le lui fit dire, s'engageant de faire agréer la chose en France; mais ce Gentilhomme ne voulut point y entendre, & il s'en excusa fort honnêtement. On dit qu'il plût beaucoup au Grand Vizir, en tout ce qu'il traita avec lui. Je suis fâché de ne savoir pas son nom, pour en faire honneur à ce récit.

Le compte que ce Gentilhomme rendit de sa Négociation, fit rappeller *Monsieur de la Haye*. On ne lui envoya point de Successeur; mais on lui manda, de laisser pour Résident en sa place, un Marchand François établi à Constantinople depuis plusieurs années, nommé *Monsieur Roboly*. La France n'y eut point d'autre Ministre, jusques vers la fin de l'an 1665.

Le Roi, qui gouvernoit alors par lui-même, avec beaucoup d'éclat & de succès, s'étoit déja bien vengé des insultes faites à la famille de son Ambassadeur, & des avanies qu'on mettoit journellement sur ses sujets en Turquie, en donnant de puissans secours aux ennemis de l'Empire Ottoman; mais tout cela augmentoit journellement la mauvaise intelligence entre les deux Empires, & les choses étoient venues à un point, qu'il falloit, ou rompre tout-à-fait, ou renouer l'Alliance. La consideration du Négoce de Levant fit prendre le dernier parti: on se résolut d'envoyer un Ambassadeur à Constantinople, pour renouveller les Capitulations. *Monsieur de la Haye le Fils* étoit alors à Paris, à solliciter de l'emploi, & plusieurs années d'arrerages, dûs à la succession de son Pere, mort en cette ville quelques années auparavant. Comme il savoit mieux que personne, que l'Ambassade de Constantinople étoit lucrative, & avec combien d'éclat & d'autorité elle s'exerçoit, il la sollicita puissamment, & pour l'obtenir avec plus de facilité, il offrit aux Ministres de quitter ce qui lui étoit dû.

Les gens qui faisoient pour lui à la Cour, alleguoient en sa faveur son experience aux affaires de Turquie, & son courage tel qu'il le falloit pour négocier avec les Turcs, & ils disoient d'un autre côté, qu'il étoit de l'honneur du Roi, que *Monsieur de la Haye* allât en Ambassade à Constantinople: que cela humilieroit extremement le Vizir, parce qu'il seroit obligé de faire honneur à une personne, que son Pere avoit outragé & haï. On entendoit parler de Cuperly Mahammed Pacha, qui étoit décedé l'an 1662, après avoir établi son fils en sa place. Je ne sai comment ce conseil, tout mauvais qu'il étoit, fut embrassé; si ce n'est en disant, qu'on étoit toûjours dans le dessein de faire venir les Turcs à la raison par force. La suitte des affaires fit voir quelque chose de semblable.

Monsieur de la Haye arriva à Constantinople au mois de Novembre 1665. Il fit une entrée pompeuse, & il se conduisit durant les cinq années que dura son Ambassade, avec autant de hauteur qu'on le pouvoit attendre d'un Ministre ferme, qui soûtient le caractere d'Ambassadeur d'un Roi puissant & redouté. Il ne parloit d'autre chose, dans les visites qu'il faisoit aux Ministres du Divan, que de la grandeur du Roi son Maître, & de la puissance de ses Armes. Cela déplût fort au Vizir, qui s'imagina, que c'étoit une insulte qu'on lui venoit faire, & au Grand Seigneur, jusques dans sa Cour; & dans cette prévention, il traitta l'Ambassadeur avec un mépris assez outrageant. Lui ayant accordé Audience, il le reçût avec beaucoup de fierté & de dédain sans le regarder, & sans se lever de sa place, selon la coûtume ancienne, & selon qu'il se pratique envers les Ambassadeurs de l'Empire, & de toutes les têtes Couronnées. Il ne se contenta pas de cela, il lui reprocha en termes aigres, les secours que la France avoit envoyez en Hongrie, & en Candie, & l'entreprise de Gigery. *Monsieur de la Haye* dissimula, croyant qu'à la sortie le Vizir lui feroit les civilitez accoûtumées; mais il fut trompé: le Vizir le congedia, avec la même indifference qu'il l'avoit reçû.

L'Ambassadeur ayant fait réflexion sur l'affront, que le Vizir lui avoit fait à cette Audience, lui en envoya demander une autre, à condition qu'il le recevroit debout, & sans lui faire de reproches. Le *Raisquitab* qui est le Grand Chancelier de l'Empire, & le *Kiaia* du Vizir, qui est comme son Maître d'Hôtel, répondirent à l'Interprete, qu'il assurât son Maître que le Vizir le recevroit comme il devoit. L'Ambassadeur s'étant fié à cette parole fort équivoque, alla à l'Audience du Vizir; mais il y fut reçû comme la premiere fois. Ce qui fâcha si fort *Monsieur de la Haye*, qui ne s'attendoit point à ce nouvel outrage, qu'il dit au Vizir, que l'Empereur de France l'ayant envoyé à la *Porte*, pour confirmer l'al'amitié entre les deux Empires, il n'avoit pas voulu compter pour Audience celle qu'il lui avoit donnée, parce qu'il ne lui avoit pas fait les honneurs dûs à l'Ambassadeur du plus grand, & du plus puissant Monarque de la Chrêtienté; & qu'il lui déclaroit avoir ordre de lui rendre les Capitulations, & de s'en retourner en France, sur le Vaisseau même qui l'avoit amené, s'il ne le traittoit convenablement à la grandeur de son Maître. Le Grand Vizir s'irrita de ce discours, & répondit avec quelques injures. L'Ambassadeur s'emporta aussi de son côté, & prenant des mains de l'Interprete *les Capitulations*, il les jetta contre les genoux de ce Ministre, & se levant aussi-tôt, il sortit sans rien dire, & sans rien attendre: mais on l'arrêta à la porte de l'Antichambre. Le Vizir fit en même tems appeller le *Moufti*, *Vani Effendi*, Précepteur du Grand Seigneur, & le *Captan Bacha*, & délibera avec eux de ce qu'il falloit faire dans une rencontre de cette importance. La résolution fut, qu'on en informeroit le Grand Seigneur. Sa Hautesse étoit à la chasse à vingt lieuës de Constantinople, ce qui fut cause que la réponse fut trois jours à venir, pendant lesquels *Monsieur de la Haye* demeura arrêté dans un appartement du Palais du Vizir.

Pendant ce tems, le *Captan Pacha* fit dire de la part de ce Ministre à *Monsieur de la Haye*, que s'il vouloit baiser sa veste, lors qu'il lui donneroit Audience, comme avoit fait le Comte de Leslé, Ambassadeur de Sa Majesté Imperiale, il le recevroit debout, & lui feroit les mêmes honneurs qu'il avoit faits à ce Comte. L'Ambassadeur lui répondit, qu'il ne se régloit sur les exemples de personne, lors qu'ils étoient préjudiciables à la grandeur de l'Empereur de France. Le *Captan Pacha* lui fit demander, ce qu'il pouvoit trouver à redire, en l'exemple du Comte de Leslé; *puisque son Maître étoit l'Empereur des sept Rois*; qualité que prend l'Empereur auprès des Turcs, à cause qu'il s'élit par sept Electeurs. Après beaucoup de Négociations de part & d'autre, & après que la réponse du Grand Seigneur fut venuë, il fut arrêté entre le Grand Vizir, & l'Ambassadeur, qu'il sortiroit quand il lui plairoit, que les deux Audiences qu'il avoit reçûes seroient oubliées, & qu'on lui en donneroit une, avec les civilitez & les céremonies accoûtumées.

Je remarque ici sur le titre de *Bacha*, que j'écris indifferemment, par *B*, & par *P*, & que nous prononçons nous autres Europeans communement par *B*, *Bassa*; au lieu que la prononciation Orientale panche plus au *P*. Le *B*. & le *P*. ont la même figure dans l'Alphabet des Mahometans, & l'oreille s'y méprend aisément. L'Etymologie de ce terme écrit par B. veut dire en nôtre langue *la tête du Roi*, écrit par P. *le pié du Roi*.

Cette Audience se donna au mois de Janvier 1666. Le Grand Vizir, pour n'être pas obligé à se lever quand l'Ambassadeur seroit introduit, le fit entrer dans un Salon particulier, & l'y alla trouver. Il y entra fort civilement, & alla joindre l'Ambassadeur avec un visage riant, en lui tendant la main. *Monsieur de la Haye*, qui étoit bien aise de voir les choses rajustées, répondit convenablement à ses civilitez, & le complimenta, comme s'il ne l'avoit pas encore vû. L'Audience se passa en honnêtetez. L'Ambassadeur, & les personnes qui l'accompagnoient, furent régalées de parfum, de Caffé, de Sorbet, & de vingt-quatre vestes. Le mois suivant il eut Audience de Sa Hautesse, & la chose se passa à l'ordinaire, c'est-à-dire, en civilitez; n'étant point la coûtume qu'on parle d'affaire au Grand Seigneur.

Monsieur de la Haye avoit ordre de demander le renouvellement des Capitulations, & la liberté de négocier aux Indes par la Mer rouge. Le Grand Vizir ne voulut accorder ni l'un ni l'autre, aux conditions qu'on demandoit. Il partit de Constantinople au mois de Mars avec le Grand Seigneur, s'en alla à Andrinople, où il laissa Sa Hautesse, & delà passa en Candie. *Monsieur de la Haye* se rendit à Andrinople, & eut des Conferences avec le Caimacan, sur les choses dont j'ai parlé; mais ce Ministre n'osant rien conclure sans la participation du Grand Vizir, *Monsieur de la Haye* revint à Constantinople sans avoir rien avancé.

Le Traité des Génois, dont j'ai parlé, arriva peu de tems après, qui acheva de brouiller les affaires, & d'irriter les Esprits; car d'un côté les Genois furent reçûs malgré les protestations & les menaces de l'Ambassadeur; & de l'autre l'Ambassadeur employa dans les plaintes qu'il en fit, des termes qui offenserent les Ministres. Ils lui avoient écrit, comme je l'ai raporté, *Que le Roi son Maître ne devoit point s'opposer à la reception de qui que ce soit, que le Grand Seigneur voudroit agréer, & qu'il devoit suffire à Sa Majesté, d'être reconnu à la* Porte *pour Empereur, & pour premier Prince de la Chrêtienté.* Monsieur de la Haye fit réponse, *Qu'à l'égard de*

ces

ces grands titres, *l'Empereur de France n'en étoit redevable qu'à Dieu & à ses armes victorieuses*; ce qui fut trouvé fort mauvais, parce que ce sont ces mêmes titres, que le Grand Seigneur s'attribuë particulierement, & que les Turcs croyent qu'ils ne peuvent convenir qu'à Sa Hautesse. Les Ministres firent dire à *Monsieur de la Haye*, *que jamais aucun Ambassadeur ne s'en étoit servi*, *& que le Divan n'en permettoit l'usage à personne*.

Les Négociations se passoient ainsi en aigreurs, entre les François & les Turcs, & ils se faisoient l'un à l'autre, tout le mal qu'ils pouvoient. Les François envoyoient de grands secours en Candie, qui en retardoient la Conquête, les Turcs faisoient de grandes avanies aux Marchands François. Leurs plaintes, qui augmentoient tous les jours, obligerent le Roi à envoyer ordre à *Monsieur de la Haye*, de s'en revenir en France, sans traiter du renouvellement des Capitulations, à moins qu'il n'en fût recherché par les Ministres de la *Porte*. Cet ordre lui fut rendu à la fin de l'année 1668, & il lui déplût extrémement. Néanmoins il ne laissa pas d'aller voir le Caimacan de Constantinople, lui disant, qu'il avoit reçu ordre du Roi son Maître de s'en retourner: qu'il attendoit pour cela les Vaisseaux que Sa Majesté lui envoyoit, & le congé de la *Porte*, & qu'il le supplioit d'écrire à la Cour pour le lui faire venir au plûtôt.

La Cour étoit alors à Larisse en Thessalie, car sa Hautesse s'étoit renduë là, pour être plus proche de Candie, & pour en hâter la conquête. Le Caimacan, qui est comme un Lieutenant de Grand Vizir, demanda à *Monsieur de la Haye*, s'il venoit un autre Ambassadeur en sa place: il fit réponse, qu'il n'en venoit point; mais que l'Empereur son Maître lui avoit commandé de laisser un Secretaire, ou un Marchand François pour Resident, comme étoient les Representans des Hollandois & des Genois. Le Caimacan lui demanda, pourquoi il ne venoit point d'Ambassadeur? il lui répondit, que c'étoit une chose qu'il ne lui pouvoit déclarer en public. Le Caimacan ayant connu à cette réponse, qu'il avoit quelque-chose de secret à lui dire, lui donna Audience en particulier, & ce fut alors que l'Ambassadeur lui découvrit, que les raisons qui obligeoient l'Empereur de France à le rappeller, & à ne vouloir plus tenir d'Ambassadeur à la *Porte*, étoient entr'autres, que la dignité d'Ambassadeur de France n'y avoit pas été considerée & respectée comme elle devoit être; qu'on n'avoit eu aucun égard aux plaintes, ni aux priéres, que sa Majesté faisoit faire depuis trois ans; qu'on n'avoit pas voulu renouveller les Capitulations, ce qui étoit au grand dommage des Marchands François, ausquels on faisoit payer cinq pour cent de Doüanne, au lieu que les Anglois, les Hollandois, & les Genois, ne payoient que trois pour cent; qu'on avoit reçû ces derniers en Turquie contre ses remontrances, & ses protestations, & que depuis trois ans on avoit fait payer aux François pour deux cens mille livres d'avanies. *Monsieur de la Haye* ajoûta, que si sur ces griefs, on vouloit avoir égard aux justes mécontentemens de l'Empereur son Maître, il croyoit que sa Majesté s'en contenteroit, & ne le rappelleroit point. Le Caimacan répondit à *Monsieur de la Haye*, qu'il écriroit tout cela au Caimacan de la *Porte*, qui est un autre Lieutenant de Grand Vizir, qui est toûjours auprès de la personne du Grand Seigneur, & qu'il seroit à propos que son Excellence écrivît aussi, pour donner plus de poids & de force à cette négociation. La réponse du Caimacan de la *Porte* à *Monsieur de la Haye* fut, qu'il donneroit avis au Vizir de tout ce qu'il lui avoit écrit, & lui feroit savoir sa réponse le plus promptement qu'il pourroit.

Tandis que l'Ambassadeur attendoit cette réponse, il arriva quatre Vaisseaux du Roi à Constantinople, qui étoient envoyez pour le ramener. Cette Escadre fit d'abord peur aux Turcs; mais *Monsieur d'Almeras* qui la commandoit, ayant demandé avec empressement mille quintaux de biscuit, dès qu'elle fut à l'ancre; les Turcs ne l'apprehenderent plus, la voyant sans biscuit, & reduite à ne pouvoir subsister long-tems, si l'on vouloit lui en refuser.

La réponse du Grand Vizir à *Monsieur de la Haye* arriva au mois de Mars 1669. & contenoit une permission d'aller à la Cour. Il s'y rendit au mois d'Avril. Je passerai par-dessus les motifs & le but de ce voyage: ce n'est pas que je n'en aye assez entendu parler à Constantinople; mais parce que cela est different de ce que *Monsieur de la Haye* en dit dans la Rélation, qu'il donna au Roi à son retour à Paris, de laquelle j'ai tiré presque tout ce détail. Il dit là dedans qu'il n'avoit autre but que d'obtenir son congé. Je ne dirai rien par la même raison de ce qu'il fit à la Cour Ottomane, d'où il écrivit à Monsieur d'Almeras, qui étoit demeuré à Constantinople avec ses quatre Vaisseaux, de venir prendre à *Vole*, Port

Port de mer dans le Golfe de Sallonique, un Ambassadeur Turc, que le Grand Seigneur envoyoit en France.

Ce Turc s'appelloit *Soliman:* il étoit *Muttafar Aga*, c'est à dire, Huissier du Grand Seigneur. Quand on l'envoya au Roi, c'étoit un homme à quinze *aspres* de gages par jour, c'est-à-dire, sept sous & demi. Il arriva en France à la fin de l'année 1669. & en partit l'année suivante au mois d'Août. Tout Paris l'a vû, & ceux qui l'ont observé, l'ont reconnu aussi fier, aussi brutal, & pourtant aussi rusé qu'aucun Turc qu'il y ait au monde. Les Provençaux qui étoient en Levant l'appelloient l'Ambassadeur de *Monsieur de la Haye*, & ils osoient assurer, que *Monsieur de la Haye* avoit fourni l'argent pour son équipage. La vrai-semblance qu'ils mettoient en avant pour le prouver, c'est que l'équipage de Soliman étoit bien éloigné de la magnificence de celui des Ambassadeurs Turcs. *Monsieur de la Haye* se défendoit des atteintes qu'on lui faisoit sur cet équipage, en disant que Soliman Aga n'avoit pas eu le tems de s'équiper. On lui en donnoit une autre plus forte, savoir que le nom d'Ambassadeur ne s'étoit point trouvé dans les dépêches de Soliman. Il répondit à cela, que pendant que Soliman attendoit à la Cale Saint Nicolas, proche de Cerigo, que Monsieur d'Almeras le vînt prendre; le Grand Vizir s'assura de la prise de Candie, & que n'ayant plus à ménager la France, ni à craindre ses secours, ce Ministre changea les titres, les instructions, & les dépêches de Soliman; retirant les premieres, & lui en envoyant d'autres. Mais qu'il est très-vrai, que Soliman Aga lui avoit été nommé, & donné pour Ambassadeur: que pour preuve de cela, le Grand Seigneur lui donna la Veste & le Sabre, qu'il donne à ses Ambassadeurs, & que la Forteresse de Napoli de Romanie le salüa avec le canon, à son arrivée.

Monsieur de la Haye revint à Constantinople au mois de Juillet, & trois mois après il reçût ordre de s'embarquer, s'il pouvoit, sur les Vaisseaux de Monsieur d'Almeras; mais que si le Caimacan l'en empêchoit, il déposât à l'instant le caractére d'Ambassadeur, afin que les Turcs ne pussent pas se glorifier, & prendre avantage, d'avoir un Ambassadeur de France, qu'ils pûssent mal-traitter selon leur caprice. Les Vaisseaux étoient partis, comme j'ai dit, quand cet ordre arriva; ainsi *Monsieur de la Haye* n'en pouvoit exécuter la premiere partie, & pour l'autre il s'en excusa; en écrivant en France, que les Turcs avoient pour lui beaucoup de consideration, de retenuë & de respect.

Cette excuse, qui ne fut point du tout agréée, fit rappeller *Monsieur de la Haye*. Les Provençaux qui étoient déchaînez contre lui, mandoient sans cesse en France, que tant qu'il seroit Ambassadeur à la *Porte*, les Capitulations ne se renouvelleroient point, & que le passage aux Indes par la Mer rouge, ne se pourroit obtenir; parce que le Vizir avoit une vieille haine contre sa personne. On les crût, & il fut resolu qu'on retireroit *Monsieur de la Haye*, & qu'on envoyeroit Monsieur de Nointel en sa place. C'étoit un Conseiller du Parlement de Paris, homme de probité, savant, & curieux, qui avoit voyagé par curiosité jusqu'à Constantinople; mais qui étoit de beaucoup trop doux pour négocier en Turquie. On voulut d'abord ne lui donner que la qualité de Résident, mais ses amis, & particulierement la Compagnie de Levant, lui firent donner celle d'Ambassadeur. Cette Compagnie jugeant du goût, & des égards des Turcs, par ceux des Europeans, representa aux Ministres, que s'agissant de renouveller avantageusement les Capitulations, d'établir une Compagnie en Levant, d'obtenir la liberté du Commerce de France aux Indes par la Mer rouge; le Grand Seigneur feroit beaucoup plus de choses pour un Ambassadeur que pour un Résident.

Monsieur de Nointel partit de France au mois d'Août 1670. avec l'Ambassadeur Turc, Soliman Aga, & arriva à Constantinople au mois d'Octobre suivant. Le Roi lui donna pour le porter, quatre Vaisseaux, commandez par Monsieur d'Aplemont. J'ai ouï dire à des gens bien éclairez, que l'on s'en prenoit à tort à *Monsieur de la Haye*, & qu'on se trompoit en s'imaginant que c'étoit, ou à l'égard de sa personne, ou par le manquement de sa conduite, que les Turcs ne renouvelloient point les Capitulations: la suitte des affaires a justifié cela, & a montré, qu'il en falloit jetter la faute sur divers contre-tems, où cet Ambassadeur s'étoit trouvé, & particulierement sur les puissans secours que la France envoyoit en Candie, lors même qu'elle demandoit au Grand Seigneur des graces bien considerables, & des avantages tout particuliers.

Monsieur de Nointel fit une belle entrée à Constantinople, mais les Turcs en trouverent l'éclat hors de saison, & peu convenable aux circonstances du tems, & des affaires. La Cour Ottomanne étoit à Andrinople. *Monsieur*

sieur de la Haye obtint sans difficulté congé de se retirer, & il s'embarqua au mois de Decembre, sur le Vaisseau que montoit Monsieur d'Aplemont. Ce Vaisseau, & les autres de l'Escadre furent arrêtez devant les Châteaux, au sujet de deux Esclaves, qui s'étoient jettez dessus. Il s'y en étoit sauvé en tout près de cent, de toutes sortes de Nations, & dans ce nombre le Chevalier de Beaujeu, qui étoit prisonnier aux sept Tours. Le Caimacan envoya demander ces deux Esclaves à Monsieur de Nointel, & Monsieur de Nointel les alla demander aux Capitaines des Vaisseaux ; mais ils répondirent, qu'ils ne les avoient point. *Monsieur de la Haye* fut obligé d'écrire des Dardanelles la même chose au Vizir, qui fit semblant d'être satisfait de cette excuse, & envoya ordre aux Châteaux de laisser passer les Vaisseaux du Roi.

Peu de tems après le départ de *Monsieur de la Haye*, Monsieur de Nointel alla à Andrinople. Il y reçût tous les honneurs accoûtumez, il demanda aussi-tôt Audience, & la vouloit avoir, avant que de faire savoir ce qu'il venoit traiter à la *Porte*; mais il fallut qu'il le déclarât auparavant. C'est une Loi en Turquie, que les Ambassadeurs, avant que de voir le premier Ministre, ou le Grand Seigneur, envoyent dire à celui-là le sujet de leur venuë, ce qu'ils demandent, & les choses qu'ils ont ordre de négocier. La même Loi s'observe en tout l'Orient. Monsieur de Nointel savoit bien cela; mais on avoit mis dans ses Instructions, qu'il traitât d'affaire lui-même avec le Grand Vizir, & ne lui communiquât les ordres du Roi, qu'en plein Divan, & qu'il en parlât aussi au Grand Seigneur. On lui avoit ordonné d'en user ainsi, parce qu'on étoit prévenu en France, que sa Hautesse n'avoit aucune connoissance des duretez du Vizir pour la Nation; que le Divan n'en savoit rien non plus; que ce Ministre refusoit de renouveller les Capitulations aux conditions que le Roi demandoit, par un pur principe de haine qu'il portoit aux François; qu'il falloit donc se tirer de ses mains, & de son absoluë dépendance. On est sujet en toutes les Cours de l'Europe, à prendre des mesures tout à fait fausses sur les affaires de Turquie, marque certaine, que le genie, & la politique des Turcs ne nous sont pas encore bien connus. Celles-là étoient fausses assurément. Monsieur de Nointel fit tout ce qu'il pût pour executer son ordre. Il fut quelque tems à ne vouloir rien déclarer, & après il ne vouloit déclarer qu'une partie de sa Commission ; mais voyant qu'il ne pouvoit avoir Audience, il fut obligé de s'ouvrir entiérement, & de délivrer un Mémoire des demandes, qu'il avoit à faire à la *Porte*.

Il le mit entre les mains de l'Interpréte du Vizir, nommé *Panaioti*. C'est un Grec, homme de grand esprit, & qui sait plusieurs langues de l'Europe, entr'autres la Latine, & l'Italienne, dont il se sert avec beaucoup de lumiére, & de force, soit pour écrire, soit pour parler Ce Grec a une parfaite fidelité pour le Grand Vizir, & l'on voit bien, qu'il a un attachement tout entier aux interêts de la *Porte*, au préjudice des Chrétiens. Il en use ainsi, soit qu'il apprehende la séverité des Turcs, sur ceux qui les trahissent ; soit que les devoirs de la naissance, ou la servitude des sujets en Turquie, l'ayent obligé à tenir une pareille conduite. Il a le titre de premier Interprête, & de Secretaire de l'Empire Ottoman. La République de Genes l'a fait Noble Genois, en récompense des bons offices, qu'il rendit au Marquis *Durazzo* son Ambassadeur. Il étoit Interpréte de l'Empereur d'Allemagne, avant que de l'être du Grand Vizir. Il avoit mille écus de pension, & l'on dit qu'il les reçoit encore tous les ans secretement. Cependant il a travaillé plus qu'aucun autre, à la derniere paix faite entre les deux Empires, & qui n'a pas été assez honorable à celui d'Allemagne. Il a négocié aussi celle de Candie, & il s'y est si bien conduit pour la satisfaction du Grand Vizir, que ce Ministre lui donna au moment de la ratification le revenu de l'Ile de *Micone*, en l'Archipel, qui est de quatre mille écus par an. Je me suis un peu étendu, en parlant de ce *Panaioti*, parce qu'il est fort connu de ceux qui ont affaire à la *Porte*, & qu'il traite de la part du Vizir avec tous les Chrétiens qui y viennent, de quelque qualité qu'ils soient, & pour quelques interêts que ce puisse être.

Les demandes de l'Ambassadeur contenoient environ trente Articles, dont voici les principaux.

Premierement, que la Porte *ne pût recevoir en ses Etats aucune Nation de l'Europe, outre celles qui y sont déja établies, que sous la Baniére Françoise, & que les Italiens particulierement, qui voudroient venir en Turquie, excepté les Venitiens, & les Genois, seroient tenus de prendre la Baniére de France, & la protection de l'Ambassadeur du Roi.* Les Turcs donnerent ce privilége aux François, dans les premieres Capitulations qu'ils firent avec eux, du tems de François premier. Ils en jouirent

jusqu'au

jusqu'au commencement de ce siécle, qu'il arriva je ne sai quel different, pour des Corsaires étrangers, qui croisoient avec la Baniére Françoise, le long des côtes d'Egypte; à l'occasion dequoi la *Porte* retrancha cet Article des Capitulations, dans un renouvellement qui s'en fit alors: mais depuis il fut rétabli, & le privilége une autre fois accordé. Voici en quels termes il est couché.

Toutes les Nations de l'Europe, qui n'ont point d'Agens publics à la Porte, *ni d'Alliance & Confederation avec le Grand Seigneur; lesquelles viendront en Levant sous la Baniére Françoise, y seront reçûes, & joüiront des mêmes avantages que les François.* Les Turcs ne veulent point reconnoître ces dernieres Capitulations. Ils se servent des précedentes, & disent outre cela, quant aux dernieres, que le mot *viendront* n'est pas exclusif, qu'il oblige bien la *Porte* à recevoir les Etrangers, qui viendront en Turquie avec la Baniére Françoise; mais qu'il n'ôte pas la liberté au Grand Seigneur, de les recevoir s'il veut, sous d'autres Baniéres.

Secondement, que les François ne payeroient que trois pour cent de Doüanne, conformément aux Anglois, aux Hollandois, & aux Genois.

En troisiéme lieu, que le Grand Seigneur accorde aux François la liberté de trafiquer aux Indes, par ses païs & terres, & notamment par le canal de la Mer rouge, sans payer d'autres Droits, que ceux d'entrée.

En quatriéme lieu, que le Grand Seigneur fît rendre aux Religieux Catholiques Romains de la Terre sainte, les Lieux saints, dont les Grecs les ont chassez l'an 1638.

En cinquiéme lieu, que le Roi de France fût reconnu à la Porte, *seul Protecteur des Chrétiens.*

En sixiéme lieu, que tous les Chrêtiens du rit Romain, qui sont dans l'Empire Ottoman, fussent reconnus & considerez, comme étant sous la protection de sa Majesté.

En septiéme lieu, que les Capucins François qui sont à Constantinople, pussent relever une Eglise à Galata, que le feu avoit entierement consumée, il y a environ quinze ans.

En huitiéme lieu, que toutes les Eglises des Chrêtiens Romains, qui sont dans l'Empire Ottoman, pûssent à l'avenir être réparées, & relevées, autant de fois qu'il seroit nécessaire, sans qu'il fût besoin d'en demander la permission.

En neuviéme lieu, que tous les François qui étoient esclaves en Turquie, fussent mis en liberté.

Les autres demandes étoient moins importantes chacune en particulier, mais le nombre les rendoit considerables. La *Porte* les traita d'exorbitantes, & même de ridicules, & les Ministres crurent, ou firent semblant de croire, que l'on cherchoit un prétexte de rompre avec sa Hautesse. Le Vizir envoya demander à l'Ambassadeur, s'il avoit des Lettres de l'Empereur de France, pour le Grand Seigneur, ou pour lui, qui continssent les demandes, inserées dans le mémoire qu'il avoit presenté de la part de Sa Majesté; parce qu'il ne croiroit jamais, que l'Empereur de France eût donné ordre, de faire à la *Porte*, des propositions aussi étranges, & aussi éloignées du droit, & de la justice, que celles que l'on faisoit en son nom; s'il ne les voyoit contenuës bien expressément dans une lettre signée de Sa Majesté. Monsieur de Nointel, qui ne s'attendoit pas à cette demande, dit qu'il avoit des Lettres de créance, de l'Empereur son Maître, pour le Grand Seigneur, & pour le Grand Vizir, & que cela devoit suffire, parce que Sa Majesté n'écrivoit jamais d'affaires elle-même: Qu'ainsi la *Porte* étoit mal fondée de mettre en compromis l'intention de l'Empereur de France, à cause qu'il ne la montroit pas écrite, ou signée de la main de Sa Majesté. L'Ambassadeur avoit raison. La difficulté que faisoit le Vizir étoit une pure chicane; mais quoi que Monsieur de Nointel pût dire, & alleguer au contraire, on ne lui accorda point d'Audience, qu'après avoir promis de faire venir une Lettre du Roi, qui contînt nettement, & clairement, les mêmes choses qui étoient dans son Mémoire, & de la faire venir en six mois.

C'étoit à la fin de Fevrier de l'an 1671. que Monsieur de Nointel donna cette parole. Le jour suivant le Grand Vizir lui envoya dire, qu'il lui accordoit l'Audience pour le lendemain, & que deux jours après le Grand Seigneur la lui donneroit aussi; mais à condition qu'il n'y parleroit d'aucunes affaires. L'Ambassadeur fut reçû du Vizir assez froidement. Il tint à ce Ministre plusieurs discours, qui pour être trop longs, & étendus pour les Turcs, ne faisoient aucun effet. Le Vizir y répondit presque toûjours par un *oui* ou un *non*. Monsieur de Nointel s'étendoit particulierement sur la grandeur du Roi, & sur ses forces. Le Grand Vizir, qui prenoit ces veritez pour de secretes menaces, répondit. *Oui, l'Empereur de France est un grand Monarque, mais son épée est encore neuve:* Il vouloit dire que le Roi n'avoit fait jusques-là, aucun exploit digne de tant d'éloges; mais il en parloit en homme bien mal-informé, de ce qui se passoit paffoit entre les Princes Chrétiens. Monfieur de Nointel reçût encore d'autres femblables réponfes. J'en marquerai deux, dont voici la premiere, qui regarde l'ancienneté de l'Alliance, qu'il y a entre la France & la Turquie. L'Ambaffadeur en parlant de fa durée, dit, *que les François étoient vrais amis des Turcs.* Le Vizir répondit en fouriant, *Les François font nos amis, mais nous les trouvons par tout avec nos ennemis.* L'autre étoit encore plus mortifiante, la voici.

L'Ambaffadeur fur le point de fortir, fit dire au Vizir, *qu'il avoit ordre de l'Empereur fon Maître, de lui recommander fortement l'affaire de la Mer rouge; que Sa Majefté l'avoit extrémement à cœur, & defiroit fort que la* Porte *lui donnât contentement là-deffus. Se peut-il faire*, répondit feichement le Vizir, *qu'un Empereur auffi grand que vous dites qu'eft le vôtre, ait fi fort à cœur une affaire de Marchands.*

L'Ambaffadeur ne fut pas plus fatisfait de l'Audience qu'il eut du Grand Seigneur. Après qu'il eut fait fa reverence, on le conduifit au bout de la fale vis-à-vis de Sa Hauteffe; à qui il fit fa harangue, qui dura près d'un quart d'heure. Elle ne fervoit de guere, car l'Interpréte n'en expliqua que le fens au Vizir, & en peu de paroles, & le Vizir le dit en deux mots au Grand Seigneur. Monfieur de Nointel parla enfuite d'affaires à Sa Hauteffe. Cela étoit contre la coûtume, contre ce qu'avoit demandé le Vizir, & contre la parole, qu'il prétendoit qu'on lui en avoit donnée. Le Grand Seigneur écouta attentivement tout ce que dit l'Interprête, & répondit, en tournant les yeux vers le Grand Vizir, qui eft toûjours proche de fa perfonne en de pareilles rencontres; que *l'Ambaffadeur s'adreffe à nôtre Lala.* Ce mot *Lala* fignifie *Tuteur* & auffi *Pere* dans un fens figuré, mais dans le propre il fignifie *Pere nourricier*, celui qui nous éleve ou nous donne l'éducation. Les Turcs s'en fervent pour fignifier un homme, qui a pour un autre un foin, & une affection paternelle. C'eft la coûtume, que les Ambaffadeurs, au fortir de l'Audience du Grand Seigneur, dinent au Divan, ils mangent avec le Grand Vizir, & les Gentilshommes de leur compagnie mangent avec *les Vizirs du Banc*, qui font les plus grands Seigneurs de l'Empire. Monfieur de Nointel voulut encore là parler d'affaire. Son procedé impatienta le Vizir, & porta ce Miniftre à en ufer un peu incivilement avec lui. Il lui impofa filence, & lui dit, *Monfieur l'Ambaffadeur, tenez-vous à ce que vous avez promis: nous faurons dans fix mois fi nous fommes amis ou ennemis.*

Voilà le début de Monfieur de Nointel, & le fuccès de fon premier voyage à Andrinople. Il en revint au mois de Mars 1671, & écrivit en France ce qu'il avoit fait à la *Porte*, & en quels termes il étoit demeuré avec le Grand Vizir. On vit bien à la Cour, que ce Miniftre fe joüoit de l'Ambaffadeur & des François. On mit en déliberation fi on romproit avec la *Porte*, ou fi l'on diffimuleroit un traitement fi déraifonnable. Cependant pour ne rien entreprendre legerement, dans une affaire de cette importance; on ordonna à Monfieur d'Oppede, prémier Prefident d'Aix, d'affembler à Marfeille tous les Négocians du Levant, & les autres gens éclairez dans les affaires de Turquie, & de prendre leur fentiment fur ce que beaucoup de gens faifoient entendre au Confeil; *Que la France fe pouvoit paffer du negoce du Levant, au moins durant plufieurs années, & qu'elle pouvoit aifément faire par mer tant de mal aux Turcs, que le Grand Seigneur pour l'arrêter, feroit contraint d'accorder au Roi tout ce que Sa Majefté demandoit.* L'avis de l'Affemblée pris à la pluralité des voix fut, *Que ces propofitions étoient vrayes: qu'il y avoit en Provence affez de marchandifes du Levant, pour en fournir la France dix ans durant: & que fi le Roi envoyoit feulement dix Vaiffeaux dans les mers de Grece, & particulierement aux Dardanelles, la famine feroit dans peu à Conftantinople, & il s'y feroit un foulevement en faveur des François.*

Les Provençaux ne douterent point alors, qu'on ne fit bien-tôt la guerre au Grand Seigneur. Ils écrivirent en tout le Levant ce qui s'étoit paffé à Marfeille, & mandoient avec affurance, que le Roi faifoit équiper cinquante Vaiffeaux pour les envoyer contre les Turcs. Monfieur de Nointel reçût plufieurs Lettres de Marfeille, qui lui affuroient la même chofe. Ces nouvelles furent en un inftant répanduës dans Conftantinople, dans Andrinople, & en tous les Ports du Levant. J'ai ouï affurer que le Grand Vizir en fut troublé, & tous les Miniftres. Il envoyoit demander aux autres Ambaffadeurs, & aux Refidens de la Chrêtienté, s'il étoit vrai que le Roi de France leur voulût faire le guerre, & fe préparât à cela. Les réponfes qu'il recevoit étoient; qu'à la verité Sa Majefté faifoit équiper des Vaiffeaux, mais qu'ils n'avoient point d'avis qu'on les voulût employer contre la Turquie; qu'on difoit prefque generaneralement, que c'étoit contre les Hollandois qu'on les préparoit, & qu'ils croyoient que c'étoit la verité. Ces réponses diminuerent la crainte des Turcs, & ils la perdirent bientôt entierement, à l'arrivée d'une barque Françoise, qui parut au bout de deux mois à Constantinople. On la croyoit d'abord barque d'avis, chargée d'ordres pour l'Ambassadeur, & pour tous les François; mais ils furent bien surpris, quand demandant au *Patron*, où étoit l'Armée navale de France destinée contre les Turcs, il leur dit, qu'il n'avoit point entendu parler d'Armée navale, qu'on n'équipoit point de Vaisseaux à Toulon, & qu'il ne savoit ce qu'on lui vouloit dire.

Le premier Septembre le Grand Vizir écrivit à Monsieur de Nointel. Il lui mandoit, *que le terme de six mois, qu'il avoit pris pour faire venir une Lettre du Roi son Maître, étant expiré; il desiroit savoir si elle étoit venuë, ce qu'elle contenoit, & quels ordres il avoit de Sa Majesté.* L'Ambassadeur répondit de bouche à celui qui lui rendit cette Lettre, *Que la réponse de l'Empereur de France n'étoit point encore venuë, que c'étoit tout ce qu'il pouvoit mander alors au Grand Vizir; n'étant pas resolu de faire réponse à une Lettre, qui ne donnoit pas à son Maître les titres qui appartiennent à Sa Majesté Imperiale.* Monsieur de Nointel en usa ainsi, parce que le Vizir ne donnoit au Roi dans sa Lettre, & sur le dessus, que le titre de *Craul*, qui est moins grand chez les Turcs que celui de *Padcha*, quoi que tous deux signifient un Souverain. Ils se servent du dernier terme pour nommer le Grand Seigneur, & ils s'en sont toûjours servis aussi pour nommer le Roi de France. Le mot de *Padcha* est Persan. Le mot de *Craul* est Esclavon, & c'est le titre que les Polonois donnent à leur Roi. En France on explique le mot de *Padcha* par celui d'Empereur.

Le parti qu'on prit au Conseil de France sur les affaires du Levant, après la tenuë de l'Assemblée de Marseille, ne répondit pas à ce qu'on avoit lieu d'attendre, en suite de l'avis de cette Assemblée. Le Roi qui vouloit bien-tôt déclarer la guerre aux Hollandois, ne voulut pas entreprendre celle de Turquie, où il auroit fallu employer une bonne partie de son Armée navale. Il se résolut de temporiser, & de faire encore un effort pour accommoder les choses, & n'être point obligé de rompre avec les Turcs. Monsieur de Lyonne écrivit au Vizir, *Que l'Empereur de France s'étonnoit, qu'il refusât de donner créance à son Ambassadeur: que la* Porte *n'avoit jamais jusqu'alors mis en doute la verité, & la fidelité des propositions des Ambassadeurs de France: que Sa Majesté Imperiale ne s'expliqueroit point par d'autre canal que celui de Monsieur de Nointel, & que si le Grand Seigneur, & ses Ministres refusoient de lui donner créance, ils lui donnassent congé de s'embarquer sur le Vaisseau qui portoit cette Lettre à Constantinople.* On envoya Monsieur d'Hervieu Interprête de Monseigneur le Dauphin, & à present Consul à Alep, pour la rendre lui-même au Grand Vizir, & on le chargea aussi des derniers ordres du Roi à l'Ambassadeur. Il partit de Marseille au mois de Septembre, & il n'arriva à Constantinople qu'à la fin du mois de Fevrier suivant, sur un Vaisseau du Roi nommé le Diamant, commandé par le Marquis de Pruilly. Le mauvais tems l'empêcha de faire plûtôt qu'en quatre mois, le voyage de Malthe à Constantinople.

Dès que ce Vaisseau fut arrivé là, & que Monsieur de Nointel eut vû les ordres du Roi, il écrivit au Grand Vizir, *Que la réponse de Sa Majesté étoit enfin arrivée, après avoir été cinq mois sur mer, & qu'il n'attendoit pour la lui communiquer, que la permission de se rendre à la Cour.* Le Vizir lui fit réponse, *Qu'il pouvoit venir quand il lui plairoit, qu'il seroit le bien venu.* Il mit sur le dessus de la Lettre, selon les anciennes coûtumes, *à l'Ambassadeur de l'Empereur de France*, au lieu qu'à la précedente il avoit mis, *à l'Ambassadeur du Roi de France*, comme nous l'avons observé. Le même jour que l'Ambassadeur reçût cette Lettre, le Caimacan lui envoya dire, *qu'il avoit ordre du Grand Vizir, de fournir à son Excellence trente chariots, douze chevaux, & mille écus pour son voyage; qu'il lui envoyeroit tout cela promptement.* Il n'y manqua pas, l'argent fut apporté le lendemain, & les chariots, & les chevaux furent amenez le jour que l'on voulut partir.

Voila l'état & la situation où étoient les affaires, & l'Alliance de France avec la Turquie, lors que j'arrivai à Constantinople au mois de Mars 1672.

L'Ambassadeur partit de Constantinople le 29. Mars. Il avoit avec lui l'Abbé de Nointel son frere, un Gentilhomme, un Confesseur, un Maître d'hôtel, un Secretaire, trois Interprêtes, deux Janissaires, & les moindres Officiers en nombre suffisant. Outre cela, il y avoit en sa compagnie Monsieur d'Hervieu, qui avoit apporté la Lettre de Monsieur de Lyonne pour le Vizir: un Directeur de la Compagnie de Levant, qui devoit trait-

ter

ter avec ce Ministre, des conditions du commerce de la Mer rouge: deux Religieux Espagnols, Commissaires de la Terre Sainte, qui solicitoient la restitution des Lieux Saints de la Palestine, que les Grecs leur avoient enlevez par l'autorité de la *Porte*, il y a environ trente ans: un Marchand de Marseille qui avoit aussi des affaires à la *Porte*; & quatre Gentilshommes François & Italiens, qui comme moi faisoient le voyage par curiosité seulement. Le Caimacan donna un Chaoux à l'Ambassadeur, pour lui faire avoir par tout des logemens, & pour faire garder à sa personne, & à sa suite, le respect que les Turcs perdent aux moindres occasions, quand ils ne sont retenus d'aucune crainte. Nous fûmes six jours en chemin. On compte cinquante lieuës de Constantinople à Andrinople. Le chemin est beau & uni, par des plaines & des campagnes très-belles. On trouve sur la route quantité de beaux villages, & de beaux logemens publics.

Nous allâmes loger à demi lieuë d'Andrinople dans un lieu fort agréable, où l'air est bon & doux, plus qu'en aucun autre de *la Romanie*; car c'est ainsi que l'on appelle aujourd'hui *la Thrace*. Il est situé sur la riviere *d'Hebre*, que l'on nomme à present *Mariza*, & on le nomme *Bosna-koi*, c'est-à-dire, *village de Bosneens*. Dix jours après nôtre arrivée, *Panaiotti*, cet Interprete du Vizir, dont j'ai parlé, vint de la part de ce Ministre visiter l'Ambassadeur, & savoir de lui les intentions du Roi son Maître, touchant le renouvellement des Capitulations. Cet Interprête commença à négocier avec Monsieur de Nointel, en lui disant, que le sentiment du Vizir étoit, que lui & l'Ambassadeur ne se vissent point, jusqu'à ce que les affaires fussent concluës, & terminées; de peur qu'il ne survint entr'eux de ces differens, qui bien que legers, rompent, ou arrêtent la Négociation, & en empêchent le succès. *Panaioti* ajoûta, comme pour confirmer l'opinion du Vizir, qu'en Turquie les affaires ne se faisoient jamais bien que par un tiers, que le Vizir, & l'Ambassadeur ayant reciproquement à conserver la gloire, & les interêts de deux grands Empires, nul des deux ne voudroit commencer à se relâcher de ses prêtentions: qu'il étoit fort facile qu'une Négociation en personne aigrît l'esprit du Vizir, & celui de l'Ambassadeur; mais qu'une Négociation conduite par leurs Interprêtes, ne pouvoit si facilement produire de mauvaises dispositions dans l'un, ni dans l'autre. Enfin le Vizir le prioit d'agréer qu'il ne lui donnât Audience, que pour remettre dans ses mains de nouvelles Capitulations. Monsieur de Nointel souhaitoit toute autre chose; mais il fallut suivre le sentiment du Vizir, & se resoudre à traiter par Interprêtes. *Panaioti* prit copie de la Lettre que Monsieur de Lyonne écrivoit au Grand Vizir, & le Mémoire des conditions ausquelles Sa Majesté vouloit seulement renouveller les Capitulations, à ce que disoit l'Ambassadeur, & s'en alla en faisant mille protestations à l'Ambassadeur de le bien servir en sa Négociation. Il lui dit particuliérement, qu'il se faisoit un si grand honneur d'avoir à ménager le renouvellement des Capitulations entre le Grand Seigneur, & l'Empereur de France, qu'il n'y avoit point de moyens au monde, qu'il n'employât pour le faire conclurre à la satisfaction de sa Majesté très-Chrêtienne. Le tems a découvert, que cette protestation étoit entiérement trompeuse, & que *Panaioti* n'avoit pas pour les interêts de la France, de meilleurs mouvemens que le Grand Vizir.

Ce Ministre lut le Mémoire de l'Ambassadeur, & le donna à examiner au Divan. Il n'étoit pas si long de moitié que celui qu'on avoit présenté au prémier voyage, & ne contenoit qu'onze chefs. Cependant le Vizir le trouvoit encore exorbitant. Il se récrioit sur les points les plus considerables, disant, que jamais la *Porte* ne les accorderoit: sur les autres il disoit, cela se pourra accorder, l'on tâchera de passer sur un tel obstacle, & de lever telles difficultez. Ainsi il donnoit nettement le refus d'une partie des demandes qu'on lui faisoit, & ne donnoit parole de l'autre que fort incertainement. Le Vizir en usoit ainsi, pour découvrir par les réponses de l'Ambassadeur, s'il étoit vrai qu'il eût ordre de ne relâcher rien de son Mémoire. Il le fit tomber dans son piége, & il découvrit ainsi qu'il avoit des ordres secrets.

A la fin du mois d'Avril, ces deux Religieux Commissaires de la Terre Sainte, dont j'ai parlé, furent fort consternez d'un bruit qui se répandit parmi nous, qu'ils ne devoient pas s'attendre, comme ils faisoient, à rentrer dans les Lieux Saints, dont les Grecs les ont dépossedez; parce que le Vizir ayant déclaré, qu'il accorderoit la diminution des droits de Doüanne, & le commerce de la Mer rouge, à condition qu'on ne parleroit point de la Terre Sainte, on lui avoit répondu, *qu'il falloit garder ce point pour le dernier*. Comme cette affaire est assez curieuse, j'en rapporterai

terai ici les principaux passages; & cela délassera le Lecteur, qui pourroit être fatigué du long détail des Négociations de France à la *Porte* Ottomanne, pour un renouvellement d'Alliance.

Le Royaume de Jerusalem fut conquis par les Chrêtiens l'an 1099. & perdu l'an 1177. Un Roi de Syrie nommé *Nezer-Salah-el-din Joseph* le reconquit, en chassa tous les Chrêtiens Occidentaux, particuliérement les Chevaliers, n'y laissant que les Chrêtiens Orientaux, Syriens, Armeniens, Georgiens, & Grecs. Peu de tems après, & dans le treiziéme siécle, un des Rois de Naples de la maison d'Anjou, acheta du Roi de Syrie les Lieux Saints de la Palestine. Le marché fut secret, le Roi de Syrie apprehendant, que les Princes Mahometans ses voisins, ne lui en fissent une infamie, & qu'ils ne le querellassent sur cette vente. Les Moines Franciscains furent envoyez par le Roi de Naples, pour prendre possession des Lieux Saints. Ils y furent laissez, & confirmez par les Sultans d'Egypte, & par les Empereurs Turcs qui conquirent la Palestine.

Ces Religieux avoient les clefs & la jouïssance de tout ce que la dévotion Chrêtienne a consacré à Jerusalem, à Bethlehem, à Nazareth, & aux autres lieux de la Terre Sainte. Les Chrétiens d'Orient, qui sont en grand nombre en ce pays-là, ne laissoient pas d'avoir des chapelles en plusieurs de ces Lieux Saints, comme en l'Eglise bâtie sur le Sepulcre de Jesus-Christ, & en celles qui sont situées aux endroits où il naquit, & fut crucifié. Les Papes qui employent tout pour attirer les Grecs à leur Communion, ordonnérent aux Cordeliers de leur donner toute sorte de liberté dans ces Lieux Saints, & de leur permettre d'y bâtir des Chapelles, d'y tenir des lampes, & des cierges, & d'y parer des Images & des Autels.

Les Cordeliers disent, que cette liberté qu'eurent les Grecs dans leurs Eglises, fit naître en leur esprit le dessein de s'en rendre maîtres. Ceux-ci le nient avec grande assurance. Tant y a que ces derniers vinrent l'an 1634. à la *Porte*, & produisirent d'anciens titres de possession du mont Calvaire, de la grotte de Bethlehem, & d'autres lieux. Les Cordeliers furent citez au Divan. Ils y comparurent avec les Ambassadeurs des Princes de la Chrétienté, qui étoient alors à la Cour de Turquie. L'affaire y fut plusieurs fois plaidée en présence du Grand Vizir. Tous les Chrétiens qui ont Alliance avec la *Porte*, s'interesserent dans le procès, aussi bien les Protestans, que les Catholiques Romains. Il y fut fait de grosses dépenses de part & d'autre. Enfin les Grecs le gagnerent, & furent mis en possession des Saints Lieux, comme ils le demandoient.

Le Grand Vizir, qui prononça en leur faveur, étant mort au bout de deux ans, les Europeans demanderent que le procès fut revû. Cela fut fait, & entiérement à l'avantage des Cordeliers, qui furent remis en possession de ce que les Grecs leur avoient ôté: mais ils ne le garderent que deux autres années; car après ce tems, un autre Grand Vizir favorable aux Grecs, leur fit recouvrer ces mêmes Lieux Saints, dont ils avoient mis hors les Cordeliers, quatre ans auparavant. Les Latins ont depuis fait de grands efforts, pour en reprendre la possession, mais ils ont tous été inutiles, le Divan s'est roidi contre les sollicitations, les promesses, & les offres, & a toûjours constamment répondu; qu'il n'étoit pas juste, que les Grecs, qui sont les sujets du Grand Seigneur, & qui lui payent de tribut huit cens mille écus par an, fussent privez de la garde d'une partie des Lieux-Saints de la Palestine, qui est du Domaine de l'Empire Ottoman. Les Cordeliers n'ont pas laissé pour cela de renouveller les sollicitations, les requêtes, & les offres d'argent, autant de fois qu'ils ont trouvé de bonnes occasions de le faire. L'an 1665. le Comte de Leslé employa au nom de l'Empereur, tous les soins imaginables pour faire rentrer les Cordeliers en leur bien, il conjura, il donna, il promit, mais il ne pût rien obtenir. Quatre ans après le Baile *Molino* au nom de la République de Venise, fit la même chose. Les Cordeliers n'eurent plus alors d'espérance, que dans le Roi de France. Ils députerent deux Religieux à Sa Majesté, qui lui présenterent des Lettres de recommandation de Rome, d'Espagne, & de la plûpart des Princes Romains, pour employer son credit à faire rentrer les Latins dans les Lieux Saints, d'où les Grecs les ont chassez. Le Roi très-Chrétien n'avoit pas besoin qu'on lui recommandât une telle affaire, pour s'y employer vivement: son zele ardent pour l'Eglise Romaine l'en sollicitoit assez. Sa Majesté écrivit à Monsieur de la Haye, son Ambassadeur, de faire entrer l'affaire de ces Religieux dans les conditions du renouvellement des Capitulations. Monsieur de la Haye & Monsieur de Nointel en suite leur protesterent diverses fois, qu'ils avoient ordre exprès de ne point traiter avec la *Porte*, & de ne ne point renouveller les Capitulations, si l'on ne remettoit les Cordeliers en possession des Lieux Saints qu'ils ont perdus. Cependant on sût à la fin du mois d'Avril, comme j'ai dit, qu'on pourroit abandonner cette affaire, parce qu'on ne vouloit point arrêter un grand Traité, pour se conserver la garde de quelques simples Chapelles.

Ces deux Religieux m'ont conté, qu'à leur arrivée à Constantinople, *Monsieur de la Haye* leur ayant dit, qu'il savoit bien sûrement, que la *Porte* ne renouvelleroit point les Capitulations, aux conditions que le Roi son Maître demandoit, à cause que le seul recouvrement des Lieux Saints, que Sa Majesté vouloit absolument obtenir, étoit une chose que la *Porte* n'accorderoit jamais : Ils lui avoient fait cette réponse, qui renfermoit un bon conseil pour le bon succès de leur affaire. *Si Vôtre Excellence a ordre positif touchant ce recouvrement, & si elle sait d'autre part que la* Porte *n'y consentira jamais, ne faites au Grand Vizir aucune autre demande, que celle-là n'ait été accordée: déclarez à ce Ministre, que vous ne traiterez point, qu'il ne nous ait donné parole de nous restituer ce que les Grecs nous ont pris; si Vôtre Excellence tient cette voye, il arrivera, ou que le Vizir accordera la demande, ou qu'il la refusera: s'il l'accorde, le plus grand empêchement au renouvellement des Capitulations sera ôté: s'il la refuse, la rupture sera glorieuse pour le Roi de France: elle ne paroîtra point interessée: toute l'Europe admirera la pieté, & le grand Zele de Sa Majesté: il n'y aura personne qui ne soit forcé de reconnoître que le seul égard de la Religion, l'a porté à rompre avec les Turcs.*

Ces bons Peres me racontoient cela avec une ardeur qui est assez ordinaire dans les Moines Espagnols. Ils concevoient comme la plus belle action de l'Univers, qu'on fît la guerre à l'Empire Ottoman, pour l'obliger d'ôter aux Chrétiens de Jerusalem, ses propres sujets, la garde de cinq ou six petites Eglises, & de la donner à des Moines étrangers, qui n'étant pas contents d'y pouvoir entrer à toute heure, vouloient en avoir les clefs penduës à leur cordon.

A la mi-Mai, Monsieur de Nointel voyant que le Grand Seigneur, & le Grand Vizir, étoient prêts de partir pour la Pologne, & que sa Négociation n'étoit pas fort avancée, il alla voir le *Reizquitab*. On peut comparer son Office à celui de Chancelier. L'Ambassadeur eut trois Conferences avec lui, avant que de terminer le Traité. On le vit comme conclû à la troisiéme, qui fut le 26. Mai, & le renouvellement fait aux conditions suivantes.

Que les François ne payeroient à l'avenir que trois pour cent de Doüanne.

Qu'ils auroient le commerce libre aux Indes par la Mer rouge, moyennant cinq pour cent de Doüanne, qu'on payeroit à l'entrée des terres du Grand Seigneur, sans payer rien davantage, ni au passage, ni à la sortie.

Que les Capucins François rebâtiroient à Galata leur Eglise de Saint George, que le feu avoit consumée, & que cette Eglise, celle des Jesuites qui est au même lieu, & toutes les autres appartenantes aux François, qui sont dans l'Empire Ottoman, seroient sous la Protection du Roi.

Que l'Ambassadeur seroit reconnu Protecteur de l'Hôpital des Chrétiens Europeans, qui est à Galata, & y pourroit faire dire la Messe.

Que les Esclaves François qui sont en Turquie, & qui y pourroient être à l'avenir, seroient mis en liberté; à condition qu'ils n'eussent point été pris, ou sur des Voiles, ou en des Armées, ou devant des places ennemies de la Porte.

Voilà tout ce qui se devoit changer, ou ajoûter dans les nouvelles Capitulations. L'Article concernant les Nations étrangeres, y devoit être mis tel qu'il se trouvoit dans les anciennes.

Dès que les choses eurent été acceptées & accordées réciproquement, le plus ancien Interprête de l'Ambassadeur de France dit à Monsieur de Nointel de ne s'en aller point, que le Chancelier n'eût dressé le modelle des nouvelles Capitulations. Ce conseil étoit bon, mais l'Ambassadeur crût *Panaioti* l'Interprête du Grand Vizir, qui lui dit que c'étoit offenser le Chancelier, & lui faire un affront, que de ne se pas fier à ce qu'il disoit de bouche, & de le lui demander par écrit: qu'il engageoit sa parole, & demeuroit caution de celle du Chancelier. Monsieur de Nointel se laissa persuader. Il revint au logis joyeux, & satisfait, avec cet air & cette gayeté que donne le bon succès des affaires. Il nous dit en se mettant à table. *Messieurs, les Capitulations sont renouvellées: il en faut faire la fête, & boire à ce renouvellement.* Nous y bûmes tous, à la reserve de son premier Interprête, qui dit, *Monseigneur, je ne croi rien de fait, jusqu'à ce que les Capitulations soient entre les mains de Vôtre Excellence.*

Le Chancelier avoit promis d'envoyer le modelle sur le soir, afin de l'examiner, & qu'en suite il seroit mis au net; cependant il n'en n'en fit rien. L'Ambaſſadeur ne s'en étonna pas. Il l'envoya querir le lendemain; mais il fut bien ſurpris de voir, que l'Article des Nations étrangeres n'obligeoit point de la maniere qu'il le prétendoit, celles qui n'ont point d'établiſſement à la *Porte*, de venir ſous la Baniére de France. Monſieur de Nointel commença alors à craindre qu'on ne l'eût trompé. Il ſe mit en colére, & envoya à l'inſtant ſon ſecond Interprête dire au Chancelier, que ſi cet article ne ſe mettoit comme il l'entendoit, il n'acceptoit point les nouvelles Capitulations. Son premier Interpréte lui dit de bien penſer à l'avance qu'il faiſoit faire: qu'il ſe gardât bien de mettre le marché à la main des Turcs comme il faiſoit, & qu'il ne s'engageât pas ſi bruſquement à rompre avec la *Porte*, pour un ſeul Article, & de peu d'importance. Monſieur de Nointel paſſa outre. Il envoya faire au Chancelier le meſſage que j'ai dit. Ce Miniſtre fit réponſe, qu'il le raporteroit au Vizir.

Le 29. l'Ambaſſadeur alla chez le Chancelier, qui lui dit; *Que la France ne devoit pas demander à la* Porte *une choſe qu'il n'étoit plus en ſon pouvoir de lui accorder, parce que le Grand Seigneur s'étoit engagé aux Anglois, aux Venitiens, aux Hollandois, & aux Genois, que tous les Etrangers qui viendroient en Turquie, ſous leurs Baniéres, y ſeroient traittez de même qu'eux: qu'ayant accordé cela pareillement, à l'Empereur, & nommément pour les Villes Anſeatiques Imperiales, pour les ſujets de la Maiſon d'Autriche, & pour les Italiens, Sa Hauteſſe ne pouvoit plus ſans violer ſa foi, accorder aux François ce qu'ils demandoient, ſavoir de ne donner entrée que ſous leur Baniére, aux Etrangers qui n'ont point d'établiſſement à la* Porte. *Le Chancelier ajoûta, que ce qu'il repreſentoit à Son Excellence, étant d'une notorieté publique, & d'une conſequence convainquante, il la ſupplioit de n'inſiſter pas davantage ſur ce point.* Monſieur de Nointel répondit, en proteſtant de ne renouveller point, ſi l'on n'accordoit cet Article en la maniere qu'il le demandoit. Le Chancelier répondit, qu'il feroit rapport de cette proteſtation au Vizir, & lui feroit ſavoir ſa réponſe. L'Ambaſſadeur lui dit, qu'il l'obligeroit beaucoup d'en aller parler à l'heure même à ce Miniſtre, ſi ſa commodité le lui permettoit; qu'il attendroit ſon retour. Le Chancelier y conſentit. Il alla parler au Vizir, & revint avec cette réponſe. *Le Grand Vizir m'a ordonné de dire à Vôtre Excellence, que vous lui fites donner parole, il y a un mois; que pourvû qu'on accordât à l'Empereur de France la diminution des droits de Doüanne, & le commerce par la Mer rouge, Sa Majeſté Imperiale, ſe contenteroit quant au reſte, des choſes raiſonnables, & juſtes; que ſur cette parole, il vous avoit accordé au nom du Grand Seigneur ces deux points, & les autres graces que vous ſavez; mais qu'à preſent voyant que vous ne lui tenez pas parole, il vous déclare bien expreſſément, qu'il retire la ſienne, & ne vous veut accorder rien du tout.* Cette réponſe fut un coup de foudre. Monſieur de Nointel, & ceux qui étoient avec lui en furent tout interdits. On voulut reprendre, & renoüer le Traitté, mais il ne fut pas poſſible, encore qu'on fît connoître ſur le champ, qu'on ſe déportoit du point conteſté. Le Chancelier répondit, qu'il n'avoit ordre du Vizir, que de dire ce qu'il avoit dit, & qu'il ne pouvoit traitter davantage. L'Ambaſſadeur repliqua, qu'il avoit une Lettre du premier Miniſtre de France pour le Vizir, qu'il ne vouloit que la remettre en ſes mains, & après prendre congé. Le Chancelier répondit, que pour le congé, c'étoit une choſe facile, & que pour la Lettre du premier Miniſtre de France, le Grand Vizir ne ſe ſoucioit pas de la voir.

Monſieur de Nointel revint au logis dans un chagrin qu'il eſt aiſé de concevoir. Il dit aux perſonnes de ſon Conſeil, qui étoient l'Abbé ſon frere, le Directeur de la Compagnie du Levant, & ſes deux premiers Interprêtes, que la Nation Angloiſe, & la Hollandoiſe avoient dépenſé chacune quarante mille écus, au renouvellement des Capitulations qu'elles ont avec la *Porte*; qu'il en falloit donner autant aux Miniſtres du Divan pour renouveller celles de France. Les Interprêtes eurent ordre de porter parole de cette ſomme aux Miniſtres, mais cela ne produiſit encore rien. Les Miniſtres ne s'en émurent ſeulement pas. Il y a beaucoup d'affaires à la *Porte* qui ſe font par argent: il y en a d'autres qu'aucune ſomme ne ſauroit faire avancer. Telle fut par exemple l'affaire des deux Commiſſaires de Terre Sainte qui étoient, comme j'ai dit, avec nous à Andrinople: ils offrirent cent mille écus au Vizir pour rentrer en poſſeſſion des Lieux Saints, qu'on leur a ôtez, & en vouloient encore dépenſer autant à faire des preſens au Grand Seigneur, & aux Miniſtres de la *Porte*; mais leur argent ne leur ſervit de rien, le Divan fut incorruptible.

Je dirai en paſſant, à propos de ces Religieux, que l'on ne doit pas être ſurpris des gran-

grandes offres qu'ils faisoient. *Ils m'ont assuré que la dévotion qu'ont les Espagnols pour les Lieux Saints est si grande, qu'ils fourniroient eux seuls des tresors pour les ravoir. Ils m'ont assuré aussi, que la dépense ordinaire de la Terre Sainte se monte à cent mille livres par an, dont le tiers va en presens qu'il faut faire aux Turcs, & que chaque Gardien, qui est Triennal, en fait à sa venuë pour dix mille écus.

Le troisiéme Juin, jour du départ du Grand Seigneur pour la Pologne, l'Ambassadeur se rendit de fort grand matin au Camp, au Quartier du Vizir, dans le dessein d'obliger en quelque sorte ce Ministre, à lui donner l'Audience qu'il lui refusoit depuis son arrivée, & à recevoir la Lettre de Monsieur de Lyonne. Il mena même avec lui Monsieur d'Hervieu, afin que comme c'étoit lui qui l'avoit apportée, il la rendît; mais le Grand Vizir n'étoit pas au Camp: il étoit allé conduire au premier logement la Sultane Mere, ce qui obligea Monsieur l'Ambassadeur d'aller au Quartier du Chancelier, où il l'attendit sept heures entieres, tantôt en une tente, & tantôt en une autre, parce que le Camp se levoit. Un peu après midi la nouvelle vint, que le Grand Vizir étoit à la ville. Le Chancelier l'alla trouver, & lui dit que l'Ambassadeur de France l'attendoit au Camp pour le voir, & savoir sa derniere volonté. Le Vizir lui dit de faire entendre à Son Excellence, qu'Elle ne prit pas la peine de l'attendre, parce qu'il prenoit congé de sa Femme, de sa Mere, & de sa Famille, & qu'il n'iroit que de nuit au Camp: que Son Excellence y laissât un de ses Interprêtes seulement, & qu'il lui donneroit réponse. La réponse que le Grand Vizir donna, fut, *qu'il communiqueroit au Grand Seigneur, & au Divan ce que l'Ambassadeur demandoit, mais que cela ne se pouvoit si-tôt faire, à cause de la marche: que son Excellence pouvoit cependant retourner à Constantinople pour y attendre la resolution du Grand Seigneur: qu'il écriroit au Caimacan de donner un passeport au Vaisseau du Roi qui y étoit, & qu'au reste sans qu'il se fioit à la Foi de l'Ambassadeur, il l'auroit fait arrêter à Andrinople; de peur qu'il ne se retirât sans congé.* L'Interprête avoit ordre de demander au Grand Vizir des Commandemens pour des affaires particulieres de négoce en divers lieux du Levant. Ce Ministre les fit expedier le lendemain, en la maniére que l'Interprête les demandoit.

Voilà le succès du second voyage de Monsieur de Nointel à la *Porte*. Les Turcs avec beaucoup d'assurance, donnoient aux François le tort de cette rupture. Ils disoient que même la diminution des droits de Doüanne n'étoit pas justement prétenduë; parce que s'il y avoit des Nations qui n'en payoient pas tant, comme les Anglois, les Hollandois, & les Genois, il y en avoit aussi qui en payoient plus, comme les Allemans & les Venitiens, & que si les premiers qui ne payoient que trois pour cent, en eussent autrefois payé cinq, les François auroient eu quelque droit de demander du rabais; mais que la *Porte* qui est libre de faire faveur à qui il lui plait, ayant traitté d'abord avec ces derniers venus, à des conditions plus avantageuses, que celles qu'elle a accordées à ses premiers Alliez; elle n'étoit pas obligée de changer à son préjudice, les conditions du commerce qui étoit entr'eux depuis si long-tems. Pour les autres demandes du Roi, ils disoient, que ce n'étoit la plûpart que des graces, qu'on n'avoit pas raison de prétendre; puisque bien loin de les avoir meritées de la *Porte*, on l'avoit toûjours traversée dans ses plus importantes entreprises. Ils ajoûtoient, qu'on avoit fait ces demandes le marché à la main, en menaçant & en agissant en Maîtres, les François qui étoient au Levant ne parlant que de brûler Constantinople, de faire la guerre au Grand Seigneur, de saccager ses Isles, & ses Ports de Mer. Que les Vaisseaux qui avoient amené Monsieur de Nointel à Constantinople, donnoient ouvertement retraite aux Esclaves de toute sorte de Nations, qui s'y venoient jetter, & que les Ambassadeurs de France n'entretenoient les Grands dans les visites qu'ils leurs faisoient, que des forces de Sa Majesté, & de la puissance de ses Armes. C'est ainsi que parloient les Turcs. Les autres Nations disoient, que les Turcs n'avoient pas tant de tort, & même qu'ils avoient montré en cette occasion, de n'être pas si barbares qu'on le dit; n'ayant témoigné aux François qui étoient en Levant, ni à l'Ambassadeur de Sa Majesté, aucun ressentiment violent, des grands & éclatans secours, qu'on a donnez plusieurs fois à leurs ennemis: de la guerre qu'on a portée dans les pays qui sont sous leur protection: & des insultes & des menaces qu'on leur a faites jusques dans leur Cour. Mais tout cela ne se disoit, que dans l'ardeur de voir arriver quelque grand accident, qui obligeât la France d'employer contre les Turcs ces merveilleux préparatifs de guerre, dont la plûpart de ses Voisins étoient effrayez.

Après

Après avoir rapporté tout de suite la Négociation de Monsieur de Nointel à la *Porte*, je toucherai quelque chose de celles de Monsieur *Witzosky* Internonce de Pologne, & du Chevalier *Quirini* Baile de Venise, dont l'un venoit de partir d'Andrinople quand j'y arrivai, & l'autre y demeura tout le tems que j'y fus.

Le Vizir fit donner à l'Internonce de Pologne à son départ 1700. écus pour payer ses dettes, & pour s'en retourner, & outre cela sept chariots, & un Chaoux. Le Pacha de *Silistrie* eut ordre de le faire aller par la frontiere de Tartarie, & de mander aux Tartares de le retenir, jusqu'à ce qu'ils sussent que l'Envoyé Turc qui étoit en Pologne, eût passé les frontieres, & fût entré en Turquie. Le *Divan* fit tout ce qu'il pût pour ajuster les affaires avec cet Internonce, & pour éviter d'entrer en guerre avec son Maître. La *Porte* avoit des desseins du côté de Perse, & de la Mer rouge, & ce ne fut que par force, qu'elle se tourna vers la Pologne. Le sujet du different étoit, la protection que le Grand Seigneur a donné aux Cosaques. La Pologne demandoit que Sa Hautesse retirât publiquement cette protection, de même qu'elle l'avoit donnée publiquement, en envoyant à *Dorosensko*, fameux Géneral de ces Rebelles de Pologne, un Etendard, des Lettres patentes & les autres marques de dignité, avec lesquelles les Bassas sont investis en Turquie. C'étoit afin que les Cosaques, étant intimidez par ce rebut d'éclat, se soumissent sans combattre à Sa Majesté Polonoise, & qu'elle rentrât plus facilement dans la possession de l'Ukraine, qui est son bien particulier, & le patrimoine de ses Ancêtres.

Sous le Regne du Roi Cazimir, Monsieur *Ratzieuski* étoit venu demander la ratification du Traité de *Coctchin*, qui s'observoit entre la Pologne & la Turquie, & d'autres choses. La *Porte* répondit, qu'elle ratifiroit purement & simplement, sans parler des Cosaques. Monsieur *Ratzieuski* mourut à Andrinople durant sa Négociation. Son Secretaire, qui étoit ce Monsieur *Witzosky*, fut pourvû par le Roi Successeur de Cazimir de l'Internonciature, & reçût ordre de representer que l'Ukraine, étant le bien particulier du Prince qui régnoit alors, Sa Majesté avoit double interêt de chercher à y rentrer. La *Porte* répondit, qu'elle n'empêcheroit point que Sa Majesté Polonoise n'y rentrât, & qu'elle pouvoit faire ce qu'elle voudroit contre les Cosaques, mais que le Grand Seigneur considéroit sa gloire, & ne pouvoit retirer ouvertement la protection qu'il leur avoit ouvertement accordée. Monsieur *Witzosky*, qui étoit un homme violent, ne voulut point accepter ce moyen d'accord, ni tous les autres qu'on lui proposa. Il dit hautement en plein *Divan*, *Que quand le Roi son Maître, les Senateurs, & la République, seroient d'avis d'accepter une simple ratification, il les empêcheroit de le faire, par le pouvoir qu'il en avoit, en qualité de Gentilhomme Polonois.* Le Vizir voyant tant de fierté, & entendant dire, que le Roi de Pologne s'étoit avancé avec une armée à *Leopold*, il se prépara à la guerre.

Lors que le Roi & le Senat sûrent que le Grand Seigneur se tournoit vers eux, & qu'au printems assurément ils l'auroient sur les bras en Pologne, ils furent tous, & surpris, & confondus. L'Internonce lui-même ne savoit où il en étoit. Trompé par les bruits qu'on faisoit courir de la revolte des Arabes, & du saccagement de la Mecque, comme aussi par les assurances, qu'on dit, que Monsieur de Nointel lui donnoit, que Sa Majesté très-Chrêtienne envoyoit cinquante Vaisseaux dans l'Archipel, il avoit toûjours écrit à la République de tenir bon, & de ne se relâcher en rien, parce qu'infailliblement le Grand Seigneur auroit bien-tôt de plusieurs côtez, de grandes guerres sur les bras.

La Pologne eût bien voulu alors n'avoir point détourné Sa Hautesse de ses desseins d'Asie. Elle envoya un Interprête à la *Porte*. Cet Interprête arriva le 23. Mai avec huit hommes de suite, six semaines après le depart de l'Internonce: on lui assigna un logis, & treize francs par jour pour sa dépense. Les Lettres qu'il apportoit étoient du Grand Chancelier, adressées au Grand Vizir. Elles contenoient, *Que la Pologne étoit surprise d'aprendre, que le Grand Seigneur se préparoit à lui faire la guerre: qu'elle n'en savoit pas le sujet, & n'en avoit point donné d'occasion: que si la* Porte *vouloit ratifier le Traitté de* Koctchin, *le Roi y étoit tout disposé, & qu'il envoyeroit un Ambassadeur Extraordinaire; que si elle persistoit dans le dessein de lui faire la guerre, Sa Majesté étoit prête à se défendre; mais qu'elle protestoit que les Polonois n'étoient point les Violateurs de la Paix.*

L'Interprête fut renvoyé au bout de huit jours, avec des Lettres qui portoient, que la Pologne pouvoit envoyer un Ambassadeur Extraordinaire, & qu'il seroit le bien venu. Cependant l'Armée du Grand Seigneur, & le Grand Vizir à la tête, ne laissa pas de marcher vers Silistrie.

La

La Négociation du Chevalier *Quirini* n'eut rien de particulier. Il vint à Andrinople au mois de Decembre 1671. & en partit à la fin de Mai suivant. Il avoit ordre de faire de particulieres instances pour la liberté des prisonniers faits à la guerre de Candie. Il obtint après des peines & des dépenses extrêmes, qu'on échangeroit les vingt-huit principaux, avec autant de Turcs. L'échange se fit à *Castel Tornese* en Morée. Quant au reste des prisonniers, au nombre de mille ou environ, le Grand Vizir dit au Baile de Venise, que les Galéres Ottomanes étoient presque sans Chiorme, & que d'en ôter mille hommes tout d'un coup, ce seroit les trop affoiblir; sur tout en un tems, où l'on en avoit tant de besoin, pour porter en Pologne, par la Mer noire, des hommes, & des munitions. Cependant il lui promit, que lors que la Campagne seroit finie, il en feroit relâcher 250. & chaque année autant, jusqu'à ce qu'ils fussent tous délivrez.

Les Venitiens font tant de dépense à la *Porte*, qu'on peut dire, qu'ils achetent tout ce qu'ils obtiennent, & même qu'ils l'achetent fort cherement. Il n'y a point d'homme d'importance à la Cour, & au *Divan*, à qui ils ne fassent tous les ans des presens considerables. La République, qui n'a point de voisin plus à craindre que le Turc, n'épargne rien pour entretenir la paix avec lui. Elle lui paye tribut de plusieurs Isles de l'Archipel, comme Zante, & Cerigo, elle souffre, elle dissimule ses caprices, ses insultes, sa tyrannie, & afin de prévenir les differens, & les guerres qui naissent toûjours entre de puissans Voisins, autant qu'on les peut prévenir par la sagesse de la conduite; cette République envoye pour Ambassadeurs à Constantinople, les plus vieux, & les plus experimentez de ses Senateurs. Les Bailes de Venise sont ordinairement des gens, qui ont été Ambassadeurs en toutes les Cours de la Chrétienté: qu'on a employez en des Traitez de paix, & de guerre, & en des Négociations: gens enfin qui n'ignorent rien de la Politique de tous les Princes du monde, & des adresses des plus habiles Ministres, dans l'art de cacher son interieur, & de découvrir celui d'autrui. Les Bailes ont des ordres libres de dépenser, & de donner autant qu'ils jugent qu'il le faut faire. Ils demeurent ordinairement trois ans à Constantinople, & pendant ce tems-là ils amassent plus de cent-mille écus, du moins ils le peuvent faire; car la République ne leur demande point de compte. Elle en use ainsi pour deux raisons. La premiere est, pour balancer par le gain les peines de l'Ambassade de Constantinople, qui naissent du risque, & des fatigues du voyage, de la mauvaise humeur, & du peu de consideration des Turcs. La seconde est de récompenser couvertement ces Bailes, qui souvent se sont épuisez en Ambassades dans l'Europe.

J'ai ouï dire à Monsieur *Quirini*, en des Visites que j'ai eu l'honneur de lui faire, que la Politique des Turcs passoit de beaucoup celle des Europeans: qu'elle n'étoit point renfermée en des maximes, & des régles, qu'elle consistoit toute dans le bon sens, sur lequel elle étoit uniquement fondée, & sur les mouvemens duquel elle se régloit uniquement. Que cette Politique n'ayant ni art, ni principes, étoit comme inaccessible, & qu'il avoüoit de bonne foi, que la conduite du Vizir étoit un abîme pour lui, qu'il n'en pouvoit sonder le jugement, la prévoyance, la penetration, le secret, l'artifice, & tous les détours. Il assuroit, que s'il avoit un Fils, il ne lui donneroit point d'autre école de Politique que la Cour Ottomane, où il ne se lassoit point d'admirer le Vizir, qui sans parler, sans écrire, sans se remuer beaucoup, gouvernoit un des plus puissans Empires du monde, & en étendoit les limites en plusieurs lieux.

Durant le séjour que j'ai fait à Andrinople, j'ai eu l'honneur de me trouver plusieurs fois en conversation avec cet Ambassadeur de Venise; & comme on s'entretenoit encore alors communément de la guerre de Candie, j'en appris de lui, & d'autres personnes éminentes de la Cour, bien des particularitez memorables. Voici celles que j'ai crû les plus dignes d'être rapportées.

Un des principaux Commandemens de la Loi de Mahomet, est le Pelerinage de *la Meque*, & de *Medine*, qu'elle appelle par excellence *Heger Haramin*, c'est-à-dire, *la visite des villes sacrées*. Il n'y a qu'une extrême pauvreté qui en puisse légitimement dispenser, & il est ordonné à ceux à qui la maladie, ou l'emploi, ou d'autres empêchemens, ne permettent pas d'aller à ce pelerinage, de le faire faire par Procureur; c'est-à-dire, d'envoyer dans ces lieux de dévotion, un homme exprès, qui fasse tout ce qu'on y feroit soi-même, si l'on y pouvoit aller.

Les Empereurs Ottomans s'acquitent fort exactement de ce devoir, tant pour eux, que pour leur famille. Ils envoyent tous les ans des presens considerables à ces Villes, dont ils se disent par honneur *Seigneurs* & *Protec-*

teurs. Ces presens s'envoyent quelquefois par mer. On les chargea l'an 1644. sur un gros Gallion, qui les devoit porter au Caire. Beaucoup d'Eunuques, & diverses femmes du Serrail étoient avec les Envoyez du Grand Seigneur, pour faire le pelerinage, & il y avoit encore quantité de Passagers & de Soldats. Ce Gallion partit de Constantinople, avec plusieurs autres Voiles auxquels il servoit de *Conserve.* Il fut attaqué proche de Rhodes par les Galéres de Malthe, & fut pris après un rude combat. Les Galéres ne le purent mener droit à Malthe, à cause qu'il faisoit eau de tous côtez, pour les grands coups de *Coursiers*, qu'il avoit reçûs au combat. Elles relâcherent avec peine en un Port de l'Isle de Candie. On le radouba là le mieux qu'il se pût, & l'on prit toutes les peines imaginables de le mener à Malthe, mais ce fut en vain: il alla à fond. On estimoit un million ce qu'on en avoit déchargé dans les Galéres.

La nouvelle de cette prise mit le Grand Seigneur en furie. Il menaçoit d'exterminer tous les Chrêtiens qui étoient à Constantinople: les Ambassadeurs, & les Ministres étrangers comme les autres. Il en vouloit à toutes les Nations, parce, disoit-il, que les Galéres de Malthe étoient montées de Chevaliers, & de Soldats, de tous les pays de la Chrêtienté.

Monsieur *Soranzo* Ambassadeur de Venise à la *Porte* Ottomanne, recourut promptement aux Ministres du Divan. Il crût détourner sûrement l'orage de dessus sa tête, & bien appaiser le Grand Seigneur, en lui faisant representer, qu'il n'y avoit aucun Chevalier de Malthe sujet de la République. Les Ambassadeurs d'Angleterre, & de Hollande, firent remontrer la même chose; ainsi toute la foudre sembloit devoir tomber sur Monsieur de la Haye le Pere, alors Ambassadeur de France: & sans doute il eût senti rudement la brutalité des Turcs, & l'emportement du Grand Seigneur, si *Givan Capigi Bachy* Grand Vizir ne l'eût garanti. Ce premier Ministre, homme de très-grand esprit, de rare merite, & de la plus illustre naissance de Turquie, ayant eu six Grands Vizirs de sa maison: ce Ministre, dis-je, prit la défense de l'Ambassadeur de France, des François, & de tous les Chrêtiens qui étoient à Constantinople, excepté les Venitiens. Il fit entendre à Sa Hautesse, que les Venitiens étoient les plus coupables, pour avoir permis aux Galéres de Malthe, de radouber le Gallion dans leurs Ports au lieu de l'arrêter. Il fit tourner ainsi contre Candie toute la colére du Grand Seigneur, qui résolut d'y porter la guerre. Cette résolution fut fort secrette, & pour l'executer secretement aussi, on ne fit paroître de colére que contre Malthe. Le Grand Seigneur publia la guerre contre cette petite Ile, & ordonna à la Milice de se tenir prête à la fin du mois de Mars 1645.

L'Ambassadeur de Venise n'épargna ni industrie, ni presens, pour pénetrer cette publication de guerre, & découvrir si elle étoit sincére, & ne couvroit point le dessein d'une entreprise contre la République. L'Ambassadeur de France l'assuroit, qu'il y avoit de la dissimulation, & lui donna plusieurs fois avis, qu'on en vouloit à Candie. Il n'en fit aucun compte, & se laissa prévenir des assurances du contraire, que le Grand Vizir lui donnoit de tems en tems.

L'Armée Ottomanne, au nombre de 80. Vaisseaux, & d'autant de Galéres, commandée par Issouf Captan Pacha, partit de Constantinople à la fin d'Avril, fit descente en Candie, & en dix jours prit la Canée. Ceux qui ont connu ce Géneral disent, que c'étoit un grand Capitaine, & qu'il auroit pris l'Ile en peu de tems, si on lui eût laissé la vie, & la conduite de cette guerre. Le Grand Seigneur s'étant mis en tête, qu'Issouf avoit de grands trésors, & qu'on se pourroit passer de lui pour conquerir le reste de Candie, le fit étrangler à Constantinople peu de jours après son retour. Sa Hautesse perdit beaucoup à sa mort, & ne trouva point ces tresors qu'elle s'étoit imaginée. Les années suivantes la *Porte* renvoya d'autres Armées en Candie sous differens Géneraux. Les succès qu'ils ont eus, sont trop connus pour en parler.

Ce n'est pas tant à la force de cette Ile, ou à la foiblesse des Turcs, qu'on doit imputer la longueur de cette guerre, qui dura vingt-quatre ans entiers, qu'aux révolutions étranges qui arriverent dans la Cour Ottomanne presqu'au commencement de cette entreprise, & aux guerres qui se firent en Transsilvanie, & en Hongrie, & qui durerent jusqu'à l'an 1665. Le Prince qui entreprit la conquête de Candie étoit Ibrahim, âgé pour lors de trente-deux ans. Il étoit parvenu à l'Empire quatre ans auparavant, contre ses esperances, & celles de tout le monde, car il avoit été tenu en une rude prison durant le Regne d'Osman, & de Murat ses Freres, & ce dernier après avoir fait étrangler ses deux plus jeunes Freres, comme il se vit proche de sa fin, il commanmandà qu'on étranglât aussi Ibrahim le seul frere qui lui restoit ; mais ce cruel commandement ne fut point executé, parce que Murat n'avoit point de fils, & qu'Ibrahim étant demeuré seul de la famille Ottomanne, c'étoit aussi l'unique Héritier de l'Empire. Il est bon de remarquer, que ce qui avoit porté Murat à laisser la vie à Ibrahim, & à l'ôter à ses freres, bien que plus jeunes, c'est qu'Ibrahim n'avoit point d'esprit, & que paroissant tout-à-fait incapable de régner, on ne pouvoit craindre de revolte en sa faveur. Dès qu'il fut sur le Trône, il s'abandonna à toutes sortes d'impuretez, & de crimes : ses débauches, ses extorsions, & ses cruautez le rendirent odieux, & insupportable à tous ses sujets. Il prenoit sans aucune distinction les biens des Mosquées, & des particuliers, & souvent il ôtoit la vie à ceux qu'il croyoit riches, pour avoir plus aisément leurs biens ; & tout cela pour fournir aux excessives dépenses de ses plaisirs, & au grand luxe de sa Cour. La Milice étoit mal payée. Elle se souleva pour déposer Ibrahim au mois d'Août 1648, & pour mettre sur le Trône Mahamed son Fils aîné, âgé seulement de sept ans, & douze jours, après quoi elle étrangla Ibrahim.

J'ai déja rapporté, que dans les premieres années du Regne de Mahamed l'État étoit gouverné par des Femmes, & par des Eunuques, qui en remplissoient, comme bon leur sembloit, les premieres Charges ; & particuliérement celle de premier Ministre, jusqu'au tems qu'on la donna à *Cuperly Mahamed Pacha*, qui entreprit la guerre de Transilvanie. Son Successeur, qui étoit aussi son fils, commença celle de Hongrie, laquelle ayant été terminée par la paix l'an 1665. comme je l'ai dit, il s'attacha deux ans ensuite à cette conquête de Candie, où il trouva une bien plus longue, & plus vigoureuse résistance qu'il n'avoit pensé.

Si Candie eût tenu encore un hiver contre les Turcs, on ne doute point que le Grand Vizir n'eût été contraint de lever le siége, & qu'il ne fût arrivé de grands soulevemens dans l'Empire. Les plus vieux Janissaires étoient morts à ce siége : aucun n'y vouloit plus aller : tous les Turcs murmuroient de cette guerre : ils disoient qu'on alloit faire échouër contre une roche les forces Ottomannes, par un aveuglement étonnant : le Peuple de Constantinople vouloit mettre sur le Trône un Frere du Grand Seigneur : Sa Hautesse étoit sollicitée de faire mourir le Vizir, afin d'appaiser par ce sacrifice la colére du peuple, & de la Milice. L'un ou l'autre de ces changemens suffisoit pour faire lever le siége.

Le Grand Vizir savoit tout cela. Il étoit au desespoir de ne pouvoir finir cette guerre. Il craignoit fortement d'y laisser l'honneur, & la vie. On dit qu'il s'arrachoit les poils de la barbe. Il est certain qu'il gagna alors une maladie incurable, & difficile à nommer. C'étoit un certain saisissement de cœur, ou abbatement d'esprits, causé par la crainte, l'affliction, & l'épouvante. Les Medecins lui ordonnoient contre ce mal l'usage du vin pur. Il en buvoit journellement, & ne se sentoit remis que par ce secours.

Lors que la nouvelle de la reddition de Candie fut portée au Grand Seigneur, Sa Hautesse ne la put croire, & quand elle en fut assurée, elle s'emporta à des excès de joye, qui étoient extravagans. Elle & toute sa Cour repétoient souvent ces mots, *Les Francs ont eu pitié de nous.*

Les Turcs se glorifioient à la prise de Candie, d'avoir vaincu toute la Chrétienté ; parce qu'il y avoit à ce siége des Soldats, & des Volontaires, de tous les endroits de la Chrétienté, & ils disoient qu'il avoit duré trois ans, parce que toute la Chrétienté s'y étoit trouvée, & qu'elle y avoit fait ses plus grands efforts.

Le plus utile préparatif que fit le Vizir pour le siége de Candie, fut de faire son *Kiaija*, c'est-à-dire, l'Intendant de sa maison, Grand Trésorier de l'Empire. Il connoissoit la véritable amitié que ce Seigneur avoit pour lui, & qu'au besoin il n'épargneroit pas sa vie. Cette prévoyance fit le gain de la place, & le salut du Vizir. Le Grand Trésorier ne laissa jamais manquer le Camp de rien. On y trouvoit des moutons à un écu tant qu'on en vouloit. Les Marchez y étoient remplis de toutes les choses nécessaires à la nourriture, & au vêtement. Les munitions y passoient à quelque prix, & à quelques risques que ce fût, parce que l'argent y abondoit.

Dans le Mémoire que ce Trésorier donna au Divan, des dépenses extraordinaires faites en Candie, les trois derniéres années du siége ; il y avoit 700 mille écus dépensez en dons faits aux deserteurs ennemis, qui se faisoient Turcs, ou s'en alloient hors de l'Isle : à récompenser les beaux exploits des Soldats : à payer les têtes des Chrétiens. On donnoit sept francs & demi de chacune. Ce Mémoire marquoit, qu'on avoit tiré cent mille coups

coups de Canon contre la Place: & qu'il étoit mort devant sept Pachas, 80 tant Colonels que Capitaines, 10400 Janissaires, sans les autres Milices, & les Troupes des Provinces, dont la paye n'est point couchée sur l'Etat.

Le jour que le Grand Vizir entra dans Candie, le Chevalier Molino, que la République avoit envoyé pour traiter de paix avec la *Porte*, étoit à son côté. Le Grand Vizir lui dit, que l'Isle de Candie coûtoit beaucoup au Grand Seigneur, Monsieur Molino lui répondit, qu'elle coûtoit aussi beaucoup à la République, & qu'il y étoit mort cent mille hommes, sans compter les François. Le Vizir lui demanda pourquoi la place ne s'étoit pas renduë plûtôt, y ayant long-tems qu'ils n'étoient plus en état de tenir. L'Ambassadeur répondit, que le Roi de France avoit empêché de le faire, en promettant d'envoyer de puissans secours, & de déclarer la guerre au Grand Seigneur.

Le Baile Molino arriva en Candie au printems de l'an 1669. Il se tenoit aux *Gozes* de l'Isle. Il envoya offrir au Grand Vizir, les *Grabuses*, & *Spina Longa*, *la Suda*, & *Tine*, Isles de l'Archipel; *Clissa*, & d'autres places de Terre ferme, les frais de la guerre, & cinquante mille écus de tribut par an pour la ville de Candie, que la République tiendroit de l'Empire. Le Grand Vizir fit réponse, que le Grand Seigneur avoit plus son honneur en considération, que tous les autres biens; qu'il ne vouloit autre chose que ce morceau de roche, que Sa Hautesse attaquoit depuis vingt quatre ans.

Ce fut le Capitaine Général Morosini qui fit la Tréve avec le Vizir. Il la fit à l'insû du Chevalier Molino, & sans lui en rien communiquer. Ce procedé pensa coûter la vie à Monsieur Morosini à Venise. Les grandes sommes d'argent, qu'il fit couler pendant une nuit, le sauverent. Ce Capitaine Général ne songea en traitant à aucun interêt, qu'à celui de l'Etat. Il ne se mit en peine ni de celui de la Religion, ni de celui du Commerce. Il s'appliqua tout entier à ce qui regardoit l'Isle de Candie, & la guerre, & accorda avec le Vizir, que tout le reste seroit remis en l'état, auquel il étoit avant la rupture. C'est ce qui fut cause que Monsieur Molino eut tant de peine à faire rebâtir à Galata, fauxbourg de Constantinople, l'Eglise des Venitiens que le feu avoit consumée, & il fit tant d'efforts en cette affaire pour lever les obstacles, qui survenoient de tous côtez, qu'il y mourut en la peine; mais par bonheur l'ouvrage étoit presque achevé. Il demanda plusieurs choses au Grand Seigneur, particuliérement la diminution des droits de Doüanne, que les Venitiens payent, mais il ne l'obtint point. Le Grand Vizir lui dit, *Monsieur Molino, l'Alliance qu'il y a entre la* Porte *& la République, est une Alliance ancienne, & la* Porte *la considere par son ancienneté, plus que par aucun autre égard; si l'on y change quelques Articles, ce sera une Alliance nouvelle, dont les Turcs ne feront plus tant d'estime, & qu'ils respecteront beaucoup moins. De plus, si vous demandez des graces au Grand Seigneur, Sa Hautesse vous pourra demander aussi quelque chose.* Monsieur Molino entendit bien-tôt ce que cela vouloit dire, il ne parla plus de diminution de Droits, ni de changement aux Capitulations anciennes.

Je viens de donner une trop belle idée de la conduite du Grand Vizir, pour ne rien dire de plus particulier de sa personne; mais comme c'est de son Pere, qui étoit aussi Grand Vizir, qu'il tenoit sa fortune, & sa gloire, je dirai auparavant & en peu de mots, ce que fit de plus mémorable, ce Vizir si renommé.

Il s'appelloit *Cuperly Mahamed Pacha.* Le Caprice des Femmes, & des Eunuques, qui gouvernoient durant le bas âge de Mahamed quatriéme, le fit Grand Vizir. Il ne pensoit à rien moins, qu'à cette haute dignité, lors qu'elle lui fut offerte, mais dès qu'il en fut revêtu, il se mit à envisager le changement, & le meurtre de plusieurs Grands Vizirs ses Prédecesseurs, dont l'Etat changeoit presque tous les mois, & il crût que pour se conserver la vie, & l'emploi, il falloit qu'il fît mourir ses Envieux, & ses Competiteurs, & qu'il entreprît des guerres, afin de tenir toûjours le Grand Seigneur éloigné de Constantinople, & de se voir toûjours occupé à la tête d'une Armée.

Il commença par le Serrail, où il fit étrangler plusieurs Eunuques, & s'étant rendu Maître en peu de tems de la crédulité, & des affections de son jeune Prince; il lui persuada que pour être Maître absolu de l'Empire, & n'être point sujet aux séditions, & aux intrigues, & pour empêcher la Milice de faire des attentats pareils à celui qu'il avoit fait sur son Pere; il falloit que Sa Hautesse s'éloignât de la Capitale, où le peuple est mutin, & où les Janissaires sont les Maîtres, & qu'elle se défit de tous ceux qui avoient osé déposer son

son Pere, & tremper leurs mains parricides dans son sang. Suivant ce projet, *Cuperly* fit étrangler *Delly Ussein Pacha*, renommé pour le plus vaillant Capitaine de l'Empire, qui avoit été Général en Candie. Il mena la Cour à Andrinople, & il entreprit la guerre de Transsilvanie, parce que celle de Candie l'eût tenu trop éloigné de la personne du Grand Seigneur, qui n'étoit pas encore en âge de marcher à la tête de ses Armées.

Cette guerre de Transsilvanie fut courte, & glorieuse au Grand Vizir, par la défaite du Prince Ragotsky, & par la prise de Waradin, quoi qu'elle lui coutât le sang des meilleures Troupes Ottomannes, & de leurs plus braves Officiers. Il revint Victorieux à Andrinople, & quoi qu'il eût fait la paix avec l'Empereur, il se mit à faire des aprêts pour recommencer la guerre contre lui en Hongrie. Il étoit sur le point de se mettre en Campagne l'an 1662. lors qu'il mourut, mais il eut le pouvoir avant sa mort, de faire recevoir en sa place son fils unique, *Akmet Pacha*, quoi qu'il n'eût pas atteint l'âge de trente ans; ce qui est une action extraordinaire, & sans pareille dans l'Histoire de la Monarchie Ottomanne.

Il n'y a peut-être jamais eu de Grand Vizir plus capable de gouverner l'Empire Ottoman, qu'*Akmet Pacha*. Il avoit la taille haute, un peu chargée d'embonpoint: les yeux grands, & ouverts: le visage bien formé: le teint blanc, & uni: son air étoit modeste, grave, affable, & engageant. Il ne se peut voir de Turc, ni d'homme plus civil. Il étoit d'un naturel beaucoup plus doux, & moins sanguinaire que son Pere. Il n'étoit point Tyran, & haïssoit à mort les véxations. La justice, & l'équité paroissoient en tout ce qu'il faisoit. Il ne se laissoit point conduire à l'interêt; & soit qu'il n'eut pas beaucoup d'attachement aux biens; soit que les siens, qui étoient très-grands, remplissent tous ses desirs, l'on ne voyoit pas qu'il les recherchât, comme font les autres Turcs. On dit même une particularité, qui fait beaucoup à sa gloire; c'est que de tous les gens qui lui ont fait des présens, pour aller à leurs fins, aucun d'eux n'y est parvenu; ainsi il arrivoit toûjours, qu'on n'obtenoit ni graces, ni emplois de ce Ministre, quand on les lui demandoit le présent à la main. Son esprit étoit étendu, pénétrant, couvert: sa mémoire heureuse, & facile: son jugement juste, & appliqué. Il alloit droit aux choses. Il parloit peu, & modestement; mais avec un discernement, & une connoissance qu'il n'est pas facile de représenter. Les commencemens de son Ministére furent glorieux, & avantageux à l'Empire Ottoman: toutes les suites le furent encore davantage.

Ce grand homme ayant vû les beaux succès, qu'avoit eus la conduite de son Pere au gouvernement de Turquie, tâcha d'abord de le suivre, d'aussi près qu'il se peut. Il commença la guerre contre l'Empereur, que son Pere avoit projettée, & qu'il alloit entreprendre. Il marcha à Bude avec une Armée de soixante mille hommes, assiégea Neuhausel, qu'il prit l'an 1663: fit lever le siége de Canise, & emporta le Fort de Serin au commencement de l'année suivante. Dans le dessein de continuer ses progrès, & d'aller droit à Vienne, il fit faire un pont sur la Riviere de Raab: douze mille Turcs l'avoient déja passée, & toute l'Armée en alloit faire autant; mais elle en fut empêchée par celle de l'Empereur, qui fortifiée du secours des Alliez de l'Empire, & particuliérement des François, tailla en pieces la meilleure partie de ces douze mille Turcs, donna la fuite au reste, & gagna cette celébre bataille, qu'on a appellée *la bataille de St. Godard*, du nom du Bourg près duquel elle se donna.

Le Grand Vizir repara la perte de cette bataille, par un Traité de Paix, qu'il fit aussi glorieux, & aussi avantageux, que s'il l'avoit gagnée; & voyant la passion qu'avoit le Grand Seigneur de revoir Constantinople, il l'y mena, si bien accompagné, qu'il n'y avoit nul soulevement à craindre, & il y demeura jusqu'au commencement de l'an 1666. qu'il entreprit de terminer la guerre de Candie, à quoi il s'employa trois ans, comme je l'ai dit. Deux ans après il commença la guerre de Pologne, & il suivit toûjours de fort près la grande maxime de son Pere, *qu'un premier Vizir devoit se maintenir à la tête d'une Armée.*

Nous partîmes d'Andrinople le 9. Juin, & revinmes à Constantinople le 15. Le 17. au point du jour, Monsieur de Nointel alla *incognito* voir le Caimacan, & lui demander un passeport pour le Vaisseau du Roi. Le Caimacan fit réponse, qu'il n'avoit point reçû d'ordre du Vizir de lui en donner, & qu'il ne le pouvoit faire. L'Ambassadeur fut fort surpris, & fort touché. Il conta au Caimacan la dureté du Vizir pour lui. Le Caimacan fit semblant de s'interesser dans l'injustice du traittement qu'on faisoit à l'Ambassadeur. Il convint ensuite avec son Excellence, d'envoyer chacun un homme & des Lettres au Vizir. Le Caimacan manda à ce Ministre, tout ce que l'Ambassadeur lui avoit dit, & representé. Monsieur de Nointel lui écrivit des plaintes de son manquement de parole. Il le conjura de n'outrer pas sa patience qui étoit à bout, de lui déclarer entiérement la derniére résolution de la *Porte*, & de lui envoyer particuliérement le congé du Vaisseau du Roi.

Les Exprès qu'on chargea de ces Lettres partirent separément. Celui du Caimacan partit le 18. Juin: celui de Monsieur de Nointel le lendemain. L'Exprès du Caimacan trouva toute la Cour auprès de Silistrie, d'où il retourna à Constantinople le 9. Juillet. Dès qu'il fut arrivé, son Maître envoya querir le premier Interprête de l'Ambassadeur, & lui dit: Le Vizir n'a point donné de réponse à mon Exprès, & il l'a renvoyé, en lui disant, qu'il me feroit savoir par une autre voye, les volontez du Grand Seigneur. Le Courier de l'Ambassadeur n'étoit pas revenu le 20. Juillet, lors que je partis: je ne sai quelle réponse il rapporta.

A la fin du mois de Juin, l'Ambassadeur fit demander un passeport pour le Directeur de la Compagnie du Levant, de qui j'ai parlé, un pour moi, une permission de faire venir du vin, & une autre d'entrer à Sainte Sophie. Le Caimacan fit réponse, qu'il ne pouvoit accorder rien du tout à l'Ambassadeur, jusqu'à ce qu'il sût les intentions du Vizir: qu'il sentoit beaucoup de repugnance à lui refuser ces bagatelles, mais qu'au terme où étoient les choses, entre le Grand Vizir, & l'Ambassadeur, il se rendroit criminel de donner des passeports à son Excellence: que dès qu'il en auroit la permission, il feroit connoître la bonne volonté qu'il avoit pour la Nation Françoise.

Ce refus me donna beaucoup d'inquiétude, parce qu'il sembloit confirmer des bruits, qui couroient, que le Grand Vizir vouloit faire arrêter l'Ambassadeur, & tous les François. Je me voyois avec un grand fonds: c'étoit la charge de deux chevaux, comme je l'ai dit. Le bagage de mon Camarade, & le mien en chargeoit encore quatre. Cela ne nous permettoit pas de penser seulement à fuïr, ou à se cacher. Trois autres considérations augmentoient mon inquiétude, & ma peine. La premiere, que quelque chemin que je prisse, pour passer par terre en Perse, je ne pouvois de trois mois être hors de la Turquie, & que pendant ce tems-là la *Porte* auroit tout le loisir d'envoyer ordre aux extrémitez de son Empire les plus reculées, d'arrêter les François; si elle se portoit à cette violence contre eux. La seconde est, que rien de tout ce que je portois de précieux, n'avoit passé à la Doüanne, & que si l'on venoit pour cela à me rechercher à Constantinople, ou en d'autres villes de Turquie, je ne pouvois esperer aucun secours de l'Ambassadeur. La troisiéme, qu'à cause des chaleurs, il ne se feroit de Caravane pour aller en Perse, qu'au mois d'Octobre.

En ce fâcheux embarras, Dieu dont j'ai toûjours senti le secours en mes plus grands besoins, me fit voir un chemin tout prêt, pour me tirer sûrement de Constantinople. Le Grand Seigneur a une Forteresse à 20. milles du Tanaïs, vis-à-vis de l'endroit où ce grand Fleuve entre dans les Marais Meotides. Cette Forteresse s'appelle *Azac*. La *Porte* y envoye tous les ans un nouveau Commandant avec des gens, & de l'argent. Il y va par mer tant parce qu'il n'y a que 1300. milles par cette voye, qu'à cause du risque qu'il y a par terre de tomber entre les mains des Tartares, des Cosaques, ou des Moscovites. La *Saique* (c'est une sorte de Vaisseau Turc) où s'embarque le Commandant, n'est point exposée à la visite des Doüanniers, comme sont tous les autres bâtimens qui vont en la Mer noire. Ce qui est dessus se peut dire libre, & il n'y a que le Commandant Turc, qui ait droit d'en prendre connoissance. Cette *Saique* touche *Caffa*, Ville, & Port celébre dans la *Tartarie Crimée*; d'où il part tous les ans au mois de Septembre, & d'Octobre, des Vaisseaux qui vont en *Mingrelie*, ou *Colchide*, qui n'est qu'à sept ou huit jours de marche, avant que d'entrer sur les terres de Perse. Il n'y a pas de route plus courte, pour aller de Constantinople en Perse, ni qui puisse être plus aisée; car on pourroit faire le voyage en trois semaines, tout par mer, à quelques soixante lieuës près; néanmoins il n'y a pas de route moins pratiquée, ni plus inconnuë, à cause des dangers qu'on y court, & je ne pûs trouver à Constantinople un seul homme qui l'eût faite. J'en trouvois un grand nombre qui me disoient ce que j'en rapporte, & qu'ils avoient été aux Ports de Mingrelie, où il y a toûjours beaucoup d'Armeniens, & de Georgiens sujets de la Perse, qui leur disoient, qu'il n'y avoit que six ou sept jours de marche de là chez eux.

Les dangers de cette route qui empêchent qu'on ne la prenne, sont de deux sortes: premiéremiérement la Mer noire eſt fort orageuſe, & la plûpart des Vaiſſeaux y periſſent, faute d'art, & faute de bons Ports; d'ailleurs les Peuples qui habitent les Païs entre la Mer, & les Etats de Perſe, ſont d'un fort méchant naturel, gens ſans Religion, & ſans Police. Ainſi je n'aurois eu garde de ſonger ſeulement à la route de Colchide, quelques appas qu'elle eût pour moi, ſoit pour la curioſité, ſoit pour la facilité, & la briéveté du chemin; ſi le paſſage de la Turquie ne m'eût paru d'un danger encore plus redoutable, dans les fâcheuſes circonſtances que j'ai rapportées. Ce qui me pouſſoit le plus à prendre la voye de la Mer, étoit cette *Saïque* d'*Azac*, qui me paroiſſoit un moyen comme infaillible, pour ſortir de Conſtantinople, ſans beaucoup de peines, & ſans aucun riſque; mais la Mer noire, cette mer ſi renommée par ſes naufrages, & le peu d'experience des Turcs dans la Navigation, me faiſoient trembler. Je voyois tout le riſque auquel je m'expoſois, & combien ce voyage étoit hazardeux: mais il ne m'effrayoit pas encore tant que les dangers, dont j'ai parlé, & que je courrois en attendant davantage à Conſtantinople, ou en paſſant par terre en Perſe.

Le peril de la Mer noire étoit à la verité plus grand; car il y alloit de tout, mais il étoit plus incertain. Le peril de Turquie étoit moindre, il ne s'agiſſoit pas de la vie, ni de perdre entiérement le bien; mais il étoit plus mal-aiſé de l'éviter: Enfin je me réſolus de prendre la Mer noire, & me préparai à m'embarquer.

Un de mes amis, à qui je communiquai ma réſolution, me fit avoir l'aſſiſtance d'un Marchand Grec, qui alloit en Colchide, qu'on appelle ordinairement la *Mingrelie*, & qui s'embarquoit ſur la *Saïque*, préparée pour *Azac*. C'étoit un très-honnête homme. Mon ami avoit quelque pouvoir ſur ſa perſonne, & ſur ſes affaires. Il lui recommanda de me ſervir de toutes ſes forces, ſur peine de perdre entiérement ſon amitié, s'il y manquoit. Le Marchand Grec s'engagea à le faire, & le fit effectivement avec grande affection, avec beaucoup d'aſſiduité, & avec aſſez de bonheur. Il s'employa d'abord à loüer des chambres pour moi dans la *Saïque*, ſans dire pour qui c'étoit. Il ſe chargea d'embarquer peu-à-peu ce que j'avois. Il me donna les avis, & les lumieres néceſſaires pour être conſideré ſur le Vaiſſeau, & pour être bien traitté à Caffa, où il falloit aller. Entr'autres avis, il me dit de me faire recommander à l'Officier qui alloit à *Azac*, & de prendre un paſſeport du Grand Seigneur. La recommandation ne me donnoit pas de peine, mais le paſſeport me deſeſperoit, parce qu'il m'avoit déja été refuſé.

Je découvris ma peine à Monſieur de Nointel, le ſuppliant très-humblement de trouver bon, que je me ſerviſſe des Lettres de recommandation que j'avois de l'Ambaſſadeur d'Angleterre, qui étoit à Paris lors que j'en partis, pour celui de la même Nation à Conſtantinople, & que j'obtinſſe par ſon moyen un paſſeport en qualité d'Anglois. Monſieur de Nointel en fit d'abord quelque difficulté, mais il y conſentit à la fin, lui ayant fait connoître l'importance de mon voyage. Il fit dire, & écrire par ſon Secretaire à l'Ambaſſadeur d'Angleterre, qu'il étoit fort content que ſon Excellence s'employât pour moi. L'Ambaſſadeur le fit de la meilleure grace du monde, & avec chaleur, mais ſans ſuccès; car le Caimacan étant ſur le point de ſigner le paſſeport, il eut un avis ſecret de prendre garde à ce qu'il faiſoit, parce que le paſſeport qu'on lui demandoit, étoit pour des François, qu'on faiſoit paſſer pour Anglois. Cet avis gâta tout: il mit mal l'Ambaſſadeur d'Angleterre, avec le Caimacan, qui ſe plaignoit de la ſurpriſe, & avec Monſieur de Nointel, qu'il accuſoit de l'avis donné au Caimacan.

Le 19. Juillet, le Marchand Grec, qui me devoit conduire en Mingrelie, me vint dire que nôtre Saïque avoit été remorquée à l'embouchure de la Mer noire, & qu'elle n'attendoit que le vent pour partir. Je voulois m'aller embarquer à l'heure même, mais mes amis ne trouverent pas bon que je le fiſſe, avant que le Vaiſſeau eût mis à la voile, à cauſe que je pourrois, diſoient-ils, être reconnu pour François. Je me tins donc trois jours durant chez Monſieur le Comte Sinibaldi Fieſchi, Reſident de Genes, dans une maiſon de campagne qu'il a ſur le Boſphore, & quatre autres jours dans un beau Monaſtére de Grecs, qui eſt au bout du Canal, du côté de l'Europe, vis-à-vis le port où nôtre Vaiſſeau attendoit le vent.

Le Boſphore de Thrace eſt aſſurément un des beaux endroits du monde. Les Grecs ont appellé *Boſphores*, ces détroits, ou manches, qu'un Bœuf peut traverſer à la nage. C'eſt un Canal de 15. Milles de longueur, & d'environ deux de largeur, en des endroits plus, & en d'autres moins. Ses rivages ſont des montagnes couvertes de maiſons de plai-

ſan-

ſance, de bois, de jardins, de parcs, d'agréables vûes, de beaux déſerts, avec mille ſources d'eau par tout. L'aſpect de Conſtantinople, quand on le voit de deſſus ce Canal, à deux mille d'éloignement, eſt incomparable, & c'eſt à mes yeux, comme à ceux de tout le monde, la plus charmante perſpective qui ſe puiſſe rencontrer. La promenade du Boſphore eſt auſſi la plus agréable, & la plus divertiſſante qu'on puiſſe faire ſur l'eau. Le nombre des Barques qui s'y promenent durans les beaux jours eſt fort grand. Le Réſident de Genes m'a dit pluſieurs fois, qu'un jour il prit plaiſir à compter les Bateaux qui paſſérent devant ſon logis, depuis midi juſqu'à Soleil couché, & qu'il en avoit compté près de 1300.

Il y a quatre Châteaux ſur le Boſphore, bien munis de Canon, vis-à-vis l'un de l'autre: deux à 8. milles de la Mer noire: deux tout proche de l'embouchure. Ces derniers ont été bâtis il n'y a que 40. ans, pour empêcher l'entrée du Canal aux Coſaques, aux Moſcovites, & aux Polonois, qui auparavant venoient avec des Barques faire des courſes juſqu'à la vûe de Conſtantinople. On s'en ſert de priſon, & des deux autres auſſi, pour des gens pris à la guerre & pour des perſonnes de marque dont on veut tirer quelque jour du ſervice. Le Fanal, ou la lanterne, qui montre l'entrée du Canal, en eſt dehors à quelque deux milles. C'eſt pour ſervir de Phare aux vaiſſeaux la nuit, & leur faire connoitre la route qu'il faut tenir. Ils la reconnoiſſent de jour à une colomne de Marbre blanc qui eſt du même côté que le fanal ſur une haute roche qui fait un Iſlet; car ce rocher, qu'on tient être une de ces Iſles flotantes, dont les Poëtes ont conté tant de fables, ſous le nom des Iſles Cyanées; ce rocher, dis-je, eſt Iſolé, c'eſt-à-dire, environné de la mer de tous côtez. On l'appelle *la colomne de Pompée*, & on prétend qu'elle fut élevée pour monument des victoires de ce Grand Conſul Romain ſur Mithridate, qui étoit Roi de cette partie de la Mer noire. La ſtructure en doit être d'une ſolidité merveilleuſe, puis que les tempêtes & les bourraſques qui la batent continuellement depuis tant de ſiecles, ne l'ont pas ébranlée, & c'eſt ce qu'elle a de plus remarquable; car d'ailleurs, la colomne n'eſt pas fort haute, & le pied-d'eſtal ne paroit pas avoir autant de diamettre que l'art le requiert.

Le 17. à la pointe du jour je m'embarquai, nôtre Vaiſſeau étant déja à la voile. Plus de 80. Bâtimens de differentes grandeurs, ſe mirent en Mer en même tems. Il y avoit en tout deux cens hommes ſur le nôtre. Le Commandant d'Azac & ſa ſuite, au nombre de vingt perſonnes, cent Janiſſaires, trente Matelots, & cinquante Paſſagers. J'avois trois loges: mon Camarade & moi en tenions deux, nôtre bagage occupoit la troiſiéme, nos gens couchoient ſur la couverte. Ces loges ſont fort étroites, & fort incommodes. Les nôtres étoient à la prouë. Il y en avoit trente dans la Saïque, avec la chambre du Capitaine qui étoit ſpacieuſe, & fort propre. Dix perſonnes y pouvoient coucher fort aiſément. Ce qu'il y a de bien incommode ſur les Bâtimens Turcs, c'eſt qu'il y faut faire proviſion de toutes les choſes néceſſaires à la vie, juſqu'au bois, & à l'eau: le reſte eſt ſupportable. Chacun a la liberté de faire ſa cuiſine deux ou trois fois le jour. Le foyer eſt ſur la couverte à la poupe. Lors que l'on veut faire cuire quelque choſe, on y porte un trepié, du bois & de l'eau. J'ai vû par fois ſeize, & dix-huit marmites enſemble ſur le foyer. Les commoditez ſont en dehors du Bâtiment à la poupe, en maniere de cages, qui s'ôtent & s'attachent comme on veut.

Les Saïques n'ont qu'une couverte, & que deux Mats avec le Beaupré, ſavoir l'arbre de Meſtre, & celui de Mezanne. Ces mats ne peuvent porter chacun que deux voiles, & ordinairement ils n'en portent qu'une. Il n'y a point d'échelles accommodées aux Aubans, ni ailleurs; horſmis une petite, qui eſt attachée au haut du grand mats, & qui tombe tout du long. Les mats n'ont point de hune. Le Beaupré n'en a point non plus, & il ne peut auſſi porter qu'une voile. On connoît aſſez delà que les Matelots Turcs ne montent point aux mats, pour embrouiller, ou pour étendre les voiles; auſſi n'eſt-il pas néceſſaire, parce que les vergues ſont toûjours en bas ſur la couverte. Lors qu'on veut prendre le vent, on délie la voile, & on tire en haut la vergue où elle eſt attachée. Les voiles de Trinquet ſe lient aux vergues, chaque fois qu'on s'en veut ſervir, & quand la voile eſt attachée, on monte la vergue par une poulie, qui eſt au haut du Trinquet. On peut ainſi juger de tout cela, que l'envergure de ces Bâtimens eſt aſſez mal entenduë. L'emmature ne l'eſt pas mieux.

On ne ſe ſert ſur ces Bâtimens, ni de pompe pour vuider l'eau, ni de moulinets pour tirer les Ancres. On vuide l'eau avec des ſeaux,

ſeaux, & voici comment les Anchres ſe tirent. Il y a à la prouë deux poulies aſſez petites, ſur leſquelles le cable de l'Anchre paſſe: vingt, ou trente hommes prennent ce cable, & le tirent de toute leur force, juſqu'à ce que l'Anchre ſoit en haut. Quand un Bâtiment chargé entre dans le port, on le met ſur quatre Anchres: deux ſont attachées à la prouë, & deux à la poupe. Voilà ce que j'ai obſervé de plus particulier, ſur la conſtruction de ces ſortes de Vaiſſeaux, & ſur la manœuvre des Turcs.

Leur Navigation n'a ni art, ni ſûreté. Leurs plus habiles Pilotes, Turcs, ou Grecs, n'ont que l'experience toute ſimple, ſans aucun fondement de regles. Ils ne ſe ſervent point de Carte, & n'obſervent point exactement, comme nos gens de mer, le chemin qu'ils font, pour connoître chaque jour, par cette obſervation, combien ils ſont proches du lieu, où ils veulent parvenir. Ils entendent fort mal la Bouſſole, & ſavent ſeulement que la fleur de Lis ſe tourne toûjours vers le Nord. Lors qu'ils veulent faire voyage, ils attendent un bon vent & un beau tems. Quand il eſt venu, ils ne ſe mettent pas auſſi-tôt en mer, ils attendent huit ou dix heures, pour s'aſſurer du tems & du vent. Ils ſe conduiſent par les terres, dont ils ſont preſque toûjours à vûe. Quand il s'agit de golphoyer, ils ſe conduiſent par le Compas. Ils ſavent par raport, ou par experience, de quel côté il faut qu'ils ayent le Nord pour arriver au lieu où ils vont, cela ſeul les guide, ils n'en ſavent pas davantage. S'ils faiſoient de longs voyages en pleine mer, pas un n'échapperoit d'une tempête, bien leur en prend qu'ils ſe tiennent toûjours proche de terre, & proche des Ports. Lors que le vent eſt rude ils vont à flot, ils plient les voiles, & ſe laiſſent conduire aux vagues. Si le vent eſt contraire, ils ne s'efforcent point d'y réſiſter, ils virent le bord, & retournent plûtôt au lieu d'où ils ſont partis, que de ſoutenir la violence d'une groſſe mer contraire. Ce qui les perd, c'eſt quand le vent les pouſſe à la Côte; car lors qu'ils ſont ainſi battus, ils vont échoüer bien vîte, ne ſachant ce que c'eſt que de bordoyer, & de ſe tenir à la Cape.

J'ai oui dire à de vieux Capitaines Turcs, qu'il y a 1500. Bâtimens ſur la Mer noire, & que tous les ans il s'en perd cent. Le lieu où les naufrages ſont plus à craindre ſur cette mer eſt l'entrée du Boſphore.

Cette entrée eſt étroite. Il y ſouffle ſouvent des vents oppoſez, & il en ſort preſque toûjours un qui repouſſe les vaiſſeaux: & qui même lors qu'il eſt violent les fait échoüer à la Côte, laquelle eſt toute de rochers eſcarpez. Il s'y eſt briſé tant de Galéres, & tant de Vaiſſeaux, qu'on n'en ſauroit dire le nombre. Il y a peu de tems que dix-ſept Galéres y perirent en un même jour, & l'année derniere trente-ſix Saïques y perirent auſſi en un même jour, qui étoit celui de *St. Dimitre*, comme les Grecs le nomment. Je marque le jour, parce qu'il eſt tenu des Grecs & des Turcs pour funeſte ſur la mer. Auſſi eſt-ce l'ordre conſtant de la marine Turqueſque, de ne ſe mettre en mer que le jour de St. George, qui eſt à la fin d'Avril, & d'être rentré dans le port celui de *St. Dimitre*, qui arrive au commencement d'Octobre; leçon priſe des Grecs, qui ayant eu de tout tems une véneration particuliere & extrême pour ces deux Saints, quoi que le premier ſoit tenu pour fabuleux, avoient marqué les ſaiſons de la navigation par leur Fête. Les Portugais à leur imitation marquent celles des Indes Orientales par les Fêtes de Noël & de la Paſſion; la premiere à partir de Goa pour Liſbone, l'autre à partir de Liſbone pour Goa. Une choſe qui marque bien notablement le nombre des naufrages, qui ſe font à l'embouchure de la Mer noire, c'eſt que les villages qui en ſont proche, ſont tout édifiez de débris; les habitans n'y employant pas d'autre charpente. Et ce qui fait horreur à raporter, c'eſt qu'on aſſure, que ces Barbares allument des fanaux durant les tempêtes ſur les plus dangereux écueils de leur côte, afin que les navires, ſeduits par ces feux trompeurs, viennent y faire naufrage. Il n'y a point de doute que les frequens orages, qui en toutes ſaiſons s'élevent ſur la Mer noire, ſes flots courts & entrecoupez, ſon lit étroit & ſerré, les mauvaiſes côtes, dont elle eſt ceinte en partie, ne ſoient la principale cauſe des divers naufrages qui s'y font; mais il n'y a point de doute auſſi, que de bons Pilotes & de bons Matelots ſauveroient la moitié des Bâtimens qui s'y perdent.

Le 3. Août, au matin, nous arrivâmes à Caffa, après huit jours de Navigation, durant leſquels nous eûmes toûjours fort beau tems, & peu de vent. Nous reconnûmes, le cinquiéme jour, la pointe de la Cherſonneſe Taurique. Les Grecs appelloient Cherſonneſe, ce que les Latins ont nommé Peninſule, & que nous appellons preſqu'Iſle; & ils ont nommé cette preſqu'Iſle-ci Taurique, parce qu'elle fut premiérement habitée par des Scythes du Mont

Mont Taurus. Les Géographes modernes l'appellent la *Tartarie Crimée*, du nom de *Crim*, que les Turcs & les Tartares donnent à ce Païs, qui est un terme corrompu de celui de *Cimmerien*, le premier nom qui lui fut donné. Ils l'appellent aussi la *Tartarie Précopense*; comme qui diroit la *Tartarie de villes*, pour distinguer les Tartares de cette presqu'Isle, qui demeurent la plûpart en des villes, sur tout durant l'hiver, d'avec les autres Tartares de l'Europe, qui habitent hors de la presqu'Isle, lesquels on appelle *Nogayes*, & aussi *Hordes*, ou *Hordou*, mot qui signifie *Assemblée*, & dont les Turcs & les Persans se servent ordinairement, pour dénoter le Camp d'une Armée, ou d'une Cour. De maniére qu'en Perse c'est le terme commun pour dire *le lieu où est le Roi*; comme, par exemple, *Hordou der Sifahon*, est, *la Cour est à Ispahan*. Le Païs de ces deux sortes de Tartares, Précopenses, & Nogayes, est ce que nous appellons la petite Tartarie, ou la Tartarie mineure, pour la distinguer d'avec les Tartares d'Asie, qui habitent au delà du Palus, ou Marais Meotide, à l'Orient de la mer Caspienne, & jusqu'à la Chine. Il faut observer sur ce mot *Tartares*, que les Orientaux disent & écrivent *Tatar* & non pas *Tartares*, comme nous faisons.

Pour revenir à la Chersonnese Taurique, ou presqu'Isle Précopense, elle tire à l'Orient & à l'Occident, ayant environ deux cent cinquante lieuës de circuit, savoir trente-cinq lieuës de long, que je prens du Septentrion au Midi, & cinquante-cinq lieuës où elle a le plus de largeur. Il y a des Géographes qui lui donnent plus de circonference, & qui affirment qu'elle est plus grande que la Morée, qui est le Peloponnese d'autre fois. L'Istme qui la joint au continent n'est large que d'une lieuë. Les Côtes de cette presqu'Isle Précopense, à conter de la partie la plus avancée en la mer, jusques à Caffa, sont des rivages hauts, & des montagnes élevées, couvertes de bois & de villages. Au compte des Pilotes, il y a par la Mer noire sept cent cinquante milles de Constantinople à Caffa. Je ne sais comment ils comptent, ni comment cela se peut accorder avec ce qui arrive très-souvent, que des Saïques font le voyage en deux jours & deux nuits juste. Au compte que j'en ai fait, il n'y a pas plus de deux cens lieuës. Nôtre vaisseau en jettant l'anchre tira deux coups de canon. Le Commandant qui étoit destiné pour Azac, fit faire une décharge de Mousqueterie à toute la Soldatesque. Ensuite il alla à terre avec des Officiers qui l'étoient venu recevoir de la part du Pacha. La ville & le port sont fort libres. On y entre & on en sort sans demander permission. On n'y visite point les Bâtimens. Dès qu'un vaisseau jette l'anchre, il y vient plusieurs bateaux qui portent à terre ceux qui y veulent aller.

Caffa est une grande ville, bâtie au bas d'une coline sur le rivage de la Mer. Elle est plus longue que large. Sa longueur s'étend à peu près du Midi au Septentrion. Elle est entourée de fortes murailles. Il y a deux Châteaux aux deux bouts, qui avancent un peu dans la mer, ce qui fait que quand on regarde la ville de dessus un vaisseau, elle paroît bâtie en demi-lune. Le Château du côté du Midi est sur une éminence qui commande les environs. Il est fort grand, & le Pacha y demeure. L'autre est plus petit, mais il est bien muni d'Artillerie. La mer en baigne le côté qui la regarde. Ces Châteaux sont fortifiez d'un double mur, & la ville aussi. On compte quatre mille maisons dans Caffa, 3200. de Mahometans Turcs & Tartares, 8.0. de Chrétiens, Grecs & Armeniens. Les Armeniens y sont en plus grand nombre que les Grecs. Ces maisons sont petites, & toutes de terre. Le *Bazars*, (on appelle ainsi les lieux de marché,) les places publiques, les Mosquées, & les bains en sont aussi bâtis. On ne voit dans la ville aucun édifice de pierre, si l'on en excepte huit anciennes Eglises un peu ruinées, qui ont été bâties par les Genois. Cette ville de Caffa est très ancienne, mais l'on n'en sait pas bien l'origine. Strabon dit qu'elle a été renommée de toute antiquité, & qu'elle étoit puissante du tems de la République d'Athenes. Il en est parlé dans les guerres des Romains contre Mithridate, Roi de Pont, de qui elle embrassa les interêts; mais il faut que la guerre, ou quelqu'autre calamité, l'eût tout-à-fait détruite; car on trouve que les Grecs la fondérent de nouveau dans le cinquiéme siécle, & la nommerent *Theodosie*, du nom de l'Empereur Theodose, alors régnant, & qu'ils la fortifierent, & en firent un des plus considerables remparts de l'Empire contre les Cosaques & contre les Tartares, que l'on appelloit *Huns* en ces tems-là. Mais les Tartares ne laisserent pas de s'en rendre à la fin les Maîtres, & de toute la presqu'Isle où elle est située. Ce fut alors que son nom lui fut changé & qu'elle prit celui de *Caffa*, qui vient de *Caffer*, terme originairement Arabe, lequel signifie *infidelle* dans toutes les langues des Mahometans. Les Tartares lui donnerent ce nom,

nom, pour signifier que c'étoit le boulevard des Chrétiens, qu'ils appellent communement *Caffers*, ou *Infidéles*, comme nous autres Chrétiens les appellons par retaliation. Cela arriva dans le douziéme siécle, le tems de la Guerre sainte, & de la grande foiblesse des Empereurs d'Orient. Les Genois, qui étoient alors puissans sur mer, remarquant la décadence de l'Empire Grec, qui ne se pouvoit défendre, ni contre les Turcs, ni contre les Tartares, crurent qu'en secourant cet Empire contre leurs invasions, ils pourroient s'emparer d'une partie des conquêtes, que ces Barbares avoient faites dans la Mer noire. Ils y réüssirent effectivement avec beaucoup de bonheur; car y ayant envoyé des Flotes fort puissantes pour ce tems-là, ils leur enleverent plusieurs Places sur le bord de cette Mer, tant du côté de l'Asie, que du côté de l'Europe, & particulierement cette ville de Caffa, qu'ils conquirent l'an 1266. sous le regne de Michel Paleologue. Ils en joüirent pendant deux siécles & plus; mais la puissance des Ottomans étant augmentée, durant ces siécles-là, dans toute l'Asie, & dans l'Europe, sans qu'on en pût arrêter le cours, & Constantinople même ayant été réduite sous leur joug, les Genois furent contraints d'abandonner tout ce qui étoit dans la Mer noire. Caffa leur fut ôtée l'an 1474. sous l'Empire de Mahomet second du nom. Des Auteurs disent que ce fut seulement l'année suivante.

Le terroir de Caffa est sec & sablonneux. Les eaux n'y sont pas bonnes, mais l'air y est très-sain. Il y a fort peu de jardins autour, & il n'y croît point de fruit. On en apporte en très-grande abondance des villages voisins, mais il n'est pas bon. Je ne sais s'il y a ville au monde, où les autres alimens soient meilleurs, & a plus bas prix qu'à Caffa. Le mouton y a un goût excellent. La livre n'en coûte que quatre deniers. Les autres viandes, le pain, le fruit, la volaille, le beurre, se vendent à proportion encore moins. Le sel s'y donne, pour ainsi dire: en un mot tout ce qui est nécessaire à la vie n'y coûte presque rien. Ainsi c'étoit à juste titre qu'on nommoit cette ville autrefois *le Grenier de la Grece*, de même que l'on appelloit Messine, *le Grenier de Rome*, n'y ayant point de lieu plus propre à faire de grands magasins de provisions. Il faut pourtant remarquer que le poisson frais y est rare, & que l'on n'en pêche aux environs du port que de petits, & encore en de certains tems seulement, comme en Autômne, & au renouveau. Presque tous les Turcs, & tous les Tartares, qui sont là, portent de petits bonnets de drap, doublez de peau de mouton. Mais comme le bonnet est dans toute l'Asie la plus ordinaire coëffure des Chrétiens, ceux de Caffa sont obligez d'attacher aux leurs une petite piéce de drap, comme en Allemagne les Juifs en ont à leur manteau. C'est pour les distinguer des Mahometans.

La rade de Caffa est à l'abri de tous les vents, excepté du Nord & du Sud-Ouest. Les Vaisseaux y sont à l'anchre assez proche du rivage, à dix ou douze brasses, sur un fond limonneux qui est bon & bien assuré. Il s'y fait un grand commerce, & plus qu'en aucun port de la Mer noire. Pendant quelque quarante jours que j'ai été là, j'y ai vû arriver & j'en ai vû partir plus de quatre cents voiles, sans conter les petits Bâtimens qui vont & viennent le long de la côte. Le commerce le plus considérable, est celui de poisson salé, & de *Caviar*, qui vient du Palus Meotide, & qui se transporte dans toute l'Europe, & jusques aux Indes. La pêche de poisson, qui se fait dans ce Marais, est incroyable, pour son peu d'étenduë. La raison que les gens du Païs rendent de la multitude presque infinie de poissons qu'on y prend, c'est que l'eau de ce Palus étant limonneuse, grasse, & peu salée, à cause du Tanaïs qui se jette dedans, elle attire, disent-ils, le poisson non seulement du Tanaïs, & de la Mer noire, mais encore de l'Hellespont, & de l'Archipel, & le nourrit & l'engraisse en peu de tems. J'ai vû cent personnes assurer, qu'il s'y prend ordinairement des poissons qui sont longs de vingt-quatre à vingt-six pieds, qui pésent huit & neuf cens livres chacun, & dont on fait trois à quatre quintaux de *Caviar*. Le *Caviar* est fait des œufs de ce poisson, & on l'estime beaucoup plus que le poisson même, à cause du grand trafic que l'on en fait. Je n'ai point vû de ces gros poissons en vie à Caffa; mais je ne laisse pas de croire ce que l'on en dit par les piéces de poisson que j'y ai vûes, & par la merveilleuse quantité qu'on en transporte en mille lieux. La pêche de ce poisson, qu'on tient être l'*Eturgeon*, se fait depuis Octobre jusqu'en Avril, de cette maniere; on le chasse dans des espaces entourez de picux & on l'y tue à coups de dard. C'est peut-être le limon de cette eau Meotide, qui lui a fait donner le nom de Marais; car d'ailleurs elle seroit mieux nommée Lac, puisqu'elle porte des vaisseaux, qu'elle ne hausse ni ne baisse, & qu'elle communique incessamment avec un grand Fleuve & avec la Mer.

Outre le transport de Caviar & de poisson, le plus important qui se fasse de Caffa, est de bled, de beurre, & de sel. Cette ville fournit de cela Constantinople, & quantité d'autres lieux. Le beurre de Caffa est le plus excellent de Turquie. Les Venitiens ont souvent demandé permission de venir négocier en cette ville, on la leur a toûjours refusée. L'an 1672. le Chevalier Quirini fit de grandes dépenses pour l'obtenir, & il l'obtint en effet, mais le Doüannier de Constantinople la fit revoquer. Voici comme la chose arriva.

Tous les Europeans ont dans leurs Capitulations qu'ils ne payeront aucune Doüanne, qu'aux lieux où ils débarqueront leurs Marchandises. En vertu de cet Article, les Venitiens ne vouloient payer à Constantinople aucun droit de celles qui étoient dans un petit vaisseau venu exprès pour aller à Caffa. Le Doüannier le prétendoit. Le Chevalier Quirini obtint du *Defterdar* un ordre au Doüannier de ne prendre point de connoissance, de tout ce qui pouvoit être sur le vaisseau Venitien, destiné pour Caffa. Le Defterdar est le grand Trésorier de l'Empire. Il a toutes les Doüannes en son département. Le Doüannier ayant vû cet ordre, écrivit au Visir, que le Négoce des Venitiens à la Mer noire seroit très-dommagable au Grand Seigneur & à la *Porte*; que le dommage particulier de Sa Hautesse étoit tout visible, en ce que les Marchandises qui sont propres pour la Mer noire, & qui viennent de Venise, payent deux fois la Doüanne, savoir en entrant à Constantinople, & en sortant: qu'il en étoit de même des Marchandises qu'on apportoit de cette mer, & que les Venitiens transportent, & que le Grand Seigneur perdroit tout cela, si les Venitiens avoient la liberté d'y aller; parce qu'en vertu de leurs Capitulations ils ne doivent payer aucune Doüanne, que là où ils déchargent des Marchandises. Qu'outre cela, de permettre aux Venitiens l'entrée de la Mer noire, c'étoit ouvrir aux Princes Chrétiens une nouvelle voye de communiquer, & de se lier avec ceux qui confinent à cette mer, qui sont tous ennemis de la *Porte*. Qu'il y avoit enfin à considérer que cette permission ruïneroit une infinité de gens de mer, sujets du Grand Seigneur, Turcs, & Chrétiens, parce que comme il y a beaucoup plus de fureté dans la Navigation des Europeans, qu'en celle des Turcs, les Venitiens deviendroient les voituriers de la Mer noire, & que chacun voudroit s'embarquer avec ses Marchandises sur leurs Vaisseaux. Le Grand Visir comprit bien tout cela. Il ordonna au Gouverneur de Constantinople, de ne point laisser aller le vaisseau Venitien à la Mer noire.

Le 30. mon conducteur Grec fit transporter mes hardes, mon bagage, & tout ce qui m'appartenoit, de dessus le vaisseau qui m'avoit apporté à Caffa dans un autre qui chargeoit pour la Colchide. Il alla dire au Doüanier de Caffa, qu'il y avoit deux *Papas Francs* sur le vaisseau d'Azac, qui se vouloient embarquer sur un autre, pour aller en Mingrelie, que ces Papas avoient des bagatelles avec eux, comme des livres, & autres choses de nulle valeur pour l'usage d'un Couvent, & que si la Doüane les vouloit visiter, elle envoyât un homme au vaisseau. Les Chrétiens Orientaux, & les Turcs appellent *Papas* toute sorte de gens, qui sont dans le Ministére Ecclesiastique, soit qu'ils vivent dans le celibat, ou qu'ils soient engagez dans le mariage: Mon conducteur nous faisoit donc passer pour Papas, mon associé, & moi.

Nôtre Grec faisoit acroire, que nous allions trouver les Missionnaires Italiens qui sont en Colchide, & que nous étions de leurs confreres. Le Doüanier envoya à l'heure même visiter nos hardes. Nôtre conducteur vint avec lui. J'ouvris deux coffres devant le Garde. Il mit la main dedans celui où il n'y avoit que des livres, des papiers, & des instrumens de Mathematique, & n'ayant senti au fonds, que des choses pareilles à celles qu'il voyoit au dessus, il se mit à rire, & demanda à l'homme qui l'avoit amené, si cela valoit bien la peine d'être porté d'Europe en Mingrelie. Je n'en donnerois pas cinq sols, répondit finement le Grec, j'ai dit au Doüannier que ces *Papas* n'avoient que des bagatelles, vous voyez que c'est la vérité. Là-dessus il se tourna de mon côté, & me dit, *Padri* donnez un *aslani* à cet honnête homme, pour sa peine d'être venu ici visiter vos hardes, & préparez-vous à aller sur le vaisseau de Mingrelie. Je tirai avec un peu de façon cette piéce qui vaut quarante sols, en homme qui n'en a pas beaucoup, & qui en serre cinq ou six comme un trésor. Je la donnai au Garde. Il témoigna d'abord qu'il n'en vouloit point. Il prit pourtant la piéce, après qu'on lui eut dit que c'étoit pour payer le bateau, & qu'il ne la devoit pas refuser. Il s'en alla à l'instant même. Mon conducteur l'accompagna, & entendit le rapport qu'il fit au Doüannier, que nous n'avions que des livres, des papiers, & de certaines

taines choſes de cuivre & de bois qui ne valloient pas le port.

Au bout de deux heures mon fidele Grec revint. Il nous dit, que pour achever de nous mettre à couvert des Doüanniers, il falloit donner à l'Ecrivain du vaiſſeau, autant que j'avois donné au Garde de la Doüanne, parce que l'Ecrivain tient une note exacte de ce qu'on débarque, & la donne tous les ſoirs au Doüannier, à qui elle ſert de controle : je lui dis qu'il fit tout ce qu'il trouveroit à propos. Il appella en même tems l'Ecrivain, & lui dit; Tu vois que le Garde de la Doüanne n'a rien trouvé dans les coffres des *Papas francs*. Ils en ont encore un plein de livres, & cinq ou ſix caiſſes de tableaux pour leur Egliſe. Ils ne les ont pas ouvert, parce que l'air gâte la peinture, & que les tableaux ſont bien empaquetez. Je te ſupplie de prendre cette piece qu'ils te donnent, & de ne mettre ſur ton mémoire que les deux coffres qui ont été viſitez ſans marquer rien du reſte. L'Ecrivain promit de faire ce qu'on lui demandoit, & n'y manqua pas. Il nous laiſſa emporter tout ce que nous avions, & nous dit de nous en aller *au nom de Dieu*. Nous mîmes tout nôtre bagage en deux bateaux, & le fîmes porter dans le navire qui étoit en charge pour la Mingrelie. Perſonne ne nous demanda rien. Les gens de la Doüanne & ceux du vaiſſeau où nous étions venus, & de celui où nous nous embarquâmes, crûrent de bonne foi que nous étions *Papas*, & que tout ce que nous avions étoit de fort petite valeur : Que les ſacs que je leur diſois être des proviſions, en étoient remplis, & qu'il n'y avoit autre choſe là-dedans. Il y a de certaines adreſſes qu'on ne ſauroit marquer, qui ſont abſolument néceſſaires pour bien paſſer la Turquie, & avec leſquelles on la paſſe ſûrement & facilement. On évite les avanies & les mauvais traitemens, & l'on ſe tire bien des Doüannes, qui au fonds ne ſont pas fort rudes. Mais après tout il y faut du bonheur : & c'eſt-à-dire, qu'avec une conduite ſage & formée ſur le genie des Turcs, il faut encore le ſecours des conjonctures favorables.

Le 25. Août le vaiſſeau ſur lequel j'étois venu à Caffa, partit pour la Forteresse d'Azac. Trois Saïques de ſa grandeur l'accompagnerent. Le nouveau Commandant qui y alloit n'avoit voulu partir qu'après le retour du Courrier qu'il avoit envoyé à cette Forteresse, pour ſavoir ſi elle étoit en tréve avec les Moſcovites, & s'il n'y avoit point de Corſaires qui croiſaſſent ſur le Palus Meotide. Les gens de Caffa content 450. milles par mer de cette ville à Azac. Il y a moins par terre. On y va fort à l'aiſe en 12. ou 13. jours. Le détroit du Palus Meotide, je veux dire le Canal qui eſt entre ce Palus & la Mer noire, a cinq lieües. Les Anciens appelloient ce Canal, *Boſphore Cimmerien*. Les Modernes l'appellent *Détroit de Caffa*, & auſſi *Bouche de S. Jean*. Les grands vaiſſeaux qui vont à Azac s'arrêtent à Paleſtra, qui eſt à 40. milles de la Forteresse, & à 20. du Tanaïs; parce que plus avant il y a de trop bas fonds pour eux. La Forteresse d'Azac eſt à 15. milles du fleuve. Il y a du danger pour le monde, & pour l'argent qu'on y envoye; car les Moſcovites donnent quelquefois fortement deſſus, ſoit par mer, ſoit par terre. Les Commandans de cette Forteresse, font toûjours des tréves avec le voiſinage, mais elles ne durent pas ; parce que de part & d'autre il y a tous les jours des occaſions, & des ſujets de rompre. Les Turcs ont deux petites Forteresses, où ils entretiennent garniſon, à l'embouchure du Tanaïs & ſur ſes bords. Ils ferment cette embouchure avec une groſſe chaine, & empêchent ainſi les Moſcovites, & les Circaſſiens d'aller en courſe avec de grandes barques ſur le marais & ſur la mer. Avant que ces deux Forteresses fuſſent bâties, & cette chaine miſe en travers, ces peuples deſcendoient le Tanaïs avec leurs bâtimens, & croiſoient de tous côtez. Préſentement ce paſſage eſt fermé pour leurs groſſes barques. Ils font quelquefois de nuit, & à force de gens, paſſer des bateaux légers par deſſus la chaine, mais c'eſt rarement qu'ils s'y hazardent, à cauſe du riſque qu'il y a d'être coulez à fond, par le canon des deux Forteresses. Il y en avoit une autrefois à trois lieuës du Marais, nommée *Tana*, du fleuve Tanaïs : elle eſt à preſent ruïnée, & ce n'eſt point Azac, comme quelques-uns le prétendent, qui en eſt à quinze lieuës. Ce large fleuve du Tanaïs a environ quatre-vingt lieuës de longueur, & l'on rapporte que les bouches ou ſorties, par où il ſe décharge dans la Mer, ſont de vingt cinq à trente lieuës. Les Anciens l'appelloient *Orxentes*, les gens du pays, qui d'un côté ſont les Moſcovites & les Coſaques, & de l'autre les Tartares, le nomment *Don*, ou *Ton* & *Ten* ſelon la maniére differente de ces peuples à prononcer le *T.* & le *D.* lettres s'y aiſées à confondre dans les langues Orientales; mais de quelque façon qu'il faille écrire *Don* ou *Ton*, il eſt clair

clair que c'eſt de ce terme, que les Grecs ont fait celui de *Tanaïs* dont ils nomment ce grand fleuve.

Le 30. nôtre vaiſſeau ſe mit en mer, & fit voile vers un lieu appellé *Douſla*, c'eſt-à-dire, *les Salines*. Ce ſont de grands marais de ſel ſur la plage, à 50. milles de Caffa. Nous y arrivâmes les 31. au matin, & auſſi-tôt tout l'équipage ſe mit à charger du ſel. Il n'étoit gardé de perſonne. On aſſure qu'il s'en charge là tous les ans 200. vaiſſeaux, & qu'il s'en pourroit faire deux fois autant s'il en étoit beſoin. Ces ſalines s'entretiennent ſans dépenſe. On fait entrer l'eau de la mer en ces marais, dont le fonds eſt de terre graſſe & dure. Elle s'y congele, & fait un ſel blanc qui a toutes les bonnes qualitez, & entr'autres celle de bien conſerver l'humeur des chairs ſalées. On paye 40. ſols par jour pour chaque homme qu'on employe à charger le ſel, ſans autre information de ce qu'il en emporte. A un mille du rivage il y a une habitation de Tartares. J'y fus avec quelques uns de mes gens faire des proviſions, & ne vis en tout ce lieu-là que dix ou douze maiſons avec une petite Moſquée; mais il y avoit autour une grande quantité de pavillons ronds & quarrez, qui étoient pour la plûpart de dix à quatorze pieds de diametre, bien fermez par tout, & des charrétes couvertes & fermées qui ſervent auſſi de maiſons. Les plus beaux de ces pavillons ſont aſſez propres. Ils ſont faits de bâtons ronds croiſez les uns ſur les autres, couverts en déhors de gros feutres griſatres, bien tirez & étendus, & garnis auſſi de feutres par dedans, mais qui ſont plus fins & faits de diverſes couleurs. Ils ont une porte faite de même, & une petite ouverture au haut par où le jour entre, & la fumée ſort, comme par une trape laquelle ſe ferme avec un feutre, quand on veut, ou toute, ou à moitié: le plancher eſt couvert de tapis & quelques uns de ces pavillons en ſont auſſi tendus tout à l'entour. Chaque ménage a un pavillon ſemblable, & deux autres, l'un fait d'une groſſe ſerpilliére de laine qui ſert pour le bétail, & pour les chevaux, l'autre comme le prémier, mais bien moins propre, & beaucoup plus grand. Celui-ci a au milieu une foſſe ronde de cinq pieds de profondeur, & large de deux. On y fait cuire tous les vivres. Les eſclaves logent en ce pavillon. On y tient le bagage, & les proviſions de la famille. Les pays voiſins, à la reſerve de ceux qui ſont ſous la domination actuelle du Turc, ou du Perſan, habitent en des Cabanes faites comme ces Pavillons des Tartares, excepté qu'elles ſont bien plus grandes, car ce ſont des enclos de 15. à 20. pieds de diametres, & de plus il n'y a ni fenetres ni cheminées. On fait le feu au milieu: Le jour entre par une porte ou deux, & par un ſoupirail à la cime, qui ſert auſſi à évaporer la fumée comme je l'ai déja obſervé. Les Tartares enferment leurs grains & leur fourrage, comme font tous les païſans de l'Orient, en de profondes foſſes qu'ils appellent *Amber*, c'eſt-à-dire, *magazins*; qu'ils couvrent ſi uniment, qu'il ne paroît pas qu'on ait remué la terre, de ſorte qu'il n'y a que ceux qui les ont faites qui les puiſſent reconnoître. J'ai vu de ces foſſes, dont l'on ſe ſervoit de pere en fils ſans que l'humidité y eût penetré jamais, ni donné aucune odeur de moiſi ou de rance aux grains renfermés. Les Tartares font ces foſſes, ou dans leurs pavillons, ou à la campagne, & comme je l'ai dit, ils rétabliſſent la ſurface de ces foſſes ſi ſemblable au terrain d'alentour, que l'on ne s'apperçoit point du tout des endroits où l'on a creuſé la terre. Lors qu'ils veulent changer de ſejour, ils le font promptement, & ſans beaucoup de peine, leurs pavillons étant en moins de demi heure détendus & chargez. Leurs voitures ordinaires ſont des bœufs & des chevaux qu'ils nourriſſent en quantité. La Religion de ce peuple eſt la Mahometane, mais fort mêlée de ſuperſtitions, & d'opinions ridicules, ſur le ſortilege & la divination.

Le 2. Septembre avant le jour, il ſe leva un vent contraire ſi fort, que nous fûmes contrains de retourner à Caffa, parce que la plage où nous étions eſt mal aſſurée. Nous fîmes ce retour en dix heures.

Le 7. à minuit nous nous remîmes en mer avec un aſſez beau-tems. Il ne dura pas. Le matin il fit un furieux orage qui nous jetta dans la crainte de perir. Ce qui me cauſoit le plus d'apprehenſion eſt, que nôtre vaiſſeau étoit furieuſement chargé. Non ſeulement les marchandiſes le rempliſſoient, mais il y en avoit encore douze pieds de haut ſur le tillac. L'orage ne dura pas, graces à Dieu, & ce qui nous ſauva, c'eſt que le vent fut toûjours favorable.

La charge de nôtre vaiſſeau conſiſtoit en ſel, en poiſſon, en caviar, en huile, en biſcuit, en laine, en fer, en étain, en cuivre, en vaiſſelle de cuivre & de fayance, en toute ſorte de harnois, & toute ſorte d'armes; en inſtrumens d'agriculture, en draps, & en toiles de toutes les couleurs, en habits tout faits pour

pour hommes & pour femmes, en couvertures de lit, en tapis, en cuir, en bottes & souliers, enfin en tout ce qui est de plus nécessaire aux humains. Il y avoit de la mercerie, des épiceries, des aromates, des drogues, des onguens de toutes sortes. C'étoit, pour ainsi dire, une petite ville que ce vaisseau, on y trouvoit de tout. Nous étions cent personnes dessus.

Le 8. au matin nous découvrîmes les Côtes qui bordent le Canal du marais Meotide. Ce sont de hautes terres, nous en étions à trente milles. Les Turcs, par la raison de l'étenduë de ce fameux Marais, lui donnent le nom de Mer, & parce que ses eaux ne sont que peu mêlées de celles de la Mer, ils le nomment *la Mer bleuë*. Le soir nous nous trouvâmes proche du Cap *Cuodos*, que *Ptolomée* appelle *Corocondama*. Il avance beaucoup dans la mer. Les terres en sont fort hautes, & se voyent de fort loin. De Caffa jusqu'à ce Cap nous fîmes canal. De là jusqu'en Mingrelie nous navigeâmes toûjours proche de terre.

Il y a six-vingt milles de Caffa au Canal du marais Meotide. Le païs entre deux est soûmis aux Turcs, & habité par les Tartares; mais habité en peu d'endroits, car presque toute cette côte est deserte. Du canal du Palus Meotide, en Mingrelie, il y a six cens milles de côtes. Ce sont toutes montagnes belles, couvertes de bois, habitées par les Circassiens. Les Turcs appellent ces peuples *Cherkés* & *Kerkes*. Les Anciens les nommoient communément *Zageens*, & aussi *habitans des montagnes*; ce qui revient à la dénomination de *peng dagui*, que quelques Geographies Orientales donnent à ce peuple; c'est-à-dire, *les cinq montagnes*, le nombre certain mis pour l'incertain. *Pomponius Mela* les nomme *Sargaciens*; ils ne sont ni sujets, ni tributaires de la *Porte*. Leur climat est assez mauvais, froid, & humide. Il ne croît point de froment chez eux. On n'y recueille rien de rare. C'est pour cela que les Turcs laissent ces grands Païs aux gens qui y naissent, ne valant pas la peine d'être conquis, ni possedez. Les Vaisseaux de Constantinople, & de Caffa, qui vont en Mingrelie, jettent l'ancre en passant, en plusieurs lieux des ces côtes. Ils demeurent un jour ou deux en chacun, & pendant ce tems, on voit le rivage bordé de ces barbares demi nuds & avides, qui y fondent à troupes de leurs montagnes, avec un air de brigands. On négocie avec les Cherkes les armes à la main. Quand quelques-uns d'eux veulent venir au vaisseau, on leur donne des ostages, & ils en donnent de même, lors que quelques gens du vaisseau veulent aller à terre, ce qui arrive rarement, parce qu'ils sont de très-mauvaise foi. Ils donnent trois hommes en ôstage, pour un. On leur porte de toutes les mêmes choses qu'on porte en Mingrelie, leur païs étant encore plus miserable. On prend d'eux en échange des personnes de tout sexe, & de tout âge, du miel, de la cire, du cuir, des peaux de *Chacal*. C'est un animal semblable à un Renard, mais beaucoup plus grand, du *Zerdava*, peau qui ressemble à la Martre, & d'autres animaux qui sont dans les montagnes de Circassie. Voila tout ce qu'on trouve chez ces peuples. Le Change se fait en cette sorte. La Barque du vaisseau va tout proche du rivage. Ceux qui sont dedans sont bien armez. Ils ne laissent approcher de l'endroit, où la Barque est abordée, qu'un nombre de Cherkes semblable au leur. S'ils en voyent venir un plus grand nombre, ils se retirent au large. Lors qu'ils se sont abouchez de près, ils se montrent les denrées qu'ils ont à échanger. Ils conviennent de l'échange, & le font. Cependant il faut toûjours être bien sur ses gardes; car ces Cherkes sont l'infidelité & la perfidie même. Il leur est impossible de voir l'occasion de faire un larcin sans en profiter.

Ces peuples sont tout à fait sauvages. Ils ont été autrefois Chrêtiens, à présent ils n'ont aucune Religion, non pas même la naturelle; car je compte pour rien quelques usages superstitieux, qui semblent venir des Chrêtiens, & des Mahometans leurs voisins. Ils habitent en des cabanes de bois, & vont presque nuds. Chaque homme est ennemi juré de ceux d'alentour. Les habitans se prennent esclaves, & se vendent les uns les autres aux Turcs & aux Tartares. Les femmes labourent la terre. Les Cherkes, & leurs voisins, vivent d'une pâte faite d'un grain fort menu semblable au mil. Ceux qui ont trafiqué le long de ces côtes, racontent mille maniéres barbares de ces peuples. Il n'y a pas toutefois beaucoup de sûreté à croire tous les rapports qu'on fait d'eux, & du dedans de leur païs, car personne n'y va: & tout ce qu'on en fait, est par le canal des esclaves qu'on en emméne, qui sont des sauvages, dont tout ce qu'on peut apprendre est fort incertain. C'est ce qui m'a empêché d'y marquer plus de lieux que je n'ai fait dans ma Carte de la Mer noire, qui est à l'entrée de ce volume, ayant mieux aimé laisser l'espace des Circassiens, & des

des *Abcas* vuide, que de le remplir sur la foi de gens si rudes, qui ne savent pas distinguer pour l'ordinaire le Nord d'avec le Midi.

Les *Abcas* confinent avec les Cherkes. Ils occupent cent milles de côtes de mer entre la Mingrelie & la Circassie. Ils ne sont pas tout-à-fait si sauvages que les Cherkes, mais ils ont le même naturel pour le larcin & le brigandage. On négocie avec eux avec les précautions que j'ai marquées. Ils ont besoin de toutes choses comme leurs voisins, & n'ont, comme eux, à donner en échange que des créatures humaines, des fourrures, des peaux de dain, & de Tigre, du lin filé, du buis, de la cire, & du miel. *Procope* nomme ces peuples *Abasques* dans son *histoire de la guerre contre les Perses.*

Le 10. Septembre nous arrivâmes à Isgaour. C'est une rade de Mingrelie assez bonne pendant l'Eté. Les vaisseaux qui viennent négocier en Colchide s'y tiennent. Il y en avoit sept grands quand nous y arrivâmes. Nôtre Capitaine fit d'abord mettre le sien sur quatre ancres, deux à prouë, & deux à pouppe, & mit à terre les mats & les vergues. Isgaour est un lieu desert, & sans habitations. On y fait des hutes de ramée, à mesure qu'il y vient des Marchands, & lors qu'on se croit en sûreté contre les Abcas, ce qui n'arrive pas souvent. Hors de là il n'y a pas une maison.

Avant que d'entrer dans l'Histoire des travaux que j'ai soufferts, & des dangers que j'ai courus en Mingrelie, je ferai la description du païs & des lieux circonvoisins, sans y mêler rien de douteux, & dont je ne sois très-bien informé.

La Colchide est située au bout de la Mer noire. Du côté d'Orient, elle est enfermée par un petit Royaume qui fait partie de la Georgie; lequel est appellé *Imirette* par les gens du païs, & par les Turcs *Pachatchouc* ou *Pacha koutchouc*, comme qui diroit *petit Prince*; du côté du Midi par la Mer noire, du côté d'Occident par les Abcas, du côté du Septentrion par le Mont Caucase. Sa longueur est entre la mer & les montagnes. Sa largeur s'étend dès Abcas à ce Royaume d'Imirette. Le *Corax* & le *Phase*, fleuves fameux dans les anciens Historiens, à present nommez *Codours* & *Rione*, lui servent là de bornes. Le premier la sépare d'avec les Abcas. Le second d'avec l'Imirette. La longueur de la Colchide est de cent dix milles au plus. Sa largeur est de soixante. Ce que je sai non seulement de tous les gens du païs qui en conviennent, mais aussi pour l'avoir traversée d'un bout à l'autre. Elle étoit autrefois couverte contre les Abcas du côté du Septentrion, par un mur de soixantes milles de long; mais il y a long-tems qu'il est détruit: ses forêts sont aujourdhui sa défense, & sa plus grande sûreté. Les Habitans du Caucase composent cette Nation belliqueuse, si renommée sous le nom des *Huns*, laquelle est aujourdhui séparée en differens petits peuples. Ceux qui confinent avec la Colchide, sont premiérement les *Allanes*, dont le païs faisoit il y a long-tems la frontiére Septentrionale de l'Arménie, entre le mont Caucase & la Mer Caspiene, où l'on assigne le païs des Amazones. C'est une Nation renommée, qui se joignoit d'ordinaire aux Perses, contre les Romains, durant les sept premiers siecles du dixiéme. Les autres sont les *Suanes*, les *Gigues*, les *Caracioles* ou *Cara-cherkes*, peuples plus barbares que leurs noms; qui toutefois ne sont pas beaucoup changez, comme le remarqueront aisément les gens versez dans l'Histoire ancienne, où l'on voit que les *Allanes* sont nommez *Alains*, les *Suanes*, *Tzaniens*, les *Gigues*, *Zechiens*, & les *Caracherkes*, *Caracioles*. Ces *Cara-cherkes*, comme les appellent les Turcs, c'est-dire, *Circassiens noirs*, sont les Circassiens Septentrionaux. Les Turcs les appellent ainsi, quoi que ce soit le plus beau peuple du monde, à cause des brouillards & des nuages qui couvrent sans cesse leur païs. Ils ont été autrefois Chrétiens. On le voit à quelqu'unes de leurs maniéres, & à de certaines céremonies qu'ils observent dans leur païs; mais à présent ils sont sans Religion. Ils vivent de brigandages, & sont pires que les bandits les plus déterminez: ils vont presque nuds: ils ne savent aucun art liberal, & n'ont presque rien d'humain que la parole. Ils sont de plus grande taille que les autres peuples, ayant l'air & la voix si féroces, qu'on n'a pas de peine à remarquer que leur esprit & leur cœur le sont pareillement. Ils font peur quand on les regarde, & sur tout quand on les connoît, & qu'on est bien averti que ce sont les plus résolus assassins, & les plus hardis voleurs du monde. Ces païs ont tous leur idiome assez distinct, mais de même génie, participant de l'Esclavon, ou du Georgien, selon qu'ils s'aprochent de la Chersonese ou du Phase.

L'ancien Royaume de Colchos n'étoit pas un si petit Royaume, car il s'étendoit d'un côté jusqu'au Palus-Meotide, & de l'autre jusqu'à jusqu'à l'Iberie. Sa ville capitale nommée Cholcos, étoit à l'embouchure du Phase sur la rive Occidentale, & c'est ce qui fait qu'on donne le nom de Colchide à la Mingrelie, parce que la Mingrelie se termine à ce fleuve du côté d'Orient. Nos Géographes modernes veulent qu'il y ait une ville nommée *Fasso* au même endroit où étoit Cholcos, mais c'est ce que je puis assurer être faux.

Tous les Orientaux appellent la Colchide *Odische*, & les Cholches *Mingrels*. Je n'ai pû trouver l'Etymologie de ces deux mots, ni m'assurer, autant que j'aurois voulu, de l'origine de cette Nation; que Diodore le Sicilien & d'autres Auteurs font sortir de l'Egypte, & être une Colonie de Sesostris, ce qui n'est pas fort vrai-semblable. Le païs est assez inégal. Il a des colines & des montagnes, des vallées & des plaines, ce qui fait une grande diversité, il s'éleve insensiblement du bord de la mer. Il est presque tout couvert de bois, & horsmis les terres labourées, qui ne sont pas en grande quantité, tout est bois épais & hauts; les arbres se multiplient-là si fort, que si l'on n'ôtoit soigneusement les racines qui s'étendent dans les champs labourez, & dans les grands chemins, le païs deviendroit en moins de rien une si épaisse forêt, qu'il ne seroit pas possible de s'en tirer. L'air est assez tempéré pour le chaud, & pour le froid. Il n'est point sujet aux orages, aux éclairs, & au tonnerre. Il produit rarement la grêle; mais il est fort incommode & fort mauvais, à cause de son extrême humidité. Il y pleut presque continuellement. En Eté l'humidité de la terre, échauffée par l'ardeur du Soleil, infecte l'air, cause souvent la peste, & toûjours des maladies. Cet air est insupportable aux Etrangers. Il les accable d'abord d'une maigreur hideuse, & les rend, en un an de tems, jaunes, secs, & débiles. Les naturels du païs en sont moins mal-traitez durant leur vie, mais il y en a peu qui la poussent à soixante ans.

J'attribue à cette temperature d'air l'hydropisie, qu'on peut dire être la maladie épidemique des Mingreliens, laquelle ils combattent non seulement par l'exercice continuel qu'ils font à cheval, étant sans cesse par voyes & par champs, sans s'arrêter plus de trois ou quatre jours en un lieu; mais aussi en mangeant beaucoup de sel, & en se tenant toûjours autour du feu. J'y attribue aussi la vermine dont le païs est fort affligé, tant les hommes, que les bêtes. Les Cochons sur tout, sont pour la plûpart couverts de poux, & ils leur entrent jusques dans la peau. Enfin il faut aussi attribuer à l'air de Mingrelie, que les bêtes venimeuses n'y ont que peu ou point de venin.

La Colchide abonde en eaux. Elles sortent des montagnes du Caucase, & s'écoulent dans la Mer noire. Les principaux fleuves sont le *Codours*, qui est le *Corrax* dont j'ai parlé, le *Socom*, qui est, je croi, le *Terscen* d'*Arian*, & le *Thassiris* de *Ptolomée*; le *Langur* appellé des Anciens *Astolphe*, le *Cobi*, qu'*Arian* nomme *Cobo*, lequel avant que d'entrer dans la mer, se joint à un autre fleuve de même grandeur appellé *Cianiscari*, & qui est le fleuve *Cianée*. Le *Tachur*, qu'*Arian* appelle *Sigame*, le *Schenifcari*, c'est-à-dire, *le fleuve Cheval*, qu'on nomme ainsi, à cause de la rapidité de son cours, & que les Grecs par la même raison nommérent *Hippus*, & l'*Abascia* à qui *Strabon* donne le nom de *Glaucus*, *Arian* celui de *Caries*, & *Ptolomée* celui de *Caritus*. Ces deux fleuves se mêlent avec le *Phase* à vingt milles de l'endroit où il se décharge dans la mer. J'ai rapporté exprès les noms anciens & nouveaux des fleuves de Mingrelie, parce que tous les Historiens Géographes, principalement *Arian*, & plusieurs modernes, les placent mal. Outre ces fleuves il y en a encore d'autres petits. Je n'en parle point, parce qu'avant qu'ils entrent dans la mer, ils se perdent dans ceux que j'ai nommez. Ces fleuves ont tous des guez, que les gens du païs connoissent, & où ils les traversent; aussi n'y ai-je point vû de ponts, & il n'y a de bâteau que sur quelques-uns; cependant ces fleuves sont rapides. Les gens du païs, pour rompre la force du courant, ont coûtume de se mettre plusieurs ensemble en guayant, & d'avancer serrez l'un contre l'autre, & en s'appuyant encore à de longs bâtons qu'ils coupent exprès.

Le terroir de la Colchide est mauvais, & produit peu de sortes de grains & de légumes. Les fruits sont presque sauvages. Ils n'ont point de goût. Ils engendrent des maladies. Il en croît en Colchide de presque toutes les espéces que nous avons en France. Il y a aussi des melons fort gros, mais ils ne valent rien du tout. Ce qui y vient bien c'est le raisin, qui est par tout en grande abondance. La vigne croît autour des arbres, & monte à la cime des plus hauts. J'ai vû de si gros seps, qu'à peine pouvois-je les embrasser. On taille la vigne tous les quatre ans une fois. Le vin de Mingrelie est excellent. Il a de la force, & beaucoup de corps. Il est agréable au au goût, & bon à l'estomach. On n'en peut guére boire de meilleur en aucune part de l'Asie. Si les gens du païs savoient faire le vin comme nous, le leur seroit le meilleur du monde ; mais ils n'y apportent aucun des soins nécessaires. Ils creusent de gros troncs d'arbres, & s'en servent de cuve. Ils foulent là dedans le raisin. Ils en prennent en même tems le jus, & le versent dans de grandes pitarres, ou urnes de terre, qui sont enterrées dans leurs maisons, ou tout proche. Ces vases tiennent chacun deux ou trois cens pintes. Quand le vase est plein, ils le bouchent d'un couvercle de bois, & mettent de la terre pardessus. Ils couvrent ces urnes de la même maniére que j'ai dit, que les Orientaux couvrent les fosses où ils serrent leurs grains.

La terre est si humide en Mingrelie dans le tems des sémences, que pour ne pas trop amolir celle où l'on séme le bled & l'orge, on ne la laboure point. On ne fait que jetter le grain dessus, il vient fort bien de cette maniére, prenant racine un pied en terre. Les Mingreliens disent, que s'ils labouroient la terre qui porte l'orge & le bled, elle seroit si molle, que le moindre vent abattroit les tuyaux, & qu'ils ne s'y pourroient tenir droits. Ils labourent la terre, & ils sément les autres grains avec des socs & des coutres de bois, tirant néanmoins des sillons aussi profonds qu'on feroit avec des coutres & des socs de fer, à cause que la terre est fort molle & fort humide, ainsi que je l'ai dit. Comme ces peuples sont paresseux & lâches au delà de l'imagination, ils s'excitent & s'entretiennent à l'ouvrage en chantant & en hurlant si fort qu'ils s'entr'étourdissent. Il est vrai que c'est une habitude presque universelle dans tout l'Orient de s'animer au travail par le chant ; & ce qui marque que cela naît de paresse d'esprit, aussi-bien que de mollesse de corps, c'est qu'on observe, que cette habitude est la plus forte du côté du Midi : aux Indes, par exemple, les Mariniers ne sauroient remuër une corde qu'en chantant, ni la prendre même qu'au milieu du chant. Les chameaux & les bœufs ont accoûtumé d'être menez au chant, & selon que leur charge est pesante il faut chanter plus fort & plus constamment.

Le grain ordinaire des Mingreliens est le *Gom*. Ce grain est menu comme la coriandre, & ressemble assez au millet. On le séme au printems de la même maniére qu'on fait le ris. On fait un trou en terre avec le doigt, on met un grain dans ce trou, & on le couvre. Ce grain produit un tuyau de la grosseur du pouce, & de la hauteur d'un homme, au bout duquel il y a un épi qui a plus de trois cens grains. Le tuyau de *Gom* ressemble assez aux canes de sucre. On le cueuille au mois d'Octobre, & aussi-tôt on le pend à des clayes élevées & exposées au Soleil. C'est pour le faire sécher. Après qu'il a été vingt jours sur ces clayes, on le serre. On ne le bat qu'à mesure qu'on le veut faire cuire, & on ne le fait cuire qu'aux heures du manger. Il est insipide & pésant. Il se cuit fort vîte, & en moins de demie heure. Lors que l'eau où on l'a jetté commence à bouillir, on le remuë doucement avec une petite pêle de bois, & pour peu qu'on appuye dessus, il se met en pâte. Quand tous les grains sont dissous, & la pâte bien pêtrie, on diminuë le feu, & on laisse ébouillir l'eau, & sécher la pâte dans le chauderon dans lequel on l'a fait cuire.

Cette pâte est fort blanche. On en fait qui l'est autant que la neige. On la sert avec de petites pelles de bois faites exprès. Les Turcs appellent ce pain *Pasta*, les Mingreliens le nomment *Gom*. Il se met en morceaux avec les doigts sans peine. Sa qualité est froide extrémement, & laxative ; il ne vaut rien froid, ni réchauffé. Les Circassiens, les Mingreliens, les Georgiens tributaires de Turquie, les Abcas, les habitans du Caucase, tous ceux qui habitent les côtes de la Mer noire depuis le détroit des Palus Meotides jusques à Trebisonde, ne vivent que de cette pâte. C'est leur pain, ils n'en ont point d'autre. Ils y sont si fort accoûtumez, qu'ils le préférent au pain de froment. Je l'ai remarqué dans la plûpart de ces païs-là. Je ne m'en étonne pas ; car moi-même, quand la nécessité m'eut obligé à vivre de cette sorte de *Pudding Anglois*, car on peut fort bien le comparer à nôtre *plain-pudding*, j'y pris tant de goût, que j'eus après de la peine à le quitter pour reprendre le pain ordinaire. Je m'en trouvois fort bien, & j'en avois le corps mieux disposé qu'auparavant. J'ai vû en Armenie, & en Georgie, beaucoup de grands Seigneurs, Turcs, & Georgiens, entr'autres le Prince de Teflis, & le Pacha d'Acalzické, qui faisoient venir de ce grain, & en mangeoient par délices. Il faut boire du vin pur lors qu'on en mange, pour corriger & temperer sa qualité froide & laxative, & c'est ce que ces *Gomiphages* ne manquent pas de faire.

Outre ce *Gom*, il y a en Mingrelie du mil assez abondamment, un peu de ris, du froment, & de l'orge en fort petite quantité. Les gens de condition seulement mangent par déli-

délices du pain de blé, le menu peuple n'en goûte jamais.

Les viandes ordinaires du païs sont du bœuf & du cochon. Le cochon y est en très-grande abondance, & fort bon, on n'en mange point de meilleur en aucun lieu du monde. Il y a aussi du chevreau, mais qui est maigre, & n'a point de goût. La volaille y est fort bonne, mais fort rare. Lors que j'y étois, on n'en trouvoit presque point, à cause de la guerre qui avoit fait des ravages par tout le païs. Il n'y a point de poisson que le salé qu'on apporte de Turquie, du Thon, & peu d'autre en certain tems de l'année. La venaison, qui se mange en Mingrelie, est de Sanglier, de Cerf, de Biche, de Dain, & de Liévre; elle est très-excellente, on n'en peut manger de meilleure. Il y a aussi des Perdris, des Faisans, des Cailles en quantité, quelques oiseaux de riviére, des Pigeons sauvages, qui sont fort bons, & gros comme les plus gros Poulets de grain. J'en ai vû vuider à qui on tiroit huit ou dix glands tout entiers; j'en étois tout étonné. Les Mingreliens prennent ces Pigeons avec des rets. On en prend beaucoup dans l'Automne, l'Hyver ils se retirent au mont Caucase.

La Noblesse de Mingrelie ne s'occupe qu'à la chasse. Elle chasse principalement avec des oiseaux de proye qu'on apprivoise, & dont on se sert ensuite. On peut dire assurément, qu'il n'y a point de païs au monde si abondant que la Mingrelie en oiseaux de proye, Laniers, Autours, Hobereaux, & autres. Ils font leurs nids dans le mont Caucase. Les petits, dès qu'ils sont éclos, se viennent jetter dans les forêts qui sont au dessous. On en prend en quantité, & on les apprivoise en cinq ou six jours.

De tous leurs vols d'oiseau le plus divertissant est celui du Faucon sur la Gruë. Ils prennent l'oiseau de riviére & le Faisan avec l'Epervier. Ils ont, comme on a en Perse, & en Turquie, un petit tambour à l'arson de la selle. Ils battent dessus pour épouvanter le gibier, & pour le faire lever de l'eau à ce son; alors on lâche l'Epervier dessus. Quand on prend des Herons, on leur ôte les plumes qu'ils ont sur la tête pour en faire des aigrettes, & on les laisse envoler. Les gens du païs assurent, qu'il leur en revient d'autres en leur place tout aussi belles que les premiéres. Comme on fait lever le gibier hors de l'eau par le son du tabourin, on le fait de même sortir des bois; car ce son effraye le bêtes fauves, & les fait courir dans la plaine, où l'on les tire. Les Mingreliens ne manquent pas de chiens pour chasser, mais ils aiment mieux prendre les bêtes à la Course. L'Epaule droite est le droit du Seigneur; la gauche celui de la Dame; le reste se mange avec les Chasseurs.

Outre les oiseaux que j'ai nommez, & qui se trouvent en Mingrelie, on y en voit d'étranges en forme & en plumage, inconnus en nos quartiers. Il y vient beaucoup d'Aigles, & de Pelicans. Le mont Caucase produit tout cela, & une infinité de bêtes féroces, des Tigres, des Leopards, des Lions, des Loups, des *Chacals*; ce dernier animal est une espéce de Renard. Il ne lui ressemble pas mal, excepté qu'il est plus gros, & qu'il a le poil plus épais, & plus rude. C'est, dit-on, l'Hienne des Anciens. En effet, il déterre les morts, & il dévore les animaux & les charognes. On enterre les morts en Orient sans biére, & dans leurs suaires. J'y ai vû en plusieurs endroits rouler de grosses pierres sur les fosses, uniquement à cause de ces bêtes, pour les empêcher de les ouvrir, & de dévorer les cadavres; mais ce n'est pas seulement aux morts à qui le Chacal en veut. Il fait aussi la guerre aux vivans, se jettant sur tout ce qui n'est pas capable de lui résister, comme les enfans. Ce qui est surprenant, c'est l'adresse avec laquelle cet animal perce dans les maisons, & se glisse dans les tentes, d'où il entraine les habits, quand il ne trouve pas d'autre chose, sur tout les bas & les souliez. Cet animal-là a un cri qui effraye; car c'est un hurlement acre, & perçant, & qu'il traine comme un chat qui miaule. Comme ces animaux vont d'ordinaire en troupes, ils hurlent aussi toûjours ensemble, s'entre-répondant, dans une maniere d'accord, l'un faisant la haute, & l'autre la basse; ce qui paroît fort épouvantable les premiéres fois qu'on l'entend. L'Asie, & l'Afrique sont tourmentées de ces animaux, que l'on appelle *Dabul* en Afrique. Quelques uns croyent que c'est l'animal que l'on appelle en Latin *Crocuta*, & en Grec *Cycissa*, & que l'on prenoit autrefois pour un Chien sauvage; la Mingrelie, entre les autres païs de l'Orient, est couverte de ces *Chacals*, & de Loups. Ils assiégent quelquefois les maisons, & font des hurlemens épouvantables. Le pire est, qu'ils font de grands dégâts dans les troupeaux, & dans les haras. Le Préfet des Théatins, qui sont en Mingrelie, m'assura qu'en une semaine les loups lui mangerent trois chevaux, & un poulain tout proche de son logis.

Il y a quantité de chevaux en Mingrelie, & d'assez bons. On en entretient beaucoup, parce qu'ils ne coûtent rien à nourrir. Dès qu'on est descendu de dessus, on leur ôte selle & bride, & on les méne paître. On ne les ferre point. On les nourrit du seul pâturage.

La Mingrelie n'a ni villes, ni bourgs, elle a deux villages seulement sur le bord de la mer, toutes les maisons sont éparses çà & là dans le païs, il est difficile de faire mille pas sans en trouver trois ou quatre l'une proche de l'autre. Il y a neuf ou dix Châteaux, le principal s'appelle *Rucs*, c'est où le Prince de Mingrelie se retire. Ce Château a un mur de pierre; mais si mal fait & si mince, que les moindres piéces de campagne le perceroient. Il y a du canon dedans. Les autres Châteaux n'en ont point. Voici comme ils sont faits. Au milieu d'une esplanade, dans un bois fort épais, on bâtit une tour de pierre, haute de trente ou quarante pieds, capable de tenir 50 ou 60 personnes. Cette tour est le donjon, & le lieu fort du Château. On y serre toutes les richesses du Seigneur, & de ceux qui se réfugient chez lui. Proche de cette tour, il y en a cinq ou six plus basses, faites de bois, qui servent de magazins pour les vivres, & pour retirer dans un assaut les femmes & les enfans. Outre cela, il y a dans l'esplanade plusieurs Cabanes faites les unes de charpente, les autres de branches d'arbres, les autres de cannes, & de roseaux. L'espace est fermé par une haye fort épaisse, & par le bois, qui est si épais par tout, qu'il est impossible d'aborder ces retraites que par le chemin taillé, & fait exprès, qui y conduit. Quand on aprend que l'ennemi est proche, on rompt le chemin, & on le couvre d'arbres, tellement qu'il est comme impossible de le forcer. Les Colchéens ne se tiennent dans ces Châteaux que quand ils ont peur de l'ennemi, dès que le danger est passé, ils retournent à leurs maisons.

Les maisons de Mingrelie sont toutes de charpente: comme on est par tout proche des bois, on bâtit à fort bon marché. Les maisons des pauvres gens n'ont point d'étages, celles des Nobles en ont un seulement. Le bas a toûjours des estrades pour se coucher, & pour s'assoir, à cause de la grande humidité de la terre. Les gens de qualité sont assis sur des tapis, les autres sur des bancs. Les maisons sont fort incommodes, & fort sales, elles n'ont ni cheminées ni fenêtres. Le feu s'y fait au milieu. Le jour y entre par la porte. Elles n'ont point de fondement, les voleurs s'y glissent aussi sans peine. Ils font un trou sous la prémiere poutre qui est au rés de chaussée, & qui porte les autres, & ils se fourrent par là dans le logis. Dès qu'on remuë, ils sortent avec la même facilité. Cet inconvenient oblige les païsans à n'avoir qu'un grand lieu pour chaque famille. Ils retirent dedans tout ce qu'ils ont, excepté le grain, & quelquefois le vin. Ils y habitent tous ensemble, & ils y enferment la nuit leur bêtail. Les maisons du Prince, & des Seigneurs, ont de grandes cours au devant, pour donner les audiences, & juger les differens; mais ces cours, ou ce qu'on appelle ainsi, ne sont qu'une esplanade, entourée de haye, ou de palissades tout au plus.

Le sang de Mingrelie est fort beau, les hommes sont bien faits, les femmes sont très-belles. Celles de qualité ont toutes quelque trait, & quelque grace qui charme. J'en ai vû de merveilleusement bien faites, d'air majestueux, de visage, & de taille admirables. Elles ont outre cela un regard engageant, qui caresse tous ceux qui les regardent, & semble leur demander de l'amour. Les moins belles, & les âgées, se fardent grossiérement, & se peignent tout le visage, sourcils, joües, front, nez, menton. Les autres se contentent de se peindre les sourcils. Elles se parent le plus qu'elles peuvent. Leur habit est semblable à celui des Persanes. Leur coeffure ressemble fort à celle des femmes d'Europe, à la frisure près. Elles portent un voile, qui ne couvre que le dessus, & le derriére de la tête. Leur esprit est naturellement subtil & éclairé. Elles sont civiles, pleines de ceremonies, & de complimens; mais du reste, les plus méchantes femmes de la terre; fiéres, superbes, perfides, fourbes, cruelles, impudiques. Il n'y a point de méchanceté qu'elles ne mettent en œuvre pour se faire des Amans, pour les conserver, & pour les perdre.

Les hommes ont toutes ces mauvaises qualitez, encore plus que les femmes. Il n'y a point de malignité à quoi leur esprit ne se porte. Ils sont tous élevez au larcin. Ils l'étudient, ils en font leur emploi, leur plaisir, & leur honneur. Ils content avec une satisfaction extrême les vols qu'ils ont faits. Ils en sont loüez, ils en tirent leur plus grande gloire. L'assassinat, le meurtre, le mensonge, c'est ce qu'ils appellent les belles actions. Le concubinage, l'adultére, la bigamie, l'inceste, & semblables vices, sont des vertus en Min-

Mingrelie. L'on s'y enléve les femmes les uns aux autres. On y prend sans scrupule en mariage sa tante, sa niéce, la sœur de sa femme. Qui veut avoir deux femmes à la fois, les épouse, beaucoup de gens en épousent trois. Chacun entretient autant de concubines qu'il veut, les femmes & les maris sont reciproquement fort commodes là dessus. Il y a entr'eux très-peu de jalousie. Quand un homme prend sa femme sur le fait avec son galant, il a droit de le contraindre à payer un cochon, & d'ordinaire il ne prend pas d'autre vengeance. Le cochon se mange entr'eux trois. Ce qui est surprenant, est que cette méchante Nation soûtient que c'est bien fait d'avoir plusieurs femmes & plusieurs concubines, parce qu'on engendre, disent-ils, beaucoup d'enfans qu'on vend argent comptant, ou qu'on échange pour des hardes & pour des vivres. Cela n'est rien toutefois au prix d'un sentiment tout à fait inhumain qu'ils ont, que c'est charité de tuer les enfans nouveaux nez, quand on n'a pas le moyen ou la commodité de les nourrir, & ceux qui sont malades quand on ne les sauroit guerir. Leur raisonnement est, que l'on soustrait par-là ces innocentes créatures à une misere qui les feroit beaucoup languir, & qui les engloutiroit enfin. Voilà comme raisonne ce peuple barbare, qui n'a ni pudeur, ni humanité. Je crains, à dire le vrai, qu'en cet endroit on ne manque de foi pour l'histoire, & que les véritez que je raconte ne passent pour des exagérations. Je proteste qu'elles sont très-certaines, & les faits que je rapporterai le justifiront suffisamment.

Les Gentilshommes du païs ont pouvoir sur la vie & sur les biens de leurs sujets, ils en font ce qu'ils veulent. Ils les prennent, soit femme, soit enfant. Ils les vendent, ou ils en font autre chose, comme il leur plaît. Chaque païsan fournit à son Seigneur tant de grain, de bêtail, de vin, & d'autres denrées, selon son pouvoir. Ainsi, la richesse est selon le nombre de païsans, & c'est par là qu'elle se compte. Chacun est obligé, outre cela, de défrayer son Seigneur, un, deux, ou trois jours l'année; ce qui fait, que tant que l'année dure, la Noblesse va de côté & d'autre, mangeant ses païsans, & quelquefois ceux d'autrui, ce qui est la source d'une infinité de querelles qui dégenerent la plûpart en guerres ouvertes. Le Prince fait la même vie; de maniére qu'on est presque toûjours assez empêché de savoir où il est. Il mene avec lui toute sa famille, femmes, enfans, domestiques, & ses Hôtes, comme les Ambassadeurs, & d'autres étrangers considerables, lorsqu'il y en a; ce qui compose un furieux train, à cause que son bagage est porté à pié par des hommes, & par des femmes, qu'on voit courir demi nuds, chargez sur la tête, & sur les épaules. Les Mingreliens tiennent que cela fait plus d'honneur que d'être suivi à cheval; ce qu'ils pourroient faire, car il ne manque pas de chevaux en ces lieux-là, comme je l'ai déja dit. Le Prince leve ses tributs dans le cours de cette visite annuelle, recevant d'une autre part des présens, où il n'a point de tributs à lever. Il juge aussi les procès, & autres differens, chemin faisant. On lui donne les requêtes lorsqu'il passe, & souvent il juge l'affaire sur le champ, sinon il assigne les parties au lieu où il doit passer la nuit.

La maniere de presenter sa requête en ces occasions, est de se planter au beau milieu de la route en face du Prince; & lorsqu'il est tout proche, le suppliant met un genou en terre, & donne son papier. Le Prince ne manque point de le prendre, & de le donner au Vizir, qui le lit tout haut. Le Demandeur, & ses assistans, se mettent aussi-tôt à jetter de grands cris. Ils gemissent, levent les mains au ciel, frapent la terre de leurs bâtons, & levent de la poussiere en l'air, pour émouvoir le Prince, qu'ils appellent *mon Empereur*, *mon Dieu*, *mon Seigneur*, & divers autres noms sacrez. Le Défendeur, & ses adherents, dès qu'ils comparoissent, jettent de pareils cris de leur côté, & c'est à qui les poussera plus haut. On produit les témoins de part & d'autre, & puis le Prince donne son jugement décisif. Tout cela se passe chemin faisant, comme je l'ai observé; car le Prince ne s'arrête point; mais il va fort lentement, pour qu'on puisse mieux le suivre. Quand les païsans de divers Seigneurs sont en different, leurs Maîtres les accordent. Quand les Seigneurs sont eux-mêmes en different, la force en décide, celui qui est le plus fort gagne sa cause. Voici comment ils s'y prennent. Ils fondent à main armée sur les bestiaux de leur ennemi, sur ses Vassaux, sur ses maisons, sur ses terres, pillant, brûlant, abattant tout; & enfin, lors qu'ils ne savent plus à quoi s'en prendre, ils arrachent les vignes, les meuriers, & les autres arbres aussi utiles. Que si les parties viennent à se rencontrer durant ces actes d'hostilitez, ils se combatent d'une maniere sanglante. Le plus foible & le plus maltraité ne manque jamais de recourir au Prince, qui sans cela ne prendroit

 point

point connoissance de la querelle. Il mande l'accusé par une personne de considération, selon la qualité des parties, & accommode le different; mais ces sortes de pacifications ne durent d'ordinaire que jusques à une occasion favorable de se venger.

Il n'y a point de Gentilhomme en Mingrelie, qui n'ait querelle, c'est pour cela qu'ils sont toujours armez, & qu'ils ont toujours autant de gens auprès d'eux qu'ils en peuvent entretenir. Lorsqu'ils montent à cheval, ils sont armez de toutes piéces, & leurs gens aussi, ils ne se couchent jamais que l'épée au côté. Quand ils s'endorment ils se couchent sur le ventre en mettant leur épée dessous.

Les armes du païs sont la lance, l'arc, la flêche, le sabre droit, & non courbé, la masse d'armes, & le bouclier; il y en a peu qui se servent d'armes à feu. Ils sont bons Soldats, & montent bien à cheval. Ils manient la lance avec beaucoup d'adresse. Ils apprennent aux enfans à tirer de l'arc dès l'âge de quatre ans, à quoi ils deviennent si adroits qu'ils tirent les Oiseaux les plus legers en volant.

Leur habillement est particulier, ils ont peu de barbe, hormis les Ecclesiastiques. Ils se rasent le sommet de la tête en couronne, & laissent croître jusques sur leurs yeux le reste de leurs cheveux, aussi coupez en rond. Ils se couvrent la tête d'une petite calote de feutre fort fin, découpée, & taillée sur les bords en plusieurs croissans. L'hiver ils portent un bonnet fourré. Ils sont si gueux, & si miserables, que pour ne point gâter à la pluye leur calote, ou leur bonnet, ils le mettent dans la poche lorsqu'il pleut, & vont ainsi tête nuë. Ils portent sur le corps de petites chemises qui leur tombent sur les genoux, & qu'ils enferment dans un pentalon étroit. Il n'y a guére d'habillement au monde plus laid que le leur. Ils portent une corde de plusieurs brasses en ceinture; c'est pour attacher les personnes & le bêtail qu'ils enlévent à leurs voisins, ou qu'ils prennent à la guerre. Les Grands ont des ceintures de cuir large de quatre doigts, couvertes de plaques d'argent, & chacun attache à la sienne un couteau, & la pierre à éguiser, un fusil à faire du feu, trois bourses de cuir pleines, l'une de sel, l'autre de poivre, la troisiéme d'aleines, de fil, & d'éguilles. Les pauvres gens vont presque nuds, leur misere est sans pareille, ils n'ont la plûpart qu'un méchant feutre pour se couvrir. Ils mettent ce feutre, assez semblable à la chlamide des Anciens, en passant la tête dedans, & ils le tournent comme ils veulent du côté que vient le vent ou la pluye; car il ne couvre qu'un côté du corps, & ne descend que jusqu'aux genoux. On en fait de fins qui résistent à l'eau, & ne sont pas si pesans que les communs, lesquels assomment, sur tout quand ils sont mouillez. Qui a une chemise, & un méchant calleçon, est trop riche, presque tous vont nuds pieds; les souliers des Colchéens sont d'une semelle de peau de buffle, qui n'est point préparée. Cette semelle s'attache aux pieds, avec une courroye de même peau qu'on lace par dessus. On n'a pas le pied moins mouillé dans ces sortes de sandales, que si on l'avoit tout nud. La figure à côté represente cet habit, & la chaussure des Mingreliens, lorsque la neige est épaisse sur la terre.

Presque tous les Mingreliens, hommes & femmes, même les plus grands, & les plus riches, n'ont jamais qu'une chemise, & qu'un calleçon à la fois. Cela leur dure du moins un an. Pendant ce tems ils ne les lavent pas trois fois; mais une, ou deux fois la semaine, ils les font secoüer sur le feu pour les nettoyer de la vermine, dont ils sont toujours pleins. Je n'ai rien vû de sale & de dégoûtant comme cela. C'est ce qui fait que les Dames de Mingrelie ne sentent guére bon. J'aprochois toujours d'elles fort épris de leur beauté, mais dès que j'avois été un moment à leurs côtez, la méchante odeur qu'elles rendoient, étouffoit l'amour qu'elles m'avoient donné.

Les Grands mangent assis sur des tapis à la façon des Orientaux. Leur nape est, ou de toile peinte, ou de cuir, & souvent ils n'ont qu'une planche. Les gens du commun s'asséyent sur un banc, on en met devant eux un autre de même hauteur qui sert de table. Toute la vaisselle est de bois, les gobelets en sont aussi. Les gens de qualité ont un peu d'argenterie. C'est la coûtume de ce Païs sauvage, que tout le monde sans distinction, soit de l'un, soit de l'autre sexe, mange ensemble, le Roi, & toute sa suite, jusqu'à ses palefreniers. La Reine, ses femmes, ses filles, ses domestiques, & tout ce qui est à son service, jusqu'au dernier laquais. Ils mangent dans des cours, lors qu'il ne pleut point. On se range en rond, ou par files, & l'on se met plus haut ou plus bas, selon sa qualité. Quand il fait froid, on fait de grands feux dans la cour où l'on mange. Le chauffage ne coûte rien là, car ce n'est que bois, comme j'ai dit. Lors qu'on est assis pour manger, quatre hommes,

mes, dans les grandes maisons, apportent sur les épaules une grande chaudiere de *Gom*, ce grain cuit, dont j'ai parlé. Ordinairement, un gueux, à demi nud, en sert avec une pelle de bois, à chacun un morceau, qui pese bien trois livres. Deux autres serviteurs, un peu moins mal-faits, apportent un chauderon de ce grain plus blanc que l'autre. On n'en sert qu'aux personnes de condition. Les jours ouvriers, on ne donne que cela au commun du logis. Les maîtres ont un peu de legumes, où de poisson sec rôti, ou un peu de viande. Les jours de fête, ou lors qu'on traite quelqu'un, on tuë, ou un cochon, ou un bœuf, ou une vache, à moins qu'on n'ait de la venaison. Aussi-tôt que l'animal est égorgé, ils l'habillent, & le mettent au feu, sans sel, & sans sauce, dans cette grande chaudiere, où ils font cuire leur pâte. Lors que la viande a un peu bouilli, ils la tirent de dessus le feu, jettent le bouillon, & la servent ainsi demi-cruë, sans aucun assaisonnement. Le maître du logis a toûjours devant lui une fort grande portion de viande. On lui sert aussi la plûpart des legumes, tout le pain, toute la volaille, & tout le gibier. Il en envoye à ses hôtes, & à ceux qu'il veut caresser. On porte tout à la bouche avec les doigts, & si salement, qu'il n'y a qu'une grande faim qui pût porter à manger à la table de ces barbares, les moins honnêtes gens de nôtre Europe. Quand on a commencé à manger, il y a deux hommes qui donnent à boire à la ronde. Chez les gens du commun ce sont des femmes, ou des filles, qui le font. C'est la même incivilité parmi eux de demander du vin, & d'en refuser; il faut attendre qu'on en presente, & le prendre quand il est presenté. On ne donne pas moins de demi-septier à chaque coup: le tour se fait trois fois dans les repas ordinaires. Aux fêtes, & aux banquets, les conviez, & les personnes considérables, boivent jusqu'à ce qu'ils soient yvres.

Les Mingreliens, & leurs voisins, sont de très-grands yvrognes. Ils surpassent en cela les Allemans, & tout le Nord. Ils ne mêlent jamais leur vin. Hommes, & femmes, tous le boivent pur. Lors qu'ils sont échauffez, ils trouvent les coupes de chopine trop petites. Ils boivent dans les plats & avec la cruche. J'ai logé, près de Cotatis, chez un Gentilhomme des plus grands beuveurs du païs. Pendant que j'étois chez lui, il fit un festin à trois de ses amis. Ils s'échaufférent tous quatre si fort à boire, depuis dix heures du matin, jusqu'à cinq heures du soir, qu'ils bûrent une charge & demie de vin: une charge de vin pese 300. livres. Dans les festins de ces peuples, c'est une coûtume pratiquée de tout le monde de se lever de table, & d'aller à ses besoins autant de fois qu'on en est pressé. On s'y remet sans jamais laver ses mains. Ils excitent à boire autant qu'ils peuvent les conviez, & leurs amis, & c'est sur tout à table qu'ils observent des civilitez, & se font des complimens. Leurs entretiens d'homme à homme sont des contes de vols, de guerre, de combats, d'assassinats, & de vente d'esclaves. Ceux qui se font avec des femmes sont assez deshonêtes; car elles se plaisent à tous les discours d'amour, de quelque lubricité, & de quelqu'effronterie qu'ils soient mêlez, & elles n'ont point de honte des mots les plus sales. Leurs enfans aprennent ces mots & ces discours aussi-tôt qu'à parler. Ils n'ont pas dix ans, que tout leur entretien avec les femmes sont plus deshonnêtes qu'on ne l'oseroit dire. L'éducation des enfans est sans exageration la plus méchante du monde en Mingrelie. Le pere les éléve au larcin, la mere les forme à la turpitude.

J'ai observé ci-dessus que les femmes de ce païs-là sont pleines de complimens & de cérémonies. Les hommes le sont aussi. On saluë les gens au-dessus de soi en mettant le genou en terre, & c'est comme en usent, tant les femmes, que les hommes. Lors que celui qui vient faire un message est de considération, ou qu'il est envoyé par une personne distinguée, on lui étend un tapis à terre, au devant de la personne à qui le message s'adresse. Il y ploye le genouil, & se tient appuyé dessus tout le tems de sa visite, comme je l'ai raporté. La même chose se pratique, lors que l'on apporte quelque bonne nouvelle.

C'est une coûtume fort universelle, en ces païs Septentrionaux, dont je fais la description, de ne délivrer aucune chose à son superieur, present, requête, ou message, que le genou en terre. On ne lui parle guere non plus qu'en cette posture. C'est ce qu'on appelloit *l'adoration*, à la Cour des Empereurs Grecs; d'où cette sorte de respect passa chez les Princes Chrétiens de la Mer noire, vers la fin du bas Empire. Les Empereurs s'en formalisoient, prétendant, qu'encore que ces Princes fussent souverains en leurs petits Etats, ils étoient néanmoins Vassaux de l'Empire, & qu'en cette qualité, ils devoient non seulement s'abstenir des ornemens propres & particuliers aux Empereurs, lesquels ils se donnoient la liberté té de porter ; mais aussi, n'exiger point la genuflexion, & les autres suprêmes respects qu'ils se faisoient rendre.

La langue des Colcheens est dérivée de l'Iberien, ou du Georgien, lequel on croit derivé du Grec. Elle est distinguée en idiome litteral, & idiome vulgaire. Il n'y a gueres de monumens de l'idiome litteral restans, que dans le texte de la Bible, dont même l'on ne trouve que le Nouveau Testament, & dans la Liturgie, écrits l'un & l'autre en Lettres majuscules. Ainsi c'est proprement une langue morte que cet ancien Colcheen, où l'étude seule peut faire rentrer. Les Ecclesiastiques n'y entendent pas même l'Office, quoi qu'ils le disent ou doivent dire chaque jour.

La Mingrelie est aujourdhui fort peu peuplée, elle n'a pas plus de vingt mille habitans. Il n'y a que trente ans qu'elle en avoit 80. mille. La cause de cette diminution vient de ses guerres avec ses voisins, & de la quantité de gens de tout sexe, que les Gentilshommes ont vendus ces derniéres années. Depuis long-tems, on a tiré tous les ans par achat, ou par troc, douze mille personnes de Mingrelie. Tout cela va entre les mains de Mahometans, Persans, & Turcs ; n'y ayant qu'eux qui les viennent querir. On en emméne trois mille tous les ans à droiture à Constantinople ; on les a en troc de draps, d'armes, & d'autres choses que j'ai dit, qu'on apporte en Mingrelie. Il y vient tous les ans quelques douze voiles de Constantinople & de Caffa ; & plus de soixante felouques de Gonié, d'Irissa, & de Trebisonde. Ce qu'elles chargent en Mingrelie, outre les esclaves, c'est de la soye, du lin en fil & en toile, de la semence de lin, des peaux de bœuf, des Martres, du Castor, du buis, de la cire, & du miel. Le miel de Mingrelie est fort bon. Il y en a de deux sortes, du roux, & du blanc : le blanc n'est pas en si grande quantité que l'autre ; mais il est beaucoup meilleur & plus doux ; Le sucre rafiné ne l'est pas plus : c'est un manger fort délicat. Il est ferme sous la dent. Outre le miel domestique, il y en a un sauvage, qui se trouve dans les trous, & dans les fentes des arbres ; il est fort abondant. Les vaisseaux de Caffa l'emportent pour la Tartarie, où l'on en fait avec du grain un breuvage tout à fait violent. Les Turcs font un grand profit sur ce qu'ils emportent de Mingrelie, ce qu'ils achetent un écu ils le revendent quatre. Leur grand profit est sur les esclaves.

C'est une chose qui n'est pas croyable que l'inhumanité des Mingreliens, & cette cruauté dénaturée qu'ils ont tous pour leurs compatriotes, & que quelques-uns ont pour leur propre sang. Ils ne cherchent que l'occasion de s'emporter contre leurs vassaux pour avoir quelque prétexte de les vendre avec leurs femmes & leurs enfans. Ils enlévent les enfans de leurs voisins, & en font la même chose : ils vendent même leurs propres enfans, leurs femmes & leurs meres ; & cela, non par provocation, ou motif de vengeance, mais uniquement, par l'impulsion de leur naturel dépravé. On m'a montré plusieurs Gentilshommes qui ont été dénaturez jusqu'à ce point. Un d'eux vendit un jour douze Prêtres. L'Histoire de cette méchanceté a une particularité étrange, & elle merite bien d'être rapportée comme un exemple sans pareil. Ce Gentilhomme devint amoureux d'une Demoiselle. Il résolut de l'épouser, quoi qu'il eût déja une femme. Il demanda la Demoiselle, & l'obtint. C'est la coûtume en Mingrelie d'acheter les femmes. On les achete selon la condition, selon l'âge, selon la beauté. Le Gentilhomme ne savoit où prendre ce qu'il avoit promis pour obtenir sa maîtresse, & ce qu'il lui falloit pour la nôce, qu'en vendant des gens. Ses sujets qui aprirent son dessein s'enfuirent, & emmenérent leurs femmes & leurs enfans. Réduit au desespoir, il s'avisa de cette perfidie tout à fait outrée. Il invita douze Prêtres à venir chez lui dire une Messe solemnelle, & faire un sacrifice. Les Prêtres y allérent bonnement. Ils n'avoient garde de penser qu'on les voulût vendre aux Turcs, ne s'étant jamais rien vû de pareil en Mingrelie. Le Gentilhomme les reçût bien, leur fit dire la Messe, leur fit immoler un bœuf, & les en traita ensuite. Quand il les eut bien fait boire, il les fit prendre par ses gens, les fit enchainer, leur fit raser la tête & le visage, & la nuit suivante il les ména à un vaisseau Turc, où il les vendit pour des meubles & des hardes ; mais ce qu'il en tira ne suffisant pas encore pour payer sa maîtresse & pour faire sa nôce, ce tigre prit sa femme, & l'alla vendre au même vaisseau.

Tout le commerce de Mingrelie se fait par échange, à des foires qu'on tient de côté & d'autre successivement, où l'on se pourvoit de ce qui est nécessaire, comme à des Marchez. On donne marchandise pour marchandise. L'argent n'a point de prix arrêté entre le peuple. Celui qui a cours, sont les piastres, les écus de Hollande, & les *abassis*, qui sont des piéces faites en Georgie au coin de Perse, de la valeur de dix-huit sols chacune. Le Prince

Prince de Mingrelie, qui mourut il y a vingt ans, avoit commencé à faire battre monnoye. Cela ne dura pas, à cause du peu d'argent qu'on apporte dans le païs, & parce que le païs n'en produit point du tout. Il ne produit non plus ni or, ni autre metal. Je ne sai ce qu'est devenu ce gravier, & ce sablon d'or, que les Anciens disent qu'on y recueilloit avec des toisons, & qui a donné sujet à la fable de la Toison d'or. On n'en trouve en Colchide, ni dans les montagnes, ni dans les riviéres, & de quelque côté que l'on se tourne, il n'y a pas moyen d'accorder là dessus l'antiquité avec le tems présent.

La Mingrelie entiére n'a que quatre mille hommes d'armes. A la verité ce sont presque tous gens de cheval. Il n'y a que trois cens piétons avec cette Cavalerie. Ces soldats ne sont point distribuez en Régimens, ni en Compagnies. Chaque Seigneur & chaque Gentilhomme méne ses gens au combat sans ordre, sans rang, sans Officiers, il s'en fait suivre toûjours, aussi bien en fuyant qu'en chargeant l'ennemi.

Les guerres des Mingreliens, & de leurs voisins, ne sont proprement que des courses & des pillages; & lors qu'ils attaquent l'ennemi, ils le font fort impetueusement: car ils ne manquent pas de courage & de résolution. S'ils mettent l'ennemi en fuite, ils le suivent & courent tout son païs; brûlent, pillent par tout, emménent toute sorte de personnes, & après ils se retirent avec la même impetuosité. Ils prennent le plus de prisonniers qu'ils peuvent, de sorte que dès qu'ils ont abattu quelqu'un de cheval, ils sautent à bas du leur, lient le vaincu de la corde que j'ai dit qu'ils portent en ceinture, & le donnent à garder à leurs valets. Celui qui a pris un prisonnier a sur lui pouvoir de vie & de mort, il en peut faire tout ce qu'il veut. D'ordinaire il le fait esclave, & le vend aux Turcs. Lorsque ces peuples sont assaillis, ils se presentent au passage de quelque riviére, & mettent de la Mousqueterie en embuscade, tâchant d'empêcher le passage à l'ennemi. Si l'ennemi les force, ils s'enfuïent, & se retirent dans les bois, laissant le païs à sa merci. De cette sorte, les guerres de ces peuples ne durent gueres: en moins de quinze jours cela est fini, l'ennemi est retiré; il a ravagé tout le païs.

Les Entrées du Prince de Mingrelie montent tout au plus à vingt mille écus par an. Elles proviennent des Doüanes de ce qu'on apporte dans le païs, & de ce qu'on en emporte, des gens qu'il vend, & des avanies qu'il fait. Il met tout ce revenu dans ses coffres, car il ne dépense pas un denier. Ses Vassaux le servent sans gages; & son domaine lui fournit tant de vivres pour toute sa maison, qu'il en a de reste. Il envoye souvent au Roi de Perse des Faucons, & de toute sorte d'oiseaux de proye. Le Roi lui envoye pour cela des brocards d'or & de soye, des tapis, des armes, de la vaisselle, & plusieurs autres choses, dont un Prince gueux, comme celui de Mingrélie, peut avoir besoin. Il entretient un pareil commerce avec le Cam de Georgie. Sa Cour, dans les fêtes solemnelles, est de deux cens Gentilshommes; dans les autres jours, il y en a environ six-vingt. Son train est de trois cens personnes, sans les Gentilshommes. Celui de la Princesse est de cent personnes d'un & d'autre sexe. Aux grandes fêtes, elle a une Cour de plus de soixante Dames bien faites & bien vêtues.

La Religion des Colcheens a, je croi, été autrefois la même que celle des Grecs. Des Historiens Ecclesiastiques disent qu'une esclave convertit à la Foi de Jesus-Christ, le Roi, la Reine, & les Grands de Colchide, du tems de Constantin le Grand; qui envoya à ces nouveaux convertis des Prêtres & des Docteurs, pour les baptizer, & pour les instruire des mystéres du Christianisme. La Tradition Armenienne donne à cette esclave le nom de *Nine*. D'autres disent qu'ils doivent la connoissance du Christianisme à un *Cyrille*, que les Esclavons appellent en leur langue *Chiusil*, qui vivoit environ l'an 860. Les Mingreliens montrent sur le bord de la mer, en un lieu nommé *Pigivitas*, proche du fleuve *Corax*, une Eglise qui a trois nefs, & qui est fort grande. Ils assurent que St. André prêcha à l'endroit où cette Eglise est bâtie. Je l'ai vûë de loin; c'est un ancien bâtiment, autant qu'on le peut juger, d'un mille de distance. Le *Catholicos* y va une fois en sa vie faire l'huile Sainte, que les Grecs appellent *mirone*; on dérive ce terme de *mouron*, qui est le baume blanc d'Arabie. Je n'ai discouru de Religion avec aucun Mingrelien, n'en ayant trouvé aucun qui sût ce que c'est que Religion, que Loi, que peché, que sacrement, & que service divin. Tout ce que j'ai remarqué sur cela, est que les femmes allument quelquefois de petites bougies & les attachent à la porte de leur logis, ou d'une Eglise, font bruler en même tems un grain d'encens, & se tournent vers le soleil, en faisant

sant de grandes inclinations de Corps, & des signes de Croix, de la tête aux pieds.

Comme je n'entendois point la Langue des Mingreliens, ni des Georgiens, pour pouvoir m'instruire de leur Créance en leur conversation, & que je ne trouvai personne parmi eux qui en sût parler d'autre ; je croi que je ne saurois faire mieux pour bien donner à connoître quelle est leur Religion, que de rapporter la *Relation* que m'en a donnée le Pere *Dom Joseph Mariezampi*, Italien, Mantouan, Préfet des Theatins, Missionnaires en Colchide, écrite de sa main, qui n'a jamais été imprimée, & qu'il n'a pas même finie. Ce Pere, qui m'en fit présent pendant que j'étois avec lui, avoit été vingt-trois ans sur les lieux quand il se mit à la composer. Ainsi, il n'en devoit ignorer, ni le Culte, ni la Créance; & j'ai lieu de croire qu'il l'aura fait de bonne foi. La voici traduite mot pour mot.

PRÉFACE.

JE crains que le Lecteur, en lisant ce petit Ouvrage, ne se trouve autant trompé que les Espions du Roi Saül, qui étant allez par ordre de ce Prince, pour se saisir de David, ne trouverent que son phantôme dans son lit au lieu de sa personne. On croira trouver parmi ces Peuples le veritable Christianisme, & l'on n'y en trouvera que l'ombre, & la figure, couverte de beaucoup de superstitions.

Les Mingreliens, dès la naissance de l'Eglise, reçurent la Foi Chrétienne, selon les rites des Grecs, par de très-saints Docteurs, de même que les autres Nations d'alentour, & ils la conserverent pure pendant une longue suitte d'années, jusqu'à-ce que ceux qui la cultivoient dignement parmi eux étant venus à manquer, ils la confondirent avec d'autres Céremonies, & avec des rites des Juifs; s'étant éloignez, en vrais Grecs qu'ils sont, de la Sainte Eglise Catholique Romaine.

Depuis cela, ces malheureux, qui au commencement marchoient dans le chemin du Ciel, sont tombez, faute de Pasteurs habiles, dans l'abysme d'une si épaisse ignorance, qu'ils se trouvent aujourdhui dans un aveuglement prodigieux. On ne sait parmi eux ce que c'est que Foi ni Religion ; & la plûpart regardent la vie future comme une fable, & une invention humaine. Mais le pire, & ceci est un malheur que nous devons pleurer, comme autrefois le triste Jeremie pleuroit sur la pauvre Jerusalem, c'est que leurs Prêtres, leurs Evêques, & leur *Catholicos*, ou Patriarche, ne savent point quelle est l'obligation de leurs charges; & ne savent même ni lire ni écrire, si loin d'eux est la connoissance du culte Divin! Leurs Prêtres, ou *Papas*, (car c'est ainsi qu'ils les appellent,) uniquement attentifs à les tromper, ne font profession que de savoir prédire les choses futures, feignant de les trouver dans leurs livres ; & ces miserables aveugles les croient, comme s'ils étoient des Anges, parce qu'ils sont obligez de vouloir tout ce que leurs Prêtres veulent.

De là il arrive que quand ils sont dangereusement malades, ils ne consultent point de Médecin; mais qu'ils appellent le *Papas*; non qu'ils veuillent se confesser ou faire qu'il prie Dieu pour le salut de leur ame; c'est dequoi ils ne s'embarrassent gueres ; mais afin de savoir de lui si son livre porte qu'ils mourront, ou ne mourront point de cette maladie ; & pour quel sujet elle leur est venuë. Ce *Papas* commence gravement à feuilletter, & refeuilletter son Livre, & il dit ensuite au malade : *qu'il y a une telle Image, qui est en colere contre lui, & qui le veut faire mourir; qu'il faut pour l'appaiser lui offrir une chevre, ou une vache, ou un bœuf, ou quelqu'autre victime, ou de l'argent, afin qu'elle ne le tuë point!* Les pauvres malades, de peur de mourir, promettent au Prêtre ce qu'il veut, & ils le donnent. Mais il le prend pour lui-même, & ceux qui le donnent en sont la dupe. Telle est la Science de ces *Papas*, qui succent le sang de ces infortunez Mingreliens, qu'ils abusent avec leurs superstitions.

Ce fut pour remedier à leur déplorable état, que nôtre St. Pere le Pape Urbain VIII. touché d'une compassion vraiment paternelle, & brûlant, comme un digne Pasteur, du zéle de ramener au bercail ces Brebis égarées, leur destina en 1632. quelques Peres Theatins, fort zelez pour le salut des ames ; lesquels, s'étant exposez à mille & mille dangers sur la mer, furent pris par les Turcs, conduits à Constantinople, avec beaucoup de peril pour leur vie ; & enfin délivrez par le crédit du Roi très-Chrétien, qui y intervint.

Mais ce n'étoit pas là la premiere mission des Theatins faite en Mingrelie. Car déja six ans auparavant, le même St. Pere dont nous vous venons de parler, y en avoit envoyé d'autres, lesquels y poserent les premiers fondemens de cette mission, savoir les Rev. Pere *D. Pierre Avitabil*, homme de sainte vie, & *Jaques de Stefani*, homme aussi de sainte vie, avec quelques autres, que Sa Sainteté char-

chargea de Lettres pour le *Dadian*, ou Prince souverain d'*Odiſſe*, qui eſt la Mingrelie, pour le *Meppe*, ou Roi d'*Imirette*, pour le Prince des *Gurielliens*, & pour celui des *Cacketiens*, qui ſont des parties de la Georgie, ſituées entre la Mingrelie & la Perſe. Tous ces Princes reçurent nos Peres favorablement, & particulierement *Taimoras Can*, Prince du païs de *Gori*, dans la Georgie, où ils fondérent leur premiere habitation; & dans la ſuitte des tems, y ayant ſuccedé de nouveaux ſujets, d'une vertu ſinguliere, & d'une rare prudence, ils s'étendirent dans le païs de *Gurielle*, & dans celui de l'Odiſſée, ou Mingrelie, quoi qu'avec des travaux & des ſouffrances incroyables.

CHAPITRE I.

En quel tems les Colchéens reçurent la Foi de Jeſus-Chriſt, & qui furent les premiers qui la planterent dans leur Païs.

COMME les *Colchéens* ſont en géneral pluſieurs Peuples preſqu'uniformes dans les ſaintes Cérémonies, ſavoir les *Abcas*, les *Circaſſiens*, les *Alanes*, les *Soanes*, & autres; j'ai crû, qu'avant que de venir au particulier des Colchéens, il étoit néceſſaire d'avertir le Lecteur du nom particulier de ces Peuples, qui ne font preſque qu'une Nation. On tient par tradition que le glorieux Apôtre St. André prêcha la Foi aux *Abcas*; qu'il fut en Scythie, qu'il paſſa en Grece & en Epire, puis chez les *Sodianes*, & chez les *Suictiens*; & que pour certain il s'arrêta enfin chez les *Abcas*, qui font une partie de la Colchide. Ce qui porte davantage à le croire ainſi, eſt une ancienne Egliſe à trois nefs, bâtie dans un village de cette Province, appellée *Picciota*, en l'honneur de ce Saint, laquelle eſt Metropole de toute la Colchide; où chaque *Catholicos*, ou Patriarche, va une fois en ſa vie, avec tous ſes Evêques, & y fait la ſainte Huile, qu'ils appellent *Mirone*. Le Prince y va auſſi, & toute ſa Cour. Cette Egliſe s'appelloit premierement *Sainte Marie de Picciola*; mais la dévotion qu'ont ces peuples pour Saint André, qu'ils tiennent qui l'a fait bâtir, a prévalu, & ils lui ont donné ſon nom.

On raconte que devant cette Egliſe, il y a une colomne de marbre, de laquelle, par un jugement de Dieu, ſortit un torrent d'eau bouillante, lors que ce Saint Apôtre y fut mis à mort; duquel torrent pluſieurs perſonnes ont arrêté le cours par l'invocation de ce Saint: d'où vient que depuis ce miracle, les peupſes eurent une grande véneration pour ce Saint, & qu'en paſſant devant cette Colomne ils s'agenouillent, & la baiſent. Ce que j'en dis, je le ſai d'un de nos Peres, le Pere *Chriſtofle Caſtelli*, qui fut avec un Catholicos à Picciota, & qui vit la vénération, (quoi que barbare,) que ces peuples avoient pour cette Colomne, pour ce Saint, & pour la croix qu'il porte ſur la poitrine.

Quant à la converſion des Iberiens & des Georgiens, nous liſons dans *Baronius*, ſous l'an 100. qu'ils ſe convertirent à la foi Chrétienne par la prédication de Saint Clement, Pape, lors qu'il fut relegué dans l'Iſle de Cherſoneſe par l'Empereur Trajan. Je trouve l'opinion du Reverend Pere T. *Thomas de Jeſus*, Carme, mieux fondée. Il dit au livre 4. de la converſion de toutes les Nations chap. 9. folio 190. que la converſion des Iberiens fut l'ouvrage d'une femme Eſclave, de laquelle le Martyrologe fait mention le 15. Decembre, ſous le nom de *Chrétienne*, avec le titre glorieux d'Apôtre des Iberiens ou Georgiens qui l'appellent *Sainte Ninone*. *Nicephore* parle de cette Sainte au Livre 8. chap. 34. *Thomas de Jeſus*, que nous venons de citer, dit qu'elle vécut toûjours ſaintement en l'état d'Eſclave, jeunant, priant, & s'exerçant en la pieté; ce qui lui attiroit l'admiration de ces barbares, à qui elle répondoit, lorſqu'ils lui demandoient pourquoi elle ſe mortifioit tant, qu'*Elle ſe plaiſoit dans ce genre de vie, & qu'Elle adoroit ſon Dieu Jeſus-Chriſt crucifié.*

La nouveauté de ce nom attira leur admiration, & ils commenterent à avoir de la vénération pour cette femme, qu'ils ne conſideroient point auparavant. Il arriva qu'un jour, ſelon la coûtume du païs, que quand il y a quelque Enfant malade, les meres le portent chez leurs voiſins, pour y chercher du remede; Il arriva, dis-je, qu'une Mere, ayant en vain porté le ſien dans pluſieurs maiſons, elle alla chez cette Eſclave, avec peu d'eſpérance néanmoins qu'elle le pût guerir, parce qu'on ne faiſoit aucun cas d'elle. L'Eſclave lui répondit qu'elle ne ſavoit point de remede; mais que le Dieu qu'elle adoroit étoit aſſez puiſſant pour rendre aux malades leur premiére ſanté; ſur quoi prenant l'Enfant entre ſes bras, elle le couvrit de ſon *Cilice*, fit ſa priere, & le lui rendit après entiérement gueri. Quelque-tems après la la Reine, qui souffroit depuis long-tems de cruelles douleurs, ayant oui parler de cette cure miraculeuse, & étant pleine de foi, fut trouver l'Esclave, & recouvra sa santé par son moyen. Cette guerison miraculeuse l'ayant portée à se faire Chrétienne, elle exhorta son mari à faire la même chose. Il le lui promit; mais ne l'effectuant point, il arriva, un jour qu'il étoit à la chasse, qu'il fut surpris d'une si horrible tempête, & d'une si grande obscurité, qu'il ne pouvoit voir ceux même qui étoient avec lui. Il en fut étonné, & se souvenant de la promesse qu'il avoit faite à sa femme de se faire Chrétien, sans l'avoir executée, il promit à Dieu dans ce moment-là, qu'il le feroit sans délai, s'il le délivroit du peril où il étoit. Aussitôt l'obscurité se dissipa, & l'air devint serain. Etant revenu vers sa femme, il lui raconte ce qui s'étoit passé, fait appeller l'Esclave, qui après avoir tout oui, & sû la volonté du Roi, l'exhorte à détester ses Idoles, à se faire baptizer, à adorer le véritable Dieu, Jesus-Christ crucifié, & à lui élever un temple. Ce Prince exécuta tout exactement. Il abjura ses Idoles, il exhorta tous ses sujets à en faire de même, & il se mit à construire un Temple magnifique sur plusieurs Colomnes. Mais comme on en eut élevé deux, & qu'on vouloit en élever une troisiéme, il ne fut jamais possible de la dresser; & tous ceux qui y travailloient, & ceux qui étoient présens, se retirerent tout à fait étonnez & confus. L'Esclave resta seule la nuit dans l'Eglise, & obtint de Dieu par ses prieres que la colomne se dresseroit & placeroit d'elle même au lieu où elle étoit destinée. Les Ouvriers étant tous revenus le matin, ils furent extrêmement surpris de voir la colomne en place. Cela servit au peuple à le confirmer davantage dans la foi Chrétienne. Le Roi, qui s'appelloit *Bacurie*, envoya des Ambassadeurs à l'Empereur Constantin pour lui donner part de sa conversion. Ce Prince en fut ravi de joye, & lui donna des Prêtres & des Ministres pour instruire le peuple dans les mystéres de la foi; & le Prince étant allé lui-même au bout de quelque-tems à Constantinople, l'Empereur le reçut fort honorablement, le fit Comte du premier Ordre, Duc des Confins de la Palestine, & Général de deux corps de ses Armées, qu'on appelloit les troupes des *Arcieriens*, & des *Scutariens*. Mais, par l'intrigue de *Rustic*, & de *Jean*, tous deux Ducs de l'Empire, qui étoient jaloux de la gloire de *Bacurie*, il perit. Dieu ne laissa pas ce crime impuni, car il permit qu'une Armée Imperiale de 50000 hommes fût défaite par 30000 Perses, & que *Rustic* & *Jean* eussent la tête tranchée.

Le Cardinal *Baronius*, sous l'an 523. veut que les Colchéens ayent embrassé le Christianisme durant le Pontificat d'Hormisdas, & sous l'Empire de Justin, qui fit beaucoup de caresses à ce Roi *Bacurie* (dont nous avons parlé,) lorsqu'il fut à Constantinople pour se faire baptizer, l'appellant son fils, lui donnant le titre d'Empereur d'Asie avec la Couronne & la Robe blanche Imperiale.

L'opinion de *Tarcagnotte*, au Livre 5. de son Histoire, que les Colchéens, & les Armeniens, reçurent en même tems le baptême, du tems du Pape Jules, & de l'Empereur Constantin, n'est pas vrai-semblable; parce que les Armeniens se firent Chrétiens lorsque l'Archevêque Gregoire, cette éclatante lumiére de l'Armenie, brilloit; & durant le regne de Tiridate, sous l'Empire de Constantin.

Nous lisons dans *Baronius*, que les Colchéens se maintinrent toûjours dans la pureté de leur foi: mais, qu'ayant été instruits des Céremonies des Grecs par Saint Cyrille, & par Methodius, son frere, que l'Empereur Michel leur avoit envoyez, & s'étant unis à des Patriarches Grecs; ils étoient tombez tous ensemble dans l'ignorance. Ils sont cependant aussi constans dans le Christianisme qu'ils étoient au commencement, quoi qu'environnez de Turcs, de Persans, de Tartares, & de Juifs. *Cobade*, Roi de Perse, voulut avec une puissante Armée les obliger à changer de Religion; mais ils combattirent avec tant de courage sous la conduite de leur Roi *Gurgene*, qui n'étoit pas moins grand Capitaine que bon Chrétien, qu'avec le secours de l'Empereur Justin, ils remporterent la victoire.

Aiton, Armenien, qui vivoit en 1282. dit que ces peuples sont résolus de mourir plûtôt l'épée à la main, que de se faire Mahometans. C'est *Ramuzio* qui le rapporte ainsi au Livre de ses Navig. 1 Par. chap. 21.

Ketuane, Reine des Cachetiens, mere de *Taimoras Can*, qui fut le premier qui donna une habitation à nos Peres en ce païs-là, a été célebre de nos jours par la constance avec laquelle elle souffrit le Martyre. Cette Princesse, ayant été envoyée par son fils en Perse, à *Scia Abas*, pour traiter une paix avec lui, expira enfin sous la rigueur des tourmens, après que ce barbare l'eut cruellement fait souf-

souffrir dans une prison, durant un longtems. Les Peres Augustins, qui demeurent à Ispahan, en ont décrit le glorieux martyre.

Ce même *Taimoras Can*, après avoir soutenu plusieurs guerres contre le Persan, son Ennemi, a perdu son Royaume pour la querelle de la foi. Ce Prince aimoit beaucoup nos Peres, qui pour le faire entrer de plus en plus dans leurs interêts, & lui marquer leur reconnoissance, lui firent présent de quelques paremens d'or & de soye.

Comme il discouroit un jour de la foi avec nôtre Pere D. *Jaques de Stephani*, qui lui parloit avec une liberté Apostolique, il en fut si irrité, que portant sa main à son épée, il lui dit, *Vous êtes trop obstinez, vous autres Francs; je défendrai ma créance cette épée à la main contre tous ceux qui me diront qu'elle n'est pas la véritable.* Ce pauvre Pere fut obligé de se taire.

CHAPITRE II.

Du Catholicos, Chef des Ecclesiastiques.

LES Georgiens, & les Imiretiens s'étant faits de la Communion Grecque, comme nous l'avons observé, l'élection du Catholicos dépendoit des Patriarches Grecs, les plus proches du Roi des Georgiens Imiretiens; & c'étoit, ou ceux de Constantinople, ou ceux d'Alexandrie, qui les nommoient. Mais aujourdhui, le Roi des Imiretiens est le maître absolu de cette élection; & de nos jours il a fait Catholicos de toute la Georgie & de toute l'Odissée un *Bere*, ou Moine, nommé *Ginacelle*. Ces peuples reconoissent ce Catholicos pour leur Souverain Patriarche, ne conservant plus aucune déference pour les Patriarches Grecs. Nous en vîmes un exemple, lorsque le Prince d'Odissée, *Lavandadian*, donna une Eglise à nos Peres sous le titre de *Saint George*. Quelques Moines Grecs, qui se trouverent en ce païs-là, en furent extrêmement indignez, & en écrivirent au Patriarche de Constantinople, qui se plaignit, par des lettres qu'il adressa au Prince, & au Catholicos, de ce qu'ils avoient accordé cette Eglise aux Francs, ce qui étoit tacitement vouloir devenir d'une même communion avec eux; & qui leur ordonnoit de la leur ôter; à faute de quoi, il seroit obligé de proceder par excommunication contre eux. Mais, ni l'un, ni l'autre ne s'en soucia; & cela ne fit qu'augmenter le mépris qu'ils faisoient de ces sortes de Lettres.

Ce Catholicos exerce sa jurisdiction dans l'*Odissée*, dans le pays des *Imiretiens*, des *Gurielliens*, des *Abcas*, & des *Soanes*. Son Eglise Metropolitaine est à Picciota, proche les Abcas, sous le nom de *St. André*, ou de *St. Marie*; nous en avons parlé ci-dessus.

Son revenu consiste en pain, en vin, & en plusieurs sortes de denrées, que chaque famille des ses Vassaux, qui sont en grand nombre, est obligée de lui donner. Son occupation perpetuelle, est de visiter son Diocese. Mais ce n'est point pour instruire, & pour assister les ames, qui sont commises à ses soins; ou pour visiter ses Eglises, & pour savoir comment se gouvernent ses Evêques, & ses *Papas*; ou pour examiner de quelle maniere se fait le service Divin. Ces soins l'occupent fort peu; mais ses visites, qu'il fait toûjours accompagné de plus de deux cens personnes, toutes fort avides de bien comme lui, sont pour succer le sang de ces miserables, en mangeant leur bêtail, & leur ôtant des mains ce qu'ils ont, jusqu'à un sol. Il faut observer que ce pays est également pauvre & superbe au dernier degré.

La Sainteté de ce Catholicos, que ces peuples estiment si fort, consiste dans son assiduité en oraison, non seulement, le jour, mais aussi beaucoup plus la nuit; étant obligé d'être presque continuellement dans l'Eglise, & d'y vaquer à la priere la plus grande partie de la nuit. Ils considerent aussi son abstinence au manger, & au boire, ne beuvant point de vin pendant le Carême. Aussi quand un Bere devient Catholicos, il commence une vie nouvelle, passant les jours & les nuits dans l'Eglise, s'abstenant de vin, & de la plûpart des mets ordinaires, les jours de jeûne, & particulierement la semaine Sainte.

Ils sont si ignorans qu'à peine peuvent-ils lire leur Breviaire & leur Missel, ce qui les rend opiniâtres & entêtez de leurs Ceremonies.

Je n'aurois jamais fait si je voulois ici m'étendre sur la Simonie du Catholicos. Il ne consacre point d'Evêque qu'il n'en tire cinq cens écus. Il ne confesse que pour une bonne somme d'argent; de maniere que le Vizir du Prince, qui ne lui avoit donné une fois que cinquante écus pour s'être confessé, voulant le faire une autrefois qu'il étoit malade, le Catholicos lui refusa la confession, lui disant qu'il devoit auparavant songer à le satisfaire pour la confession précedente. Il ne céle-

célebre jamais qu'il ne soit assuré d'avoir cent écus; & plus, quand c'est à des funerailles.

CHAPITRE III.

Des Evêques de Mingrelie.

LA Mingrelie seule a six Evêques, celui des *Dandrelliens*, qui confine avec les *Abcas*; celui des *Moquariens*; celui des *Bedielliens*, qui habitent le long de la Mer noire; celui des *Saisselliens*; celui des *Scalingichéliens*; & celui des *Scoindeliens*, qui sont vers le Royaume d'Imirette, & les monts du Caucase. Ces Evêques mettent entierement à part tout soin des ames. Ils ne visitent point les Eglises de leurs Dioceses, & ils en laissent les Curez dans une si grande ignorance, qu'ils tombent d'erreurs en erreurs. Ils ne se soucient point si l'on baptise les enfans, ni si un homme épouse deux femmes, ni ce que devient leur fruit. Ce qui fait que des meres dénaturées, envers leurs propres enfans, les enterrent tous vivans dès qu'elles en sont accouchées, ou leur ôtent la vie d'une autre maniere; sans craindre d'en être punies, soit par le Prince, qui ne s'en met point en peine, soit par la sollicitation des Moines, que nos Peres en ont souvent avertis sans grand succès. Le soin de ces Evêques, c'est d'être journellement en fête, s'enivrant plus ou moins, selon qu'ils ont d'excellens vins, & en abondance, avec une grande quantité de vivres. Ils vont habillez magnifiquement; & pour subvenir à ce luxe, ils tirent jusqu'au sang de leurs Vassaux, & puis ils vendent aux Turcs ces pauvres miserables, qui sont ainsi envoyez dans le seminaire du Diable. Tel est l'usage du pays. Ils s'abstiennent fort exactement, comme font les Grecs, de manger de la Chair, après quoi ils n'ont plus nuls scrupules de conscience, s'imaginant que pourvû qu'ils satisfassent à cette obligation, ils ne sont plus obligez à rien, & que par là ils accomplissent tous les autres préceptes; comme aussi en allant quelquefois la nuit, ou le matin, adorer Dieu dans leur Eglise Cathedrale. Ces Prelats ont un grand soin de leurs Eglises Episcopales. Ils les tiennent fort propres, & les ornent de figures, à la Grecque, revetues d'or, de Perles, & d'autres choses precieuses, avec quoi ils croyent appaiser la colere de Dieu. Ils ne se confessent point quand ils ont péché; mais ils pensent qu'en offrant de l'or ou quelque pierre précieuse aux Images, leurs péchez sont effacez. Ils pensent aussi qu'en faisant cela ils ne sauroient manquer de passer pour Saints dans l'esprit des Séculiers, de même qu'en gardant un rigoureux Carême, lequel consiste chez eux à s'abstenir de manger du poisson, & de boire du vin; qui est ce que font la plûpart, & à ne manger qu'une fois le jour sur le tard; ce que les Seculiers font de même.

Comme il y en a plusieurs entre ces Evêques qui ne savent pas lire, ils apprennent une Messe par cœur, qu'ils disent, sur tout, quand on fait des funerailles. Mais ce n'est pourtant qu'après s'être bien fait payer auparavant; ne faisant aucune fonction Episcopale que pour de l'argent, à l'exemple de leur Superieur, le Catholicos.

Leur habit est magnifique, comme je l'ai observé. Ils le portent court, à peu près comme les Séculiers, fait de velours couleur d'écarlate, avec des chaines d'or au cou, & aux mains. On les distingue encore à leur longue barbe & à leur calotte noire, qui leur couvre les oreilles. Ils montent de bons, & beaux chevaux de guerre, où ils vont quand le Prince les y mande; étant les Chefs & principaux Commandans de leurs Vassaux, lesquels sont obligez de se fournir d'armes. Ils investissent & combattent l'Ennemi sans ordre, & sans discipline. Ils vont à la chasse des Cerfs & des Sangliers; & avec le Faucon ils volent le Faisan & d'autres sortes d'Oiseaux. Plusieurs Moines ont le titre & le revenu d'un Evêché, à eux accordé par le Prince, sans être consacrez. Mais consacrez ou non, ils ne laissent pas de faire des Prêtres pour de l'argent.

CHAPITRE IV.

Des Moines & des Nones.

OUTRE les Evêques, il y a une espece de Prélats qu'ils appellent *Cinasquari*, qui sont à peu près comme nos *Abbez*. Ils ont leurs Eglises propres, ils sont riches, & ils vivent comme les Evêques.

Pour les *Moines*, il n'y en a que de *l'Ordre de St. Basile*, lesquels, comme dit *St. Jerême*, (Epit. à Eustoc.) étoient autrefois de trois sortes. Les uns s'appelloient *Cenobites*, parce qu'ils vivoient en commun comme nos *Religieux* d'aujourdhui. Les autres *Anachoretes*, qui habitoient dans les Deserts, & qui s'occupoient à la priere. Et les derniers *Remobothes*, lesquels demeuroient deux ou trois en-

ensemble à la Campagne, vivant en commun de ce qu'ils gagnoient par leur travail; Gens avides des biens de la terre, & peu attachez à ceux du Ciel. Ces Moines affectoient tous de jeûner, & de faire de bonnes œuvres, à l'envi l'un de l'autre. *Cassian*, dans le 7. Chap. du X. Livre de ses Collations, parle d'une quatrieme espece de ces Moines, qu'il appelle *Sarabïates*, fort peu differente de la troisieme espece.

Les Moines, que l'on voit aujourdhui en Mingrelie, sont de la troisieme espece. Ils viennent du mont *Athos*, & sous le prétexte d'amasser des aumônes pour *Jerusalem*, ils s'arrêtent dans le pays, sous la protection du Prince, qui leur donne quelqu'une de ses Eglises particulieres. Quelques uns se retirent dans la maison d'un Moine Georgien, nommé *Nicephore Irbachi*; mais qu'on appelle communément le *Moine Nicolas*, des premieres familles de Georgie; homme de soixante dix-ans, qui a le titre d'*Archimandite*, ou Abbé, & à qui on donne encore celui de *Gievarismama*, c'est-à-dire *Pere de la croix*. Le peuple en fait une grande estime, & les Princes de Mingrelie s'en servent de Vizir & d'Ambassadeur, entendant fort bien la politique, & ayant été plusieurs fois à Jerusalem. Il a parcouru toute l'Europe. Il a vû l'Espagne, la France, l'Angleterre, la Pologne, & l'Italie, où nos Peres, l'ont toûjours logé. Il sait plusieurs langues, outre la Georgienne & la Mingrelienne; savoir, la Grecque, la Turque, l'Arabe, la Russienne, la Françoise, l'Espagnole, & l'Italienne. Il a fait profession de la foi Catholique entre les mains du Pape Urbain huitieme. Il estime beaucoup nos Peres.

Ces Moines ne mangent jamais de chair. Ils sont vêtus d'une étoffe de laine noirâtre. Ils portent la barbe longue, & les cheveux longs. Ils jeûnent & ils prient très-exactement; mais du reste, ils ne s'embarrassent point du salut de ce miserable peuple, disant rarement la Messe, parce qu'ils prétendent de grandes aumônes pour la dire.

Les Mingreliens font leurs parens *Beres*, ou Moines, de cette maniere. Ils leur mettent sur la tête lorsqu'ils sont encore enfans une Calotte noire, qui leur couvre les oreilles. Ils leur disent de s'abstenir de chair, parce qu'ils sont *Beres*, chose qu'ils observent inviolablement, sans savoir du tout ce que c'est que d'être *Bere*. Ils les donnent en suite à d'autres *Beres* pour les élever. Ceux qui les donnent à élever à des Moines Grecs y réussissent le mieux.

Il y a plusieurs sortes de *Nones*, ou *Religieuses*; les unes sont des filles, qui ayant atteint l'âge Nubile, ne se soucient point de mariage; les autres sont des servantes, qui après la mort de leurs maitres, se font *Beres*, avec leurs maitresses. D'autres sont des veuves, qui ne veulent point se remarier. D'autres sont des femmes, qui après avoir trop goûté du monde, l'abandonnent quand elles viennent sur l'âge. D'autres sont des femmes répudiées, comme fit *Tamar*, Princesse d'une rare beauté, que le Roi d'Imirette répudia, pour épouser la fille de *Taymoras can*. D'autres enfin se font Nones par pauvreté; & celles-ci vont demander l'aumône dans les Eglises, qu'on leur donne plus liberalement en consideration de leur habit. Elles sont vêtues de noir, la tête couverte d'un voile de la même couleur, & elles ne mangent jamais de viande. Elles ne gardent pas la Cloture, mais vont par tout où elles veulent. Elles ne sont pas non plus engagées pour toûjours dans cette vie Monastique; mais elles la peuvent quitter quand il leur plait.

CHAPITRE V.

Des Papas, *ou Prêtres Mingreliens.*

Dieu seul sait l'état déplorable où sont ces malheureux *Papas*, pour l'incertitude où ils doivent être sur leur sacerdoce. Car ils sont ordonnez par des *Beres*, ou Evêques, qui peut-être ne sont point baptisez; ou bien, qui sont baptisez, mais pas consacrez: & ces Prêtres eux-mêmes quelquefois ne sont pas baptisez; ce qui rend la validité de leur sacerdoce fort douteuse. Le nom de *Papas* est un nom génerique. Le Prêtre qui n'a point d'Eglise s'appelle *Koscessi*; le Chapellain *Ochdelli*, le Curé *Kandalachi*; mais en commun, tous s'appellent *Papas*.

Ces Prêtres sont en très-grand nombre, étant tous de pauvres gens qui ne subsistent que des droits de leur Prêtrise. Il ne faut pas être fort savant pour être promu à l'Ordre; il suffit de savoir lire, ou d'apprendre par cœur quelque Messe, qu'on dit toûjours le reste de sa vie. Les Evêques n'examinent point les sujets qui se présentent pour être reçus aux Ordres, étant souvent plus ignorans qu'eux; & comme chaque ordination leur vaut du moins le prix d'un bon cheval, quelque ignorant qu'on soit, on est ordonné sans peine.

Ces

Ces Prêtres ne sont point obligez à garder la chasteté; au contraire, selon l'usage des Grecs, ils épousent, avant de recevoir l'ordination, une fille vierge. Mais ce qui leur est particulier, c'est qu'après la mort de la premiere, ils en peuvent prendre une seconde, & puis une troisieme, & puis une quatriéme. Cependant, comme cela est contre les Canons, & les statuts de St. Basile; il faut avoir dispense de l'Evêque, qui l'accorde toûjours, en lui payant le double de ce qu'il faut pour toute autre sorte de dispense.

Ces miserables Prêtres sont très-peu considerez des Séculiers; car ils sont obligez de cultiver non seulement leurs propres terres, comme des Païsans, mais aussi celles de leurs Maîtres ou Seigneurs, dont ils portent aussi les hardes sur leurs épaules dans les voyages, en étant maltraitez de plus en toutes occasions, comme des malheureux esclaves qu'ils sont. La cause du peu de respect que l'on a pour eux, est leur ignorance, leur gourmandise, & l'ivrognerie à laquelle ils s'abandonnent à la table des Séculiers, où ils vont chercher à manger. Ils sont si pauvres qu'ils ne sont couverts d'ordinaire que d'une chemisette de grosse toile, & d'un petit habit court, de grosse laine, au travers duquel on leur voit la chair. Ils sont aussi mal chaussez que vétus; & ils ne sont differens d'avec les seculiers, qu'en ce qu'ils ont la barbe & les cheveux coupez en forme de guirlande. Un Prêtre n'est respecté en Mingrelie, que quand il dit la Messe, après laquelle les assistans lui demandent tous la *Sandoba*, c'est-à-dire la *benediction*. Quand on est à table, on donne à boire au Prêtre le premier; & personne ne boit qu'il ne lui ait dit *Sandoba Patorii*, c'est-à-dire *Benissez nous*, *Monsieur*. Il répond *Ghinda Gomert*, c'est-à-dire, *Dieu vous benisse*. Les Mingreliens font encore grand cas des Prêtres quand ils sont malades; car alors ils croyent tout ce que les Prêtres leur disent. Ils les font venir, & les prient de voir dans leur livre s'ils doivent mourir, ou non, de la maladie qui les tient allitez; & quelle en est la cause. Ces *Papas* feuillettent, & refeuillettent leur livre, & à la fin ils leur débitent la premiere fausseté qui leur vient à l'esprit: Ils leur disent qu'ils sont malades, parce qu'une telle image est en colere contr'eux, & que pour expier leurs péchez, & pour se rendre l'Image propice, il faut tuer un veau, ou un bœuf, ou offrir à l'image une tasse, ou une piece de drap de soye; à faute de quoi ils mourront. Les malades promettent avec serment de le faire.

CHAPITRE VI.

Quelques remarques.

LES Prêtres, & les Beres, ou Moines, portent, comme j'ai dit, le même habit que les Seculiers, & ne se soucient gueres de l'habit prescrit anciennement aux Ecclesiastiques. C'étoit une longue robe qui descendoit jusqu'aux talons, & qu'on appelloit *un habit à la Caracalle*, parce que l'Empereur Antonin, appellé *Caracalla*, en apporta la mode chez le peuple Romain. Nôtre Clergé s'en sert encore aujourdhui pour le *decorum* de son état. *Bede*, *dans son 7. Liv. de Rebus Anglor. chap. 7.* & *Baronius*, sous l'an 213. disent, que cet habit dans le commencement n'étoit point noir, mais rouge, tel qu'on le porte aujourdhui à la Cour du Pape, & que le Clergé commença à le porter, comme *Baronius* l'observe sous l'an 393. Or on donna cet habit au Clergé pour le parer, à cause de la bonne vie qu'il menoit. Les Prêtres Mingreliens, qui ne cherchent point tant d'ornemens, se contentent d'un habit à la séculiere, imitant en cela les Ecclesiastiques Hebreux, desquels *Becanus* dit, au Chap. 5. des Annales du Nouveau Testament. *Levitæ non habent sacrum ornamentum, solum Sacerdotes & Pontifices utebantur illo, nisi eo tempore quo in tabernaculo vel templo ministrabant.* C'est la même chose des Prêtres Mingreliens, qui hors des fonctions sacerdotales, paroissent tout dechirez & en guenilles. Ils portent les cheveux longs, & la barbe fort longue, comme le faisoient les Ministres de l'ancienne Loi, suivant le commandement de Dieu, Levitique chap. 19: 27. *Neque in rotundum attondebitis comam, neque radetis barbam.* Mais pourquoi Dieu fit-il cette défense, sa coûtume de se raser étant si ancienne dans l'Eglise? Saint *Isidore*, dans le Livre qu'il a fait des Divins offices, dit que celui qui quitte le monde pour se consacrer à Dieu se doit raser la tête en rond, & plus il monte dans la dignité de Prélat, plus il se doit faire la couronne grande, comme nous le voyons dans les Evêques, & principalement dans le Pape; cela étant une marque de Sacerdoce & du Royaume de Dieu. Nous lisons encore dans les Revelations d'*Ezechiel*, chap. 6. qu'il est bien séant de se raser la barbe, y étant commandé au Nazaréen de se raser après le tems de sa consecration. La barbe rase étoit anciennement une marque de Noblesse, tous les Empereurs Ro-

Romains se faisoient raser; & *Dion* reprend Adrien d'avoir porté de la barbe le premier entre les Empereurs Romains. L'Ecriture veut même qu'on se rase la tête, & la barbe, au tems de l'affliction. Isa. chap. 7. & 15. Gen. 45. & 40. Ezech. 5. Job pleurant ses pertes se rasa, & adora Dieu, prosterné contre terre. Les Mingreliens pareillement se rasent tout le visage & même les sourcils quand ils pleurent leurs morts.

Nous dirons que Dieu défend à ses Ministres Hebreux de se raser, non pas qu'il y ait du mal à le faire, mais afin qu'ils ne fussent pas semblables aux Egyptiens & aux autres Idolatres leurs voisins; qui voyant que leurs Dieux aimoient la figure ronde, comme la plus parfaite, s'en faisoient une sur la tête, & même ils bâtissoient tous leurs Temples en rond. Ils se faisoient aussi raser la barbe en rond, & particuliérement les Prêtres d'Isis, & de Serapis, qui se rasoient de cette maniere non seulement la barbe, mais tout le corps.

Bede, Liv. 5. de son Histoire, chap. 22. prouve qu'il est bon de porter la Couronne que portent nos Ecclesiastiques, & dit qu'elle représente la Couronne d'Epines qu'on mit sur la tête du Sauveur durant sa passion, & qu'elle est la marque du Chrétien, aussi bien que le signe de la croix. *Nicene* Evêque de Trêves nâquit avec cette Couronne. Dieu, au 19. chap. du Levitiq. commande aux Prêtres, *ne corrumpant effigiem barbæ suæ.* De même les Prêtres Mingreliens laissent croître leur barbe, sans jamais en ôter un poil. *Diogene* disoit qu'il portoit la barbe pour ne pas oublier qu'il étoit homme. *Artemidore* dit, *filios tantum ornamenti Patribus, quantum ori barba decoris addit.* *Diogene*, voyant un homme sans barbe, lui dit: *Numquid naturam accusas quod te virum, non autem mulierem, fecit.* Dieu défend chap. 6. 5. du Levit. de se couper les cheveux. C'est ce que les Mingreliens, semblables en tout aux Prêtres de l'ancienne Loi, observent exactement.

CHAPITRE VII.

Des Eglises de Mingrelie.

APRES avoir parlé des Temples spirituels, qui sont les Ecclesiastiques, *Templum Dei quod estis vos*; il nous reste maintenant à parler des materiels, qui sont de quatre sortes. Les premiers sont de petites Eglises, ou Chapelles, que les Mingreliens ont presque tous chez eux, dans lesquels ils vont faire un peu de priere: Ils les appellent *Sa Giovari*, ou le Calvaire. Les autres sont celles que les Princes ont dans leurs Palais, & qui ont le même nom de *Sa Giovari*. Les troisiémes sont les Paroisses, & les quatriémes sont les Cathedrales. La plus belle Eglise de toutes, est celle des Mequariens. Ces Eglises sont toute bâties vers l'Orient, comme étoit le Temple de Salomon. Ils y ont leur *Sancta Sanctorum*, avec un Autel rond, où ils disent la Messe. Elles sont ornées de grandes Images de cuivre doré, ou argenté, garnies de perles, ou d'autres pierres Turquesques, la plûpart fausses. Parmi ces Images, on voit celle de la Vierge, à la Grecque; celle du Pere Eternel de même; le Crucifix; celles de plusieurs Saints Peres Grecs, & autres; lesquelles toutes ils couvrent de Rideaux de soye. Entre toutes ces Images celle de St. George est l'objet de leur plus grande dévotion. Il y a toûjours devant une grande quantité de bougies allumées. On pourroit encore ajoûter une cinquiéme sorte de Temples, aux autres ci-dessus raportez, savoir leur *Marana*, ou Cave, où leurs Papas vont quelquefois célebrer, pour être plus enflammez de l'amour Divin.

Les Eglises de la seconde sorte sont bâties, la plûpart de pierre, & les autres de bois; mais taillées de sculpture au dedans avec des *coupoles* couvertes de lames de cuivre, ou d'ais minces de bois de chêne peint. Les Chapelles ont leur *Sancta Sanctorum*, & leurs Autels, pour y dire la Messe à la Grecque, avec leurs Rideaux de soye, quelques-uns brodez d'or. On y voit les Portraits du Prince, de la Princesse, & des Saints, comme dans les autres, & chacune a son Chapellain entretenu, *Papa*, ou *Bere*, pour en avoir soin. Le Prince y vient souvent; & quand il y vient, on y dit la Messe: on y fait aussi la Priere durant le Carême.

Les Eglises de la troisiéme sorte sont faites, partie de pierre, partie de bois. Ils ont soin de les bâtir dans un lieu élevé pour conserver les peintures contre l'humidité. Elles sont environnées de plusieurs gros & grands arbres, dans des enclos de murailles de pierre, ou de pieux. Les racines de ces arbres sont consacrées aux Images, ce qui fait qu'on ne les taille jamais, personne n'osant y toucher, de peur d'attirer contre lui la colére des Images. On enterre les morts dans l'enceinte de ces murailles, mais jamais dans l'Eglise. On voit devant la porte un petit porche, où les femmes se tiennent, quand elles vont à l'Eà l'Eglise; ce qui n'arrive que le jour de Pâques. Il n'y a que la seule Princesse qui ait droit d'entrer dans l'Eglise; ce qui est selon les rites Grecs. Ce petit Porche sert aussi de Sepulture pour quelques Nobles, & cela, comme dit *S. Augustin* Ser. 22. aux Freres dans le desert, *ut Ingredientes*, & *Egredientes*, *mortis admoneantur*, & *sic ad Deum convertantur*. Les portes de ces Eglises sont toûjours fermées à clef, & le Prêtre, qui demeure proche, ne les ouvre jamais qu'au tems de la Messe, ou de quelque enterrement. Il y a une petite chambre au dessus, où ils mettent la Cloche, quand il y en a; mais la plûpart des Eglises n'ont point de Cloches, & ne se servent que d'une tablette de bois d'un pied en quarré, & fort mince, sur laquelle ils frappent pour appeller le peuple à l'Eglise. Ils offrent aux Images, qui sont pendues dans leurs Eglises, des bois de cerf, des machoires de sanglier, des plumes de faisan; des arcs, & des carquois, afin qu'elles leur soient favorables à la chasse. Il y a au milieu de l'Eglise deux Guirlandes, faites de cordons de soye, ou rouge, ou blanche, avec des houpes pendantes, qui servent pour la céremonie du mariage, comme nous le verrons ci-après; & tout proche, contre le mur, pend la boëte, où est le *Mironne*, ou la sainte Huile. On y voit aussi une méchante Banniere déchirée, dont ils se servent dans leurs Processions, & un fort long Cor de cuivre, plus long que nos trompettes, dont ils sonnent avant les Processions, pour assembler le peuple dans l'Eglise. Il a un son assez haut, à la maniere Judaïque, mais qui n'est point agreable. Nombr. chap. 10. *Cumque increpueritis tubis, congregabitur ad te omnis turba ad ostium Tabernaculi fœderis*. On voit de plus, dans ces Eglises, de gros Livres rongez de la poussiere & des souris. Ce sont des Pseautiers. J'ai honte de parler du peu de soin que ces *Papas* ont de leurs saintes Images. La tigne, les vers, les rats, tout conspire à les rendre pitoyables. Ils ont soin toutefois de quelques-unes, qu'ils ornent, comme nous l'avons dit, de beaux draps de soye, & de perles. Le pavé de leur Eglise n'est quelquefois pas plus propre qu'une écurie. Les *Courtines* de leur *Sancta Sanctorum* sont toutes déchirées & tachées de vin, parce qu'ils s'en servent quelquefois de purificatoire. Leurs paremens, qui sont d'une étoffe grossiere, & mal travaillée, sont pendus sur une corde dans un coin, & dans une autre, il y a une burette pour y mettre du vin. L'Autel est au milieu de l'Eglise, fait en rond, soutenu d'un pied de pierre, sur lequel il y a des Purificatoires sales & puans, une tasse de bois qui fait mal au cœur, laquelle sert de Calice, une petite planche qui sert de patene, & quelques vieilles guenilles, au lieu de napes. Au milieu de l'Autel il y a une petite Image, devant laquelle ils celébrent; mais jamais ils ne le font qu'ils n'ayent à la main leur encensoir, lequel n'est que de fer. Je passe le reste sous silence, pour ne pas ennuyer le Lecteur, qui croira, s'il lui plaît, qu'il y en a beaucoup plus que je n'en ai écrit. Il faut observer que tout cela doit s'entendre des Eglises Paroissiales des *Papas*.

Les Eglises des Evêques sont faites de pierre tendre, blanche comme le marbre, mais differemment taillées. Elles ont des Porches au devant, de la même fabrique, ornez de peintures & de plusieurs inscriptions Georgiennes. Elles sont fort propres & fort nettes au dedans. On y voit en peinture la vie de Jesus-Christ nôtre Seigneur, & les Images de leurs Saints Grecs. Leurs Psautiers sont bien écrits, & bien couverts, de peur que la poussiere ne les gâte, avec des garnitures, des fermoirs, & diverses figures d'argent. Leurs Images ont des Cadres presque de la grandeur d'un homme. Les unes sont d'argent & les autres de cuivre. Il y en a plusieurs autres qui ont de petits Cadres ordinaires, représentant l'Image de la Vierge, & celle de St. George, qu'ils ont en grande veneration. Ils ont au milieu de l'Eglise un Lustre de cuivre qui porte beaucoup de bougies. Ils ont aussi plusieurs grosses torches. Leur *Sancta Sanctorum* est fort propre, avec de larges *courtines*, & un Calice d'argent. Plût à Dieu que les Evêques eussent soin de leurs Troupeaux, comme de leurs Eglises! Les pauvres Mingreliens marcheroient dans les sentiers de la Verité & du Salut. Mais toute la perfection, & la sainteté de ces Evêques, consiste à ne pas manger de viande, à jeûner rigoureusement le Carême, à être assidus à l'oraison la nuit, ou le matin, selon le tems, & à tenir leurs Eglises en fort bel état; du reste, ils ne font scrupule de rien. Les *Beres* observent religieusement les mêmes choses. Leurs Eglises ont des Clochers avec de bonnes cloches dedans. Il y a quelques-unes de ces Eglises qui sont fort anciennes, comme on le voit à l'épaisseur des murailles, & à l'architecture de pierre. Mais aujourdhui on n'en fait plus de cette belle architecture, ni de pierres. On fait les Eglises de bois simplement.

CHA-

CHAPITRE VIII.

Des Cloches qu'ils appellent Zanzaluchi. *De la Tablette sacrée, qu'ils appellent* Ora, *dont ils se servent au lieu de cloche, & de la Trompette appellée* Oa.

LEs Cloches sont rares, & petites en Mingrelie, à cause de la cherté du métail. Il y en a deux dans les Eglises des *Beres*, mais il n'y en a qu'une dans celle des *Papas*, & dans les Chapelles du Prince. On ne se sert pas des cloches seules dans l'Orient. *Jean Corona* dit au Chap. 24. de ses Histoires qu'on appelloit le monde à l'Eglise avec un instrument qui s'appelle *Bois* ou *Tablette*, nom qui lui est toûjours resté, comme on le voit par les saints Canons, *ch. dolent de consec. dist.* 1. & par le septiéme Synode, où en racontant les miracles de St. Anastase, martyrisé l'an 627. il dit que ses reliques étant aportées à Cesarée, les habitans vinrent au devant, *Sacra ligna pulsantes*.

Le *Bois sacré* est une planche mince, large d'une paume, & longue de cinq, ou environ, dont on se sert pour assembler les fidéles à l'Eglise, quand ils n'ont point de cloches: mais ceux qui en ont, battent premierement ce Bois sacré, & ensuite sonnent la cloche. Je demandai un jour à un *Bere* pourquoi ils ne sonnoient pas la cloche la premiere? Il me répondit, que c'étoit l'usage des premiers Chrétiens; & que le son de ce bois faisoit souvenir du bois de la Croix. Que lors qu'on l'entend, chacun en fait le signe, & loüe Dieu. Et que, parce que ce son est foible, on se sert de la Cloche, laquelle avertit que le Bois sacré a precedé. Un autre me dit, que ce Bois sacré signifioit la chute de nos premiers Parens, Adam & Eve; & que les fidéles en entendant le son, faisoient pénitence, & demandoient pardon à Dieu de ce peché; de même que le son de la cloche les faisoit souvenir de la misericorde de Dieu envers l'homme dans son incarnation, & de la nouvelle qu'en apporta l'Ange à la Vierge Marie.

On ne sonne de la Trompette, appellée *Oa*, que pour les Processions, ou pour les assemblées, & les affaires de la Paroisse, à l'imitation des Juifs, Nomb. chap. 16. 2. *Quando autem est congregandus populus, simplex tubarum clangor, & non concisè ululabunt: filii autem Aaron Sacerdotis clangent tubis.* Ils en sonnent quelquefois fortement, quand on a dérobé quelque chose de grand prix à l'Eglise, afin, disent-ils, que le son épouvante le voleur, comme si c'étoit la voix de Dieu; & qu'il ait un remords de conscience, pensant que l'Image le châtiera. Ezech. 33. 5. *Sonum buccinæ audivit, & non se observavit, sanguis ejus in ipso erit: si autem se custodierit, animam suam salvabit.*

CHAPITRE IX.

Des Images.

CEs peuples ont une très-grande veneration pour les Images qu'ils appellent *Caté*; & quiconque ne les a gueres pratiquez croiroit d'abord, en voyant avec quelle ardeur ils les adorent, qu'il n'y a point de dévotion Chrétienne au monde, qui soit aussi enflammée. Mais il est certain que leur dévotion à cet égard tient bien plus du Judaïsme, & du Paganisme, que du Christianisme. Car ils n'adorent point les Images comme des représentations de Jesus-Christ, de la Vierge, & des Saints, qui sont dans le Ciel, comme la vraye Eglise de Christ, Auteur de verité, nous apprend à le faire; mais ils rendent honneur à la figure materielle de l'Image, & cela, ou parce qu'elle est belle, ou parce qu'elle est bien parée, ou parce qu'elle est d'un riche metail, ou parce qu'elle est célebre pour être la plus cruelle, & celle qui tue le plus les hommes: celles-ci, ils les adorent par crainte. C'est de là que la plupart des Images sont faites d'argent, quelques unes étant de vermeil doré, & couvertes de pierres précieuses, parmi lesquelles il y en a pourtant beaucoup de fausses, ainsi qu'il s'en voit dans les Eglises les plus renommées, comme celle de St. George. Le culte qu'ils rendent à celles qui sont dans les Eglises principales, comme dans celles des Evêques, & dans celle du Prince est incroyable. En passant par la rue qui conduit aux Images, ils se mettent de fort loin à les adorer, par des prosternemens, par des signes de croix, & enfin en faisant trois fois le tour de l'Eglise.

D'autres, étant arrivez à l'entrée de la porte de l'Eglise, baisent la terre en s'inclinant trois, ou quatre fois, font plusieurs signes de croix; puis derechef se prosternent profondement en terre, se battent la poitrine, & après font leurs requêtes à l'Image. La premiere & principale de ces Requêtes, est qu'elle ait à tuër leurs Ennemis, & ceux qui les ont volez; & pour derniere marque de veneration, le serment qui se fait dessus en jugement est décisif. L'on n'en appelle point, & la crainte qu'ils ont des Images est si grande, qu'il y a bien des gens qui ne veulent jamais jurer dessus; même dans les cas les plus certains. A la verité ceux-là sont rares, car generalement parlant ils font assez souvent de faux sermens: mais ceux-ci prennent garde de ne jurer que sur les Images qui ont l'air le plus doux, qui ont la réputation de n'être pas cruelles, & qu'ils croyent être les mieux intentionnées pour eux. Tout ce respect-là ne vient point de l'amour qu'ils ayent pour Dieu, & pour ces Images dans l'attente des biens spirituels, & de ceux de la vie future; car ils ne croyent point d'autre vie que celle-ci: cela vient de la peur qu'ils ont d'être tué, de tomber malades, d'être volez, & d'être ruinez par leurs Seigneurs, ou vendus aux Turcs. C'est de là, que quand ils sont volez, ils vont à l'Image, à laquelle ils ont le plus de dévotion, avec une offrande composée de deux petits pains, & d'une petite bouteille de vin; & étant devant l'Image, le *Papas* tourne l'offrande autour de la tête de celui qui la fait. Ensuite parlant à l'Image, comme s'il parloit à son Camarade, ou à son égal, car telle est leur maniere de prier, il lui dit. *Tu sais que j'ai été volé, & que je ne puis avoir le Larron dans mes mains. Je te prie donc par ce present, que je te fais, de le tuer, & de l'aneantir,* (en disant ces paroles, il prend un bâton, le plante en terre devant l'Image, & le frape avec un maillet, ou telle autre chose, jusqu'à ce qu'il soit entierement enfoncé) *& de lui faire comme j'ai fait à ce bâton.* Ayant fini cette belle priere, il sort de l'Eglise avec le *Papas*, & ils vont boire & manger ensemble le present fait à l'Image. Ils prient toûjours pour la mort de leurs ennemis, & que tout ce qui leur appartient perisse, maisons, terres, & bétail. Lors qu'ils sont malades ils appellent d'abord le *Papas*, auquel ils croyent comme à un Ange, pour en savoir la cause. Ce Papas, comme nous l'avons déja observé, après avoir bien tourné les feuillets de son Livre, forge un mensonge, comme, que telle Image est en colere; sur quoi on l'envoye aussi-tôt pour lui faire des oraisons: on lui porte un present: & on lui en promet bien d'autres, si le malade guerit: Mais, quand ils sont gueris, ils n'accomplissent gueres le vœu, disant qu'ils ne faisoient le vœu qu'afin que l'Image ne les tuât point.

Les Images sur lesquelles les Larrons apprehendent le plus de jurer, crainte de mort, sont St. George, de la famille *Mozimolle*, du village de *Ketas*, appellée *Tuara Anghelos*, & celle de St. *Jobas*, dans le village de *Pudaz*. Ils disent que cette Image là étoit au commencement dans une Eglise proche d'un marais, où il y avoit beaucoup de Grenouilles qui l'étourdissoient, dequoi étant fatiguée, elle s'enfuit sur le haut d'une Montagne. Ils la croyent si terrible, que tous ceux qui s'en approchent sont frapez de la mort sur le champ; ce qui fait que quand les Mingreliens, y vont faire leurs oraisons, ils les font de bien loin, en lui jettant leurs présens, & ils s'enfuient aussi tôt. Un *Papas* y va célébrer la messe deux ou trois fois l'année; ce qu'il fait avec grande frayeur, & quand il va recueuillir les aumônes pour cette Image, il recommande fort de ne pas jurer dessus, soit justement, soit injustement, de peur d'exciter son courroux.

Entre les Images redoutées de St. George, il y a celle de *Schelissa*, au pié du mont Caucase, & le fameux St. George des *Ilsoriens*, fort reveré des Mingreliens, des Georgiens, des Abcas, & de tous les Païs circonvoisins. Il y en a encore plusieurs autres; mais celles dont nous avons parlé sont dans le plus grand crédit. Chacun vante & exalte l'Image de sa paroisse à l'envi. Ils disent, par exemple, qu'elle a du courage & de la valeur martiale. Les Mingreliens vont en procession avec leurs Images amasser des aumônes; & quand il s'en fait de considerable en un lieu, chaque Papas y porte son Image pour lui faire donner l'aumône.

Un Gentilhomme, appellé *Ramazza*, étant un jour tombé malade dans un tems où il étoit défendu de manger de la viande, après plusieurs exhortations que son Medecin lui fit d'en manger, & convaincu de la nécessité, & de la raison, qu'il y avoit à le faire, s'y resolut à la fin. Mais comme il en mangeoit un jour, il vint un *Papas* qui lui aportoit de la part du Catholicos son Image pour le guerir. Il fit aussi-tôt couvrir le plat où étoit la viande, de peur que l'Image ne la vît. Il fit entrer le *Papas*, fit le signe de la croix, dit plusieurs belles paroles à l'Image, & puis la renvoya, avec des complimens pour le Catholicos, & recommença à manger sa viande. Cette dévotion pour les Images vient des Grecs, aussi bien que cette severe interdiction de chair en certains tems. Et pour la mieux recommander, ils peignent la Cene dans leurs Tableaux, comme faite avec du poisson, & non pas avec l'Agneau Paschal; parce qu'il y en a beaucoup parmi eux qui veulent que Je-

Jesus-Christ n'ait jamais mangé de chair. Un Prêtre Mingrelien disoit en discourant: chacun sait qu'au tems de la *Kareba*, c'est-à-dire de l'Annonciation, on ne mange que du poisson. Or l'année de la derniere Céne de Jesus Christ, il arriva que l'Annonciation tomboit justement, au samedi saint. Et comme nôtre Seigneur, s'étant assis à table, avec ses Apôtres, se mit à les exhorter, & le fit si long-tems, que la minuit vint, avant qu'ils se fussent mis à manger, sur quoi, ayant consulté s'ils ne pourroient point alors manger de la viande, au lieu de ce poisson froid, qui étoit servi devant eux; & qu'ayant été arrêté qu'ils le pouvoient; il arriva, sur le champ, qu'un grand Poisson fut transformé en un Agneau, lequel ils mangerent. Ce *Papas* tenoit, au contraire des autres, que Jesus Christ avoit mangé de la viande. Du reste les Mingreliens n'honorent point nos Images & n'en font point de cas. Un Mingrelien nous disoit un jour: Pourquoi vos Images ne sont-elles pas plus fortes que les nôtres? puis que vos épées & vos étoffes sont plus fortes que celles des autres Nations, vos Images dévroient être aussi plus vigoureuses. Plaisante boufonnerie.

CHAPITRE X.

Des Reliques des Saints.

CES peuples ont beaucoup des Reliques, qui leur sont venues premierement du tems que la foi Chrétienne florissoit chez eux, & leurs Princes s'allioient avec les Empereurs de Constantinople, qui leur faisoient don de beaucoup de reliques; secondement par plusieurs Prélats dudit lieu qui leur en donnoient aussi, pour les entretenir dans leur dévotion; troisiemement, quand les Turcs prirent Constantinople, il y eut plusieurs Sts. Prélats, qui pour se soustraire à la tyrannie Mahometane, s'enfuirent en Mingrelie, & se disperserent dans les pays voisins. On raconte qu'alors il vint dans la Colchide un Archevêque qui emportoit avec lui un morceau de la vraye croix de la grandeur d'une Paulme, (c'est un peu plus de huit pouces de pied françois,) & une chemise, qu'on dit être de la Sainte Vierge. Nos Peres l'ont vüë. La toile en est de couleur tirant sur le jaune, parsemée de fleurs çà & là, brodées à l'aiguille. Elle a huit paulmes Romaines de long, & quatre de large avec des manches courtes, longues d'une paulme, le cou en étant étroit. Je l'ai vûë aussi dans l'Eglise de *Copis*, où elle est gardée; & où j'ai vû encore une main couverte de chair seiche, dans un reliquaire d'or, enrichi de joyaux, qu'on dit être la main de *St. Marine*, & une autre main de *St. Quirice*, & plusieurs autres ossemens enchassez dans de l'or, ou dans de l'argent. La Chemise, dont j'ai parlé, est dans une cassette d'ébene, ornée d'ouvrages à fleurs d'argent, dans laquelle il y a de plus un petit Cadre, contenant quelques poils de la barbe du Sauveur, & des Cordes dont il fut foüeté. La Cassette est scelée du seau du Prince. Quand on nous montra ces Reliques, on les jetta sur un tapis, où nous les primes & touchames, avec autant de respect, & de dévotion, que les Mingreliens les manient avec peu de façon; estimant plus le peu d'or ou d'argent qu'il y a aux chasses que les reliques mêmes, à cause de la quantité qu'ils en ont. Quant à leurs Livres de Liturgie, ils en ont plusieurs, en grand volume, & en gros Caracteres, en langue Georgienne; & les Evêques renouvellent les leurs, en le récrivant chacun une fois en leur vie. *Claude Rota*, Religieux Jacobin, dans la Legende qu'il a faite de l'assomption de la Vierge, dit que le grand *Damascene*, & *St. Germain*, Archevêque de Constantinople, rapportent que l'Imperatrice Pulcherie, du tems de l'Empereur Maximin, fit faire une Eglise en l'honneur de la vierge, dans la rue dite *Balteme*; où l'Empereur ayant convoqué *Juvenal*, Archevêque de Jerusalem, & les autres Evêques de la Palestine, qui étoient à Constantinople, à l'occasion du Concile de Calcedoine, il leur tint ce langage. *Nous avons appris que le corps de la Ste. Vierge a été enterré au champ de Gethsemané. Nous voulons avoir ce corps sacré à la garde de nôtre ville Capitale, & pour cet effet qu'il soit transferé ici avec toute la solemnité possible.* A quoi Juvenal répondit; *l'Ecriture sainte porte que ce corps a été élevé dans la gloire, & on ne voit dans son tombeau que ses habits, & les linceuls dont son corps sacré fut enseveli.* Ce Prélat envoya à Constantinople ces sacrées reliques, lesquelles on donna à l'Eglise dont nous venons de parler, où elles furent mises en garde.

Ils disent que dans l'Eglise des *Bédielliens* il y a aussi un morceau de la vraye croix, des poils de la barbe de Jesus-Christ, des Cordes dont il fut lié & fouëté, & des langes dont la Vierge l'envelopa étant enfant. La maniére indecente avec laquelle les Mingreliens traitent ces Reliques est une chose qui fait hor-

 reur,

reur ; n'ayant pour elles ni reverence, ni crainte. Ils ne craignent que leurs Images, qui ont des ornemens ; lesquels pourtant ils voleroient s'ils pouvoient le faire.

CHAPITRE XI.

Des habits Sacerdotaux des Papas.

SAint *Jerôme*, Liv. 4. sur Ezech. dit que l'Eglise a prescrit deux sortes d'habits pour les Ministres ; les uns dont ils se servent ordinairement, & les autres lorsqu'ils exercent les fonctions de leur Ministere. Les Reverends Peres Mingreliens ne se servent pas des premiers, allant habillez presque tout comme les Séculiers ; ni des seconds, n'étant gueres mis, lorsqu'ils célebrent, que comme ils sont ordinairement ; ce qui vient de leur grande misere & pauvreté, qui ne leur permet pas d'avoir d'autre habit d'Autel qu'une méchante guenille déchirée sur les épaules. Leurs Prélats ont plus de paremens ; comme la chemise, qu'ils appellent *quarti*, laquelle n'est pas de toile, mais de taffetas ; l'étole, qu'ils appellent *Olare*, mais qu'ils ne passent pas en croix sur l'estomach avec le cordon ; deux manipules, ou plûtôt deux bouts de manche, qu'ils appellent *Sanctavi* ; la Chasuble, dite *pittoni* ; & le pluvial, qu'ils nomment *Basmachy*. Ces paremens sont à la Grecque, faits de soye, brodez d'or, chez les Evêques, les Abbez, & les Moines. Mais, pour les *Papas*, ou Prêtres, leur extrême pauvreté les reduit pour tout parement, ou habit Sacerdotal, à se servir de quelque guenille déchirées en guise de pluvial. Il y en a plusieurs qui disent la messe avec une simple chemise de toile qu'ils mettent sur leurs habits. Ils ne célebrent jamais nuds pieds, selon le précepte de l'Apôtre aux Ephes. chap. 6. v. 15. *Calceati pedes in præparatione Evangelii pacis*, lequel ils observent inviolablement, ayant leur *Chiapola*, ou Sandales ordinaires, ou quelques vieux souliers, qu'ils gardent dans l'Eglise pour ce sujet-là ; ou faute de cela, ils mettent une planche devant l'Autel, sur laquelle ils se tiennent les pieds en célebrant. Ils ont de plus, conformément aux rites Grecs, leur Calice appellé *Barzemi* ; avec sa cueillere, dite *Lagari* ; la patene, qu'ils appellent *Peseuin* ; l'Etoile, nommée *Camara* ; le voile, ou *Daparna* ; la nape, ou *Bercheli* ; le Missel, ou *Saccarebi*, comme ils les appellent ; mais le Calice, la cueillere, la patene, & l'Etoile, qui devroient être d'argent, ou de Cuivre, ou d'étain, au moins, ne sont souvent que de bois sale & puant, chez les pauvres & miserables *Papas*. Même, si le *Papas* se rencontre chez quelque Séculier, qui veuille avoir la Messe, il la lui va dire dans sa *Marane* ou Cave, comme il la sait par cœur. Ainsi il n'a point besoin de Livre. Il prend un gobelet, de ceux dans lesquels on boit ordinairement, qui lui sert de Calice, un plât tout gras pour Patene. Il fait cuire vitement sous la Cendre un petit pain pour servir d'hostie ; & pour du vin, il ne lui en manque pas, puis qu'il est dans la Cave. Pour Autel il prend un ais, ou quelque planche sale, & couverte de poussiere, il n'importe ; & dit la Messe là-dessus ; se faisant prêter auparavant, par quelqu'un du Logis, une chemise, ou quelqu'autre chose semblable, qu'il se met sur le dos, au lieu de paremens. Il ne se soucie point de napes, ni de purificatoires, parce que ses mains lui servent de purificatoire. Quand ce vient à l'Evangile, il tire de sa poche un petit Livre écrit en Georgien, qui est une maniére de breviaire, que la plûpart portent tout déchiré, les feuillets mêlez, l'écriture souvent toute effacée, & où quelquefois il manque plus de la moitié des feuilles. Le Prêtre cependant, sans perdre contenance, dit la Messe avec ce Livre, tel qu'il est, dont il tourne les feuilles, pendant qu'il dit l'oraison qu'il cherche, parce qu'il sait toute la Messe par cœur. D'ailleurs, il ne se soucie point de pierre sacrée sur l'Autel, ni de nape. Au reste, tout ceci s'entend seulement des Prêtres, car les Evêques, les Abbez, & les Moines, ont dans leurs Eglises en fort bon état les choses requises pour célebrer la Messe, de même qu'on les trouve aussi dans les Eglises des Princes.

CHAPITRE XII.

De la Messe.

ILs disent la Messe en langue Georgienne literale, qui est aussi peu entenduë de leurs Ecclesiastiques que la langue Latine l'est de nos Païsans. Les Maisons des Prêtres sont toûjours loin de l'Eglise, parce que les Eglises sont bâties en des lieux reculez. Lors qu'on demande la Messe à un Prêtre, en la payant ; ce qui se fait en lui donnant ou deux ou trois Toises de corde, ou une peau de Chevre ou de Brebis, ou un dîner, ou quelqu'autre chose, il la dit. Quelque-tems qu'il fasse, pluye, ou vent, il va à l'Eglise, portant les paremens dans un Sac de peau ; le vin dans un pot, ou dans une petite Callebasse ; un

petit

petit pain cuit sous la braise, marqué au milieu d'un fer, contenant des Caracteres Georgiens, & une bougie. La personne qui fait dire la Messe fournit ces choses.

Le Prêtre s'achemine à l'Eglise avec tout cela. Lorsqu'il en est proche, il commence à dire ses *Oremus*. Etant arrivé à la porte, il met bas ses ustancilles, bat du bois sacré, & sonne quelques coups de cloche. Ce n'est pas pour faire venir du monde; car les Mingreliens ne vont point à l'Eglise, sinon dans des jours solennels. Cela fait, le Prêtre entre dans l'Eglise, alume sa bougie du feu qu'il a aporté avec lui, tout cela sans discontinuer ses prieres qu'il va toûjours disant à haute voix. Il se revêt de ces miserables ornemens. Il se met la Chasuble pliée sur les épaules, comme nous faisons quand on nous donne l'ordination de Prêtrise, s'il en a une, autrement il s'en passe. Il prépare ensuite l'Autel, en étendant quelque toile dessus, pour servir de nape: met du côté de l'Evangile, son petit bassin ou plat qui lui sert de patene: de celui de l'Epître un gobelet au lieu de Calice: & au milieu le pain qu'il doit consacrer appellé, *Sabisqueri*, disant toûjours l'office. Cela fait il verse du vin dans le Calice en quantité. Il prend le pain de la main gauche, & de la droite un petit couteau, avec lequel il le coupe à l'endroit de la marque, & en met autant qu'il faut dans le petit plat. Il prend après l'étoile nommée *camara*, qui est faite de deux demi-Cercles, & la met en suite sur le pain posé dans la patene; ce qu'il y a de trop de pain, il le met à part. Il couvre ensuite la patene d'un linge blanc, & d'un autre il couvre le vin. Cela fait, il se retire un peu à côté de l'Autel, laisse tomber la Chasuble par derriere, & dit le *Pater noster*, après lequel il lit l'Epître, & puis de suite l'Evangile, & avec le Missel à la main va au milieu de l'Eglise chanter le *Credo*, & lire quelques oraisons pour l'offertoire. En suite, revenu à l'Autel, il prend le voile qui couvroit la patene, & le met sur sa tête; puis il prend cette patene de la main gauche, & la porte au front, & de la droite le Calice qu'il appuye contre l'estomach, & va ainsi à pas lents vers le peuple au milieu de l'Eglise, faisant la procession à l'entour, & chantant une hymne, que l'on appelle *Chambique*. Le peuple, (quand il y en a,) dès qu'il voit aprocher le Prêtre, se jette en terre avec de profondes inclinations; & quand il passe, il invoque le nom de Dieu, en faisant paroître la plus grande dévotion, encensant les especes, les suivant, & accompagnant avec des bougies allumées à la main. Cette procession faite, le Prêtre retourne à l'Autel; y remet premiérement le Calice, & après la patene; prend le voile qu'il a sur la tête, & le tient à la main devant l'*Oblata*, (ce sont les especes) & fait quelques prieres. Ensuite, à voix haute, en forme de chant, il dit les paroles de la consecration premiérement sur le pain, après sur le vin, prend l'étoile, la porte aux quatre coins de la Patene, & du Calice aussi, comme en forme de croix; & en fait quelques signes sur l'*Oblata*. Après quoi, il prend de la main droite le Pain consacré, qu'il éléve sur la tête, en disant quelques Oraisons; lesquelles finies, il fait trois signes de croix avec ce Pain, & le met dans sa bouche & le mache. Il boit le Vin, tenant le Calice serré de ses deux mains, & s'il reste des mietes du Pain sur la Patene, il les prend de la main, & les met dans sa bouche, & ainsi en mangeant le Pain, & tenant le Calice dans les mains, il se tourne vers le peuple & lui dit *sciscit*, c'est-à-dire *tremblement*. Puis il remet en suite chaque chose à sa place, éteint la bougie, si elle n'est pas finie; car elle ne dure pas quelquefois la moitié de la Messe; se deshabille, remet ses ornemens dans son sac de peau, & retourne chez lui.

Cette maniere de dire la Messe est veritablement de très-saints rites, instituez par saint *Basile*, par saint *Gregoire de Nazianze*, & par d'autres Saints, & approuvée du Pape; mais elle est dite par des ignorans Mingreliens, sans dévotion, & sans reverence; gens que Dieu sait s'ils sont baptisez, ou s'ils sont vrayement ordonnez; à cause de la grande ignorance, & de la grande négligence des Evêques, qui n'ont aucun soin de leurs Paroisses. Ils celébrent la Messe quand on leur donne quelque chose, & si on ne leur donne rien pour la dire, ils ne la disent point. Durant le tems du grand Carême, ils ne celébrent jamais que deux jours la semaine; le Samedi, & le Dimanche; parce que ce sont les jours que le Catholicos, les Evêques, & les Moines, jeûnent, ne faisant qu'un seul repas le jour après Vêpres. Or s'ils disoient la Messe ces cinq jours-là qu'ils jeûnent, ils romproient le jeûne, qu'ils estiment consister à ne manger qu'une fois le jour, au soir; sans qu'il soit permis de porter rien à la bouche auparavant. Observez que si un Prêtre, qui va pour dire la Messe dans une Eglise, la trouve fermée, il dit la Messe à la porte y attachant sa bougie. Quand plusieurs Prêtres veulent

lent dire la Messe dans une Eglise, ils ne disent pas chacun la sienne à part, cela n'étant pas en usage parmi eux ; mais ils en disent une tous ensemble, ce qu'ils font sans respect, entremêlant l'Office de toute sorte de discours differens.

CHAPITRE XIII.

Du Baptême.

DES qu'un Enfant est né, le *Papas*, ou Prêtre, lui fait un signe de Croix sur le front; & huit jours après, il l'oint avec l'Huile sainte, qu'ils appellent *Mirone*. Le Baptême ne se fait que long-tems après, quand l'Enfant a deux ans ou environ; ce qui se fait de cette maniere. Le *Papas* va dans la *Marana*, ou Cave, qui sert d'Eglise, s'assied sur un banc, faisant asseoir sur un autre vis-à-vis le Parrain avec l'Enfant: A côté du Prêtre, il y a un plat, avec de l'huile de noix, & un baquet, ou cuve, ou autre vase de bois, pour servir de Fonts à l'Enfant. Il demande le nom, puis il allume une petite bougie, & se met à lire un long-tems; & quand il est presque à la fin, il ôte sa calote, ou son bonnet, continuë à lire encore un peu ; puis se retourne, lit, & après avoir bien lû, demande qu'on apporte l'eau ; & comme il arrive souvent qu'elle n'est pas chaude, quand il la demande, il faut qu'il attende. L'eau apportée est versée dans le baquet, & le Prêtre prend l'huile de noix, la verse dans l'eau, en disant quelques prieres, & en chantant. Le Parrain cependant, ayant deshabillé l'Enfant, le met tout nud dans le baquet, & le lave par tout avec ses mains. Le Prêtre n'y touche point; ne prononce aucunes paroles durant cette fonction, mais dès qu'elle est achevée, il prend une corne, où il y a du *Mirone*, ou de la sainte Huile, si dure qu'elle ressemble à de vieux onguent; en coupe un peu avec un petit morceau de bois; & le donne au Parrain, qui en oint l'Enfant au front premierement, puis au nez, aux yeux, aux oreilles, à l'endroit des mammelles, au nombril, aux genoux, aux chevilles des pieds, aux talons, aux jarrets, aux fesses, aux reins, aux coudes, aux épaules, & au sommet de la tête; sans que durant toute cette action, le *Papas* ouvre seulement la bouche. Le Parrain remet en suite l'Enfant dans la cuvette, prend un peu de Pain beni, le donne à l'Enfant, avec du Vin, & s'il en mange & boit, ils disent que c'est un bon signe, & qu'il sera fort & gaillard ; puis il le remet entre les mains de la Mere en lui disant par trois fois, *Vous me l'avez donné Juif & je vous le rends Chrétien.* L'Enfant étant en suite bercé pour l'assoupir, on le laisse un peu dormir ; puis il est lavé avec d'autre eau, non pas par le Parrain, mais par une autre personne, laquelle ne laisse pas de contracter parentage avec la Mere de l'Enfant; mais pas si grand que le Parrain; car il faut observer que le Parrain d'un Enfant est tenu le Parent de sa Mere au degré de Frere ou de Sœur, tellement qu'à toute heure, ou en tout tems, il peut entrer par tout chez elle comme dans sa propre maison. Il faut remarquer que les Prêtres administrent le Baptême sans habits Sacerdotaux, dequoi ils ne se soucient gueres, aussi ne baptiseroient-ils jamais, si ce n'étoit pour y faire grand' chere; faisant consister cette Céremonie sacrée dans un Banquet solemnel, qui dure tout le jour; d'où vient que quand quelques-uns n'ont pas le moyen de donner au moins un Cochon, ils ne font point baptiser leurs Enfans. C'est ce qui fait qu'il arrive souvent, que les enfans de ces pauvres gens meurent sans Baptême.

Les riches au contraire, ne se contentent pas de faire tuer plusieurs Cochons ; mais pour rendre le repas splendide, ils font tuer des bœufs & d'autres bêtes, conviant tous leurs parens & amis au festin, qui dure toute la nuit, jusqu'à ce que la plûpart soient bien yvres. Il semble que les Mingreliens ayent formé leur maniere de baptiser sur le rituel des Grecs, qui administrent trois Sacremens à même tems ; à savoir le Baptême, la Confirmation, & l'Eucharistie. Car en lavant l'Enfant ils donnent le Baptême ; & ils lui donnent la Confirmation, en l'oignant d'Huile ; & l'Eucharistie en lui donnant du Pain béni, & du Vin. Mais je croi que cette façon de donner du Pain & du Vin à un Enfant est plûtôt à l'imitation des Juifs, qui donnoient du vin & du lait à l'enfant, comme dit *St. Jerôme ch. 55.* sur ces paroles: *emite vinum & lac.* Les Mingreliens suivoient à la verité les rites Grecs dans les tems passez, mais ils les ont fort corrompus dans la suite en plusieurs choses. Quelques *Papas*, des plus savans, m'ont conté, que pour plus de dignité, ils lavoient aussi l'enfant dans le vin, & non pas dans l'eau. S'ils n'étoient pas trop ignorans, on les appelleroit *Lutheriens*, parce que Luther étant un jour interrogé sur la matiere du Baptême, il répondit que c'étoit dans toute sorte de choses qu'on pouvoit laver, comme dans du lait, & dans du vin; ainsi que raporte *Bellarm. du saint Baptême chap.* 2. Il arriva un jour qu'on fit venir un *Papas* pour baptiser un enfant fort malade. Ce *Papas*, trouvant l'enfant moribond, ne le voulut jamais baptiser, disant qu'il ne vouloit pas ainsi employer inutilement son Huile sainte; comme si le Baptême consistoit dans l'Onction. Cet enfant étant mort sans être baptisé, il vint un autre *Papas*, ami de la maison, pour visiter la famille sur son affliction, & sur la perte qu'on avoit faite. Le Pere lui dit les larmes aux yeux, que ce qui le fâchoit le plus dans la mort de son Enfant, c'étoit qu'il n'avoit point reçû le Baptême, parce qu'ayant appellé un tel *Papas*, pour le baptiser, il avoit refusé de le faire, de peur, disoit-il, de perdre son Huile sainte. Ce *Papas*, l'arrêtant, lui répondit: *Ne saviez-vous pas que ce Papas est un avare? ne pleurez point, consolez vous, je le baptiserai moi: un peu d'huile n'est pas si grand' chose.* Cela dit, il tire son cornet de dessous sa veste, en prit un peu d'Huile, & en oignit cet Enfant mort, comme on fait dans l'administration du Baptême. Telle est la stupidité & l'absurdité de ces Reverends *Papas.* Je laisse à considerer au Lecteur si ces enfans sont bien baptisez: C'est pourquoi nos Peres ne manquent point de baptiser *sub conditione* tout autant d'enfans qu'ils rencontrent, sous prétexte de leur donner des remédes, ou de les caresser.

Les noms qu'ils donnent à leurs enfans, sont donnez à l'occasion de quelque accident qui survient, à l'imitation des Juifs, comme nous voyons dans la personne de Benjamin, qui fut appellé *Fils de douleur*, à cause de celle que souffrit Rachel sa mere en le mettant au monde, *Gen. ch.* 35. *v.* 18. Ainsi les Mingreliens appelleront leurs enfans *Objeca*, c'est-à-dire, *Vendredi*, quand ils naissent ce jour-là; *Guianisa*, c'est-à-dire, *tard venu*, quand ils viennent au monde à la fin du jour; *Prevalisa*, c'est-à-dire, *Février*, parce que c'est le tems de sa naissance, & ainsi des autres. Il y en a fort peu qui ayent le nom de quelque Saint; parce, disent-ils, qu'il n'est point permis de donner à un homme ordinaire le nom d'un Saint, de peur qu'il ne le deshonore, de la maniere que faisoit un soldat qui n'avoit point de cœur, & qui portoit le nom d'Alexandre. Ce Prince, comme nous le lisons dans sa vie, que nous a laissée *Plutarque*, lui dit en courroux, *Ou porte toi en Alexandre, ou change de nom.* Ainsi, les Mingreliens, en ne prenant point de nom des Saints Chrétiens, c'est comme s'ils disoient, *Nos actions ne sont pas des actions de Chrétiens; & pour ne nous point attirer de reproches, nous n'en porterons point les noms.* Saint *Augustin. ch.* 70. *sur saint Jean*, dit, *Christianum castitatis & integritatis nomen est*; mais ces peuples sont extrêmement éloignez de ces deux perfections. Il faut observer encore, qu'à quelque âge qu'ils soient parvenus, on ne laisse pas de les appeller toûjours *fils* ou *enfant de tel*; selon l'usage de l'Ecriture, *puer centum annorum.* Quant au reste, la Forme du Baptême en leur langue est telle.

Natelis — Ighebts sacalitos Mamisata amin. Dazizata amin. Dazuliza Zininda sata Amin.

Il n'y a que fort peu de Prêtres qui sachent ce Formulaire du Baptême. Quelques *Beres* le savent. Ce qu'il y a de plus extraordinaire c'est qu'il arrive fort souvent que des gens se font rebaptiser.

On ne fait point ici d'article *du Creme*, parce que les Mingreliens n'en ont jamais ouï parler; outre que, selon les rites des Grecs, ce n'est pas le Prêtre qui en oint, mais le Parrain, comme nous l'avons observé ci-dessus dans le Baptême.

CHAPITRE XIV.

De l'Eucharistie.

Ils consacrent comme ils peuvent dans le Sacrement de l'Eucharistie, sans s'obliger comme les Grecs à consacrer toûjours en pain levé. Ils font un petit pain rond d'un peu plus d'une once pesant, composé de farine, d'eau, de bled, & de vin, sur lequel ils apposent la marque qui est ici dessous.

Jesus Xus vincit.

Le pain, ainsi marqué, s'appelle *Sebisqueri* avant la consecration, & après la consecration *Nazeroba sazerebeli.* Ils appellent *nazili* le viatique qu'ils donnent aux malades; & les Prêtres le conservent dans une petite bourse de toile, ou d'autre étoffe, qu'ils portent toûjours attachée à la ceinture, comme nous le dirons plus bas.

Arcudius Concord. Eccles. lib. 3. dit, *qu'il est vrai-semblable qu'au tems des Apôtres on consacroit tantôt avec du pain levé, tantôt avec du pain*

pain azyme. Les Latins imitent Jesus-Christ, qui consacra avec du pain azyme; mais pour les Mingreliens, ils consacrent indifferemment toute sorte de pain. La composition de leur pain Eucharistique, avec de la farine, du sel, du vin & de l'eau, est à la Judaïque, parce que Dieu anciennement commandoit qu'il y eût du sel dans tous les Sacrifices, *Lev. 2. Quidquid obtuleris sacrificii sale condies*. Ce n'est pas la coûtume de ces Prêtres de mettre dans le Calice un peu d'eau avec le vin. J'en ai pourtant vû quelques-uns qui y en mettoient; & ayant un jour demandé à un *Papas*, pourquoi il ne mettoit point d'eau dans le Calice? il me répondit, *qu'il y en mettoit quelquefois quand le vin étoit trop fort; mais qu'il avoit déja assez à faire à porter le vin, le feu, la bougie, & le sac des ornemens, sans porter encore de l'eau*. Je lui demandai de plus ce qu'il feroit si le vin étoit du vinaigre? il me répondit, qu'il consacreroit avec, mais qu'il ne le feroit pas avec de l'eau de vie, parce qu'elle n'étoit plus vin. Ces Prêtres, pour imiter les Grecs, qui après la consecration, & immediatement avant la Communion, ont coûtume de verser dans le Calice un peu d'eau bouillante, en memoire du sang & de l'eau chaude, qui sortit du côté de Jesus-Christ mort; ces Prêtres, dis-je, prennent une cuilliere de fer qu'ils font chaufer à la bougie qui leur sert de cierge, ils y mettent en suite un peu d'eau, & la jettent ainsi chaude dans le Calice, & communient ensuite. Ils ne savent pourquoi ils pratiquent cette Céremonie: ils disent que c'est leur usage, mais pourtant ils ne le font pas tous constamment.

Je me suis informé bien des fois avec toute sorte d'Ecclesiastiques touchant la forme de la Consécration; mais sans en avoir jamais trouvé qu'un seul, lequel étoit un peu moins ignorant que les autres, qui me l'ait sû dire. Il me dit que les paroles de la Consécration de la chair, dite *marquerit*, étoient telle: *Mighet Chiamet esse ars cors chiemit quentuis chate chili missa tevebelat Zodoat*; & celles de la Consécration du sang, dit *Maguaint*, les suivantes; *Suta Missganqua vesta esse ars Siseli chiemit quentuis chante chiti zodoat*. Je demandai un jour à un de ces Reverends hommes, si après avoir ainsi consacré le pain & le vin avec les paroles susdites, le pain & le vin étoient veritablement le Corps & le Sang de Jesus-Christ? Il me répondit en souriant, comme si je lui eusse dit une plaisanterie, (le terme Italien de l'original est *una facetia*.) *Qui mettra Jesus-Christ dans le pain? comment y pourroit-il venir? comment peut-il être aussi renfermé dans un si petit morceau de pain? pourquoi voudroit-il quitter le ciel pour venir en terre? on n'a jamais vû rien de semblable*. Je lui demandai de plus, si la Messe seroit bonne, en cas que le Prêtre eût oublié les paroles de la Consécration? il me répondit, *pourquoi non? mais le Prêtre qui oublie les paroles fait un grand peché*. A l'égard du point de l'intention, ils ne savent ce que c'est, comme gens qui celébrent par coûtume, & pour quelque émolument; & par consequent, c'est à savoir si la Consécration qu'ils font est valide ou non? je m'en remets aux Docteurs.

Pour ce qui est du *Nazili*, ou Viatique, pour les malades, les Mingreliens font comme les Grecs, en le consacrant une fois seulement l'année, le jour du Jeudi saint, en memoire de la Cene de nôtre Seigneur. Mais au lieu que les Grecs le conservent dans un Ciboire d'or ou d'argent, ou dans quelqu'autre vase décent, comme le raporte *Baronius*, & *Arcudius concord. Eccles. liv. 3. de la Sainte Eucharistie*. Ces Prêtres Colcheens le mettent dans une bourse de toile, ou de peau, qui d'ordinaire est grasse & sale; la portant toûjours attachée à la ceinture, & par tout où ils vont, & quelque chose qu'ils fassent; même là où ils se comportent avec le moins de reverence & de respect, ni plus ni moins que si c'étoit une piece de chair. Et comme ils sont souvent yvres, ils se roulent alors à terre avec cette bourse à la ceinture, sans y avoir nul égard. Quand ils se déshabillent & se couchent ils la mettent sous leur chevet avec leurs habits, ou en un autre endroit. Quand il se presente quelque malade qui demande le Viatique, ils le lui portent, ou bien s'ils ne se soucient pas d'en prendre la peine, ils l'envoyent par celui-là même qui les est venu avertir, soit homme, ou femme, ou enfant. Et parce que ce *Nazili*, ou Viatique, qu'il envoye, est quelquefois un peu trop dur, selon qu'il est vieux fait; pour le faire avaler au malade, on le prend avec les mains pour le casser & reduire en petits morceaux, sur un plat, ou sur une pierre; sans se mettre en peine des miettes qui en tombent, & de celles qui s'attachent aux mains, & le mettant dans un peu de vin le donnent à boire au malade, en priant l'Image de ne le pas tuër. Quand ces gens boivent ainsi ce Viatique pulverisé, il en reste d'ordinaire la plus grande partie attachée à leur barbe, qu'ils portent fort longue & fort épaisse; mais cela ne leur fait point de peine; ils s'essuyent avec la main, ou avec la man-

manche de leur chemise, ou avec quelqu'autre chose.

Peu de gens prennent ce Viatique, parce qu'on le tient de mauvais augure dans la maison du malade. C'est pourquoi, au lieu de le lui donner à prendre, on le jette dans le vin en une bouteille, ou petite calebasse, que l'on met dans un coin; & l'on observe ce qu'il devient; sur quoi on juge du succès de la maladie. Car si le *Nazili* va au fonds de la calebasse, c'est mauvais signe, & que le malade mourra; s'il nage au-dessus, c'est signe du contraire. Ce *Nazili* est fait de farine, de vin, & de sel. Il n'y a point d'eau comme au pain Eucharistique, parce, disent-ils, que s'il y en avoit il ne dureroit pas toute l'année. Or savoir si ce composé est matiere propre à consacrer, & s'il est vrai pain, c'est de quoi je me raporterai au jugement des Savans. A la fin de l'année, les Prêtres qui ont du *Nazili* de reste, le portent sur l'Autel, & le laissent là; où les souris le mangent. Ainsi se consume ce saint Viatique; & telle est la reverence en laquelle ils l'ont, & avec laquelle ils s'en servent: d'où il est facile de juger quelle est leur Foi & croyance sur le sujet du Saint Sacrement.

CHAPITRE XV.

De la Penitence.

CES peuples ont le Sacrement de la Penitence qu'ils appellent *Gandoba*. Ils appellent les péchez *Zoggia*, la contrition *Zodua*, l'attrition *Sinanuli*. Ils savent tout cela; mais cependant ils ne se confessent point, non plus les Seculiers que les Ecclesiastiques; non pas même à l'article de la mort: & si quelqu'un entr'autres se resout à se confesser, il faut que *habeat in bonis* pour payer le Confesseur. Il arriva un jour qu'un Seigneur nommé *Patazoluchia* s'étant confessé au Catholicos, il lui donna cinquante écus, mais comme il voulut se confesser une autrefois, le Catholicos ne voulut point recevoir sa confession, disant, *qu'il lui avoit trop peu donné la premiere fois.* On conte d'un autre Gentilhomme, que s'étant confessé à un Evêque, il lui fit présent d'un cheval & de plusieurs autres choses. Cet Evêque retournant chez lui avec ce présent rencontra le fils de ce Gentilhomme, & le remercia de ce que son pere lui avoit tant donné. *Comment*, lui dit ce fils, *mon Pere a fait de si grands péchez, & il ne donne pas plus de chose à son Confesseur? j'en suis honteux; mais je réparerai sa faute, & je vous promets de vous envoyer bien d'autres choses.* C'est qu'il croyoit que ceux qui font de plus grands péchez, sont aussi obligez à faire des présens plus considerables au Confesseur. Il y a donc très-peu de gens en ce pays qui se confessent, & j'aurois presque dit personne. Et si quelqu'un le fait, ce qu'il fait, est plûtôt un sacrilege, qu'une véritable confession; car il ne se confesse que de ce qu'il lui plaît, & cache la plus grande partie de ses péchez. De là vient, que quand ils font quelque méchante action, qu'ils trouvent eux-mêmes être un grand péché, ils la cachent, mais ils l'expient; selon ce que l'on tient communément chez eux, que quand on fait un grand péché il faut faire une bonne œuvre pour l'expier. Leur bonne œuvre, c'est de consacrer une Image, ou de faire des présens à des Images, comme des draps de soye, ou de l'argent, avec quoi ils croyent que leurs péchez sont effacez, sans autre confession. Cette erreur est originaire des Grecs. Les Evêques pratiquent la même chose, & tout le Clergé dans tout l'Orient: ce qui vient de ce que les anciens Canons suspendant des Ordres, pour toûjours, les Clercs qui vivent en adultere, ils ne se confessent point, de peur de se découvrir leurs péchez les uns aux autres, ou de se rendre suspects, & ensuite d'être privez de leurs benefices. Ils auroient raison de craindre les suites de la Confession, si ces Canons parloient du Tribunal interieur de la Confession; mais ils ne parlent que de l'exterieur.

A présent, ces Reverends Ecclesiastiques, au lieu de se confesser, vont se laver dans la riviere, avant que de célebrer la messe, & prétendent satisfaire avec cela au précepte de la Confession. Et semblablement quand ils doivent faire le sacrifice dit *Sanctos*, où assistent plusieurs *Papas*, ils vont tous se laver auparavant au fleuve; & durant une semaine ils s'abstiennent de voir leurs femmes, avec quoi ils s'imaginent & se flattent qu'ils ont autant fait que s'ils s'étoient confessez. Une autre raison qu'ils ont de ne se pas confesser, c'est que, tant les Evêques, que les Prêtres, ne gardent point le seau de la Confession, mais qu'ils parlent devant un chacun de ce dont l'on s'est confessé, s'en entretenant, même souvent, en présence du Penitent.

Les Mingreliens se persuadent d'ailleurs, que pourvû que l'on ait son Confesseur, ou *Monzguary*, comme ils l'appellent, il n'importe pas de se confesser du tout; c'est pourquoi ils ont tous chacun le leur. Ils vont donc à quelqu'homme d'Eglise, Evêque, ou

 Pere,

Bere, ou Prêtre, il n'importe, qui soit renommé pour sa vertu, pour son savoir, & pour être bon Chrétien. Ils lui portent un present, chacun selon ses moyens, & le prient de vouloir être leur Confesseur. Quant à lui, il reçoit le présent, & accepte la charge d'être leur Confesseur; mais ils ne se confessent néanmoins jamais : & s'il arrive qu'ils tombent malades, ils envoyent bien guerir ce Confesseur, ou bien ils se font porter chez lui, mais ils ne se confesseront pas pour cela. Le plus de service qu'il leur rende, c'est de leur faire de l'eau benite, avec laquelle il les aspergera, puis de laver quelque Image avec de l'eau qu'il donne à boire au malade, en disant quelques oraisons. Les Confesseurs ont par droit, lors que leurs Penitens meurent, le cheval dont il s'est servi le dernier, ses habits, & tout ce qu'il avoit sur lui quand il l'est venu voir.

Ils font bien davantage, ces pauvres gens aveuglez par la cupidité insatiable de leurs ignorans Evêques. Ils vont, quand ils sont en santé, trouver, ou le Catholicos, ou un Evêque, ou leur Confesseur, & se font donner par écrit l'absolution, tant des péchez qu'ils ont commis par le passé, que de ceux qu'ils commettront durant leur vie. Ces Ignorans-là leur accordent, & leur délivrent un acte d'absolution de tous leurs péchez commis & à commettre sans confession préalable; mais comme ces sortes d'absolutions coutent bien cher, il n'y a que les riches qui en obtiennent. Le Patriarche de Jerusalem en donna une au Prince qu'il acheta beaucoup. Quand quelqu'un a cet Acte d'Absolution, & qu'il est malade à la mort, on le lui met à la main, & ils croyent que cela suffit pour être sauvé sans confession, ni autre ceremonie, ayant l'absolution de ses péchez entre ses mains. Telle est l'ignorance de ce miserable peuple, qui ne se confesse point. Quand on leur parle de se confesser, comme cela m'est arrivé plusieurs fois, ils répondent qu'ils n'ont point de péché. C'est qu'ils ne savent ce que c'est que péché, & en quoi il consiste, n'ayant personne qui le leur enseigne. Il arrivera quelquefois qu'un homme prêt de mourir formera un acte de repentance de ses péchez en général, sur tout s'il a quelque Religieux qui le lui suggere; mais ils meurent la plûpart comme des bêtes. A quoi il faut ajoûter que les Prêtres ignorent la forme de l'absolution, & qu'ils ne savent faire autre chose auprès d'un malade, que de prier l'Image, qu'elle ne le tuë point, & qu'elle ne soit pas en colere.

CHAPITRE XVI.

De l'Extrême-onction.

Je n'ai jamais pû découvrir que le Sacrement de l'Extrême-onction fût en usage parmi ce Peuple. Je me suis trouvé chez plusieurs d'entr'eux à l'heure de leur mort, auprès desquels étoient des Prêtres, mais ils ne leur administroient point ce Sacrement. J'ai aussi interrogé là-dessus plusieurs de leurs Clercs, tant Moines, que Prêtres; mais ils m'ont tous répondu que l'onction de l'huile sainte ne s'administre que dans le Baptême, duquel ils font consister toute l'essence dans l'onction de cette huile, que le Catholicos fait comme nous l'avons observé ci-dessus. Il y a pourtant quelques Gens, qui étant malades, font appeller un *Bere*, lequel benit un peu d'huile de noix, ou d'olive, & en oint les malades, mais cela n'est pas l'extrême-onction, ni les Saintes Huiles.

CHAPITRE XVII.

De l'Ordre & du Celibat des Prêtres.

Les Evêques Mingreliens ont conservé la mémoire du Sacrement de l'Ordination, à cause du gain qu'ils en tirent; car un Catholicos ne consacre point d'Evêques à moins de cinq-cens écus : Un Evêque n'ordonne point un Prêtre que pour le prix d'un bon cheval; mais je n'ai jamais pû savoir de quelle maniere ces gens sont promus aux Ordres.

La Loi du Celibat a toûjours été en grande estime chez les Grecs, & chez les autres Orientaux; & afin qu'il ne se commît rien de deshonnête entre les Ecclesiastiques, ils ont permis à leurs Prêtres de se marier une fois en leur vie, avec une fille vierge, avant que de prendre les Ordres sacrez; laquelle étant morte ils seroient obligez de vivre en veuvage. Mais ce Reverend Clergé de Mingrelie, faisant toûjours mine de suivre les Rites Grecs, a trouvé moyen d'éluder la force de cette Loi austere; car la même fille qu'un homme, qui se veut faire Prêtre, épouse avant son Ordination; il l'épouse de nouveau après l'ordination, sans dispense de l'Evêque; prétendant que l'ordination rompt le mariage. Or si cette femme meurt, ils prétendent, qu'ayant pû se marier par dispense depuis leur ordination, ils le peuvent faire encore; & sur cela ils passent à de secondes nôces, & puis à de troisiétroisiemes, & à de quatriemes, & tant qu'ils veulent; les Evêques ne leur en refusant jamais la dispense, mais la leur vendant bien cher; car il faut observer que la dispense pour de secondes nôces coute à un Prêtre le double de ce que la premiere lui a couté, celle pour de troisiémes nôces lui coute le triple, & ainsi de suite; avec quoi l'Evêque, qui ne songe qu'à tirer de l'argent, leur donne la dispense sans difficulté, & sans s'informer si la femme est vierge ou non, si elle est veuve, ou femme repudiée. Mais s'il arrivoit qu'un Prêtre prît une seconde femme sans dispense de l'Evêque, il seroit declaré irregulier, on lui raseroit la barbe & la Couronne, & il seroit dégradé de la Prêtrise; car il faut observer, qu'ils ne croyent pas que ce Sacrement imprime de caractere indelebile, bien loin de là ils réordonnent les Prêtres degradez, comme s'ils n'avoient jamais reçu les ordres. Ils agissent à cet égard de même qu'à l'égard du Baptême, que plusieurs se font redonner par des *Beres*, comme si le premier qu'ils avoient reçu n'étoit pas assez bon. Il arriva un jour qu'un Prêtre appercevant un jeune garçon qui lui enlevoit un cochon, il lui tira un coup de fronde qui le tua. Il fut aussi-tôt déclaré irregulier, rasé, privé de son Eglise, & de son Benefice; mais au bout de quelque tems ses amis, & les présens qu'il fit, l'ayant mis dans les bonnes graces du Catholicos, on lui rendit son benefice; sur quoi on l'ordonna de nouveau, tout comme s'il n'avoit jamais été Prêtre.

CHAPITRE XVIII.

Du Mariage.

LE Sacrement de Mariage, qu'ils appellent *Gorghini*, se peut appeller en ce Païs, *un contract de vente*, parce que les parens de la femme font marché avec celui qui la recherche, de la lui donner à certain prix, lequel est toûjours bien plus grand pour une fille Vierge, que pour une veuve. Le marché étant conclu, l'homme se met par tous moyens à amasser ce dont il est convenu. Il prend les Enfans de ses Vassaux, ou Tenanciers, lesquels sont non seulement ses Sujets, mais comme ses Esclaves. Il les mene vendre aux Turcs afin d'avoir de quoi payer sa femme, laquelle demeure cependant toûjours avec ses parens comme auparavant, mais où son futur Epoux a la liberté de l'aller voir de tems en tems; d'où il arrive quelquefois qu'elle est grosse avant les Epousailles. Quand le mari a amassé ce qu'il a promis, le pere de l'Epouse prépare un festin solennel qui dure jusqu'au lendemain, où sont conviez ses parens & ses amis, & ceux qui ont traité le Mariage. L'Epoux, accompagné aussi de ses parens & de ses amis, y vient apporter ce qu'il a promis de donner pour avoir sa Maîtresse, qu'il délivre à son Pere, ou à ses parens les plus proches, avant que de se mettre à table. Ils lui montrent en même tems le trousseau qu'ils ont préparé pour l'Epousée, lequel est d'ordinaire équivalent au prix que l'Epoux donne pour avoir sa femme. Ce trousseau consiste en meubles & utenciles de maison, en bêtail, en habits, & en quelques Esclaves pour la servir; mais qui appartiennent au mari, aussi bien que le reste, à la reserve des habits & joyaux de l'Epousée. Après le souper, qui ne finit qu'au jour, l'Epouse, accompagnée de ses plus proches parens, des Conviez, & des Amis, est menée chez son Epoux avec les dons que son Pere & ses Parens lui ont faits, & à son Mari, selon leurs facultez. Ils font tout ce chemin en chantant, & en sonnant des instrumens. Cependant, deux de ceux qui ont traité le mariage, prennent les devants, allant à toute bride au Logis de l'Epoux, annoncer la venuë de l'Epouse. On leur y présente aussi-tôt un flacon de vin, du pain, & de la viande; & eux, sans mettre pied à terre, prennent le flacon, & en caracolant dans les Cours, & à l'entour du Logis, ils répandent le vin, en faisant des vœux pour une bonne paix entre les Epoux. Ils mettent ensuite pied à terre, mangent un peu, puis s'en retournent au devant de l'Epouse. Quand elle est arrivée au Logis de son Accordé, on la mene dans la sale, où toute la famille a coûtume de se rassembler, & où elle est alors rassemblée. Les amis entrent les premiers, puis les parens, puis l'Accordée, qui en entrant fait le salut accoûtumé, qui est de ployer le genou en terre. Après, elle s'avance au milieu de la sale, où est un tapis étendu, & dessus une cruche de vin, & un chaudron de cette pâte cuite qui sert de pain. Elle renverse la cruche de vin d'un coup de pied; & prend à mains pleines de cette pâte, qu'elle jette à gros morceaux, par toute la sale. Cette cérémonie faite, on passe dans une autre chambre, où le festin est aprêté. C'est-là la Noce, chacun s'y assied selon son rang. On boit, on mange, on chante, & on passe ainsi tout le jour, & toute la nuit suivante, jusqu'à ce qu'on soit si yvre qu'on ne puisse plus demeurer assis. La Noce dure ainsi d'ordinaire trois ou ou quatre jours, ſans que les nouveaux mariez couchent encore enſemble, parce que la céremonie du mariage n'eſt pas encore faite. Elle ſe fait toûjours en ſecret, & ſans en dire jamais le jour; de peur, diſent-ils, que les *Magares* ou Sorciers, ne jettaſſent quelque ſortilege ſur les Epoux. Du reſte, la céremonie s'en fait en tout tems, ſoit de jour, ſoit de nuit, dans la Cave, ou à l'Egliſe; non pas dedans, mais à la porte ſeulement.

Le Prêtre eſt là avec les Mariez, & le Compere, ou Parrain, qu'ils appellent *Megorghini*. Le Prêtre tient en main une bougie allumée, & ſe met à lire. Il y a tout joignant ſur une table, deux Couronnes faites de fleurs naturelles, ou faites de ſoye, avec des houpes pendantes de diverſes couleurs; une longue tavayolle, ou toillette, avec une aiguille & du fil, pour coudre enſemble les Mariez; & une coupe de vin avec des morceaux de pain.

Le Parrain met la tavayolle ſur la tête des Epoux, & les cout tous deux enſemble par leurs habits. Le Prêtre cependant continue toûjours ſa lecture ſans s'arrêter. Le Compere prend enſuite les deux couronnes, les met ſur la tête des Epoux, & de tems en tems, ſelon que le Prêtre lit certaines oraiſons, il les change, & rechange, mettant ſur la tête de l'Epouſe, la couronne qui étoit ſur la tête de l'Epoux, & ſur l'Epoux celle qui étoit ſur la tête de l'Epouſe; & cela par trois ou quatre fois. Le Prêtre ayant fini la lecture, le Parrain prend le pain & la coupe, rompt le pain en morceaux dont il met le premier dans la bouche de l'Epoux, & le ſecond dans celle de l'Epouſe, & ainſi l'un après l'autre juſqu'à ſix fois; il prend enſuite le ſeptiéme morceau pour lui, & le mange. Il leur donne de même à boire la coupe l'un après l'autre, à chacun trois fois, & boit le reſte; & puis ils s'en vont en paix.

Cette tavayolle, ou toillette, ſous laquelle les mariez ſont debout, eſt pour marquer la pudicité & l'humilité; ce qui vient des céremonies des Juifs, comme nous le voyons en Rebecca *Gen.* 24. & comme le remarque *Saint Ambroiſe*, Ep. 2. Livre d'Abrah. chap. dernier. *Iſidore* Liv. des Offices. La couture des Epoux par leurs habits ſe faiſoit anciennement avec deux fils tors enſemble, deſquels l'un étoit blanc, & l'autre rouge; & c'étoit pour ſignifier l'union conjugale, qu'on ne doit jamais rompre par la répudiation, ou par la ſéparation; comme le remarque *Jaques Banus dans ſon Traité de la Religion Chrétienne Liv.* 20. *chap.* 146. Mais ces peuples Mingreliens, en font la couture d'un ſimple fil, avec quoi ils repréſentent fort juſte le peu de durée de leur union conjugale, ſe ſéparant, & ſe repudiant fort legérement. On voit fort ſouvent entr'eux un mari avoir deux femmes, & quelquefois une troiſiéme; la premiere ſervant de femme de chambre à celle qu'il prend enſuite: ce qui eſt une ancienne erreur des Juifs. Le pain & le vin dans le mariage, eſt une céremonie fort ancienne parmi les Chrétiens; parce que les nouveaux mariez reçoivent la Communion immédiatement après la benediction nuptiale. Mais ces peuples, qui ont perverti l'uſage & le ſens de tous les véritables rites des Chrétiens, ont encore corrompu le ſens de celui-ci, en donnant toute une autre Interprétation. Et cela parce qu'ils font la céremonie du mariage à toute heure du jour, auſſi bien après dîner, que devant, auquel tems ils ne peuvent plus recevoir la Communion. Un Prêtre me dit un jour, que ce vin & ce pain, que les mariez beuvoient & mangeoient enſemble, ſignifioient qu'ils devoient être également maîtres du boire & du manger; que la toillette dont ils ſe couvroient la tête, marquoit le lit nuptial; & que le Parrain mangeant & beuvant ce qui en reſtoit contractoit parenté avec les Epoux par cette action, & que c'étoit à lui à ajuſter & compoſer tous les differens qui ſurvenoient entre les nouveaux mariez; leſquels auſſi ont une ſi grande confiance en ce Parrain, que leur maiſon lui eſt ouverte & libre comme la ſienne propre; & que quand le mari le trouveroit ſeul enfermé avec ſa femme, il n'en auroit aucun ſoupçon; tant eſt grande la privauté avec laquelle ils vivent enſemble.

Quant à la foi conjugale, ils ne la gardent qu'autant qu'il leur plaît, comme nous l'avons obſervé, & particuliérement les Grands; comme on l'a vû dans la perſonne du Roi d'Imirette, qui repudia *Tamar* ſa premiére femme, laquelle ſe maria après peu de tems, avec un autre Seigneur, pour prendre la fille de *Taimuras Can*, Prince de Caket; & dans celle de *Dadian*, Prince de ce païs de Mingrelie, qui repudia ſa premiére femme, qui étoit du païs des Abcas, de la famille de Taraſſia qui eſt la Souveraine, après lui avoir fait couper le nez & les oreilles, ſur quelques faux ſoupçons, & prit à femme la femme de ſon Oncle, encore vivant, de la maiſon des *Libardiens*, l'enlevant par force d'entre ſes bras. J'en pourrois encore donner bien d'autres exemples. Et le pis eſt que l'habitude de repudier ainſi ſa femme eſt en uſage, particuliéliérement parmi le menu peuple. Il y en a qui ont deux ou trois femmes dans une même maison. D'autres les ont dans des lieux differens, afin qu'en quelque part qu'ils aillent, ils se trouvent toûjours avec leurs femmes. Après tout, la plûpart du monde en général se contente d'une femme épousée, si ce n'est dans le cas de sterilité, ou que la femme fût une querelleuse éternelle; car pour lors, ils disent que Dieu n'a point fait ce mariage, & qu'il ne veut point qu'il dure, parce que Dieu fait toutes choses bien. Qu'ainsi, puisque la femme est de méchante humeur, ou qu'elle ne fait point d'enfans, qui sont des choses méchantes, c'est un signe que Dieu n'a pas fait ce mariage; & par conséquent qu'il le faut rompre, & épouser une autre femme.

CHAPITRE XIX.

De l'Office Divin.

LES Offices Divins, & toute la Liturgie sont en Langue Georgienne, ancienne & literale, fort differente de la Langue Vulgaire qu'ils parlent ordinairement. Les caracteres sont aussi differens, en ayant de deux sortes: les uns appartenant à la Langue Vulgaire, dont ils se servent en tout ce qui regarde les affaires civiles; & les autres avec lesquels ils écrivent la Sainte Ecriture, les Offices Divins, & tout ce qui appartient à la Religion; ce qui fait qu'il n'y a que peu de gens qui l'entendent, & la sachent lire. Ils ne l'entendent pas même entre les Prêtres, qui pour reparer ce défaut, apprennent une Messe par cœur, laquelle ils disent en tout tems & pour tous sujets. Ce ne sont pas seulement les Prêtres, qui ne savent ni lire ni entendre l'Ecriture Sainte, ce sont aussi les Evêques; de quoi le peuple reçoit un très-grand préjudice; parce que, faute d'entendre l'Ecriture, ils tombent dans de grossieres erreurs; non seulement dans les choses de la foi, mais encore dans celles qui regardent les mœurs, étant très-certain, selon *Saint Hilaire*, *de Synodis*, que toutes les heresies sont venues de l'Ecriture mal entenduë. Il y a fort peu de Mingreliens qui sachent lire & écrire. Les femmes en savent beaucoup davantage. Il y en a même quelques-unes qui se mêlent de faire les Docteurs, & de parler de ce qui les passe; ce qui leur fait dire mille choses mal à propos. On peut fort justement leur appliquer ce que disoit autrefois *Saint Basile* au Chef de cuisine de l'Empereur Valens, *tuum est de pulmentis cogitare, non dogmata Sacra & Divina decoquere.* Les Prêtres chantent rarement l'Office, ou pour mieux dire ils ne le chantent presque jamais; mais seulement les Evêques, & les *Beres*, ou Moines, le font quelquefois le matin, ou le soir, sur tout dans le Carême. Alors ils ont de coûtume de faire deux Chœurs, entre lesquels il y a un Lecteur, qui prononce à haute voix ce qu'il faut chanter. Ils changent de ton de tems-en-tems à la maniere Grecque. Il faut observer qu'ils chantent ainsi, soit qu'ils soient beaucoup, soit qu'ils soient peu, quand ce ne seroit qu'un seul; ce qui vient qu'ils n'ont point de connoissance de la Musique, n'ayant qu'un chant desagréable, & mal accordant.

Le Chant est fort ancien parmi les Chrétiens, quoique de tout tems il y ait eu divers héretiques qui l'avoient en horreur, comme entr'autres Julien l'Apostat, au raport *de Rufin* Liv. 10. chap. 31. de son Histoire; mais les Chrétiens en dépit de lui chantoient à haute voix. Moyse avec tout le peuple d'Israël, hommes & femmes, chanta la victoire qu'il remporta au passage de la Mer rouge, où les Egyptiens furent noyez *Exod.* 15: 1, 20. *Saint Basile* Ep. 63. dit que de son tems on chantoit communément dans l'Eglise, dans tout l'Orient; mais l'Eglise de Laodicée ordonna qu'il n'y auroit que les Chantres qui chanteroient les Pseaumes dans l'Eglise. *Le Concile d'Agat. ch.* 21. ordonne que chaque jour on chanteroit des Hymnes, d'où l'on connoît la nécessité, ou plûtôt l'ancienneté du chant dans l'Eglise. Ces peuples de Mingrelie faute de Maitres pour les enseigner, ont changé l'usage du chant, & en abusent en chantant les Hymnes, & la Messe même dans leurs maisons particulieres, & dans leurs Caves; contre la défense de Dieu : *Deuteron.* 12. *vide ne offeras holocausta tua in omni loco quem videris, sed in loco quem elegerit Dominus ut ponat nomen suum ibi.*

CHAPITRE XX.

Du signe de la Croix, & de la maniere de prier.

COMME les Mingreliens n'ont point de Caractere qui soit propre & particulier à leur langue, ils se servent du Caractere Georgien, pour écrire tant l'Ecriture Ste. que les autres choses appartenant à la Religion; ce qui

qui fait qu'ils savent presque tous le Georgien. Ils font le signe de la Croix comme les Grecs, portant la main du côté droit à l'Epaule gauche : Et en disant ces mots *Zachelita mamizata*, c'est-à-dire *au nom du Pere*, ils mettent la main à la tête; puis disant *d'azizesta*, c'est-à-dire *du Fils*, ils la descendent à l'estomach; & puis disant *dazalisminda zata*, c'est-à-dire *du St. Esprit*, ils la mettent premierement à l'epaule droite, & après à la gauche. Ils se servent de ces termes-ci pour dire la Ste. Trinité, *Mama*, Pere, *Zeda*, fils *Zulisminda*, St. Esprit, *Sameba erti Gomerti*, trois personnes & un seul Dieu. Ils font cette profession de bouche, mais ils n'en entendent point le sens. Ils font donc, comme je l'ai dit, le signe de la croix à la Grecque, portant la main premierement à la droite, & ensuite à la gauche, pour confirmer par là leur heresie, que le St. Esprit est moindre, & qu'ainsi il le faut mettre à la gauche; abusant ainsi du mystere de la Ste. Trinité, démontré en Isaïe chap. 40. *qui appendit tribus digitis molem terræ.*

On peut dire que tous ceux qui croyent & confessent la Ste. Eglise Romaine, font le signe de la croix en portant la main de l'épaule gauche à la droite, pour montrer qu'ils sont passez de la malediction à la benediction ; au lieu que ceux-ci, qui se sont retirez de la Ste. Eglise Romaine, ont passé de la benediction à la malediction. Il y en a peu, & peut-être pas un, qui sache que le signe de la Croix, qu'ils font, soit le signe du Chrétien. Ils croyent que ce signe, c'est de manger du cochon; Et veritablement, si c'étoit là le signe du Chrétien, les Mingreliens meriteroient à juste titre le nom de Chrétiens ; n'y ayant point de nation au monde qui mange tant de chair de pourceau que celle-là. Il est quelquefois arrivé à nos Reverends Peres d'expliquer le mystere de la très Ste. Trinité à quelques uns, qui sembloient y prendre assez de plaisir. Il y en avoit entr'eux qui le comprenoient comme il paroissoit, tant aux applaudissemens qu'ils donnoient à leurs démonstrations, qu'à diverses questions qu'ils leurs faisoient dans le discours. Mais tout d'un coup ces étranges Mingreliens se mettoient à demander à ces Peres s'ils étoient Chrétiens? S'il y avoit des Chrétiens dans leur Païs, & si l'on y mangeoit bien du cochon ? Comme aussi s'il y avoit du vin, & si nous en buvions, estimant que l'essence du Christianisme consistoit à boire du vin, par opposition aux Mahometans qui n'en boivent point. Ils font toûjours le signe de sa Croix, avant que de manger; & s'il y a un Prêtre à la table, ils ne boiront point, sans lui demander sa benediction auparavant, en lui disant, *Sandoba Patona*, c'est-à-dire, *benissez Monsieur*. A quoi il répond *Guida Gomert*, c'est-à-dire, *Dieu vous benisse*. Ils ont ainsi souvent demandé la benediction à nos Peres, non seulement à table, mais en les rencontrant en chemin: & c'est la coûtume de ce peuple, quand ils rencontrent quelques *Beres*, ou Prelat, d'arrêter leur cheval, pour lui demander la benediction.

Ils font encore le signe de la Croix quand ils vont se battre, quand ils entendent sonner la cloche, ou le bois sacré, pour dire la Messe, & quand ils éternuent : C'est alors la coutume que ceux qui sont présens leur disent *Scalobà*, c'est-à-dire *la grace de Dieu*, ou bien, *Dieu vous assiste*, & eux se mettant la main au front, & pliant le genou, comme pour se prosterner, répondent *A fascemi rozeba*, qui veut dire, *je vous rens mille graces*. Quand ils vont en voyage, & qu'ils passent devant quelque Eglise, ils s'arrêtent à la porte, & sans entrer dedans, ils font le signe de la Croix, & se tournant aux quatre coins, ils disent à chaque tour *Dideba Gomers*, c'est-à-dire, *Dieu soit loüé*, & continuent leur chemin.

Voici leur maniere exterieure de prier Dieu. Premierement, quand ils se lavent la face le matin, ils invoquent, & ils louënt le nom de Dieu en disant *Dideba Gomers*, & autres semblables éjaculations. Après être habillez, ils sortent de la chambre, & en se tournant vers l'Orient, ils font deux ou trois signes de Croix, repetant les mêmes choses, & puis ils font une inclination de tête, avec quoi leur priere est finie. Les Chrétiens prioient ainsi anciennement, tournez vers l'Orient, & *St. Basile*. Liv. du St. Esprit Chap. 27. dit que les Apôtres l'avoient enseigné aux Chrétiens. Il faut observer que les Mingreliens prient toûjours debout, ce qui n'étoit point en usage dans toute l'Eglise ancienne, mais tantôt les Chrétiens prioient debout, & tantôt à genoux, comme le remarque *Baronius*, *sous l'an* 58. Ils prient aussi la tête découverte, ainsi que les Gentils, qui adoroient leurs Dieux étant couverts, au rapport de *Plutarque*. St. Paul enseigne dans l'*Ep. aux Cor.* qu'il faut prier découvert. Ils mettent en priant la main au front, & en même tems ils font une profonde inclination : Après que leurs prieres sont commencées, ils font trois fois le tour de l'Eglise, en maniere de procession, toûjours en priant; ce qui est une pratique des anciens fidé-

fidéles, comme nous le lisons dans *St. Jerôme Ep.* 7. 12. & 22. Au reste, leurs prieres sont un discours familier avec l'Image devant laquelle ils s'arrêtent, ou à laquelle ils se sont d'abord adressez, lui disant *de leur donner une bonne santé, une bonne recôlte, qu'elle leur fasse trouver le larron qui les a volez*, & autres choses semblables. Mais ce qu'ils leur demandent principalement & avec une grande ardeur, c'est qu'*elle détruise leurs ennemis, & leur donne la mort*.

CHAPITRE XXI.

Des Sacrifices.

Les Mingreliens ont des Sacrifices, qu'ils appellent *Oquamiri*, qui sont de trois sortes. Dans les premiers, on tuë des bœufs, des vaches, des veaux, ou d'autres bêtes semblables; & on ne le sauroit faire sans un Prêtre, lequel étant venu fait quelques oraisons sur l'animal qu'on doit immoler. Il le brûle, jusqu'à la peau, en cinq endroits, avec une bougie, qu'il tient allumée. Ensuite, il méne la victime à l'entour des personnes pour le salut desquelles se fait le Sacrifice; & puis on l'immole, on la tuë, & on la cuit, ou toute entiere, ou la plus grande partie. Lors qu'elle est cuite, on la met sur une table posée au milieu de la sale. Les gens de la maison, & les conviez, se rangent à l'entour, ayant une bougie allumée à la main; celui pour qui on a immolé la bête, se met à genoux devant cette chair, ayant aussi une chandelle allumée à la main: & le Prêtre fait ses oraisons. Quand elles sont finies, celui qui offre le Sacrifice, & ses Parens avec lui, jettent un peu d'encens sur du feu qui est sur une tuile, ou autre chose, à côté de la victime: & le Prêtre, coupant un morceau de la chair, la tourne sur la tête de celui, ou de ceux qui en font l'offrande, & leur en donne à manger. Alors tous les assistans s'aprochent tout à l'entour d'eux, tournent leurs bougies à l'entour de leurs têtes: & puis les jettent dans le feu où est l'encens. Cela fait, ils prennent tous leurs places. Le Prêtre est assis seul. Une bonne partie de la victime lui appartient; car, de ce qui est cuit, il a les intestins entiers; & de ce qui est crû, il a la tête, les pieds, & la peau; Et c'est là son payement pour la Messe qu'il aura dite, pendant que la chair étoit à cuire. Chacun des assistans peut manger de cette chair tant qu'il veut, mais sans emporter rien de ce qu'on en a mis devant lui. Il n'y a que le Prêtre seul, qui puisse emporter outre sa part ce qu'il ne peut manger de ce qu'on lui a servi.

Dans les seconds Sacrifices, où l'on immole seulement du menu bêtail & des Cochons, le ministére du Prêtre n'est pas nécessaire, non plus que les bougies, & que l'encens. On les fait pour la prosperité de sa famille, & de ses parens. Cependant on ne laisse pas d'y inviter presque toûjours le Prêtre, qui dit la Messe, & est du festin en récompense.

Dans les troisiémes, ils offrent du sang, de l'huile, du pain, & du vin. Ce sont les Sacrifices des morts. Ils tuent sur leurs tombeaux, qui sont faits de bois de noyer, des veaux, des agneaux, & des pigeons, & repandent dessus l'huile & le vin mêlez ensemble. Outre ces Sacrifices, ils en font un de vin seulement à table tous les jours; car la premiere fois qu'ils veulent boire, soit chez eux, soit chez leurs amis, ils prennent une coupe pleine de vin; & avant que de la boire, ils saluent toute la compagnie, un à un, en faisant des vœux à haute voix, pour la prosperité, & le bonheur de chacun. Après, ils se mettent à invoquer le nom de Dieu: & puis en penchant la coupe, ils répandent un peu de vin, ou à terre, ou dans une autre tasse, & l'offrent à Dieu, à l'exemple du Roi David, qui offrit ainsi l'eau de la citerne de Bethléem, qu'il avoit si ardemment desirée de boire, sans en vouloir goûter. *Paralip.* 11. 18.

Tous les autres Sacrifices sont aussi à l'exemple des Juifs; car les deux premiers sont des Sacrifices pacifiques, & le troisiéme est une Libation. Ils font un autre Sacrifice de vin en l'honneur de *St. George*. C'est qu'au tems des vendanges, ils emplissent une pitarre d'environ vingt flacons, ou plus, ou moins, du meilleur vin, qu'ils offrent à *St. George*, en le mettant à part. Ils l'ouvrent & le boivent au tems ordonné, qui est à la *S. Pierre*, mais pas devant; & ils boivent plûtôt de l'eau que d'y toucher avant ce tems-là. Lorsqu'il est expiré, le chef de la maison prend de ce vin dans un petit vase, le porte à l'Eglise d'*Issori*, qui est celle de *St. George*, y fait son oraison; puis revient chez lui avec ce vase, entre dans la cave avec sa famille, & ils prient tous ensemble autour du tonneau consacré, ayant mis dessus auparavant un pain fait avec du fromage & des ciboulles, ou des poireaux. Ils tuent après, ou un veau, ou un chevreau, ou un cochon, dont le pere de famille verse le sang autour du tonneau, & après avoir encore prié, ils vont boire & manger.

Les Mingreliens font divers autres *Oquamiri*, ou Sacrifices de pitarres, ou grands vases de vin, à divers Saints, dont ils ne boivent qu'au tems prescrit. L'un de ces Sacrifices, qu'on appelle *Samicangiara*, est en l'honneur de *St. Michel* l'Archange. Un autre est en l'honneur de *St. Quirice*. Un autre est appellé *Sangoronti*, & se fait en l'honneur de Dieu. Dans le premier Sacrifice de ces trois là, ils tuent un petit cochon, & un coq. Dans le second, ils offrent un petit cochon, & un pain, & invitent des Etrangers à l'un & à l'autre ; mais personne n'est invité au troisiéme. Ceux de la maison y assistent, & y mangent seuls ce qu'ils ont sacrifié, qui est toûjours quelque piece de menu bétail.

Enfin, ils ont par-dessus tout cela encore beaucoup d'autres Sacrifices durant l'année, que je passe sous silence, pour n'être pas trop long : & parce qu'ils sont tous semblables en manieres & en Oraisons ; leurs Oraisons ne se faisant qu'en beuvant ou en mangeant. Quand le jour d'un de ces Sacrifices est venu, ils disent qu'un grand jour est venu. Mais ce jour-là n'est pas grand à la gloire & à l'honneur de Dieu, puis qu'ils ne l'employent point à aller à l'Eglise, à entendre la Messe, à prier, à faire de bonnes œuvres ; mais parce qu'ils le passent à boire & à manger, en priant Dieu qu'il les benisse, & qu'il extermine leurs ennemis. Que s'ils vont à la Messe, ils font d'abord un peu de reverence à l'Image, avec un demi signe de croix, la priant comme ils font à l'ordinaire ; après quoi ils caquettent, rient, chantent, & bouffonnent comme s'ils étoient dans la ruë.

CHAPITRE XXII.

Des Fêtes.

Les Fêtes de ces gens sont de differentes classes. Ils observent celles de la premiere en s'abstenant de tout travail, comme de cuire, du pain ; & en allant à la Messe ; Et celles-là sont le jour de Noël, qu'ils appellent *Christe :* le premier jour de l'an, qu'ils appellent *Kalende :* l'Annonciation, qu'ils nomment *Karebat :* le Dimanche des Rameaux, qu'ils appellent *Bajoba :* Pâques, ou *Tanapa :* & le Dimanche suivant, auquel ils donnent le même nom. Aux Fêtes de la seconde classe, ils travaillent jusqu'à l'heure de la Messe, que plusieurs vont à l'Eglise pour y faire la Procession. Dans cette classe sont les Fêtes qu'ils appellent *Zcaricorchia*, qui est l'Epiphanie, auquel jour ils vont en Procession à la Riviere, en memoire du Baptême de Jesus-Christ au Jourdain à pareil jour : *Pertoba Mersoba*, mots qui signifient *Oraison pour les yeux*, qui est la St. Pierre : *Marisina*, ou l'Assomption de la Vierge : *Gigi picchibani*, le jour des Cendres : & *Piavarisa magleba*, l'Exaltation de la Croix. Les Fêtes de la troisiéme classe, desquelles ils ne font pas grand cas, & où ils travaillent tout le long du jour, sont *Tavisqueta*, la Décolation de S. Jean Baptiste : *Perit Zolaba*, la Transfiguration : *Guiercoba*, le jour du miracle du Bœuf de St. George : *Cipias soba*, qui est la Fête & la Foire de *Siporias*, lieu de nôtre habitation. Outre ces Fêtes, il y a plusieurs jours dans l'année, que ces peuples superstitieux observent avec soin, chacun selon sa devotion particuliere ; étant d'eux-mêmes assez portez à s'abstenir du travail. Un de ces jours est le premier Lundi de l'année, & de chaque mois, qu'ils appellent *Archali tutasca*, Lundis nouveaux.

Mais le jour, que l'on observe le plus solemnellement en Mingrelie, est le premier jour de l'an ; parce qu'ils croyent que de ce jour-là dépend le bonheur des autres durant tout le cours de l'année. Les Ministres, & les Courtisans, qui ont quelque charge auprès du Prince, vont à la Cour le jour de devant, passent la nuit aux environs du Palais ; & le lendemain matin s'étant tous assemblez, le Grand Maître de la maison porte la Couronne du Prince couverte de pierreries. Le Maître de la Garderobe porte dans un bassin les plus beaux Joyaux. L'Echanson la plus belle Coupe. Le Chef de Cuisine la plus grande Marmite. Le Grand Ecuyer meine le plus beau Cheval. Le Chef des Pasteurs le plus beau Bœuf. Et ainsi chacun, selon son office, porte, ou conduit ce qu'il a de plus considerable en sa charge. Ils vont tous en forme de procession au Palais du Prince ; & derriere vont tous les Prêtres, & les Evêques, revêtus de leurs habits Pontificaux ; portant les Images dans leurs mains, & chantant à haute voix *Kyrie Eleyson.* Ils se rendent au Quartier du Prince, où est la Princesse, & plusieurs Seigneurs, & Dames, somptueusement vêtus, ayant tous un cierge à la main, lesquels se rangent sur une ligne pour voir passer la Procession, & chacun touche à tout ce qui est porté & mené dans la Procession à mesure qu'elle passe devant lui, la Couronne, les Joyaux, la Marmite, le Bœuf, &c. croyant fermement que quiconque ne touche pas bien cha-

chaque chose, ne sera pas heureux cette année-là. Ils chantent le *Kyrie Eleyson*, attachant à toutes les portes du Palais une branche de Lierre, & en tous les endroits où ils passent. Le peuple, à l'imitation du Prince, fait par tout des Processions semblables; chacun portant, ou menant, quelque chose de ce qu'il a de plus beau, & attachant à sa porte des branches de lierre. C'étoit autrefois une chose infame parmi les Chrétiens d'orner ainsi les maisons de branches d'arbre, comme le remarque *Tertul. de la Couronne du Soldat chap.* 3. *à la fin. Christianus nec domum suam Laureis infamabit. Martin Braccar.* dans la Somme qu'il a faite des Synodes Grecs, nous apprend qu'il fut défendu aux Chrétiens de parer leurs maisons le jour des Calendes, avec des branches de Laurier, de Lierre, ou d'autres arbres. *Gregoire III.* le défendit à Rome: & il y a un Canon qui veut que tous ceux qui observent les Calendes de Janvier fassent trois ans de penitence. Le sixiéme Concile géneral renouvella cette peine. *Tertullien, chap.* 15. *de Idol.* dit, que Dieu a défendu de couronner les portes des Fidéles: & qu'il en a connu un que Dieu punit sevérement pour l'avoir fait; parce que ces sortes de pompes étant bannies du Christianisme, les gens n'avoient pas laissé de couronner ainsi leurs portes. Mais parce qu'il y en avoit qui avoient bien de la peine à s'en empêcher, comme l'observe le même *Tertul. plures jam invenies Ethnicorum fores, sine lucernis & Laureis, quam Christianorum*, on introduisit que ce qui se faisoit superstitieusement par les Gentils, fût sanctifié par les Chrétiens à l'honneur de la veritable religion. *Baronius dans ses Notes sur le Martyrologe Cal. Jan.*

Le jour de l'Epiphanie, qu'ils appellent *Schar corechia*, ils se mettent à manger une poule de bon matin, & à boire copieusement, en priant Dieu de les benir. C'est d'ordinaire comme ils commencent le jour de toutes les Fêtes; après quoi ils vont à pied, ou à cheval, à l'Eglise. Le Prêtre, vêtu de ses haillons Sacerdotaux, les mene de là en Procession à la plus proche riviere, en cet ordre. Premierement marche un homme portant la Trompette dont nous avons parlé, dont il sonne de tems en tems. Il est suivi d'un autre, qui porte une Banniere, laquelle en quelques Eglises est toute déchirée, & en d'autres en assez bon état. Après celui-ci, il en vient un autre, qui porte un plat d'huile de noix, & une courge, ou calebasse, sur laquelle sont attachées cinq bougies, en forme de croix; & après lui, un autre, avec du feu & de l'encens. En cet équipage, ils courent à la riviere aussi vîte qu'ils peuvent, & sans ordre, chantant *Kyrie eleyson*. Ils vont toûjours si vîte, qu'ils sont souvent obligez d'attendre long-tems le Prêtre, qui pour être d'ordinaire quelque vieillard ne sauroit aller si vîte. Le pauvre Prêtre étant arrivé, tout crotté, & d'ordinaire tout en sueur, ils le saluent avec des huées, en se moquant de lui d'être demeuré derriere, ayant laissé passer sa Procession. Là-dessus ils se mettent à faire des railleries; & lui, sans s'en soucier, se met à lire quelques prieres sur l'eau: & après avoir lû, il brûle l'encens, verse de l'huile dans l'eau, allume les cinq bougies qui sont attachées à la calebasse, laquelle il fait flotter sur l'eau comme une nasselle. Après il met une croix dans l'eau, & avec quelque goupillon, il asperge les assistans, qui courent vîtement se laver le visage, après quoi chacun s'en retourne, emportant une bouteille de cette eau chez soi.

Ils font une Fête qu'ils appellent *Marsoba*, pour le mal des yeux, le jour de *St. Agnès*, le 21. de Janvier, dans une Eglise, dite *Moyse & Aaron*. Ceux qui y vont, portent chacun leur présent, les uns un peu de cire, d'autres de la corde, d'autres du fil, qu'ils mettent à la main du Prêtre, qui le leur tourne sur la tête, & puis ils l'offrent à l'Image, afin qu'elle les préserve du mal des yeux.

Ils font une Fête le Jeudi de la Septuagesime, qu'ils appellent *Caponoba*, auquel jour ils tuent un bon chapon pour la prosperité de la famille, selon l'institution de toutes leurs Fêtes, qui ne consistent qu'à bien boire & bien manger. Le Lundi de la Sexagesime, ils s'abstiennent de chair, ne mangeant que du fromage, & des œufs, jusqu'au jour de la Quinquagesime inclusivement. Ils disent qu'ils font ce Jeûne pour leurs morts. Le Lundi suivant, ils commencent le Carême, & ils fêtent ce jour-là.

Ils font la Fête des quarante Martyrs, qui échoit le 10. Mars. Et comme c'est en Carême, pendant lequel ils ne mangent ni chair ni poisson, ils mangent du poisson ce jour-là, parce que c'est une Fête solemnelle. Les *Beres* ont coûtume de chanter dans les Eglises plusieurs Hymnes à la loüange des saints Martyrs, & pendant qu'ils chantent, ils mettent au milieu de l'Eglise un Seau plein d'eau dans lequel il y a une Croix quarrée, sur laquelle ils mettent dix Chandelles allumées de chaque côté, qui font quarante en tout.

La Priere faite, le plus ancien *Bere* va au Seau, y fait une profonde reverence; après quoi, il prend une des bougies, & l'éteint dans l'eau; & les autres en font de même, jusqu'à ce que toutes les Chandelles soient éteintes.

Ils solemnisent le jour de l'Annonciation, & le Dimanche des Rameaux, comme celui des quarante Martyrs, en mangeant du poisson ces jours-là. De plus, le Dimanche des Rameaux, le Prêtre bénit des branches de buis, d'olive, ou quelques fleurs, & les distribue au peuple; mais cela n'est pas général, quelques-uns le faisant, & d'autres non. C'est la coûtume du païs de fêter dans le lieu où une Image doit passer, en s'abstenant de travail. Les habitans revêtus de leurs meilleurs habits vont au devant de l'Image, & lui presentent, qui, une corde, qui un peu de cire, ou de fil, que le Prêtre fait tourner autour de l'Image, & puis autour de la tête de l'offrant; & là où l'Image passe la nuit, on s'abstient de tout travail dans cette maison, & dans tout le village, ou bourg. Il y en a plusieurs lesquels se sentant la conscience chargée de quelque vol, font un présent à l'Image, en implorant sa misericorde, afin qu'elle leur pardonne, & qu'elle ne se courrouce point contre leur famille. D'autres, qui ont volé quelque cheval, quelque vache, ou autre chose semblable, apprehendant la punition, ne veulent point que l'Image vienne loger chez eux; & pour cela, ils s'accordent avec ceux qui la portent, & l'ont en leur charge, moyennant un présent, qu'ils ne l'apporteront point chez eux, mais qu'ils la porteront loger ailleurs. Sur quoi, ces Prêtres, ou autres, qui portent l'Image, lesquels sont gens fourbes & adroits, remarquant la crainte dans laquelle est le voleur, ne l'en quittent pas à bon marché; car faisant semblant que l'Image veut quelque chose de bien plus considerable, parce que le péché est grand, (quoi qu'au fond ce soient ceux qui l'ont en garde qui ne se veulent pas contenter de peu de chose pour changer de logis) ils se font donner à peu près ce qu'ils veulent. Ainsi triomphent-ils de ces miserables, ne disant pas un mot de vrai. La Fête de l'Image de *St. George* se fait vers la mi-Carême.

Le Samedi saint, le Prêtre va par les maisons pour les benir, ce qu'il fait en aspergeant les salles & les chambres d'eau benite, sur quoi on lui donne pour son droit un fromage ou des œufs.

Le jour de Pâques, le *Papas*, avec d'autres Prêtres de sa paroisse, passe toute la nuit dans l'Eglise. Minuit étant venu, il commence à sonner la cloche & à batre le bois sacré, & de tems en tems ils sonnent tous. Quand le point du jour approche, ils sonnent de la trompette nommée *Oa*; Et cette nuit là, tant les hommes, que les femmes, se levent & s'ajustent le mieux qu'ils peuvent, & se mettent en chemin avant le jour, pour aller à l'Eglise, prenant avec eux des œufs rouges, ou d'autre couleur. Mais quoi que ce soit avant le jour, les hommes ont déja pour la plûpart fait leurs dévotions ordinaires, qui consistent à manger & à boire copieusement, mangeant quelques poules & beuvans à être demi yvres. En cet état, ils se rendent à l'Eglise, avec tout le reste, au lever de l'Aurore. Là le Prêtre donne à chacun une bougie, faite de toille cirée seulement, plus ou moins grosse, selon la qualité; mais à la Cour, c'est le Prince qui distribuë lui même les bougies de sa main à tous ceux qui sont venus à l'Eglise, & aux Evêques mêmes. Après cela, les femmes, separées des hommes, se mettent en haye, hors de l'Eglise, sous le porche, leurs bougies allumées, & puis le Prêtre, ou le plus digne *Bere*, monte au clocher, & annonce au peuple par trois fois, en criant de toute sa force, la resurrection de J. C. par ces paroles, *Isminde Isminde Ocazo Ctis omadiri Ctiso Teusi zeliso oria galto qualdga Christi Dga ghigharodes*; & le peuple lui répond *Mardi Macarebels*. En même tems, chacun jette quelques pierres contre la muraille. Cela fait, ils font trois fois la procession autour de l'Eglise, en l'ordre suivant. La trompette, qui sonne de tems en tems, va devant: la banniere la suit: après vient le Prêtre: puis le peuple, les principaux les premiers. Les femmes ne vont point à la procession, mais elles demeurent en haye au milieu du porche devant l'Eglise. Le Prêtre chante avec tout le peuple l'Hymne suivant, qu'ils savent tous, parce qu'il est court.

Ad Gomaza scenza
Christe Maseovarsa
Angelosi ugualoth
Zeth satha scina
Da evens masghirs
Given que Canusa
Tzeda Sinindis galiza
Di deba scenda

Ils repetent cet Hymne plusieurs fois. Après la procession, ils disent la Messe à laquelle ils

ils assistent avec aussi peu de dévotion, & d'attention, que s'ils étoient dans une place, discourant, badinant, riant, & se donnant des œufs l'un à l'autre. La Messe étant finie, ils font de nouveau trois fois la procession autour de l'Eglise, comme nous l'avons dit chantant d'autres prieres. Ils s'inclinent en suite, puis sortent de l'Eglise, font un tour devant la porte, & s'en vont au nom de Dieu, se donnant les bonnes fêtes les uns aux autres. A la Cour c'est la coûtume de porter au Prince, à la fin de la Messe, un agneau rôti dans un bassin, lequel le met en piéces avec ses mains, & le distribue lui-même à toute sa Cour, donnant à chacun un morceau; & c'est là leur communion paschale.

Le Lendemain de Paques, qui est le lundi, ils font la fête pour les morts en cette maniere. Le matin, de fort bonne heure, ceux à qui il est mort durant l'année quelque proche parent, vont à sa sepulture, portant avec eux un agneau, mais il ne faut point que ce soit d'autre animal, afin de le faire benir, & de le sacrifier. Le Prêtre, étant debout sur la sepulture, le benit en disant quelques Oraisons, & tout aussi-tôt il l'égorge, & en répand le sang sur la sepulture du défunt, pour le repos de son ame. Cet abus s'est presque entierement aboli entre les Mingreliens de la paroisse de *Siporias*, proche de laquelle nos Peres Theatins ont leur Eglise. Et cela, à force de leur faire connoître que cette pratique étoit une ceremonie Judaïque, & non pas Chrétienne. L'agneau étant tué, on en donne la tête & les pieds au Prêtre, & on aporte le reste chez soi, pour le faire cuire. A l'heure de diner, ou un peu plus tard, ils se rendent tous à l'Eglise, faisant porter avec eux sur une charette de quoi faire le festin, à savoir leur table à manger, une chaudiere de leur pâte, un panier plein de pain fait avec des œufs & du fromage, des œufs durs de differentes couleurs, & des fromages. Un autre panier où est la viande. Deux gros flacons de vin, plus ou moins. Ils mettent tout cela sur la sepulture, le Prêtre y donne sa benediction, & on lui donne pour sa part des œufs, du fromage, & du pain. C'est la coûtume aussi de lui donner par famille quelques aunes de toille, ou une ou deux chemises. Ceux particulierement à qui il est mort quelque parent cette année-là font plus liberaux que les autres, & font present au Prêtre de telles choses. Ils vont tous en suite dans un pré, qui est devant l'Eglise, où ils se divisent en deux bandes, chacune se mettant à une table. Le Prêtre est à une table à part. Avant qu'on mange, il donne sa benediction à haute voix. Ils se présentent les uns aux autres à manger & à boire, & s'en envoyent d'une table à l'autre; Et vers la fin du repas, une troupe se leve, & va en chantant saluer l'autre, qui lui répond en lui envoyant à boire & à manger. L'autre table se leve ensuite, & va saluer la premiere, où l'on fait les mêmes civilitez. Sur le soir, les femmes d'un même quartier dansent & chantent ensemble à leur mode, jusqu'à la nuit, qu'ils s'en vont tous chez eux au nom de Dieu.

Le jour de l'Ascension, qu'ils appellent *Amegleba*, ils font chez eux leur dévotion accoutumée, en tuant des porcs, ou des poules & en faisant bonne chere. Chacun allume sa bougie & met un grain d'encens dans le feu priant Dieu de leur faire voir un autre jour semblable, & qu'il multiplie & benisse les abeilles afin qu'elles fassent beaucoup de cire & de miel. Le jour de la Pentecôte, ils font aussi la fête de tous les Saints, qu'ils célebrent à leur maniere de manger tout le jour; ce qu'ils font extraordinairement ce jour-là, parce que le lendemain commence le jeûne de *St. Pierre*.

A la Fête de ce St. laquelle ils appellent *Petroba*, ils font dès minuit leurs dévotions ordinaires, en mangeant des cochons de lait, ou des poules; & lors qu'ils entendent la trompette, & la cloche, ils vont à l'Eglise. Le Prêtre dit la Messe. Ils portent ce jour-là dans des paniers du pain, des poires, & des noisettes sur la sepulture des morts, où le Prêtre se rend après la Messe, & donne la Benediction aux viandes & aux personnes, lesquelles lui donnent chacun l'aumône: après quoi plusieurs vont chez eux boire & manger, & les autres le font, ou dans l'Eglise, ou proche les sepultures. Ils font tous, avant que de se retirer, un demi signe de croix devant l'Eglise. Il faut remarquer qu'ils ne mettent point leurs bœufs à la charuë les Dimanches, ni ne les font travailler à autre chose.

Le jour de l'Assomption de la B. V. lequel ils appellent *Marasina*, ils en commencent la fête au point du jour, par leurs dévotions accoûtumées de boire & de manger. Leur repas est d'une jeune poule de l'année, laquelle ils oignent d'huile de noix, aussi de la même année. Ils ne commencent qu'en ce tems-là à manger des noix nouvelles, & des poules de l'année; & comme ils n'en mangent pas plûtôt, ils n'en vendent point non plus avant

avant ce jour-là : disant qu'ils ne peuvent vendre de jeune volaille & de noix nouvelles avant les prieres de *la St. Pierre.* Ces prieres consistent à demander à Dieu de multiplier leurs poules, & ce sont particulierement les femmes qui font ces prieres-là. Ils benissent aussi en ce même jour les champs & les prez ; ce qu'ils font en prenant trois feuilles de ce grain qui leur sert de pain, avec une petite branche de fraizier, & un peu de cire dont ils font une maniere de rameau, qu'ils font benir par le Prêtre dans l'Eglise, & qu'ils portent ensuite dans un champ ensemencé, où ils le plantent au beau milieu ; croyant que cela préserve surement les champs de tonnerre, de grêle, & d'autres tels desastres. Ils font en le plantant quelques courtes oraisons, recommandant le champ à Dieu & à l'Image ; & enfin, ils font un long repas dans ce champ même ; car sans repas ils ne croyent pas qu'aucune dévotion soit utile ou efficace.

Ils ont une fête, appellée *Elioba*, qu'ils célebrent en l'honneur de *St. Elie* Prophete, lequel ils invoquent quand ils ont besoin de pluye, & pour avoir une bonne recolte; & pour l'obtenir plus surement ils tuent des chevres en l'honneur du Saint. C'est ce jour-là que l'on immole dans l'Eglise de *Siporias* Paroisse de nos Peres, une chevre que le Prince de Mingrelie y a fondée à perpetuité pour cette fête, avec du pain, & du vin, à suffisance. Douze Prêtres se rendent dans l'Eglise, & y disent la messe ensemble; après quoi, ils mangent ensemble de même la chevre, & le reste, jusqu'à ce qu'ils soient bien yvres presque tous. Cette fête est au 30. Juillet.

Le 14. Septembre il y a une autre fête à *Siporias*, avec une foire appellée *Sipiassoba*, qui dure depuis le lundi jusqu'au Dimanche. Ils portent ce jour-là dans l'Eglise du lieu l'Image de *St. George*, & celle des *Saiselliens*, tous avec des couronnes sur la tête. Comme il se trouve à cette fête un grand concours de peuple à cause de la Foire, & beaucoup d'Etrangers qui sont la plûpart des marchands Armeniens, Georgiens, & Juifs, il s'y fait un grand trafic de toute sorte de denrées, de nipes, & d'étoffes, que l'on troque contre des denrées du païs; ce qui produit beaucoup de présens à ces Images, de la part de ceux qui viennent seulement pour les prier. Mais ces présens ne sont pas de consequence, ne consistant ordinairement qu'en corde, en cire, & en fil. Quelquefois on leur donne aussi de l'argent. Il n'y a presque personne dans tout le païs qui ne vienne à cette Fête. Il y a des années que les Images emportent plus de dix charettes chargées de présens. Les Prêtres sont pour lors bien occupez à dire la Messe; mais comme, *more Græcorum*, il ne s'en peut dire qu'une par jour dans une Eglise, ils se trouvent quelquefois plus d'une douzaine à dire la Messe, qu'ils disent tous ensemble, encore que les uns viennent après les autres, & quelquefois lors que la Messe est à moitié dite.

Le 21. d'Octobre ils font la Fête du miracle que *St. George* fit dans leur pays, en faveur d'un Payen étranger, qui étoit venu de plus de cent lieuës loin, dont voici l'histoire. Du tems que l'Eglise Grecque étoit unie avec la Latine, & que ce glorieux Martyr faisoit beaucoup de miracles; ce Payen, à qui on les racontoit, n'en pouvoit rien croire. Et comme les Chrétiens l'exhortoient à n'être pas obstiné, mais à croire ce que des gens lui en assuroient, il leur dit; je croirai les miracles que vous me racontez de vôtre Saint, si, avant demain, il me fait apporter chez moi un tel de mes bœufs, qu'il leur marqua. Sur quoi le Saint fit que la nuit suivante, ce bœuf se trouva porté de plus de cent lieuës loin dans cet endroit-là, qui est celui où est l'Eglise qui lui est consacré au village des *Issoriens*, & où ce Payen à la grande consolation des Chrétiens reçut le Baptême. On tua le bœuf, & on le partagea au peuple, qui étoit accouru en foule voir cette avanture miraculeuse. Les Mingreliens, pour conserver la mémoire de ce miracle, fait au tems que la foi florissoit chez eux, obligent tous les ans un peu avant la fête, un de ceux qui aspirent à la Prêtrise, de dérober un bœuf, le plus beau qu'il peut trouver, pour & au nom de St. *George*; qui, à ce qu'ils tiennent, enleve un bœuf tous les ans, à pareil jour, & le pose au même lieu en mémoire de cet ancien miracle. Ce qui fait que quinze jours auparavant, il faut bien garder ses bœufs, parce que chacun sous le nom de *St. George* en derobe où il peut, & toûjours les plus beaux, en disant *si St. George dérobe bien un bœuf, nous en pouvons bien dérober aussi.* Sur quoi chacun pense pouvoir derober impunément. Il y a plusieurs Grecs, & quelques uns de nos Peres, qui ont pris soin de découvrir de quelle maniere se faisoit ce faux miracle du bœuf, ou pour mieux dire cette fourberie, veillant pour cela toute la nuit, & rodant à l'entour de l'Eglise. Ils ont trouvé qu'on l'y fait entrer, à l'entrée de la nuit, & qu'on le tire de de dedans avec des cordes. La plûpart des Evêques savent la fourberie, & que ce prétendu miracle annuel est une pure imposture; mais ils y connivent, pour entretenir la dévotion du peuple, lequel, (chose qu'il faut observer) n'a garde de s'approcher de l'Eglise la nuit du miracle, parce qu'on lui fait accroire qu'il mouroit, & que le Saint tuë quiconque approche de son Eglise en ce tems-là. Il n'y a que celui qui a volé le bœuf, & ceux qui le font entrer qui sachent le Mystere.

Cette Eglise de *Saint George* est dans le village des *Issoriens*, proche de la Mer noire, dans l'Evêché de *Bediel*. Les peuples des environs l'ont en très-grande véneration, jusqu'aux Barbares mêmes. De sorte que les plus proches voisins de ce lieu, qui sont les *Abras*, les *Alanes*, les *Gighes*, & autres Infideles, n'osent l'aller piller, quoi qu'ils sachent bien qu'elle est fort riche, même en joyaux & en argent; les portes de cette Eglise étant couvertes de plaques d'argent, sur lesquelles les Images, tant du Saint, que de ses miracles, sont faites en bosse. Personne cependant, comme je dis, n'ose voler cette Eglise, de peur que le Saint ne les tuë cruellement. Cette crainte vient, entre les autres choses, de ce qu'il y a dans cette Eglise de certaines piques, un pieu de fer à deux pointes, en forme de fléches, si grosses & si pesantes qu'un homme n'en sauroit porter une. Or ils croyent que le Saint se sert de ces armes, & que c'est avec cela qu'il tuë sur le champ quiconque fait un vol. La frayeur qu'ils ont de ces armes est telle que quand le Prêtre de cette Eglise en porte quelqu'une dehors, ceux qu'il rencontre lui font autant d'honneur & de reverence que si c'étoit l'Image même du Saint, tant ils ont peur d'être tuez de ces armes.

La veille de la Fête, le Prince accompagné du Catholicos, des Evêques, & de toute la Noblesse, se rend à l'Eglise, & visite dedans, pour voir s'il n'y a point de bœuf caché, & puis il la ferme, apposant lui-même son seau sur la porte; & le matin il revient avec la même compagnie, reconnoit son seau, ouvre la porte de l'Eglise & y trouve le bœuf qu'ils disent que le Saint a derobé cette nuit-là, & y a mis. Là-dessus tout le monde fait retentir l'air d'acclamations. Aussi-tôt un jeune homme, destiné à cet Office, ayant une coignée à la main aportée exprès, & qui ne sert à autre chose, traine le bœuf hors de l'Eglise, le tuë, & le coupe en plusieurs parts. Le Prince prend la premiere: & la seconde & la troisiéme s'envoyent par des Couriers, l'une au Roi d'Imirette, & l'autre au Prince de Guriel. On en donne ensuite aux Seigneurs de Mingrelie, aux Ministres du Prince, & aux *Beres*, qui ne le mangent pas, parce qu'ils ne mangent pas de viande, mais qu'ils distribuent à leurs Officiers & à leurs domestiques. Il y a beaucoup de gens qui mangent de cette chair sur le champ, avec grande ardeur, & dévotion, ni plus ni moins que si c'étoit la communion. D'autres la salent & la font secher au feu, esperant d'être gueris de leurs maladies s'ils en mangent lorsqu'ils sont allitez. Quand on tuë le bœuf, on observe soigneusement comment il est fait, & ses mouvemens, pour en tirer des augures. Par exemple, si le bœuf ne veut pas se laisser prendre, s'il se démene & bat des cornes, ils disent qu'il y aura guerre cette année-là. S'il est crotté, c'est signe de fertilité, & d'abondance. S'il est mouillé, c'est qu'il y aura beaucoup de vin. S'il est roux, cela présage mortalité parmi les hommes & les chevaux; mais c'est un bon signe, s'il est d'autre couleur. Et quoi que tous les ans ils soient trompez à ces prédictions, ils sont toûjours aussi superstitieux & aussi crédules que devant.

Quant à la fête de Noël, ils disent, comme nous, ce jour-là une Messe à minuit. Mais c'est plûtôt un festin qu'une Messe; car comme ils ont tous un jeûne durant l'Avent, tant les Séculiers, que les Ecclesiastiques; & que ce jeûne chez eux dure près de quarante jours, ils sont tous fort foibles & fort affamez. C'est pourquoi ils se mettent tous à minuit à tuer des poules & des chapons, à boire & à manger, jusqu'au jour, en priant Dieu de leur faire voir d'autres Noëls; ce qu'ils appellent faire leurs prieres, & commencer les dévotions. Le matin, demi-yvres qu'ils sont, ils vont à l'Eglise en portant avec eux des paniers pleins de pain fait aux œufs & au fromage, du raisin, des pommes, des noix, des noisettes, & d'autres vivres, qu'ils déposent chacun sur sa sépulture, & vont entendre la Messe. Lors qu'elle est finie, & que le Prêtre est deshabillé, il s'en va l'encensoir & le Livre à la main, prier de sépulture en sépulture, sur les fosses & sur les alimens qu'on a apportez. Chacun cependant allume sa bougie, & met deux grains d'encens dans son encensoir, après quoi il donne un pain au Prêtre. Quelques uns portent de plus des pigeons à la sépulture, dont ils répandent

dent le sang sur la fosse à l'intention des morts.

CHAPITRE XXIII.

Des Saints Lieux qu'ils ont à Jerusalem.

CETTE Nation a sa Chapelle à Jerusalem, où l'on fait l'Office en leur langue, mais à la maniére Grecque. Cette Chapelle renferme le trou dans lequel fut planté la croix de Jesus Christ. Les Cordeliers en avoient premiérement la possession. Mais le Sultan d'Egypte la leur ôta, pour la donner à ces peuples, en récompense des services qu'ils lui ont rendus dans plusieurs guerres. Il y avoit autrefois quarante sept lampes allumées dans cette Chapelle; mais ces gens sont à présent si pauvres, qu'il n'y en a plus aujourdhui. Ils ne souffrent pas que des Catholiques y disent la Messe, mais seulement qu'ils y fassent leurs prieres. Ils ont un autre lieu en garde conjointement avec les Grecs, appellé communément *la prison du Sauveur*; lequel est sous un portique vers l'Orient, avec une Citerne taillée dans le roc vif, qui n'est pas bien profonde. Ce lieu touche à la principale muraille de l'Eglise. Il est de forme carrée, assez obscure, faisant face au mont Calvaire. Ils prétendent que Jesus-Christ attendit en cet endroit, ayant sa croix sur les épaules, que le trou où l'on devoit la planter fût fait. Ces deux Nations de Grecs & de Mingreliens, à cause de leur commune pauvreté, n'entretiennent qu'une lampe en cet endroit. Il y a un Commissaire de Terre Sainte, député par le Patriarche de Jerusalem pour ramasser des Aumônes pour les Saints Lieux susdits, tant dans l'*Odisse*, ou Mingrelie, que dans le païs d'*Imirette*, qui est la Georgie, & dans le païs de *Guriel.* Ce Commissaire, qui est toûjours un *Bere*, est à présent *le Sieur Nicolas Nicephore*, Moine Grec de l'ordre de Saint Basile, ayant le titre de *Jovarismama*, c'est-à-dire, *Peré de la Croix.* Il peut, comme le Patriarche de Jerusalem, donner à un chacun *la Sandoba*, c'est-à-dire, la benediction, ou l'Indulgence pleniere; ce qu'il fait moyennant cinquante écus par personne. Ces peuples s'imaginent, que par le moyen de ces Indulgences, ils sont absous de tous péchez, tant faits, qu'à faire, durant leur vie. C'est pourquoi, tous ceux qui en ont le moyen, prennent ce *Sandoba*, écrit en Georgien, avec quoi ce Député amasse beaucoup d'argent, qu'il envoye ensuite aux autres *Beres* à Jerusalem.

CHAPITRE XXIV.

Des Commandemens de l'Eglise.

IL est tout-à-fait inutile de traiter ce sujet, car ces peuples vivent selon l'instinct naturel, & selon les commandemens de leur Prince. S'il mange de la viande les jours de jeûne, ils en mangent de même, disant que ce n'est pas un péché, puis que le Prince le fait semblablement, s'il répudie sa femme, ou s'il en prend deux à la fois, chacun le fait aussi. Pour ce qui est d'aller à la Messe les jours de Fête, on a vû comment ils n'observent aucunes Fêtes, & que seulement le Dimanche ils s'abstiennent un peu du travail. Ainsi ils ne vont gueres à la Messe ce jour-là; & ceux qui y vont, entrent dans l'Eglise, font un demi-signe de croix, invoquant le nom de Dieu & de la B. Vierge; & puis sortent de l'Eglise, se tenant devant à discourir, & laissent dire la Messe au Prêtre. Cela se passe communément ainsi, excepté le jour de l'Annonciation, celui du Dimanche des Rameaux, & celui de Pâques, que les hommes se tiennent dans l'Eglise, parce que les femmes sont dehors. Ils ne laissent pas de même de parler & rire comme s'ils étoient dans un marché. Ils ont un peu plus de respect à la Messe des *Beres*, & à celles où le Prince assiste . . . .

Ici finit la Rélation du Pere *Zampy.* Je n'y ajoûterai autre chose, sinon que tout ce que j'ai pû remarquer dans les céremonies religieuses, & dans la créance des Mingreliens, est entiérement conforme à ce qu'il en rapporte.

Il faut que je dise un mot de leur deuil. C'est un deuil de desespérez. Lors qu'une femme perd son mari, ou un proche parent, elle déchire ses habits, elle se dépouille nuë jusqu'à la ceinture, elle s'arrache les cheveux, elle s'enleve avec les ongles la peau du corps & du visage, elle se bat le sein, elle crie, hurle, grince des dents, écume, fait la furieuse, & la possedée, dans un excès épouvantable. Les hommes témoignent leur douleur d'une maniére aussi barbare: ils déchirent leurs habits: ils se font raser la tête & le visage: & ils se bâtent la poitrine.

Le

Le deuil dure 40. jours, étant furieux les dix premiers, comme je viens de dire, & diminuant après successivement. Durant ces dix premiers jours, les Proches du Mort, & une quantité d'hommes & de femmes, de toutes conditions, viennent le pleurer. Cela se fait en cette maniére. Ces personnes se rangent en ordre autour du Cadavre, & déchirées; comme j'ai dit, elles se battent des deux mains la poitrine, criant *Vaih*, *Vaih*. Les cris & le coups sont mesurez, & rendent un son effroyable. Tout cela forme une affreuse image de desespoir, qu'on ne peut regarder sans fremir. Il arrive tout d'un coup qu'on n'entend rien. Le deuil s'arrête & se tient dans un profond silence: & puis tout d'un coup il fait un grand cri, & se rejette dans ses premiers emportemens. Le dernier jour, qui est le quarantiéme, comme j'ai dit, on enterre le Mort. On fait un festin à tous ses proches, à tous ses amis, à tous ses voisins, & à tous ceux qui sont venus le pleurer. Les femmes mangent à part, hors du lieu où sont les hommes. L'Evêque dit la Messe, & après prend de droit tout ce qui servoit à la personne du Mort; son Cheval, ses habits, ses armes, son argenterie, s'il en a, & les autres choses de cette sorte. Les deuils ruinent les maisons en Mingrelie: cependant, on est obligé de les faire solennellement. L'Evêque dit une Messe des Morts, par force, pour le grand profit qui lui en revient. On vient pleurer le Mort par force, afin de vivre quarante jours aux dépens de ce qu'il a laissé. Lors qu'un Evêque meurt, c'est le Prince qui lui fait dire la Messe des Morts, le quarantiéme jour du deuil, & qui prend tous ses biens, hors les immeubles.

Voilà ce que j'ai appris en Colchide sur la nature du païs, sur les mœurs, & sur la Religion des habitans. Leurs voisins vivent, & font comme eux, presque en toutes choses; si ce n'est que ceux qui sont plus proches de Turquie & de Perse, ont les mœurs plus douces, & les inclinations plus équitables; au lieu que ceux qui sont plus proches des Tartares & de la *Scythie*, ont les mœurs plus barbares, & n'ont ni idée, ni extérieur de Religion, & n'observent aucunes Loix. J'ai parlé des *Abcas* & des peuples qui habitent au bas du Mont Caucase & j'en ai dit tout ce que j'avois appris. Je dirai à présent ce que j'ai vû, & ce que j'ai ouï de plus remarquable des autres païs voisins de Mingrelie. Ces païs sont la Principauté de *Guriel*, & le Royaume d'*Imirette*.

Le païs de Guriel est petit. Il confine du côté du Septentrion avec l'*Imirette*, & du côté d'Orient, avec la partie du Mont Caucase que tiennent les Turcs. Il a du côté d'Occident la Mingrelie, & au Midi la Mer noire. Il s'étend le long de cette mer, depuis le fleuve du Phase, jusqu'à un autre fleuve qui passe à un mille de Gonie, Château tenu par les Turcs, éloigné du Phase de quarante milles seulement. Le païs de Guriel ressemble en tout à la Mingrelie, quant à sa nature, & quant aux mœurs des habitans. L'on y a la même Religion, les mêmes coûtumes, & les mêmes inclinations à l'impureté, au brigandage, & au meurtre.

Le Royaume d'Imirette est un peu plus grand, que les païs dont je viens de parler. C'est l'Iberie des Anciens. Il est enfermé entre le Mont Caucase, la Colchide, la Mer noire, la Principauté de Guriel, & la Georgie. Sa longueur est de six vingt miles, sa largeur de soixante. Les peuples du Mont Caucase, avec qui il confine, sont les *Georgiens* & les *Turcs* au Midi, & au Septentrion les *Ossi* & les *Caracioles*, que les Turcs appellent *Caracherkes*, c'est-à-dire, *Circassiens noirs*, pour les raisons que j'ai dites. Ce sont ces *Caracioles*, ou *Circassiens noirs*, que les Europeans ont appellez *Huns*, & qui firent tous ces ravages en Italie & dans les Gaules, dont parlent les Historiens, & entr'autres *Cedrenus*. La langue qu'ils parlent est mêlée de Turc.

L'*Imirette* est un païs de bois & de montagnes comme la Mingrelie; mais il y a de plus belles vallées, & de plus délicieuses plaines. On y trouve plus facilement du pain, de la viande, & des légumes. Il y a des miniéres de fer. L'argent y a cours. On y bat monnoye. On y trouve des Bourgs. Quant aux mœurs, & aux coûtumes, c'est aussi la même chose qu'en Mingrelie. Le Roi a trois bonnes Forteresses, une appellée *Scander*, située sur le bord d'une vallée, & deux dans le Mont Caucase, nommées *Regia* & *Scorgia*; toutes deux de très-difficile accès, étant bâties en des lieux que la nature a ingénieusement fortifiez. Le *Phase* passe devant. Le Prince avoit, il n'y a pas longtems, une autre Forteresse bien plus importante appellée *Cotatis*, du même nom que tout le païs d'alentour, qui est peut-être celui que *Ptolomée* appelle *la Region Cotatene*. Les Turcs en sont à présent les Maîtres.

Le Royaume d'Imirette a long-tems tenu sous lui les Abcas, les Mingreliens, & les peuples de Guriel, après qu'ils eurent tous quatre ensemble secoüé le joug des Empereurs de Constantinople premiérement, & puis des Empereurs de Trebisonde, dont l'Histoire remarque qu'ils se faisoient honneur du titre de *Rois du fleuve de Phase*. Ces peuples se desunirent le siécle passé, & depuis leur revolte ils ont toûjours fait la guerre entr'eux. Les plus proches des Turcs ont recherché son assistance. Il les a d'abord protegez, & enfin il les a tous rendus tributaires l'un après l'autre. Le Tribut du Roi d'Imirette est de quatre vingts enfans, filles & garçons, âgez de dix à vingt ans. Celui du Prince du Guriel est de quarante six enfans de même sorte. Celui du Prince de Mingrelie est de soixante milles brasses de toile de lin faite dans le païs. Les Abcas avoient aussi été mis sous le tribut, mais ils l'ont payé peu de fois, & à présent ils ne le payent point. Le Roi d'Imirette, & le Prince de Guriel, envoyent eux-mêmes leur tribut au Pacha d'Akalzike. Un Chaoux vient prendre celui du Prince de Mingrelie. Lors que je passai à Akalzike, on disoit que les Turcs vouloient se mettre en possession de ces païs-là, & y mettre un Pacha : ne sachant point d'autre moyen de remedier aux guerres continuelles qui les détruisent & les dépeuplent notablement. Les Turcs ne se sont pas souciez auparavant d'en prendre possession, parce qu'il est comme impossible d'y observer le Mahometisme, par la raison que ces païs n'ont rien de meilleur que le vin & le cochon, dont la Loi Mahometane défend l'usage; joint que l'air y est mauvais, qu'il n'y a point de pain, & que le peuple y est épars, de façon qu'en quelque lieu qu'on pût bâtir des Forteresses, chacune ne pourroit contenir dans le devoir que sept ou huit maisons. C'est pour ces considérations qu'ils ont laissé ces Provinces en leur ancien état, & qu'ils se sont contentez qu'elles leur servissent de pepiniére d'esclaves. Ils en tirent sept ou huit mille chaque année. Des égards & des obstacles à peu près semblables, empêchent apparemment les Turcs d'incorporer à leur Empire les vastes plaines de Tartarie & de Scythie, & les païs immenses du mont Caucase. Si les peuples qui les habitent étoient ramassez dans des villes & en des lieux forts, on auroit bien-tôt trouvé la voye de les reduire, & de les tenir sous le joug : Mais le moyen d'y tenir des gens qui changent de lieu tous les mois, & qui courent leur païs toute leur vie. Je ne dois pas oublier que tous ces païs-là, qui ne payent aujourdhui tribut qu'au Turc, le payent de tems en tems à la Perse, selon que les Monarques Persans savent se faire craindre en y envoyant des armées. *Abas* le Grand tira ce tribut exactement, & même sans peine, durant tout son regne, qui parvint jusqu'à l'an 1627. Et ce tribut consistoit aussi en Enfans d'un & d'autre sexe, de même que la Colchide le payoit à la Perse dans les premiers âges du monde. Chose fort remarquable que dans tous les siécles, ces regions maritimes de la Mer noire ayent produit de si beau sang & en si grande quantité.

Le Prince de Mingrelie, qui regne aujourdhui, est le huitiéme, depuis qu'elle s'est revoltée de la domination d'Imirette. Ils s'appellent tous *Dadian*, comme qui diroit *Chef de la Justice*, de *Dad* mot Persien qui signifie *Justice*, d'où la premiére race des Rois de Perse a été appellée *Pich-Dadian*, c'est-à-dire, *la premiére Justice* ; pour nous marquer que ce furent les prémiers hommes que les peuples de ce grand païs établirent pour leur administrer la Justice, & maintenir chacun en la jouïssance de son bien. Le Roi d'Imirette se donne le titre de *Meppe*, c'est-à-dire, *Roi*, en Georgien. Le *Meppe* & le *Dadian* se disent tous deux descendus du Roi & Prophete David. Les anciens Rois de Georgie s'en disoient descendus aussi, & le Kan de Georgie en ses Titres se dit de même issu de ce grand Roi par Salomon son fils. Le Roi d'Imirette se donne un autre Titre encore bien plus fastueux, dans les Lettres qu'il fait expédier. Il se qualifie *Roi des Rois*.

Dès que nôtre vaisseau eut pris port à la rade d'*Isgaour*, comme j'ai dit, j'allai à terre avec le Marchand Grec qui me conduisoit. J'esperois d'y trouver des maisons, un peu de vivres, & quelque secours : cette esperance n'étoit pas mal fondée, puisque je voyois sept vaisseaux dans le port ; mais je fus fort trompé, je ne trouvai rien de tout cela. La plage d'*Isgaour* est toute couverte de bois On y a une esplanade à cent pas du rivage, un endroit qui en a deux cens cinquante de long, & cinquante de large, c'est là le grand marché de la Mingrelie. Il y a une ruë qui a de chaque côté une centaine de petites cabanes faites de branches d'arbres attachées les unes aux autres. Chaque Marchand en prend une. Il y couche & y tient boutique des choses seulement qui se peuvent vendre en deux ou trois jours.

jours. Celles qu'on a achetées, & celles qu'on ne voit pas apparence de vendre incessamment se gardent dans le vaisseau, à cause du peu de sûreté qu'il y a à terre. Il n'y avoit autre chose en ce marché, ni pas une maison de païsan aux environs. Mon Conducteur dit à quelques gens qui étoient venus au marché d'apporter le jour suivant du *Gom*, c'est ce grain dont l'on se sert au lieu de pain, du vin, & d'autres provisions. Ces païsans le promirent, mais ils n'en firent rien. Je fus bien surpris & bien affligé de n'en point trouver, car les nôtres alloient finir, & de ne voir en ce marché que des esclaves enchainez, & qu'une douzaine de gueux, nuds, l'arc & la fléche à la main, & qui faisoient peur. C'étoient les Doüaniers. Mais ma surprise & mon affliction augmentérent fort, apprenant que les Turcs, & le Prince de Guriel venoient en Mingrelie, que chacun prenoit les Armes, & commençoit la guerre en pillant les maisons de ses voisins, & en enlevant les personnes & le bétail par tout où ils en rencontroient. J'avois fait un grand fonds sur les Missionnaires Théatins, qui sont en Mingrelie, lors que je pris la résolution d'y venir. Je m'assurois qu'ils auroient une maison où l'on pourroit être en sûreté, & qu'ils me feroient promptement passer en Perse. Leur maison est à quarante milles d'Isgaour par terre. Par mer il y en a cinquante cinq. J'envoyai au Préfet de la Mission un Exprès, avec une lettre où je lui mandois que j'étois venu en Mingrelie, & que j'allois en Perse pour des affaires d'importance. Que j'étois chargé pour lui de lettres de recommandation de l'Ambassadeur de France, du Résident de Genes, du Custode des Capucins de Grece, & du Facteur des Théatins à Constantinople, & que je le suppliois instamment d'envoyer quelqu'un qui me donnât les ouvertures nécessaires pour faire mon voyage. Je pensois faire marché en argent avec l'Exprès; mais il le falut faire en toile. Mon Conducteur accorda avec lui à deux piéces de toile bleuë, à condition qu'il seroit de retour en deux jours & demi. Ces deux piéces coûtoient quatre francs à Caffa. Je retournai au vaisseau fort triste & fort affligé de me trouver dans un païs où il n'y avoit aucuns vivres à acheter, où l'argent n'avoit point de cours, & où l'on ne trouvoit point de logis pour demeurer. Tant d'esclaves, de tous âges, d'un & d'autre sexe, les uns enchaînez, les autres attachez deux à deux, ces Doüaniers, & leur air brigand & assassin, m'avoient rempli l'imagination de frayeur. Je fis ferme pourtant, & m'efforçai autant que je pûs de dissiper toutes ces craintes.

Je n'en parlai ni à mon Camarade, ni à mes gens. Je leur dis qu'on m'avoit promis des vivres, mais qu'il étoit bon néanmoins de ménager autant qu'il se pourroit le peu qui nous en restoit.

Le bruit de guerre, dont j'ai parlé, n'empêcha point les marchands de nôtre vaisseau de se débarquer le lendemain avant jour. Ils allérent à terre, prirent chacun une cabane, & y portérent des marchandises.

Le 18. à midi mon Conducteur vint au vaisseau, m'aporter la réponse du Préfet des Théatins. Elle étoit courte. Il me mandoit que dans deux ou trois jours il seroit au vaisseau avec une barque, & qu'il me serviroit de tout son pouvoir.

Le 19. sur le soir un nombre de païsans, qui se sauvoient, passérent par Isgaour, & y donnérent une furieuse alarme, racontant que les Abcas, que le Prince de Mingrelie avoit appellez à son secours contre les Turcs, pilloient & brûloient tout, & emmenoient les gens & le bétail, & qu'ils n'étoient pas loin du port. Chacun en un instant se mit à charger ce qu'il pût dans les barques des vaisseaux. Il étoit tard, les vaisseaux sont à près d'un mille de terre. On n'y pût faire que deux voyages. Chaque Capitaine fit porter deux piéces de canon en terre. On les dressa aux avenues du marché, & toute la nuit on y fut sous les armes. Je ne puis exprimer la grande affliction où un si malheureux, & un si subit accident me jetta. Je ne me sentois point de fermeté à tenir contre. Ce qui me desesperoit, c'est que le Capitaine parla d'abord d'aller négocier chez les Abcas, & chez les Cherkes, & puis de retourner à Caffa. C'étoit pour être trois mois sur mer, & ne se retirer qu'à la fin de l'année. Le reculement de ma fortune que cette proposition me mettoit devant les yeux, le danger de perir, le manquement de vivres, l'impossibilité apparente d'en recouvrer; tout cela, dis-je, que je voyois distinctement, n'étoit pas néanmoins ce qui faisoit ma plus grande peine. C'étoit de voir le bien de mes amis, que je croyois échapé de la Mer noire, & de la Turquie, exposé de nouveau à courir tous ces dangers, & moi reduit à essuyer les reproches & le mépris des gens, à m'entendre imputer pour fautes, les accidens inopinez, & pour imprudence, les mauvaises rencontres du tems. Mon accablement augmenta par l'abatement de mes va-

valets & par leurs imprécations, l'un contre la destinée, l'autre contre le païs où nous étions, l'autre contre les gens qui m'avoient mis en tête la Mer noire; en un mot, j'étois en une si profonde angoisse, que j'y devois abîmer. Dieu néanmoins m'en tira par sa grace. Il me fortifia le courage. Je rafermis mes gens, mais leur patience ne duroit pas, c'étoit toûjours à recommencer; car la faim que nous souffrions les rejettoit de tems en tems dans leurs emportemens brutaux.

Le 20. tous les gens de nôtre vaisseau & des autres qui étoient à la rade se rembarquérent. Ils aimérent mieux abandonner des laines, du sel, de la fayence, & d'autres pareilles marchandises, que de s'exposer à être pris des Abcas, qu'on les assuroit être proches. Ils l'étoient en effet; car à dix heures du soir nous vîmes tout le marché en feu, & le lendemain matin des gens y étant allez, ils ne trouvérent plus que des cendres, & des restes d'embrasement.

Dès que nôtre monde fut à bord, je tâchai d'acheter d'eux du biscuit, du ris, du beurre, des oignons, & des légumes seches. Personne n'en vouloit vendre, apprehendant qu'il ne fallût retourner à Caffa; toutefois, à force d'argent, je tirai de divers marchands soixante livres de biscuit, un peu de légumes, huit livres de beurre, & douze livres de ris. C'étoit bien peu pour six personnes, le bon ménage le fit durer plus long-tems que je ne croyois. Il y avoit dans nôtre vaisseau du poisson sec en abondance, nous ne mangions presque d'autre chose. J'étois merveilleusement content quand j'avois fait faire à mes gens un repas sans pain, je comptois cette abstinence pour une avanture de jour heureux.

Le 27. voyant que le Préfet des Théatins n'étoit point venu, & ne sachant ce que je devois attendre de sa part, j'exposai à mes gens le besoin qu'il y avoit qu'un d'eux l'allât trouver, parce qu'il n'y avoit que lui qui nous pût garantir des maux qui nous menaçoient, & nous tirer de ceux que nous endurions, & qui redoubloient chaque jour. Nôtre manquement de vivres, & leur desespoir, les persuadérent plus que toutes mes raisons. Un d'eux s'offrit à aller trouver les Théatins. Il y avoit alors à nôtre vaisseau une barque d'*Anarguie*, c'est un village sur le bord de la mer qui n'est qu'à vingt milles de *Sipias*, lieu où demeurent ces Religieux. Cette barque étoit venuë charger du sel. Le valet que j'envoyois se mit dedans. Je lui donnai quatre ducats d'or, de l'argent, de la mercerie, & le chargeai de toutes les lettres que j'avois pour le Préfet des Théatins. J'en usois ainsi, afin que la recommandation de tant de personnes, les unes de qualité, les autres de ses amis, le poussât à nous secourir dans la peine extrême où nous étions. Je la lui mandai fort amplement, le conjurant de m'aider s'il le pouvoit. Je lui mandois aussi que l'homme que je lui envoyois avoit de l'argent, dont je le suppliois de se servir, que je ne désirois de lui que sa peine, de laquelle encore je ne manquerois pas de lui tenir compte.

Le 4. d'Octobre au matin le valet que j'avois envoyé revint, amenant avec lui le Préfet des Théatins. J'ai déja dit qu'il se nomme Don Marie Joseph Zampi, & qu'il est de Mantoüe. Je courus le saluër & l'embrasser. Voici la premiére chose qu'il me dit. Dieu pardonne, Monsieur, aux gens qui vous ont conseillé de venir ici, le mal qu'ils ont attiré sur vous. Vous êtes arrivé dans le plus méchant & dans le plus barbare païs du monde; & le meilleur parti que vous puissiez prendre, est de vous en retourner à Constantinople par la premiére commodité. La joye que le Pere nous avoit causée par sa venuë nous fut ôtée par ce discours. Je le menai dans ma cabane, & là avec mon Camarade nous déliberâmes de ce qu'il falloit faire. Nous le remerciâmes d'abord de la peine qu'il avoit prise de venir de si loin. Il me dit qu'il seroit venu au tems qu'il avoit promis, mais que la guerre & l'irruption des Abcas avoient rendu les chemins si dangereux, qu'il n'avoit osé s'exposer. Je lui dis ensuite, que le discours qu'il m'avoit tenu, en me faisant l'honneur de m'embrasser, me desesperoit, & que je le suppliois de me dire s'il ne venoit pas nous prendre, & nous emmener en sa maison. Il me répondit, qu'il étoit venu pour nous servir en tout ce qu'il pourroit, qu'il nous meneroit chez lui si nous le désirions; mais qu'il étoit bien-aise de nous faire connoître la nature du païs où nous voulions passer. Qu'il n'y avoit point de pain, & que dans le tems present on n'y trouvoit aucuns vivres, que l'air y étoit mal-sain, & le peuple si méchant, que cela n'étoit pas concevable. Je lui dis que nous avions une Lettre de recommandation pour le Prince de Mingrelie. Il me repliqua, que ce Prince de Mingrelie étoit tout aussi méchant, un aussi grand brigand, & aussi franc voleur que ses sujets. Il nous conta là-dessus qu'il y avoit trois ans, que revenant d'Italie, il apportoit beaucoup de préfens pour ce Prince, pour la Princesse sa femme, pour le le Visir, & pour ses principaux de la Cour, qu'il leur distribua, donnant presque tout ce qu'il avoit; que bien loin d'être contents, le Prince envoya enlever le peu qu'il avoit gardé; & qu'encore qu'il soit son Medecin, & de tous les Grands, le Visir le fit mettre peu après dans un cachot, la chaine au col, & les fers aux pieds, pour avoir de l'argent, & qu'il ne se retira des mains de ce Tigre qu'en lui donnant 40. écus. Ce que je vous dis, Messieurs, ajoûta-t'il, n'est point du tout pour vous renvoyer, c'est seulement pour vous informer du danger où vous vous jettez, en mettant le pied en Mingrelie. Si vous y voulez venir après ces avertissemens, je ferai tout de mon mieux pour bien conserver vos personnes & vôtre bagage, & pour vous faire passer sûrement en Perse.

Je ne déliberai point sur ce que ce Pere nous représenta. Les maux dont on me menaçoit en Mingrelie étoient maux à venir, & j'esperois je ne sai sur quoi de les éviter. Ceux que je souffrois étoient présens, j'en avois l'imagination remplie & le cœur abatu. Je representai au Pere Zampi que quelques malheurs qui nous pûssent arriver en Mingrelie, ils seroient toûjours moindres que ceux qui nous arriveroient en retournant à Caffa, & qu'ils nous feroient infailliblement perir. Je lui fis remarquer que nous n'avions ni provisions, ni vivres, que le vaisseau où nous étions étoit vieux, qu'il s'emplissoit journellement d'esclaves d'un & d'autre sexe, & de tous âges, de sorte qu'on ne pouvoit déja plus se remuer dessus. Qu'il y venoit depuis le matin jusqu'au soir grand nombre d'Abcas & de Mingreliens qui l'emplissoient de vermine, & y apportoient une infection qui ne manqueroit pas d'engendrer la peste: que le vaisseau ne feroit de deux mois voile pour Caffa; que ce seroit alors la saison des tempêtes, & le tems que la Mer noire, cette mer si orageuse & si dangereuse, est le plus travaillée de bourrasques: Que supposé que nous arrivassions à Caffa, & s'il vouloit à Constantinople, ce ne pouvoit être de quatre mois, après quoi nous serions à recommencer, c'est-à-dire, à rechercher un chemin pour passer la Turquie, & à courir derechef le risque de ses avanies & de ses doüannes. Qu'enfin, durant toutes ces courses, nous serions tant de fois exposez à perir, qu'il valoit autant en courir le risque en Mingrelie, où il ne pouvoit être plus grand; mais où il pouvoit ne durer guéres, n'y ayant que quatre journées de chemin à faire pour être en païs de sureté.

Le Pere Zampi ne rejetta aucune de mes raisons. Nôtre passage ne pouvoit que lui faire du bien en son particulier & à sa mission. Il ne parla plus que de nous emmener, & nous tirer entiérement du vaisseau. La barque dans laquelle mon valet l'avoit amené, étoit longue comme une felouque, mais plus large & plus profonde, on l'avoit fretée pour aller & venir. Nous nous y embarquâmes avec tout nôtre bagage, & pour cent écus de denrées que nous achetâmes au vaisseau. Le Pere Zampi en fit l'achat. Je l'en avois supplié, parce qu'il savoit ce qui étoit de débit en Mingrelie, où comme j'ai dit, l'argent n'a point de cours que comme une marchandise. Nôtre bagage ayant été embarqué avant midi, nous fîmes voile à l'heure même. J'étois ravi de joye de me voir hors du vaisseau; dont je ne pouvois plus sentir la puanteur, ni voir la vie & le commerce infame qui se faisoit dessus. C'étoit un Cloaque & un cachot d'esclaves, tous les soirs on enchainoit les hommes deux à deux, & les garçons aussi. Le matin on leur ôtoit les chaines, c'étoit un bruit qui ne me laissoit point reposer, & un objet qui m'enfonçoit toûjours dans la tristesse. On ne manquoit pas tous les matins de voir du feu en terre. C'étoit un signal qu'il y avoit des gens qui amenoient vendre des esclaves, ou d'autres marchandises. On y envoyoit la barque. Ceux qui vouloient venir au vaisseau se mettoient dedans avec leur marchandise, venoient à bord & faisoient leur trafic. La guerre de Mingrelie fut favorable à nos marchands; car les Abcas leur apportoient à vendre le butin qu'ils avoient fait. Il vint un jour à nôtre vaisseau un Abcas de qualité, ayant une suite de sept ou huit hommes qui sembloient tout-à-fait être les plus grands fripons du monde. Il amena trois esclaves. Ses gens étoient chargez de butin, entr'autres choses ils avoient un cadre d'Image tout d'argent. Je leur fis demander où étoit l'Image, ils répondirent qu'ils l'avoient laissée dans l'Eglise, & n'avoient osé l'emporter de peur qu'elle ne les tuât.

Nôtre vaisseau avoit quarante esclaves lors que j'en sortis. Le Capitaine, & les marchands, Turcs, & Chrêtiens, les avoient troquez contre des armes, des hardes, & d'autres denrées. Ils donnoient de ce que l'on vouloit, & le comptoient deux fois plus qu'il ne leur avoit coûté. Les hommes âgez depuis 25. ans jusqu'à 40. ne leur revenoient qu'à 15. écus, & ceux qui étoient plus âgez à 8. ou 10. Les belles filles d'entre 13. à 18. ans

ans à 20. écus, les autres à moins; les femmes à 12. les enfans à 3. ou 4. Un marchand Grec, qui avoit une chambre près de la mienne, acheta une femme & son enfant à la mamelle, douze écus. La femme étoit de 25. ans, elle avoit les traits du visage admirablement beaux, & un vrai tein de lys. Je n'ai jamais vû de plus beaux tetons, de gorge plus ronde, de tein plus uni: cette belle femme faisoit tout ensemble envie & compassion. Je disois en moi-même en la regardant tristement: Malheureuse beauté, vous ne me feriez ni compassion ni envie, si j'étois en un autre état, & si je ne me trouvois moi-même sur le point de tomber en de plus grandes miseres, s'il s'en peut de plus grandes que celle d'esclave. Ce qui me surprenoit, c'est que ces miserables créatures n'étoient pas abatuës, & ne paroissoient pas sentir le malheur de leur condition. Dès qu'on les avoit achetées on leur ôtoit les lambeaux dont elles étoient couvertes. On les vêtoit de linge & d'habits neufs, & on les faisoit travailler. On employoit les hommes & les garçons au service du vaisseau, les femmes & les filles à coudre. Ils paroissoient tous bien satisfaits de l'habillement & de la nourriture qu'on leur donnoit. Le travail étoit leur grande peine, il falloit souvent que le bâton les y portât. Ayant consideré durant plusieurs jours leur naturel paresseux aux uns & aux autres, au delà de ce qu'on peut se l'imaginer, il m'entra dans l'esprit ce que je n'avois pû jusques-là y mêtre, savoir que les Serrails fussent des prisons si paisibles & si délicieuses qu'on le disoit. Je compris alors, que des créatures paresseuses à tel excès que ces femmes Mingrelienes, que je voyois n'avoir pas de plus grand plaisir que d'être assises, la tête panchée sur les genoux tout le jour entier, à moins qu'on ne les forçat de travailler; que ces sortes de femmes, dis-je, ne se pouvoient pas trouver mal à leur aise dans de beaux logis avec de spacieux jardins, où on leur donnoit abondamment tout ce qui est nécessaire à la vie, sans les mettre à rien faire. Il est vrai que ce n'est que les plus belles femmes que l'on traite ainsi. On fait au contraire travailler les autres continuellement, & on les y force avec le bâton, comme je l'ai dit. Il me vint aussi dans l'esprit qu'il falloit que du tems des Républiques de Grece, les femmes Mingreliennes & Circassiennes n'eussent pas la même estime de beauté au dessus des Grecques qu'elles ont à présent, puis qu'on ne lit pas qu'autre que Jason soit venu chercher des femmes en cette partie du monde, au lieu qu'on y accourt à présent de tous les endroits de l'Orient; & que le prix qu'on donne pour ces femmes, les peut faire passer raisonnablement pour des vrayes Toisons d'or.

Nous eûmes assez bon vent. Nôtre petite barque alloit à voile & à rames. Je m'entretins avec le Pere Zampi, durant le voyage, des moyens qu'il falloit tenir pour ne point tomber entre les mains des ennemis, & n'être ni pillé, ni assassiné des Mingreliens. La conversation se tourna ensuite sur les personnes dont je lui avois envoyé les Lettres. Il me dit que celle de l'Ambassadeur de France étoit le duplicata d'une qu'il lui avoit écrit l'année passée, pour avoir des attestations de la Religion des Colchéens: Il me la donna à lire. Je la lus, & je fus surpris, que nous ayant été donnée pour Lettre de recommandation, nous n'y fussions pas seulement nommez. J'apprehendai qu'il ne vint à la pensée du Pere Zampi, que l'Ambassadeur n'avoit pas pour nous autant de bien-veillance & de considération que je tâchois de lui faire croire. Cela m'obligea à lui montrer la Lettre qu'il nous avoit fait l'honneur de nous donner pour le Prince de Mingrelie: en voici la Copie.

TRES-ILLUSTRE PRINCE,

L'Empereur de France, mon Maître, m'ayant commandé d'appuyer de sa protection vos interêts à la Porte Ottomanne dans toutes les occasions qui s'en présenteront, j'ai bien de la joye d'avoir le moyen non seulement de vous en assurer par cette Lettre, mais encore de ce que les Sieurs Chardin *&* Raisin, *qui en sont les porteurs, vous donneront les mêmes assurances de ma part. Vous m'obligerez de les croire, & par la considération que je fais de leurs personnes, de les appuyer & de les proteger en tout ce qui dépendra de vôtre autorité, pendant qu'ils sejourneront en vôtre Cour, & lorsqu'ils voudront sortir de vos Etats pour passer en Perse. J'espére que vous leur accorderez volontiers cette grace, & que vous y ajoûterez celle de me croire,*

TRES-ILLUSTRE PRINCE,

Vôtre très-humble & très-obéïssant serviteur.

De NOINTEL,

Ambassadeur pour sa Majesté très-Chrétienne l'Empereur de France à la Porte Ottomanne.

Sur

Sur le minuit nous arrivâmes à l'entrée du fleuve *Astolphe*. Les Mingreliens l'appellent *Langur*. C'est un des grands fleuves de Mingrelie. Nous nous arrêtâmes-là, & envoyâmes à *Anarghie* deux de nos mariniers prendre langue des ennemis, & voir si les gens n'avoient point fui, & ce qu'ils faisoient. *Anarghie* est un village à deux milles de la mer. C'est le plus considérable endroit de Mingrelie. Il est grand de cent maisons; mais elles sons si éloignées les unes des autres, qu'il y a deux milles de la premiére à la derniére. Il y a toûjours dans ce village des Turcs, qui achetent des esclaves, & des barques pour les emmener. On dit qu'il est bâti à l'endroit où étoit autrefois une grande ville nommée *Heraclée*.

Le 5. avant le jour, ces deux Mariniers revinrent. Ils firent rapport que les Abcas n'avoient point fait de courses proche d'Anarghie, qu'ils n'en avoient pas approché plus près de 15. milles, & que tout étoit-là à l'ordinaire. Le Pere Zampy fit promptement ramer, afin d'arriver de bonne heure au village, & de tout débarquer sans être vûs de personne. Tout cela réüssit à souhait, nous allâmes loger chez un païsan des mieux accommodés du lieu; nous avions beaucoup de coffres, le plus grand étoit plein de livres. Le Pere Zampi me conseilla de l'ouvrir dès que nous serions au logis, & de le tout vuider, faisant semblant de chercher quelque chose, afin que les gens chez qui nous allions, ne s'imaginassent pas qu'il y avoit des tresors dans ces coffres, & publiassent que nous étions Réligieux, & que nous n'avions que des livres. Je suivis cet avis, & m'en trouvai bien. Les gens du logis demeurérent étonnez de ne voir dans un si grand coffre que des livres, & je juge qu'ils se figurérent quelque chose de pareil dans les autres.

Le 9. un Théatin laïc nous vint voir. C'étoit le Médecin & le Chirurgien de toute la Mingrelie. L'accès que son art lui donnoit chez le Prince & chez tous les Grands, lui avoit merveilleusement enflé le cœur. Il ne considéroit ni Peres, ni Préfect, & ses actions, & ses discours avoient un faste insuportable. Je le reçus, & le traitai comme sa vanité le désiroit. Il me donna mille assurances de protection & de secours, & me promit fort de nous apporter des nouvelles du départ des Abcas dès qu'il en seroit bien assuré. Il n'y manqua point, il vint le 13. nous donner cette bonne nouvelle. Il nous dit que le jour précédent il s'étoit trouvé chez le Prince lors qu'on la lui avoit apportée. Il nous conta aussi que les Abcas avoient emmené douze cens personnes, beaucoup de bétail & beaucoup d'autre butin, qu'ils avoient saccagé la maison d'un sujet des Théatins, & pris trois de leurs esclaves. Que le Prince avoit envoyé deux Gentilshommes au Prince des Abcas, lui faire des plaintes, & des menaces sur sa perfidie, de ce qu'étant venu en Mingrelie sous promesse & serment de la défendre contre les Turcs, il avoit employé ses troupes à la saccager & à la piller, & s'en étoit après retourné sans rien faire en sa faveur. Après qu'il m'eut bien conté des nouvelles, il dit au Pere Zampi que nous pouvions tous aller en leur maison à Sipias, & que le Prince & le Catholicos lui avoient ordonné de me dire & à mon Camarade que nous étions les bien venus, & qu'ils nous donneroient des hommes & des chevaux pour nous mener en Georgie. Nous resolûmes de partir le lendemain.

Pendant que je demeurai à Anarghie je ne souffris point de disette, on trouvoit des volailles, des pigeons sauvages, des cochons, & des chévres. Mes gens troquoient cela contre de la toile, des éguilles, de l'encens, des peignes, & des couteaux. Ils avoient les denrées à assez bon marché. Le vin étoit en abondance, c'étoit le tems de vandange, je ne manquois que de pain. Il y avoit à Anarghie une Dame de qualité qui s'étoit depuis peu retirée-là. Elle étoit veuve, son mari avoit été Visir du Prince. Le Pere Zampy me mena chez elle. Je lui fis un présent de ces menuës denrées. Elle pour m'en récompenser, & pour en attirer d'autres, m'envoyoit tous les jours un pain de demi livre, avec quelqu'autre régale. Un jour c'étoit du sanglier, un autre jour un pain de cire, un autre un morceau de miel, un autre un faisan, & m'envoyant cela elle me faisoit toûjours demander quelque bagatelle, couteaux, ciseaux, ruban, papier, ainsi elle se faisoit payer de ses présens au double. Un jour elle me vint voir, & me fit beaucoup de caresses, & encore plus de demandes. Ce commerce me déplaisoit, je l'entretenois néanmoins, pour avoir du pain, ne sachant où en recouvrer ailleurs.

Le Pere Zampy me faisoit passer pour Capucin. Il disoit que j'allois trouver les Capucins qui sont en Georgie. Que je m'étois travesti pour n'être pas reconnu en Turquie, & pour passer avec plus de facilité. Afin d'appuyer ce déguisement il m'avoit exhorté à m'habiller miserablement, & à faire le pau-

vre

vre en toutes occaſions. Je joüois aſſez bien mon perſonnage, mais la conduite de mes valets empêchoit qu'il n'imposât. Ils rompoient mes meſures par la cuiſine qu'ils faiſoient. Ils achetoient tout ce qui ſe trouvoit bon à manger, quelque prix qu'on en voulût. En un mot ils ſe payoient avec excès des diſettes paſſées; & cette dépenſe faiſoit penſer aux gens, que je n'étois pas ſi pauvre qu'on diſoit.

Le 14. deux heures avant jour nous partîmes d'Anarghie, nous fîmes deux lieuës remontant le fleuve Aſtolphe, après quoi nous débarquâmes nôtre bagage, & le mîmes ſur ſix petites charrettes. Des proviſions que le Pere Zampy avoit achetées, en rempliſſoient deux autres. Ces huit charrettes chargées firent un furieux éclat. On n'a pas accoûtumé en Mingrelie de voir tant de bien à la fois. En moins de deux jours tout le païs fut informé qu'il étoit arrivé des Europeans qui avoient plein huit charrettes de bagage. On contoit cette nouvelle avec des particularitez qui nous attirérent beaucoup de malheurs, comme je dirai. Nous fîmes quatre lieuës & demie par terre, & nous arrivâmes à *Sipias* au coucher du Soleil.

Sipias eſt le nom de deux petites Egliſes, dont l'une eſt Paroiſſe de Mingrelie, & l'autre appartient aux Théatins. Elle leur a été donnée avec le clos où les deux Egliſes ſont enfermées. Ce clos eſt grand, ils y ont bâti pluſieurs corps de logis de charpente à la façon du païs. Les uns ont un bas, & un étage, les autres n'ont que le bas. Chaque Religieux a un de ces logemens pour demeurer, de maniére qu'ils ſont tous ſéparez. Les plus petits logis ſont remplis de leurs eſclaves, & de deux familles de Païſans de leurs ſujets.

Les Théatins vinrent en Mingrelie l'an 1627. Il y furent reçûs comme Medecins. Le Prince qui regnoit alors étoit puiſſant, on lui repréſenta que c'étoit le bien & l'avantage de ſon païs, qu'il s'y établit des gens qui ſavoient un art ſi utile à la conſervation de la ſanté. Il leur fit accueil, & il leur donna la maiſon qu'ils ont, des terres, & quantité de Païſans pour les labourer, & pour entretenir leur famille de vin & de grain. Vingt-&-un an auparavant les Jeſuites de Conſtantinople avoient envoyé deux de leurs confreres en ce païs-là; mais ils y moururent ſi-tôt que cela fit peur aux autres, aucun d'eux n'y a plus voulu retourner. Les Théatins avoient les années paſſées des maiſons en Tartarie, en Georgie, en Circaſſie, & Imirette. Elles ſe ſont toutes détruites, ils ont abandonné ces lieux, voyant qu'on n'y vouloit pas recevoir la Religion Romaine, & que la Medecine dont ils faiſoient profeſſion les accabloit. Ils m'ont aſſuré pluſieurs fois qu'ils auroient il y a long-tems laiſſé pareillement celle de Colchide, pour les mêmes conſidérations; mais qu'ils s'y tenoient pour l'honneur de l'Egliſe Romaine, qui ſe faiſoit une gloire d'avoir des gens par toute la terre, & pour l'honneur de leur Ordre en particulier, qui n'ayant plus que cette ſeule miſſion au monde, déchéroit d'eſtime s'il ne la pouvoit entretenir.

Il y avoit quatre Théatins à Sipias lors que j'arrivai, trois Prêtres & un Laïc. Les Prêtres exerçoient la Medecine, le Laïc la Medecine & la Chirurgie. Il avoit été dans le monde Chirurgien de profeſſion. Les Théatins diſent que le profit ſpirituel qu'ils font dans ce païs-là eſt de baptiſer les enfans, n'y en ayant point qui ſoient baptiſez, ou qui ne le ſoient mal. Hors cela, ils avoüent qu'ils ne font rien auprès des Mingreliens, qui bien loin, diſent-ils, d'embraſſer le rit Romain, croyent que les Europeans ne ſont pas Chrétiens, parce qu'ils ne leur voyent pas obſerver tant de jeûnes, ni ſi rudes qu'eux, & qu'ils ne craignent pas les Images. Les propres eſclaves des Théatins ne veulent pas communiquer avec eux dans les cérémonies Religieuſes; & ils m'ont dit qu'ils n'avoient jamais pû en élever aucun à ſervir la Meſſe. Je leur ai vû pluſieurs fois baptiſer des enfans, ils donnent le Baptême à tous ceux qu'ils trouvent dans les maiſons, où ils n'étoient venus de long-tems, & où ils ne ſe ſouvenoient point d'avoir adminiſtré ce Sacrement. J'ai demeuré pluſieurs jours avec le Préfet des Théatins en divers lieux de Mingrelie, & j'ai vû pluſieurs fois la maniére dont il baptiſoit les enfans. Lors qu'on lui en amenoit quelqu'un malade pour le voir, il faiſoit venir de l'eau, diſant qu'il avoit beſoin de ſe laver les mains. Il les lavoit, & ſans les eſſuyer, il touchoit du bout du doigt le front de l'enfant, en faiſant acroire que c'étoit pour reconnoître ſa maladie.

Il baptiſoit les enfans qui ſe portoient bien, ſecoüant ſur eux ſes mains en les lavant, comme par maniére de badinerie. La prémiére fois que je lui vis faire cela, je remarquai qu'il parloit entre ſes dents, ſoûrioit & me regardoit. Je lui demandai ce qu'il faiſoit: Je viens de baptiſer ces enfans, me dit-il, c'eſt leur bonheur que nous ſoyons venus dans

dans cette maison. Je lui demandai quel nom il leur avoit donné : Je ne leur en donne point, répondit-il, car souvent je ne sai si je baptise mâle ou femelle ; le nom n'est pas nécessaire, il suffit de jetter une goute d'eau sur l'enfant, & de faire mentalement la forme du Baptême. Au reste, les Théatins sont très-miserables en Mingrelie, on les pille, on les mal-traite, on n'a pour eux ni respect, ni considération ; sinon quand la maladie, ou quelque blessure reduit à avoir besoin de leur assistance.

Le 18. la Princesse de Mingrelie vint chez les Théatins. Le Préfet l'alla promptement recevoir. On appelle les Princesses de Mingrelie, & celles des païs voisins, *Dedopale*, c'est un mot Georgien qui signifie *Reine*. Elle étoit à cheval, elle avoit environ huit femmes & dix hommes à sa suite, avec des gens à pied autour de son cheval. Ce train étoit fort mal vêtu & fort mal monté, elle dit au Préfet qu'elle avoit apris que la provision qu'on leur envoye tous les ans de Constantinople étoit venuë, & qu'il y avoit des Europeans dans sa maison, qui avoient aporté un grand bagage. Qu'elle s'en réjouïssoit, & desiroit les voir pour leur dire qu'ils étoient les bien venus. On m'appella aussi-tôt pour la saluër. Le Pere Zampi me dit qu'il lui falloit faire un présent, que c'étoit la coûtume de payer de quelque don les visites du Prince & de la Princesse. Je lui dis que je la suppliois de vouloir bien attendre que je lui en portasse un à son Palais. Elle accepta le délai. On lui avoit dit que je parlois Turc & Persan. Elle fit venir un esclave qui savoit bien le Turc, & me fit mille questions sur ma qualité, & sur mon voyage. Je disois que j'étois Capucin, & je parlois & j'agissois toûjours en Religieux ; mais il ne me parut pas que Sa Majesté le crût, car la plûpart de ses questions étoient sur l'amour. Elle me faisoit demander si je n'en sentois point, si je n'en avois jamais senti. Comment il se pouvoit faire qu'on n'eût point d'amour, & qu'on se passât de femme. Elle poussoit cet entretien avec un merveilleux plaisir, toute sa suite s'épanouïssoit là dessus ; pour moi qui me desesperois, j'eusse voulu que la Princesse & sa suite eussent été bien loin de moi. Je craignois à tout moment qu'elle ne fît piller le logis, ayant demandé à trois reprises de voir ce que j'avois aporté, & la provision des Théatins. On la leur envoye annuellement de Constantinople, comme j'ai dit ; consistant en danrées de plusieurs sortes. Ils sont obligez d'en faire part au Prince & à la Princesse, au Visir & aux principaux Gentilshommes du païs. Le Pere Zampi lui promit de lui porter le lendemain le présent accoûtumé, & que je lui en porterois un aussi, elle s'en alla graces à Dieu avec cette assurance.

Le 19. au matin elle m'envoya inviter à dîner, j'y fus avec le Pere Zampi & un autre Théatin. Elle étoit à une maison à deux miles seulement de la nôtre. Elle ne demeuroit pas avec le Prince, il ne la pouvoit souffrir, & la haïssoit à mort. On la lui a fait épouser par force. Je la trouvai dans un plus bel ajustement qu'elle n'étoit le jour précédent. Elle étoit fardée, & s'efforçoit bien de paroître belle. Elle avoit des habits de brocard d'or, & des pierreries à sa coiffure, son voile étoit tout-à-fait galant, & fait d'une façon particuliére. Elle étoit assise sur des tapis, ayant à ses côtez neuf ou dix femmes de chambre. Ses Filles d'honneur étoient, disoit-on, retirées en une Forteresse à cause de la guerre. La sale étoit remplie de Gredins demi nuds, qui composoient sa Cour. On me demanda le présent que j'avois aporté pour la Princesse avant que de me faire entrer, un valet le portoit. Il le donna à ses gens. Il consistoit en pâtes de Genes, en rubans, en papier, en éguilles, en étuis de couteaux & de ciseaux assez jolis. Tout cela avoit coûté quelque 23. ou 24. francs : mais il en valoit plus de soixante en Mingrelie. La Princesse en fut fort contente. Elle me fit entrer après l'avoir vû. Il y avoit un banc proche d'elle, sur lequel cet esclave qui parloit Turc me dit de m'asseoir : elle me dit d'abord qu'elle me vouloit marier à une de ses amies, & qu'elle ne vouloit point que je sortisse de son païs, qu'elle me donneroit des maisons, des terres, des esclaves & des sujets ; elle me recommença en suite le discours de la premiére fois, mais il ne dura guére, car on la vint avertir que le dîner étoit prêt.

La maison où elle logeoit étoit au milieu de cinq ou six autres, chacune à cent pas de distance, sans enceinte de haye ou de mur. On voyoit au devant une estrade de bois d'environ 18. pouces de hauteur, couverte d'un petit dome. On étendit des tapis dessus. La Princesse s'y assit, ses femmes se mirent à quatre pas d'elle sur d'autres tapis. Ce nombre de Gredins qui faisoient sa Cour s'assirent en rond sur l'herbe, il y en avoit environ cinquante. Pour les Théatins & pour moi il y avoit deux bancs proche de l'estrade, l'un nous servoit de siége, l'autre servit de table. Quand la la Princeſſe fut aſſiſe, ſon garde-nape étendit devant elle une longue toile peinte, & mit ſur un bout le Buffet, qui conſiſtoit en deux grands flacons & deux petits, en quatre plats & huit taſſes de diverſes grandeurs, en un baſſin & une cueillere à pot, & en une écumoire, & tout cela d'argent. D'autres valets mettoient au même tems devant tous ceux qui étoient là aſſis, des planches de bois pour ſervir de table. On en mit une auſſi devant les femmes. Dès que tout cela fut rangé, on aporta au milieu de la place deux chauderons, un très-grand porté par quatre hommes, & qui étoit plein de *Gom* commun, un autre plus petit, porté à deux, plein de *Gom* blanc. J'ai dit que ce *Gom* eſt une pâte, dont les Mingreliens ſe nourriſſent, comme nous faiſons de pain. Deux autres hommes aporterent ſur une ſiviére un cochon bouilli tout entier, & quatre autres hommes chacun une grande cruche de vin. On ſervoit de tout cela à la Princeſſe, puis à ſes femmes, puis à nous, puis à la ſuite. On ſervit de plus à la Princeſſe un baſſin de bois, où il y avoit du pain, & des herbes fortes pour exciter l'apetit, & un grand plat d'argent dans lequel il y avoit deux volailles, une bouillie, une rotie, toutes deux avec une méchante ſauce dont je ne pûs jamais manger. La Princeſſe m'envoya une partie du pain & des herbes, & me fit dire que je demeuraſſe à ſouper, & qu'elle feroit tuer un bœuf; c'étoit un pur compliment. Un peu après elle m'envoya deux morceaux de volaille, & me fit demander pourquoi il ne venoit pas en Mingrelie de ces ouvriers Europeans qui travailloient ſi bien les métaux, la ſoye, & la laine, & pourquoi il ne venoit que des Moines dequoi l'on n'avoit que faire, & que l'on ne deſiroit point. Je fus bien étonné de cette queſtion. La Princeſſe parloit tout haut Mingrelien, ſon eſclave me raportoit auſſi tout haut ſa penſée en Turqueſque. Ainſi je laiſſe à penſer la confuſion dont cette demande couvroit les pauvres Théatins qui étoient là. A dire le vrai, j'y pris beaucoup de part, je répondis pour eux & pour moi, à qui cela s'adreſſoit pareillement, me diſant Capucin, que les artiſans d'Europe ne travailloient que pour le gain, & qu'ils y en trouvoient aſſez à faire pour n'avoir pas envie d'en aller chercher ailleurs; mais que les Religieux avoient en vûe la gloire de Dieu, & le ſalut des ames, & qu'il n'y avoit que ces grands intérêts qui pûſſent porter les Europeans à quitter leur païs pour venir ſi loin.

Le repas dura deux heures. Quand il fut à la moitié, la Princeſſe m'envoya une taſſe de vin, & me fit dire que c'étoit le vin de ſa bouche & la taſſe où elle beuvoit. Elle me fit trois fois ce même honneur. Elle étoit fort ſurpriſe de voir que je mettois de l'eau dans le vin, diſant n'avoir jamais vû faire cela. Elle & ſes femmes le buvoient pur, & en quantité. A la fin du repas elle m'envoya demander ſi je n'avois point aporté d'épiceries & de porcelaines. Elle me fit faire ſix ou ſept meſſages purement pour me demander de ſemblables choſes. Je jugeai de là que cette Gueuſe, ſi j'oſe nommer ainſi une Princeſſe ſouveraine, ne me careſſoit que par intérêt. Toutes mes réponſes furent des refus. Elle s'en fâcha à la fin, & dit qu'elle vouloit envoyer viſiter mes hardes; je répondis, que ce ſeroit quand il lui plairoit. Je fis cette réponſe ayant peur que le refus, & la reſiſtence, n'échauffât ſon avidité, & pour cacher auſſi l'épouvante où me jettoit ſa menace. Elle me fit réponſe qu'elle diſoit cela en riant, je fis ſemblant de le croire; cependant dès qu'on fut hors de table je ſuppliai un des Théatins qui m'accompagnoit, d'aller en diligence avertir mon Camarade de ce que m'avoit dit la Princeſſe, afin qu'il ſe préparât à tout évenement. Après dîné elle me parla encore de Mariage, & me dit qu'elle me feroit voir en peu de jours la femme qu'elle me vouloit donner, je lui répondis comme auparavant, que les Religieux ne ſe marioient point. Ayant dit cela je fus congedié. La Princeſſe aperçut par malheur en lui faiſant la reverence, que ſous la méchante robe que je portois j'avois du linge plus blanc & plus fin que celui qu'on a en Mingrelie. Elle s'aprocha de moi, me prit la main, me retrouſſa la manche juſqu'au coude & me tint quelque tems par le bras, s'entretenant bas avec une de ſes femmes. J'étois en verité embarraſſé au dernier point, l'action de cette Dame ne me donnoit point de joye. Elle avoit beau me ſoûrire, la peur ne me quittoit point; ce qui me faiſoit le plus de peine, c'étoit de n'entendre point ce qu'elle diſoit, & de voir néanmoins à ſon geſte qu'elle parloit de moi avec application. Cependant je n'étois juſques là que déconcerté. Voici ce qui me jetta en une extrême conſternation. La Princeſſe s'aprocha du Pere Zampi, & lui dit; *Vous me trompez tous deux. Je veux que vous reveniez enſemble Dimanche matin, & que ce nouveau venu me diſe la Meſſe.* Le Pere voulut répondre; mais la Princeſſe

tour-

tourna le dos, & on nous dit de nous en aller.

Je revins au logis fort pensif & fort triste. Le discours que m'avoit tenu la Princesse me faisoit beaucoup apprehender, que son avidité ne la poussât à me jouër un méchant tour. Le Pere Zampi m'avertissoit de l'attendre comme une chose infaillible. Je m'y préparai donc; & dès la nuit suivante, nous enterrâmes ce que nous avions de plus precieux. Je fis creuser dans la chambre d'un Pere Théatin une fosse profonde de cinq pieds, & y mis une caisse de montres & d'horloges garnies de pierreries & une de Coral. Cela fut si bien enterré, qu'il ne paroissoit point du tout qu'on y eût remué la terre. J'allai après dans l'Eglise pour un semblable dessein. Le Pere Zampi me conseilloit d'ouvrir la fosse d'un Théatin enterré six ans auparavant, & de confier à ses cendres une petite cassette que je voulois cacher. Dieu, qui savoit ce qui alloit bien-tôt arriver à cette fosse, m'empêcha de suivre l'avis. J'aimai mieux creuser à un coin de l'Eglise, derriere la porte. J'y fis faire un trou profond, comme dans la chambre, & j'y mis cette cassette, qui contenoit 12. mille ducats d'or. Je cachai ensuite dans le toit de la chambre où je logeois, un sabre & un poignard de pierreries, & d'autres bijoux. Ce toit étoit couvert de paille. Nous retinmes près de nous mon Camarade, & moi les choses de grand prix & de peu de poids; & pour ce qui n'étoit pas de si grande valeur, nous le donnâmes à garder aux Théatins.

Le 23. je connus le bien que m'avoit fait la Princesse en me menaçant de faire visiter mes hardes. C'étoit un Dimanche, j'en avois passé une partie en priéres & à gemir dans le sentiment des malheurs qui m'accabloient, & des dangers dont j'étois environné, sans voir de porte ouverte pour en sortir. Je me tenois si surement esclave que je n'osois prier Dieu pour la liberté. Je me renfermois à lui demander un bon maître, & dans le choix j'aimois mieux les fers des Turcs qu'une femme Colchéene, & sur tout de la main de cette nouvelle Medée. Quand nous eûmes dîné, on vint dire au Préfect qu'il y avoit deux Gentilshommes à la porte qui le demandoient. Ces deux Gentilshommes étoient de leurs voisins. Ils étoient à cheval couverts de chemises de maille, & fort armez. Ils avoient avec eux une trentaine d'hommes, à pied, & à cheval, tous armez aussi. Le Préfect ne s'étonna point de les voir en cet état avec tant de suite, parce qu'on étoit en tems de guerre. Ces deux Gentilshommes dirent au Préfect qu'ils s'étoient arrêtez à la porte pour discourir avec lui, & avec les Europeans qui étoient venus de nouveau. Sur cela ils mirent pied à terre. Le Préfect m'appella & mon Camarade. Nous allâmes les trouver. Je n'avois garde de pénetrer leur mauvais dessein; mais je le connus bien-tôt, car dès que nous les eûmes abordez, ils nous firent saisir par leurs gens. Ils dirent en même tems au Préfect, & aux autres Théatins qui les étoient venus saluër, de se retirer, & que s'ils remuoient on les tuëroit. Le Préfect, saisi de peur, s'enfuit. Les autres ne nous voulurent pas abandonner; & le frere Laïc nous servit vivement. Il se sacrifia pour nous, l'épée nuë qu'on lui mit sur le col, ne le pût faire retirer de nos côtez. Nos valets furent incontinent saisis. Un d'eux voulut faire résistance, & se servir d'un grand couteau qu'il portoit à la ceinture. Il fut jetté par terre à coups de lance. On le lia, & on l'attacha à un arbre.

Ces assassins déclarérent après qu'ils vouloient voir ce que nous avions. Je répondis qu'ils en étoient les maîtres; que nous étions de pauvres Capucins, dont tout le bien consistoit en livres, en papiers, & en méchantes hardes. Qu'ils ne nous fissent point de violence, & qu'on les leur montreroit. Je n'avois point d'autre parti à prendre que celui-là, étant saisi & lié; & ces assassins s'étant rendus maîtres du logis, & des gens qui y étoient. Cette voye me réüssit assez bien, graces à Dieu. On me délia, & on me dit d'ouvrir la porte de nôtre chambre. C'étoit un prémier étage, il n'y avoit que ce qu'on vouloit bien qui fût vû. Nous avions retenu sur nous nos bijoux les plus précieux, comme j'ai dit. Mon Camarade avoit cousu les siens dans le colet d'un gros just-au-corps fourré qu'il portoit. Pour moi j'avois fait des miens deux petits paquets. Je les avois cachetez, & je les tenois dans le coffre où étoient mes livres. Je n'osois les porter sur moi ayant peur d'être ou assassiné, ou dépouïllé, ou pris pour être vendu: Je dis au frere Laïc, & à mon Camarade, de tirer ces deux Gentilshommes à part, & de les amuser en négociation, de leur offrir un peu d'argent; & ainsi de me donner tems de tirer du coffre ces deux paquets précieux, & de les cacher en quelque lieu. Ils le firent. J'entrai dans nôtre chambre, & je fermai la porte sur moi. Les gens se doutérent de mon dessein. Ils en avertirent les Gentilshommes qui vinrent eux-mêmes à la porte, elle étoit bien fermée par dedans, j'entendis mon Camarade qui crioit d'embas que je prisse garde à moi, & qu'on m'observoit par les fentes, cela me fit tirer promptement mes deux paquets du toict où je les cachois, dans la crainte qu'on ne m'eût vû faire. Je les mis dans ma poche; & voyant que ces assassins enfonçoient la porte, je me jettai de la chambre en bas par une fenêtre qui donnoit sur le jardin. Dans une nécessité moins pressante je n'eusse pas fait ce saut pour aucune chose; car c'étoit pour se tuer; mais un esprit saisi de crainte ne craint rien que l'objet de sa premiere frayeur. Je courus au bout du jardin, & je jettai ces deux paquets dans des broussailles. J'étois si troublé, que j'observai mal l'endroit où je les mis. Je retournai aussi-tôt à la chambre. Je la trouvai pleine de ces voleurs, dont les uns violentoient mon Camarade, & les autres frapoient à grands coups de masse d'armes sur mes coffres pour les rompre. Je pris courage, sachant qu'il n'y avoit dedans rien de fort considérable. Je leur fis dire de prendre garde à ce qu'ils faisoient, que j'étois envoyé du Roi de Perse; & que le Prince de Georgie tireroit une furieuse vengeance de la violence qu'ils me faisoient. Je leur montrai là-dessus le Passeport du Roi de Perse. Un des Gentilshommes le prit, & le voulut déchirer, disant qu'il ne craignoit, ni ne respectoit aucun homme au monde. L'autre l'arrêta & le retint, l'écriture d'or, & le seau doré, lui imprimérent du respect. Il me fit dire d'ouvrir mes coffres, & qu'on ne me feroit aucun mal; mais que si je résistois davantage on m'ôteroit la tête de dessus les épaules. Je voulus repliquer au lieu d'obéïr. Il pensa m'en coûter cher. Un des soldats tira l'épée, & la leva pour me la décharger sur la tête. Le frere Laïc lui arrêta le bras. En même tems j'ouvris les coffres, & ce fut un pillage étrange. Tout ce qui plût à ces Messieurs fut enlevé.

J'étois appuyé contre une fenêtre pendant ce pillage. J'en détournois les yeux pour ne pas accroître ma douleur. Comme je les tenois sur le jardin, j'y apperçus deux soldats qui remuoient les broussailles, aux endroits où il me sembloit que j'avois caché mes deux paquets de bijoux. Je courus tout furieux à cet endroit. Un Pere Théatin me suivit, & les deux soldats se retirérent, je ne sais pourquoi, quand ils nous vîrent entrer. Je me mis aussi-tôt à chercher les deux paquets. Le trouble où j'étois m'empêchoit de bien reconnoître l'endroit où je les avois mis. Je ne les trouvai point, & je crûs certainement qu'on les avoit découverts & emportez. On peut juger par la valeur de ces deux paquets, qui étoient de vingt-cinq mille écus, quel desespoir me saisit. Je serois mort sur l'heure sans le secours de Dieu. Il me soûtint par sa bonté, & me maintint toûjours en un reste de présence d'esprit. Cependant mon Camarade, & le frere Laïc m'appelloient avec de grands cris. Je sortis du jardin, & courus à la chambre. Comme j'y allois deux soldats me saisirent. Ils me tirérent en un coin, & me prirent ce que j'avois dans mes poches, qui n'étoit pas grand' chose. Après, ils me prirent les mains, & me les voulurent lier. Je criai, je résistai, je fis signe qu'ils me menassent à leurs maîtres, & je fis dire à ces chefs d'assassins qu'il ne me falloit point lier pour m'emmener, ni pour me tuer; que quelque chose qu'ils voulussent faire de moi, j'étois disposé à le souffrir. Ils répondirent qu'ils vouloient nous mener au Prince puisque nous étions Ambassadeurs. Je repliquai que nous y irions sans être liez, & que nous esperions qu'il nous feroit Justice; que nous avions pour lui des Lettres pour lesquelles il auroit sûrement de la considération. Il étoit tard, la nuit aprochoit. Le Château du Prince étoit à quinze milles. On nous relâcha, & on n'emmena que ce valet qui avoit voulu faire résistance. Je le rachetai dix piastres quinze jours après.

Dès que je fus hors des mains de ces voleurs, je m'en allai au jardin. Le Pere, qui m'y avoit suivi, lors que j'allois pour prendre les deux paquets de pierreries que j'y avois cachez, comme j'ai dit, avoit conté à tout le logis le grand malheur que je croyois m'être arrivé. Personne ne doutoit que ces soldats ne m'eussent observé, ne m'eussent suivi, & n'eussent pris ce que j'avois caché dans les broussailles. Un de nos valets, Armenien, nommé *Allaverdi*, (je le nomme parce que plusieurs de mes amis l'ont vû à Paris au retour de mon prémier voyage, & parce qu'il fit alors un coup de fidelité qui merite beaucoup de loüange.) Ce valet, dis-je, me suivit, & je fus tout étonné que je le vis se jetter à mon col le visage couvert de larmes. Monsieur, me dit-il, nous sommes ruïnez. La crainte & le malheur commun nous faisoient ainsi tous oublier ce que nous étions. J'étois si transporté que je le pris d'abord pour quelque Mingrelien, qui me venoit égorger. Quand je l'eus reconnu, je fus touché de sa tendresse. Je lui commandai de ne pas pleurer.

rer. Mais, Monsieur, me dit-il, avez-vous bien cherché? J'ai tant cherché, lui répondis-je, que je suis tout-à-fait assuré de mon malheur. Il ne se contenta point de cela. Il voulut que je lui montrasse l'endroit où j'avois mis les paquets, & que je lui contasse comme j'avois fait en les cachant, & en les cherchant ensuite. Je le fis par complaisance pour ce pauvre garçon qui nous témoignoit tant d'attachement. J'étois si prévenu que sa recherche étoit peine perduë que je n'y daignai pas assister. Il étoit nuit, ma douleur me possedoit & me troubloit tellement, que je ne puis dire ce que je fis, où j'allai, ni ce que je sentois. Mais enfin, je fus tout étonné de me sentir une autrefois prendre au col par ce pauvre garçon, qui à même tems me fourra dans le sein les deux paquets que je croyois perdus. On peut juger le changement que fit en mon ame cet agréable retour. La verité est, que la consolation qu'il me donna, ne vint point d'avoir recouvré 25. mille écus que je croyois perdus, mais de voir le soin que Dieu prenoit de moi, sa bonté, sa présence, & son secours. Cette vûe me remit tout en un moment. L'état présent ne me donnoit plus de peine, ni l'avenir d'inquiétude, & reconnoissant manifestement que Dieu seul pouvoit m'avoir ainsi préservé, je conçûs cette assurance de ne pouvoir perir, qui m'a soûtenu depuis dans toutes les détresses où je suis tombé.

Ayant sauvé ces deux riches paquets, je faisois peu de compte de ce qu'on pouvoit avoir pris dans mes coffres. J'allai à ma chambre, & je dis à mon Camarade l'heureux recouvrement que j'avois fait. Je le trouvai redonnant quelqu'ordre à ce pauvre lieu. Ce qu'on en avoit emporté étoient des habits, des armes, de la vaisselle de cuivre, du linge, & d'autres bagatelles. Nous demeurâmes d'accord de ne point faire savoir le recouvrement des deux paquets perdus, afin qu'on crût que nous n'avions plus rien à perdre : cela fit un bon effet. Les gens des Théatins crûrent que nous étions entiérement dépouillez ; cependant tout ce que nous avions perdu ne valoit, graces à Dieu, que quelque quatre cens écus.

Le 24. au matin, le Préfect des Théatins, & le frere Laïc, me menérent au Catholicos, & au Prince demander Justice. Ils voulurent que je portasse à chacun un présent. J'alleguai en vain qu'il n'y avoit pas de rapport entre faire des présens, & dire qu'on avoit été pillé, dépouillé, & assassiné. La coûtume l'emporta, je présentai au Catholicos un étui de coûteau, de cueuiller, & de fourchette d'argent, & un chapeau qu'il m'avoit fait demander. Je lui montrai le commandement & le passe-port du Roi de Perse, & au Prince aussi. Je ne rendis point au Prince la Lettre de l'Ambassadeur de France, les Théatins ne l'ayant pas trouvé à propos. Ni l'un ni l'autre ne me donnérent aucune satisfaction. Le Prince me dit, que dans le tems de guerre où l'on étoit alors il n'étoit pas Maître de la Noblesse; qu'en un autre tems il m'auroit fait bonne & prompte justice, qu'il feroit son possible pour me faire restituer ce qu'on m'avoit pris. Le Catholicos me tint le même langage, & au lieu de remède, il se mit à nous donner des consolations. Ils nommérent pourtant chacun un Gentilhomme pour aller de leur part demander ce qu'on nous avoit pris.

Ce que j'opérai de plus considérable en cette courvée, fut de découvrir que le Dadian, ou Prince, étoit de part dans l'action du jour précédent, & qu'il avoit touché le tiers du vol. Cette découverte me servit à connoître encore mieux la nature du païs où j'étois, & à me faire paroître plus inévitables les dangers qui nous menaçoient. Les deux Gentils-hommes nommez pour nous servir vinrent coucher chez nous. Il fallut leur faire un présent à leur arrivée. Ils firent semblant de bien courir pour nôtre service le lendemain & le jour suivant; leurs courses ne produisirent rien, ils revinrent le 26. au soir nous dire qu'ils n'avoient rien avancé, & qu'ils ne pouvoient continuer leur poursuite, parce qu'on avoit nouvelle que les Turcs étoient entrez en Mingrelie, brûloient & saccageoient tout, & que cela les obligeoit à se rendre promtement près de leurs Maîtres.

J'étois dans une si grande disposition de souffrir, que cette nouvelle ne m'épouvanta pas davantage. Les Théatins s'en desesperoient, prévoyant que cette incursion des Turcs les alloit achever. Nous nous préparâmes tous à la fuite. Nous entendîmes sur la minuit deux coups de canon. C'étoit le signal que la Forteresse de *Rucs* donnoit de l'approche des ennemis. A ce signal, tout le monde se mit à fuïr, emportant & emménant dans les bois & dans les lieux forts tout ce qu'ils pouvoient.

Le 27. à la pointe du jour, nous nous mîmes à fuïr comme les autres. Je ne touchai à rien de ce qui étoit ou enterré, ou caché dans les toits, & en d'autres lieux. Je le tenois beaucoup plus en fureté que ce que nous em-

emporterions. Les Théatins avoient pour toute voiture une charrette à bœufs & deux chevaux. La charrette portoit tout le bagage du logis & deux enfans, le frere Laïc montoit un des chevaux, & mon Camarade l'autre. Il étoit malade, cela rendoit nôtre fuite plus difficile, & plus lente. Deux Peres Théatins & moi suivions à pied la charrette. Les esclaves & tous les gens de la maison nous accompagnoient. Il n'y étoit resté qu'un Pere pour la garder. Il y avoit mille choses dedans qu'on ne pouvoit emporter faute de voiture. J'y laissai mes livres, la plûpart de mes papiers, & mes instrumens de Mathematique; m'imaginant que ni les Turcs ni les Mingreliens ne s'en voudroient pas charger. Le Pere, qui demeuroit à la garde du logis, fuioit dans les bois prochain, dès qu'il entendoit les ennemis, & revenoit le soir au logis. J'ai dit que les guerres des Mingreliens & de leurs voisins, ne sont proprement que des courses & que des pillages, qu'elles ne durent guéres, & qu'en peu de jours les ennemis se retirent: voilà pourquoi on laisse toûjours une personne ou deux en chaque maison pour empêcher que les voisins n'en viennent piller les grains, le vin, & d'autres choses qu'on ne peut emporter. Ces personnes sont quelquefois surprises par l'ennemi, mais cela arrive rarement, parce qu'ils sont au guet, & que les bois sont tout proche, épais, & fort propres à se cacher.

C'étoit une compassion la plus grande du monde de voir tout ce pauvre peuple s'enfuïr. Le femmes étoient chargées d'enfans & de paquets, les hommes l'étoient de bagage. L'un chassoit du bêtail, l'autre tiroit une charrette pleine de meubles. On en voyoit sur les chemins, épuisez de force, & mourans. On voyoit de vieilles gens, & de petits enfans, qui ne pouvoient marcher, & qui imploroient du secours avec des gemissemens pitoyables. C'étoit des cris, une desolation, & des miseres, dont il n'y a que le cœur de ces barbares qui ne se fonde pas. Il est vrai pourtant que je n'en étois point touché; non point par dureté, mais faute de compassion; mes propres malheurs l'ayant tellement épuisée, qu'il ne m'en restoit plus pour ceux d'autrui. Le lieu où nous-nous retirâmes étoit une Forteresse dans les bois comme celles que j'ai décrites. Le Seigneur du lieu s'appelloit *Sabatar*. C'étoit un Georgien qui s'étoit fait Mahometan, & puis étoit revenu au Christianisme. Il passoit pour moins fripon, & moins brigand que les autres. Nous arrivâmes chez lui, après avoir fait cinq lieuës, dans des bouës & des fanges profondes, dont je croiois que la charrette ne se pourroit jamais tirer: Il la falut décharger & recharger vingt fois. Je ne dirai point que je fus prêt deux fois de la voir piller, & d'être dépouillé & tué, parceque je courois tous les jours ce risque. Quand nous fûmes arrivez à la Forteresse, celui à qui j'ai dit qu'elle appartenoit nous reçût bien. Les Peres Théatins lui dirent que j'étois une personne qu'on n'obligeoit point sans avantage. Il nous logea dans le four, en une petite & méchante cabane, où nous n'étions guéres plus à couvert que dans la cour: car il y pleuvoit de tous côtez. C'étoit pourtant une grande faveur de l'avoir, & de n'être point mêlé avec une infinité de miserables tous les uns sur les autres. La Forteresse étoit pleine de gens lors que nous y arrivâmes. Il y avoit huit cens personnes presque tous femmes & enfans.

Avant que de continuer le recit de mes disgraces, je parlerai du sujet de l'irruption des Turcs, & je dirai ce que j'ai appris des derniéres guerres des Mingreliens, & des peuples du païs d'Imirette & de Guriel, où leurs formidables Voisins, le Turc, & le Persan, se sont mêlez. On y verra des avantures, qui ne sont peut-être pas indignes de l'Histoire; & c'est assurément quelque chose d'également remarquable & étonnant, que des Etats si petits, & si peu considérables, produisent continuellement des révolutions si tragiques. On ne m'accusera pas d'avoir outré la méchanceté des peuples qui les habitent, quand on lira cet endroit de l'Histoire, & la simple rélation que j'en ferai en les représentant tels qu'ils sont, me justifiera peut-être dans l'esprit de mes lecteurs.

Le plus fameux Prince qu'ait eu la Mingrelie, depuis qu'elle s'est revoltée contre le Roi d'Imirette, a été *Levan Dadian*, Oncle de celui qui regne aujourdhui. Il étoit vaillant & généreux. Il avoit beaucoup d'esprit, assez d'équité, & de bonheur en toutes ses entreprises. Il fit la guerre à ses voisins & les vainquit tous. C'eût été sans doute un excellent Prince, s'il fût né dans un meilleur païs; mais la coûtume qu'on a dans le sien de prendre plusieurs femmes, & même des proches parentes, fit qu'il s'emporta à des excès qui le rendirent indigne de toute sorte d'Eloges.

Il demeura orphelin presque au sortir de l'enfance: son Pere en mourant lui donna pour Tuteur son frere, qui étoit Oncle paterternel du Pupile. Il s'appelloit *George*, & il étoit Prince Souverain de *Libardian*, païs qui s'étend fort avant dans le mont Caucase. George s'acquitta fidelement de la tutelle de son Neveu. Il l'éleva bien, & gouverna sagement la Mingrelie durant sa minorité.

Levan, âgé de 24. ans, épousa la fille du Prince des Abcas, dont il eut deux fils. C'étoit une très-belle Princesse, & pleine d'esprit. On l'accuse de n'avoir pas été fidele épouse; c'étoit peut-être pour se venger de l'infidelité que son mari lui faisoit tous les jours ouvertement. Entre les femmes dont il devint amoureux, étoit celle de George, son Oncle, qui avoit été son Tuteur, & à qui il avoit tant d'obligation. Cette Dame s'appelloit *Darejan*, d'une famille considérable nommée *Chilaké*. Comme elle étoit extrêmement belle, mais méchante & ambitieuse au delà de ce qu'on pourroit imaginer, elle ne se contenta pas de violer la fidelité conjugale, & d'entretenir deux ans durant un commerce incestueux avec le Prince son Neveu; elle lui persuada de plus, au bout de ce tems, de l'enlever, de l'épouser, & de repudier sa femme. Levan fit tout cela. Il enleva cette adultére de la maison de son mari. Il l'épousa, & huit jours après il renvoya sa femme honteusement, & sans suite, au Prince des Abcas, son Pere; après lui avoit fait couper le nez, les oreilles & les mains. Le sujet qu'il prit pour excuser une cruauté si étrange, fut de l'accuser d'adultére avec le Vizir, qui se nommoit *Papona*; & pour le mieux persuader, il fit mettre ce Vizir à la bouche d'un canon, au même tems qu'il mutiloit sa femme. Tout le monde assure pourtant qu'entre elle & le Vizir il ne s'étoit rien passé de criminel, & que ce fut seulement à la haine & à la jalousie de *la Chilaké*, que Levan sacrifia son Epouse, & son Ministre.

L'amour de cette méchante femme s'étoit fait immoler ces importantes victimes: son ambition en eut encore de plus précieuses. Levan empoisonna lui-même les deux fils qu'il avoit eus de la Princesse sa femme. La Chilaké le portant à cette incroyable inhumanité, afin que les enfans qu'elle auroit de lui regnassent sûrement.

Le Prince George aimoit sa femme, toute adultére & toute scelerate qu'elle étoit. Son enlevement le jetta dans un furieux desespoir. Il en fit le deuil durant quarante jours, selon la coûtume du païs, de même que si elle eût été morte; après quoi il prit les armes, & se jetta sur les terres du Prince son Neveu. Levan étoit vaillant, il avoit de bonnes troupes, & George fut contraint de se retirer dans ses montagnes, où il mourut bien-tôt de regret & de douleur.

Le Prince des Abcas voulut aussi venger l'outrage & l'affront qu'il avoit reçû en la personne de sa fille; mais ce fut avec aussi peu de succès. Il assembla ses forces, commença la guerre contre le Prince Mingrelien, & bien que les suites ne fussent pas à son avantage, il ne voulut jamais faire de Paix ni de Tréve avec lui; & ne finit la guerre que quand il sût la mort de ce barbare Gendre.

Un troisiéme ennemi, encore plus redoutable, mais aussi peu heureux s'éleva contre Levan. C'étoit son propre frere, nommé *Joseph*, qui entra si avant dans le juste ressentiment de son Oncle George, & du Prince des Abcas, qu'il se résolut de les venger, en faisant assassiner le Coupable. Il aposta un Garde, Abcas de Nation, pour faire l'assassinat. L'Echanson du Prince étoit de la partie, & le complot étoit fait de cette sorte. Joseph devoit se trouver à dîner au Palais, le Garde Abcas devoit être debout derriére le Prince, la lance à la main, & quand le Prince auroit porté à la bouche une de ces grandes tasses de vin, que les Mingreliens boivent à la fin du repas, l'Echanson devoit faire signe à l'Abcas, qui dans ce moment lui auroit passé la lance dans le corps. Ce complot alla jusqu'au point de l'execution, & échoua-là; la justice de Dieu voulant que les crimes de Levan fussent ses assassins & ses bourreaux, qui le tinssent long-tems sans l'achever. Il apperçut le signe que l'Echanson faisoit; & comme inspiré il se jetta de sa place en bas, de façon que la lance ne le toucha point: Cependant l'Abcas échappa, mais l'Echanson fut saisi, mis à la torture, & écartelé après avoir confessé tout ce qu'il savoit de la conspiration. Le Prince Joseph eut les yeux crevez, & mourut peu après, laissant un fils qui est aujourdhui le Prince de Mingrelie.

Levan eut trois enfans de son incestueuse union, deux fils & une fille, qui portérent chacun l'iniquité de leurs peres; car ils furent tous trois paralitiques. On fit tout ce qui se peut imaginer pour leur guérison, mais tout fut inutile; leur maladie épuisa l'art des Medecins du pays, des Théatins, & d'un habile Medecin Grec, que le Prince fit venir de Constantinople. Le Cadet & la fille moururent âgez de vingt ans ou environ, le fils aîné nommé Alexandre vêcut davantage, & même-

même il se maria, & eut un enfant. Sa femme étoit fille du Prince de Guriel. Il en eût un fils un an après son mariage, & peu après il déceda, son pere Levan étant encore vivant.

Levan mourut l'an 1657. Après sa mort, la Chilaké eut le crédit de mettre en sa place un fils qu'elle avoit eu avec son premier mari; mais dont on assure pourtant que Levan étoit le Pere. Ce jeune Prince, qui s'appelloit *Vomeki*, ne regna pas long-tems. Le Viceroi de cette partie de Georgie qui est sous la domination de Perse, le dépouilla de la Principauté, dont il revêtit le légitime héritier de Levan, après avoir envahi la Mingrelie, & le pays d'Imirette. Comme cette invasion est un incident naturel & nécessaire en ce recit, j'en dirai en peu de mots le sujet.

Le feu Roi d'Imirette, qui s'appelloit Alexandre, & qui mourut l'an 1658. eut deux femmes: la premiére étoit fille du Prince de Guriel, & s'appelloit *Tamar*, qu'il repudia pour ses adultéres, après en avoir eu un fils & une fille. Le fils qu'on nomme *Bacrat Mirza* est aujourdhui Roi d'Imirette. La fille est Princesse de Mingrelie, celle-là même dont j'ai tant parlé, qui vouloit me voler, & me marier. La seconde femme d'Alexandre s'appelloit *Darejan*, une jeune Princesse, fille du grand & célébre *Taymurazkan* dernier Roi Souverain de Georgie. Il n'en eut point d'enfans, & il la laissa veuve après quatre ans de mariage. On parle de sa beauté & de ses attraits comme d'une merveille. Dès que son beau-fils Bacrat fut sur le Trône, elle le sollicita de l'épouser. Bacrat n'étoit âgé que de quinze ans: les charmes de la beauté ne pouvoient pas faire encore de si grandes impressions sur son cœur, & les mauvaises mœurs de son pays ne l'avoient pas tout-à-fait corrompu. Il eut horreur de la proposition, & n'y répondit que par des dédains. Darejan voyant qu'elle ne pouvoit se maintenir sur le Trône, y mit incontinent une jeune personne de douze ans, sa parente, qu'on nomme *Sistan Darejan*, qui est fille de *Datona* frere de *Taymurazkan*. Bacrat l'épousa âgé de quinze ans, comme j'ai dit. Darejan s'assuroit de gouverner toûjours l'Etat, & de tenir le Roi & la Reine continuellement en tutelle. Bacrat, tout jeune qu'il étoit, s'aperçut du dessein de sa belle-mere, & un jour il lui en témoigna du mécontentement. Darejan dissimula, & contenta Bacrat sur l'heure, l'assurant qu'elle ne vouloit garder aucune autorité. Ce Prince a le naturel bon & simple, il crût Darejan, & lui redonna facilement sa confiance, ne pensant à rien moins, qu'à la trahison qu'elle méditoit contre lui. Elle fit semblant d'être malade, & envoya supplier le Roi de la venir voir. Il y alla bonnement. Des gens qu'elle avoit apostez dans sa chambre, s'en saisirent dès qu'il fut entré, & le liérent. Elle le fit mener aussi-tôt dans la Forteresse de Cotatis, qui est la principale Place du païs, dont le Commandant étoit sa créature. Elle s'y rendit incontinent après, manda tous les Grands qu'elle avoit gagnez & en qui elle s'assuroit, & délibera cinq jours avec eux de ce qu'elle feroit du Roi. Les uns lui conseilloient de le faire mourir, & les autres de lui arracher les yeux. L'avis des derniers fut suivi, & Bacrat fut aveuglé. Cela arriva huit mois après le mariage de ce pauvre Prince, qu'on dit même qu'il n'avoit pas consommé.

Entre les Seigneurs qui étoient du parti de Darejan, il y en avoit un qu'elle aimoit éperduément, & qui s'appelloit *Vactangle*. Elle l'épousa & le fit couronner Roi dans la Forteresse. Cela irrita les autres Seigneurs, qui se crûrent tous offensez de la préférence. Ils se retirérent du parti de Darejan, se joignirent au parti contraire, prirent les armes & appellérent à leur secours les Princes de Guriel & de Mingrelie, offrant de donner le Royaume à celui des deux qui viendroit le prémier les secourir. Vomeki Dadian vint d'abord avec toutes les forces de son païs, & il se rendit bien-tôt maître de tout ce qui tenoit pour Darejan, à la reserve de la Forteresse de Cotatis. On y mit le siége, mais comme faute d'artillerie on ne gagnoit rien sur les assiégez, que la liberté d'aller & de venir; on eût été long-tems à les reduire, sans l'adresse d'un Seigneur du païs nommé *Ottia Checaizé*. Il fit par un tour d'esprit, ce qu'on ne pouvoit faire par force. Il alla à la Forteresse avec un feint desespoir causé par le Prince de Mingrelie, fit acroire à Darejan qu'il en étoit poussé d'une maniére à n'avoir plus de refuge assuré: qu'il venoit se jetter à ses pieds, lui demander pardon, & sa protection contre ce Prince. Darejan donna dans le piége. Elle crût tout ce qu'Ottia lui disoit, & que l'ardeur qu'il lui témoigna pour ses intérêts étoit véritable. Elle l'admit à son Conseil grossi de puis peu de l'Evêque de Tiflis, & du Catholicos de Georgie, que le Viceroi de ce païs là lui avoit envoyez, dans la crainte que ceux en qui elle se confioit, ne lui fissent quelque trahison. Ce

Trans-

Transfuge les leurra pourtant, tout éclairez qu'ils étoient. Il dit en leur présence à Darejan, que dans l'état des choses, il n'y avoit point d'autre voye pour chasser le Prince de Mingrelie, pour lui ôter ce qu'il avoit pris, & pour regner sûrement que d'avoir recours au Turc : qu'il falloit qu'elle envoyât son mari à Constantinople, demander du secours, & faire confirmer son Couronnement : que le Royaume d'Imirette étoit tributaire de la Porte, & que le Grand Seigneur avoit le droit & les forces qu'il falloit, pour le pacifier & pour y mettre un Roi. Darejan fut charmée de l'avis ; & lors que celui qui le donnoit s'offrit de l'executer en partie, & de conduire Vactangle à Constantinople, elle se jetta à ses pieds, ne trouvant pas que des paroles exprimassent assez la reconnoissance dont elle avoit le cœur plein. Vactangle ne prit avec lui que deux hommes, afin d'aller plus vîte, & plus secretement. Son Guide, le fin Ottia Checaizé, le fit sortir de la Forteresse à l'entrée de la nuit ; & tirant par des chemins détournez pour aller aux Assiégeans, il le mit dans leur camp en moins d'une heure. Le Prince de Mingrelie lui fit à l'instant arracher les yeux, & envoya cette nuit-là même faire savoir à Darejan, qu'il tenoit son mari prisonnier, & qu'il l'avoit fait aveugler. Cette nouvelle la surprit tellement, qu'elle en perdit le courage, & la resolution, & peu après elle rendit la Forteresse, qui fut pillée. On assure que le Prince de Mingrelie en emmena un fort riche butin, & entr'autre douze charettes de vaisselle, & de meubles d'argent. Les Rois d'Imirette avoient amassé, à ce qu'on dit, une si grande quantité d'argenterie, que dans leur Palais presque tout étoit d'argent massif, jusqu'aux gradins, & aux marche-pieds. Cela n'est pas difficile à croire d'un païs qui est bon & de commerce, voisin des païs qui étoient autrefois les plus riches, & où il paroît que la monnoye n'étoit pas alors en usage, n'étant encore à présent que fort peu pratiquée. Le Prince de Mingrelie emmena aussi avec lui le Roi & la Reine d'Imirette, la méchante Darejan, & le malheureux Vactangle son mari, & il renvoya honnêtement au Viceroi de Georgie, les deux Prélats qu'il avoit envoyez à cette Princesse, pour lui servir de Conseillers.

Le Viceroi de Georgie se nomme *Chanavascan*. Il est du sang Royal des derniers Souverains de ce païs-là ; mais il s'est fait Mahometan pour en pouvoir être Viceroi sous le Persan. Il n'a que deux femmes légitimes, qui toutes deux sont Chrétiennes, dont l'une s'appelle *Marie*, & est sœur de Levan Prince de Mingrelie, celui par qui j'ai commencé cette histoire. Dès qu'elle eût apris comment la détestable Chilaké avoit exclus le légitime héritier, en faveur du fils qu'elle avoit eu avant qu'elle fût mariée à Levan, elle pressa le Prince son mari de prendre en main le droit de son Neveu, & de le mettre en possession de la Principauté, dont il étoit le vrai & le légitime héritier. Le Viceroi de Georgie ne voulut pas d'abord agir par la force dans cette affaire. La Mingrelie est tributaire du Grand Seigneur : il ne pouvoit y porter la guerre à l'insû du Roi de Perse, & sans son consentement, & il ne savoit comment l'obtenir. Il en eut bien-tôt une occasion favorable ; car dès que le Prince de Mingrelie fut entré dans le Royaume d'Imirette, comme je le viens de dire, Darejan qui est la parente du Viceroi Georgien, & qui a été élevée chez lui, Vactangle son Epoux, & les Grands de leur parti, lui envoyerent offrir de donner le Royaume à *Archyle* son fils aîné, s'il vouloit venir en chasser le Mingrelien. Le Viceroi fit savoir cette offre au Roi de Perse, & l'assura qu'il ajoûteroit ce Royaume, & la Mingrelie à son Empire, s'il vouloit lui permettre seulement de les conquerir. Sa Majesté lui en envoya son consentement. Il assembla aussi-tôt ses forces, & marcha vers l'Imirette. Comme il entroit dans le païs, il eut nouvelles qu'un Grand de Georgie s'étoit soulevé, & que prenant l'occasion de son absence, il se préparoit à ravager le païs. Il rebroussa chemin, mena ses forces contre le Rebelle, le défit, & le fit mourir, & après retourna vers l'Imirette.

Les Grands de ce Royaume qui l'appelloient, avoient assemblé quatre mille hommes. C'est une grande armée pour un païs aussi borné que celui-là. Elle grossissoit tous les jours de gens dont les uns redoutoient sa puissance, & les autres étoient charmez de sa valeur. Il ne trouva presque aucune resistance en Imirette, & en Mingrelie. Le Prince Vomeki se retira chez les Soüanes, dans les lieux du mont Caucase qui sont inaccessibles à la Cavalerie. Ainsi le Prince Georgien ne fit que piller. Il emporta un très-riche butin de l'un & de l'autre païs. On dit que c'est là qu'il a amassé une bonne partie de la vaisselle d'or & d'argent dont sa maison est remplie. Il établit Prince de Mingrelie son Neveu petit-fils de Levan, à qui la Principauté apartenoit de droit, & le fiança à une de ses Niéces qu'il lui devoit envoyer ; ensuite il fit couronner Roi d'Imirette son fils aîné nommé *Archyle* ; mais il ne savoit de quelle maniére se défaire de Vomeki. Car il ne vouloit pas laisser ce fugitif dans les montagnes où il s'étoit retiré, aprehendant qu'après son départ il n'en descendît, & ne donnât de la peine aux Princes nouvellement établis. Un Grand d'Imirette nommé *Kotzia* le tira de peine. Il écrivit aux Soüanes, que le Viceroi de Georgie vouloit absolument se défaire de Vomeki, qu'il leur donneroit de grandes recompenses s'ils le tuoient ; mais qu'il alloit leur porter la guerre, s'ils refusoient de lui donner cette satisfaction. Les Soüanes firent ce qu'on voulut. Ils tuerent Vomeki, & envoyerent sa tête au Prince Georgien. Il se retira après cette exécution, emmena avec lui les deux Princes d'Imirette aveugles, Bacrat & Vactangle, afin que ni eux ni leurs amis, ne pûssent rien entreprendre en leur faveur après son départ, & laissa à Cotatis les Princesses leurs femmes. Ce fut à la considération de son fils le Roi d'Imirette qu'il fit cette inhumaine séparation. Ce jeune Roi étoit devenu si éperdument amoureux de la femme de Bacrat, qu'il vouloit l'ôter à son mari, & l'épouser.

Après le départ du Viceroi de Georgie, plusieurs Grands d'Imirette conspirérent contre le nouveau Dominateur. Les uns en étoient maltraittez, d'autres ne pouvoient endurer le grand pouvoir de Kotzia, que son pere lui avoit donné pour prémier Ministre, non-plus que sa fierté & ses duretez pour eux. Ils écrivirent au *Pacha d'Acalziké*, (c'est un païs de la domination du Turc qui confine avec l'Imirette,) qu'ils s'étonnoient de le voir regarder avec une si grande indifference, le Viceroi de Georgie saccager un Royaume & une Principauté tributaires des Turcs, se les assujettir, en emmener prisonniers les légitimes Souverains, & mettre à leur place des personnes de son sang. Qu'ils le supplioient de leur faire savoir si c'étoit la *Porte* qui les abandonnoit au caprice des Persans, ou si c'étoit la crainte de leurs forces qui lui lioit les mains en une affaire où il y alloit de l'honneur & de l'intérêt du Grand Seigneur. Le Pacha leur fit réponse qu'il avoit mandé à la Porte l'invasion faite par le Viceroi de Georgie, qu'il attendoit d'heure à autre des ordres, & que dès qu'il les auroit reçûs il leur en feroit savoir ce qui seroit nécessaire. Peu après il leur écrivit que ces ordres étoient venus, & qu'aussi-tôt que les Troupes que les Pachas d'Erzerum & de Cars, (ce sont des Provinces de l'Armenie,) avoient ordre de lui envoyer, seroient jointes aux siennes, il iroit les délivrer du joug des Georgiens : cependant qu'ils se tinssent prêts à se joindre à lui avec le plus de gens qu'ils pourroient assembler, & qu'ils fissent tuer *Kotzia*, de peur que ses forces, sa prudence, & son crédit, n'arrêtassent l'entreprise ; & afin que sa mort laissât sans aucun conseil le nouveau Roi d'Imirette.

Les principaux Conjurez étoient le Grand Maître de la maison du Roi, & l'Evêque Janatelle. Ils mirent de leur complot un Gentilhomme de Cotzia. Ils lui promirent la fille du Grand Maître en mariage, & de lui faire donner par le Pacha Turc les terres de Kotzia son Maître, s'il vouloit le tuer. Ce perfide accepta le parti, il assassina de nuit ce Seigneur, pendant qu'il rendoit une medecine.

Ce coup hardi découvrit la conspiration, fit prendre les armes à tous les Grands d'Imirette, hâta la marche du Pacha d'Acalziké, & jetta le Roi dans un trouble & dans une consternation extrême. Il en donna promptement avis à son Pere le Viceroi de Georgie, qui lui envoya aussi-tôt des instructions, & des Conseillers, & l'assura qu'il iroit dans peu de tems le soutenir avec une armée. Le Pacha d'Acalziké ne lui donna pas le tems de l'attendre : il entra dans l'Imirette avec tant de vitesse que le jeune Prince eut beaucoup de peine à éviter ses coureurs, & à se sauver lui troisiéme. Il alla trouver son Pere, où peu de jours après être arrivé on leur apporta nouvelle, que le Pacha d'Acalziké avoit mis garnison dans la Forteresse de Cotatis, Place capitale d'Imirette, comme je l'ai dit, & qu'il étoit Maître de tout le païs. Cela fit rebrousser chemin au Viceroi de Georgie, n'osant rien entreprendre contre les Turcs sans les ordres du Roi de Perse.

Ceux que le Pacha avoit reçûs du Grand Seigneur portoient, que puisque les peuples d'Imirette & de Mingrelie n'employent leur liberté qu'à s'entre-détruire, il leur ôtât le plus de lieux forts qu'il pourroit. Le Pacha avoit tenu son ordre fort secret, & s'étant adroitement fait mener dans la Forteresse de Cotatis, il s'en rendit Maître, & y mit garnison. Après il fit venir tous les Gentilshommes du païs, & leur fit prêter serment de fidelité au nouveau Roi qu'il leur donna. C'étoit le fils du Prince de Guriel. Il étoit *Bere*, c'est-à-dire, Moine de l'Ordre de S.Ba-

S. Basile. Il quitta l'habit monastique, & fut couronné Roi.

Pendant que le Pacha disposoit ainsi du petit Royaume d'Imirette, le Prince de Mingrelie le vint trouver, & lui dit qu'il venoit lui aporter sa tête, & la soumettre à l'ordre du Grand Seigneur. Qu'il étoit, & vouloit être Tributaire de la Porte, que le Prince de Georgie en l'établissant, n'avoit fait que lui rendre le patrimoine de ses Ancêtres, qui lui apartenoit de droit. Le Pacha fut apaisé par cette soumission, & par les grands présens que ce Prince lui aporta. Il le confirma dans la Principauté, & après retourna à Acalziké, emmenant avec lui la méchante Darejan, & la Reine d'Imirette que le malheureux Archile n'avoit pû emmener.

Cela arriva l'an 1659. & le Pacha Turc n'eût pas plûtôt le dos tourné, que les Grands d'Imirette, emportez de leur perfidie & legereté naturelle, refuserent d'obeïr à leur nouveau Roi. Ils envoyerent des gens au Viceroi de Georgie porter leurs plaintes contre lui, & le conjurer de leur renvoyer Bacrat tout aveugle qu'il étoit. Le Prince Georgien aprehenda que cette requête ne fût un artifice de leur perfidie, & pour s'en assurer il fit réponse, que si les Grands d'Imirette étoient véritablement irritez contre leur nouveau Maître, & bien resolus de le chasser, qu'ils l'aveuglassent, & qu'ayant cette assurance il leur renvoiroit Bacrat. La condition fut acceptée, & on l'exécuta ponctuellement de part & d'autre. Les Grands d'Imirette creverent les yeux à leur Roi, & le renvoyerent au Prince de Guriel son frere. Celui de Georgie leur renvoya Bacrat, après l'avoir fiancé à une de ses Niéces, sœur de celle qu'il avoit donnée au Prince de Mingrelie.

Ce Prince étoit jeune, & Bacrat étoit privé de la vuë. Leurs principaux Officiers les gouvernoient. Ceux d'Imirette & de Mingrelie avoient des querelles ensemble. Ils y engagerent leurs Maîtres, & les obligerent à se faire la guerre. Le Mingrelien fut vaincu, & pris prisonnier avec sa femme. Il n'y avoit que deux mois que le Viceroi de Georgie la lui avoit envoyée, & on fit courir le bruit dans la suite, qu'il n'avoit pas encore consommé le mariage avec cette jeune Princesse. Elle est fort belle & fort bien faite. J'ai vû de très-belles femmes en son païs, mais je n'en ai pas vû de plus charmante. Elle est assurément coupable de tout ce qu'on peut sentir pour elle; car on diroit à ses yeux passionnez, tendres & mourans, qu'elle ne regarde que pour demander de l'amour, & pour donner de l'esperance. En un mot tout son air & ses discours tendent les bras aux gens. Ce Janatelle, Evêque, que j'ai dit qui est un des plus considérables Seigneurs d'Imirette, en fut épris dès qu'il la vit. Il est riche. Il lui fit des présens, & la gagna si bien, qu'encore aujourdhui elle est toute à lui, & presque aussi publiquement que si elle étoit sa femme. L'artifice dont il se servit pour retenir toûjours en Imirette cette belle prisonniére, est rare & tout-à-fait plaisant. Il en rendit amoureux le Roi son Maître, le pauvre aveugle Bacrat, par les merveilleux recits qu'il lui fit de la beauté de cette jeune Princesse, & quand il l'eut enflammé, il lui representa qu'il la devoit épouser. Vôtre Majesté, lui dit-il, a perdu sa femme, le Pacha d'Acalziké l'a emmenée, & Dieu sait ce qu'il en a fait. La Niéce du Viceroi de Georgie, à qui on vous a fiancé est un enfant, quand pourrez-vous vous marier effectivement avec Elle? Que Vôtre Majesté épouse la Princesse de Mingrelie, c'est la sœur de la femme qu'on vous destine, & que vous avez acceptée, la cousine germaine de celle que les Turcs vous ont enlevée, & de plus elle est très-belle: vous n'en pouvez pas épouser une autre qui ait tant de beauté, & tant d'esprit. Le Roi suivit bonnement le conseil sans penser qu'il faisoit une affaire pour son Conseiller, beaucoup plus que pour lui. La Princesse y donna les mains de tout son cœur.

On savoit que le Prince de Mingrelie l'aimoit extrémement, & qu'il ne consentiroit jamais à la céder au Roi d'Imirette. On chercha donc un prétexte pour la lui ôter avec quelque apparence de justice, & voici quel il fut. Le Roi d'Imirette avoit sa sœur avec lui: elle étoit veuve alors comme je l'ai dit: on lui proposa de la faire Princesse de Mingrelie en la place de celle qui l'étoit, pourvû seulement qu'elle fît surprendre le Prince couché avec elle. Une sœur de Roi, jeune, artificieuse, & assez bien faite, n'a pas grand' peine à débaucher un Prince jeune, simple, & captif. On surprit ces deux personnes au lit; & on les fit épouser à l'heure même; & dans le même tems le Roi d'Imirette épousa la Princesse de Mingrelie. Ces beaux mariages ainsi faits, on mit en liberté le Mingrelien, & on lui rendit son païs, après lui avoir fait jurer sur toutes les Images, de ne point répudier sa nouvelle épouse, & de n'en point épouser d'autre de son vivant.

Dès qu'il fut de retour en son païs, l'ardeur de la vengeance le transportant, il reclama

clama également le Turc, & le Persan. Il envoya des Ambassadeurs au Viceroi de Georgie, & au Pacha d'Acalziké, se plaindre de l'invasion que le Roi d'Imirette avoit fait dans son païs, & de l'enlevement de sa femme. Le Pacha étoit déja dans une extrême colére de la perfidie du peuple d'Imirette, de leur rebellion, & de l'indigne traittement qu'ils avoient fait au Roi qu'il leur avoit donné. Le Prince de Guriel frere de ce Roi infortuné, lui en demandoit fortement la vengeance. La cruelle Darejan l'animoit de tout son pouvoir à la prendre dans toute la rigueur que meritoient tant de méchancetez. Elle étoit admirablement belle, comme je l'ai dit, sa beauté donnoit de grands secours à ses raisons. Le Pacha lui promit de remettre sur le Trône d'Imirette elle & son mari, qui étoit comme on a dit, prisonnier en Georgie, si elle l'en pouvoit retirer. L'Archevêque de Gori l'avoit en garde. Darejan eut l'adresse de le faire enlever & amener à Acalziké. Dès qu'il y fut arrivé, le Pacha les mena tous deux avec lui en Imirette. Il y fit des saccagemens & des maux horribles. Le Roi & la Reine s'enfuïrent à une Forteresse nommée *Ratchia*, qui est dans les montagnes en un lieu inaccessible à des armées. Le Pacha mit sur le Trône Darejan & son mari, & leur fit prêter serment par tous les Grands & par tout le peuple, il prit des ôtages & s'en retourna avec un grand nombre d'esclaves, mais fort peu d'autre butin, parce que c'étoit la troisiéme fois en cinq ans, que ce païs avoit été pillé, ravagé & désolé, par les peuples voisins, & par les Persans.

La méchante Darejan étoit destinée à se perdre par un excès de confiance, un Grand de ses sujets ayant leurré sa crédulité, l'avoit jettée, comme je l'ai raconté, dans le plus miserable état où une femme de sa qualité puisse tomber : un autre par la même voye lui fit faire la fin la plus tragique du monde. C'étoit ce perfide même, qui avoit tué Cotzia, prémier Ministre de ce païs-là, en trahison; & il s'appelloit aussi *Cotzia*. L'assassinat qu'il avoit commis l'avoit rendu puissant. Il n'étoit point allé rendre hommage au Pacha; parce qu'il étoit de la faction contraire à Darejan, & qu'il apprehendoit d'être immolé. Il écrivit à cette Princesse après le départ des Turcs, & lui manda que Bacrat & ceux à qui ce Prince se laissoit gouverner, l'avoient tellement outré par mille mauvais tours, qu'il seroit leur ennemi toute sa vie. Que si elle vouloit s'engager à le remettre en grace avec le Pacha, à lui rendre toutes ses terres qu'elle avoit confisquées, & à lui donner celles du Grand Maître de la maison de Bacrat, il lui livreroit ce Prince & la Princesse sa femme. Elle promit tout. Le Traitre vint se rendre à elle. La Princesse voulut bien lui donner les plus certaines marques de reconciliation, d'amitié, & de confiance, qui soient en usage en ces païs-là entre hommes & femmes. Elle l'adopta, & lui donna le bout du teton à succer. C'est une coûtume non seulement de la Mingrelie, de la Georgie, & de l'Imirette, mais aussi des autres païs voisins d'adopter de cette maniére les personnes qu'on ne peut s'unir par alliance. Le Traitre ayant ce gage de la foi de Darejan écrivit à Bacrat de venir avec toute sa faction, & qu'il la lui mettroit entre les mains avec son mari morts ou vifs. Le jour que Bacrat devoit paroître, le perfide Cotzia se mit au lit, dit qu'il étoit malade, envoya supplier Darejan de le venir trouver pour apprendre une nouvelle de grande importance qu'il venoit de recevoir, & qu'il ne pouvoit dire qu'à sa Majesté même. Elle y vint avec ses Demoiselles seulement. Pendant qu'elle étoit auprès du lit du Traitre, des gens apostez en grand nombre se jettérent sur elle. Ses filles la couvrirent d'abord, mais elles furent bien-tôt écartées. Il y en eut une qui prit la Princesse entre ses bras, & la poussant dans un coin ne la voulut jamais quitter. Les assassins les poignarderent toutes deux. Cotzia se leva aussi-tôt, & alla avec sa troupe au logis du mari de Darejan; c'étoit un aveugle qui ne pouvoit que se laisser conduire. Il fut pris. Cotzia le fit lier & garder jusqu'à la venuë de Bacrat. Lorsque ce Prince fut arrivé, il demanda incessamment le captif, & l'entendant approcher; *Traitre*, lui dit-il, *tu m'as fait arracher les yeux, je te vais arracher le cœur:* en disant cela il se fit mener proche de ce malheureux, & à tâtons lui donna plusieurs coups de poignard. Ses gens l'achevérent, & mirent son cœur entre les mains de ce sanguinaire Aveugle, qui pendant plus d'une heure le tint en le pressant, & le déchirant, avec un emportement de rage inouï.

Ces barbares Tragedies arrivérent l'an 1667. Depuis ce tems jusqu'à l'an 1672. il en est arrivé cent autres en ces mêmes Païs, toutes pleines de turpitude & d'inhumanité. Je les passe sous silence, parce que ce sont de trop horribles histoires : je dirai seulement que le Traitre Cotzia fut tué aussi en trahison, & que peu après ses assassins le furent aussi à la batail-

bataille de Chicaris; qui est un gros village à la vûe de Scander Forteresse d'Imirette, où l'armée de ce païs, & celle du Prince de Mingrelie se rencontrérent, & qu'il y a une Providence toute visible dans les histoires modernes de ces méchans peuples, en ce que Dieu y fait de rudes & briéves justices; les assassins y sont presque toûjours assassinez, & avec des circonstances qui font bien connoître que c'est Dieu qui s'en mêle, & qui employe ainsi les uns pour punir les autres.

L'an 1672. le Pacha d'Acalziké voyant que la guerre ne finissoit point entre ces deux petits Souverains de Mingrelie & d'Imirette, ni par ses accommodemens, ni par ses remontrances, ni par ses ordres, resolut de les exterminer, & de donner à d'autres leurs Païs. Il avoit entre ses mains le véritable & légitime Heritier de Mingrelie: Car lors que Vomeki Dadian fut établi Prince en ce païs-là, la femme d'Alexandre, fils de Levan, ayant peur que l'ambitieuse Chilaké, mere de Vomeki, ne fît mourir le fils d'Alexandre, elle s'enfuit & l'emporta avec elle. Cette Princesse étoit sœur du Prince de Guriel, qui apprehendant aussi que cette furie de Chilaké ne lui fit la guerre, s'il retiroit ce petit enfant, conseilla à sa sœur de le porter au Pacha d'Acalziké. Elle le fit, & ce jeune enfant a été élevé en cette ville d'Acalziké auprès des Pachas. L'on ne l'a point fait changer de Religion. On s'est contenté de lui donner une éducation qui lui laissât une forte teinture des coûtumes & des mœurs des Turcs. Le Pacha d'Acalziké resolut donc de mettre ce jeune Prince en Mingrelie, parce que le païs lui apartenoit de droit, comme on a dit, & parce qu'on pouvoit esperer qu'il le gouverneroit bien, & qu'il le purgeroit des habitudes abominables dont il est tout couvert. Voilà le sujet de la venuë des Turcs en Mingrelie. Le Prince de Guriel joignit son armée à celle du Pacha. Il étoit ravi qu'on allât faire son Neveu Prince. Cette entreprise offroit mille biens à son esperance. Le Pacha vint d'abord en Imirette, se rendit maître du païs & de la personne du Roi Bacrat. La Reine son Epouse ne fut point prise: son Evêque Janatelle donna quinze mille écus au Pacha pour avoir la liberté de se retirer avec elle où il voudroit, & afin qu'on ne brûlât rien sur ses terres. Quand le Pacha fut à Cotatis il envoya dire au Dadian, j'ai dit que c'est le titre qu'on donne au Prince de Mingrelie, de lui venir rendre obéïssance. Le Dadian sachant le changement de maître qu'on vouloit faire en Mingrelie, refusa d'obeïr, & s'enferma dans la Forteresse de Ruchs. Carzia son Visir s'enfuit à Lexicom, qui est une Principauté dans les montagnes habitées des Soüanes, & manda de là aux Abcas de venir au secours du Dadian. Ils vinrent en Mingrelie, mais au lieu de secours ils pillerent les lieux où ils passerent, & se retirerent après comme j'ai dit. Le Pacha ayant attendu vainement pendant un mois que le Dadian vint se rendre & recevoir ses ordres, envoya son armée en Mingrelie. Ce fut le bruit de la marche de cette armée qui m'obligea à fuir.

Le 27. avant jour, le Préfet des Théatins nous laissa pour aller à sa maison tâcher d'emporter un peu de vaisselle & de provisions qui y étoient restées. J'avois fait dessein de l'accompagner pour un semblable sujet, mais il partit deux heures avant jour. En entrant dans son logis il le trouva plein de Coureurs du Pacha, & du Prince de Guriel, qui le maltraitérent fort à coups de bâton & de masses d'armes. Ces Coureurs vouloient qu'il leur ouvrît l'Eglise, disant qu'il y avoit caché les biens du logis. Le Préfet en avoit adroitement jetté la clef dans les broussailles lorsqu'il avoit apperçu ces troupes, & quelque violence qu'on lui fît, il nia toûjours qu'il l'eût, & ne la voulut jamais donner. Enfin les Turcs ayant quelque considération pour son caractére, ils ne lui ôterent qu'une partie de ses habits, & n'emporterent que les choses legéres, & de quelque valeur, qu'ils trouverent dans la maison, sans toucher ni à mes livres, ni à mes papiers.

Le 29. un Gentilhomme de Mingrelie y vint de nuit avec une trentaine de gens, & y mit tout en piéces. Il découvrit presque toute ma chambre dans la pensée que j'y avois caché beaucoup de choses. Il emporta ce qui me restoit de vaisselle, mes coffres, & mes gros meubles, & enfin tout ce que les Turcs & moi y avoient laissé pour être de trop peu de prix & trop pesant: il vint de nuit comme j'ai dit. Ce Tigre n'ayant point de lumiére, fait du feu de mes papiers & de mes livres, après en avoir arraché les couvertures parce qu'elles étoient dorées & armoriées. Car j'avois fait relier fort curieusement mes meilleurs livres en partant de Paris: il n'en resta pas un.

Le 30. au matin j'apris ce saccagement avec une douleur que je ne puis exprimer. Le soir un Chiaoux Turc vint à la Forteresse où j'étois, & fit savoir qu'il venoit de la part du Pacha. Sabatar (j'ai dit que c'étoit le nom du Gentilhomme à qui elle appartenoit) sortit

tit dehors pour recevoir son message. Il portoit que le Lieutenant du Pacha qui étoit devant la Forteresse de Ruchs s'étonnoit, de ce qu'il ne venoit point se soûmettre à lui & lui rendre l'hommage, puisque la Mingrelie appartenoit au Grand Seigneur : que le Pacha avoit ordonné d'en bien user avec ceux qui se joindroient aux Turcs, mais de traiter en ennemis ceux qui refuseroient de le faire : que s'il vouloit sauver ses biens, sa vie, son Château & tout ce qui étoit dedans, il eût à aller recevoir promptement les ordres du Pacha. Sabatar fit réponse qu'il reconnoissoit le Pacha pour son Seigneur, & que de cœur il étoit Turc, & non Mingrelien, qu'il avoit resolu d'aller trouver le Pacha dès qu'il avoit apris qu'il devoit venir, qu'à présent qu'il entendoit que son Lieutenant étoit à Ruchs, il iroit le lendemain matin recevoir ses ordres.

Le 31. ce Gentilhomme avec trente hommes armez alla trouver le Lieutenant du Pacha, il lui porta un présent de quatre esclaves, d'une tasse d'argent, de quantité de soye, de cire & de rafraichissemens. Il arriva le soir au camp, il y trouva plusieurs Seigneurs de Mingrelie, qui comme lui s'étoient venus rendre de peur d'être assiégez, & de voir le saccagement tant de leurs Châteaux que de leurs terres. Le Lieutenant du Pacha lui dit que l'ordre que son Maître avoit reçu du Grand Seigneur portoit de détruire tous les lieux forts de Mingrelie, mais que toutefois il vouloit bien conserver ceux des Seigneurs qui se montreroient obéïssans. Que le Grand Seigneur ôtoit la Principauté à Levan qui étoit à Ruchs, & la donnoit au jeune Prince qui avoit été élevé à Acalzikë, qu'il falloit qu'il lui fit serment de fidelité, qu'il donnât un de ses enfans pour ôtage de sa foi, & fit un présent au Pacha. Le présent que Sabatar convint de faire fut de dix jeunes esclaves d'un & d'autre sexe, & de trois cens écus ou en argent, ou en soye.

Le prémier d'Octobre Sabatar revint amenant une sauvegarde du Turc pour son Château, & pour toutes ses terres. Il fut sur pied toute la nuit à amasser le présent qu'il devoit porter. Il fit savoir à tous ceux qui s'étoient réfugiez en sa Forteresse que les Turcs y avoient donné sauvegarde, moyennant vingt cinq esclaves, & 800. écus, il leva cela sur tous les gens qui s'y étoient retirez. De chaque famille où il y avoit quatre enfans il en prenoit un, c'étoit le plus pitoyable spectacle du monde, de voir arracher les pauvres enfans des bras de leurs meres, les lier deux à deux, & les mener au Turc. Je fus taxé à 20. écus.

Sabatar ne porta de tout cela au Lieutenant du Pacha que ce qui avoit été accordé entr'eux : il s'apropria le reste. Ses femmes, ses enfans, & tout le Château, jettérent bien des cris lors qu'ils le virent partir & emmener son plus jeune fils. Les enfans que l'on donne en ôtage au Turc ne sont pas moins ses esclaves, ils ne sortent jamais de ses mains, on les envoye d'ordinaire à Constantinople grossir la multitude des jeunes garçons bien faits qu'on éléve dans le Serrail. Le Lieutenant du Pacha reçût le présent & l'ôtage, & retint Sabatar avec lui. Il somma trois fois le Dadian de se rendre, ce Prince n'en fit rien. Sa Forteresse étoit bien gardée par des Suanes que son Visir y avoit envoyez, & qui en étoient plus Maîtres que lui-même. Le Visir lui mandoit tous les jours de tenir bon, & qu'il étoit prêt d'aller fondre sur l'ennemi. Enfin les Turcs après avoir demeuré quatre jours devant Ruchs, & après avoir fait plus de deux mille esclaves & beaucoup de butin se retirerent. Ils n'avoient point d'Artillerie, c'est ce qui les empêcha d'attaquer la place. Ils emmenérent tous les Seigneurs de Mingrelie qui étoient venus se rendre, & qui avoient prêté serment au nouveau Prince. Le Catholicos étoit de ceux qui avoient prêté serment, le Pacha manda qu'on le fit Visir du nouveau Prince, & qu'on l'envoyât en son nom au Prince des Abcas demander en mariage la Princesse sa fille.

On croyoit que la venuë du Turc en Mingrelie rétabliroit l'ordre, & raméneroit la paix en faisant mettre bas les armes. Cela n'arriva point, ils vinrent, ils pillérent & ils mirent le pays en plus de troubles qu'il n'étoit auparavant ; car ils le diviserent en deux partis, dont l'un s'étoit engagé par serment & par ôtages à un nouveau Prince, & l'autre demeuroit attaché à l'obéïssance de l'Ancien. Cette partialité mettoit à chacun les armes à la main. Voyant les choses en ce misérable état si éloignées d'accommodement, je pris la résolution de passer en Georgie de quelque maniére, & à quelque risque que ce pût être. J'en courois tant tous les jours en Mingrelie, que je ne doutois point que je n'en fusse bientôt accablé. Levan menaçoit d'engloutir les Châteaux, les biens & les terres des Seigneurs, qui avoient été rendre obéïssance aux Turcs. Sabatar étoit encore avec eux, ses fils qui commandoient dans son Château étoient les plus

plus grands assassins du monde, & des fripons achevez. Je perissois tous les jours d'angoisse & de disette. C'étoit une affaire que d'acheter une poignée de grain & une livre de viande, j'essuyois dans mon four toutes les injures du tems comme en rase campagne. Le desespoir de mes valets m'accabloit, enfin je me sentois mourir. Cela me porta à tout hazarder pour me tirer de Mingrelie, tandis que j'avois encore assez de force pour le faire. Je fis chercher par tout des guides, je promis, je conjurai, je donnai, rien ne me servit, personne ne me voulut conduire. Des armées occupoient, disoit-on, tous les passages d'Imirette, pays entre la Mingrelie & la Georgie par où il falloit de nécessité passer; que c'étoit être fou que de s'y présenter, & qu'il étoit assuré qu'on y seroit fait esclave. Voilà toutes les réponses qu'on me donnoit. Je proposois de faire le tour ou par le mont Caucase, ou par le bord de la mer, aucun ne me vouloit conduire.

C'est une chose incroyable combien les Mingreliens ont peur de mourir ou de se perdre; il n'y a point de récompense qui les puisse porter à courre un danger connu quelque petit qu'il soit. Enfin je fus reduit à prendre la voye de la mer & de la Turquie, c'est-à-dire, à faire un tour de septante lieuës. Je vins à Anarghie, village, & petit port, dont j'ai parlé. J'y trouvai une Felouque de Turcs, je la fretai pour Gonié. Dès que j'eus donné les arrhes je retournai à la maison des Théatins & au Château de Sabatar, pour me préparer au voyage.

Le 10. Novembre assez matin je partis de ce Château étant convenu avec mon Camarade des voyes que je tiendrois pour le tirer de Mingrelie, s'il plaisoit à Dieu de me donner un heureux voyage. J'emportai avec moi cent mille livres en pierreries, & huit cens pistoles en or, avec le peu de hardes qui m'étoit resté. Les pierreries étoient enfermées dans une selle faite exprès pour cacher des bijoux, & dans un oreiller. Je pris un valet pour m'accompagner, celui-là même que j'avois racheté d'esclavage. C'étoit un fripon caché, un traitre dont la méchanceté ne m'étoit pas bien connuë. On ne me conseilloit pas de l'emmener crainte d'avanie & de quelque méchant tour, qu'il avoit tout l'air de me jouer. Je n'étois pas moi-même bien résolu à m'en charger, mais la fortune vouloit que je le prisse, & je ne pûs l'empêcher. Les raisons qui me portérent à l'emmener plûtôt qu'un autre, c'est qu'il souffroit son mal en desesperé & en furieux, & que je craignois que le desespoir & l'yvrognerie à quoi il étoit sujet ne nous fit découvrir en Mingrelie. Le Pere *Zampi* Préfet des Théatins m'accompagna comme il avoit toûjours fait. Le Frere Laïc me voulut conduire à Anarghie. Nous marchâmes à pied le Préfet & moi, parce qu'on ne pût trouver qu'un cheval de loüage quelqu'argent qu'on offrit pour en avoir, sur lequel je mis mes hardes & mon valet. Le Frere Laïc étoit à cheval, il pleuvoit à verse depuis deux jours, le Frere pensa se noyer à une lieuë du Château dans un fossé large & débordé, où son cheval tomba, & dont nous le retirâmes à grand'peine & demi mort. Je ne dirai point les fatigues que j'eus ce jour-là & les suivans: je fus obligé d'aller en divers lieux à pied, en une saison de pluye, dans des bois pleins d'eau & de fange, où j'en avois d'ordinaire par dessus les genoux; je dirai seulement, qu'on ne peut au monde avoir plus de peines que j'en eus. J'étois épuisé, en verité, il ne me restoit que le courage & la résolution de tout faire & de tout souffrir, pour sauver le bien qu'on m'avoit confié. Le soir nous arrivâmes à Anarghie percez de pluye jusqu'aux entrailles. Anarghie est à six lieuës du Château de Sabatar.

Le 12. je devois m'embarquer, mais j'en fus empêché par une nouvelle qu'on eut que des Barques de Circassiens & d'Abcas croisoient sur les côtes de Mingrelie. Cela étoit vrai, elles avoient enlevé des Barques du Païs, & une entr'autres où j'avois interêt. L'indicible ennui que ces retardemens me causoient ne venoit pas tant de ce qu'ils me tenoient en des dangers & en des maux continuels, que de ce qu'ils sembloient me menacer de n'en sortir jamais.

Le 19. on vint donner avis au Pere Zampi que le jour précédent, de nuit, on avoit enfoncé la porte de son Eglise, pris ce qui y étoit, ouvert le sepulchre qui étoit dedans, & emporté tout ce qu'un Pere Théatin, demeuré au logis pour le garder comme on a dit, avoit enfermé dans ce tombeau; qu'on avoit foui par tout, & qu'il ne restoit rien d'entier que la muraille. On peut croire l'épouvante que je pris à cette nouvelle, ayant laissé plus de sept mille pistoles enterrées en cette Eglise. Je dépêchai aussi-tôt à mon Camarade. On ne le trouva point au Château, il étoit déja allé à la maison des Théatins, pour savoir quelle part nous devions prendre à la mauvaise avanture laquelle il avoit aprise aussi-tôt que moi. Il m'écrivit, que graces à Dieu à Dieu, l'on n'avoit point touché à nôtre argent, & qu'il l'avoit trouvé au même état où nous l'avions mis en terre. Cette nouvelle me releva merveilleusement le courage, je la regardai comme une nouvelle marque de l'assistance dont le Seigneur me favorisoit, & j'allai encourager les Turcs, qui m'avoient loué leur Felouque, à partir incessamment.

Le 27. je partis d'Anarghie. Ma Felouque étoit grande. Il y avoit près de vingt personnes, la moitié esclaves, & le reste Turcs. Je n'y avois laissé embarquer tant de gens qu'afin de me pouvoir défendre des Corsaires qui couroient la côte. Après une heure de Navigation, nous arrivâmes à la Mer. Le *Langur*, que nous descendîmes, est rapide. On le descend très-vîte. Mais il faut l'avoir bien pratiqué, quand on descend sur ce fleuve, avec des Barques chargées, parce qu'il y a quantité de bas fonds, où elles s'ensablent. Je demeurai tout le jour sur le bord de la mer, le Patron de la Chaloupe m'en pria, il attendoit encore deux esclaves qui devoient arriver sur le soir.

Pendant que je demeurai à Anarghie je fus invité à deux baptêmes, j'y fus pour voir la maniére dont les Mingreliens l'administroient. Je trouvai que le Pere *Zampi* l'avoit décrite assez justement dans sa Rélation. La voici comme je la vis chez un voisin du logis où je demeurois. Il envoya querir le Prêtre sur les dix heures du matin. Aussi-tôt qu'il fut arrivé, il entra dans la cabane où l'on garde le vin, il s'assit sur un banc, & sans autre habit que le sien ordinaire, il se mit à lire dans un livre à demi déchiré, gros comme un Nouveau Testament in 8°. L'enfant n'étoit pas encore devant lui quand il commença la lecture. Le Pere, & le Parrain, l'amenerent au bout d'un quart d'heure. C'étoit un petit garçon de cinq ans. Le Parrain apporta une petite bougie & trois grains d'encens. Il alluma la bougie, & l'attacha à la porte de la cabane, & elle fut brûlée avant que l'enfant fût baptisé. On n'en ralluma point d'autre. Les trois grains d'encens furent mis sur un peu de feu, & consumez. Le Prêtre durant cela étoit occupé à sa lecture, il la faisoit vîte & bas avec fort peu d'application, car il parloit à tous venans qui lui demandoient quelque chose. Le Pere, & le Parrain, alloient & venoient durant tout ce tems, & l'enfant aussi qui ne faisoit que manger. Après une grande heure de lecture, on apréta un baquet plein d'eau tiéde. Le Prêtre versa dedans une petite cuillerée d'huile de noix, & dit au Parrain de deshabiller l'enfant. Quand cela fut fait, on le mit tout nud dans le baquet. Il y étoit debout sur ses pieds. Le Parrain le lava d'eau par tout le corps. Quand il l'eut bien lavé, le Prêtre tira d'une bourse de cuir, qu'il avoit penduë à la ceinture, la grosseur d'un pois de *myrone*. J'ai déja dit qu'on appelle ainsi l'huile d'onction. Il le donna au Parrain, & il en oignit l'enfant en presque tous les endroits du corps. Au sommet de la tête, aux oreilles, au front, au nez, aux jouës, au menton, aux épaules, aux coudes, au dos, au ventre, aux genoux, & aux pieds. Le Prêtre lisoit toûjours cependant, & sa lecture ne finit que lors que le Parrain r'habilla l'enfant. Dès qu'il fut habillé, le Pere apporta du pain, du vin, & un morceau de cochon bouilli. Il lui en donna à manger, puis il en presenta au Parrain, au Prêtre, aux invitez, & à tout le logis. Cela fait chacun alla se mettre à table, d'où il n'y eût presque personne qui ne sortit yvre.

J'ai vû aussi célébrer la Messe en ce même lieu. Elle se célébre avec la même inapplication, & la même irréverence, & tout comme on l'a dit au Traité de la Religion des Mingreliens. Il m'arriva un jour d'en voir une plaisamment interrompuë. J'allois avec un Théatin au Château de nôtre retraite. Nous passâmes devant une Eglise. On y disoit la Messe. Le Prêtre qui la célébroit entendit que nous demandions le chemin à des gens qui étoient sur la porte. *Attendez*, nous cria-t-il de l'Autel, *je m'en vais vous le montrer*. Un moment après il vint à la porte, en recitant sa Messe entre les dents; & après avoir demandé d'où nous venions, & où nous voulions aller, il nous montra le chemin, & s'en retourna à l'Autel.

Le 28. de fort bon matin nous-nous mîmes en mer. Le tems étoit clair & serain. Nous découvrimes les hautes terres de Trebisonde d'un côté, & celles des Abcas de l'autre; & assez facilement, parce que la Mer noire commençant à tourner des côtes des Abcas, Anarghie se trouve assez avant dans le cercle qu'elle forme de ces côtes-là à Trebisonde.

Le Mer noire a environ 200. lieuës de longueur, tirant Est & Ouest juste; ce qui ne fait pas la moitié tant d'étendue qu'*Herodote* lui en assigne. Car voici comme il en donne la mesure. *Il y a*, dit-il, *depuis l'embouchure du Pont-Euxin, jusqu'au Phase, qui est la plus grande longueur de cette Mer, neuf jours & huit nuits de navigation; c'est-à-dire onze mille cent stades*. Cela fait quatre cens soixante deux

deux lieues, de quinze au degré astronomique. Je ne sai comment excuser cet Auteur d'un si terrible mécompte, si ce n'est en supposant que ses mesures soient prises terre à terre, comme on parle, sur la Mer méditerranée, comme c'étoit la coûtume des Anciens de naviguer. Ils n'osoient s'éloigner de terre jusqu'à la perdre de vûe, de peur de s'égarer & de faire naufrage. Or à compter de cette maniere, la longueur du Pont-Euxin, depuis le fleuve du Danube jusqu'à celui de Phase, qui en marquent les deux bouts, il y a bien le double d'espace, ou de navigation. Les Géographies des Arabes se méprennent aussi beaucoup à la longueur de cette mer, en la marquant de 1200. milles. Sa plus grande largeur est Nord & Sud du Bosphore avec le Boristhene environ trois degrez. Cet endroit est le bout occidental de la mer. La partie opposée n'est pas la moitié si large. L'eau de cette mer m'a paru moins claire, moins verte, & moins salée que l'eau de l'Ocean, ce qui vient, je croi, des grands fleuves qui s'y déchargent, & de ce qu'elle est resserrée en elle-même comme dans un cû de sac, de maniére qu'on la nommeroit mieux un lac qu'une mer; de même que la mer Caspienne, avec qui elle a aussi cela de commun que toutes deux n'ont point d'Isles, & qu'elles sont toutes deux fort orageuses. Il ne faut donc point chercher dans la couleur des eaux de la Mer noire la raison de sa dénomination, puis qu'elles sont plus blanches au contraire que celles des autres mers. On l'a ainsi dénommée à cause du danger que l'on court à naviger dessus, les tempêtes y étant plus ordinaires, & plus furieuses qu'ailleurs. Dans le même sens que les Arabes ont nommé le détroit qu'il faut surmonter pour entrer dans la Mer rouge, *Babelmandeb*, c'est-à-dire, *Porte funeste: Porte de malheur*, à cause des frequens naufrages qui y arrivent. La Mer noire portoit premierement le nom d'*Asekenas*, du petit-fils de *Japhet*, mais les Grecs changerent ce nom en celui d'*Euxin*, ou *Pont-Euxin*, terme qui signifie *intraitable*, & *qui ne souffre personne*, à cause des frequentes & furieuses tempêtes qu'il y a sur cette Mer, comme je l'ai observé. Les Turcs pour la même raison la nomment *Cara Denguis*, c'est-à-dire, *Mer furieuse*. *Cara*, qui en Turc signifie proprement *noir*, signifiant aussi *dangereux*, *furieux*, *effroyable*; & servant ordinairement d'épithete en cette langue aux forêts épaisses, aux fleuves rapides, & aux montagnes aspres & élevées. Ainsi il y a beaucoup de fleuves qu'ils appellent *cara-sou*, eau noire, pour dire que ces fleuves sont sujets à des débordemens, & qu'ils causent beaucoup de dommage en se débordant. Ce qui fait que la violence des tempêtes est plus grande & plus dangereuse sur cette Mer que sur les autres, c'est premiérement, que ses eaux n'ont qu'un lit étroit, & n'ont point d'issuë. L'ouverture du Bosphore ne se devant compter pour rien en ce raisonnement, tant elle est étroite. Quand donc les eaux sont émuës par la tempête, ne trouvant point à s'écouler, & étant repoussées, elles s'élevent haut & en tourbillon, battant un navire de tous côtez d'une vitesse & d'une force insupportable. Secondement, c'est que cette mer n'a que des rades dont la plûpart ne sont point abriées, & où l'on est plus mal qu'en pleine mer. J'ajoûte au sujet du nom de *Cara denguis*, que les Turcs donnent à cette Mer, que c'est le même qu'elle a en Grec *Maurothalassa*, & ainsi ils appellent *Ak denguis*, *Mer blanche*, la *Propontide*, que les Grecs appellent *Asprothalassa*. Les Arabes appellent la Mer Euxine *Bahar Bontos*, *Mer de Pont*.

Toute la Mer noire est sous la domination du Grand Seigneur, on n'y navige que par sa permission, & on y est ainsi en sureté des Corsaires, qui sont, à mon avis, le plus grand danger de la mer.

Le vent nous ayant été contraire tout le jour, nous ne fîmes que 18. milles. Nous entrâmes sur le soir en un fleuve nommé *Kelmhel*. Il est plus profond, & il est presque aussi large que le *Langur*, mais il n'est pas si rapide.

Le 29. deux heures avant le jour, nous partîmes à la clarté de la Lune, nous arrivâmes à midi au fleuve *Phase*, & nous le remontâmes environ un mille, jusques à des maisons, où le Patron de la Felouque vouloit se débarquer avec quelques marchandises.

Le fleuve de *Phase*, que l'on tient être le *Phison*, un des quatre grands fleuves du Paradis terrestre, a sa source dans le mont Caucase. Les Turcs l'appellent *Fachs*. Les gens du païs le nomment *Rione*, comme je l'ai observé. *Procope* s'est mépris à cette double dénomination, & il a crû que c'étoient deux fleuves differens, au lieu que ce n'en est qu'un. Je l'ai vû à *Cotatis*. Il court là rapidement dans un lit étroit, & souvent il y est si bas, qu'on le passe à gué. Son lit, à l'endroit où il se décharge dans la mer, qui est éloigné de quatre-vingts dix milles de Cotatis, a un mille &

& demi de largeur, & de fond, plus de soixante brasses. Plusieurs petits fleuves qui se déchargent dedans le grossissent à ce point-là. Il court d'Orient en Occident. L'eau en est fort bonne à boire, quoi qu'elle soit trouble, épaisse & de couleur de plomb. *Arian* dit que c'est à cause de la terre qui y est mêlée. Il dit encore, & d'autres Auteurs le disent aussi, que tous les navires faisoient eau au *Phase* sur l'opinion que l'eau de ce fleuve étoit sacrée, ou parce que c'est la meilleure eau du monde. Ce fleuve a, à son embouchure, plusieurs petites Isles, qui paroissent fort délicieuses, étant toutes couvertes de bois, & divers Islets, en remontant; ce qui en rend la navigation comme impossible aux grands Vaisseaux, qui sont obligez de s'arrêter à trois ou quatre milles de l'embouchure. Sur la plus grande de ces Isles, on voit du côté d'Occident les ruïnes d'une Forteresse que les Turcs ont bâtie. Ce fut le Sultan Murat qui la fit construire l'an 1578. ou, pour mieux dire, le Géneralissime de ses armées, nommé Mustafa, du tems des grandes guerres entre les Turcs & les Persans. Cet Empereur Turc avoit entrepris de conquerir les côtes Septentrionales & Orientales de la Mer noire. Son entreprise n'alla pas au gré de ses desseins. Il fit remonter le Phase à ses Galéres. Le Roi d'Imirette avoit dressé de grosses embuscades au lieu où le fleuve est le plus étroit. Les Galéres de Murat y furent défaites; une coula à fond, & les autres prirent la fuite. La Forteresse du Phase fut prise l'an 1640. par l'armée d'Imirette, grossie de celles des Princes de Mingrelie & de Guriel. On l'a rasée; il y avoit dedans 25. piéces de canon. Le Roi les fit mener à son Château de Cotatis, où elles sont aujourdhuï, ayant ainsi repassé entre les mains des Turcs lors qu'ils prirent le Château. J'ai fait le tour de l'Isle de Phase pour tâcher d'y découvrir ces restes du Temple de Rea, qu'*Arian* dit qu'on y voyoit de son tems. Je n'en ai trouvé aucun vestige. Cependant les Historiens assurent qu'il étoit encore en son entier dans le bas Empire, & qu'il avoit été consacré au culte de Jesus-Christ du tems de l'Empereur Zenon. J'en cherchai aussi de cette grande ville nommée *Sebaste*, que les Géographes ont placée à l'embouchure du Phase; mais il faut que les ruïnes même de cette ville se soient perduës, comme celles de Colchos; car je n'en aperçûs rien. Tout ce que je remarquai là, de conforme à ce que les Anciens ont écrit de cet endroit de la Mer noire, c'est qu'il y a beaucoup de Faisans. Et qu'ils sont plus gros, plus beaux, & d'un goût plus exquis, qu'en aucun endroit du monde, à ce qu'il me sembla. Il y a des Auteurs & entr'autres *Martial*, qui disent que les Argonautes aportérent de ces oiseaux en Grece, qu'on n'y avoit jamais vûs auparavant, & qu'on leur donna le nom de *Faisans*, parce qu'on les avoit pris sur les bords du *Phase*. Ce fleuve separe la Mingrelie de la Principauté de Guriel, & du petit Royaume d'Imirette. Anarghie n'en est éloignée que de 36. milles. La côte est par tout un terrain bas, sablonneux, chargé de bois si épais, que la vûe a peine de découvrir à six pas dedans.

Le soir, je fis mettre en mer avec un vent tout-à-fait favorable. A minuit nous passâmes devant un port qu'on appelle *Copolette*. Il appartient au Prince de Guriel.

Le 30. après midi, nous arrivâmes à Gonié. Du Phase là, il y a 40. milles. Toute cette côte sont des terres extrémement hautes; & des rochers les uns couverts de bois, les autres nuds. Elle appartient au Prince de Guriel, dont le païs s'étend jusqu'à un fleuve qui n'est qu'à demi mille de Gonié.

Gonié, que *Calchondyle* nomme *Gorea*, est un grand Château quarré, bâti de pierres dures & brutes, d'une masse extraordinaire. Il est situé au bord de la mer sur un fonds sablonneux. Il n'a ni fossez ni Fortifications. Ce ne sont que quatre murailles, avec deux portes; l'une à l'Orient, qui donne sur la mer, & l'autre au Septentrion. Je n'y ai vû que deux piéces de canon. Des Janissaires en assez petit nombre le gardent. Il y a dedans trente maisons, ou environ, petites, basses, assez incommodes, & faites de planches. Dehors, tout proche, est un village qui a autant de maisons. Presque tous les habitans sont mariniers; &, si l'on en croit les gens du païs, c'est ce qui a fait donner à cette contrée le nom de *Lazi*, *laz* en Turc voulant dire proprement *un homme de mer*, & dans le langage figuré, *une personne rude*, *grossiére* & *sauvage*. Mais pour moi je suis d'avis que le nom de *Lazi*, que ce peuple porte, ne vient point de la langue Turquesque; mais que c'est leur ancien nom. On les appelloit autrefois *Laziens*, & leur Païs *la Lazique*, comme on le peut voir dans les Histoires Grecques, & particulierement dans celle de *Procope*, de la guerre contre les Perses, où il en fait souvent mention, & qui marque si bien leur Païs au même endroit où est *Gonié*, que l'on n'en sauroit douter. *Agathias* le represente considerable & puissant par la multitude des hom-

hommes, l'abondance des richesses, la situation commode pour recevoir de toutes parts les munitions nécessaires. Il dit encore que depuis la frequentation des Romains chez les Laziens, on y avoit admiré l'observation de la Justice & la Politesse des mœurs. Mais tout cela a changé entierement de face depuis les conquêtes des Turcs. Au reste, les *Laziens* d'aujourdhui sont la plûpart Mahometans. Il est vrai que les Chrétiens de Georgie & d'Armenie frequentent fort leur païs, mais ils ne s'y arrêtent pas non plus que les Trebisontains, qui sont les plus proches voisins des Laziens.

Il y a à Gonié une Doüanne, qui a la réputation d'être très-rude. Elle ne l'est pas tant néanmoins qu'on me le faisoit apprehender. Les gens du païs y ont un assez bon parti; mais véritablement c'est un coupe-gorge pour les Europeans. On n'a là aucune considération, ni pour la qualité des personnes, ni pour les Passeports du Grand Seigneur, ni pour les appuis qu'on peut avoir à la Porte. On prétendroit en vain tirer des secours de tout cela. Ceux qui commandent en cette extrémité de l'Empire, se croyant si éloignez du Grand Seigneur, que sa main ne sauroit atteindre jusqu'à eux.

Dès que nôtre Felouque eut pris terre, mon valet s'y précipita avec un emportement de joye tout-à-fait extravagant. Il levoit les yeux au ciel, il baisoit la terre, il faisoit mille imprécations sur la Mingrelie, & mille vœux pour le païs des Turcs. Un moment après il entra dans le Château, me laissant là, dans un tems où j'avois plus besoin de lui que jamais. J'eus lieu de croire qu'il alla dire ce qu'il s'imaginoit que j'étois; car lors que le Doüanier & le Lieutenant du Gouverneur vinrent pour visiter ce qu'on débarquoit de la Felouque, & en prendre les droits; ils me firent d'abord connoître qu'ils savoient que j'étois European, les malheurs que je publiois m'être arrivez en Mingrelie, & le dessein que j'avois de passer à Acalziké. Cela me surprit extrémement, & je vis bien que j'étois trahi. Je ne me troublai point pourtant, & Dieu me fit la grace d'avoir l'esprit present. J'étois bien sûr que mon valet ne savoit point distinctement qui j'étois. Je l'avois pris à Constantinople, il avoit vû que je frequentois particuliérement les Ambassadeurs & les Ministres Europeans, que j'en étois honorablement traité: & que le reste du tems je ne faisois que lire & écrire. Il devoit s'être persuadé que j'étois un voyageur curieux. Je l'avois instruit à dire aux Turcs que j'étois Marchand, & qu'étant venu en Mingrelie à dessein d'acheter des oiseaux de proye pour l'Europe, les gens du païs m'avoient tout volé, & que j'allois demander justice au Pacha d'Acalziké. Je me tins ferme sur cette avance, parce que je ne savois pas d'autre meilleur déguisement, & que je ne voulois pas en le changeant témoigner à mon valet que je m'aperçusse de sa trahison, ni même que je m'en deffiasse seulement. Le Doüanier me fit plusieurs questions. J'y satisfis assez bien. Il commanda qu'on visitât mes hardes, on n'y trouva rien. Il y avoit entr'autres une selle de cheval avec une niche sous le pomeau, faite pour cacher quelque chose de précieux. Elle étoit pleine & pésoit beaucoup. Ce poids la rendoit suspecte, d'autant plus que les selles à la Turque sont fort légéres. Les Gardes la maniérent & la tâterent de tous côtez; mais n'y sentant rien que du crin, & de la bourre, ils la laissérent.

Des huit cens pistoles dont je m'étois chargé, j'en portois la moitié sur moi. L'autre étoit dans une besace fermée d'un cadenat, avec quelques bagatelles qui n'étoient pas de prix; mais que je savois bien que les Turcs prendroient, si leurs yeux tomboient dessus. J'avois resolu en partant de Mingrelie de donner cette besace à garder aux Mariniers quand nous prendrions terre à Copolette; ce Port ici proche dont j'ai parlé. On ne visite point leurs hardes & rarement fouille-t-on les Felouques. Le bon vent fit passer ce lieu-là sans s'y arrêter, c'est ce qui empêcha que je n'executasse ma résolution; car il y auroit eu de l'imprudence à le faire dans la Felouque à cause des Passagers qui y étoient.

Les Gardes de la Doüanne bien avertis de ce que j'avois, allérent dans la Felouque & trouvérent cette besace. Ils demandérent à qui elle étoit. Je dis d'abord qu'elle étoit à moi, mais qu'il n'y avoit rien dedans qui dût Doüanne. Le Doüannier me dit de l'ouvrir, je répondis que je le ferois volontiers dans la maison, mais non pas sur le bord de la mer devant tant de gens. Le Doüannier me mena chez lui. Le Lieutenant du Gouverneur y vint aussi. Il prend un pour cent, & le Doüannier cinq. Ils prirent de moi 22. pistoles en or, & tout ce qui leur plût de ces bagatelles qui étoient dans la besace, entr'autres une paire de pistolets qui étoient mes seules armes, à la verité il me la paya, mais à moitié de valeur. Il me dit ensuite de loger chez lui. Je lui répondis qu'il se moquoit de moi de m'offrir son logis après m'avoir pris injustement la doüanne de l'argent que j'avois, puisque l'or & l'argent n'en doivent point. Il me répondit que j'étois mal informé, qu'il ne m'avoit point fait d'injustice, qu'à Gonié tout payoit doüanne sans rien excepter ; qu'au reste en m'offrant sa maison c'étoit une faveur qu'il me faisoit. Je le remerciai, & lui dis que s'il m'en vouloit faire une extrême, dont je lui serois toûjours obligé, c'étoit de me donner le moyen d'aller trouver le Pacha d'Acalziké. Que tout Gonié alloit apprendre qu'on m'avoit trouvé un sac d'or; & que je ne doutois point, que pour avoir ce qui m'en restoit, on ne me tuât dans les montagnes où je devois passer. Que j'étois seul, étranger, & sans défense; lui-même m'ayant ôté les armes qui me restoient; qu'il eût donc la bonté de me donner quelque secours. Il me répondit que je ne prisse point de terreur panique. Que graces à Dieu, j'étois dans le païs des fideles, (les Turcs se donnent cet épithéte) où je ne devois apprehender ni vol, ni meurtre. Qu'il étoit caution de ma vie, & de mon bien. Que je misse mon sac d'or sur la tête, & le portasse sans aucune apprehension. Qu'au reste, le droit chemin d'Acalziké étoit étrangement rude; qu'il en falloit faire les deux prémiéres journées à pied, les chevaux ne pouvant aller dans les sentiers étroits & aspres de ces montagnes; que le lendemain matin il me donneroit des gens qui porteroient mon bagage, & me conduiroient à la premiére traite ; & que de là il me feroit conduire à l'autre, & ainsi de suite jusqu'à Acalziké.

Après m'avoir dit cela, il m'offrit pour la troisiéme fois de venir passer la nuit chez lui. Il m'en pressa même beaucoup. Il me faisoit cette offre de fort bonne foi, & pour mon bien comme je connus depuis. Plût à Dieu que j'en eusse alors apperçû quelque chose; mais je n'avois garde de prévoir ce que le destin me préparoit. Je craignois que ce ne fût pour visiter plus exactement mes hardes, & ma selle, qu'il ne lui prît envie de fouiller sur moi. J'y avois un gros sac d'or, comme j'ai dit, & des perles cachées en trois endroits.

Il étoit presque nuit quand je sortis de chez le Doüannier, qui étoit aussi Gouverneur du territoire de Gonié. Mon valet avoit fait porter mes hardes au lieu où étoient allé loger les gens venus avec moi. C'étoit une méchante chaumiére percée de tous côtez, sale & puante autant qu'il se peut. J'y reçûs bien des complimens de condoleance, si j'ose parler ainsi, & à dire le vrai, je croi, qu'à mon valet près, qui avoit profité de la prise des 22. pistoles, tous les gens qu'il y avoit-là, en étoient fâchez. Chacun me blâmoit de ne lui avoir pas donné mon sac à garder. Je contrefaisois bien le dolent & l'affligé, mais au fond du cœur j'étois ravi d'en être quitte à ce prix, & ne souhaitois que de voir le retour du Soleil pour me tirer du coupe-gorge où j'étois.

Pendant que je mangeois un morceau de biscuit, un Janissaire vint dire à mon valet que le Lieutenant du Commandant le demandoit. Le Commandant du Château n'y étoit pas. Son Lieutenant faisoit la charge. Mon valet y alla, & une heure après le même Janissaire me vint querir de la même part. Je trouvai le Lieutenant à table avec mon valet tous deux yvres. Il me fit d'abord boire & manger par force, & après il me dit, que tous les Chrétiens, gens d'Eglise, qui passoient par Gonié, étoient obligez de donner à son maître deux cens ducats; que j'étois de ces gens-là, & que je devois payer cette somme. Je lui dis que j'étois Marchand, & qu'il se méprenoit. Que j'avois payé la doüanne, bien que contre justice ; & que le Doüannier m'ayant laissé libre, il n'avoit point à connoître de ce que j'étois; qu'au reste si je devois payer quelque chose au Gouverneur, cela se feroit le lendemain, & que la nuit n'étoit pas le tems d'une telle discussion. Je voulois sur cela me lever & sortir. Deux Janissaires m'arréterent, le Lieutenant me fit rassoir, me fit boire à toute force, & me tint deux heures à m'alleguer mille impertinences ; entr'autres que le bien des Chrétiens appartenoit de droit aux Turcs, que les Malthois avoient pris deux de ses freres, qu'à un homme comme moi, vingt pistoles de bien suffisoient. Je me trouvois en une méchante occurrence, j'avois affaire à des gens yvres, mon valet au lieu de m'aider étoit à table avec mon juge, & à son tour disposoit de moi, étant mille fois plus mon maître en effet que je n'étois de droit le sien. Je voyois sa perfidie sans oser rien dire de peur de pis. Je le tirai à part, & lui dis de ne perdre pas l'occasion d'augmenter le ressentiment que j'avois de la fidelité avec laquelle il m'avoit servi, qu'il n'y avoit que lui qui pût accommoder l'affaire, que je lui donnois pouvoir d'offrir jusqu'à vingt ducats pour cela. Mon dessein étoit dans cette fausse confiance, qui ne me pouvoit faire re que du bien, de retenir la méchanceté de ce traitre, & de l'empêcher d'aller à l'extrémité. Après je me mis à supplier, à menacer couvertement, à remontrer que personne ne viendroit plus à Gonié, si l'on apprenoit que l'on y traitât les passans avec tant de violence & tant d'injustice. Le Lieutenant me dit en riant, que Gonié n'étoit pas son bien, qu'il n'avoit plus qu'un an à y demeurer, qu'il se soucioit peu qu'après son départ il n'y vînt pas un homme, & que le Château abîmât, qu'il se servoit de l'occasion sans égard à l'avenir; enfin la chose alla si loin, que le Lieutenant, ne pouvant m'obliger de lui donner ce qu'il demandoit, il envoya querir mes hardes. Mon traitre de valet donna la main à ce beau coup. Le Lieutenant me dit de tirer l'or qui étoit dedans. Je n'en voulus rien faire, & je lui répondis que je ne donnerois jamais un sol à quelque extrémité où il se pût porter, parce que je ne lui devois rien; que je ne pouvois m'opposer à sa violence; qu'il prît tout ce qu'il voudroit; mais que je savois bien les voyes de me le faire rendre. Ce voleur fit venir des chaines & un carcan, cela m'ébranla un peu, à dire le vrai, parce que j'avois affaire à des soldats que l'or qu'ils avoient vû, & le vin dont ils étoient souls portoient à tout faire. Un d'eux s'approcha de moi, & me dit, *Plus on pile l'ail, plus il sent mauvais.* Cela vouloit dire, plus on tarde à accommoder une affaire, plus elle se rend difficile. Mon valet prononça en même tems que j'eusse à payer cent ducats. Pour couper court, je les donnai, & quatre encore aux Janaissaires qui avoient servi de sergens. Le bien que j'avois sur moi, & en mon giste, le lieu où j'étois, & cent autres bonnes considérations me firent ployer. En un autre état, je ne me fusse pas rendu à des menaces. Je n'eusse point eu peur des chaines, & je me fusse tiré d'affaire quitte, ou du moins à peu de perte. Le Lieutenant me contraignit, en lui comptant les cens ducats, de jurer sur l'Evangile que je les lui donnois de bon cœur, & que je n'en parlerois à personne. Il y eût une nouvelle contestation là-dessus, qui fut aussi aspre que l'autre. Je ne voulois point jurer cela, parce que je voulois effectivement m'en plaindre: & je voulois d'ailleurs m'assurer pour l'avenir par la résistance présente. Ce voleur cependant, s'obstinoit à ne vouloir les cent ducats qu'à cette condition. Il falut que je fisse le serment en sa présence tel qu'il voulut, & que je le priasse même d'accepter l'argent.

Le lendemain de bon matin, qui étoit le prémier Decembre, les Gardes de la Doüanne vinrent à mon méchant giste, & m'observérent toûjours, jusqu'à mon départ. Ils avoient ordre de revisiter ma selle & de me fouiller. Ils appellérent mon valet, & le lui dirent le plus civilement, & le plus honnêtement qu'ils pûrent. Ils la visitérent donc derechef. Je tremblois à mourir pendant qu'elle étoit dans leurs mains. Ils ne manioient rien qui ne diminuât leur deffiance. Le poids seul l'entretenoit. Voyant qu'ils s'y arrêtoient trop, je leur dis que j'avois fait faire cette selle, pour servir de bât, en cas de besoin, & qu'à cause de cela, elle étoit si lourde. Ils se payérent de cette échapatoire. Je remarquai ensuite qu'ils me vouloient fouiller, car ils me tiroient à part l'un après l'autre, & me disoient que si j'avois quelque chose que la Doüanne n'eût pas vû, je leur fisse un présent, & qu'ils ne me découvriroient pas. Mes amis, leur répondis-je, ne cherchez point de détour pour me fouiller; si vous le voulez faire, faites le hardiment. J'ouvris ma veste en disant cela, & leur présentai aussi mes poches. Cette bravade me sauva. Les Gardes crûrent que j'eusse été moins hardi, si j'eusse eu sujet de craindre. Ils ne me fouillerent point. J'allai avec eux chez le Doüannier, & lui dis, en feignant de pleurer, & d'être mortellement triste, que pour n'être pas venu coucher chez lui j'avois été dépouillé d'une partie de mon or. Je te l'avois bien dit, me répondit-il; je me doutois de ce qui t'est arrivé. Après, il me pressa fort de lui dire ce qu'on m'avoit pris, & qui avoit fait le coup, m'assurant que j'en aurois sûrement justice, & qu'il me le feroit rendre. Je lui répondis qu'on m'avoit menacé de mort, si je le disois. Cela étoit vrai, & j'avois, outre cela, une si forte envie d'être hors de Gonié, & desirois si passionnément de partir, que je n'avois garde de commencer un procès. Je conjurai le Doüannier de me tenir sa parole. Il le fit, & me donna deux hommes pour porter mes hardes jusqu'au soir, & un Turc pour m'accompagner jusqu'à Acalziké. Il commanda à ces deux hommes d'apporter un billet de ma main pour assurance que je serois bien arrivé à la premiére traite, & il donna au Turc un passeport en forme d'ordre, pour servir dans tout le chemin. En voici la traduction.

Gardes des Chemins, Prevôts, Juges, Baillifs, menez de traite en traite à l'heureuse Porte d'Assan Pacha, Jean *son Changeur. Donnez-lui*

lui pour de l'argent des chevaux & des hommes, autant qu'il en demandera. Sa personne, & ses hardes, sont un depôt qu'on donne en garde à tous les habitans des lieux où il passera, on en répondra sur la vie.

Le Doüannier me dit, en mettant ce billet entre les mains du Turc qui me devoit conduire, qu'il me faisoit passer pour Changeur du Pacha, & que je misse un turban blanc, & mon valet aussi, afin d'être respectez. Je le fis, & partis sur les huit heures du matin, ravi & transporté de me voir hors d'un si méchant & si dangereux lieu, en païs libre, & où je n'avois presque plus rien à craindre. Je commençai alors à respirer & à reprendre quelque tranquilité d'esprit. Il y avoit cinq mois que j'étois en des agitations & des angoisses horribles. Les avanies, le naufrage, l'esclavage, le mariage, la perte des biens, de la liberté, & de la vie; ces effroyables idées me déchirérent l'esprit tour à tour en tout ce tems-là, durant lequel d'ailleurs mille maux réels l'avoient tenu dans l'abattement le plus grand où l'on puisse être. J'en revenois ce jour-là, & je sentois avec un plaisir qu'on ne peut dire, mon cœur se remettre au large & rentrer dans son mouvement paisible. Je montois le mont Caucase avec une legéreté qui surprenoit mes crocheteurs. Qu'on est leger quand on n'a pas le cœur chargé! Je le dis simplement, sans exagération, & sans figure, il me sembloit qu'on m'avoit ôté une montagne de dessus le corps, & que j'allois voler. Je fis quatre lieuës toûjours dans les rochers, & après je passai en bateau le fleuve dont j'ai parlé qui separe le païs de Guriel & le païs du Turc.

Le 3. je fis cinq lieuës à pied, & trois hommes portoient mes hardes. Nous passions souvent si proche de ces précipices affreux, que j'en étois épouvanté. Nous ne fîmes que monter, & en ces cinq lieuës nous ne fîmes pas deux milles de chemin droit.

Le 4. je demeurai dans un village habité par des Turcs & des Chrétiens, où j'étois arrivé le jour précédent, la pluye, la neige & le vent qu'il faisoit ne nous ayant pas permis d'en sortir.

Le 5. & le 6. je fis onze lieuës. J'avois des chevaux, mais je puis assurer que je ne fis pas trois lieuës dessus, il falloit à tout moment mettre pied à terre, à cause des passages difficiles, roides, & escarpez, où les chevaux pouvoient à peine tenir le pied.

Le 7. & le 8. je fis 16. lieuës, les 4 premiéres à monter & à descendre. Les huit suivantes par un chemin uni, mais qui serpente toûjours. Nous étions arrivez sur le Mont Caucase. Nous fîmes les quatre derniéres lieuës en descendant continuellement. A la moitié de la descente on voit sur plusieurs pointes & sommets, des masures de Châteaux & d'Eglises. Les gens du pays disent qu'il y en a eu là beaucoup, que les Turcs ont détruites. Quand on est au bas du mont, on entre en une belle Vallée, large de trois milles, fertile & abondante, & fort remplie de villages. Le fleuve *Kur* passe au milieu.

On sait que l'Asie est divisée par une chaine de montagnes d'un bout à l'autre, dont les trois plus hautes parties ont été nommées *Taurus*, *Imaus*, & *Caucase*. La premiére est la plus avancée dans l'Asie, & on appelle toute cette chaine en général le mont *Taurus*. Je dis en général, parce que chaque partie a son nom particulier connu par chaque Nation qui en est proche. La derniere partie est la plus proche de l'Europe, entre la mer Noire & la mer Caspienne, la Moscovie & la Turquie. Beaucoup d'Auteurs confondent ces trois parties. *Pline*, entr'autres, & *Quinte-Curce*, qui mettent le Caucase dans les Indes. *Strabon*, qui parle de cette montagne dans le Livre onziéme de sa *Geographie*, dit que quoi que ces Auteurs s'accordent tous en cela, on ne doit pas néanmoins les en croire; parce qu'ils n'en ont usé ainsi que par flaterie, afin de mieux louer *Alexandre*, à qui il étoit sans doute bien plus glorieux d'avoir poussé ses conquêtes jusqu'au delà des montagnes des *Indes*, que d'avoir simplement traversé les montagnes voisines du *Pont Euxin*. Je croirois que cette méprise seroit une faute de Géographie que *Quinte Curce* auroit faite de bonne foi; comme lors qu'il fait venir le *Gange* du Midi, & qu'il prend le *Jaxartes*, pour le *Tanaïs*. Je le croirois, dis-je, si dans le livre sixiéme il ne mettoit pas le mont *Caucase*, entre l'Hircanie & le fleuve de Phase.

Pour revenir à la description du Mont Caucase, c'est la montagne la plus haute, & la plus difficile à passer que j'aye vûe; & on le peut juger par ce que j'en ai dit. Elle est pleine de rochers & de précipices affreux. On a beaucoup travaillé en plusieurs endroits à y caver des sentiers. Elle étoit toute couverte de neige, lors que je la passai; & il y en avoit presque par tout plus de dix pieds de haut. Il falloit en plusieurs endroits que mes conducteurs fissent chemin avec des péles. Ils avoient à leurs pieds une maniére de sandales

dales propres pour aller sur la neige, que je n'ai vûe qu'en ce païs-là. La femelle a la forme & longueur d'une raquette sans manche, mais pas tant de largeur ; le rezeau est aussi plus lâche, & le bois est tout rond. Cette chaussure les empêche d'enfoncer dans la neige, car elle n'y entre pas plus d'un travers de doigt. Ils courent fort vîte avec, & ne laissent que de legéres traces, & fort incertaines de la route qu'ils ont tenuë, parceque cette chaussure n'a ni devant ni derriére. Le haut du *mont Caucase* est perpetuellement couvert de neige, & pendant les huit lieuës de chemin qu'on fait à le traverser, il est inhabité. Je passai la nuit du 7. au 8. au milieu de la neige. Je fis couper des sapins, je me couchai dessus, & fis faire grand feu. Lors que nous arrivâmes au haut du Mont, les gens qui me conduisoient firent de longues oraisons à leurs Images, afin qu'elles leur fissent la grace qu'il n'y eût point de vent. En effet, s'il y en eût eu d'un peu fort, nous aurions sans doute été ensevelis dans la neige; car elle est mouvante & menuë comme la poussiére: le vent l'emporte, & en remplit l'air. Graces à Dieu, il ne fit presque point de vent. Le chevaux enfonçoient si avant en des endroits, que je croyois souvent qu'ils n'en sortiroient pas. J'allai presque toûjours à pied & sûrement. Je ne fis pas huit lieuës à cheval en traversant ce Mont affreux, qui est de trente six lieuës. Je croyois les deux derniers jours être dans les nuës, & je ne voyois pas à vingt pas de moi. Il est vrai que les arbres, dont tout le haut du Mont est couvert, empêchent fort la vûe de s'étendre. Ces arbres sont des sapins. Je n'y en vis point d'autres ; de quoi je fus bien faché. Car comme je m'imaginois d'être sur la plus haute montagne du monde, ou du moins sur la plus haute de l'Asie, j'aurois bien voulu reconnoître ce que disent des Naturalistes, que sur le sommet des montagnes de la plus grande exaltation, les feuilles des arbres sont toûjours au même état, à cause que les vents, & les nuées, qui les pourroient faire tomber, sont toûjours au dessous, sans jamais monter si haut. C'est ce que je n'ai remarqué nulle part. Je ne me suis pas aperçû non plus que l'air n'y soit pas vital, comme ils le prétendent. Il est vrai qu'il est très-subtil, & très-sec; mais je croi qu'on y vivroit comme dans les airs plus mêlez, & que la cause qu'on n'y trouve point d'habitans, vient uniquement du commerce, & de la correspondance, qu'il seroit trop difficile d'avoir delà avec le reste du monde. En descendant cette affrense montagne, je voiois les nuages se mouvoir en bas sous mes pieds à perte de vûe. J'eusse crû être en l'air, si je n'eusse senti que la terre me portoit.

Le Mont Caucase est, jusques vers le haut, fertile & abondant en miel, en bled, & en *Gom*. J'ai parlé de ce grain, en faisant la description de la Mingrelie. Il l'est encore en vin, en fruits, en cochons, & en gros bétail. Il y a par tout de très-bonnes eaux. On y trouve plusieurs villages. La vigne y croît autour des arbres, & s'éleve si haut, que l'on n'en peut souvent aller cueillir le fruit. On faisoit vendange quand j'y passai. Je trouvois le raisin, le vin nouveau, & le vieux admirablement bon. Le vin y est à si bon marché, qu'en des endroits, l'on en donne le poids de 300. livres pour un écu. Les Villageois n'en pouvant vendre autant qu'ils en peuvent faire, ils laissent le raisin pourrir sur les ceps sans le cueuillir. Les Païsans habitent dans des cabanes de bois. Chaque famille en a quatre ou cinq. Ils font un grand feu au milieu de la plus grande, & se tiennent tous autour. Les femmes moulent le grain à mesure qu'on a besoin de pain. Ils font cuire la pâte dans des pierres rondes, d'un pied de diametre, ou environ, & creuses de la profondeur de deux ou trois doigts. Ils font bien chauffer la pierre, ils mettent le pain dedans, & ils le couvrent de cendres chaudes, & de charbons ardens par dessus. Il y a des lieux, où on le fait cuire dans la cendre même. On balie bien un endroit du foyer, on y met le pain, & on le couvre de cendre, & de charbon ardent, par dessus, comme l'autre. Avec tout cela la croûte ne laisse pas d'être assez blanche, & le pain fort bon. Ils gardent le vin comme l'on fait en Mingrelie. Je logeois tous les soirs au logis d'un Païsan qui me louoit des chevaux, ou des porteurs. Le Turc qu'on m'avoit donné me faisoit servir promptement, & bien; autant que le lieu le permettoit. On nous donnoit des poules, des œufs, & des legumes; le vin, le pain, & le fruit regorgeoient: car chaque maison voisine apportoit une grande cruche de vin, un panier de fruit, & une corbeille de pain, pour sa part de nôtre défrai. On ne me demandoit point à compter, & mon conducteur m'empêchoit même de donner gratuitement quelque chose.

Je mangeois avec une avidité de loup, & ne pouvois me rassasier que pour deux ou trois heu-

heures. On peut penser en quelle inanition j'étois tombé en Mingrelie, durant trois mois, que je n'y avois pas eu de pain, & que j'y avois été sous le fléau de la disette, & de la crainte des plus grands maux. J'étois revenu graces à Dieu à la sûreté, & à l'abondance; & du détestable pays, où je ne pouvois avoir à manger pour de l'argent, en un pays où l'on me donnoit à manger pour rien. Il faut avoir été en ces extrémitez, pour concevoir le plaisir qu'on sent par un si heureux changement.

Les habitans de ces Montagnes sont la plûpart Chrétiens du Rit Georgien. Ils ont le teint fort beau, & j'ai vû parmi eux de très-beaux visages de femmes. Ils sont infiniment mieux accommodez que les Mingreliens, & les autres peuples du Mont Caucase, qui ne sont point sous la domination Ottomanne.

Le 9. je fis cinq lieuës dans la Plaine dont j'ai parlé. Le terroir en est propre au labourage. On voit sur les colines, dont elle est bordée, une fort grande abondance de bétail. Le soir j'arrivai à Acalziké.

ACALZIKE' est une Forteresse, bâtie dans le Mont Caucase, située en un lieu enfoncé entre vingt tertres, ou environ, de dessus lesquels on pourroit aisément la battre de tous côtez. Elle a un double mur & des tours. Les uns & les autres sont à creneaux à l'antique. Cette Forteresse a peu d'artillerie. Il y a tout joignant un Bourg bâti sur ces tertres, & ces éminences. Il est gros de 400. maisons au plus, presque toutes neuves & construites depuis peu. Il n'y a rien-là d'antique que deux Eglises d'Armeniens. Ce Bourg est peuplé de Turcs, d'Armeniens, de Georgiens, de Grecs, & de Juifs. Les Chrétiens y ont des Eglises, & les Juifs une Synagogue. Il y a aussi un petit Caravanserai neuf, qui est bâti de bois, comme presque toutes les maisons du lieu. Le fleuve *Kur*, qui a sa source dans le Mont Caucase, a quelque douze lieuës de ce bourg, passe proche. *Strabon* en met la source dans l'Armenie. *Ptolomée* la marque en Colchide. Et *Pline* la fait sourdre des montagnes de Tartarie, qui sont au dessus de la Colchide, & qu'il nomme *Coraxici*, à cause de ce fleuve *Corax* qui en sort, & qui va se décharger, comme j'ai dit, dans la Mer noire. Ces sentimens, qui semblent divers, peuvent néanmoins être vrais, & être de plus la même chose; parce que l'Armenie a embrassé la Colchide, & parce que la Colchide a été un grand Royaume autrefois, comme je l'ai déja remarqué. Le Pacha d'Acalziké loge dans la Forteresse. Les principaux Officiers, & la Milice, se tiennent dans les villages qui en sont proche. L'Histoire de Perse porte que cette Forteresse a été construite par les Georgiens, & que les Turcs la prirent sur eux à la fin du dernier siécle. Ils y ajoûterent de nouveaux ouvrages, de même qu'à une autre Forteresse à trois journées de celle-ci, nommée *Temame*.

Le 13. à deux heures après minuit, je partis d'Acalziké. Nous marchions vers l'Orient. Au bout de trois lieuës, la Plaine d'Acalziké s'étressit, & les montagnes s'approchent, de façon qu'elle n'a plus que demi lieuë de largeur. Il y a là un fort Château des Turcs, bâti sur une roche à la droite du fleuve *Kur*. Cette roche est ceinte en bas d'un double mur; & autour, il y a une petite ville comme Acalziké, qui occupe le terrain qui est entre la Forteresse & la Montagne opposée. Ce lieu s'appelle *Usker*. Il y a un Sangiac, de la Milice, des Gardes, & une Doüanne. J'avois beaucoup de peur d'y être arrêté & examiné; mais, graces-à-Dieu, on me laissa passer sans me dire rien du tout. Le *Voiturin*, qui me conduisoit, étoit de *Gory*, ville de Georgie. Le Commandant de la Garde lui demanda s'il étoit de ce lieu-là. Il répondit que oui. On le laissa passer, & ceux qui le suivoient, sans autre information. Le Kan de Georgie, & le Pacha d'Acalziké entretiennent bonne correspondance. Elle est cause du bon traitement que les Turcs font aux Georgiens. Deux lieuës au de-là d'*Usker*, on passe une montagne, qui sépare de ce côté-là la Perse de la Turquie. Nous allâmes le long de cette montagne après l'avoir passée. Il y a beaucoup de villages dessus. Le *Kur* court au bas, & l'on y voit, en plusieurs endroits, des ruïnes de Châteaux, de Forteresses, & d'Eglises. Ce sont des vestiges de la grandeur des Georgiens, & des conquêtes des Turcs, & des Persans. Après avoir fait dix lieuës, & marché jusqu'à la nuit, nous nous arretâmes à un petit village.

Le 14. nous ne fîmes que quatre lieuës. Le chemin étoit fort rude en ces montagnes. On y rencontre des pas extrémement difficiles, & qui ne se peuvent forcer, & des ruïnes de beaucoup de Forteresses. Nous nous arrêtâmes dans la Plaine de *Surham*, à un gros village proche de la Forteresse, à qui on donne le même nom de *Surham*. Cette Plaine est très-belle, couverte de petits bois, de villages, de colines, de maisons de plaisance, & de petits Châteaux de Seigneurs Georgiens. Tout

Tout le païs est labouré. En un mot c'est un très-bel endroit.

Le 15. je fis dix lieuës, neuf en cette Plaine, & l'autre au passage d'une montagne peu haute, qui la sépare de *Gory*. Je ne vis de tous côtez que beaux villages, que belles terres toutes cultivées, & que des endroits fort fertiles. On laisse à main droite, avant que de monter la montagne, une grande ville presque toute ruïnée, & dont il n'y a plus que cinq cens maisons habitées. Autrefois, à ce qu'on dit, il y en avoit douze mille. Il y a un Evêque, & une grande Eglise, bâtie du tems de la liberté des Georgiens.

La nuit me prit en descendant la montagne, & avant que d'arriver à *Gory*, j'allai droit au logis des Capucins Italiens, Missionnaires de la Congrégation *de propaganda Fide.* J'avois des Lettres de recommandation pour eux. Ils avoient, il n'y avoit que trois ans, un hospice à *Cotatis*, & ils pensoient de là s'étendre aussi en Mingrelie, & s'y bien établir. Les continuelles guerres de ces Païs, & les brigandages qui s'y exercent perpetuellement, sans que le Roi se soucie, ou, pour mieux dire, puisse y apporter du remede, les ont obligez à se retirer en Georgie. Ainsi, il se rencontroit heureusement qu'ils étoient fort capables de me donner le conseil, & les secours dont j'avois besoin. Je me fis d'abord connoître à eux. Je leur dis, que le Roi de Perse m'avoit envoyé en France pour son service, que j'avois ses ordres, & un commandement adressé à tous les Gouverneurs de son Empire, par lequel Sa Majesté leur commandoit de me considérer, & de me rendre tous les bons offices dont j'aurois besoin. Je leur contai ensuite, qu'ayant choisi la voye de la Mer noire, & de la Mingrelie, pour retourner en Perse, j'y avois été surpris de la guerre, & que j'y avois essuyé mille malheurs; de sorte que ne voyant aucun moyen, de transporter seurement les choses que j'avois apportées pour le Roi, je les avois laissées à la garde de mon Camarade, & que j'étois venu en Georgie chercher de l'assistance; que je les suppliois de toute mon affection de me donner le meilleur conseil qu'ils pourroient, & de prendre dans mes peines la part que la charité, & d'autres considérations les obligeoient d'y prendre. Ces bons Peres furent touchez de mes malheurs, & des risques que couroit le bien, & la personne que j'avois laissée en Mingrelie. Ils m'assurérent de faire en cela tout ce qu'il leur seroit possible, dès qu'ils en auroient ordre de leur Préfet, sans la participation duquel ils ne pouvoient agir, qu'il étoit à *Tifflis*, la Capitale de Georgie, & la Cour du Prince, à deux petites journées, & que je ne pouvois mieux faire que de l'aller trouver. Ils me dirent tant de raisons pour m'obliger à y aller, que je m'y résolus sur le champ, & qu'à l'heure même on loüa des chevaux. Le Superieur ordonna à un Frere Laïc, nommé *Ange de Viterbe*, de se préparer à m'accompagner.

Ce Frere Laïc étoit très-bon & très-honnête homme, habile Médecin & Chirurgien. Son habileté, & le bonheur qu'il a eu en Georgie, & en Imirette, de guerir diverses maladies, & diverses playes qu'on tenoit incurables, l'ont mis par tout ce païs-là, fort en estime & en considération. Il sait bien la langue de ces Païs, & il les a parcourus de tous côtez. Il a beaucoup de courage, de patience, d'humilité, & de bon sens. Je ne pouvois donc avoir un meilleur Camarade de voyage. Il me fit compagnie de la meilleure grace du monde, & lui ayant témoigné que sa personne me seroit d'un grand secours, & d'une grande consolation en retournant en Mingrelie, il me dit, que je n'avois qu'à lui obtenir du Pere Préfet l'obédience pour cela, & qu'il viendroit très-volontiers.

Le 16. je partis de Gory avec ce bon Religieux. Nous fîmes sept lieuës, la plûpart le long du fleuve de Kur. Le chemin en étoit beau par des plaines fertiles, où il y a quantité de villages. On y rencontre une ville presque toute ruïnée nommée *Cali-cala*. On passe au milieu. Elle est à quatre lieuës de Gory.

Le 17. je fis un peu plus de six lieuës. Le chemin étoit uni, mais un peu pierreux en des endroits. A la moitié de la traitte, nous passâmes vis-à-vis de l'Eglise Patriarchale de Georgie, qui est située sur le bord du *Kur*. La moitié de cette Eglise est ruïnée, l'autre paroît de loin entiére & fort belle. On dit qu'il y a dedans une partie de la Couronne d'Epines, une piéce de la Tunique, & une piéce de la robe du Prophéte Elie. Je n'ai pas vû ces Reliques: des Capucins m'ont assûré qu'ils les avoient vûes. J'arrivai à *Tifflis* sur le soir, la neige qui tomba tout le jour fort épaisse, m'empêcha d'arriver plûtôt. Le Frere Laïc qui m'accompagnoit me mena au logis des Capucins. Je n'avois point de tems à perdre, ainsi dès mon arrivée, je contai au Préfet quel en étoit le sujet. Mes lettres de recommendation me faisoient connoître. Je n'avois besoin que de leur bien faire entendre les grands dangers, que couroit ce que j'avois laissé en Mingrelie, & de quelle importance il étoit, d'aller à toutes risques s'efforcer de le tirer de là. Je dis au Préfet, qu'il y avoit à mon avis deux voyes differentes pour le faire, qui avoient chacune leurs sûretez, & leurs perils. La premiere étoit de me faire connoître au Prince de Georgie; lui montrer les ordres du Roi son Maître; & lui demander du secours pour tirer de Mingrelie ce que j'y avois, & qui étoit pour Sa Majesté. La seconde étoit d'aller en ce païs-là secrettement, sans se découvrir, ni dire ce qu'on y alloit faire. Je ne fis point appercevoir au Préfet le penchant que j'avois pour cette seconde voye, de peur de prévenir son jugement. Il me demanda du tems pour me dire son avis, & il me supplia que je voulusse bien faire part de tout ce que je lui avois exposé aux Religieux de la maison; parce que la plûpart, qui avoient été en Mingrelie, & en Imirette, pourroient avoir de bonnes lumiéres pour mon affaire. Il me promit qu'il leur commanderoit le secret par la sainte Obedience. Je contentai le Préfet. Je fis aux Religieux la même relation que je lui avois faite, les conjurant de me donner leurs avis, & tout le secours possible, dans le malheur où j'étois encore engagé.

Le 18. après midi le Préfet me mena dans sa chambre avec tous les Religieux. Il m'étala les réflexions qu'il avoit faites sur mon affaire, & toutes les pensées qui lui étoient venuës sur cela. Les Religieux firent la même chose. Ils arrêtoient presque tous à tenter la voye cachée, & à ne se point faire connoître; en un mot, à aller secrettement en Mingrelie. Ils me dirent, que si l'on communiquoit l'affaire au Prince de Georgie, il me donneroit assurément l'aide nécessaire, qu'il envertoit des gens, & tireroit aparemment tout ce que j'y aurois laissé, parce qu'il étoit fort craint, & fort respecté en ce païs-là, & en Imirette. Mais que ce moyen seroit d'un éclat furieux, qui me perdroit peut-être; qu'on pourroit me dresser à mon retour quelque partie pour m'assassiner, & enlever tout ce que j'aurois; que les lieux, où il me falloit passer, étoient tous païs de brigands & d'assassins les plus déterminez du monde; que les Georgiens étoient très-perfides & méchans, & qu'il en falloit tout apprehender; qu'il n'y avoit pas beaucoup d'années, qu'un Patriarche de Moscovie, passant en Georgie, y avoit été volé, & qu'on avoit accusé le Prince d'avoir secrettement fait faire le coup, pour avoir les richesses que portoit ce Patriarche; qu'il falloit considérer encore, que le Prince de Georgie n'étoit pas parfaitement obéïssant aux ordres du Roi de Perse; & qu'après tout, supposé qu'il fit office de bonne foi & avec sincérité, il falloit mettre en considération qu'il attendroit de grands présens, & qu'on ne pourroit jamais le contenter, ni sa famille, qui étoit merveilleusement affamée, pour des gens de leur condition.

Je fus ravi que les Capucins prissent mon vrai sentiment, & pensassent presque tout ce que j'avois pensé. Nous resolûmes que je partirois secrettement avec le Frere Ange qui m'avoit accompagné. Qu'on diroit que j'étois Théatin, que j'étois venu de la part de ceux de Colchide, reduits par la guerre à la derniére misére, demander de l'assistance aux Capucins, & qu'ils envoyoient un de leurs Compagnons les querir & les emméner. Dès que cela eut été arrêté, je me préparai au voyage. Je tirai de ma selle, & de mon oreiller les bijoux que j'y avois cachez. Je les enfermai dans une Cassette avec tout ce que j'avois aporté, & le mis sous la garde du Préfet. Nous pensâmes ne trouver jamais de chevaux à loüer, parce que personne ne vouloit aller en Mingrelie. Enfin, à force d'argent, nous gagnâmes deux *Voiturins*, en nous rendant garans de leurs chevaux & de leurs hardes, s'il en arrivoit faute.

Le 20. je partis avec le *Frere Ange*, & un Georgien créature des Capucins, qui étoit de Cotatis, & qui avoit été mille fois en Colchide, & par tout aux environs. Le Préfet me le donna pour le besoin qu'on pourroit avoir d'une personne de confiance. Nous n'étions que cinq hommes avec quatre chevaux. Le *Frere Ange*, & moi, en montions deux, les deux autres portoient les provisions. Nous disions par tout que nous allions chercher les Théatins de Mingrelie. Je donnai congé à mon valet avant que de partir de *Tifflis*. Ce fripon m'avoit fait mille méchans tours, & tenté plusieurs fois ma perte. J'ai dit ce qu'il me fit à Gonié. Les Capucins me conseilloient de l'emprisonner jusqu'à mon retour pour en faire justice. Le sentiment des graces que Dieu venoit de me faire, me porta à lui pardonner entierement. Je m'imaginai que j'irriterois le Ciel, si dans le même tems qu'il déployoit sa clémence sur moi, je me fusse arrêté à faire punir ce malheureux. Je le payai entierement du tems qu'il m'avoit servi, & le laissai aller, après lui avoir néanmoins étalé toutes ses trahisons que je savois, & l'avoir exhorté à l'amendement. La bonté

que

que j'eus pour lui ne le toucha point. Il se desespera de ce que je lui donnois congé, & il laissa même paroître des marques de la rage qu'il en avoit, assez fortes pour me porter à en craindre quelque chose de funeste. Je fus tenté de le faire mettre aux fers. Je n'avois qu'un mot à dire; les Capucins l'auroient fait faire d'un signe d'œil, ayant assez de crédit à *Tifflis*. Je n'en fis rien, la fatalité qu'il y a en toutes les choses m'en empêcha. J'étois entiérement porté à la misericorde; j'en attendois, j'en demandois trop pour n'en point faire. Dieu l'eut agréable. On verra dans la suite de quelle maniére il me le fit connoître, en un très-dangereux piége que m'avoit tendu ce traitre.

Je fus de retour à Gory le 21.

Le 22. nous partîmes & allâmes coucher à six lieuës de Gory, à un village qui est sur le chemin d'Acalziké par lequel j'avois passé en venant.

Le 23. nous partîmes à la pointe du jour, & d'abord nous laissâmes à gauche le chemin d'Acalziké. A midi nous arrivâmes à une petite ville nommée *Aly*. Elle est à 9. lieuës de Gory située entre des montagnes. Deux lieuës par-de-là, nous y passâmes un pas étroit qui se ferme d'une grande porte de charpente. C'est la séparation de la Georgie d'avec le Royaume d'Imirette. Nous fîmes encore une lieuë, & nous nous arrêtâmes à un petit village.

Le 24. nous fîmes sept lieuës dans les montagnes. Elles étoient pleines de neige & il en tomboit à gros floccons. Ces montagnes, qui sont du mont Caucase, sont couvertes de bois de haute futaye. Nous nous y pensâmes perdre, car la neige couvroit toutes les traces, & faisoit méconnoître le chemin. Nous logeâmes à un village nommé *Çolbaure*. Ce village a quelque deux cens maisons: elles sont toutes sur une ligne, & si éloignées l'une de l'autre, qu'il y a plus d'une lieuë de la premiere à la derniere.

Le 25. nous ne fîmes que trois lieuës. Le mauvais tems, la neige, le froid, & l'obscurité d'air qu'il faisoit en ces hautes montagnes, nous empêchérent d'aller plus avant. Nous logeâmes dans un village de trente maisons.

Le 26. l'air fut plus clair, la neige cessa, & le froid ne fut pas si rude. Nous fîmes six lieuës toûjours dans ces montagnes couvertes de bois. Le chemin y étoit assez égal. Les montées & les descentes n'étoient pas rudes. Nous logeâmes à un petit village qui est sur le bord d'un grand fleuve.

Le 27. nous passâmes en bateau ce fleuve, & fîmes trois lieuës en un païs semblable à celui que nous avions passé les jours précedens. Nous descendîmes de la montagne dans une grande & belle vallée à perte de vûe, & logeâmes à un village, appellé *Sesano*. Cette vallée a presque par tout une lieuë de largeur. Elle est fort fertile, & fort agreable, & arrosée de belles eaux. Elle s'étend jusqu'en Mingrelie. C'est le plus beau païs d'Imirette. Les montagnes, dont elle est ceinte, sont couvertes de bois & de villages, car la plûpart des terres de ces montagnes sont labourées, & ont des vignobles en quantité. Nous trouvâmes en cette vallée un air doux comme au printems, & peu de neige.

Sesano est proche du Château d'une vieille Dame Tante du Roi d'Imirette, qui étoit malade quand nous passâmes-là. Elle sût qu'il étoit arrivé un Capucin au village, & elle l'envoya aussi-tôt querir pour s'en faire traiter. On prend en ces lieux-là tous les Missionnaires pour Médecins, parce qu'ils se mélent tous de donner des remedes. *Le Frere* alla trouver la Dame, esperant d'en tirer quelque secours pour nôtre entreprise. Deux heures après qu'il m'eut quitté, je fus bien surpris de voir arriver à cheval un Capucin de Gory avec un Guide. Le sujet de sa venue étoit pour m'avertir, que ce valet, à qui j'avois donné congé, étoit venu de *Tifflis* à *Gory*, avoit découvert tout ce qu'il savoit de mon entreprise; en jurant de me perdre, & qu'il étoit parti sans qu'on sût où il étoit allé. Cet avis ne me surprit pas beaucoup. Je me défiois de quelque chose de semblable. Je suppliai le Capucin de demeurer avec moi. Je lui rendis mille remerciemens, & je loüai autant que je pûs le grand zêle, & l'extrême affection que la Communauté témoignoit avoir pour mes interêts d'une maniere si ardente. Véritablement il ne s'en pouvoit donner de plus fortes marques.

Le 28. nous fimes cinq lieuës dans la plaine dont j'ai parlé. Elle est par tout remplie de villages & de bois, & les terres y sont si grasses, que nos chevaux avoient beaucoup de peine à s'en tirer. Après deux lieuës de marche, nous laissâmes sur la droite la Forteresse de *Scander*. Les gens du païs l'appellent *Scanda*, & disent qu'Alexandre le Grand l'a bâtie. On sait que les Orientaux appellent ce Conquerant *Scander*. Ils assurent qu'il a bâti seize places ausquelles il a donné son nom. Celle-ci pourroit être une des seize, & celle dont *Quinte Curce* parle au livre 7. Sa situa-

situation me le fait croire, car elle est située au pied de la montagne. Elle n'est pas considerable. Il n'y a que deux tours quarrées, sans enceinte, avec quelque logement autour, & cela ne paroît pas avoir une si grande antiquité. *Procope*, qui en fait mention, la nomme *Liands*. Elle est fameuse dans l'histoire des guerres continuelles qu'il y a eu entre les Romains & les Perses depuis le 7. siecle de la fondation de Rome jusqu'au Mahometisme, pour avoir été cent fois prise par ceux-là & reprise par ceux-ci, détruite & rebatie successivement.

A une lieuë de *Scander* nous passâmes *Chicaris*: C'est un village de cinquante maisons. Il passe pour ville en *Imirette*, quoi qu'il n'ait point de murailles, & rien de plus que les autres villages. Nous logeâmes à une lieuë de là.

Le 29. & le 30. nous y demeurâmes. Nos Voiturins ne vouloient point marcher. Les nouvelles de la guerre, dont chaque passant les entretenoit, leur faisoient perdre courage. Ils disoient qu'on les vouloit mener à la mort, ou à l'esclavage. Ils nous donnoient des peines extrêmes. Je les supportois patiemment. J'exhortois mes deux Capucins à faire de même. Je leur représentois que je m'étois bien mis en tête en partant de *Tifflis*, qu'on ne pourroit sans bien du courage, & une patience extrême, venir à bout de ce que j'entreprenois, & surmonter les grands obstacles qui s'y opposeroient infailliblement. Qu'il falloit ménager doucement nos gens, & les pousser à force de promesses, & de bons traittemens. Que quand on les auroit une fois fait entrer en Mingrelie, & qu'ils ne pourroient plus reculer, le soin de leur salut les feroit alors agir comme nous voudrions. Nous appellâmes ces Voiturins, & le Georgien que le Pere Préfet m'avoit donné. Nous leur dîmes qu'il n'y avoit rien à craindre, que nous en étions bien informez, que nous avions comme eux une vie, & d'autres biens à conserver. Que nous leur avions répondu de leurs chevaux & de leurs personnes. Un d'eux parlant pour les trois me dit de leur donner un écrit, par lequel je m'engageasse de les rachetter si on les prenoit esclaves durant ce voyage, ou de donner six vingts écus à leurs femmes s'ils y mouroient. Je leur accordai cela volontiers, & leur fis de grandes promesses. Cela les disposa à continuer l'entreprise.

Le 31. nous nous mîmes en chemin. Il faisoit fort mauvais tems, & le chemin étoit très-rude. Nous passames trois fleuves assez larges, & assez rapides, & au soir nous arrivâmes à *Cotatis*. Nous allâmes loger à la maison de l'Evêque *Janatelle*. Il n'y étoit pas, on nous y reçût bien néanmoins. Les Officiers connoissoient le *F. Ange*, & savoient que le maître du logis l'honoroit d'une bienveillance particuliere.

Cotatis est un Bourg, bâti au bas d'une colline, sur le bord du fleuve de Phase: les historiens Grecs du 6. siécle le nomment *Coteze*, & ils en font une place importante. Il n'a présentement que 200. maisons. Celles des Grands & le palais du Roi, sont autour à quelque distance. Ce Bourg n'a ni fortifications, ni murailles. Il est par tout ouvert, hors-mis aux endroits où le fleuve & la montagne l'enferment. De l'autre côté du fleuve, vis-à-vis du Bourg, & sur une colline plus haute que celle au bas de laquelle il est situé, est la forteresse de *Cotatis*, dont j'ai parlé en racontant les dernieres révolutions d'*Imirette*. Je n'ai pas entré dedans. On la voit pleinement de la colline opposée. Elle a des tours, un donjon, & un double mur, qui paroît haut & fort.

Dès que je fus arrivé à *Cotatis*, je m'informai des nouvelles. Celles qui étoient vrayes, & dont chacun nous assura, étoient que le nouveau Prince de Mingrelie, & le Prince de Guriel s'étoient retirez, voyant que les Turcs ne vouloient plus tenir la campagne. Que la plûpart des Gentilhommes, qui leur avoient prêté serment, les abandonnoient, & que le Visir du *Dadian* se préparoit à descendre des montagnes avec une armée. Qu'aussi-tôt que ce Visir avoit appris la retraite de ces deux Princes & des Turcs, il avoit envoyé 800. hommes au Dadian, lui avoit écrit de sortir de sa forteresse, & d'amasser le plus de gens qu'il pourroit. Qu'il avoit fait publier une Amnistie pour tous ceux qui se réjoindroient à lui. Enfin, qu'il étoit venu à *Cotatis*, où le Roi d'Imirette l'avoit joint avec les Grands de son païs, & qu'ils étoient allez fondre tous ensemble sur le païs du Prince de Guriel. Ils lui en vouloient fortement, parce qu'il étoit en effet cause de l'incursion des Turcs, & de tous les ravages qui se firent en cette guerre. Les armées avoient passé le *Phase*, il n'y avoit que trois jours; ainsi la circonstance étoit assez favorable pour mon entreprise, n'y ayant plus lieu de craindre de rencontrer des troupes.

Le premier Janvier 1673. je m'arrêtai à *Cotatis* par des égards de dévotion. Pendant que

que nous dinions, mes deux charitables Capucins & moi; ayant mes voiturins & mon guide à table avec nous, selon la coûtume du païs, que les maîtres & les valets mangent ensemble, je vis entrer ce fripon de valet, dont j'ai parlé, avec un Armenien *d'Acalziké*, & un Prêtre de *Cotatis*, qui lui étoit venu montrer le logis. Je ne fus pas beaucoup surpris de sa venue, car la crainte que j'en avois m'y faisoit penser à toute heure. Je ne fis pas semblant de l'épouvante que j'en pris. Je crus qu'il s'étoit fait Turc, lui voyant un turban blanc à la tête. Ce fripon entra avec un air égaré & furieux, & s'assit auprès de mes gens sans attendre qu'on le lui dît. Cette insolence m'offensa encore plus, & je lui demandai d'où il venoit si échauffé. Il me répondit, qu'il venoit *d'Acalziké*, & qu'il avoit fait le voyage en deux jours. Je lui demandai si le chemin étoit si facile, & si les montagnes étoient si peu chargées de neige, qu'il eût pû les traverser en deux jours. Le chemin est le plus mechant du monde, me répondit-il, & les montagnes sont couvertes de neige, comme celles que nous avons passées en venant de *Gonié*. Vous le verrez, car il faut que vous veniez à *Acalziké*, j'ai ordre du Pacha de vous y mener. Cela sera, repliquai-je, si tu as plus de force pour m'y contraindre que moi pour t'en empêcher; car je n'ai rien à faire à *Acalziké* & je n'y veux point aller. Mon Garçon, continuai-je, tu es mal conseillé. Croi-moi, cesse de te donner de la peine à me procurer du mal, parce que Dieu ne permettra pas que les desseins que tu as de me nuire réussissent. Je t'ai payé à *Tifflis* de tout ce que tu pouvois prétendre; si tu n'en étois pas content, tu devois exposer là tes prétentions.

Je tins ce discours pour essaïer de ramener ce traitre. Il me répondit, que *Tifflis* étoit un lieu d'injustice, qu'à Acalziké on lui feroit raison. Je lui dis que sans aller si loin pour un different de peu d'importance, il se trouveroit assez de gens à Cotatis capables de le juger. Je parlois avec la plus grande douceur qu'il m'étoit possible. Ce coquin n'en fut point touché, il se tourna d'un air furieux vers son camarade, & lui dit d'aller chercher les Turcs. Celui-là sortit aussi-tôt, mais ce n'étoit qu'un artifice pour m'épouvanter; car je connus ensuite, qu'il n'y avoit point de Turcs, qui attendissent qu'on les vînt querir. Je fus pourtant extrémement épouvanté & je me crus perdu. Le Prêtre de Cotatis ignoroit ce qui se passoit, parce que je parlois en Turc qu'il n'entendoit pas. Il s'informa du *Frere Ange* quel étoit le sujet du different. Le Frere le savoit à peu près, il le conta à ce Prêtre. Je lui fis dire ensuite l'offre que je faisois à ce coquin de me remettre de toutes ses prétentions, à ce qu'en jugeroient des gens d'honneur, & la mechanceté avec laquelle il vouloit me forcer d'aller à Acalziké.

Le Prêtre & plusieurs Georgiens, accourus au bruit qui se faisoit, s'interesserent dans l'équité de mon offre, ils presserent ce miserable de l'accepter; & plus on le pressoit, plus il faisoit l'insolent, & usoit de menaces. J'en fus poussé à bout, je sortis hors de moi. Traitre, lui dis-je, c'est donc une pure méchanceté qui te meut. Je te répons, qu'avec l'aide de Dieu, tu ne me meneras point à Acalziké. En disant cela, je me jettai sur lui l'épée à la main. On me retint le bras, & le perfide, sur qui je voulois décharger le coup, prit la fuite en desordre, & tout tremblant. Je n'étois pas fort assuré après cela, je voulois m'enfuir. Le Maître d'hôtel de *Janatelle* me retint & m'assura, que je n'avois rien à craindre dans la maison de son maître, & qu'assurément les Turcs ne m'y viendroient point prendre. Je tins conseil avec mes deux Capucins sur ce qu'il falloit faire. Nous résolumes que le Frere Ange partiroit le lendemain matin pour continuer le voyage en Mingrelie, & que le Pere *Justin de Livourne*, (c'est le nom de ce Capucin qui m'étoit venu trouver, comme j'ai dit,) & moi, demeurerions sur les lieux. La principale raison étoit, qu'il ne se pouvoit trouver de chevaux, ni à acheter, ni à louer. Nous savions qu'on n'en pourroit non plus trouver en Mingrelie; cela m'obligea de demeurer, & d'envoyer des chevaux à vuide, afin que mon camarade s'en pût servir.

Le 2. le *F. Ange* partit, avec tous les chevaux, & tous les gens que j'avois pris à *Tifflis*. Je retournai à *Chicaris* qui est à huit lieuës de Cotatis avec le Pere *Justin*. Nous choisîmes ce lieu pour y attendre le succès du voyage du *Frere Ange*, parce qu'il étoit tout contre une maison de campagne de *Janatelle*, où il étoit avec la Reine. Nous en pouvions tirer de l'assistance en cas de besoin.

Le 5. cet Evêque, & cette Princesse nous envoyerent dire de les venir voir. Nous y allâmes & nous dinâmes avec eux ce jour-là, & plusieurs autres ensuite, que nous y fimes visite. Ce n'est pas un grand honneur, puis qu'il s'étend jusqu'aux moindres de leurs sujets & de-

de leurs valets. La Reine est une très-belle personne, comme j'ai dit, mais son air la gâte tout; il est libre jusqu'à l'effronterie; ses actions & ses discours ont de l'impudence, il n'y a rien de moins retenu. L'impureté paroît en tout ce qu'elle dit; mais cela n'est ni vice, ni sujet de scandale en son païs, parce que la dissolution y est un mal commun. Son Evêque *Janatelle* la dévore des yeux. Jamais amour impur n'a été plus découvert & moins retenu. Il ne faut que regarder ces amans pour connoître, où ils en sont l'un avec l'autre. On sert la Reine d'Imirette comme la Princesse de Mingrelie; mais sa table est mieux garnie de vaisselle d'argent, & son train est beaucoup moins miserable.

Le 8. un Gentilhomme que le Roi d'Imirette avoit envoyé à *Tifflis* arriva chez *Janatelle*, & alla rendre compte à la Reine du succès de sa négociation. On l'avoit envoyé pour emprunter huit mille écus sur la couronne Royale qu'on offroit de mettre en gage. Cette couronne est d'or garnie de pierreries, elle peut valoir quatre mille pistoles. Personne ne voulut prêter d'argent dessus. Le Prince de Georgie apprenant le besoin qu'en avoient le Roi & la Reine d'Imirette, leur envoya un présent, savoir, au Roi trois chevaux, des armes, & mille écus en argent; & à la Reine des étoffes de brocard d'or & d'argent, de satin, de taffetas, & cinq cens écus. Ce Prince en use ainsi pour entretenir leurs Majestez dans la résolution qu'elles ont prise d'adopter un de ses fils.

Le 12. je fus voir le Roi. On l'avoit ramené de l'armée à cause d'une indisposition qui lui étoit survenue. Il nous fit beaucoup d'honneur & de caresses, nous fit asseoir auprès de lui, & nous entretint avec grande familiarité. Il se plaignit au Pere *Justin*, de ce que lui, & ses compagnons, avoient quitté Cotatis. Le Pere en jetta la cause sur ces guerres continuelles, qui leur avoient causé beaucoup de dommage. J'en ai bien du déplaisir, répondit le Roi, mais je n'y puis remedier. Je suis un pauvre aveugle, l'on me fait faire ce que l'on veut. Je ne m'ose ouvrir à qui que ce soit, je me défie de tout le monde, & je m'abandonne néanmoins à tous, n'osant offenser personne, de peur de me faire assassiner par quelqu'un. Ce pauvre Prince est jeune, & bien fait de corps. Il a toûjours le haut du visage couvert d'un mouchoir, pour recevoir l'humeur qui coule des trous de ses yeux, & cacher à ceux qui l'approchent un si hideux objet. Il a l'esprit fort doux, il aime la raillerie & les plaisanteries. Il dit au Pere Justin, qu'il falloit qu'il se mariât en son païs. Le Pere lui répondit, qu'il ne pouvoit, & qu'il étoit dans le même vœu que les Evêques & les Moines d'Imirette, qu'il ne pouvoit avoir de femme. Nos Evêques & nos Moines, interrompit ce Prince, avec un grand éclat de rire, en ont chacun neuf, outre celles de leurs voisins.

Le 16. à la pointe du jour, étant encore au lit, je fus agréablement réveillé par mon Camarade. Il me conta, que le *Frere Ange* avec les gens & les chevaux, que je lui avois envoyez, étoient arrivez le 9. à *Sippias*, où ils l'avoient trouvé en un extrême ennui, & au dernier desespoir de n'avoir point eu de mes nouvelles depuis mon départ, & de ne pouvoir trouver à aucun prix, ni hommes, ni chevaux, pour passer en Georgie. Qu'ayant appris mon heureuse arrivée à *Tifflis*, & que j'étois proche de *Cotatis* à l'attendre, il en avoit eu une joye incroyable; qu'il s'étoit aussi-tôt préparé au voyage, tirant de terre, de dedans les bois, & des toits du logis la moitié de ce que nous y avions caché. Qu'il avoit attendu jusqu'au onziéme à partir pour laisser reposer les chevaux, & qu'il étoit parti ce jour-là; laissant un de nos valets, le plus fidele de tous, à la garde de ce qu'il n'avoit osé apporter, pour ne pas tout risquer en un coup. Après qu'il m'eut fait ce recit, il me dit, ne vous effrayez point de ce que je vais vous raconter; car, graces à Dieu, tout va bien. Samedi 14. nous arrivâmes heureusement à Cotatis sur les 8 heures du soir. Le *Frere Ange* me mena au logis de *Janatelle*. Je n'ai appris qu'hier les menaces que le valet, à qui vous avez donné congé, vous y vint faire le premier jour de l'an. Si j'avois sû cette avanture, je ne me fusse jamais arrêté à Cotatis. Le *F. Ange*, & nos gens, n'y pensant plus, me suppliérent le Dimanche au matin de demeurer-là jusqu'à midi, & de les laisser un peu refaire de leurs fatigues. Je le leur accordai, & leur fis bien préparer à diner. Etant à table, je vis entrer ce fripon de valet avec vingt Janissaires armez. Où est mon maître, s'écria-t-il, tout furieux. Il m'a voulu tuer, & m'a manqué; mais sûrement je ne le manquerai pas. Il vous cherchoit, en disant cela. Mais ne vous trouvant point, il entra dans une autre chambre, dans la pensée que vous y seriez caché. Je le suivis, je me jettai à ses pieds les larmes aux yeux, & lui dis ces mêmes paroles. Mon ami, que t'ai-je fait, que tu me veuilles perdre? Si mon

Ca-

Camarade t'a maltraité, ou ne t'a pas satisfait, je n'en suis point coupable, demande tout ce que tu voudras, je te le donnerai sur le champ; seulement fai retirer les Turcs que tu as amenez. Soit, répondit ce perfide, je les vais emmener & je viendrai aussi-tôt vous trouver.

En disant cela, il rentra dans la sale, & dit aux Janissaires, en leur montrant le *Frere Ange*, prenez cet homme-là, & allons au Commandant de la Forteresse. En même tems le pauvre Frere fut saisi & emmené. Les Janissaires regardoient de tous côtez pour dérober quelque chose. Ils se jetterent sur les feutres qui nous servoient de manteaux. Ils n'ont emporté que cela, ils n'ont pris aucunes de mes armes, & ce qui est un effet tout visible du soin de Dieu, ils n'ont point touché aux sacs que j'ai apportez, où il y a pour cinquante mille écus en or & en pierreries. Au moment que je vis les Janissaires hors du logis, j'envoyai un valet suivre le *F. Ange*, & je conjurai les voiturins de nous enfuïr incessamment. Nous sellâmes, & chargeâmes en un instant, & prîmes la fuite. Dieu m'a aidé enfin, & par sa grace & bonté je suis arrivé avec toutes les choses dont je me suis chargé en *Mingrelie*. Ce que les Janissaires ont pris vaut à peine deux pistoles.

Je ne parlerai point ici des sentimens de joye & de reconnoissance que ce recit me donna, parce qu'ils sont inconcevables, & ce n'est pas ce que le lecteur veut savoir. Le *Pere Justin* alla aussi-tôt chez *Janatelle* se plaindre à la Reine, & à lui de l'entreprise des Turcs dans sa maison, & les conjurer de travailler à la délivrance de *Frere Ange*. Le Pere revint à midi, & nous assura qu'on avoit envoyé à cet effet deux Gentilshommes au Commandant de la Forteresse. J'eusse voulu partir alors tant j'avois peur des Turcs, quoique sans aucun fondement. Il fallut reposer les chevaux. L'après-midi, mon Camarade en loua pour retourner en *Mingrelie*, prendre ce qui y étoit resté, & moi je me préparai pour aller à *Tifflis* avec tout ce qu'il avoit apporté.

Le 17. mon Camarade, & moi, prîmes chacun nôtre route, lui vers *Mingrelie* avec cinq hommes & quatre chevaux, moi vers *Tifflis* avec le Pere *Justin*, trois hommes & trois chevaux. Je retournai par le même chemin que j'étois venu.

Le 22. j'arrivai de nuit à *Gori*. J'y demeurai deux jours pour changer de l'or, & pour aider au Pere *Justin* à se préparer à retourner à *Cotatis*, tant pour porter de l'argent à mon Camarade & l'accompagner de là à *Tifflis*, que pour travailler à la délivrance de *Frere Ange*, en cas qu'il fût encore prisonnier.

Le Pere *Justin* partit le 25. au matin pour ce sujet, & moi à même tems pour *Tifflis*. J'y arrivai, graces-à-Dieu, le 26. après midi, avec un Pere Capucin, que le Superieur de *Gori* m'avoit donné, ne me voulant pas laisser aller seul.

Le 6. Fevrier au soir, mon Camarade arriva à *Tifflis* avec les valets que j'avois laissez en *Colchide*, un Pere Théatin & le *Frere Ange*. Dès que je les eus tous embrassez, ce Frere me tira à part pour me compter la suite de son avanture. Vous avez sû, me dit-il, de quelle maniére vôtre perfide valet me fit prendre par des Janissaires. Le Commandant de la Forteresse de *Cotatis* les lui avoit donnez. Il avoit dit à ce Commandant, que vous lui deviez trois cens écus, que vous étiez Ambassadeur. Que vous alliez en *Mingrelie* querir beaucoup de richesses, que vous y aviez laissées, & qu'en vôtre personne il pourroit faire une prise qui l'enrichiroit à jamais. Ce traitre pressoit les Janissaires, qui me menoient à la Forteresse, de me lier & de me maltraiter, mais ils eurent au contraire de la considération pour mon habit. Il y avoit parmi eux un Renegat *Italien*, qui me fit traiter fort doucement. Je cheminois le plus lentement que je pouvois, & j'amusois ces Coquins pour donner tems à vôtre Camarade de s'enfuir, car je me doutois bien qu'il prendroit ce parti. Lors qu'ils m'eurent mené devant le Commandant, il demanda à ce fripon, qui m'avoit fait prendre, si j'étois son maître. Il répondit que non, qu'il ne l'avoit point trouvé, mais qu'assurément je savois où il étoit. Le Commandant m'interrogea là-dessus. Je lui dis, que je ne savois où vous étiez, & que lors que je vous avois laissé vous aviez dessein d'aller à *Tifflis*. Le Commandant me fit ensuite beaucoup de questions sur vôtre qualité, & me dit qu'il falloit que je payasse les trois cens écus qu'on disoit que vous deviez. Je répondis que vous étiez un pauvre Religieux, qui aviez pris la charge de me donner avis du miserable état de ceux qui sont en *Mingrelie*. Que l'ayant appris, j'étois allé les visiter; pour le reste, que je ne vous connoissois pas davantage, & n'avois point d'argent. Que tout le monde à *Cotatis* depuis le Roi jusqu'au moindre de ses sujets savoit que je faisois profession de pauvreté.

Le

Le Commandant me fit fouiller ſur cela. On me trouva la ceinture que vous m'aviez donné à porter, où il y avoit encore quelque ſept piſtoles. Je n'avois rien que cela, & par une conduite de Dieu tout-à-fait merveilleuſe, vôtre Camarade, ne m'avoit donné aucuns bijoux à ſerrer, comme vous lui aviez écrit de faire. Le Commandant ne voyant que ce peu d'argent dit à vôtre valet: Où ſont les richeſſes dont tu m'as rempli l'idée, m'amenes tu ce pauvre homme pour te moquer de moi? tu es un fripon, je te vais faire mourir à coups de bâton. Seigneur, répondit-il, tout tremblant, ces richeſſes ſont entre les mains du Camarade de mon maître qui eſt demeuré chez *Janatelle*. Chien que tu es, repliqua le Commandant, que ne me l'as-tu amené? Diſant cela, il le renvoya, avec les mêmes Janiſſaires, qui m'avoient conduit à la Fortereſſe, & leur commanda expreſſément d'amener vôtre Camarade. J'eus toute la crainte imaginable qu'ils ne le trouvaſſent. Elle fut changée en une extrême joye, lors que les Janiſſaires retournerent & dirent au Commandant que l'homme s'en étoit fui. Il s'emporta alors contre vôtre valet. Ce ſcelerat paroiſſoit agité de crainte & de rage. Il ouvroit les yeux, & appercevoit que Dieu l'avoit confondu, en ne prenant pas vôtre Camarade avec tout ce qu'il avoit. Je contai là-deſſus au Commandant les méchans tours que ce traitre vous avoit faits, & avec quelle liberalité & quelle bonté vous en aviez uſé avec lui au payement de ſes gages.

Le ſoir, le Commandant me fit ſouper avec lui. Il apprit que j'étois Médecin, & il crut auſſi-tôt ſentir du mal. Je lui fis quelques remedes, & à quelques ſoldats de la Fortereſſe. Il me donna en garde au Renégat Italien. Vôtre valet diſoit qu'il me falloit mettre aux fers, de peur que je ne me ſauvaſſe. Ce coquin ſongeoit mille méchancetez pour me faire maltraiter. Le lendemain, la Reine & *Janatelle* envoyerent deux Gentilshommes au Commandant demander ma délivrance, étant leur Médecin, & du Roi auſſi. A midi il en vint deux autres d'un grand Seigneur du païs. Sa femme étoit fort malade. On lui avoit dit, que j'étois dans la Fortereſſe pour dettes. Il envoya ſupplier le Commandant de me laiſſer ſortir, offrant de payer mes dettes. Il n'y avoit rien de plus clair que je ne devois rien. Il fallut donner toutefois 25. écus au Commandant; avec cela, je fus relâché, malgré les criailleries du valet, qui lui diſoit de ne me laiſſer point aller, & que vous me racheteriez mille écus plûtôt que de me laiſſer-là. On me mena au logis du Seigneur à qui je devois ma délivrance. J'envoyai de là à *Chicaris* demander de vos nouvelles. Je ſûs que vous étiez retourné à *Tifflis*, & vôtre Camarade en *Mingrelie*. Peu de jours après le Pere *Juſtin* arriva à *Chicaris*, il y apprit le lieu où j'étois, il me vint trouver; nous rendimes de vôtre argent les 25. écus avec quoi l'on m'avoit tiré de priſon., & après nous nous retirâmes à *Chicaris*. Au bout de deux jours vôtre Camarade y arriva avec tout ce que vous aviez de reſte en *Mingrelie*. Il nous conta le chemin qu'il avoit pris ſans voir *Cotatis*. Qu'il avoit paſſé le *Phaſe* dans un bateau à ſix lieuës de cette ville-là; que les Batteliers lui avoient dit, que ce méchant homme qui nous tendoit tant de pieges, leur avoit donné deux écus afin de l'avertir de ſon paſſage. Que cet enragé étoit gardé de quatre Janiſſaires, qui avoient ordre du Commandant de ne le pas laiſſer fuïr. Ce Commandant lui veut faire tenir ce qu'il lui a promis. Vous voyez, ajoûta-t-il, que tout eſt heureuſement arrivé ici, & que Dieu a confondu ce ſcelerat dans ſa méchanceté, ſa juſtice ne permettra pas, ſans doute, qu'il ſorte des mains du Commandant Turc, ſans en recevoir quelque châtiment.

Il étoit tard. Toutefois, mon Camarade, & moi, ne pûmes aller ſouper, qu'après nous être bien entretenus de l'heureuſe iſſue de nos travaux, & de tous ces malheurs, dont ce que j'ai raconté, n'eſt en verité qu'une partie; & qu'après avoir dit à Dieu par des ſoupirs ardens ce que nous ſentions pour ſes infinies bontez, pour ſon tout-puiſſant ſecours, & pour ſa délivrance miraculeuſe. Nous n'en attendions point de ſemblable, lors que nous étions dans l'angoiſſe. En effet qui eût oſé eſperer de tout ſauver, lors que de tous côtez nous étions en danger de tout perdre? Les jours ſuivans nous fîmes le compte de ce que nous avions perdu en ce funeſte voyage. Nous trouvâmes que cela ne ſe montoit qu'à environ un ſur cent, de ce que nous avions conſervé & heureuſement apporté à *Tifflis*, ſans rien de rompu, ni de gâté.

LA GEORGIE (j'entens tout le païs ainſi appellé, qui eſt ſoûmis à la Perſe) confine aujourdhui du côté de l'Orient à la *Circaſſie* & à la *Moſcovie*, du côté de l'Occident à l'*Armenie* mineure, du côté du Midi à l'*Armenie* majeure, du côté du Septentrion à la Mer noire & à cette partie de la *Colchide* qu'on appelle *Imirette*: & c'eſt-là, à mon opi-

opinion, tout le païs que les Anciens appelloient l'*Iberie*. La *Georgie* s'étendoit autrefois depuis *Tauris* & *Erzerum*, jusqu'au *Tanaïs*, & s'appelloit *Albanie*. Elle est resserrée comme l'on voit. C'est un païs où il y a beaucoup de bois & beaucoup de montagnes, qui renferment quantité de Plaines belles & longues, mais qui ne sont pas larges à proportion. Le milieu de la *Georgie* est plus plein & uni que le reste. Le fleuve *Kur*, que la plûpart des Géographes appellent *Cyre*, & aussi *Corus*, passe au milieu. Il a sa source dans le Mont *Caucase*, à une journée & demie d'*Acalziké*, comme l'on a dit. Il se jette dans la Mer *Caspienne*. Ce fleuve a un avantage par-dessus tous les autres fleuves de Perse, c'est qu'il porte bateau un assez long espace de païs; ce qu'on ne voit faire à aucun autre, & qui est fort particulier & fort remarquable en un Empire de si grande étendue. C'est sur ce fleuve *Kur* que *Cyrus*, le fameux Conquerant de Perse, ayant été exposé en son enfance sans y être submergé, il en prit son nom de *Cyrus*, au raport des anciens Historiens, ausquels je croi qu'il faut d'autant plus ajoûter foi en ce point, que dans tous ces Païs dont je viens de parler, on appelle communément ce fleuve *Kur*, *Cha-bahmensou*, c'est-à-dire, *le fleuve du Roi Bahmen*. Ce nom de *Bahmen* est un de ceux que les Chroniques de Perse donnent au Roi *Cyrus*.

J'ai vû de vieilles Géographies Persiennes, qui mettent la *Georgie* dans l'*Armenie* majeure. Les modernes en font une Province particuliére, qu'ils appellent *Gurgistan*, & qu'ils divisent en quatre parties. L'*Imirette*, dont nous avons tant parlé; le Païs de *Guriel*, où l'on comprend tout ce qui est dans le Gouvernement d'*Acalziké*; le Royaume de *Caket*, qui s'étend fort loin dans le Mont *Caucase*, & qui est proprement l'ancienne *Iberie*; & le *Carthuel*, qui est la *Georgie* Orientale: & que les anciens Géographes nommoient *Albanie Asiatique*. Le Royaume de *Caket* & le *Carthuel* sont dans l'Empire de Perse. C'est ce que les Persans appellent le *Gurgistan*. Les *Georgiens* ne se donnent point d'autre nom que celui de *Carthueli*. Ce nom n'est pas nouveau. On le trouve, quoiqu'un peu corrompu, dans les écrits de plusieurs anciens Auteurs, principalement dans St. *Epiphane*, qui en parlant de ces Peuples les nomme toûjours *Cardiens*. On dit que ce sont les *Grecs* qui leur ont donné celui de *Georgiens*, du mot *Georgoi*, qui en leur langue signifie *laboureur*. D'autres gens veulent que ce nom vienne de celui de St. *George*, le grand Saint de tous les Chrétiens du Rit Grec; mais c'est une fausse étymologie, puis qu'on trouve le nom de Georgiens dans des Auteurs bien plus anciens que St. *George*, comme *Pline* entr'autres, & *Pomponius Mela*.

Toute la *Georgie* a peu de villes, comme nous l'avons observé. Le Royaume de *Caket* en a eu plusieurs autrefois. Elles sont maintenant toutes ruïnées, à la reserve d'une nommée aussi *Caket*. J'ai oui dire, étant à *Tifflis*, que ces villes avoient été grandes & somptueusement bâties, & c'est l'idée que l'on en conçoit quand on regarde tant ce qui n'en a pas été tout-à-fait détruit, que les ruïnes même. Ce sont les peuples Septentrionaux du Mont *Caucase*, ces *Alanes*, *Suanes*, *Huns*, & ces autres Nations celébres pour leur force & pour leur courage, & au raport de beaucoup de gens, c'est aussi une nation d'*Amazones* par qui ce petit Royaume de *Caket* a été ravagé. Les Amazones en sont proche au dessus, du côté du Septentrion. La Géographie ancienne & la moderne en conviennent. *Ptolomée* place leur païs dans la *Sarmatie Asiatique*, qui est à present nommée *Tartarie*, à l'Occident du *Volga* entre ce fleuve & les monts *Hippiques*, & c'est là justement la partie Septentrionale du Royaume de *Caket*. *Quinte Curse* dit en un même sens, que le Royaume de *Talestris* étoit proche du fleuve de *Phase*. *Strabon* est du même avis, en parlant des expeditions de *Pompée* & de *Cannidius*. Je n'ai vû personne en *Georgie*, qui ait été dans le païs des *Amazones*; mais j'ai oui beaucoup de gens en compter des nouvelles: & l'on me fit voir chez le Prince un grand habit de femme d'une grosse étoffe de laine, & d'une forme toute particuliere, qu'on disoit avoir servi à une Amazone, qui fut tuée auprès de *Caket*, durant les derniéres guerres. On pourra avoir bien-tôt des nouvelles de ces celébres Guerrieres; car les Capucins de *Tifflis* me dirent, qu'il iroit au printems deux Missionnaires en leur païs; la Congregation ayant ordonné, qu'on y en envoyât. J'eus une fois à ce sujet un entretien assez long avec le fils du Prince de *Georgie*. Il me dit, entr'autres choses, qu'au-dessus de *Caket*, à cinq journées de chemin, vers le Septentrion, il y avoit un grand peuple qu'on ne connoissoit presque point, & qui étoit continuellement en guerre avec les Tartares qu'on surnomme *Calmac*, ce sont ceux que nous appellons *Calmouques*. Que tous les divers peuples, qui habitent le Mont *Caucase*, sont toûjours

jours en guerre ensemble : & qu'on n'avance rien à faire la paix ou des traitez avec eux ; parce que ce sont des peuples sauvages, qui n'ont ni Religion, ni Police, ni Loix. Ceux qui sont les plus proches de *Caket* y font souvent des courses. Cela oblige le Viceroi, qui est le fils aîné du Prince de *Georgie*, de s'y tenir toûjours pour repousser ces Barbares.

Je rapportai à ce jeune Prince ce que les histoires Grecques & Romaines racontent des Amazones ; & après avoir discouru quelque tems sur ce sujet ; son avis fut que ce devoit être un peuple de *Scythes* errans, comme les *Turcomans*, & les *Arabes*, qui déféroient la souveraineté à des Femmes, comme font les *Achinois*, & que ces Reines se faisoient servir par des personnes de leur sexe, qui les suivoient par tout. Nous comprenions aisément qu'il falloit qu'elles allassent à cheval, comme des hommes, & qu'elles fussent armées, parce qu'en Orient toutes les femmes montent à cheval comme les hommes, & que même quelques-unes y montent aussi-bien, & que les Princesses y portent le poignard au côté. Mais pour la mutilation au sein & d'autres particularitez, qu'on raporte des *Amazones*, nous le mîmes parmi ces contes, dont la menteuse Grece a eu l'impudence de remplir ses histoires, selon le langage d'un Poëte Latin.

La Province de *Carthuel* a quatre villes seulement, *Gory*, *Suram*, *Aly*, & *Tifflis*. Nous ferons ailleurs la description de *Tifflis*. *Gory* est une petite ville, située dans une Plaine entre deux montagnes, sur le bord du fleuve *Kur* ; au bas d'une éminence, sur laquelle il y a une Forteresse qui est gardée par des Persans naturels. Elle a été bâtie durant les derniéres guerres de *Gurgistan*, il y a quarante ans, par *Rustan Can*, Général de l'armée Persienne. Un Augustin Missionnaire, qui étoit alors à *Gory* en fit le plan. Cette Forteresse n'est pas de grande défense. Sa principale force vient de sa situation. Sa garnison est de cent hommes. La ville, qui est au bas, est petite. Les maisons sont bâties de terre, & les *Bazars* aussi. Les habitans sont tous marchands & assez riches. On trouve là abondamment, & à bon marché, tout ce qui est nécessaire à la vie. On dérive le nom de *Gory* d'un terme qui signifie *cochon*, parce qu'il y est abondant & excellent.

Suram n'est proprement qu'un Bourg la moitié plus petit que la ville de *Gory* ; mais la Forteresse, qui est proche, est grande & bien construite. Elle a aussi cent hommes de garnison. Proche de *Suram*, il y a une contrée dite *Sémaché*. Ce nom, qui est Georgien, signifie *trois Châteaux*. Les gens du païs disent, que *Noé* vint habiter en cette contrée, après qu'il fut sorti de l'Arche, & que ses fils y bâtirent chacun un Château. Je ne dis rien d'*Aly*, parce que j'en ai parlé autre part.

La temperature d'air est bonne en *Georgie*. L'air y est sec, très-froid durant l'hiver, & fort chaud durant l'été. Le beau tems n'y commence qu'au mois de Mai, mais il dure jusqu'à la fin de Novembre. Il y faut arroser les terres, autrement elles sont steriles. Mais étant arrosées elles produisent abondamment toute sorte de grains, de legumes, & de fruits. La *Georgie* est un païs fertile autant qu'il se peut. On y vit délicieusement & à bon marché. Le pain y est aussi bon qu'en lieu du monde. Les fruits y sont excellens, il y en a de toutes sortes. Aucun endroit de l'Europe ne produit des poires & des pommes qui soient ni plus belles ni de meilleur goût ; ni aucun lieu d'Asie de plus excellentes grenades. Le bétail y est en abondance & très-bon, tant le gros que le menu. Le *Gibier* est incomparable. Il y en a de toutes sortes, principalement de volatil. Le Sanglier y est en aussi grande quantité, & aussi délicat qu'en *Colchide*. Le commun peuple ne vit presque que de *Cochon*. On en voit par toute la campagne : à dire le vrai, il ne se peut rien manger de meilleur que cette viande. Les gens du païs assurent, qu'on n'en est jamais incommodé quelque quantité qu'on en mange. Je croi que cela est vrai, car quoi que j'en mangeasse presqu'à tous les repas, il ne m'a jamais fait de mal. La mer Caspienne, qui est proche de la *Georgie*, & le *Kur* qui la traverse, fournissent tant de poisson de mer & d'eau douce, qu'on peut bien assurer, qu'il n'y a point de païs où l'on puisse en tout tems faire meilleure chere qu'en celui-là.

On peut bien assurer qu'il n'y en a point aussi où l'on boive tant de vin, ni de plus excellent. Les vignes croissent autour des arbres comme en *Colchide*. On transporte toûjours de *Tifflis* une grande quantité de vin en *Armenie*, en *Medie*, & à *Ispahan*, pour la bouche du Roi. La charge de cheval, qui est de 300. pesant ne coûte que huit francs : je parle du meilleur vin : car d'ordinaire on a le commun pour la moitié. Tous les autres vivres sont à proportion. La *Georgie* produit de la soye en quantité ; mais pas la moitié tant que la plûpart des Voyageurs l'ont écrit. Les gens du païs ne la savent pas fort bien tra-

travailler. Ils la portent en *Turquie*, à *Arzerum*, & aux environs, où ils ont beaucoup de commerce.

Le sang de *Georgie* est le plus beau de l'Orient, & je puis dire du monde. Je n'ai pas remarqué un visage laid en ce païs-là, parmi l'un & l'autre sexe : mais j'y en ai vû d'Angeliques. La nature y a répandu sur la plûpart des femmes des graces, qu'on ne voit point ailleurs. Je tiens pour impossible de les regarder sans les aimer. L'on ne peut peindre de plus charmans visages, ni de plus belles tailles que celles des *Georgiennes*. Elles sont grandes, dégagées, point gâtées d'embonpoint, & extrémement déliées à la ceinture. Ce qui les gâte, c'est qu'elles se fardent, & autant les plus belles, que celles qui le sont moins. Le fard leur tient lieu d'ornement. Elles s'en servent de parure, de même qu'on fait chez nous de bijoux & de beaux habits.

Les *Georgiens* ont naturellement beaucoup d'esprit. L'on en feroit des gens savans & de grands maîtres, si on les élevoit dans les Sciences & dans les Arts: mais l'éducation qu'on leur donne, étant fort méchante, & n'ayant que de mauvais exemples, ils deviennent très-ignorans, & très-vicieux. Ils sont fourbes, fripons, perfides, traitres, ingrats, superbes. Ils ont une effronterie inconcevable à nier ce qu'ils ont dit, & ce qu'ils ont fait; à avancer & à soutenir des faussetez; à demander plus qu'il ne leur est dû; à supposer des faits, & à feindre. Ils sont irreconciliables dans leurs haines, & ils ne pardonnent jamais. A la verité ils ne se mettent pas facilement en colere, & ne conçoivent pas sans sujet ces haines qu'ils gardent toûjours. Outre ces vices de l'esprit, ils ont ceux de la sensualité les plus sales; savoir l'yvrognerie, & la luxure. Ils se plongent d'autant plus avant dans ces saletez, qu'elles sont communes, & nullement deshonnêtes en *Georgie*. Les gens d'Eglise, comme les autres, s'enyvrent, & tiennent chez eux de belles esclaves, dont ils font des Concubines. Personne n'en est scandalisé, parce que la Coûtume en est générale, & même autorisée. Le Préfet des Capucins m'a assuré d'avoir ouï dire au *Catholicos*, (on appelle ainsi le Patriarche de *Georgie*) que celui qui aux grandes Fêtes (comme *Pâques* & *Noël*) ne s'enyvre pas entierement, ne passe point pour Chrétien, & doit être excommunié. Les *Georgiens* sont outre cela extrémement usuriers. Ils ne prêtent guere que sur gages, & le moindre interêt qu'ils prennent est de deux pour cent par mois. Les femmes ne sont, ni moins vicieuses, ni moins méchantes. Elles ont un grand foible pour les hommes, & elles ont assurément plus de part qu'eux en ce torrent d'impureté qui inonde tout leur païs. Pour le reste, les *Georgiens* ont de la civilité & de l'humanité, & de plus, ils sont graves & moderez. Leurs mœurs, & leurs coûtumes, sont un mélange de celles de la plûpart des peuples qui les environnent. Cela vient, je croi, du commerce qu'ils ont avec beaucoup de diverses nations; & de la liberté que chacun a en *Georgie* de vivre dans sa Religion & dans ses coûtumes, d'en discourir, & de les défendre. On y voit des *Armeniens*, des *Grecs*, des *Juifs*, des *Turcs*, des *Persans*, des *Indiens*, des *Tartares*, des *Moscovites*, & des *Europeans*. Les *Armeniens* y sont en si grand nombre, qu'il passe celui des *Georgiens*. Ils sont aussi les plus riches, & remplissent la plûpart des petites charges, & des bas emplois. Les *Georgiens* sont plus puissans, plus superbes, plus vains, & plus fastueux. La difference qu'il y a entre leur esprit, leurs mœurs, & leur créance, a causé une forte haine entr'eux. Ils s'abhorrent mutuellement; & ne s'allient jamais ensemble. Les *Georgiens* particulierement ont un mépris extrême pour les *Armeniens*; & les considérent, à-peu-près, comme on fait les *Juifs* en *Europe*. L'habit des *Georgiens* est presque semblable à celui des *Polonois*; ils portent des bonnets pareils aux leurs. Leurs vestes sont ouvertes sur l'estomach, & se ferment avec des boutons & des gances. Leur chaussure est comme celle des *Persans*. L'habit des femmes ressemble entierement à celui des Persanes.

Les logis des Grands, & tous les lieux publics, sont construits sur le modelle des édifices de *Perse*. Ils bâtissent à bon marché, car ils ont le bois, la pierre, le plastre, & la chaux en abondance. Ils imitent aussi les *Persans* en leur façon de s'asseoir, de se coucher, & de manger.

La Noblesse exerce sur ses sujets un pouvoir plus que tyrannique. C'est encore pis qu'en *Colchide*. Ils font travailler leurs païsans des mois entiers, & tant qu'ils veulent sans leur donner ni paye ni nourriture. Ils ont droit sur les biens, sur la liberté, & sur la vie de leurs Vassaux. Ils prennent leurs enfans, & les vendent, ou les gardent esclaves. Ils vendent rarement le monde au dessus de vingt-ans, sur tout les femmes. La Créance des *Georgiens* est à-peu-près semblable à celle des *Mingreliens*. Les uns & les autres la reçûrent aussi en même tems; savoir dans le 4. siécle, & par le même organe d'une femme *d'Iberie*, qui s'étoit faite Chrétienne à *Constantinople*. Enfin, les uns, comme les autres, ont perdu tout l'esprit du Christianisme. Ainsi ce que j'ai dit des *Mingreliens*, qu'ils n'ont rien de Chrétien que le nom, & qu'ils n'observent, ni ne connoissent presque aucun précepte de la loi de *Jesus-Christ*, n'est guere moins veritable du peuple de *Georgie*. Les *Georgiens* toutefois gardent mieux le jeûne, & font de plus longues oraisons. Les Missionnaires envoyérent à *Rome*, pendant que j'étois à *Tifflis*, une Relation de l'état de leur Mission, qu'ils me firent voir. Il y avoit dedans une avanture assez plaisante. Je la rapporterai, parce qu'elle fait à mon sujet & qu'elle y vient assez à propos. Il y avoit à *Gory* une femme de mauvaise vie qui tomba malade, & qui crût en mourir. Elle envoya querir un Prêtre, se confessa, lui déclara toutes ses débauches, & lui fit après de grandes protestations de ne plus souffrir d'hommes que son mari. Le Prêtre lui dit, Madame, je vous connois trop pour le croire. Il vous sera assurément impossible de rompre le commerce que vous avez avec tant de Galans. Mais ce que je vous demande, c'est, que vous n'en entreteniez que deux, ou trois, au plus, avec ma permission, & à la condition que je vous imposerai. La femme indignée de la proposition de son Confesseur le chassa, & à l'heure même fit venir un Capucin, à qui elle conta ce qui venoit d'arriver, & lui fit après sa confession. La même Relation ajoûte, que les Prêtres ordonnent aux Penitens, qui se confessent d'avoir pris le bien d'autrui, de le leur donner, & non de le rendre aux proprietaires; de maniere qu'il ne se fait jamais de Restitution.

Il y a plusieurs Evêques en *Georgie*, un Archevêque & un Patriarche; qu'ils appellent *Catholicos*. Le Prince, quoique Mahometan de Religion, remplit les Prélatures, & y met ordinairement ses Parens. Le Patriarche est son Frere. Les Gentilshommes s'arrogent le même pouvoir chacun sur ses terres, non seulement en donnant les benefices mais aussi en emprisonnant & en punissant les gens d'Eglise, tout comme les autres, & sans distinction. On se sert d'eux à toute sorte de corvées, & on enleve leurs enfans; & non contens de disposer ainsi de ce qui est plus cher aux hommes que la vie, je veux dire leurs enfans, on prive ces pauvres gens d'un bien qui n'est pas moins précieux, à savoir la liberté. Car on les vend pour esclaves aux Mahometans comme je l'ai observé.

Les Eglises de *Georgie* sont un peu mieux entretenues que celles de *Mingrelie*. On en voit dans les villes d'assez propres, mais à la campagne elles sont fort sales. Les *Georgiens*, comme les autres peuples Chrétiens, qui les environnent au Septentrion, ou à l'Occident, ont une coûtume assez étrange de bâtir la plûpart des Eglises sur le haut des montagnes en des lieux reculez & presque inaccessibles. On les voit, & on les saluë en cet éloignement, de trois ou quatre lieuës; mais on n'y va presque jamais: & l'on peut bien assurer, que la plûpart ne s'ouvrent pas une fois en dix ans. On les bâtit; & ensuite on les abandonne à l'air, à ses injures, & à ses oiseaux. Je n'ai jamais pû découvrir le motif de cette extravagance. Tous ceux à qui je l'ai demandé m'ont toûjours fait des réponses extravagantes. *C'est la Coûtume*. Les *Georgiens* sont prévenus, que quelques péchez qu'ils ayent commis, ils en obtiennent le pardon en bâtissant une petite Eglise. Je croi pour moi, qu'ils l'édifient en des lieux inaccessibles, pour éviter de les orner & de les entretenir. J'ai observé ci-dessus que *St. George* est le grand Saint de ces Chrétiens-là. Ils l'appellent *Mar-Gergis*, & ils le font natif de Capadoce, fils, d'un Patriarche Syrien, & martyrisé sous Diocletien. Les Mahometans ne rendent pas moins d'honneur qu'eux à ce Saint; & ils en font une legende à peu près semblable, où l'on voit entr'autres miracles de *saint George*, qu'il rendit la vie au bœuf d'une pauvre Vieille, chez qui il étoit allé loger. Histoire, ou fable, pareille à celle que les Mingreliens racontent de ce Saint, touchant un bœuf transporté la nuit d'un lieu à un autre, qui en étoit à plus de cent lieuës, comme je l'ai rapporté au traité de la Réligion des Mingreliens.

Tant de Rélations & d'histoires ont décrit la conquête que les Perses ont faite de la *Georgie*, que je m'abstiendrois d'en parler, si les Auteurs s'accordoient, & s'ils avoient été bien informez. Voici briévement ce que j'en ai trouvé dans les histoires de *Perse*.

Le Grand *Ismaël*, (que nos Historiens, ont surnommé *Sophy*,) après la conquête des païs qui sont à l'Occident de la mer *Caspienne*, de la *Medie*, & d'une partie de *l'Armenie*; & après qu'il eût chassé les Turcs de tous ces lieux, fit la guerre aux *Georgiens*, quoi qu'il en eût reçû de puissans secours dans le commencement de son régne. Il la fit avec succès,

cès, les ayant reduits à lui payer tribut & à lui donner des Otages. La *Georgie*, outre ses Royaumes de *Caket*, & de *Carthuel*, avoit divers Roitelets, appellez *Eristaves*, comme qui diroit *feudataires*, qui étoient toûjours en guerre ensemble. Ce fut la cause, ou du moins le moyen, qui contribua le plus à la ruine des *Georgiens*. Ils payerent le tribut durant tout le régne *d'Ismael* & de son successeur *Tahmas*, qui fut un Prince de grand cœur, & assez heureux à la guerre. *Luarsab* régnoit de son vivant en cette partie de la *Georgie*, qu'on nomme *Carthuel*, qui est, comme j'ai dit, la *Georgie Orientale*, & celle qui confine avec la *Perse* du côté d'Orient. Ce Roi laissa deux fils & leur partagea son Royaume. L'ainé s'appelloit *Simon*. L'autre se nommoit *David*. Ils furent tous deux mécontens du partage, & dans la guerre qu'ils se firent, ils demandérent tous deux du secours à *Tahmas*. La demande du Cadet arriva la premiére. *Tahmas* lui fit réponse, qu'il lui donneroit tous les Etats du Roi son pere, s'il se vouloit faire Mahometan. *David* accepta le parti. Il embrassa la Religion Mahometane, & s'alla rendre à l'armée *Persane*, qui étoit entrée dans le païs, & forte de trente mille chevaux. On l'envoya à *Tahmas*, qui séjournoit alors à *Casbin*. Dès qu'il eut ce Prince *Georgien* en son pouvoir, il écrivit à *Simon* la même chose qu'il avoit écrite à son frere; savoir, de se faire de sa Religion, & de le venir trouver, s'il vouloit avoir le domaine de ses Ancêtres. *Simon*, se sentant pressé des armes du *Persan*, se rendit, mais sans vouloir renoncer à sa créance. *Tahmas*, devenu maître des Princes & du païs de *Georgie*, envoya l'ainé prisonnier au château de *Genghé*, proche la mer *Caspienne*, & fit l'autre Gouverneur de la *Georgie*; lui changeant son nom de *David* en celui de *Daoud-Can*, qui marquoit sa profession Mahometane. Il se fit ensuite prêter serment de fidelité par les Grands Seigneurs *Georgiens*, & emmena leurs enfans & ceux de *David* comme des Otages.

Les *Georgiens* secoüérent le joug des *Persans* après la mort de *Tahmas*, comme faisoient la plûpart des provinces de *Perse*; & ils furent en liberté pendant le régne *d'Ismael* second, qui ne dura que deux ans, & pendant les quatre premiéres années de celui de *Mahomet*, surnommé *Koda-bendé*, c'est-à-dire, *serviteur de Dieu*; lequel envoya une armée en *Georgie* pour les remettre sous l'obéissance. *Daoud-Can* s'enfuit à son approche. Son frere *Simon* prisonnier, comme j'ai dit, proche la mer *Caspienne*, prenant cette occasion de rentrer en son bien se fit Mahometan, & fut fait *Can de Tifflis*, sous le nom de *Simon-Can*.

Le Roi de *Caket*, nommé *Alexandre*, mourut sous le régne de *Mahomet Koda-bendé*, laissant trois fils & deux filles. L'ainé se nommoit *David*, Prince que son Courage & ses Malheurs ont rendu illustre par tout le monde, sous le nom de *Taimuras-Can*, que les Persans lui donnerent. Il étoit en ôtage à la cour de *Perse* quand son pere mourut, y ayant été mené par le Roi *Tahmas*, comme l'on a dit. Il fut élevé avec *Abas le Grand*, étant à-peu-près de même âge, avec beaucoup de magnificence & beaucoup de soin. On l'avoit imbu des mœurs des *Persans*, meilleures assurément que celles des *Georgiens*. Dès que son Pere fut mort, sa Mere, belle & sage Princesse, nommée *Ketavane* par les *Georgiens*, & *Mariane* dans les Histoires de Perse, écrivit à *Koda-bendé*: *Sire, mon mari est mort, je vous supplie de m'envoyer mon fils* Taimuras *pour régner en sa place. Je vous envoye son frere pour être en ôtage en la sienne. Taimuras* fut renvoyé, après qu'on lui eût fait prêter serment de Feudataire & de Vassal.

Le Roi de *Carthuel*, ce *Simon*, dont nous avons parlé, mourut au commencement du régne *d'Abas le Grand*, laissant la couronne à *Luarzab* son fils ainé encore jeune, sous la tutelle de son premier Ministre; homme de grand sens, mais d'extraction basse, nommé *Mehrou* par les *Georgiens*, & par les *Persans*, *Morad*, qui étoit aussi Gouverneur de *Tifflis*, & qui avoit une autorité comme absolue sur le Royaume. *Mehrou* avoit une fille fort belle, dont *Luarzab* devint passionnément amoureux, & dont il se fit passionnément aimer. Il n'y avoit pas moyen, quoi que fit le pere, d'empêcher ces Amans de se voir. Un jour les ayant surpris enfermez ensemble, il dit au Prince. *Sire, ne deshonorez ni ma fille, ni ma maison. Si elle plaît à vôtre Majesté, épousez-là. Si vous ne la voulez pas épouser, ne soyez plus seul avec elle. Luarzab* lui fit serment de n'avoir jamais d'autre femme, & sur son serment *Mehrou* la laissa vivre avec le Prince, comme avec son mari. Le mariage ne se fit point pourtant, par l'empêchement de la Reine, & des Dames du païs, qui protesterent de ne faire jamais les soûmissions de sujettes à une personne de basse naissance. *Luarzab*, bien aise apparemment de cette opposition, dit à *Mehrou*, qu'il ne pouvoit épouser sa fille. Les *Georgiens* sont fort vindicatifs. Je l'ai obser-

observé. On conseilla au Roi de prévenir *Mehrou*, & de le faire mourir pour l'empêcher de se venger. Le Roi y consentit. On resolut de l'enyvrer, & de le tuer ensuite dans le premier festin que feroit sa Majesté. *Mehrou* fut averti du complot au moment qu'il alloit s'éxecuter. Il étoit demi yvre, un Page du Roi, qui étoit de ses Créatures, lui dit en lui présentant la coupe, & faisant semblant de s'incliner par respect; *Seigneur on va vous tuer*. Il ne se troubla point. Il se leve en rendant la coupe comme pour aller faire de l'eau. Cela se pratique sans indécence en ces païs, où les festins durent des demi-journées. Il court droit à son écurie, prend un bonnet & une casaque de Palfrenier qu'il y trouva, & sans être aperçu de ses gens, met un filet au meilleur cheval de son écurie, saute dessus & s'enfuit. Il conduisit si bien sa fuite qu'elle ne fut point découverte, & eut un heureux succès. Il s'alla jetter aux pieds d'*Abas le Grand*, qui retournoit à *Ispahan* victorieux de *Chirvan* & de *Chamaky*, païs voisins de la *Georgie* & de la mer *Caspienne*. Il raconta au Roi comment il avoit servi *Luarzab*, & le feu Roi son pere, & comment il l'en vouloit recompenser; savoir en lui ôtant la vie, après lui avoir débauché sa fille unique sous promesse de mariage. Il dit au Roi, que sa Majesté *Persane* étant le véritable Monarque de la *Georgie*, il lui demandoit justice & la restitution de ses Biens.

Mehrou avoit imaginé un moyen encore plus sûr de se vanger de *Luarzab*, c'étoit de donner de l'amour à *Abas* pour la sœur de ce Prince, une des plus belles personnes de *Georgie*, & de qui la beauté a été celébrée par tous les Poëtes *Persans*. On chante encore aujourdhui en *Perse* les chansons qui ont rendu sa beauté renommée plus qu'aucune de son tems, lesquelles sont un joli Roman d'elle & d'*Abas*. Son nom de baptême étoit *Darejan*. La Fiction *Persane* lui donna celui de *Pehry*. *Mehrou* en parloit à toutes occasions à *Abas* avec tout l'artifice capable de l'enflamer. *Abas* l'envoya demander à *Luarzab* par un Ambassadeur, & puis par un autre. Le premier fut renvoyé avec de belles promesses, & le second en lui disant, que la Princesse étoit accordée avec *Taimuras* Roi de *Caket*, qui étoit devenu veuf. *Abas* plus enflammé par les refus, renvoye un troisieme Ambassadeur à *Luarzab*, le chargeant de lui demander sa sœur, avec toute sorte de promesses ou de menaces, & il écrivit en même tems à *Taimuras*, de n'épouser point la sœur de *Luarzab*, & de le venir trouver. *Luarzab*, irrité de ces instances reïtérées & hautaines, outragea l'Ambassadeur pour toute réponse, afin qu'on ne lui en envoyât plus à ce sujet. C'étoit environ l'an 1610. *Abas* n'étoit pas en état d'executer ses projets contre la *Georgie*. Il étoit en guerre avec les Turcs. Il dissimula & chargea un Missionaire *Carme*, qu'il envoyoit en Europe, pour y animer les Princes Chrétiens à la Guerre contre le Turc, de passer par la *Georgie*, & d'exhorter *Taimuras* sur tout à ne se joindre point aux Turcs, & à ne rien faire en leur faveur contre les Persans. *Taimuras* trop credule, ou trop craintif, fit ce qu'on vouloit; & il s'en repentit bien-tôt; car l'an 1613. *Abas* partit d'*Ispahan* à dessein de faire la guerre en *Georgie*. Ce Prince, qui entre ses grandes qualitez avoit extraordinairement celles d'artificieux & d'homme composé, traitoit cette guerre comme une Intrigue amoureuse. Il disoit que la sœur de *Luarzab* l'aimoit, & le vouloit. Qu'elle lui avoit envoyé des lettres par sa Confidente. Il disoit encore qu'elle lui avoit été promise, & que *Luarzab* étoit un perfide, & un injuste. Cependant il faisoit ses préparatifs pour autre chose que pour combattre un Rival; & tout le monde voyoit bien, que ce Prince vouloit reduire les *Georgiens* sur le pied de ses sujets. Il avoit beaucoup de *Georgiens* dans ses troupes. Il donnoit pension à plusieurs grands Seigneurs en *Georgie*, & *Mehrou* en débauchoit tous les jours qui s'engageoient à lui. Il avoit deux fils de *Taimuras* en ôtage, & un frere & une sœur de *Luarzab*. Enfin, il avoit même fait rendre Mahometans quelques Princes du sang Royal de *Georgie*, pour avoir des Gouvernemens, & de grandes Charges. Il se persuada qu'il viendroit à bout des *Georgiens* en mettant de la division entr'eux; chose aisée, sur tout parmi des peuples vindicatifs. Il écrivit à *Taimuras*, que *Luarzab* étoit un ingrat, un rebelle, & un insensé, indigne de régner, à qui il avoit résolu d'ôter la Couronne: & que s'il vouloit le prendre ou le tuer il lui donneroit le Royaume. Il écrivit la même chose à *Luarzab* touchant *Taimuras*; & ordonna à même tems à *Lolla-beg*, Général de son armée, qui étoit vers la *Medie*, d'entrer en *Georgie* avec trente mille chevaux, & d'y mettre tout à feu & à sang.

Luarzab & *Taimuras* furent conseillez de s'unir. Ils se virent & ils vinrent à se communiquer les Lettres d'*Abas*. Y trouvant tous deux leur perte résoluë, ils se donnerent la foi de perir, ou de se sauver tous deux ensemble:

ble: & pour rendre l'union plus étroite & plus forte *Luarzab* donna effectivement sa sœur, l'admirable *Darejan*, à *Taimuras*, qui étoit Veuf, comme je l'ai dit. *Abas* en pensa enrager, quand on lui en donna la nouvelle. Il vouloit égorger de sa main les deux fils de *Taimuras*, & les autres ôtages de *Georgie*. Il juroit de faire tout mourir. Enfin il se reduisit à hâter sa marche pour punir plûtôt les Rois qui l'avoient offensé.

Taimuras sentant approcher l'armée Persane, voulut se préparer à la défense. Il découvrit qu'une partie des Grands de son Royaume inclinoient à se rendre. Il envoya sa mere à *Abas*. Cette Princesse s'étoit faite Religieuse, aussi-tôt que son malheur l'avoit rendue Veuve. J'ai remarqué au discours de la Religion des *Mingreliens*, qui est la même que celle des *Georgiens*; que se faire Religieuse en ce païs-là, c'est seulement porter l'habit de Religieuse, sans faire de Vœux, & sans quitter sa demeure accoûtumée. *Mariane*, ou *Ketavane*, (car elle étoit appellée de ces deux noms) avoit pris cet habit pour être plus retirée, & plus libre en sa Dévotion. Elle partit avec un grand Train, & de magnifiques Présens. Elle fit tant de diligence, qu'elle trouva *Abas* encore à *Ispahan*. Elle se jetta à ses pieds & demanda pardon pour son fils. Elle fit toutes les soûmissions qu'elle crût capables d'appaiser le Roi.

Cette Princesse étoit alors assez âgée; cependant il est certain qu'elle étoit encore belle. *Abas* en devint amoureux, ou feignit de le devenir le jour qu'il la vit. Il lui dit de se faire Mahometane, & qu'il l'épouseroit. Cette Princesse attachée à la Chasteté, & à sa Religion, encore plus qu'elle ne haïssoit la Clôture des Reines Persanes, refusa le Roi avec une vertu & une fermeté inébranlable, & tout-à-fait merveilleuse en une Georgienne. *Abas*, irrité de ce refus, ou le prenant pour prétexte; (car on tient qu'il ne vouloit épouser *Ketavane*, que par un dessein de vangeance contre *Taimuras*,) envoya la Princesse prisonniere en une maison écartée, & fit faire Eunuques & Mahometans ensuite ses deux petits-fils, que *Taimuras* avoit envoyé en ôtage, comme on a dit. Il partit après pour la *Georgie*. *Ketavane* demeura en prison plusieurs années, & après fut transférée à *Chiras*, où elle souffrit enfin un cruel martyre, l'an 1624. bien du tems après qu'*Abas* eut conquis toute la *Georgie*. Il écrivit alors à *Iman-Kouli-Can*, Gouverneur de cette ville, de faire *Ketavane* Mahometane, à quelque prix que ce fût, & d'en venir aux derniers tourmens, si les promesses, les menaces & même les coups ne le pouvoient faire. *Iman-Kouli-Can* montra l'ordre à la Princesse, croyant qu'il opéreroit, mais ce fut sans succès. Les tourmens n'en eurent point non plus sur cette Ame véritablement heroïque & sainte. Elle souffrit le bâton, le fer, & le feu, & mourut sur les charbons ardens, où l'on la tourmentoit; ayant enduré pour *Jesus-Christ* un martyre de huit années, d'autant plus cruel qu'on le changeoit, & qu'on le renouvelloit tous les jours. Son corps fut jetté à la voirie. Les Augustins, qui étoient alors à *Chiras*, l'enleverent de nuit, l'embaumerent, le mirent dans un Cercueil, & l'envoyerent secrétement à *Taimuras* par un de leurs Compagnons.

Pour retourner à la guerre de *Georgie*. *Abas* étant entré en ce païs-là avec son armée, conduite par *Mehrou*, & grossie de *Georgiens*, dont le nombre augmentoit tous les jours; l'esperance & les promesses attirant les uns, la crainte ou des desirs de vangeance poussant les autres; *Luarzab* se résolut de combattre, & esperoit de renfermer les Persans dans les bois, & les y défaire. *Abas* crût lui-même d'y être perdu, & qu'on l'avoit trahi, car son armée étant avancée environ 25. lieuës dans le païs, *Luarzab* sépara ses troupes en deux, & ferma le passage par de grands Abatis de bois; en sorte que l'armée Persane ne pouvoit ni avancer, ni retourner sur ses pas. *Abas* paroissant consterné, & *Mehrou* craignant qu'il ne lui ôtât la vie, comme à un traitre, lui dit, *Sire, je vous tirerai d'ici en trois jours sur ma tête.* Il tint parole. Il fit faire un chemin de traverse dans le bois par l'Infanterie; & laissant le Camp, qui étoit bloqué par les *Georgiens*, il prit seulement la Cavalerie. *Abas* voulut la mener lui-même, & ayant passé par les bois, il se jetta sur le Royaume de *Caket*, & y fit de grandes cruautez: jusques-là qu'il fit abattre les arbres qui nourrissent les vers à soye, afin que le païs qui tire de là sa plus grande commodité fût détruit sans ressource. Quand *Luarzab* entendit ces nouvelles, il se crut perdu. Il s'enfuit en *Mingrelie*. *Abas*, qui savoit bien que sa conquête étoit mal-assurée, tant que les Rois de *Georgie* seroient en liberté, écrivit à *Luarzab* en ces mots. *Pourquoi fuyez-vous, c'est à* Taimuras *que j'en veux, à cet ingrat, ce perfide, ce rebelle. Venez vous rendre à moi. Je vous confirmerai la possession du Royaume de* Georgie; *mais si vous ne venez pas, je la ruinerai entiérement, & j'en ferai un desert.*

Luar-

Luarzab, en considération, & pour l'amour de son peuple, alla se rendre à *Abas*. Le Roi le reçût en ami, & avec mille bons traitemens, le remit sur le Trône dans toute la Pompe, & toute la Solemnité possible. C'étoit pour mieux tromper les *Georgiens*, & s'en rendre maître sans coup ferir. Il lui fit de beaux Présens, & entr'autres celui d'une Aigrette de pierreries, qu'il lui recommanda de porter toûjours, sur tout quand il le viendroit voir. *C'est l'enseigne Royale*, lui dit-il, *Je veux que vous l'ayez toûjours à la tête*, *afin que le monde sache que vous êtes Roi*. Le jour qu'*Abas* devoit partir de *Tifflis*, il dit à *Luarzab*, *Je m'arrêterai à six lieues d'ici*, *& je ferai passer mon armée devant. Ne voulez vous pas m'y accompagner?* C'étoit un piége pour tirer doucement le pauvre Roi *Georgien* de sa ville Capitale. Il alla avec lui ne se défiant d'aucun mauvais tour. *Abas* commanda à un fameux Filou, qui étoit dans ses Gardes, le plus adroit du monde à ce métier, de voler l'Aigrette de *Luarzab*. Cela fut fait: & *Luarzab* étant venu voir le Roi, Sa Majesté lui dit; *Luarzab*, *où est vôtre Aigrette? ne vous ai-je pas recommandé de porter toûjours cette Enseigne Royale? Sire*, dit *Luarzab*, *on me l'a volée*, *j'en suis au desespoir. Je la fais chercher depuis hier par tout mon monde*; *sans la pouvoir trouver. Comment*, dit le Roi en colere, *dans mon Camp on vole le Roi de* Georgie? *Qu'on me fasse venir le Grand Prevôt*, *le Guet*, *le Président du Conseil de justice*. . C'étoit-là le second artifice avec lequel on se devoit saisir du malheureux *Luarzab* sans coup ferir. On le prit. *Abas* n'osoit le faire mourir, de peur d'exciter une revolte en *Georgie*. Il l'envoya en *Masanderan*, c'est l'*Hircanie*, esperant que le mauvais air du païs le feroit mourir; mais voyant qu'il y résistoit, & qu'il ne mouroit point, il le fit transferer à *Chiras*; & enfin il le fit mourir à l'occasion de ce que je vais dire.

Le Grand Duc de *Moscovie* avoit été longtems sollicité par les Princes *Georgiens*, partisans de *Luarzab*, d'interceder pour lui auprès d'*Abas*. Il envoya une grande Ambassade uniquement pour ce sujet. Le Roi de Perse, qui avoit un esprit & une activité incroyable, donna ordre au Gouverneur de *Chamaki*, ville sur la Mer *Caspienne*, par où les Ambassadeurs de *Moscovie* entrent en *Perse*, de découvrir si cet Ambassadeur ne venoit que pour les affaires de *Luarzab*: & si le *Moscovite* prenoit tant d'interêt en cette affaire, qu'il y eût quelque rupture à apprehender. On lui manda, que l'Ambassadeur ne venoit effectivement que pour cela; que c'étoit un grand Seigneur, & que ses instructions étoient fort pressantes. *Abas*, qui ne vouloit nullement ni donner la liberté au Prince *Georgien*, ni la refuser au Grand Duc de *Moscovie*, écrivit au Gouverneur de *Chiras* de se défaire de *Luarzab* captif, d'une maniére que sa mort parût un simple accident. Cela fut executé: & la nouvelle en fut apportée à *Abas*, deux jours avant l'arrivée de l'Ambassadeur de *Moscovie*. Le Roi se la fit donner en public, & en fit fort le surpris & le fâché. *Ah mon Dieu*, dit-il, *c'est dommage*, *& comment est-il mort? Sire*, répondit le Courrier, *il étoit allé à la pêche*, *& en jettant le rets*, *il est tombé dans l'étang & s'est noyé. Je veux*, dit le Roi, *qu'on fasse mourir tous ses Gardes*, *pour n'avoir pas eu plus de soin de lui*. L'Ambassadeur de *Moscovie* eut audience; après le festin, & qu'on l'eut bien fait boire, le Roi le fit approcher de sa personne, & lui dit, *Et bien*, Monsieur l'Ambassadeur, *que desire le Roi des Russes mon Frere?* L'Ambassadeur se mit à exposer sa commission; mais dès qu'il eut lâché le nom de *Luarzab*; *Je crois*, répondit le Roi, *que vous savez le malheur qui est arrivé à ce pauvre Prince. J'en ai un extrême regret. Plût à Dieu qu'il ne fût pas mort*, *je ferois de tout mon cœur ce que desire vôtre Maître*.

Le frere de *Luarzab* fut fait Gouverneur de *Georgie* en sa place, s'étant auparavant fait Mahometan. On l'appelloit d'un titre Persan joint à un titre *Georgien*, *Bagrat-Mirza*, c'est-à-dire, *Prince Royal*. *Abas* laissa aussi une armée en *Georgie* pour s'opposer à *Taimuras*. Ce Prince fit d'abord la guerre avec les petits secours qu'il tiroit des Turcs, & des Princes Chrétiens, voisins de la Mer noire, sur les terres desquels il se retiroit, selon le besoin de ses affaires; mais voyant que cela ne le rétablissoit point, il alla à *Constantinople* & implora le secours du Turc. Il l'obtint. Une grande armée Turque fut envoyée en *Georgie*, qui défit plusieurs fois les troupes Persannes, & rétablit *Taimuras* en son Royaume de *Caket*. Il n'y demeura pas long-tems; & dès que les Turcs furent retirez, *Abas* retourna en *Georgie*. Il en changea la face. Il y fit bâtir des Forteresses qu'il remplit de *Persans* naturels. Il en emmena plus de quatre vingt milles familles, dont il mit la plûpart en *Mazenderan*, païs sur la Mer *Caspienne*, & que j'ai dit être l'*Hircanie*, en *Armenie*, en *Medie* & en la Province de *Perse*; & il transporta en ta en leur place des *Persans* & des *Armeniens*. Il mêla la douceur à ses séveritez pour essaïer si elle tiendroit mieux ce peuple en bride. Il fit un accord avec les *Georgiens*, qu'il confirma par serment pour lui & pour ses successeurs; *Que leur pays ne seroit point chargé de taxes*; *Que la Religion n'en seroit point changée*; *Qu'on n'y abbattroit point d'Eglises, & qu'on n'y bâtiroit point de Mosquées*; *Que leur Viceroi seroit toûjours* Georgien, *de la race de leurs Rois, Mahometan néanmoins, dont un des fils, celui qui voudroit changer de Religion, auroit la charge de Gouverneur, & Grand Prevôt* d'Ispahan, *jusqu'à ce qu'il succedât à son Pere*.

Abas mourut l'an 1628; & dès que *Taimuras* sut sa mort, il rentra en *Georgie*, & fit soulever les *Georgiens*, qui tuerent leur Viceroi, & tous les *Persans* qui pouvoient leur resister. Il se rendit maître des places fortes, à la reserve de *Tifflis*; mais il ne les garda gueres. *Sefy*, successeur d'*Abas*, son grand Pere, envoya l'an 1631. une puissante Armée contre lui, sous le commandement de *Rustan-Can*, *Georgien*, fils de *Simon-Can*, ce Viceroi que les *Georgiens* venoient de tuer. Il étoit Grand Prevôt d'*Ispahan* à la mort d'*Abas*, & s'appelloit *Cosrou-Mirsa*. Le Roi *Sefy*, qui le connoissoit pour fort vaillant, & qui le jugeoit très-irrité, le fit Général de son armée, & Viceroi de *Georgie*, à la place de son Pere. Il défit les *Georgiens* en plusieurs rencontres, reprit tout le *Carthuel*, & une partie du Royaume de *Caket*, & donna la chasse à *Taimuras*, qui fut reduit à se cantonner dans les lieux forts du Mont *Caucase*. Ce Prince, également vaillant & malheureux, tint bon dans ces montagnes durant quelques années, plus comme un Fugitif qui combat pour sa vie, que comme un Roi qui défend sa Couronne; mais ne recevant aucun secours, ni des Turcs ni des Chrétiens, il alla le solliciter en *Moscovie*; & n'y réussissant pas, il se retira en *Imirette*, dont sa sœur étoit Reine, à dessein d'y finir sa vie; ne voyant plus de jour à rentrer jamais dans le domaine de ses Ancêtres. *Chanavas-Can* le prit-là prisonnier, lors qu'il conquit ce petit Royaume d'*Imirette*, & qu'il y établit son fils Roi, comme je l'ai raconté. La passion que *Taimuras* a toûjours euë d'être enterré en son païs, l'empêcha de se retirer en *Turquie*, ce qu'il pouvoit facilement; outre qu'il considéroit, qu'étant si vieux, les Turcs le traiteroient encore moins bien que les *Persans*. *Chanavas-Can*, l'ayant amené à *Tifflis*, écrivit au Roi, que le fameux *Taimuras-Can* étoit en ses mains. Le Roi lui fit réponse de l'envoyer à la Cour. Il étoit fort âgé. La Fatigue & ses Ennuis le firent tomber malade. Le Roi le logea en un de ses Palais avec beaucoup de magnificence; & le fit traiter par ses Médecins avec grand soin. Il mourut l'an 1659. Son corps fut porté en *Georgie*, & y fut enterré avec toute la pompe du païs.

Rustan-Can, ayant ainsi reconquis la *Georgie*, bâtit la Forteresse de *Gory*, comme l'on a dit. Il rétablit la paix & l'ordre par-tout, & gouverna avec beaucoup de Douceur & beaucoup de Justice. Il épousa la sœur de *Levan-Dadian*, Prince de *Mingrelie*, quoi qu'elle fut Chrétienne, & qu'elle fût mariée. Son mari étoit Prince de *Guriel*. *Levan* courroucé de ce qu'il avoit conspiré contre lui, lui ôta la Principauté, le fit aveugler, & lui prit sa femme qu'il maria à *Rustan-Can*, sans que les Ecclesiastiques de *Mingrelie* & de *Georgie* s'efforçassent d'empêcher cette *monstrueuse union*, si j'ose parler ainsi. Cette Princesse s'appelle *Marie*. Nous en avons parlé dans le recit des derniéres Revolutions d'*Imirette*. Elle est aujourdhui femme de *Chanavas-Can*, Gouverneur de *Georgie*.

Rustan-Can mourut l'an 1640. Son corps fut porté à *Com*, où il est enterré. *Chanavas-Can*, parent de *Taimuras*, étoit alors Gouverneur, & Grand Prevôt d'*Ispahan*. *Rustan-Can* n'ayant point d'enfans l'adopta, & l'envoya à la Cour, suppliant le Roi de le considerer comme son fils, & de ratifier l'adoption. Sa Majesté agrea le choix. Elle fit circoncire ce jeune Prince, & lui donna le Gouvernement de la ville. C'est lui qui est presentement Viceroi de *Georgie*. Il est âgé de plus de quatre-vingts ans, & ne laisse pas d'être encore fort vigoureux.

Dès que *Rustan-Can* fut mort, la Princesse *Marie* sa femme apprit, que sur des relations trop avantageuses de sa Beauté, qu'on avoit faites au Roi de *Perse*, Sa Majesté avoit commandé qu'on la lui envoyât. On lui conseilloit de s'enfuir en *Mingrelie*, ou de se cacher. Elle prit une voye contraire; car étant bien assurée, qu'il n'y avoit point de lieu dans l'Empire de *Perse*, où le Roi ne la découvrit, elle alla s'enfermer trois jours durant dans la Forteresse de *Tifflis*; ce qui étoit proprement se livrer à la merci de celui qui la vouloit avoir. Elle se fit voir tout ce tems-là aux femmes du Commandant; & l'ayant mandé ensuite à son appartement, elle lui fit dire, que sur la foi de ses femmes qui l'avoient vûë, il pouvoit écrire au Roi qu'elle n'étoit pas d'une beauté à se faire désirer, qu'elle étoit âgée, & même un peu contrefaite. Qu'elle conjuroit Sa Majesté de lui laisser achever ses jours dans son païs. En même tems elle envoya au Roi un Present de beaucoup d'or & d'argent, & de quatre jeunes Demoiselles d'une extraordinaire Beauté. Dès que le Present fut envoyé, cette Princesse ne voulut plus voir personne. Elle se jetta dans la devotion faisant de grandes aumônes aux pauvres, afin qu'ils priassent Dieu pour elle. Au bout de trois mois il vint un ordre du Roi à *Chanavas-Can* de l'épouser. Ce Prince reçût l'ordre avec joye, parce que *Marie* est fort riche, & il l'épousa, quoi qu'il eut déja une autre femme. Il a toûjours une extrême consideration pour elle, à cause de ses grands biens. Son premier mari Prince de *Guriel* vit encore; mais il est fort vieux & fort cassé. Il est en *Georgie*. La Princesse lui a donné une de ses Demoiselles pour le consoler de l'avoir perdue, & le fait entretenir, à la verité assez miserablement. Elle témoigne pourtant d'avoir encore de la tendresse pour lui: car il y a quelques années qu'étant sur les frontiéres d'*Imirette*, elle le manda & le retint huit jours. *Chanavas-Can* en témoignant de la jalousie, la Princesse se mit à l'en railler. Elle lui dit, qu'il avoit bonne grace d'être jaloux d'un pauvre vieillard, aveugle, dénué, miserable, & tout aussi impuissant qu'il l'étoit lui-même.

La plûpart des Seigneurs *Georgiens* sont exterieurement dans la Religion Mahometane. Les uns ont embrassé cette créance pour obtenir des emplois à la Cour, & des pensions de l'Etat. Les autres pour avoir l'honneur de marier leurs filles au Roi, ou seulement de les faire entrer au service de ses femmes. Il y a de cette lâche Noblesse qui mene elle-même ses plus belles filles au Roi. La recompense qu'on leur donne est une Pension ou un emploi. La Religion Mahometane est toûjours préalablement embrassée. La pension est selon la qualité des personnes; mais d'ordinaire ce n'est pas plus de deux mille écus. Il venoit d'arriver à ce sujet, lors que j'étois à *Tifflis*, une avanture fort pitoyable. Un Seigneur *Georgien* avoit fait savoir au Roi, qu'il avoit une niéce d'une extraordinaire beauté. Sa Majesté commanda aussi-tôt qu'on la lui amenât. Ce méchant homme se chargea lui-même d'intimer l'ordre & de l'exécuter. Il vint chez sa sœur qui étoit veuve, & lui dit que le Roi de Perse vouloit épouser sa fille, & qu'il falloit qu'elle la disposât à cela. La mere ayant fait savoir cette violence à sa pauvre Demoiselle, elle pensa se desesperer. Elle aimoit un jeune Seigneur qui demeuroit en son voisinage, & en étoit extremement aimée. La mere le savoit bien. Elles prirent résolution de lui faire part de leur malheur. On le lui envoya dire par un domestique. Le Cavalier arriva à minuit. Il trouva la mere & la fille enfermées, qui déploroient à larmes communes & avec une vive douleur la dureté de leur sort. Il se jetta à leurs pieds, & leur dit que pour lui il ne craignoit rien tant que de perdre sa maîtresse, & que tout le courroux du Roi de Perse ne lui étoit rien au prix de cet accablement. Qu'au reste il n'y avoit qu'une voye de se tirer d'affaire, qui étoit de se marier ensemble à l'heure même, & que le lendemain on déclareroit au perfide Parent, que la Dame qu'on demandoit n'étoit plus fille. Le parti fut accepté, & la mere s'étant retirée, l'Amant essuïa les yeux de sa Maîtresse, & fit le mariage en un instant. L'oncle découvrit l'intrigue. On la fit savoir au Roi. Sa Majesté en fut courroucée, & donna des ordres exprès d'envoyer à la Cour la mere, la fille, & le mari. Ces personnes s'étoient cachées. Elles fuirent ça & là durant quelques mois. Enfin voyant qu'on les serroit de près, & qu'elles ne pouvoient plus échaper, elles se sauvérent à *Acalziké*, dont le *Pacha* les prit en sa protection.

La crainte qu'on a en *Georgie* de semblables accidens, oblige ceux qui ont de belles filles à les marier le plûtôt qu'ils peuvent, & en leur enfance même. Les pauvres gens sur tout marient les leurs de bonne heure, & quelquefois dès le berceau. C'est afin que les Seigneurs dont ils sont sujets, ne les enlévent pas pour les vendre, ou pour en faire des Concubines. Il est certain qu'ils ont grande retenue pour les personnes mariées, encore que ce ne soit que des enfans, & qu'ils ne se portent pas aisément à les arracher de leurs maisons.

Le Royaume de *Caket* obéït à present au Roi de Perse, comme l'on a dit. *Chanavas-Can* en acheva la conquête. *Archyle* son fils en est Viceroi, s'étant fait Mahometan pour le devenir. Nous avons parlé de lui, & de l'amour qu'il avoit pour *Sistan-Darejan* femme du Roi d'*Imirette*, en racontant les dernieres révolutions de ce petit Royaume. *Sistan-Darejan* étoit demeurée prisonniere à *Acalziké*. Les *Pachas* l'y traitoient avec beaucoup de respect. *Archyle* avoit toûjours pensé à elle, depuis

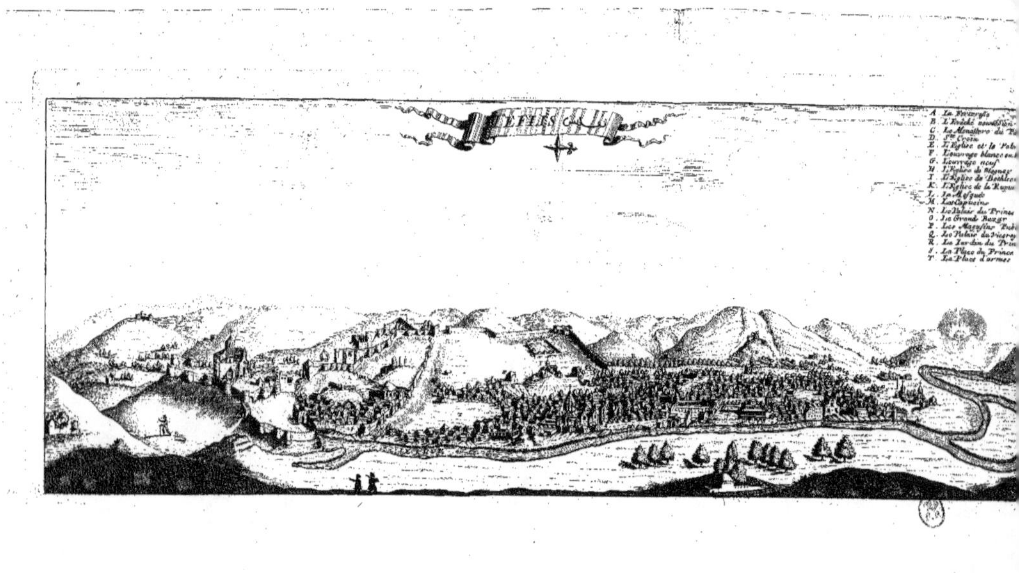
D. Ste Croix
G. Louvrage neuf
L. La Mosquée
M. Les Capucins
N. Le Palais du Prince
O. Le Grand Bazar
S. La Place du Prince
T. La Place d'armes

depuis qu'il l'avoit perdue de vûe. Son Pere opera tant par ses Presens, & par ses Intrigues auprès du *Pacha*, qu'il la relâcha l'an 1660. Elle fut amenée en triomphe à *Tifflis*. *Archyle* l'epousa aussi-tôt, & acquit par ce mariage le droit au Royaume de *Caket*, dont il étoit déja Viceroi de fait; car cette Princesse est fille de *Taimuras-Can*, & sœur d'*Heracle*, le seul fils que ce Prince infortuné a laissé capable de lui succeder, tous les autres ayant été rendus aveugles. Cet *Heracle* s'est retiré en *Moscovie* avec sa Mere. On dit que le Grand Duc leur entretient un train sortable à leur qualité. Il y a une avanture de cet *Archyle* Viceroi de *Caket* digne de curiosité. Il avoit été fiancé durant sa jeunesse à une fille des premieres Maisons de *Georgie*. La Demoiselle s'attendoit fort d'être sa femme, étant une chose inouïe en ce païs-là de rompre un Contract de mariage. Lors qu'elle sût qu'il épousoit *Sistan-Darejan*, elle lui envoya demander satisfaction, *du meurtre qu'il commettoit sur son honneur*; C'est ainsi qu'on appelle en *Georgie* l'affront qu'on fait à une accordée, de la laisser pour se marier à une autre. Elle prétendit en tirer raison par la Justice; mais cette voye n'ayant pû réussir, à cause de l'autorité & du rang de sa partie, elle vint à la tête de quatre cens hommes presenter le combat à son infidéle. Il le refusa, & lui fit dire qu'il ne se vouloit point battre contre une fille; qu'au reste elle ne fît pas de bruit davantage, autrement qu'il publiroit les faveurs que *Sizi* (c'est un jeune Seigneur de la Cour) s'étoit vanté d'avoir reçûes d'elle. La Demoiselle, outrée davantage qu'on âjoûtat au mépris la calomnie, tourna ses ressentimens contre *Sizi*. Elle l'appella en duel, & n'ayant pû l'y attirer, elle luy dressa une embuscade, où elle le mit en fuite, le poursuivit, & lui tua plus de vingt hommes. Elle avoit un frere. Il prit la querelle contre *Sizi*. Le Prince & toute la Cour firent mille efforts pour les ajuster, mais cela ne s'étant pû faire, on leur permit de vuider leur different par les armes. C'est une coûtume en *Georgie*, que quand la Justice ne sauroit éclaircir une querelle entre des Gentilshommes, ni l'ajuster, on leur permet de se battre en champ clos. Les parties se confessent & communient, & ainsi preparez à la mort ils entrent dans la lice. On appelle cela *aller au tribunal de Dieu*, & les *Georgiens* soutiennent, que cette voye de remettre directement à Dieu la punition d'un crime est très-bonne & très-équitable; quand la Justice humaine ne peut connoître si l'accusé est coupable, ou si l'accusateur le charge faussement. *Sizi* & sa partie arrivez au rendez-vous, une troupe de soldats les separérent, comme ils mettoient les armes à la main: & la Demoiselle étant morte, peu après, de honte & de douleur, l'autorité du Prince obligea son Frere à s'ajuster avec *Archyle*, & avec *Sizi*.

Avant que de passer au recit de ce qui m'est arrivé à *Tifflis*, il en faut faire la description; quoi que la figure qui est à côté puisse suffire à en donner une idée assez distincte.

Cette ville est une des plus belles de Perse, encore qu'elle ne soit pas fort grande. Elle est située au bas d'une montagne, dont le fleuve *Kur* lave le pied du côté d'Orient. Ce fleuve, qui est le *Cyre*, ou un bras du *Cyre*, a sa source dans les montagnes de *Georgie*, & se joint à l'*Araxe*, vers la ville de *Chamaky*, à un lieu nommé *Paynard*, d'où ils se rendent conjointement dans la mer. La plûpart des maisons, bâties du côté du fleuve, sont sur la roche vive. La ville est entourée de belles & fortes murailles, excepté du côté du fleuve. Elle s'étend en longueur du Midi au Septentrion, ayant une grande Forteresse du côté du Midi, située sur le penchant de la montagne, & dans laquelle il n'y a que des *Persans* naturels, soit pour soldats, soit pour habitans. La place d'armes, qui est au-devant, sert aussi de place publique, & de marché. Cette Forteresse est un lieu d'asile. Tous les criminels, & les gens chargez de dettes, y sont en sûreté. Le Prince de *Georgie* est obligé de passer au milieu, lors qu'il va, selon la coûtume, recevoir hors des portes de la ville les lettres & les présens du Roi; parce que quand on vient de *Perse* à *Tifflis* l'on n'y sauroit entrer que par la Forteresse: mais l'on peut bien assurer, que le Prince n'y passe jamais sans craindre qu'on ne l'arrête, & que le Gouverneur n'ait un ordre secret de se saisir de sa personne. Les *Persans* ont fort judicieusement établi la coûtume parmi les Vicerois de *Georgie*, & les autres Gouverneurs des Provinces de leur Empire, d'aller ainsi recevoir hors de la ville tout ce que le Roi leur envoye; parce que c'est un moyen facile de se saisir de leurs personnes sans peine & sans risque. Cette Forteresse de *Tifflis* fut bâtie par les Turcs l'an 1576. après qu'ils se furent rendus Maîtres de la Ville & de tout le païs d'alentour, sous le commandement du fameux *Mustafa Pacha*, leur Généralissime, auquel *Simon-Can*, qui étoit alors Roi du Païs, ne pût résister. *Mustafa* conseilla à *Soliman* de faire bâtir diverses Forteresses en *Georgie*, sans

ſans quoi il ne pourroit jamais tenir le païs ſous ſon joug ; ce que *Soliman* pratiqua. Et en effet la plûpart des Forterеſſes de la *Georgie* ont été conſtruites par les Turcs. *Muſtafa* éleva plus de cent canons ſur le rempart de celle-ci, dont il donna le commandement à un Baſſa nommé *Mahamet*. Pour revenir à la ville de *Tifflis*, elle a pluſieurs Egliſes. L'on en compte juſqu'à quatorze. C'eſt beaucoup en un Païs où il y a très-peu de dévotion. Six ſont tenues & ſont ſervies par les *Georgiens*. Les autres appartiennent aux *Armeniens*. La Cathedrale, qui s'appelle *Sion*, eſt ſituée ſur le bord du fleuve, & toute conſtruite de belles pierres de taille. C'eſt un ancien bâtiment fort entier, ſemblable à toutes les anciennes Egliſes qu'on voit en Orient, qui ſont compoſées de quatre nefs, & dont le milieu eſt un grand dome ſoutenu de quatre gros pilaſtres, & couvert d'un clocher. Le grand Autel eſt au milieu de la nef oppoſée à l'Orient. Le dedans de l'Egliſe eſt rempli de plates peintures à la Greque faites depuis peu, & par de ſi mauvais peintres, qu'on a toutes les peines du monde à reconnoître ce qu'ils ont voulu repréſenter. L'Evêché joint l'Egliſe. Le *Tibilele* y demeure. On appelle toûjours de ce nom les Evêques de *Tifflis*. Après la Cathedralle, les principales Egliſes de Georgie ſont *Tetrachen*, c'eſt-à-dire, *ouvrage blanc*, qui a été bâtie par la Princeſſe *Marie*, & *Angueſcat*, c'eſt-à-dire, *l'image d'Abagare*. Les *Georgiens* appellent *Abagare Angues*, & tiennent que le portrait miraculeux, que la tradition aſſure qu'il reçut de *Jeſus-Chriſt*, a été long-tems en cette Egliſe. On l'appelle auſſi l'Egliſe du *Catholicos*, parce que le palais de ce Prelat y eſt joint, & qu'il ne va preſque jamais ailleurs faire ſes prieres ni officiër. Cette Egliſe eſt ſituée ſur le bord du fleuve, & en parallele avec l'Evêché. Les *Georgiens* avoient encore une belle Egliſe au bout de la ville du côté Meridional. Le Prince la prit il y a quelques années pour en faire un magaſin de poudres. A la verité elle ne ſervoit plus ; car long-tems avant, la foudre en avoit abatu une partie. Le Prince la fit refaire de nouveau, & ce magaſin porte toûjours ſon ancien nom d'Egliſe de *Metek*, c'eſt-à-dire, *de la rupture*. On lui donna ce nom, à cauſe qu'un Roi de *Georgie* la fonda pour penitence, d'avoir ſans ſujet rompu la paix avec un Prince de ſes voiſins.

Les principales *Egliſes* des *Armeniens* ſont *Pacha-vanc*, c'eſt-à-dire, *le monaſtere du Pacha*. L'Evêque *Armenien* de *Tifflis* demeure dans ce Monaſtere. On le nomme ainſi, à ce que racontent les *Armeniens*, parce qu'un Pacha fugitif de Turquie, qui ſe fit Chrétien en cette ville, le fit bâtir. *Sourph-nichan*, c'eſt-à-dire proprement, *Signe rouge*, & dans l'uſage, *ſainte Croix*. *Betkem*, ou *Bethlehem*, *Norachen*, ou *l'ouvrage neuf*, & *Mognay*. *Mognay* eſt le nom d'un village d'*Armeniens* proche d'*Irivan*, où l'on a gardé long-tems un Crane qu'on aſſuroit être de St. *George*. Or parce qu'on a tranſporté une partie de ce Crane en cette *Egliſe*, on lui a donné le nom du lieu d'où on l'a tiré.

Il n'y a point de Moſquée à *Tifflis*, quoi que cette ville appartienne à un Empire Mahometan, & qu'elle ſoit gouvernée, avec toute la Province, par un Prince qui l'eſt auſſi. Les *Perſans* ont fait ce qu'ils ont pû pour y en bâtir ; mais ils n'en ont pû venir à bout. Le peuple ſe ſoulevoit auſſi-tôt, & à main armée abattoit l'ouvrage, & maltraittoit les ouvriers. Les Princes de *Georgie* étoient au fond bien-aiſes des ſeditions du peuple, quoi qu'ils témoignaſſent fort le contraire ; parce que n'ayant abjuré la Religion Chrétienne, que de bouche, & pour avoir une Vice-Roiauté, ils ne peuvent qu'à contre-cœur donner les mains à l'établiſſement du Mahometiſme. Les *Georgiens* ſont mutins, legers, & vaillans, comme l'on a dit. Ils conſervent un reſte de liberté. Ils ſont proche des Turcs. Tout cela empêche les *Perſans* d'en venir aux extrémitez, & conſerve à la ville de *Tifflis* & à toute la *Georgie* une heureuſe liberté de garder preſque toutes les marques exterieures de ſa Religion. Tous les clochers des *Egliſes* ont des Croix à leurs pointes, & pluſieurs cloches que l'on ſonne. Tous les jours on vend la viande de cochon en public & à découvert, comme les autres viandes, & le vin au coin des rues. Il faut que les *Perſans* ayent le chagrin de voir tout cela. Mais ils ne ſauroient encore y remedier.

Ils ont conſtruit depuis quelques années une petite Moſquée dans la Forteresse, joignant le mur qui la ſepare de la grand' place de *Tifflis*. Ils la bâtirent en cet endroit, pour accoutumer le peuple à la vûe des Moſquées & des Prêtres, qui du haut de l'édifice appellent à la priere. Les *Georgiens* ne purent empêcher la conſtruction de la Moſquée, parce qu'ils n'oſoient entrer les armes à la main dans la forteresse, où l'on faiſoit bonne garde ; mais dès que le Prêtre monta deſſus pour faire la confeſſion de foi, & la Convocation accoûtumée, le peuple s'amaſſa ſur la place, &

& jetta tant de pierres sur la Mosquée, que le Prêtre fut contraint d'en descendre bien vîte, & depuis cette mutinerie on n'y en a plus fait remonter.

Il y a de beaux bâtimens publics à *Tifflis*. Les *Bazars*, ce sont les lieux de marché, sont grands, bâtis de pierres, & bien entretenus. Les *Caravanserais*, qui sont les demeures des étrangers, sont de même. Il y a peu de bains dans la ville, parce que chacun va aux bains d'eau chaude qui sont dans la forteresse. L'eau de ces bains est mineralle, sulphurée, & très-chaude. Les gens qui s'en servent pour des incommoditez & des maladies, ne sont pas en moindre nombre que ceux qui y vont pour la netteté du corps. Les magasins sont encore bien bâtis & bien entretenus. Ils sont situez sur une Butte, proche de la grande place.

Le palais du Prince fait aussi sans contredit un des plus beaux ornemens de *Tifflis*. Il a de grands Salons qui donnent sur le fleuve, & sur les jardins du Palais, qui sont fort grands. Il y a des Volieres remplies de grand nombre d'oiseaux de differentes especes, un grand Chenil, & la plus belle Fauconnerie que l'on puisse voir. Au-devant de ce palais, il y a une place carrée, où il peut tenir près de mille chevaux. Elle est entourée de boutiques, & aboutit à un long *Bazar*, vis-à-vis la porte du palais. C'est une belle perspective, que la place & la façade du palais vûe du haut de ce bazar. Le Viceroi de *Caket* a un palais au bout de la ville, qui merite bien aussi d'être vû & consideré.

Les dehors de *Tifflis* sont ornez de plusieurs maisons de plaisance, & de plusieurs beaux jardins. Le plus grand est celui du Prince, il a peu d'arbres fruitiers; mais il est rempli de ceux qui servent à l'embellissement des jardins, & à y conserver l'ombre, & la fraicheur.

Il y a une habitation de Missionaires Capucins à *Tifflis*, comme je l'ai dit. Le Prefet des Missions, que cet Ordre a en *Georgie*, & de celles qu'elle espere d'y avoir, & dans les païs circonvoisins, y fait sa résidence. Il y a treize ans qu'on les envoya de *Rome*. Le nom de Medecins qu'ils se firent donner, & que tout le monde leur donne, les fit bien recevoir par tout où ils desirerent de s'établir; car la Medecine, & sur tout la Chimique, est fort estimée, & très-peu connue dans tout l'Orient. Ils s'établirent premiérement à *Tifflis*, & après à *Gory*. *Chanavas-Can* leur donna une maison, en chacune de ces deux villes, avec la liberté d'y faire publiquement l'Exercice de leur Religion. Ils apporterent à ce Prince des Lettres du Pape, & de la Congregation *de propaganda fide*, & lui firent en leur propre nom de beaux presens, & à la Princesse, au *Catholicos*, & aux principaux de la Cour, qu'ils continuent depuis de faire de deux ans en deux ans. Celui d'entr'eux qui sait mieux la Medecine est auprès de la personne du Prince, pour entretenir sa protection, qui est leur unique appui contre les persecutions du Clergé *Georgien* & *Armenien*. On tâche de tems en tems de chasser ces Missionnaires, selon qu'on entrevoit les efforts qu'ils font d'attirer des gens à leur Religion; mais comme il n'y a point de Medecins & de Chirurgiens en *Georgie*, ils se rendent necessaires par la pratique de la Medecine & de la Chirurgie, que quelques-uns d'entr'eux entendent fort bien, & exercent avec grand succès. Ils ont permission du Pape de se faire payer de leurs cures, & ils s'en servent utilement, la Medecine les faisant subsister. On les paye ordinairement en vin, en farine, en bétail, & en jeunes esclaves. Quelquefois on leur donne aussi des chevaux. Ils font vendre ce qui n'est pas nécessaire à leur entretien, ou ce qui leur seroit inutile. Sans ce grand secours qu'ils tirent de la Medecine, ils auroient peine à s'entretenir de la pension annuelle, que leur donne la Congregation, qui n'est que de 18. écus Romains pour chaque Missionaire, qui font soixante & douze livres de monnoye de France. Outre la permission dont on vient de parler, ces Missionaires en ont plusieurs autres, dans le spirituel, & dans le temporel; comme, de dire la Messe, sans personne pour la servir; de la dire en toutes sortes de lieux, & en toutes sortes d'habits; d'absoudre de tous pechez; de se déguiser; d'entretenir chevaux & valets; d'avoir des esclaves; d'achetter & de vendre; de donner & de prendre à interêt. En un mot, ils ont des Permissions si amples & si étendues, qu'ils prétendent pouvoir faire, & qu'ils font en effet, tout ce qui est permis aux Ecclesiastiques les plus privilegiez. Ces Missionaires ne font pas neanmoins avec tous ces artifices, & ce relâchement, des progrès sensibles sur l'esprit des Georgiens; car, outre que ce peuple est fort ignorant, & peu occupé du soin de s'instruire, il est si entêté que le jeûne, de la maniere qu'il l'observe, est l'essentiel de la Religion Chrétienne, qu'ils ne croyent pas que les Capucins soient Chrétiens, parce qu'ils ont appris qu'en Europe ils ne jeûnent pas comme eux. Cet incroyable entêtement oblige les Missionaires à jeûner à la Georgienne, & à s'abstenir des animaux, dont les Georgiens ont horreur, comme sont le Lievre, la Tortuë, & d'autres. Ils jeûnent le mercredi, & le vendredi, se réglant sur le vieux Calendrier, & l'on peut dire qu'à l'extérieur ils sont Chrétiens *Georgiens*. Il vint d'abord beaucoup de peuple à leur Eglise de *Tifflis*, attirez par la nouveauté du service, & d'une petite musique de quatre ou cinq voix, mélées avec un luth & une épinette; à présent, il n'y vient plus que cinq ou six pauvres gens, à qui ces Missionaires font gagner quelque chose. Ils ont dressé une école; mais il n'y a pas plus de sept ou huit petits garçons de pauvres gens qui y viennent; & moins pour être instruits que pour être nourris, comme ces bons Peres le confessoient eux mêmes. Ils m'ont dit souvent, qu'ils n'entretenoient pas leurs Missions par aucun fruit considerable qu'elles fissent, mais *pour l'honneur de l'Eglise Romaine, qui ne seroit pas*, disoient-ils, *l'Eglise Catholique si elle n'avoit des Ministres en toutes les parties du monde habité.* Au reste, ces Missionaires n'ont plus dans toute la *Georgie* que les deux maisons dont j'ai parlé. Les guerres d'*Imirette* & de *Guriel*, & les miseres de ces païs leur ont fait quitter divers établissemens qu'ils y avoient. Leur dessein étoit lors que je partis de *Tifflis*, d'aller au mois de Juin à *Caket*, & en divers autres lieux du mont *Caucase*. Leur Mission étoit forte alors de douze personnes; neuf Prêtres, & trois freres Laics.

La ville de *Tifflis* est fort peuplée. On y voit autant de sortes d'étrangers qu'en lieu du monde. Il s'y fait beaucoup de commerce; & la Cour est nombreuse & magnifique, digne de la Capitale d'une Province, y ayant toûjours beaucoup de Seigneurs de marque. Quant au nom de cette ville, je n'en ai pû savoir l'étymologie. Ce sont les Persans, dit-on, qui le lui ont donné. Il est certain, que les Georgiens ne l'appellent point *Tifflis*, mais *Cala*, c'est-à-dire, *la ville* ou *la forteresse*; car ils donnent ce nom à toutes sortes de grandes habitations ceintes de murailles. Je croi que parce qu'ils n'ont point d'autre ville murée en tout leur païs, ils ne lui ont pas voulu donner d'autre nom que *Cala*. Quelques Geographes l'appellent *Tebilé-Cala*, c'est-à-dire, *la ville-chaude*, à cause des bains d'eau chaude qu'il y a, ou parce que l'air n'y est pas si froid, ni si rude, que dans tout le reste de la Georgie. Je n'ai pû savoir non plus le tems de la fondation de la ville, quelques Auteurs prétendent, mais peu vrai-semblablement, que c'est l'*Artaxate* des anciens. Je ne crois pas qu'elle ait seulement mille ans d'ancienneté. On trouve dans l'Histoire de Perse, qu'environ l'an 850. de nôtre Ere, un Prince Tartare, nommé *Boga le grand*, ayant envahi le Royaume par l'*Hircanie* & par la *Medie Atropatienne* s'étendit en *Georgie*, où il mit tout à feu & à sang; & que *Tifflis* ayant refusé d'ouvrir ses portes, il y fit jetter des pommes de Pin allumées, qui la mirent aisément en feu, à cause de la combustibilité de ses materiaux; & qu'il y perit plus de 50000. hommes. 350. ans après un autre Prince de la *Tartarie des Usbecs*, fils de *Mahammed*, Roi de Careclem, s'en rendit le Maître & y exerça de grandes cruautez. Elle a été en ces derniers siecles deux fois au pouvoir des Turcs. La premiere sous le régne d'*Ismaël* second Roi de Perse, & l'autre sous le régne suivant, *Soliman* s'en étant rendu maître, presque en même tems qu'il prit *Tauris*. Les tables de Perse mettent sa Longitude à 83. degrez & sa latitude à 43. 5. On la surnomme *Dar el Melec*, c'est-à-dire, *ville royalle*, parce qu'elle est la Capitale d'un Royaume.

Le 10. le Prefet des Capucins donna nouvelle de mon arrivée au Viceroi. Je l'avois supplié de le faire, dans la vûe, qu'ayant des gens & du bagage, & étant logé chez les Capucins, mon arrivée ne pourroit être cachée à ce Prince, qui sait jusqu'aux moindres choses qui se passent dans *Tifflis*, non plus que les avantures que j'avois eûes en *Mingrelie*, que beaucoup de gens racontoient. J'étois bien-aise d'ailleurs de le voir, & de lui présenter les passeports du Roi de Perse, addressez à tous les Gouverneurs des Provinces, dans lesquels j'étois fortement recommandé. Je ne doutois point que le Prince à la vûe de ces ordres ne me fit fort bon accueil, & ne me donnât l'escorte, dont j'aurois besoin, pour la continuation de mon voyage. *Chanavas-Can*, ayant appris qui j'étois, & que le feu Roi m'avoit envoyé en *Europe* pour son service, il ordonna au Prefet de me dire de sa part, que j'étois le bien-venu, qu'il avoit de la joye de mon arrivée, & que je lui ferois plaisir de l'aller voir le plûtôt que je pourrois. Je n'étois ni en état, ni en résolution, de le faire si-tôt. Je voulois attendre que je fusse prêt à partir, pour n'être pas obligé d'aller tous les jours à la Cour. Je priai le Pere *Raphael* de *Parme*, qui est son Medecin, de lui dire, que j'avois reçû avec beau-

[1] CELUI QUI EST, C'EST DIEU, à qui appartient la louange & la gloire
[La Royauté est donnée de] Dieu. Dieu est élevé par dessus tout.
Au[4] nom de Dieu clement & misericordieux. [Prophetique.]

[O Mahamed! O Ali!]
[Le jugement appartient à] Dieu.
[Le secours vient de] Dieu.

Dieu est ma suffisance.

Quoy que ce soit qui vienne, je ne l'estime point ... Qui quiconque se soit ... Il suffit ...

l'Esclave du Roy du païs, Abas second. 1059.

Abas second, Roy victorieux, seigneur du monde, Prince tres vaillant, descendu de Cheick Sephide Mousa, de Hassein.

Ali.	Hassein.	Hassein.	Ali.
Mahamed.	Iafer.	Mousa.	Ali.
Mahamed.	Ali.	Hassein.	Mahamed.

*

Commande absolument.

Les Seigneurs des Seigneurs, qui ont une presence de Lyon, & une mine de Deston. Les Princes, qui ont une taille de Tahem ten-ten, qui paroissent estre du tems d'Arderon. Les Regens, qui ont une majesté de Feribours. Les Conquerans des Royaumes, Les Intendans, qui dissipent les difficultez, & dont Mercure est l'ascendant. Les fermiers des ports de l'Empire de Caagon[10]; Les Receveurs des peages, & les Prevots des grands chemins, & des passages, [des Gouvernemens] soit à savoir, qu'à ce tems present, nous avons commandé, d'un commandement tres exprés, aux Aga Raisin, & Chardin, negocians François, la fleur des negocians, de s'acquitter d'un employ qu'ils ont accepté, & d'executer des ordres qu'on leur a donnez. Il faut absolument, qu'en quelque part de ces Royaumes de spacieuse étenduë qu'ils se trouveront, & en quelque lieu de nostre vaste Empire qu'ils passent, soit en allant, soit en revenant, l'on n'exige d'eux, ni par supplications, ni par demandes, aucuns droits & péages, de quelque nature que ce puisse estre, & quelqu'authorité qu'on ait d'en exiger; qu'on ne mette point d'obstacle à leurs desseins, & qu'on ne leur fasse aucune peine, mais qu'on leur porte par tout toute sorte d'honneur, & de respect, & qu'on leur donne l'assistance qu'il leur plaira, chaque fois qu'ils la demanderont. Et dés que cette patente aura esté parée, éclairée, ennoblie, & animée du sceau qui resemble au Soleil en dignité, & en vertu, qui manifeste l'ordonnance du Seigneur du monde, laquelle s'estent sur toutes choses, au long & au large & sert de Loy à l'Univers, & que le parafe adorable, Saint, Sublime, tres haut, & sans égaly aura esté apposé, qu'on ajouste entiere foy, & qu'on rende toute obeissance à ce qu'elle contient, comme estant un arrest d'enhaut, élevé par dessus toutes choses, & qu'elle serve à perpetuité aux personnes à qui on la donne.[16] Fait au mois de Chaval, l'honorable, l'an 1077 de la Ste fuitte. La paix & le bonheur demeure Eternellement avec les sectateurs de la Ste fuitte. A Acheraf[18] la noble, en la Province de Theber-estaan, où Dieu veuille entretenir toujours la prosperité & l'abondance.

[19] Mehdi fils de Habib alla de la race de Hussein.

* Voyez l'ordre & la Genealogie des Imans.

beaucoup de joye l'honneur qu'il me faisoit, & que je ne manquerois point de lui aller faire la reverence, dès que je serois équippé; mais que je manquois si fort de tout, que je ne pouvois sortir de dix jours. Je ne sai si le Pere *Raphaël* ne raporta pas bien cela au Prince, ou si le Prince n'en crut rien. Quoiqu'il en soit le 12. au matin, il m'envoya dire par un Gentilhomme; Qu'entrant dans une semaine de réjoüissance, durant laquelle il faisoit tous les jours festin à sa Cour, il desiroit que j'y vinsse. Je fus surpris & fâché du message. Je suppliai le Préfet, & le Pere *Raphaël*, de faire entendre au Prince, que je ne pouvois encore sortir, & de lui faire agréer que j'attendisse au Dimanche suivant, à recevoir l'honneur qu'il me vouloit faire. Les Capucins me promirent de le faire, & n'en firent rien. Ils allerent au Palais, & revinrent un moment après me dire, que le Prince avoit une extrême impatience de savoir des nouvelles de l'*Europe*. La verité est, que c'étoit eux qui en avoient une extrême de me produire. Ils vouloient montrer l'homme du Roi de Perse, qu'ils disoient être de leur Nation, afin qu'on les considérât davantage. Ils nous supplierent, mon Camarade & moi, de mettre les plus beaux habits, & d'augmenter à leur considération le Présent que nous voulions faire au Prince. Je les contentai en cela, & en tout ce que je pus, étant bien-aise de reconnoître les services si considérables que j'en avois reçûs.

Il étoit près de midi, quand nous allâmes au Palais. Le Préfet & le Pere *Raphaël* nous accompagnerent. On attendoit après nous pour servir. Le Prince étoit dans une Sale de 110. pieds de long sur 40. de large, bâtie au bord du fleuve & toute ouverte de ce côté-là. Le plat-fond, travaillé à la *Mosaïque*, étoit posé sur quantité de pilliers peints & dorez, de 35 à 40 pieds de hauteur. Toute la Sale étoit couverte de beaux tapis. Le Prince & les Principaux étoient assis proche de trois petites cheminées, qui avec plusieurs brasiers échauffoient si bien la sale, qu'on n'y sentoit point de froid. *Chanavas-Can* se fait saluer la premiére fois qu'on l'approche, comme fait le Roi de *Perse*. On se met à genoux, à deux ou trois pas de sa personne, & on baisse la tête jusqu'en terre trois fois de suite. Les *Europeans* ont toûjours fait difficulté de saluer de cette maniére les Princes Orientaux. En effet étant impossible qu'on se prosterne plus humblement, il vaut mieux ne se prosterner ainsi que devant Dieu. On les dispense quelquefois de ce salut, en disant qu'ils sont d'un autre monde, & ne savent pas la civilité du païs. Je saluai le Prince en m'inclinant trois fois, mais sans me mettre à genoux. Deux Gentilshommes servans me menerent après prendre place. Je ne voulois point m'asseoir au dessus des Capucins, quoi que les Gentilshommes me pressassent de le faire, de même que le Maître-d'hôtel, qui étoit debout au milieu de la sale. J'étois bien-aise de leur faire honneur, afin qu'on leur en fît. Le Préfet, qui en étoit ravi, voulut que je me misse au dessus de son Compagnon.

Pendant que je faisois la reverence, un Gentilhomme qui avoit pris à la porte de la sale les Lettres patentes du Roi de Perse, que je tenois en la main, & le Présent que j'avois apporté pour le Prince, & les avoit rangez dans un grand bassin d'argent, mit ce bassin à ses pieds. Il prit la Patente, l'ouvrit, la porta à la bouche & au front, en se levant de son siége, puis la donna à son premier Ministre pour lui en dire le contenu. Après il regarda le Présent avec beaucoup de curiosité & de plaisir. Il consistoit en diverses piéces, savoir:

Une grande Montre, à mouvement de Lune, dans une boëte d'argent cizelé & doré.

Un Miroir de Cristal de roche, monté en argent.

Une Boëte d'or émaillé, à mettre des pilules d'opium; La plûpart des Persans prennent de ces pilules plusieurs fois le jour.

Un Etui de Chirurgien garni de toutes piéces, d'un ouvrage tout-à-fait délicat & beau.

Des Couteaux à manches fort curieux & bien travaillez.

Le premier Ministre après avoir lû la Patente, fit tout bas raport au Prince de ce qu'elle contenoit. Je sus depuis que le Prince & ses fils avoient dit, qu'ils n'en avoient pas vû de plus expresse ni de plus honorable, & qu'ils l'avoient considerée. Tous les Grands en admirerent le caractére doré, & les Moresques dont les marges, qui sont fort grandes, sont embellies. Le Prince la fit copier. En voici la traduction mot à mot.

La Patente est sur une feuille de papier longue de deux pieds & demi, large de treize à quatorze pouces. Elle est écrite en lettres d'or, en lettres bleues, & rouges, & en lettres noires. J'ai marqué en grosses lettres ce qui est écrit en lettres d'or, & j'ai enfermé entre deux crochets ce qui dans l'original est en lettres de couleur. Il faut remarquer sur cela qu'en tous les actes Royaux dans lesquels

quels le nom de Dieu se trouve inseré, comme il l'est en ces Lettres patentes, ce nom est écrit en lettres d'or; & s'il y a joignant le nom de quelque Prophete, ou quelque Saint, & après celui du Roi, on écrit le nom des Saints en lettres bleues, & celui du Roi en lettres rouges. Mais quand le nom de Dieu n'y est pas inseré, ni celui d'aucun Saint, c'est le nom du Roi qui est en lettres d'or, ou bien lors qu'il est inseré après le nom de Dieu, & non auparavant. Ils écrivent en lettres d'or, aussi fin & delié, qu'ils font avec de l'encre; & pour cela, ils broyent les feuilles d'or sur un marbre fort long-tems, puis ils ramassent l'or avec un pinceau dans lequel ils trempent la plume comme dans une écritoire; ils font de même du rouge, & des autres couleurs; ce qui fait paroître leurs caractéres comme faits au pinceau, plûtôt qu'à la plume.

1. Il y a dans l'original *Hou Alla sub han hou.* C'est une sentence *Arabe* prise de l'Alcoran. *Hou* dans ce langage est le nom essentiel de Dieu, & non pas *Alla*, qui signifie *très-haut.* Ce *Hou* est le *Jehova* des *Hebreux*, & signifie *lui* ou *celui-là.* Il signifie encore *est*, ou *celui qui est*, par où l'on entend l'Etre incréé, & existant de soi-même. On trouve ce nom dans l'Alcoran, en une infinité d'endroits; & il paroît que l'Imposteur, qui a composé ce livre, faisoit allusion au passage du 3. Chap. de l'Exode.. *Celui qui est m'a envoyé.* Les Mahometans mettent ce mot *Hou* au haut de leurs lettres, de leurs arrêts, de leurs ordonnances, de leurs requêtes, & de presque toutes leurs Ecritures. Ils y ajoûtent quelquefois *Alla taàalla*, c'est-à-dire, *Celui qui est, c'est, le Dieu très-haut*; & ils laissent au dessous beaucoup de blanc; ce qu'ils font, disent-ils, pour marquer que les attributs de Dieu, c'est-à-dire les perfections de sa Nature, & ses qualitez sont inexprimables, & que nul homme n'est capable de les énoncer. La sentence au dessous de celle-là que j'ai traduite ainsi, *La Royauté est donnée de Dieu*, est tirée de ces mots du Deuteronome chap. 1. vers. 17. *Le Jugement apartient à Dieu.*

2. Ces mots doivent se raporter au bas de la Patente après ceux-ci, *étant un arrêt d'en haut élevé par-dessus toutes choses*, comme voulant dire, que Dieu est encore par-dessus. Les Persans ont cette façon de ne mettre jamais dans un acte le nom de Dieu au bas de la feuille. Ils le mettent tout au haut, à côté, & laissent du blanc à l'endroit où il doit se raporter. Ils se font de cette circonspection une grande affaire, & croient que ceux qui y manquent, manquent aussi au respect qu'on doit à Dieu. Ils ont le même égard pour le nom du Roi & des principaux Ministres, dans les écritures juridiques, dans les requêtes, & dans les actes publics. Ils ne les inserent jamais dans le corps de l'écrit, mais au haut de la page à côté droit.

3. Ce mot *Prophetique*, mis au haut par la raison qu'on vient de marquer, est relatif à celui qui est au bas de la Patente, *la Ste. fuite*, pour signifier que la Supputation de tems, qui commence de la fuite de *Mahomet*, de la *Mecque* à *Medine*, est une Epoque d'institution sainte; & qu'elle a pris son origine, & son commencement, au tems que cet homme, qu'ils appellent par excellence le *Prophete*, commença sa mission.

4. Pour peu de connoissance qu'on ait de la Religion & des coûtumes des Mahometans, on reconnoit bien cette Invocation, puisqu'ils commencent par-là toutes leurs actions & toutes leurs prieres. Les plus fameux Professeurs des langues Orientales disent, qu'il la faut ainsi traduire: *Au nom de Dieu souverainement misericordieux.* En effet le mot Arabe *Rahmen*, qui signifie *Clement*, est un attribut de Dieu incommunicable, & dont on ne se sert qu'en parlant de la Clemence Divine. Tous les Mahometans croient, que cette invocation couvre de grands mysteres, & renferme une infinité de vertus. Ils l'ont toûjours à la bouche. Ils la font en se levant, en s'asseiant, en prenant un livre, un instrument, une plume. En un mot, ils sont persuadez de ne pouvoir rien faire qui leur réussisse, s'ils ne commencent par cette invocation. Ils assurent, que *Salomon* & *Adam* la faisoient avant que de rien commencer. Elle se trouve dans l'Alcoran au haut de chaque chapitre. Il est clair, que c'est encore une imitation du debut des Juifs, & des Chrétiens en leurs prieres; ceux-là les commençant toûjours par dire, *Nôtre aide soit au nom de Dieu qui a créé le ciel & la terre*; & les autres par ces mots, *Au nom du Pere, du Fils, & du St. Esprit.*

Nous parlerons ailleurs du sceau qui est appliqué sur cette Patente, & de ce qui est gravé dedans. La figure de dessous s'appelle *Nichan*, c'est-à-dire *signal*, & aussi *paraphe.* Tous les Souverains Mahometans en mettent de pareils dans leurs Lettres patentes & l'appellent d'un nom commun *Togra*, terme venu de l'Hebreu dans la même signification, savoir pour dire une figure qui contient le nom & les

les titres d'un Prince Souverain en lettres majuſcules; ainſi c'eſt toute autre choſe que nos chiffres, qui ne contiennent d'ordinaire que les premiéres lettres du nom, & que nos *paraphes*. *Togra* eſt auſſi le titre du Secretaire de ce *paraphe*, & pareillement de quiconque le fait bien former; ce qui n'eſt pas commun. On a tiré ici les lettres du *paraphe* à la régle, mais dans l'original la figure eſt faite des queuës des lettres, que le Secretaire tire ſi droites, & ſi égales, qu'on les prend pour des lignes faites à la régle & au compas. Tout ce *paraphe* eſt en lettres de couleur, excepté les mots qui ſignifient *Seigneur du monde*, & ceux que j'ai traduits *commande abſolument*, leſquels ſont en lettres d'or. Le terme que j'ai traduit *Seigneur du monde*, eſt *Sakeb Keranat*, qui ſignifie litteralement *Seigneur des conjonctions favorables*, dans le même ſens que nous diſons *le maître de la Fortune*; car *Keranat* ſignifie *la conjonction de pluſieurs Planetes en un des Signes du Zodiaque*. Ils tiennent pour grande conjonction celle de Jupiter avec Saturne en trine aſpect, qui n'arrive que tous les 240. ans. Pour une plus grande, ou rare, celle de ces deux aſtres dans le ſigne du Belier, parce qu'elle n'arrive qu'une fois en 950. ans; & pour plus grande encore celle de toutes les Planetes dans ce ſigne, laquelle n'arrive qu'à des milliers de ſiécles de diſtance. On n'en a, diſent-ils, obſervé que deux, l'une au Déluge, l'autre à la grande Invaſion de toute l'Aſie par le renommé *Ganguiſcan*, Roi de la grande Tartarie; auſſi cette conjonction eſt toûjours le préſage formidable, & l'avant-coureur des plus grands malheurs. Ces mots qui ſont *Zels Ziouzoumis* ſont de l'ancien Turc encore en uſage en la petite Tartarie. Ils ſignifient proprement *mes paroles*, ou *je parle*. C'eſt *Tamerlan* qui commença de mettre ces mots en ſes Patentes, que les Rois de Perſe ont retenus. Les douze noms qui ſont au milieu du paraphe ſont les noms des douze Chefs, ou Pontifes, veritables & légitimes ſucceſſeurs de *Mahomet*, ſelon la créance des Perſans.

5. On diſtingue en Perſe les Gouverneurs en grands, & en petits. La *Medie* & la *Georgie*, par exemple, ſont de grands Gouvernemens, la *Caramanie* & la *Gedroſie* ſont de petits. On appelle *Begler-beg*, qui ſignifie *Seigneur des Seigneurs*, le Gouverneur d'un grand Gouvernement. Celui d'un petit ſe nomme *Kan*. On appelle auſſi communément ces grands Gouverneurs *Arkondaulet*, c'eſt-à-dire, *Seigneurs de l'Empire*, du mot Hebreu *arki*, qui ſignifie *Prince*, d'où les Grecs avoient fait apparemment le titre d'*Arkontes*, que leurs Républiques donnoient aux Grands Magiſtrats, & d'où nous avons fait le mot d'*Archi*, comme *Archimandrite*, *Archidiacre*.

6. *Deſton*, *Tahem-ten-ten*, & *Feribours*, ſont les noms d'anciens Heros Perſans; ou, ſi l'on veut, d'anciens Geans, à qui la fable, ou le Roman, a donné l'être. Ce ſont les *Alcides* & les *Theſées* des Perſans; & comme l'*Alcide* des Grecs avoit pluſieurs noms, celui des Perſans en a pluſieurs auſſi. Le plus commun, & qui eſt toûjours à la bouche, eſt celui de *Ruſtem*.

7. *Ardevon* eſt le nom d'un ancien Geant, ou Heros, qui, au dire des Perſans, conquit toute l'Aſie, & établit en Perſe le ſiege de ſon Empire. Leurs Hiſtoires n'ont gardé la mémoire d'aucun de ſes faits; mais leurs Romans en ſuppoſent une infinité qui ſont tout-à-fait fabuleux.

8. Il y a dans l'original *qui dénoüent toute ſorte de nœuds*.

9. On n'eſt en lieu du monde plus ſottement ſuperſtitieux dans l'Aſtrologie judiciaire qu'en Perſe. J'en parlerai amplement ailleurs, me contentant de dire ici, que les Perſans mettent les gens de plume, les livres, & les écritures ſous *Mercure*, qu'ils appellent *Attared*; & qu'ils tiennent, que les gens qui ſont nez ſous cette Planette, ont l'eſprit fin, penetrant, éclairé & ſubtil.

10. *Caagôn* eſt le nom d'un ancien Roi de la *Chine*. Il n'y en a point eu dans tout l'Orient dont la memoire ſoit plus vénerable. Il ſemble par ce qu'on en raconte, qu'il ait été illuſtre particulierement dans la paix, & plus grand dans l'adminiſtration de la juſtice, qu'au maniment des armes. Les Rois de l'Orient ſe donnent ſon nom, comme les Empereurs Romains ſe faiſoient appeller *Ceſars*. Il a encore en Perſien la même ſignification qu'Auguſte en François, car lorſque les Perſans veulent exprimer quelque choſe de grand & de royal, ils diſent *Caagonié*. Voilà tout le fin de la figure; je croi qu'on n'aura pas de peine à l'entendre, ni tout le langage de cette Patente, quoi que l'hyperbole, & la metaphore, y ſoient furieuſement outrées.

11. Le terme que j'ai traduit *la fleur des Negocians* ſignifie proprement *l'exquis*, *le choix*, *l'élite*, ou *le plus excellent*. Les Perſans uſent ordinairement de cet épithéte pour toute ſorte de conditions de gens, grands Seigneurs, Mi-

Ministres étrangers, Marchands, & gens de métier même.

12. Il y a au Persan, *ni par des douceurs importunes*, *ni par des demandes hautaines*.

13. Le mot que j'ai traduit *animer*, signifie proprement *arroser*.

14. Ces mots *en dignité & en vertu* ne sont point dans la Patente. Je les ai mis à la place de ceux qui y sont, qui signifient *le seau de grande qualité ressemblant au Soleil*.

15. Ces mots se raportent aux paroles *commande absolument* qui sont au dessous du paraphe. Elles sont appellées ici *l'ordonnance du Seigneur du monde*. *Tamerlan* s'est servi le premier de ces mots hautains, ou arrogans, dans lesquels les Princes Mahometans conviennent qu'est renfermé le plus grand titre que l'on puisse donner à un Prince souverain. C'est ce que les Persans appellent *Saheb Coran*, ou *Saheb Queironi*, qui veut dire, *Seigneur des victoires*, & qui a été composé à l'imitation du *Dominus Sabaoth*, ce nom de Dieu, le plus ordinaire chez les Hebreux. Le Grand Seigneur & le Roi des Indes s'en servent comme le Roi de Perse. Chacun soutient qu'il lui convient seulement & en fait son plus glorieux Titre. On les peut interpreter aussi *Maître du siécle*, mais l'autre traduction est plus claire & plus intelligible, & decouvre plus pleinement le sot orgueil qui y est contenu.

On dit que les Titres amples & superbes dont les Persans se servent viennent des Tartares, & sont d'un usage moderne, tellement que l'on ne s'en servoit point avant le Mahometisme; mais que tout le monde, & les Rois même, commençoient leurs Actes & leurs Lettres comme faisoient les Romains, *Un tel à un tel*.

16. On parlera ailleurs plus amplement de la maniere que les Persans marquent le tems. Il suffit de dire ici pour l'intelligence de la datte, que le mois de *Chaval* est le dixiéme; & que les Arabes ont donné des épithétes à tous les mois, comme au premier celui de *sacré*, au septiéme celui de *louable*, au neuviéme celui de *benit*, à celui-ci ils ont donné l'épithéte d'*honorable*. Par *la Ste. Fuite* il faut entendre la sortie de *Mahomet* de la ville de la *Mecque*, ou comme disent les Mahometans, de la Religion idolatre. Le mot d'*Hegire* qu'on a traduit *fuite* vient d'un verbe qui signifie *fuir*, & aussi *se retirer*. Ainsi l'*Hegire* des Mahometans est la même chose que l'*Exode des Hebreux*; & sans doute *Omar* avoit cet *Exode* en vûe, lors qu'il établit l'*Epoque* Mahometane, du tems de la sortie de *Mahomet* de la *Mecque*, qui étoit le lieu de l'Arabie, où il y avoit plus d'idoles & de culte idolatre.

17. Dans l'original il y a *hambager*, c'est-à-dire, *fuiant ensemble*.

18. On vient de dire que les Arabes ont donné des épithetes aux mois, les Persans en ont donné aux villes principales de leur Empire. *Ispahan* & *Casbin* sont surnommées, *siege de la Monarchie*. *Cachan* est surnommée *demeure des fidelles*; *Candahar*, *retraite de sûreté*. *Acheref* a eu le surnom d'*annoblie*, à cause qu'*Abas* le Grand y fit bâtir un grand & somptueux Palais, & qu'il y faisoit sa plus ordinaire résidence, quand il étoit en la Province de *Mazenderan*. Cette Province est nommée *Tabar estaan* dans les Actes publics, à la Chambre des Comptes, & à la Chancellerie; mais dans le discours familier on l'appelle *Mazanderoon*. *Tabar estaan* signifie *lieu* ou *place de coignées*. Les Persans ont ainsi nommé cette Province pour signifier qu'elle est pleine de bois; parce que là où il y a beaucoup de bois, il faut beaucoup de coignées pour le couper. Je remarquerai aussi, que jamais les Persans ne parlent de leur Empire sans le qualifier de quelque titre glorieux, comme par exemple *les benits Royaumes*, *les Royaumes heureux*, *les Royaumes de spacieuse étenduë*, ainsi qu'il se voit dans cette Patente.

19. L'empreinte du Cachet, qui est au bas de la datte en la traduction, est au dos de la Patente, mais tout en bas aussi. C'est le Seau du premier Ministre, qui s'appelloit *Mahomet Mehdy*. Les Persans ne mettent point d'ordinaire leurs dignitez dans leurs seaux, ni aucun titre, capable de les faire connoître. Je ne l'ai vû faire qu'aux Officiers des Chambres des Comptes, dans les fonctions de leurs charges, & non dans les autres occasions; car il faut observer que tous les Orientaux ont divers seaux ou cachets. Il y a seulement leur nom, celui de leurs peres, qui leur sert de surnom, à la façon des Hebreux, & celui de leur race, quand elle a l'honneur d'être descenduë de *Mahomet* par *Fathmé* sa fille. Les Mahometans ne reconnoissent point d'autre Noblesse, que d'être originaires de cette souche-là.

J'avois joint à la Patente du Roi de Perse, un billet de recommandation du Grand Maître de son Hôtel. Je voulus que le Viceroi le vit, étant bien assuré qu'il opereroit encore plus que la Patente même. Cela arriva en effet, & je sûs depuis que c'étoit particuliere-

ment

ment à ce Billet, que je devois les offices & les honneurs que je reçûs à *Tifflis*; en voici la traduction.

Les Commis des Gouverneurs, les Fermiers Royaux, les Officiers des villes, les Receveurs des peages, & les Prevôts des grands chemins auront [1] l'honneur *de savoir que Messieurs* Chardin & Raisin, *Marchands* [2] François, *la fleur des Marchands, ayant apporté à la très-haute & sublime Cour, des raretez couvertes de pierreries, dignes de la* [3] garderobe *des* [4] Esclaves *du* [5] Distributeur *des biens temporels, on les a chargez d'en apporter d'autres, & donné ordre exprès de faire faire en leur païs plusieurs ouvrages pour le service de ces Esclaves. On les a honorez pour cet effet d'une Patente au seau* [6] sacré: *& c'est pour cet emploi qu'ils voyagent. Il faut donc absolument que par tout où ils arriveront, on leur porte tout Respect, & qu'on leur donne toute l'aide raisonnable qu'il sera necessaire. Il faut absolument encore se bien garder de leur faire de la peine, ni de témoigner en quelque maniere que ce soit, qu'on attende, ou qu'on desire des droits d'eux, parce que s'il venoit aux oreilles des Esclaves du Seigneur des humains, qu'on a eu quelque prétention sur eux, il naîtroit de ce raport un mauvais fruit. Ecrit au mois de* Chaval l'ennobli 1076. de la Ste. fuite, *à laquelle soit honneur & gloire.*

A la marge il y avoit:

L'intention de ce billet est de faire connoître à ceux à qui il s'adresse, qu'il en faut user avec les Porteurs selon la teneur de la Patente à laquelle le monde doit rendre hommage.

Les mots du seau signifient *Maxud* Fils de *Caleb*, les delices des créatures.

1. Il y a au Persan *sont honorez de ce qu'on leur fait savoir*. Les Grands de Perse écrivent ainsi aux bas Officiers, particulierement quand ces Officiers sont de leur dépendance. Ils font cela, afin que la difference que l'autorité & l'emploi met entr'eux, soit toûjours entretenuë, & que la Communication ne la confonde point.

2. Le terme que j'ai traduit par *François*, est *Frengui*, qui est le nom commun, que les Persans, & les autres Orientaux, donnent aux Chrétiens de l'Europe, nez sous une Domination Chrétienne, excepté les Moscovites, qu'ils appellent *Orous*; & ce nom de *Frengui* est venu ou de *Francus* Prince Gaulois, ou de celui de la *nation Françoise*; parce que ç'a été la prémiere Nation Chrétienne de l'Europe qui soit entrée en commerce avec les Mahometans, comme je l'ai déja observé. Il y a toute apparence que ce nom de *Freng*, ou *Franc*, pour denoter les Chrétiens de l'Europe, a commencé d'être mis en usage pendant la Guerre sainte, & qu'ainsi c'étoit un nom de Ligue, & non pas de *Nation*. Il y a des Auteurs qui donnent à ce nom de *Franc* une étymologie Arabesque, le tirant de *Ferhenc*, qui signifie *grand esprit*.

3. Le mot, que j'ai traduit par *Garderobe*, est *Sercar*. Il signifie precisément *Chef d'ouvrage*, & aussi *Magasin*. Le Roi, & les Grands de Perse, ont chez eux des manufactures de toutes sortes d'arts & de métiers. Ils les appellent *Carconé*, c'est-à-dire, *maison de travail*, ou proprement *laboratoire*. C'est comme la Galerie du Grand Duc de *Florence*, ou les Galeries du *Louvre*. On entretient là-dedans un grand nombre d'excellents Maîtres, qui ont pension & leur nourriture toute leur vie. On leur fournit les matieres pour travailler. On leur fait des présens, ou on leur hausse leur paye à chaque belle piéce qu'ils rendent.

4. C'est par faste qu'ils s'expriment en ces termes, *dignes de la Garderobe des Esclaves du Roi*, comme pour dire, que celle de Sa Majesté est remplie de tant de bijoux rares & précieux, qu'on ne peut rien apporter qui soit digne d'y être mis. L'éloquence Persanne se sert beaucoup de ce tour de langage en toutes sortes de sujets: ainsi en parlant d'un Ambassadeur qui a fait la révérence au Roi, ils disent *qu'il a baisé les pieds des Esclaves du Roi*. Pareillement, pour dire qu'un Prince a fait une grande action, ils disent, *les Esclaves de ce Prince ont fait une grande action*, façons de parler qui ne font pas mal connoître la vanité des Orientaux. Je les tiens tirées de l'*Alcoran*, que les Mahometans disent être *la source de la veritable éloquence*. On y voit beaucoup d'expressions semblables; comme par exemple, en parlant des ouvrages de Dieu, ils les appellent *les ouvrages des Anges*. *Les Anges créerent le Ciel & la Terre*, cela exprime mieux, disent les Mahometans, la puissance de Dieu, parce que si les Anges ont bien tant de puissance que de créer des mondes, combien en doit avoir celui dont ils sont seulement les serviteurs? Au reste, tous les Orientaux sont de veritables Esclaves, leurs Souverains ayant droit sur leur vie & sur leurs biens, sur leurs femmes & sur leurs enfans. Mais bien loin que cette condition leur fasse horreur, ils s'en glorifient. Les grands Seigneurs même se font un honneur d'être appellez des *Esclaves*; & *Cha-couli*, ou *Coulom-cha*, qui signifie *Esclave du Roi*, est un aussi honora-

ble

ble titre en Perse que celui de Marquis en France.

5. *Valineamet*, que j'ai traduit *distributeur des biens temporels*, est un nom composé. *Vali* signifie *un Lieutenant souverain* & absolu, qui a le même pouvoir au lieu où il est établi, que celui dont il tient l'Empire. Les Persans appellent souvent leur Roi *Vali Iron*, pour donner à entendre qu'il est en Perse, qu'ils nomment *Iron*, le veritable Successeur, le Vicaire, & le Lieutenant d'*Ali*, auquel Dieu donna la Seigneurie de tout le monde après la mort de *Mahomet*. *Neamet* vient d'*Inam*, qui signifie *present*, *faveur*, *grace temporelle*, *largesse de biens*. Ainsi par le nom de *Vali-Neamet*, qui est le plus ordinaire que les Persans donnent au Roi, en parlant à Sa Majesté, ils entendent *qu'il est au monde le Lieutenant de Dieu, pour distribuer de sa part aux hommes tous les biens de la fortune; & comme le Canal par lequel le Ciel communique ses liberalitez à la Terre*.

6. Il y a au Persan *Moubarec-Nichan*. On a dit que le *paraphe*, dans lequel sont écrits les noms de douze premiers Successeurs de *Mahomet*, s'appelle *Nichan*. *Moubarec* signifie proprement *benit*.

Je ne dis rien au Viceroi en le saluant, & lui aussi ne me dit mot, & ne fit pas le moindre signe. Un moment après qu'on eut servi, il m'envoya sur une assiette d'or la moitié d'un grand pain, qui étoit devant lui, & me fit dire par l'Ecuyer tranchant qui me l'apporta *que j'étois le bien-venu*. Un peu après il m'envoya demander en quel état étoit la guerre des *Turcs* avec les *Polonois*? Au second service, il nous fit verser du vin de sa bouche, dans la tasse où il beuvoit. Le vin étoit dans un grand flacon d'or émaillé. La tasse étoit d'or garnie au dessous de rubis & de turquoises. Le Gentilhomme qui nous versa à boire nous dit de la part du Prince *de nous réjouir & de manger plus que nous ne faisions*. Au troisiéme service le Prince nous fit encore plus de caresses, il nous envoya une partie du roti qu'on avoit servi devant sa personne, savoir un Faisan, deux Perdrix, & un quartier de Biche, & nous fit dire *que le vin faisoit trouver le Gibier bon, toutefois qu'il avoit commandé qu'on ne nous pressât pas de boire*. Je recevois tous ces honneurs avec de profondes inclinations, & sans rien répondre. Les Capucins faisoient de même. C'est la coûtume chez les Persans, de ne point autrement répondre à ces sortes de faveurs.

Je ne dirai point l'ordre ni la magnificence de ce festin. Je dirai seulement, qu'on y bût beaucoup, qu'il y avoit une prodigieuse quantité de viandes, & que l'on servit gras & maigre, à la considération du Patriarche & de l'Evêque qui étoient-là, & qui font abstinence toute leur vie. Nous nous levâmes de table, après y avoir demeuré trois heures. D'autres conviez s'étoient déja retirez. Cependant l'on n'avoit pas encore desservi le rôti. Nous fîmes une grande reverence au Prince en nous retirant. Il m'envoya dire encore une fois *que j'étois le bien-venu*, & nous fit conduire au logis.

Le 14. le Prince m'envoya deux grands flacons de vin, deux Faisans, & quatre perdrix. Le Gentilhomme qui conduisoit le Présent me dit, que le Prince lui avoit donné ordre de s'enquerir *si j'avois besoin de quelque chose, & si les Capucins avoient soin de me bien divertir*; & de me dire, *que si je trouvois bon le vin qu'il m'envoyoit, j'en envoyasse prendre tous les jours à sa sommellerie*. Je répondis, en suppliant le Gentilhomme d'assûrer le Prince, *que mes hôtes ne me laissoient manquer de rien, & que nous boirions ensemble à sa santé le vin qu'il m'envoyoit*. On n'en pouvoit boire de meilleur qu'étoit celui-là. Nous en fîmes grande chere le soir, avec un Chirurgien *Polonois*, & deux *Syriens*, qui étoient au service du Prince, qu'on envoya prier à souper.

Le 16. le Prince me fit inviter à la nôce de sa niéce, qu'il marioit au Palais. J'y allai à cinq heures avec le Préfet, & le Pere *Raphaël*. La cérémonie du Mariage étoit presque achevée quand nous arrivâmes. Elle se faisoit dans le grand Salon, où l'on avoit diné le Dimanche précédent. J'avois beaucoup d'envie de la voir, mais parce que la sale étoit remplie de Dames, on n'y laissa entrer nuls autres hommes, que le Prince, & ses proches Parens, le *Catholicos*, & les Evêques.

C'est seulement depuis que les Georgiens ont été soûmis à la Perse, qu'ils ont interdit à leurs femmes le commerce des hommes, & cette interdiction n'est encore que dans les villes; car à la Campagne, & aux lieux où il n'y a point de Mahometans, elles vont sans voile, & ne font nulle façon de voir des hommes, & de leur parler. Mais comme les coûtumes des Mahometans, s'étendent de plus en plus en Georgie avec leur Religion, on voit aussi peu-à-peu la liberté des femmes s'éteindre, & ce beau sexe obligé par bienséance de faire bande à part. Le festin de la nôce se fit sur une terrasse du Palais, entourée d'estrades élevées de deux pieds, & profondes de six.

LE FESTIN
DE TIFFLIS

fix. La terrasse étoit couverte d'un grand Pavillon, dressé sur cinq colomnes de vingt deux pieds de haut, & de cinq pouces de diametre environ. La doublure étoit faite de brocard d'or & d'argent, de velours, & de toile peinte, si adroitement & si proprement mélées, qu'aux flambeaux cela paroissoit un lambris de fleurs & de moresques. Au milieu de cette espéce de salon étoit un grand bassin d'eau. Il n'y faisoit point froid pourtant, car la nombreuse assemblée, & de grands brasiers allumez, l'échauffoient si fort, que la chaleur commençoit à incommoder lors que j'en sortis. Le plancher étoit couvert de beaux tapis, & tout le lieu éclairé de quarante grands flambeaux. Les quatre qui étoient proche du Prince étoient d'or. Les autres étoient d'argent. Ces flambeaux pesent ordinairement quarante livres la piéce. Le pied a quelque 15 pouces de diametre. La branche, haute d'un pied & demi, porte un godet rempli de suif pur, qui entretient la lumiére à deux méches. Ces sortes de flambeaux rendent beaucoup de clarté.

La figure qui est ici à côté peut donner une idée assez distincte de l'ordre de ce festin. Les conviez étoient rangez sur les estrades. Le Prince étoit au fond sur une estrade plus élevée que les autres, & couverte d'un dais fait en dome. Son fils & ses freres étoient à sa droite, les Evêques à sa gauche. Le Marié étoit entr'eux. Le Prince me fit asseoir avec les Capucins immédiatement après les Evêques. Il y avoit plus de cent personnes à ce festin. Les joueurs d'instrumens étoient au bas. Un peu après que nous fumes placez, le Marié entra mené par le Catholicos. Aussi-tôt qu'il eut pris sa place, les parens du Prince lui vinrent faire un Compliment & un Présent. La plûpart des conviez firent la même chose, chacun à son rang. C'étoit une espéce de Procession. Cela dura demi-heure. Les présens qu'on lui faisoit étoient en monnoye d'or & d'argent, & en petites tasses d'argent. Je voulus savoir au juste à combien montoient les présens qu'on lui fit, mais selon que j'en pus juger, c'étoit peu de chose & ils ne montoient pas à plus de deux cens écus.

Cependant on servit le soupé en cette maniére. Premiérement, on étendit des nappes devant tous les conviez, & en trois endroits dans le placitre. Ces nappes étoient de la largeur des estrades, ensuite on apporta le pain. Il y en avoit de trois sortes, de mince comme du papier, d'épais d'un doigt, & de petit sucré. Les viandes étoient en de grands bassins d'argent couverts. L'on n'en fait point de si grands en Europe. Le plat & le couvercle pesent ordinairement 50 ou 60 marcs. Ceux qui apportoient les plats dans la sale les rangeoient sur une nappe à l'entrée, d'autres Officiers les portoient devant les Ecuiers tranchans, qui en remplissoient des assiettes creuses, qu'ils faisoient présenter aux conviez. On en portoit aux Princes, puis aux autres en leur rang. On servoit premiérement une même viande à tout le monde, puis une autre & ainsi de suite. Le festin fut de trois services, chacun d'environ soixante de ces grands plats bassins. Le premier étoit de toutes sortes de *Pilo*, c'est du ris cuit avec de la viande. On en fait de plusieurs couleurs & de plusieurs goûts. Le jaune est cuit avec du sucre, de la canelle & du Saffran. Le rouge est cuit avec du jus de grenade. Le blanc est le plus naturel & le meilleur. Ce pilo est un fort bon manger, fort délicat & fort sain.

Le second service étoit de pâtez, d'étuvées, de fricassées douces & aigres, & de semblables ragoûts. Le troisiéme étoit de roti. Tous les trois services étoient mêlez de poisson, d'œufs & de légumes pour les Ecclesiastiques. L'on nous servit gras & maigre. Au reste on servoit & desservoit avec un ordre & un silence merveilleux. Chacun faisoit son devoir sans parler. Trois Europeans à une table font plus de bruit que cent cinquante personnes, qui étoient dans la sale de ce festin.

Ce qu'il y avoit de plus admirable, après ce bel ordre, étoit le buffet. Il étoit composé d'environ 120 vases à boire, tasses, coupes, & cornes, soixante flacons, & douze brocs. Les brocs étoient presque tous d'argent. Les flacons étoient d'or lisse, ou émaillé. Les tasses & coupes étoient les unes d'or lisse, d'autres d'or émaillé, d'autres couvertes de pierreries & d'autres d'argent. Les cornes étoient garnies comme les plus riches tasses. Ces cornes sont de diverse grandeur. Les plus ordinaires sont hautes d'environ huit pouces, & larges de deux en haut, fort noires & fort polies. Il y en a même qui sont de Rhinoceros & de bêtes fauves, au lieu que les communes ne sont que de bœuf & de mouton. L'usage de s'en servir à boire, & de les enrichir est de tout tems chez les Orientaux. Je ne sais pas combien le festin dura; car je n'attendis point la fin. Je sais seulement que nous étant retirez à minuit l'on n'avoit pas en-

encore levé le roti. On ne bût pas d'abord, ce ne fut qu'au troisiéme service qu'on s'échauffa, & on le fit d'une maniére étonnante. On beuvoit les santez en cette façon. On donnoit aux huit personnes les plus proches du Prince, quatre à droit, quatre à gauche, huit tasses de même grandeur, & de même façon, pleines de vin. Ils se levoient & se tenoient debout jusqu'à ce qu'ils eussent bû. Ceux du côté droit beuvoient les premiers à la fois. Ceux du côté gauche faisoient raison, puis tous huit se rasseioient & l'on portoit les mêmes huit tasses aux plus proches, & ainsi de suite jusqu'à ce que la santé eût fait le tour. Après on en recommençoit une nouvelle avec huit tasses plus grandes. La coûtume du païs est de boire les santez des Grands les derniéres avec les plus grandes coupes. C'est afin d'enyvrer plus fortement les conviez, les engageant par respect & par considération à boire jusqu'à ce qu'ils soient enyvrez. On bût de cette façon pendant les deux derniéres heures que je fus au festin, & à ce que je sûs depuis, jusqu'au lendemain matin. Les premiéres tasses ne tenoient pas plus d'un verre ordinaire. Les derniéres que je vis vuider, tenoient seulement trois demi-septiers. Cependant ce n'étoit-là que celles de moyenne grandeur. Les Capucins & moi étions exempts de boire, & à la verité si j'eusse autant bû que mes voisins, je serois mort sur la place; mais le Prince eût assez de considération pour commander qu'on ne nous portât point de santez. Il y avoit du vin, de l'eau, & une tasse d'or devant nous. On nous donnoit à boire seulement quand nous en demandions. Lors qu'on commença les santez, les Instrumens commencérent de sonner. Ils étoient mêlez de voix. Le concert en plaisoit beaucoup à l'assemblée. Elle en paroissoit ravie: pour moi, je n'y trouvois rien d'agréable, il me sembloit au contraire rude & malconcerté. Le Prince qui s'en divertissoit fort, & en qui la gayeté operoit, fit dire au Préfet de faire apporter son épinette. Lui & son compagnon penserent enrager de la fantaisie du Prince. Ma présence étoit la principale cause de leur déplaisir, parce qu'ils apprehendoient, que je ne fisse une rélation desavantageuse pour eux, de la lâche complaisance qu'ils avoient témoigné en cette rencontre, & qu'un Préfet des Missions se fût prostitué jusqu'à faire le métier d'un violon devant un Prince Mahometan, dans une assemblée d'Infidéles & d'Hérétiques, de Clercs & de Séculiers, qu'on pouvoit appeller, en l'état où le vin les avoit mis, une troupe d'yvrognes. Quand l'Epinette eut été apportée, on la posa sur un carreau au milieu de la sale. Le Préfet fut obligé d'en jouer; & le Prince lui ayant fait dire de chanter & de jouer tout ensemble, il se mit à chanter le *Magnificat*, le *Te Deum*, le *Tantum ergo*; & puis des chansons, & des airs de Cour, en Italien, & en Espagnol, parce que l'air des hymnes ne réjouïssoit pas assez le Prince. L'épinette étoit fort mal accordée. Le Préfet en jouoit par dépit, & étant tout blanc, & tout cassé d'âge, & de fatigues, on peut juger que son concert étoit un fort méchant divertissement. Il fit pourtant celui du Prince pendant deux heures. Durant ce tems-là, le premier Maître d'hôtel, qui étoit Mahometan de naissance, s'approcha de moi & me demanda, si l'usage des instrumens étoit permis en nôtre Religion? Je lui dis qu'il l'étoit. Il me repliqua, que la créance Mahometane le défendoit bien expressément. Nous eûmes un entretien de demie heure sur ce sujet, dans lequel ce Seigneur me confirma ce que j'avois apris il y a long-tems, que les Instrumens de Musique sont défendus par Mahomet; & qu'encore que l'usage en soit universel dans toute la Perse, il ne laisse pas d'être illicite. Il me dit encore, que les Instrumens étoient sur tout prohibez dans la Religion, n'y ayant que la voix de l'homme avec laquelle Dieu vouloit être loué. Durant cet entretien un Evêque Georgien se mit à discourir sur le même sujet avec le Pere *Raphaël*. Je ne sai pas tout ce qui y fut dit, car je n'entendois pas leur langage, & ce Pere ne me le voulut pas expliquer. Il me dit seulement, que cet Evêque se scandalisoit de voir le Préfet divertir l'assemblée en un festin, de la même sorte dont il prétendoit louër Dieu à l'Eglise. Le Pere *Raphaël* ajoûta, qu'il avoit un sensible déplaisir de l'autorité que le Viceroi avoit prise sur eux, d'obliger leur Préfet à jouër du lut, & à chanter par tout où il lui en prénoit envie; mais que leur sureté dépendoit si entiérement de ses bonnes graces, qu'ils n'osoient presque lui refuser aucune chose. Nous nous retirâmes à minuit, comme j'ai dit, après avoir pris congé du Prince avec une grande reverence. Il me demanda avant que de me laisser aller, comment se portoit le Roi d'Espagne son parent, & bût à sa santé dans une tasse garnie de pierreries. Il voulut que les Capucins, & moi, bussions la même santé dans cette riche coupe. Je ne sai s'il fit cela par faste, ou pour honorer le Pré-

Préfet, qu'il savoit être sujet de S. M. Catholique.

Le 17. faisant réflexion sur cette qualité de parent du Roi d'Espagne que le Prince s'étoit donnée, & trouvant que cela ne revenoit pas mal à ce que disent plusieurs Auteurs, que les Espagnols sont originaires d'*Iberie*; je demandai aux Capucins, comment le Prince entendoit cette Parenté? Ils me répondirent, que *Clement* VIII. ayant traité *Taymuras* en des Lettres qu'il lui écrivoit, de Parent de *Philippe* second, & les *Iberiens* & les *Espagnols* de Freres, *Taymuras* depuis, & ses successeurs après lui, s'étoient entêtez de cette imaginaire Parenté. Ils me conterent sur ce sujet beaucoup de choses de l'orgueil & du faste des Georgiens, & du Viceroi en particulier, & me montrerent la copie d'une Lettre qu'il écrivit il y a deux ans au Roi de *Pologne*. J'en insere la traduction dans ce Journal, parce que c'est une piece authentique, propre à faire connoître, que l'Orgueil des Georgiens est grand, & peu déguisé, & parce que l'amas de titres fastueux, dont elle est remplie, decouvre pleinement, que les nations Orientales sont, sans comparaison, plus vaines que toutes les autres.

La loüange, la glöire, & l'adoration, doivent être rendues à Dieu qui est tout puissant, qui a créé & qui conserve toutes choses, qui n'est ni produit ni engendré, exempt de tous maux, Inéfable, Clément envers tous, tant les morts que les vivans, qui commande de plein pouvoir aux plus grands & aux plus petits, & qui les gouverne avec Clemence: Le très-haut & très-puissant Prince le Roi des Georgiens, *des* Lictimeriens, *des* Listameriens, *des* Litiens, *des* Mesiulctiens, *des* Cheviens, *des* Chevouratiens, *des* Suanes, *des* Ossi, *des* Bualtiens, *des* Circassiens, *des* Tusciens, *des* Psianetiens, *des* Fidiciens, *des* Jalibusiens, *des peuples qui sont au deçà & au delà des très-hautes Montagnes & de tous les lieux habitez qui s'y trouvent: Seigneur des trois grands Tribuns* (Le terme Georgien est *Eristave*, *Eri* signifie *peuple*, *Tava* signifie *Chef* ou *Prince*) *& du St. siege de* Schette, *ville capitale de toutes les Provinces que Dieu par sa grace nous a données en heritage, Roi* d'Iberie, *de* Mucranie, *de* Sabatian, *de* Trialet, *de* Taschire, *de* Somette, *de* Chianchie, *de* Schianvande, *& de plusieurs autres Royaumes qu'il possede tous avec une Autorité établie & absoluë, & sur lesquels il a une pleine puissance; qui est descendu de* Jessé, *de* David, *de* Salomon, *& qui par la grace & par la puissance de Dieu, est comblé de prosperités, le Vainqueur des Vainqueurs, l'invincible, le Roi des Rois, le très-haut Seigneur* Chanavas-can: *A vous* Jean Casimir *qui êtes comblé d'Honneur & qui en pouvez remplir les hommes, qui êtes fameux dans la paix & bien édifié dans la vertu, qui par la misericorde & par la puissance de Dieu êtes* Auguste, *heureux, né sous une Constellation favorable, très-grand en magnificence, qui faites toûjours le bien, qui par vôtre rare merite êtes très-[illegible] du Trône, & de la Couronne, très-puissant Souverain, Vainqueur des Vainqueurs, victorieux des ennemis, célébre exterminateur des Rebelles, Prince né Chrétien & élevé dans la Religion Chrétienne, Renommé en faits d'armes, Roi hereditaire de* Pologne, *de* Gothie, *de* Vandalie, *de* Lithuanie, *de* Russie, *de* Prusse, *de* Mazovie, *de* Livonie, *de* Samots, *de* Chiovie, *de* Ciarnacovie *& de plusieurs autres Royaumes & Provinces: Serenissime Seigneur dint la renommée est répandue par tout où va le Soleil. A vous, dis-je, grand Roi de* Pologne, *sans égal, très-profond en sagesse & en toute sorte de science, & très-illustre par les justes éloges qu'on vous donne pour avoir appris toutes les plus belles Langues. Nous vous saluons de toute nôtre affection, & vous souhaitons avec autant d'ardeur, que l'engagement de nôtre bien-veillance le desire, un parfait contentement, une longue paix, & des prosperitez multipliées. Nous rendons graces infinies à Dieu, Createur du Ciel & de la terre, d'avoir appris l'état de vôtre santé, par les Lettres qu'on nous a rendues de la part du très-Illustre & très-excellent Seigneur* Jean Lesczunschi, *Comte de* Lesno, *Grand Chancelier de vôtre Royaume, & Lieutenant General en la haute* Pologne. *Nous prions toûjours sa divine bonté de nous faire apprendre par fois que vôtre parfaite santé continuë; que vous goûtez sans chagrin les fruits d'une heureuse paix, & que vous joüissez d'une parfaite felicité. Vôtre bon serviteur* Burbibug-danbec, *Officier de vôtre Royaume, Gentilhomme non moins illustre en fidelité qu'en noblesse, est venu ici en qualité d'Envoyé de vôtre Royale Majesté, pour renouveller la paix, & ratifier l'amitié, & la bonne correspondance qu'elle a avec le bien-heureux Roi* Sultan Soliman, *de qui la grandeur est élevée jusqu'au Ciel, & affermie sur toute la terre; Prince très-haut, Suprême, Incomparable, Infini en puissance, accoutumé de se faire adorer par force de ses plus redoutables ennemis, de qui l'Univers ne tire pas moins de richesses que de la mer, & qui est digne de plus de loüanges qu'il n'est possible aux hommes d'en donner: Monarque de* Perse, *de* Parthe, *de* Medie, d'Hircanie, *du* Golphe Persique *& des Isles qu'il* con-

contient, *de* Caramanie, *d'*Aracofie, *de* Margiane *&* *d'autres innombrables Principautez &* *Seigneuries. Vôtre dit Envoyé a passé sur nos terres, sans y avoir souffert aucune incommodité, ni reçu nul déplaisir. Il part à présent pour s'en retourner moyennant l'aide & le secours de Dieu vers vôtre Royale Majesté. Je la supplie par la bienveillance & l'amitié que nous nous portons mutuellement, que ce bon sujet & mon domestique, soit aussi bienvenu auprès d'elle, qu'il l'a été près de son predecesseur. A la Royalle de* Tifflis *le* 26. *Mars, l'an* 1671. *de la naissance* de Jesus Messie.

Le 20. je suppliai le Préfet & le Pere *Raphael* de rendre graces au Prince des honneurs qu'il m'avoit faits, & de le prier de me donner un Officier pour me conduire jusqu'à *Irivan*, ville capitale de l'*Armenie majeure*. Le Prince agréa le remerciment, & la demande. Il chargea les Capucins de me dire, *qu'il aimoit fort les Europeans, & qu'il auroit souhaitté que je demeurasse plus long-tems à* Tifflis, *pour me le faire encore mieux connoître : mais qu'il n'osoit m'arrêter, non pas même de désir; puisque j'avois des ordres du Roi à executer: que je pouvois continuer mon voyage quand je voudrois: qu'il y avoit toutes sortes de sureté sur ses terres, & qu'ainsi je n'avois point besoin d'escorte; toutefois qu'il me donneroit si je voulois, un de ses Officiers.* Ces Peres me dirent en suite, qu'il les avoit fort entretenus de la passion qu'il avoit de voir des Europeans s'établir en Georgie, & qu'il leur avoit ordonnné de me dire, *que s'il y en venoit pour le commerce, il leur accorderoit toutes les Exemptions, & tous les Avantages qu'ils desireroient. Que son territoire s'étendoit jusqu'à la Mer noire, & qu'ayant beaucoup d'autorité en Perse, & étant fort consideré en Turquie, les Europeans qui voudroient passer de leur Païs aux Indes, ne pourroient prendre de meilleure route que par ses Etats, & qu'il s'assuroit que si on la prenoit une fois, l'on n'en tiendroit point d'autre à l'avenir.* Je dis aux Peres, qu'il falloit remercier fortement le Prince de la bienveillance qu'il avoit pour les gens de nôtre païs, & lui faire entendre *que je ne manquerois pas d'en donner avis à notre Compagnie des Indes, & que s'il vouloit lui faire l'honneur de lui en écrire, j'envoyerois sûrement la Lettre; qu'au reste il me feroit une extrême faveur de me donner une personne de sa maison pour me conduire jusqu'au plus proche Gouvernement, dont je ne manquerois pas de rendre compte au Roi* & *aux Ministres, lors que je serois arrivé à* Ispahan.

Le 24. le *Tibilelle*, j'ai dit qu'on nomme ainsi l'Evêque de *Tifflis*, me vint voir. Il me dit, que le Prince l'avoit chargé de me dire, qu'ayant fait réflexion sur ce que je lui avois fait représenter, d'écrire à la Compagnie Françoise pour un établissement de commerce, & de passage en Georgie, il avoit été sur le point de le faire, pour l'informer de ce qu'il y a à profiter à la marchandise en ce Païs; mais qu'il s'étoit retenu, parce qu'étant Vassal du Roi de Perse, il apprehendoit que sa Majesté lui fît un crime d'avoir écrit sans son ordre à des Etrangers pour affaires; & que je pouvois rapporter sûrement, que si la Compagnie vouloit envoyer des Commis en ses Etats, ils y trouveroient à bon marché beaucoup de marchandises propres pour l'Europe, & y recevroient tout le bon traitement possible. Je répondis au *Tibilelle*; en le suppliant d'assurer le Prince, que je m'acquitterois soigneusement de sa commission. Ce Prelat demeura un quart d'heure dans ma chambre. Je lui fis Présent en sortant d'un beau Chapelet de corail. C'est la coûtume de payer ainsi content les visites des gens de qualité. Les Capucins furent bien-aises & de la visite que j'avois reçûe, & de la maniere dont je l'avois payée; parce que l'Evêque de *Tifflis* n'étoit encore jamais venu chez eux.

Le 25. le Prince m'envoya un Regal de vin, & me fit dire, qu'il avoit nommé un Persan de sa maison pour me conduire, & qu'il avoit commandé qu'on lui expediât une lettre d'ordre, que je pouvois donc me disposer à partir au premier jour.

Le 26. le Pere *Raphael* me fit passer deux heures avec une vieille femme, qui exerçoit la Medecine, à l'aide d'une infinité de secrets; & me fit charger mes tablettes de quelques uns qu'il avoit oüi vanter. Les voici.

Pour guerir l'hydropisie, il faut donner demi dragme de suc de racines de pois chiches, & reïterer le remede de deux en deux jours, jusqu'à la guerison du mal.

Pour arrêter le flux d'urine, il faut donner à manger trois jours durant des peaux interieures de gésier de chapon roties. Il en faut donner cinq par jour.

Contre la morsure du Scorpion, il faut prendre une poule en vie, lui plumer le croupion, & l'appliquer sur la playe. Il arrive qu'elle en tire le venin & en meurt. Dès qu'on la voit en convulsion il en faut prendre une autre & s'en servir de la même maniere, & ainsi consecutivement tant qu'on voye que le remede n'attire plus de venin.

Pour

Pour la jaunisse, il faut faire un lit de ris cuit, y coucher le malade, & le bien couvrir, ou bien il faut lui donner le bain de lait, il fait le même effet.

Pour les Douleurs externes des Jointures, comme la Sciatique, il faut donner, ou la decoction, ou le parfum de trois dragmes d'hellebore.

Pour les douleurs internes de quelque sorte qu'elles puissent être, il faut donner des potions de Momie.

A toutes sortes de Chutes, de Brisures, & de Playes; il faut pareillement donner la Momie en breuvage, enveloper le malade en une peau de vache, & lui tirer du sang. Il faut penser la playe avec la poudre de l'herbe qu'on appelle en François *bouillon* & en Latin *Taxus barbatus*.

Pour les Catharres & fluxions à la tête & à la gorge, il faut employer le parfum d'ambre jaune.

Pour la Dyssenterie, il faut donner une infusion de feuilles & de fruits de Myrthe, ou bien du sang de Lievre rôti infusé dans du vin.

Pour guerir les Hemorroïdes, il faut broyer des feuilles de Plantin & en saupoudrer la partie.

Aux douleurs de Reins, il faut se servir des feuilles & de la graine de Guimauve en décoction.

A la Gravelle, il faut aussi la décoction de Guimauve.

A l'ulcere des Reins, le Lait.

Pour guerir la Pleuresie, il faut prendre deux galettes fort minces de farine ordinaire, les faire bien bouillir dans de l'eau, avec de l'alum de roche, & avec l'herbe qu'on appelle en François *Garance*, & en Latin *Rubeatinctorum*; & puis les appliquer sur le côté, une devant, l'autre derriere, les plus chaudes qu'on pourra les souffrir. Le remede se doit reïterer journellement jusqu'à la guerison.

Contre la Toux, il faut user de la racine de *Cynnoglossum*, qu'on nomme en François *langue de Chien*.

Un remede assez ordinaire en ce païs-là pour guerir les fievres, dont l'accès prend en froid, est de faire des emplâtres avec de la graisse de queüe de mouton, de la canelle, du cloud de Girofle, & du Cardamome, & de les mettre aux Paroxysmes, sur le front, sur l'estomach, & sur les pieds. Quand le froid est passé, on leve ces emplâtres, & l'on en applique d'autres au front, & à l'estomach, faites avec des feuilles de Chicorée, de Plantin, & de l'herbe appellée *Solatum*. On prend ensuite un Cochon de lait, on le coupe en deux, & on l'applique aux pieds. Le malade est pendant toute sa maladie nourri de pain, & de creme d'amande, sans lui donner rien de cuit.

Le Pere *Raphael* m'a assuré qu'il a vû en ce païs-là guerir des fievres froides, en menant le malade au fort du frisson sur le bord de l'eau, & le plongeant dedans. On aura de la peine à croire cela; &, à dire le vrai, il me paroît tout-à-fait extravagant, à force de me paroître dangereux. L'on remarque toutefois que la difference des Climats & des temperaments de chaque païs, fait produire des effets bien differens aux remedes, de maniére qu'un remede qui tue en un païs, pour ainsi dire, n'émeut pas seulement en un autre.

Le soir, le Secretaire du Chancelier du Prince m'amena l'Officier qui me devoit conduire à *Irivan*. Il lui mit en main, en ma presence, la lettre d'ordre pour cette commission. En voici la traduction.

DIEU.

On charge sous de rigoureuses peines le noble Seigneur [1] Emin-aga, *de faire exécuter exactement la teneur de la patente que le feu Roi, lequel a été ici-bas le maître de la* [2] Fortune, *& qui presentement est au* [3] Ciel, *a donnée à Messieurs* Chardin *&* Raisin, Europeans, François, *en vertu de laquelle les* [4] Juges *des places, les Prevôts des grands chemins, les Receveurs des péages, & toute sorte d'Officiers de l'Empire, sont obligez de leur faire honneur, & se doivent bien garder d'exiger d'eux nul droit que ce soit.*

Le dit Emin-aga *s'appliquera à les conduire à la benite ville d'*Irivan, *sans qu'ils reçoivent en chemin aucun dommage ou déplaisir, afin que rien ne les empêche d'aller contents au Palais de* [5] l'appui du genre humain. *Les gens à qui l'on montrera ce commandement prendront garde de n'y contrevenir aucunement. Fait au mois de* [6] Zialcadé *le sacré, l'an de* l'Hegire 1083.

1. *Emin* a la même signification que *Mir*, & c'est tout un. Ils signifient *Seigneur*, *noble*, *vaillant*, *Chef de famille*, ou *Tribut*. On peut voir au *Deuteronome Chap. 2. vers. 10.* que ce nom est très-ancien en quelques-unes de ces significations. Il signifie proprement *effroyable* en Hebreu.

2. A rendre mot pour mot, il eût fallu mettre *maître de la Conjonction*. Les Persans dans l'entêtement qu'ils ont pour l'Astrologie

gie judiciaire croyent, que les victoires, & toutes les bonnes fortunes, viennent de la conjonction de deux Astres benins; & sur cette vûe ils disent, qu'on est Maître des conjonctions, lors qu'on n'a que de la prosperité & du bonheur.

3. Il y a proprement au Persien *dont le Ciel est le nid.* Les sectateurs d'*Ali* tiennent les Rois de Perse pour Saints, en qualité de successeurs de *Mahomet*, & de Lieutenants de Dieu. Et ils ont pour Article de Foi, que ces Rois vont au Ciel par une destination nécessaire, & aussi naturelle que les oiseaux se rendent à leur nid.

4. *Homal*, que j'ai traduit par *Juges*, veut dire *petits Regens*, ou *Gouverneurs subalternes*. On comprend sous ce nom le *Daroga*, qui est le Gouverneur & Lieutenant criminel; le *Mustaufi*, qui est l'Intendant; le *Cheic-el-islam*, qui est le Lieutenant civil; le *Visir*, qui est le Receveur général; & le *Kelonter*, qui est le Prevôt des Marchands.

5. L'une des plus ordinaires qualités que les Persans donnent à leur Roi, est *Alempenha*, qui signifie *le soutien & la baze du monde.*

6. Ce mois est le 11. de l'année.

Je donnai une pistole au Secretaire du Chancelier pour le droit qu'il a sur les expeditions de cette nature. Ce droit n'est pas réglé, on le paye à proportion de l'avantage qu'on reçoit de l'expedition, & à proportion aussi de la figure qu'on fait & de la qualité qu'on a. Mon conducteur me fit d'abord entendre qu'il n'avoit point de cheval, & il fallut que je lui donnasse cinq pistoles pour en achetter un. Je connus bien que c'étoit une pure adresse pour me tirer cet argent d'avance, craignant que quand je serois à *Irivan*, je ne fusse assez mal-honnête pour le recompenser d'une bagatelle, ou ne lui donner rien du tout. Les Persans n'ont pas beaucoup de reconnoissance; & les Georgiens sur tout sont ingrats. Les plus grands bien-faits ne font gueres d'impression dans leur cœur. Ils les oublient; & ils font de mauvais tours à ceux à qui ils doivent leur avancement, aussi librement qu'à des inconnus. C'est pour cela qu'ils ont accoûtumé de se faire payer par avance, & ils le font avec assez peu de honte, n'en connoissant point à demander recompense pour le plus petit service qu'ils fassent.

Le 28. je partis de *Tifflis* sur les 11. heures du matin. Le Chirurgien Polonois, dont j'ai parlé, & quelques Georgiens avec qui j'avois fait connoissance, me conduisirent à la traitte. Le Conducteur alloit devant pour empêcher que les Receveurs de certains petits droits, qu'on prend pour tous les chevaux de charge qui sortent de la ville, ne demandassent rien à mes gens. On appelle ces sortes de conducteurs *Mehemandaar*, mot qui signifie, *celui qui a soin d'un hôte.* On en donne aux Envoyez, aux Ambassadeurs, & à tous les étrangers de consideration. Leur devoir est de faire donner eux-mêmes des logemens, des vivres, & des voitures, aux personnes qu'ils ménent; en un mot, de les décharger du soin du voyage. Ce sont comme des Maîtres d'hôtel, ou pourvoyeurs des gens qu'ils conduisent; car on se sert en tout & par tout de leur ministére. On les envoye à l'emplette, comme on leur fait porter aux Ministres les paroles qu'on ne veut pas prendre la peine de leur porter en personne. Ces Conducteurs sont bien payez de leur voyage, aussi est-ce une recompense qu'une telle commission. Les villages où ils passent leur font des présens, afin qu'ils levent moins rigoureusement ce qu'ils font donner pour le défrai des gens qu'ils conduisent, & qu'ils ne fassent point de dégât. Ils prennent en leur protection les Marchands qui les veulent suivre, & outre qu'ils les assurent des vols, ils les exemptent de peages & de Doüanes. Cela leur vaut encore quelque chose. Leur plus graud gain est le présent qu'il leur faut faire en les renvoyant.

J'eus beaucoup de joye de me voir heureusement hors de *Tifflis*. J'apprehendois d'y avoir du déplaisir par deux raisons. La premiere étoit, que le Prince m'ayant fait dire deux ou trois fois, qu'il avoit grande envie de voir ce que je portois au Roi, je refusai constamment de le montrer, allegant pour excuse que j'avois ordre de Sa Majesté de ne l'ouvrir que devant elle. On a remarqué ci-dessus, que ce Prince n'est, ni si entierement sujet du Roi de Perse, ni si soûmis à ses ordres que les autres Vicerois ou Gouverneurs de son Empire, & que les Georgiens sont fort perfides, & fort avides du bien d'autrui. J'apprehendai, que si je faisois voir au Prince les bijoux de prix que j'avois: leur beauté & leur valeur ne le tentassent de me les faire enlever, ou que d'autres gens ne m'assassinassent pour les avoir. Cette consideration m'empêcha de les montrer.

Le second sujet de défiance que j'avois, c'est que les Capucins pour me faire de l'honneur, dans la vûe de s'en faire à eux-mêmes, m'avoient fait passer pour fort riche & puissant, de sorte qu'il couroit un bruit par toute la

Nº VI.

la ville que j'avois des sommes immenses. Le Doüanier s'en étoit émû, & il prétendoit des droits de moi. Ces droits n'étoient pas ce qui m'inquietoit; car, outre que c'étoit peu de chose, la Patente du Roi m'en exemptoit pleinement. Je craignois que ce ne fût une voye dont le Prince se pût servir pour voir malgré moi, ce que je portois. Voilà ce qui me faisoit craindre, & ce qui me fit insister d'avoir un Officier pour me conduire, parce que dans mon raisonnement cela rendroit le Viceroi plus responsable de tout ce qui me pourroit arriver, & que ce Conducteur assûroit ma personne & mon bien. La plus grande partie de ma peur fut dissipée, dès que je me vis tout-à-fait hors de *Tifflis*; & je conçus aussi-tôt une bonne esperance du reste de mon voyage. Je fis ce jour-là deux lieuës au passage de la petite montagne, qui est au Midi de la ville, & je couchai à un gros village, nommé *Sogan-lou*, c'est-à-dire, *lieu d'oignons*, bâti sur le fleuve *Kur*.

On va voir à quelque distance une maison Royale qu'on appelle *Sefy-abad*, c'est-à-dire, *l'habitation de Sefy*, qui étoit ce Roi de Perse qui commença à regner l'an 1627. Elle est située sur le haut d'une colline, accommodée en larges terrasses, avec des caneaux & des cascades par tout. C'est un lieu charmant au printems, par l'émail & par le parfum des fleurs; & les saisons suivantes, par l'abondance des fruits délicieux. En voici le dessein.

Le 1. Mars je fis huit lieuës en une belle plaine. Le chemin y est assez droit, & tire au Nord-Est. J'arrivai à trois heures à un village de cent cinquante maisons, nommé *Kuprikent*, c'est-à-dire, *le village du pont*, parce qu'il y en a un fort beau tout proche de là, construit sur un fleuve qu'on nomme *Tabadi*. Ce pont est situé entre deux montagnes, qui ne sont separées que par le fleuve. Il est soutenu par quatre arches inégales en hauteur & en largeur. On les a faites d'une forme irreguliére, à cause de deux grandes masses de roche qui se sont trouvées dans le fleuve, sur lesquelles on a fondé autant d'arches. Celles des deux bouts sont creuses, ouvertes d'un & d'autre côté, & servent à loger des passans. On y a accommodé de petites chambres & des portiques, qui ont chacun une cheminée. L'arche qui est au milieu du fleuve est percée de part en part, & a deux chambres aux bouts, & deux grands balcons couverts, où l'on prend le fraix avec plaisir durant l'Eté. On y descend par deux degrez qu'on a menagez dans l'épaisseur de l'arche. Joignant ce beau pont on trouve un *Caravanserai*, qui commence à tomber & à se ruïner. La structure en est magnifique. Il y a plusieurs chambres sur l'eau, dont chacune a un balcon. Je n'ai point vû de plus beau pont, ni de plus beau *Caravanserai*, en toute la Georgie.

Les *Caravanserais* sont de grands bâtimens, faits pour donner le couvert aux voyageurs. Il faut concevoir que dans l'Asie il ne se voit pas à beaucoup près tant de monde étranger dans les villes, & sur les chemins, qu'il se fait en Europe. On en peut donner plusieurs raisons. Premierement, l'Asie n'est pas si peuplée sans comparaison que l'Europe; j'entens cette partie que les Catholiques Romains, & les Protestants, en possedent, qui est l'endroit le plus peuplé de l'Univers, si ce n'est peut-être la Chine. Secondement, les Nations de l'Orient habitent un meilleur air que nous. Elles ne sont pas pressées de tant de besoins; ce qui fait aussi que ces peuples sont moins actifs, moins inquiets, & moins curieux que nous ne sommes; & par consequent, ils ne se soucient pas tant de commerce. C'est à tout cela que j'attribue qu'il n'y a point d'hôtelleries en Orient, ni sur les chemins, ni dans les villes, ni de maisons garnies; comme aussi à la coûtume que les femmes ne se laissent point voir aux hommes; ce qui oblige ceux qui en ménent en voyage, de les tenir toûjours en particulier, hors de la vûe du monde. Ainsi il faut porter en voyageant de quoi se coucher, & de quoi se faire à manger. Mais comme on ne se sert point de chalits, de tables, ni de sieges en ces païs Orientaux, à cause que l'on mange, & que l'on couche à terre sur des tapis, le bagage est facile à porter. Deux chevaux portent celui de deux ou trois hommes fort facilement. De cette maniere, il ne faut que du couvert en voyage, & c'est pour le donner commodément que ces *Caravanserais* sont faits. On n'en trouve gueres sur les grands chemins dans l'Empire du Turc, parce qu'on n'y voyage qu'en grandes troupes d'environ mille personnes ensemble, qui portent chacun leur tente, comme à l'armée; mais il y en a par tout dans l'Empire de Perse. Il n'y en a point non plus dans les villes en celui du Mogol, par une raison differente; c'est que l'air y étant chaud en tout tems on aime mieux se loger à l'air, soit à l'ombre des arbres, soit sous des portiques, que dans des chambres. En Perse les *Caravanserais* des villes, & ceux de la campagne, sont faits presque de même sorte, si ce n'est que ceux des villes sont communément à dou-

double étage. Ce sont de grands édifices carrez, pour la plûpart, de quelque vingt pieds de haut, avec des chambres tout du long sur une ligne, comme les dortoirs des Moines, voutées & élevées de quatre ou cinq pieds du rez de chaussée, n'ayant gueres plus de huit piez en carré, & étant toutes sans fenêtres; de sorte que le jour n'y entre que par la porte. Chaque chambre a un petit vestibule de même largeur, ouvert sur le devant de quatre ou cinq pieds de profondeur, avec une petite cheminée à côté, dont la couverture est en dome; &, outre ce double logement, un relais, ou corridor, régne tout du long des chambres, étant de même hauteur & de même profondeur. Les Persans appellent ces corridors *Maatabe*. Derriere les chambres sont les écuries, baties tout à l'entour de l'Edifice, comme des allées. On y trouve des deux côtez, des portiques élevez & profonds encore plus que les rélais des chambres, avec de petites cheminées au fonds de dix en dix pieds, pratiquées dans la muraille. C'est où logent les valets, quand il fait mauvais tems, & où ils font la cuisine; car quand il fait beau, ils la font sur le devant des chambres, & on atache les chevaux dans la cour le long du relais ou corridor, chacun le sien devant soi. Le milieu de la cour est d'ordinaire marqué, ou par un grand bassin d'eau vive, ou par un perron carré, ou hexagone de vingt à trente pieds de diametre, & haut de six à huit pieds. Les Persans appellent aussi ces perrons *maatab*, c'est-à-dire *exposez à la Lune*. Ils en ont de même dans leurs jardins, dans les cours de leurs logis, & souvent il y a de grands arbres plantez à côté, qui y entretiennent le fraix & l'ombre. Ces *Caravanserais* sont couverts en terrasse. Les entrées sont des portiques, avec des boutiques d'un & d'autre côté, où l'on vend les plus communs alimens. Ils sont de la hauteur de l'édifice, fermez par de hautes portes, dont les linteaux sont de charpente faits d'une piéce. Quelques uns n'ont seulement de chaque côté qu'une chambre voutée, avec un balcon. Je ne m'étendrai pas davantage sur la figure de ces édifices, parce que j'en donnerai un dessein à la fin de ce volume.

On ne trouve rien dans ces sortes d'hôtelleries que les quatre murailles. Chacun en entrant se met dans la premiere chambre qu'il trouve vuide, du côté qu'il lui plaît. Il y demeure tant de jours qu'il lui plaît, & puis il s'en va sans qu'on lui demande rien. Les gens riches donnent au valet du Concierge quelques sols en sortant, autant qu'il leur plait; car on ne sauroit rien demander pour le louage, à cause que ces édifices sont des œuvres pies, comme on parle; c'est-à-dire, des fondations charitables pour le service des Voyageurs; dont le concierge & les valets sont rentez pour en avoir soin. Le Concierge vend d'ordinaire ce qu'il faut pour les chevaux, & les plus communes choses pour la vie, comme du pain, du vin, dans les endroits où il est en abondance, du beurre, des laitages, des fruits, & des volailles, & de quoi faire le feu. On va querir la grosse viande ou au premier village, ou à des camps des Pastres dans la campagne voisine. Voila quels sont les gites communs des Voyageurs en Orient, principalement dans toute la Perse.

Quant aux *Caravanserais* des villes, ils sont de deux sortes. Les uns pour les Voyageurs, & pour les Pelerins, dans lesquels on loge aussi sans payer. Les autres pour les Marchands, & ceux-ci sont d'ordinaire plus beaux, & plus commodes; ayant des portes aux Chambres qui ferment bien; mais comme la plûpart sont occupez par des Marchands négotians actuellement, on y paye le gîte tant par chambre; & ce gîte n'est d'ordinaire que d'un sol ou deux par jour. Mais il y a par dessus cela le droit d'entrée qui est plus considerable, & le droit de ce qu'on vend dans le *Caravanserai*, qui se payent à tant par balle, & qui sont plus ou moins importans selon la nature du négoce. Le droit d'entrée s'appelle *sercolphe*, c'est-à-dire *le Cadenat*. Ces *Caravanserais*-ci appartiennent les uns au domaine, les autres à des particuliers; & il faut observer que dans toutes les villes, chaque *Caravanserai* est particulierement destiné, ou aux gens de certain Pays, ou aux marchands de certaines marchandises. Ainsi, lorsqu'on veut savoir des nouvelles de quelqu'un qui est de *Medie*, ou de *Bactriane*, ou de *Caldée*; on n'a qu'à aller aux *Caravanserais*, où les Caravanes de ces lieux viennent loger; ou bien lors qu'on veut achetter quelque chose aux Magasins comme des étoffes des Indes, du drap, du Lapis, & d'autres choses: on s'en va dans les *Caravanserais* où l'on en vend.

On appelle ces Edifices de divers noms. En Turquie on les nomme communément *Han*, ou *Can*; en Tartarie, & aux Indes *Serai*; en Perse *Caravanserai*. *Carvan*, que nous disons *Caravane*, veut dire *une troupe de Voyageurs qui font leur chemin ensemble*; & c'est ce qu'on appelle en Perse *Cafilé*, c'est-à-dire *compagnie de de revenans*, ou *retournans*, les Voyageurs étant appellez des *retournans* par bon augure. *Seray*, qui est un terme de l'ancien Idiome Persan, signifie *Palais*, *grand logis*, d'où est venu le mot de *Serail*, pour dire *le Palais des femmes du Roi* ou *des Grands*. Ainsi *Caravanserai* veut dire *Hôtel*, ou *Palais de Caravanes*. Les Persans disent que les Palais & les Hôtelleries s'appellent du même nom, pour faire souvenir les hommes qu'ils sont Voyageurs sur la terre; sur quoi je me souviens d'un conte que j'ai lû dans un Auteur Persan, d'un *Derviche*, ou Religieux Mahometan, qui voyageoit en Tartarie. Etant arrivé dans la ville de *Balk*, il s'en alla loger dans *le Palais Royal*, le prenant pour un *Caravanserai*. Il y entre, & ayant regardé de tous côtez, il se va placer sous une belle gallerie, met bas son petit sac, & son petit tapis, qu'il étend, & s'assit dessus. Des Gardes l'ayant aperçû en cette posture, lui crierent de se lever, lui demandant en colere *qu'est ce qu'il prétendoit faire*? Il répondit *qu'il prétendoit passer la nuit dans ce Caravanserai*: les Gardes se mirent à crier plus fort, *qu'il s'en allât & que ce n'étoit pas ici un* Caravanserai *mais le Palais du Roi*. Le Roi, qui se nommoit *Ibrahim*, étant venu à passer là-dessus, il se mit fort à rire de la bevûë du *Derviche*, & l'ayant fait appeller, lui demanda *comment il avoit si peu de discernement, de ne reconnoître pas un Palais d'avec un Caravanserai*. *Sire*, se mit à dire le Derviche, *que V. M. daigne souffrir que je lui demande une chose. Qui a logé premierement dans cet édifice-ci, après qu'il a été fini*? *Ce sont mes Ancêtres*, répondit le Roi. *Après eux, Sire, qui est-ce qui y a logé*, reprend le bon homme; *c'est mon Pere*, repondit le Roi: *& après lui qui en a été le Maître*? *moi*, repliqua le Roi. *Et de grace, Sire, qui en sera le maître après vous*? *ce sera mon fils*, répond le Prince. *Ah! Sire*, reprit le bon Derviche, *un édifice qui change si souvent d'habitans, est une hôtelerie, & n'est pas un Palais*.

Le 2. nous fimes neuf lieuës dans des montagnes fort âpres, & fort difficiles à traverser. Nous employâmes douze heures à les faire, quoi que nous allassions assez bon train. Nous arrivames sur le soir à un gros village nommé *Melik-kent*, c'est-à-dire *village Royal*, qui est bâti sur une pointe de ces hautes montagnes. Cette pointe est le mont que *Chalcondyle* appelle *Periardé*.

Le 3. nous fimes huit lieues dans ces montagnes, où nous étions engagez, & où l'on ne fait que monter & descendre. Nous couchames à *Chincar*, village aussi gros que *Melik-kent*.

Le 4. nôtre traite fut de trois lieues seulement. Nous arrivames avant midi à un bourg de trois cens maisons, nomme *Dilyjan*. Il est situé sur un fleuve qu'on appelle *Acalstapha*, au bas d'une haute & affreuse montagne, laquelle, aussi bien que les autres que nous avions passées les jours précédens, fait partie du mont Taurus. Nous fumes fort incommodez des neiges & du froid en ces hautes montagnes. Il y a par tout abondance d'eaux, & ça & là de petites plaines fort fertiles. On ne sauroit croire la bonté des terres & le nombre des villages qu'on y voit. Il y en a sur des pointes si élevées que les passans les entrevoient à peine. La plûpart sont habitez par des Chrétiens Georgiens & Armeniens; mais non pas confusément: ces peuples étant si ennemis l'un de l'autre, & ayant tant d'antipathie, qu'ils ne peuvent habiter ensemble, ni dans les mêmes villages. On ne trouve en toutes ces montagnes, ni *Caravanserais*, ni lieux publics. On loge chez les paisans assez commodément; & l'on y trouve à boire & à manger avec abondance. Je n'y manquois de rien, car mon Conducteur prenoit les devans à la moitié de la traite, & quand j'arrivois au village, j'y trouvois un grand logis, & des écuries vuides, grand feu allumé, & le souper prêt. Le premier jour du voyage je voulus payer l'hôte. Mais mon Conducteur m'en empêcha, disant que ce n'étoit point la coûtume, & que je lui donnasse plûtôt ce que je voulois donner à l'hôte. Cela fit que les jours suivans je faisois seulement donner quelque chose en cachette aux gens chez qui j'avois logé. On voyage bien commodément avec de tels Conducteurs. Ils font servir fort diligemment. La nuit ma chambre étoit gardée par des gens du village, qui faisoient sentinelle, tant pour éxecuter ce que l'on leur commandoit, que pour veiller à ma seureté, quoi qu'il n'y eut aucune chose à craindre.

La plûpart des maisons de ces villages sont proprement des Cavernes; car elles sont creusées en terre, & le toit n'arrive pas même au niveau de la campagne. Les autres sont bâties de grosses poutres jusqu'au comble qui est fait en terrasse & couvert de gasons. Ils laissent une ouverture au milieu, c'est par où la lumiere entre, & par où sort la fumée: on bouche ce trou quand on veut. Ces sortes de Cavernes ont cela de commode qu'elles sont chaudes en Hyver & fraiches en Eté, & qu'elqu'elles ne sont point sujettes à être percées par les voleurs. L'Hyver la neige couvre tellement ces villages qu'on ne les reconnoit que quand l'on est dedans, ou à leur fumée, qui ne paroit pourtant pas de fort loin; soit parceque le bois qu'ils brûlent n'en fait pas beaucoup, ni ne la fait pas épaisse, soit à cause que la subtilité & l'air la dissipe incontinent.

Le bourg de *Dilyjan*, & tout le païs qui est autour, à six lieuës loin, au Nord, & au Sud; & fort avant, à l'Orient, & à l'Occident, appartient à *Camchi-can*, & s'appelle *le païs de Casac*. Il releve de la Perse, & dépend de ce Royaume, de la même maniere que la Georgie, c'est-à-dire qu'il est toûjours gouverné par ses Princes naturels de pere en fils. *Abas* le grand a conquis tous ces païs, en même tems que la Georgie. Les peuples de *Casac* sont des montagnards fiers, & farouches. Ils descendent originairement de ces *Cosaques*, qui habitent dans les montagnes, au Nord-Est de la mer *Caspienne*.

Le 5. nous fîmes cinq lieuës au passage de cette affreuse montagne, dont l'on a parlé. Il y a deux lieuës du bourg de *Dilyjan*, qui est tout au pied, jusqu'au haut, une autre de plaine au sommet, & deux de descente. Je pensai mourir de la fatigue de cette journée. J'étois travaillé d'une cruelle Dyssenterie, qui m'obligeoit de mettre pied à terre à chaque quart d'heure. Deux hommes me soutenoient, un troisieme menoit mon cheval. Toute la montagne étoit épouvantablement chargée de neige. On ne voyoit autre chose au haut. On n'y apercevoit pas un arbre, ni une plante. Le chemin étoit un sentier étroit de neige durcie par les pieds des chevaux & des voyageurs. Dès qu'on mettoit le pied hors d'un sentier, on enfonçoit jusqu'à demi corps dans la neige. On ne peut passer cette montagne lorsqu'il en tombe, ou quand il vente, parce qu'alors la piste est perdue & qu'il est impossible de trouver le chemin. Il s'y perd toutes les années beaucoup de gens, & d'animaux. Ces neiges ne se fondent jamais, la montagne en est perpetuellement couverte.

Elle separe la *Georgie* de *l'Armenie*. Je m'en fusse douté, après l'avoir traversée, quand je ne l'eusse pas sû, trouvant un tout autre païs; car, au lieu qu'au delà, on voyoit de fort hautes montagnes, avec peu de plaines entre deux, & le païs tout couvert de bois, & fort peuplé, ici l'on appercevoit de grandes plaines, avec de petites colines également couvertes de neige, sans autre bois que les arbres plantez autour des villages. Nous logeames à *Kara-kéchichs*; c'est un gros Bourg, situé au bas de la montagne, que nous venions de passer, & sur le bord du fleuve *Zengui*. Ce fleuve arrose une partie de l'*Armenie majeure*.

En faisant la description Geographique des païs où j'ai passé je ne m'arrête à aucun Auteur, soit ancien, soit moderne; les trouvant, & opposez l'un à l'autre, & tous fort obscurs & confus. *Strabon* a dit la même chose des Geographes qui l'avoient précedé; & quiconque voudra comparer ceux qui l'ont suivi, soit avec les anciens, soit entr'eux, en fera le même jugement. J'en donnerai pour exemple, la *Chaldée*, ou *Assyrie*. On l'étend à présent presque jusqu'à la mer *Mediterranée*; au lieu qu'*Herodote*, *Pline*, *Strabon*, *Ptolomée*, & les autres plus célebres Geographes des Anciens, la renferment entre l'*Arabie deserte*, & la *Mesopotamie*.

J'ai remarqué une conduite dans le Gouvernement de Perse, qui m'a fait croire depuis, qu'encore que les Auteurs ayent marqué différemment les bornes & les situations des païs, ils peuvent néanmoins tous avoir écrit juste, & comme les choses étoient de leur tems; c'est qu'on agrandit les Gouvernemens, ou qu'on les resserre, selon qu'un Gouverneur plaît, ou qu'il est nécessaire: & alors, la Province qui donne le nom au Gouvernement, n'a plus les mêmes limites & la même situation qu'auparavant. Je veux donc tracer l'étenduë, & la situation des païs où j'ai passé, comme je les trouvois; & s'il faut que je suive des Auteurs, ce sera seulement ceux de la Geographie Persienne.

Il y en a parmi eux, qui divisent l'*Armenie* en trois parties. La premiére, qu'ils appellent proprement de ce nom; la seconde qu'ils nomment *Turcomanie*; la troisiéme qu'ils nomment *Georgie*: Mais la plûpart la séparent seulement en deux, savoir en *haute*, & *basse*. La *basse*, qu'on appelle tantôt *petite*, quelquefois *Occidentale*, & communément *mineure*, est sous la domination du Turc. La *haute*, qu'on nomme quelquefois *Orientale*, quelquefois *grande*, & d'ordinaire *majeure*, est une Province de Perse. On assigne pour limites à la petite *Armenie*, la grande *Armenie* du côté d'Orient, la *Syrie* au Midi, la *Mer noire* à l'Occident, la *Cappadoce* au Septentrion; & on place la grande *Armenie*, entre la *Mesopotamie*, la *Georgie*, la *Medie*, & l'*Armenie mineure*. Cette situation s'accorde en par-

partie avec celle de ces anciens Geographes, qui renferment l'*Armenie mineure*, entre la *Cappadoce* & l'*Euphrate*; & l'*Armenie majeure*, entre l'*Euphrate* & le *Tygre*; mais elle ne convient pas, comme on voit, avec celle de quelques Auteurs, qui mettent la *Syrie*, les rivages de la mer *Mediterranée*, & les bords de la mer *Caspienne* en *Armenie*, & qui en font *Edesse* la ville capitale. Les Auteurs ne sont pas d'accord non plus sur la dénomination de ce païs; les uns tirant le nom d'*Armenie*, d'*Armene Rhodien* ou *Thessalien*; les autres avec plus de raison d'*Aram*, nom Hebreu, qui signifie *haut & élevé*; soit parce que ce païs est fort haut, & que les plus hautes montagnes de l'Orient en font partie, soit qu'*Aram*, petit-fils de *Noé*, l'ait eu en partage, & lui ait donné son nom. *Hayton*, qui en étoit Roi, derive ce nom d'*Armenie*, d'*Aram-Noé*. Quelque peu de certitude qu'il y ait de cette étymologie, j'aimerois mieux y ajoûter foi, qu'à un point d'Histoire qu'il rapporte de l'*Armenie*; savoir, que ce fut en cette Province, que *Salmanazar* logea la plûpart des Juifs, qu'il fit prisonniers à la conquête de la *Palestine*. L'Ecriture Sainte appelle l'*Armenie*, *Ararat*, par tout où elle en parle. C'est un des plus beaux & des plus fertiles païs de l'*Asie*. Sept grands fleuves l'arrosent; & c'est la raison, à mon avis, qui oblige la plûpart des Interprêtes du Vieux Testament à y placer le Paradis terrestre. Quoi qu'il en soit, l'*Armenie* est illustre d'ailleurs par beaucoup de grands événemens. Il n'y a point d'autre Royaume où il se soit donné de plus sanglantes batailles, ni en plus grand nombre qu'en celui-ci. Il a eu ses Rois particuliers à diverses reprises, mais ils ne savoient pas se maintenir; & les Historiens font foi, que tous les célebres Conquerans qu'on a vûs en *Asie* l'ont soûmis à leur Empire, chacun à leur tour. Il a été le théatre des derniéres guerres entre les Turcs & les Persans. Les Turcs combattoient pour l'avoir tout entier; mais enfin ils se contenterent de le partager avec les Persans, de sorte toutefois qu'ils en ont eu la plus grande part.

Le 6. je continuai le voyage, demi mort que j'étois, du froid, & de la dyssenterie. L'esperance que j'avois de trouver à *Irivan* les secours nécessaires pour ma guerison, me faisoit avancer chemin, malgré les douleurs qui m'accabloient. Nous fîmes quatre lieuës, & arrivâmes à *Bichni*, qui est un bourg assez considérable, situé au bas d'une Montagne sur le fleuve *Zengui*. Nous logeâmes en un beau Monastere d'*Armeniens*, bâti entre le bourg, & la montagne. Ce Monastere est une ancienne fondation de 7 à 800 ans. L'Eglise, qui est encore entiere, & bien entretenue, est toute de pierre & extrémement massive. Le Cloître est bâti à la façon du païs. Il est ceint de murs hauts & épais de pierre de taille. On voit proche de ce Monastere des ruïnes de tours, de châteaux, & de remparts, en si grande quantité, que cela donne beaucoup d'apparence à ce que les gens du lieu content, que *Bichni* a été une des fortes places d'*Armenie*. Je logeai au Convent. Les Moines me reçurent avec beaucoup d'humanité. Ils me mirent au plus bel appartement, mais il n'y eut jamais moyen de tirer d'eux une volaille pour me faire du bouillon, parce qu'on étoit dans le Carême. Mon Conducteur eut besoin de toute son autorité, & fut même obligé de lever le bâton pour me faire donner des œufs. Sur le soir, il me prit envie de boire du *Cahvé*, ou *Caffé*, comme nous le prononçons, & mon Conducteur m'en apporta de cuit avec du sucre. J'en bûs quatre petites tasses, le plus chaud que je pûs; & après je me couchai devant un bon feu, & me fis bien couvrir. Dieu en ses grandes misericordes donna de la force à ce foible remede; &, pour tout dire, je dormis sans interruption toute la nuit, & me trouvai le matin presque entiérement gueri de ma maladie.

Le 7. je partis à la pointe du jour, après avoir fait un petit présent au Monastere. Je fis neuf lieuës dans des plaines couvertes de neige comme le jour précédent. On a beaucoup de peine, & on court grand risque à voyager dans ces neiges. Le mal est, que tout le jour, les rayons du Soleil, qui donnent dessus, causent aux yeux, & au visage, une ardeur cuisante, qui affoiblit fort la vûe, quelque précaution qu'on prenne, en mettant, comme font les gens du païs, un mouchoir clair de soye verte, ou noire, devant les yeux; ce qui ne fait tout au plus que diminuer le mal. Le danger est, que quand on rencontre des Passans, il faut disputer à qui entrera dans la neige; car le sentier est si étroit, que deux chevaux n'y peuvent passer de front. Quand la rencontre est égale l'on en vient d'ordinaire aux mains, autrement le plus foible cede. On décharge les chevaux, & on les fait entrer dans la neige, où ils enfoncent jusqu'au ventre pour donner passage aux autres. Mon Conducteur obligeoit tous ceux que nous rencontrions de décharger, ce qui

qui me fut un fort grand soulagement. Nous passâmes par beaucoup de villages & de bourgs, & à l'entrée de la nuit nous arrivâmes à *Irivan*.

Il est difficile de dire au vrai la route qu'on tient de *Tifflis* à cette ville, parce que l'on ne fait que tourner, que monter, & que descendre, la plus grande partie du chemin. Je remarquai pourtant qu'on tire au Sud-ouest.

De *Tifflis* à *Irivan* il y a 48 lieuës.

Irivan est une grande ville, mais laide, & sale, dont les jardins & les vignes font la plus grande partie, & qui n'a nuls beaux bâtimens. Elle est située dans une plaine entourée de montagnes de toutes parts. Deux fleuves passent à côté, le *Zengui* au Nord-ouest; le *Queurk-boulak* au Sud-ouest. *Queurk-boulak* signifie *quarante Fontaines*. On dit que ce fleuve a autant de sources. Il n'a pas un long cours. On n'en dira pas davantage de la situation de la ville, & on ne parlera point de sa figure, le plan qui est à côté suffit pour en donner l'idée.

La Forteresse pourroit passer pour une petite ville. Elle est ovale, ayant quatre mille pas de tour, & quelques huit cens maisons. Il n'y demeure que des Persans naturels. Les *Armeniens* y ont des boutiques, où ils travaillent, & trafiquent le long du jour; le soir ils les ferment, & s'en retournent à leurs maisons. Cette Forteresse a trois murailles de terre, ou de briques d'argile à creneaux, flanquées de tours, & munies de remparts fort étroits, selon l'ancienne maniére de fortifier, & ainsi sans regularité, à la façon de l'Orient. Il eut même été difficile de faire l'ouvrage regulier, parce que la Forteresse s'étend au Nord-ouest, sur le bord d'un épouvantable précipice, large & escarpé, de plus de cent toises de profondeur, au fond duquel passe le fleuve. Cet endroit imprenable & inaccessible n'a point d'autres fortifications que de terrasses garnies d'Artillerie. Deux mille hommes sont entretenus pour la garde de la Forteresse. Elle a autant de portes que de murs; & elles sont toutes revêtues de fer, & munies de barrieres, de herses, & de corps de garde fortifiez. Le Palais du Gouverneur de la Province est dans la Forteresse sur le bord du précipice, dont on vient de parler. Il est beau, & fort grand, & tout-à-fait délicieux en Eté.

Proche de la Forteresse, à mille pas seulement, du côté du Nord, il y a une butte qui la commande. On en a fortifié le haut d'un double mur & d'Artillerie. On y peut loger deux cens hommes. Ce fortin s'appelle *Queutchy-cala*.

La ville est éloignée de la Forteresse d'une portée de canon. L'espace d'entre deux est rempli de maisons & de marchez, mais la construction en est si mince, qu'en un jour tout cela se peut enlever. Il y a plusieurs Eglises dans la ville. Les principales sont l'Evêché, nommé *Ircou-yerize*, c'est-à-dire *deux visages*, & *Catovike*. Ces deux Eglises sont du tems des derniers Rois d'*Armenie*. Les autres ont été bâties depuis. Elles sont petites, enfoncées en terre, & ne ressemblent pas mal aux Catacombes.

Proche de l'Evêché, il y a une vieille Tour, bâtie de pierres de taille, dont j'ai mis le dessein ici à côté. Je n'ai pû savoir, ni le tems auquel elle a été construite, ni par qui, ni à quel usage. Il y a au dehors des inscriptions dont le caractere est semblable à l'Armenien, mais que les Armeniens ne sauroient pourtant lire. Cette tour est un ouvrage antique, & tout-à-fait singulier pour l'Architecture, comme on le peut voir ici. Elle est vuide & nuë par dedans. On voit au dehors & tout autour plusieurs ruïnes, disposées de façon qu'on diroit qu'il y a eu là un Cloître, & que cette tour étoit au milieu.

Au devant, il y a un grand marché; & tout auprès une vieille Mosquée bâtie de brique, & à présent fort ruinée. On l'appelle la Mosquée de *Deuf-Sultan*, du nom du fondateur. A trois cens pas de là est le grand *Maydan*. On appelle en Asie *Maydan* toutes les grandes places. Celle d'*Irivan* est carrée. Elle a 400 pas de diametre, & elle est entourée d'arbres. C'est le lieu des Carousels, des Courses, de la Lute, du Manége, & de tous les exercices un peu forts, qui se font à pied & à cheval.

Il y a beaucoup de Bains dans la ville, & dans la Forteresse, & beaucoup de Caravanserais. Le plus beau de tous est proche du château à 500 pas seulement. Le Gouverneur d'*Armenie* l'a fait bâtir depuis peu d'années. Le portail a 80 pas de profondeur & forme une belle gallerie, qui est remplie de boutiques où l'on vend toutes sortes d'étoffes. Le corps de l'édifice est carré. Il contient trois grands logemens & 60 petits, avec de grandes écuries & avec beaucoup d'amples Magazins: Au devant il y a un marché entouré de boutiques où l'on vend toutes sortes de provisions de bouche, & à côté une belle Mosquée & deux cabarets à Cahvé.

L'éle-

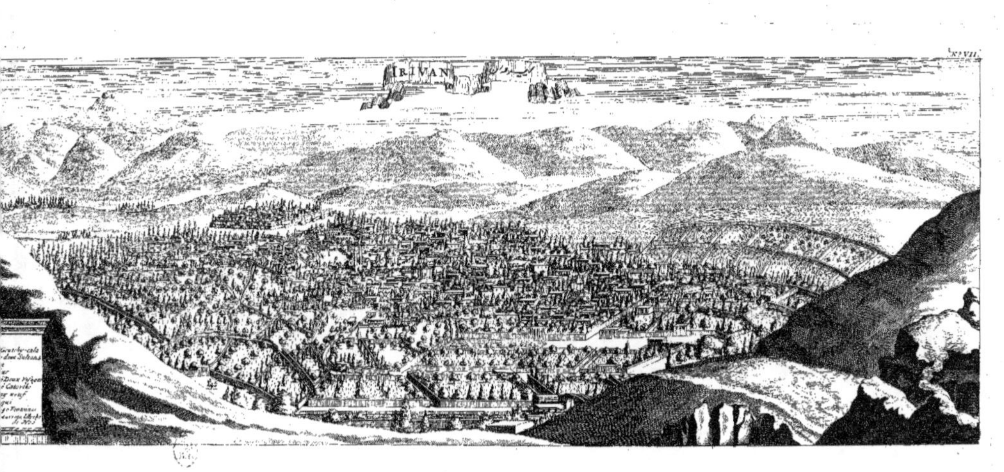
N° VII.
IRIVAN

N.° VIII.

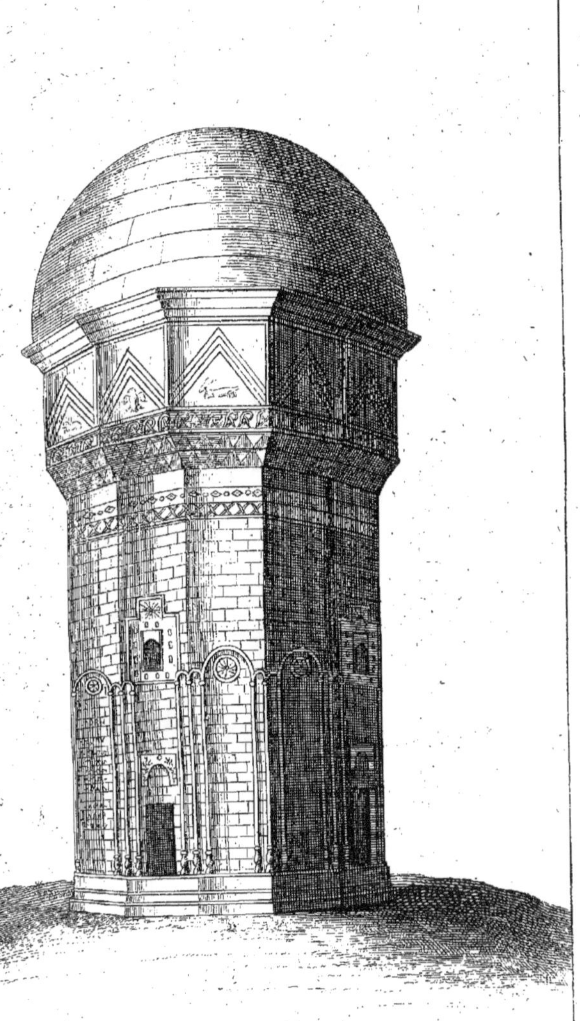

Tour antique à Irivan

L'élevation d'*Irivan* eſt de 41. degr. 15. minutes. La longueur eſt de 78. degrez 20. minutes. L'air qu'on y reſpire eſt bon, mais un peu épais & fort froid. L'Hiver y dure long-tems. Il y neige encore quelquefois au mois d'Avril. Cela oblige les païſans d'enterrer les vignes au commencement de l'hiver, & ils ne les déterrent qu'au printems. Le païs eſt aſſez agréable & très fertile. Les fruits de la terre y viennent en abondance, ſur tout le vin, qui eſt fort bon & à bon marché. Les Armeniens tiennent par tradition que *Noé* planta la vigne tout proche d'*Irivan*; & il y en a même qui marquent l'endroit, & qui le montrent à une petite lieuë de la ville. Son terroir produit toute ſorte de denrées, & on les y donne à vil prix. Les deux fleuves qui paſſent à côté, & le lac dont on parlera, lui fourniſſent de très-beau poiſſon, entr'autres des Truittes, & des Carpes, merveilleuſement bonnes. Elles ſont renommées en tout l'Orient. J'en ai vû de trois pieds. On mange auſſi à *Irivan* quantité de Perdrix.

Le lac d'*Irivan* eſt à trois petites journées au Nord-Oueſt; les Perſans l'appellent *Deria-chirin*, c'eſt-à-dire, *lac doux*, & les Armeniens *Kiagar-couni-ſou*, qui ſignifie la même choſe. On a ainſi nommé ce lac, parce que ſon eau eſt tout-à-fait douce. Il a 25. lieuës de tour & beaucoup de profondeur. On y prend de neuf ſortes de poiſſon; les belles Truittes & les belles Carpes qu'on mange à *Irivan* viennent de ce lac. Il y a une petite Iſle au milieu, où l'on voit un Monaſtére fondé depuis environ 600. ans, dont le Prieur eſt Archevêque, & prend la qualité de Patriarche, refuſant ainſi de reconnoître le Grand Patriarche des Armeniens. Nos Cartes ne marquent point ce lac, & c'eſt une choſe ſurprenante que tous les Voyageurs de Perſe n'en faſſent nulle mention. On peut juger à ce manquement, que les Auteurs s'étoient peu étudiez à rechercher les ſingularitez des païs par où ils paſſoient. Le fleuve *Zengui*, dont on a parlé, a ſa ſource en ce lac. Il traverſe une partie de l'*Armenie*, & s'unit avec l'*Araxe* proche de la mer *Caſpienne*, où ils ſe jettent tous deux. Il y a pluſieurs autres Lacs dans cette partie de l'Armenie, & dans celle de la Medie, qui en eſt la plus proche, dont les Cartes ne font nulle mention. Mais ils ne ſont ni ſi grands que celui-là, ni ſi poiſſonneux, y en ayant même quelques-uns dans leſquels on ne trouve point du tout de poiſſon.

Irivan, au compte des Armeniens, eſt la plus ancienne peuplade du monde; car ils raportent que *Noé* & toute ſa famille y habitérent, & avant le Deluge, & après qu'il fut deſcendu de la montagne, où l'Arche s'étoit arrêtée; & même que c'étoit le Paradis terreſtre. Tout cela eſt fort mal fondé, & avancé par des gens également ignorans & ſuperbes. Il y a des Auteurs qui diſent qu'*Irivan* eſt la ville que *Ptolomée* appelle *Terva*, & qu'il fait la Capitale d'*Armenie*. D'autres tiennent que c'eſt la Royale *Artaxate*. L'hiſtoire des Turcs la nomme *Eritze*. Celle d'Armenie, qu'on void dans le celébre Monaſtére des *trois Egliſes*, dit que cette ville s'appelloit autrefois *Vagar-Chapat*; que les Rois y tenoient leur Cour; qu'elle fut bâtie par un des premiers Princes du païs, qui s'appelloit *Vagar*; & que c'eſt de là qu'elle fut nommée *Vagar-chapat*, c'eſt-à-dire, mot pour mot, *ville-Vagar*. Ce qui doit rendre ces Antiquitez aſſez ſuſpectes, eſt que la même Hiſtoire raportant l'étymologie d'*Irivan*, la fait venir d'un verbe Armenien, qui ſignifie *voir*, & dit qu'on donna ce nom à cette ville, parce que ſon territoire fut le premier lieu que *Noé* découvrit en deſcendant de la montagne d'*Ararat*. Cependant chacun ſait que la langue Armenienne eſt une langue moderne, & qui n'étoit pas connue il y a 700. ans. On ne trouve rien dans l'hiſtoire de Perſe ſur l'origine d'*Irivan*. Je ne la crois pas édifiée avant les conquêtes des Arabes en Armenie, & ce qui me le fait croire, eſt que ni dans la ville, ni aux environs, on ne voit aucune trace de grande antiquité. Les Turcs s'en rendirent maîtres l'an 1582. & bâtirent la Forteresse que l'on y voit. Les Perſans la prirent l'an 1604. & la fortifierent pour ſoutenir le canon. L'an 1615. elle eſſuya un ſiége de quatre mois. Le rempart reſiſta à la batterie des Turcs quoi qu'il ne fût que de terre, & ils furent obligez de ſe retirer. Ils y retournerent après la mort d'*Abas* le Grand, & emporterent la place; mais ils ne la garderent pas long-tems. *Sefy* la reprit l'an 1635. & depuis elle n'a plus été aſſiegée.

A deux lieuës d'*Irivan* eſt le celébre Monaſtére des *trois Egliſes*; le Sanctuaire des Chrétiens Armeniens, ſi j'oſe parler ainſi, & le lieu pour lequel ils ont le plus de dévotion. J'en ai fait faire un deſſein en grand, comme on le peut voir à côté, & j'y ai fait joindre le Plan Géometrique, & un petit Profil de la principale Egliſe, afin qu'on ſe puiſſe plus aiſément former une idée diſtincte de ce Monaſtére. Les Armeniens l'appellent *Ecs-miazin*, c'eſt-à-dire, *la deſcente du fils unique en-*

gendré, ou *le fils unique engendré est descendu*; & ce nom, disent-ils, a été donné à ce lieu, parce que Jesus-Christ s'y fit voir clairement à *St. Gregoire*, qui en fut le premier Patriarche. Les Mahometans le nomment *Utchclissie*, c'est-à-dire, *trois Eglises*, à cause qu'outre l'Eglise du Convent il y en a deux autres assez proche, & qu'en tout elles sont au nombre de trois. La premiere & la principale, qui s'appelle *Ecs-miazin*, comme l'on a dit, est un bâtiment fort massif & fort obscur. Il est tout de grosses pierres de taille. Les Pilastres, qui ont septante deux pieds de hauteur, sont de lourdes masses de pierre. Le Dome & les voutes en sont aussi. Le dedans de l'édifice n'a aucuns ornemens de sculpture ni de peinture. Les Chapelles sont du côté de l'Orient. Il y en a trois tout au fond de l'Eglise. Celle du milieu est grande & a un Autel de pierre, à la façon des Chrétiens Orientaux assez bien orné. Celles des côtez n'ont point d'Autel, mais une sert de Sacristie, & l'autre de tresor. La raison pour laquelle on n'y trouve point d'Autel, c'est que dans la creance des Armeniens, de même qu'en celle de tous les autres Chrétiens de l'Orient, l'on ne celébre les saints mystéres de la Communion Eucharistique qu'une fois le jour en une Eglise, & lors seulement qu'il s'y trouve quelque fidéle pour y participer; ainsi il n'est pas nécessaire d'y avoir plus d'un Autel en chaque Eglise.

Les Moines du lieu font voir dans la Sacristie plusieurs paremens, fort beaux & fort riches, des Croix & des Calices d'or, & des Lampes & des Chandeliers d'argent d'une extraordinaire grandeur. La plûpart de ces richesses sont des liberalitez Papales, & des témoignages de la credulité de *Rome*, autant que de la dissimulation des Armeniens. On voit dans le thresor plusieurs chasses d'argent & de vermeil doré. Les principales Reliques du lieu sont, au raport des Moines, qui en ont la garde, le haut du corps de Ste. *Repsime*, un bras & une cuisse de Ste. *Caiane*, un bras de St. *Gregoire*, surnommé *l'illuminateur*, à cause qu'il convertit l'Armenie, une côte de St. *Jacques* Evêque de Jerusalem, un doigt de St. *Pierre*, & deux doigts de St. *Jean Baptiste*. Les Moines de ce Monastére affirment, que le corps de ce Saint est dans l'Eglise d'un Couvent de leur Ordre proche d'*Erzerum*: que *Leonce* Evêque de *Cesarée* le donna à leur premier Patriarche, & qu'après avoir été trois cens cinquante ans à *Echs-miazin*, il en fut transporté au lieu où l'on a dit qu'il est à present. Les Moines d'*Echs-miazin*, qui sont les grands Docteurs des Armeniens, sont si ignorans qu'ils ne savent pas même, à ce que je leur ai entendu dire, qu'il y ait des Histoires qui raportent, que le corps de St. *Jean Baptiste* fut reduit en cendres par le commandement de *Julien l'Apostat*. Je ne dirai rien des autres Reliques qu'on dit qu'il y a en ce thresor, parce qu'elles sont de Saints peu connus; j'ajouterai seulement que les gens du Convent assurent qu'ils ont eu durant long-tems les deux cloux dont on attacha les mains sacrées de *Jesus-Christ* à la croix, que l'on garde à present, l'un à *Diar-bekre*, & l'autre en *Georgie*; & qu'*Abas* le Grand a tiré de leur thresor la vraye lance & la tunique sans couture, & en a enrichi celui des Rois de Perse à *Ispahan*.

Au centre de l'Eglise, il y a une grande pierre de taille, carrée, de trois pieds de diametre, & de cinq pieds d'épaisseur. Les Armeniens tiennent comme article de Foi, que c'est l'endroit où St. *Gregoire* leur Apôtre vit *Jesus-Christ*, un Dimanche au soir, étant en oraison, & où il parla à lui. Ils assurent que *Jesus-Christ* fit autour de ce Saint avec un rayon de lumiere, le dessein de cette Eglise d'*Echs-miazin*, & qu'il lui commanda de faire bâtir l'Eglise sur la figure même qu'il avoit tracée. Ils ajoûtent, qu'au même tems, la terre s'ouvrit à l'endroit où est cette pierre: que Nôtre Seigneur jetta par là dans l'abîme les Diables qui étoient dans les Temples d'Armenie, & y rendoient des Oracles, & que St. *Gregoire* fit aussi-tôt couvrir cette ouverture d'un marbre. Ils ajoûtent qu'*Abas* le Grand enleva ce marbre, qu'il le mit au thresor Royal de Perse, & qu'il fit mettre en la place la pierre dont on a parlé. Je me suis soigneusement enquis de ce fait à *Ispahan*, j'en ai demandé des nouvelles à des Intendans même du Thresor Royal; mais je n'ai pû découvrir qu'on en eut aucune connoissance. La tradition Armenienne fait mention d'une autre particularité sur le centre de cette Eglise, que je veux encore rapporter ici bien qu'elle me paroisse aussi fabuleuse que le reste, savoir que c'est le propre endroit où *Noé* bâtit cet Autel, & offrit ce sacrifice dont il est parlé au 8. Chapitre de la Genese.

Le grand Clocher a été nouvellement rebâti. Il y a six Cloches, la plus grosse est de 1200. pesant. Un des petits Clochers fut abatu il y a 40. ans, & depuis on ne l'a point fait relever. Les Moines disent que c'est faute d'argent. Il est certain qu'ils sont fort pauvres,

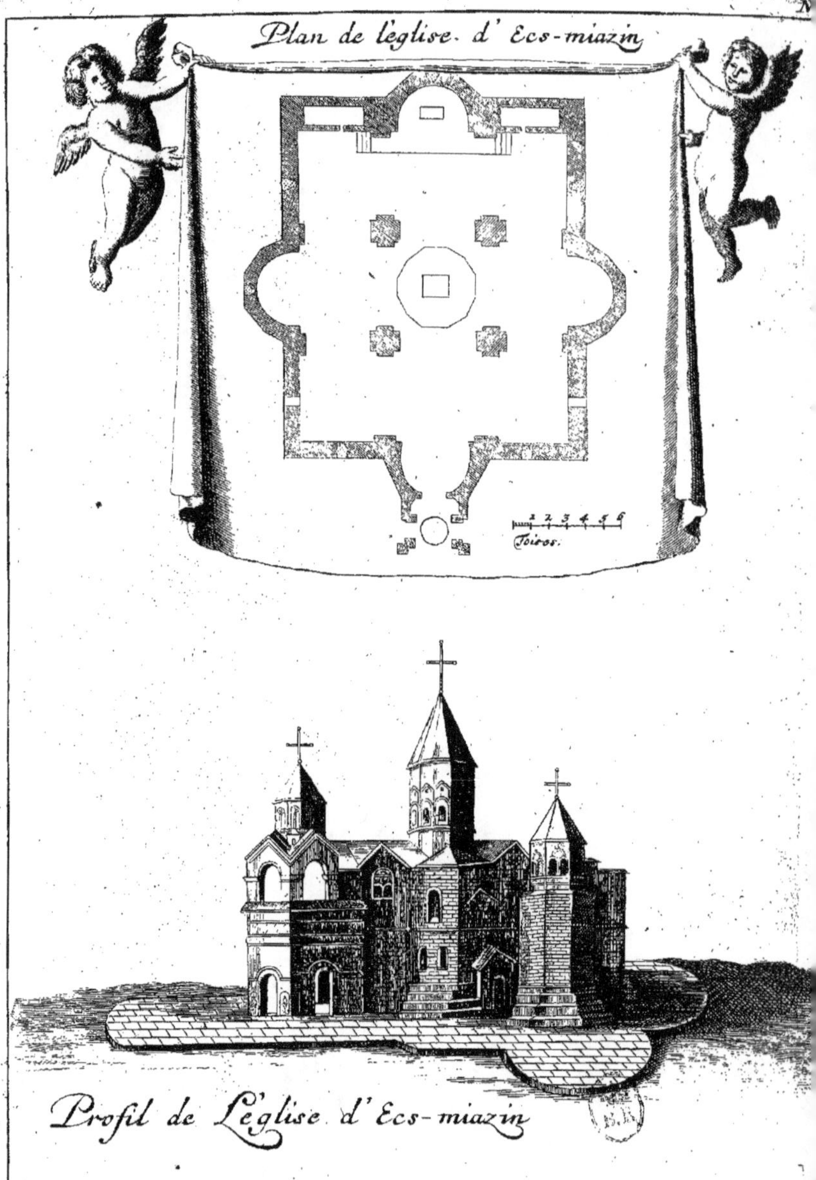
Plan de l'église d' Ecs-miazin
1 2 3 4 5 6
Toises.
Profil de L'église d' Ecs-miazin

N° IX.

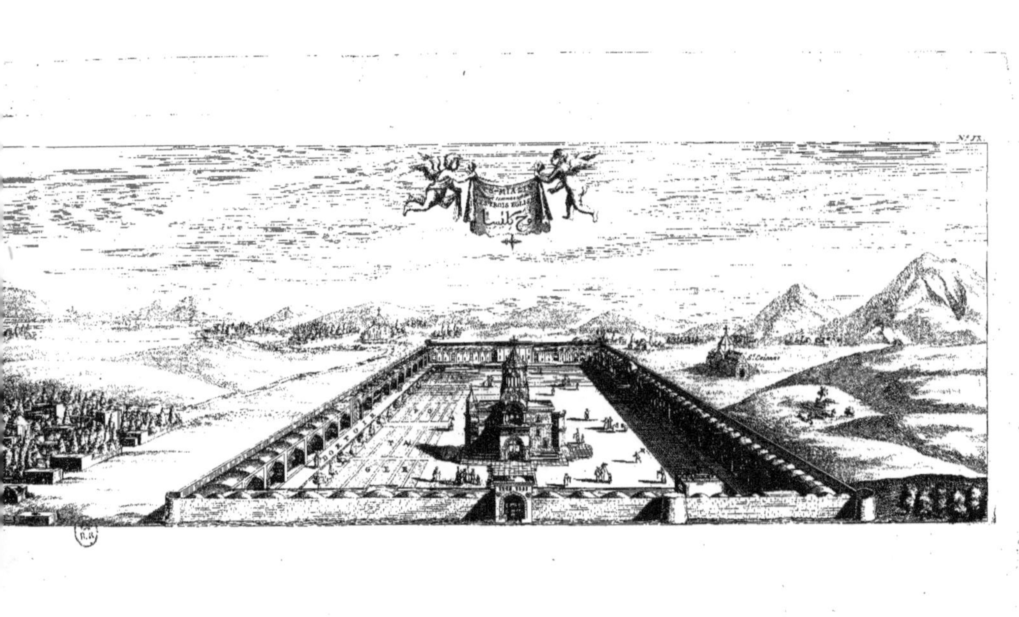

vres. Le premier Monaſtere de cette Egliſe fut bâti par *Nierſes* 29e. Patriarche d'Armenie. Les Tartares le ruïnerent, & ſi l'on en veut croire la Chronologie du lieu, il a été cinq fois abatu à rès de chauſſée. Il eſt à préſent bâti de brique. L'apartement du Patriarche eſt expoſé au Levant. Il y a dans le Couvent des logemens pour tous les étrangers qui le viennent viſiter, & pour 80. Moines. Ils ne ſont d'ordinaire que douze ou quinze. Les Patriarches d'Armenie ſont obligez de réſider à ce Couvent: mais, à dire le vrai, l'avarice, l'envie, & l'ambition, dont ils ſont poſſedez en ce ſiécle, leur font tant d'affaires qu'ils employent leur tems à courir la Perſe & la Turquie. Le Patriarche d'Armenie a quelque vingt Evêchez ſous lui.

Les deux autres Egliſes, qui ſont proche d'*Echs-miazin*, s'appellent, l'une *Ste. Caiane*, l'autre *Ste. Repſime*, du nom de deux Vierges Romaines qu'on dit qui s'enfuirent en Armenie, durant la neuviéme perſecution, & qui furent martyriſées au même lieu, où ces Egliſes ſont bâties. *Ste. Caiane* eſt à la droite du Monaſtére à 700. pas ſeulement. *Ste. Repſime* eſt à la gauche à 2000. pas. Ces deux Egliſes ſont demi-ruïnées, & il y a long-tems qu'on n'y fait plus le ſervice.

Dans le territoire d'*Irivan*, qui s'étend à plus de 20. lieuës de tous côtez, il y a vingt & trois Couvents d'hommes, & cinq de femmes. Ils ſont tous pauvres & mal entretenus, & la plûpart n'ont que cinq ou ſix perſonnes, que la miſére occupe inceſſamment du ſoin de ſubſiſter, & qui ne diſent l'office que les jours conſacrez. Un des plus conſiderables eſt *Couer-virab*, nom Armenien qui ſignifie, *Egliſe ſur le puits*; & il lui a été donné, dit-on, à cauſe que l'Egliſe eſt bâtie ſur un puits, où l'hiſtoire d'Armenie raporte, que St. *Gregoire* fut jetté & fut conſervé, étant nourri de la même maniere que *Daniel* le fut en la foſſe des Lions. Ce Monaſtére eſt ſur les confins du territoire d'*Irivan*, au Midi d'*Echs-miazin*. Les gens du païs diſent qu'on voit là les ruïnes d'*Artaxarte*. Ils appellent cette ville *Ardachat*, du nom d'*Artaxerxes*, que les Orientaux nomment *Ardecher*. Ils diſent encore, qu'on voit parmi ces ruïnes, celles du Palais de *Tiridate*, qui fut bâti il y a 1300. ans. Ils diſent de plus, qu'il y a une face du Palais qui n'eſt qu'à demi ruïnée, qu'il y reſte quatre rangs de Colomnes de marbre noir de neuf chacun: que ces colomnes entourent un grand Monceau de marbres ouvragez, & que les colomnes ſont ſi groſſes que trois hommes ne les ſauroient embraſſer. On appelle tout le lieu où eſt cet amas de ruïnes *Tact-terdat*, c'eſt-à-dire, *le Trône de Tiridate*. Je ne parlerai point des autres Couvents, ni des particularitez que les Armeniens en racontent, ni des Reliques qu'ils diſent que l'on y montre, parmi leſquelles ils mettent la *Veronique*, le corps de St. *Thomas*, & de St. *Simon*, parce que tout cela eſt fade, pour ne pas dire ridicule.

Ce ſeroit ici le lieu de traitter amplement de la Creance des Armeniens & de leur Culte; mais c'eſt une matiere que j'aime mieux laiſſer de côté. Je dirai ſeulement que ceux qui leur ont enſeigné premierement la Theologie étoient des Grecs, & des *Eutychéens*, qui leur expliquerent la proceſſion du St. Eſprit, comme les Grecs la tiennent, ſavoir, qu'elle eſt non du Pere & du Fils, mais du Pere par le Fils; & l'Incarnation, comme le font les *Eutychéens*, qui ſoutiennent qu'il n'y a qu'une nature en *Jeſus-Chriſt*; ainſi ils ſont toûjours demeurez engagez dans les ſentiments des *Monophyſites*, qu'on appelle en Orient *Jacobites*, ſans les entendre du tout aujourdhui, parce qu'ils ſont très-ignorans. Du reſte, ils ſont Chrétiens Orthodoxes, faiſant le Service Divin comme on le faiſoit dans le quatriéme ſiécle, ſans qu'ils y ayent rien changé du tout, en liſant la parole de Dieu, & en chantant les Pſeaumes en leur propre langue, ſans rendre de culte ſcandaleux aux Images. Quand le myſtére Euchariſtique ſe celébre parmi eux, c'eſt pour toute l'Egliſe conjointement, Prêtres & peuple qui communient tous d'un même pain ſimple & ordinaire, & d'un même Calice de vin pur, juſques aux Enfans mêmes.

Le Clergé Armenien conſiſte en un Patriarche, des Evêques, des Prêtres, & des Moines qui ſont de l'Ordre de St. *Baſile* ſeulement, n'y en ayant d'aucun autre Ordre. Le Patriarche, qu'ils appellent *Califfé*, c'eſt-à-dire, *Succeſſeur*, & auſſi *Pontife*; & les Evêques, qu'ils appellent *Vertabiet*, ſont pris d'ordinaire d'entre les Moines qu'ils appellent *Oppiga*. Je dis qu'ils ſont pris d'ordinaire, car il arrive quelquefois qu'un Prêtre Séculier eſt fait Evêque, ſelon qu'il a de l'ambition & des moyens. Car il faut obſerver que cette dignité ne s'obtient que par argent. Deſordre lamentable, dans lequel ſe trouve aujourdhui cette ancienne Egliſe d'Orient. Le Patriarche achette ſon office du bras Mahometan, & puis il vend le Sacerdoce à qui plus lui en offre. On reconnoit les

V 2 Evê-

Evêques de l'ordre Monachal au bâton Pastoral, & à ce qu'ils sont assis en prêchant. Ils passent pour plus doctes que les autres Ecclesiastiques, & l'on se rapporte principalement à leurs décisions en matiere de Religion. Ces Moines n'ont jamais pouvoir de faire d'autres fonctions Ecclesiastiques que de dire la Messe. Ils n'ont point de tems reglé pour faire le Noviciat, y en ayant qui sont jusqu'à huit ans dans le Couvent avant que de recevoir l'habit. Le jour qu'on le leur donne, on leur fait une croix à la tête, en coupant un floquet de cheveux aux quatre coins, & on les sequestre quarante jours, durant lesquels ils doivent passer en jeûnes & en prieres, que pour mieux garder on les oblige de ne parler à personne, de ne pas voir la clarté du Soleil, & de ne manger qu'une fois le jour; & après ces quarante jours, ils sont deux ans à s'abstenir de viande, & puis ils vivent comme les autres Religieux.

Quand les cheveux qu'on leur a coupez en croix à la tête sont revenus, on ne les coupe plus, mais on leur fait une couronne; & comme tous les Armeniens sont d'opinion que cette couronne, qu'on leur dit être faite en memoire de la couronne d'Epines, est autant la marque de Chrétien, qu'aucune autre marque exterieure qu'ils puissent porter, ils portent tous la couronne à la tête, tant les Laïques, que les gens d'Eglise. Les Clercs seculiers sont tous de l'ordre de Prêtrise, il n'y en a point d'autres. On les appelle *Derder*. Le mariage leur est permis comme aux Laïques; mais les sept premiers jours qu'un Prêtre est marié, il ne lui est pas licite de dire la Messe non plus que de voir sa femme les sept jours suivans celui qu'il l'a dite. Mais ensuite il vit toûjours avec elle. Ils appellent tous les Ecclesiastiques d'un mot generique *Baronther*, qui signifie *Ministre*, & *Docteur*, revenant à celui de *Rabi* chez les Juifs.

J'ai déja remarqué que les Armeniens se sont toûjours tenus à leur culte ancien. C'est une chose merveilleuse, ou si vous voulez miraculeuse, que quoi qu'ils soient depuis quelques onze siecles sous la domination Mahometane, qu'ils soient pauvres, & qu'ils soient ignorans, comme on peut s'imaginer que le doivent être des gens reduits dans une telle servitude; néanmoins leur foi est à toute épreuve. Ils la maintiennent sans en vouloir embrasser d'autre, se conservant également & contre les vexations des Mahometans leurs Souverains Maîtres, & contre les Missions de l'Eglise Romaine, qui depuis plus de deux siecles, travaille par ses Missionnaires, Prêtres, & Moines, à les attirer dans sa Communion. On ne peut dire les Artifices & les depenses, que la Cour de Rome a faites pour cela, mais inutilement; car dès que ceux qui se font de sa Religion en Europe, sont de retour chez eux, ils sont plus Armeniens que jamais; & ils se mettent de nouveau à maudire le Pape *Leon*, comme celui qu'ils prétendent avoir rompu l'union qui étoit entre les Eglises d'Orient & d'Occident, & tous ses successeurs; & à detester toutes les opinions de l'Eglise Romaine, qui sont contraires aux leurs. La principale pratique qu'on fait jurer à Rome aux Prêtres Armeniens de bien garder, c'est de mettre de l'eau dans le vin du Calice, mais c'est par où ils commencent toûjours à rentrer dans leur Communion; & quoi qu'on pût faire, on ne reduiroit jamais un Prêtre Armenien à mêler volontairement de l'eau dans le Calice.

Cependant, à parler humainement, c'est l'Education simplement qui attache les Armeniens, & tous les autres Chrétiens de l'Orient, à la Religion Chrétienne. Car ils ne sont jamais capables de dire pourquoi ils sont Chrétiens. Ils apprennent dans leur enfance à dire *Christous*; à faire le signe de la Croix; & à jeûner; ce qu'ils font toute leur vie, s'imaginant que c'est être fort bon Chrétien, que de pratiquer cela regulierement, parce qu'on ne leur a pas appris autre chose, si ce n'est à aller à l'Eglise, quand ils sont dans leur propre païs, ou en des lieux où ils ont l'exercice de leur Religion. Leurs jeûnes sont longs, frequents, & rudes, s'abstenant de chair & de poisson, d'œufs & de beurre, de lait & de fromage; & ne faisant qu'un repas par jour, au coucher du Soleil. Le vin leur est aussi interdit aux jours de jeûne par leurs anciens Canons, mais la plûpart du monde ne laisse pas d'en boire, & des Ecclesiastiques même: Aussi ne pourroient-ils pas autrement supporter de si rudes mortifications. Voici quels sont les tems de leurs jeûnes. Premierement, tous les mecredis & les vendredis de l'année, excepté depuis Paques à l'Ascension, qui est le tems de toute l'année, où ils font le plus de rejoüissance, à cause de la Resurrection de Nôtre Seigneur. Secondement ils font les dix jeûnes suivans, chacun d'une semaine, excepté le dernier.

1. Celui d'après le premier dimanche de la Trinité, qu'ils appellent jeûne de penitence.
2. Le jeûne de la Transfiguration.
3. Le jeûne de la Nôtre Dame d'Août, dont

dont le dernier jour ils ne s'abstiennent que de viande.

4. Le jeûne de la Croix, qui vient en Septembre, lequel ils observent comme le précedent.

5. Un jeûne de Penitence après le 13. Dimanche de la Trinité.

6. Un autre semblable après le 21. Dimanche.

7. Le jeûne de l'Avent.

8. Celui de Noël, dont ils ne commencent pas la fête à minuit, mais le matin comme les autres fêtes, jeûnant la vigile du matin au soir.

9. Un jeûne de penitence avant le Carnaval, qui dure quinze jours.

10. Le grand Carême qu'ils commencent dès le lundi.

Outre ces jeûnes d'obligation, qui emportent la moitié de l'année, il y en a trois autres de dévotion, chacun de cinquante jours. Le premier est de Pâques à la Pentecôte: le second de la Trinité à la Transfiguration. Le troisieme du vingtieme dimanche de la Trinité à Noël. Ceux qui les observent exceptent le Samedi & le Dimanche, auxquels ils ne font que s'abstenir de viande. Il y a un autre petit jeûne de dévotion, qui est de l'Ascension à la Pentecôte. Je me souviens qu'ayant l'honneur d'entretenir feu Monsieur le Grand Duc sur les Religions des peuples de l'Orient, S. A. S. se mit à dire: *Je voi que ces Chrétiens-là ont été bien chargez de jeûnes; les Mahometans bien chargez de Prieres; & nous autres Catholiques Romains de beaucoup de fêtes.*

A douze lieues d'Irivan, à l'Est, on voit le Mont celébre, où presque tous demeurent d'accord que s'arrêta l'Arche de Noé, encore que personne n'en aît de preuve solide. Quand l'air est serain, ce Mont n'en paroit pas à deux lieues, tant il est haut & grand. Je crois pourtant en avoir vû de plus élevez; & si je ne me trompe, l'endroit du Caucase, que je passai en venant de la Mer noire à Acalzikké, est plus haut que le mont dont nous parlons. Les Turcs l'appellent *Agridag* c'est-à-dire la Montagne élevée ou massive. Les Armeniens & les Persans le nomment communément *Macis*. Les Armeniens tirent ce nom de *Mas* ou *Mesech*, fils d'*Aram*, qui a donné à leur Nation, disent-ils, la denomination & l'origine. Les Persans le font venir d'*Azis*, mot de leur langue qui signifie *cheri*, *bien aimé*; & ils veulent qu'on ait ainsi appellé ce Mont, à cause du choix que Dieu en fit pour le faire servir de port heureux à l'Arche qui portoit le genre humain. Voilà des Etymologies tirées de force, autant qu'aucune autre, & ce sont bien celles-là qu'on peut comparer au son des cloches. Ce mont a encore deux autres noms dans les livres Persans, savoir *Cou-Nouh*, c'est-à-dire *Mont-Noé*, & *Sahat-toppus*, c'est-à-dire *heureuse butte*. L'Ecriture Sainte ne lui donne point de nom particulier. Elle dit simplement que l'Arche de Noé s'arrêta sur la montagne d'*Ararat*, qui est l'Armenie, comme l'on dit. Ce sont ces montagnes qui sont si celébres dans les Auteurs Grecs & Latins, qu'ils disent être partie du mont *Taurus*, & qu'ils appellent *Gordiens*, *Cordéens*, *Corduenіens*, *Cardiens*, *Curdes*, & *Carduches*; chaque Auteur changeant ainsi le nom en le voulant tourner selon l'inflexion de sa Langue.

Les Armeniens ont dans leurs Traditions que l'Arche est encore sur la pointe de ce mont *Macis*. Ils ajoutent que jamais personne n'a pu monter jusqu'au lieu où elle s'arrêta. Ils croient cela fermement sur la foi d'un miracle, qu'on dit être arrivé à un Moine d'*Echsmiazin*, nommé *Jaques*, qui depuis fut Evêque de *Nizibe*. On conte que ce Moine prévenu de la commune opinion que ce mont étoit sûrement celui où l'Arche s'arrêta après le deluge, fit dessein de monter au sommet, ou de mourir dans l'entreprise. Qu'il parvint à la moitié; mais qu'il ne pût jamais passer outre; parce qu'après avoir monté tout le jour, il étoit la nuit, pendant son repos, reporté miraculeusement au même lieu d'où il étoit parti le matin: Que cela continua long-tems de la sorte, & qu'enfin Dieu exauça les vœux de ce Moine, & voulut bien remplir une partie de ses desirs: Que pour cela il lui envoya par un Ange une piece de l'Arche, en lui faisant dire de ne se plus fatiguer vainement à monter la montagne, parce que Dieu en avoit interdit l'accès du sommet aux hommes. Voila leur Conte, sur lequel je dirai deux choses. La premiere, qu'il ne s'accorde pas avec le recit des anciens Auteurs, comme *Joseph*, *Berose*, & *Nicolas de Damas*, qui assurent, que de leur tems on montroit des restes de l'Arche, & qu'on prenoit comme un preservatif salutaire la poudre du bitume dont elle étoit enduite. La seconde, qu'au lieu qu'on fait passer pour miracle que personne n'ait jamais pû monter au sommet de ce mont, je tiendrois plûtôt pour un grand miracle si quelqu'un y montoit; car ce mont n'a nulle habitation, & du milieu en haut il est perpetuellement couvert de neiges qui ne fondent jamais; de maniere qu'en toute saison il pa-

roit

roit comme quelque prodigieux monceau de neige. Ce que je rapporte de ce mont fera sans doute trouver étrange à ceux qui ont lû le voyage du *P. Philippe*, Carme déchaussé, qu'il se soit avisé de dire, que *le Paradis terrestre y est en quelque plaine que Dieu conserve de froid & de chaud.* Ce sont les termes de son traducteur. La pensée me paroît tout-à-fait plaisante; & je croirois que l'Auteur y a entendu raillerie, s'il ne disoit fort serieusement en ce livre, beaucoup de choses, qui n'ont pas plus de vraisemblance.

Au pied du Mont, il y a dans un village de Chrétiens, un Monastere nommé *Arakil vanc*, c'est-à-dire *le Monastere des Apôtres.* Les Armeniens ont grande dévotion pour ce lieu, croyant que *Noé* y fit sa premiere demeure, & les premiers sacrifices après le Déluge. Ils disent qu'on y a trouvé les corps de St. *André* & de St. *Mathieu*; & que le crane de cet Evangeliste est resté dans l'Eglise du Monastere. Ils content cent autres particularitez de ce lieu, & de tout ce territoire, dont ils font leur terre sainte: mais elles sont toutes si éloignées du vrai-semblable, qu'on mériteroit en les rapportant, d'être accusé de conter des songes, ou des contes faits à plaisir.

J'allai descendre à *Irivan* au logis d'un Armenien de mes amis, nommé *Azarie.* C'est un homme que ceux de sa nation ont fort persecuté, pour avoir été à Rome se faire Calique Romain & Disciple de la *propaganda*, & pour avoir tâché d'établir les Capucins à *Irivan.* Je le trouvai indisposé & au lit. Il se leva neanmoins pour aller donner nouvelles de mon arrivée. Il craignoit qu'on ne lui fit une affaire s'il le remettoit au lendemain. Il alla au Palais; mais il ne pût voir le Gouverneur, qui étoit retiré dans l'appartement de la Princesse sa femme. Un Eunuque fit le message.

Le 8. au matin le Gouverneur m'envoya visiter & me fit dire que j'étois le bien-venu. Le Sr. *Azarie* se chargea d'aller de ma part le remercier très-humblement, & lui faire savoir qui j'étois. Le Gouverneur lui témoigna qu'il avoit grande envie de me voir au plûtôt, & une partie des bijoux que j'avois apportez. Il lui demanda ensuite combien de gens j'avois avec moi, & lui ordonna de s'informer où j'aimerois mieux loger, dans la forteresse, ou au Caravanserai qu'il a fait bâtir, & de le lui faire savoir promptement. Je choisis le Caravanserai, parce qu'il n'y a point de lieu plus seur, & parce qu'on n'y manque jamais de compagnie, à cause qu'il y a des Marchands de tous les endroits de l'*Asie*, & qu'il y aborde chaque jour des voyageurs. Le Gouverneur me fit donner un des plus grands appartemens.

Le 9. de bon matin, je m'y en allai, & je fus occupé tout le jour à m'y établir. A midi, un officier du Gouverneur m'apporta une ordonnance de l'Intendant pour prendre tous les jours à l'office du pain, du vin, de la viande, des truittes, du fruit, du ris, du beurre, du bois, & d'autres denrées nécessaires pour six personnes. La quantité de chaque chose est reiglée, on ne l'augmente, ni diminue jamais: mais la portion qu'on donne pour une personne est si grande, que deux s'en peuvent fort bien nourrir.

Le 10. le Gouverneur m'envoya dire avec tant d'empressement de l'aller voir, & de lui porter une partie de mes bijoux, que je ne pus differer. Je le trouvai en un grand cabinet, fort propre, & bien éclairé. L'Intendant de toutes les monnoyes de Perse, qui faisoit alors la visite à *Irivan*, étoit avec lui, & quatre autres Seigneurs du Païs. Il me fit beaucoup de caresses, repéta trois fois que j'étois le bien-venu, & fit servir des confitures, & de l'eau de vie de *Moscou.* Je lui présentai d'abord la Patente du Roi & celle du grand Maître, desquelles on a parlé. Il en fit beaucoup d'état, & passa une heure à me demander les nouvelles de l'*Europe*, tant des dernieres guerres, & de la présente disposition des Etats Chrétiens, que des sciences, & des nouvelles decouvertes. Il en passa une autre à considerer les pierreries & les bijoux que je lui faisois voir, dont il raisonnoit en homme qui s'y connoissoit fort bien. Il m'aprit que dans les Poëtes Persans, les Emeraudes de vieille roche sont appellées *Emeraudes d'Egypte*, & qu'on tient qu'il y en avoit une mine en *Egypte*, qui est à present perduë. Il mit à part tout ce qui lui agréa, & tout ce qu'il crût pouvoir agréer à la Princesse sa femme, & me retint à diner. Le diné fini il m'honora encore demi-heure de tems de sa conversation, & ensuite il me donna congé, commandant en ma présence à un Officier d'aller au Caravanserai dire au Concierge, qu'on eut soin de bien veiller à ma seureté, & à ma satisfaction. Il eut encore la bonté de dire à cet officier qu'il le faisoit mon *Mehemander.* On me dit qu'un *Mehemander* est comme un Gentilhomme servant, & qu'on en donne à tous les étrangers de condition pour avoir soin d'eux. Le Gouverneur lui commanda de ne me laisser manquer de rien, & de

& de me faire porter de ses offices tout ce que je voudrois manger. Le soir il m'envoya un régal d'eau de vie de *Moscou*.

Ce Gouverneur est *Becler-beg*, c'est-à-dire *Seigneur des Seigneurs*. On appelle ainsi les Gouverneurs des grands Gouvernemens, pour les distinguer des autres, qu'on appelle *Can*, comme on l'a déja dit. Il a aussi le titre de *Serdar*, ou Général d'armée. C'est un des principaux Seigneurs de Perse, & un des plus judicieux & des plus fins Politiques qu'il y ait. Il s'appelle *Sefi-couli-can*. Ce nom signifie *le Duc esclave de Sefi*. Il a eu les plus beaux Gouvernemens de l'Empire du tems du feu Roi: mais, par une intrigue de femmes, il fut disgracié trois ans avant la mort de ce Prince. Celle qu'il a épousée est du sang Royal du côté de sa Mere. Cette Princesse, au commencement du régne du Roi d'aprésent, mit son mari dans les bonnes graces de S. M. dont il obtint peu de tems après le Gouvernement d'*Irivan*; Gouvernement le plus considérable du Royaume, & du plus grand revenu: car il produit trente deux mille Tomans par an, qui font près de cinq cens mille écus. Les avanies, les présens, & les voyes indirectes de s'enrichir en produisent encore deux cens mille. Ce Seigneur est sans doute le plus riche de toute la Perse; & le plus heureux. Le Roi l'aime, la Cour le revere, & ses deux fils sont les uniques Favoris de S. M. Les peuples de son Gouvernement le cherissent & le respectent beaucoup, parce qu'il est populaire, qu'il fait justice, & qu'il est moins concussionnaire que les autres. Il merite toute sa fortune; car outre ces bonnes qualitez, il a du savoir, & il aime les Arts & les Sciences.

Le 11. ce Seigneur m'envoya querir pour aller à la nôce du frere de son Intendant, où il étoit. Je le trouvai fort gai & fort content. Il avoit reçû à porte ouvrante un ordre du Roi par un *Coulom-cha*, qui étoit venu d'*Ispahan* en treize jours. Cet ordre étoit pour une affaire importante. Plusieurs Sultans qui sont des Seigneurs de Contrées, & des Gouverneurs de places fortes ayant refusé de recevoir ses ordres, & ayant fait porter contre lui beaucoup de plaintes au Roi & aux Ministres: Lui de son côté avoit fait représenter ses droits, S. M. avoit prononcé en sa faveur, & lui avoit envoyé un ordre de se faire obéïr. Le *Coulom-cha* devoit executer cet ordre, & faire faire satisfaction au Gouverneur.

Coulom-cha signifie *esclave du Roi*. Ce n'est pas que ceux qui portent ce nom ne soient libres, comme les autres sujets naturels, mais ils le prennent pour marque du parfait devouement qu'ils ont au Souverain, & parce qu'ils y ont été élevez dès le bas âge. Ces Esclaves du Roi ont à la Cour de Perse à peu près le même emploi que les Gentilshommes ordinaires ont à celle de France. Ce sont la plûpart des enfans de qualité qu'on engage fort jeunes au service, tant pour l'émolument qu'ils en tirent, que pour leur faire avoir de bonne heure entrée à la Cour. Il y a des Seigneurs qui y mettent leurs fils dès l'âge de cinq ans. Le Roi leur donne des appointemens selon la qualité de leur famille, ou selon le service qu'elle rend au Roi; car cela tient lieu de récompense aux Parens. La paye ordinaire est de vingt tomans par an, avec la nourriture. Vingt tomans font 900 francs. La nourriture prise en argent monte à 500 francs. On l'augmente d'ordinaire, à mesure que ceux qui la reçoivent grandissent & servent bien, ou à proportion de la bienveillance que le Roi leur porte. Ils sont assidus à la Cour, on les employe à executer les ordres d'importance. On les envoye porter aux Gouverneurs les présens du Roi. On en prend pour remplir les charges.

Les ordres pressans se portent en Poste. On appelle les Courriers *Tchapars*. Ce mot vient d'un participe de la langue Turque qui veut dire *galloppant*, d'où vient le mot de *tchapgon*, qui dans la même langue signifie un *coureur*. Ces *Tchapars* font beaucoup de diligence, quoi qu'ils ne trouvent pas toûjours des chevaux quand ils en ont besoin. Il n'y a point de Postes établies en aucun endroit de l'Orient. En Perse, les Courriers du Roi, & des Gouverneurs, prennent des chevaux par tout où ils en trouvent, & ils ont permission de démonter les gens sur les grands chemins. Les Régens des lieux où ils passent sont aussi obligez de leur en fournir. C'est un tout-à-fait mauvais ordre que celui-là, car les petites gens, qui n'ont pas la force ou le courage de resister sont obligez, ou de donner quelqu'argent à ces Courriers, ou de mettre pied à terre, laisser emmener leurs chevaux, & courir après. Ils n'en osent prendre aux gens de considération, aux Officiers du Roi, & aux Etrangers qui vont à la Cour; & ils n'ont garde de le faire, crainte de quelque méchante suite. Ils prennent d'ordinaire des chevaux aux villages où ils passent. Ils n'ont pouvoir de s'en servir qu'une traite. On envoye après eux un valet pour les ramener.

Ces

Ces Courriers sont fort reconnoissables à leur équipage. Ils portent un manteau lié derriere eux, & une petite besace qui passe dans le pommeau de la selle & s'attache aux arçons. Ils ont le poignard, l'épée, & le carquois au côté, & un bâton à la main. Ils se passent le corps dedans l'arc, & ont une grande écharpe qui fait deux tours au cou, passe en croix sur le dos & sur l'estomach, & s'attache à la ceinture. Quand on les apperçoit de loin, ceux qui se sentent gens à être démontez, s'enfuyent & se cachent, ou composent pour quelqu'argent, ou leur donnent leurs chevaux. Ces Courriers vont d'ordinaire deux à deux, & quand ce sont des personnes de qualité, il est plus difficile de se tirer de leurs mains, parce qu'il n'y a point à composer avec eux, & parce qu'ils frapent du bâton & de l'épée, lors qu'on leur fait resistance; sachant bien qu'ils seront approuvez, ce qui est une violence que les autres Courriers n'osent faire.

Une des principales depenses extraordinaires que les Grands sont obligez de faire, est lors que le Roi leur envoye des ordres, ou des présens, par un *Coulom-cha*, ou par quelqu'autre personne de qualité; car il faut qu'on l'habille, à son arrivée, & qu'à son depart, on lui fasse un présent convenable à l'emploi & au credit qu'il a. Il faut de plus qu'on le regale & qu'on le divertisse bien tout le tems de son séjour. Le *Coulom-cha*, dont je viens de parler, couta au Gouverneur d'Irivan, à ce que j'ai sû, 400 tomans; qui sont dix-huit mille livres, sans la depense du logement & de la nourriture. Fort souvent même, le Roi taxe le présent qu'on doit faire à la personne qu'il envoye; & quand cela arrive, on est obligé de le payer d'abord comme une dette, & de faire encore des liberalitez au double du présent. On en use avec ces Envoyez selon leur famille, leur merite, & leur credit à la Cour. On a égard à tout cela; & lors qu'on sait que l'Envoyé, ou ses parens, approchent la personne du Roi, on lui fait un traitement bien plus honnête, à dessein qu'il en fasse une bonne Rélation. Je me souviens à ce propos, que l'an 1669. lors que le Roi donna au fils du premier Ministre la charge de Colonel des Mousquetaires, S. M. lui en fit porter par ses orfevres les expeditions & l'habit Royal, pour les récompenser de quelques bijoux qu'ils avoient faits fort à son gré, & qu'il taxa à 300 Tomans le présent que le Colonel leur devoit faire. Les quatre principaux d'entr'eux porterent ces expeditions, & cet habit: & au lieu de 300 Tomans, ils en eurent 400. qui sont dix-huit mille livres, & un autre regal en étofes.

Je demeurai trois heures à la nôce, & me retirai après le dîner, où il n'y avoit que neuf personnes, outre le Marié & son Parrain, qui étoient magnifiquement vêtus, & qui avoient au Turban des aigretes de pierreries. Le maître de la maison, ses freres, & ses fils, étoient de bout au bas de la sale, avec plusieurs Officiers du Gouverneur. Chacun des Conviez étoit servi en entrant d'un grand bassin de Confitures seiches & liquides, sur de petites assietes de porcelaine. Les bassins étoient de bois peint & doré, on ne peut rien voir de plus propre. Le festin se fit dans une sale basse, assez petite pour une telle fête, élevée de deux pieds, ouverte sur une Cour qu'on avoit accommodée en lice, & qui étoit couverte de tentes, où je trouvai en entrant des Lutteurs & des Gladiateurs qui divertissoient la Compagnie. Les Lutteurs sont nuds, à un petit calçon près, fait de cuir, qui n'a que la largeur nécessaire, pour couvrir devant & derriere, les parties que la pudeur permet le moins d'exposer, & qui est serré tout ce qui se peut. Ils ont le calçon, & tout le corps oints d'huile mêlée de poudre de *hanna*, ce qui les fait paroître peints en Orangé. C'est afin qu'on ait moins de prise sur eux. Les Lutteurs sont par tout en Orient mis de même, & c'étoit la même chose dans les premiers tems du monde, entre ceux qui combattoient à la lutte & au pugilat; pour des prix considérables. La Victoire consiste à mettre son ennemi plat à terre à force de corps. Ce qu'ils font d'ordinaire, après que le combat a duré tant de tems qu'il n'en peut plus, en l'élevant & puis l'abbatant sur le dos tout de son long. Un des invitez contoit d'un maître de lutte fort fameux, qu'il avoit reduit son art à 365. tours, qu'il enseignoit à ses disciples, en gardant un pour lui qu'il appelloit *le tour dérobé*, par allusion aux cinq jours surnumeraires du Calendrier solaire dont les mois sont chacun de 30 jours, lesquels cinq jours les Persans appellent *les jours dérobez*. Un Lutteur, qui avoit été son Prevôt, s'étant rendu fameux par son art, en devint si insolent, que de lui faire un défi devant le Gouverneur de la Province, se confiant en sa vigueur & sa force. Le Maître Lutteur, qui sentoit bien la superiorité de son ingrat disciple a cet égard, mais qui se confioit en son coup de reserve accepte le défi. Le Viceroi voulut être présent au duel, & il en en donna le jour & le lieu. Les assauts ordinaires s'étant passez à l'admiration de l'assemblée, le maître Lutteur prit subitement son adversaire par le milieu du corps, & le jetta par dessus sa tête à la culbutte. Les spectateurs en grand nombre, qui avoient tous fait des vœux pour lui contre son arrogant disciple, pousserent de grandes acclamations. Celui-ci s'étant rendu selon la coûtume, alla se jetter à genoux devant le Viceroi, criant que son ennemi ne lui avoit jamais montré ce tour. Cela est vrai, répondit le maître Lutteur, je le gardois pour une telle occasion, d'un suffisant disciple qui défie son Maître; selon la maxime des sages, de ne donner jamais à son ami un avantage dont il se puisse prévaloir en devenant ennemi.

Le divertissement de la lutte ayant duré une heure on fit retirer les acteurs, & la Cour ayant été couverte aussi-tôt de gros feutres & de beaux tapis par dessus, on fit venir la grande bande de Musiciens, & celle des Danseuses, qui furent plus de deux heures sur la Scene sans ennuyer. Le Gouverneur passa le tems à les voir, & à s'entretenir avec l'Envoyé du Roi, & avec l'assemblée, & particuliérement à me faire conter de nouvelles de l'Europe.

Les Gouverneurs des grandes Provinces ont leur train composé des mêmes sortes d'Officiers que celle du Roi; ayant, entre autres, leur bande de Musiciens & leur bande de Danseuses. La Danse étant un exercice deshonnête dans l'Orient, on n'y a point l'habitude de danser, soit pour se divertir, soit pour se donner bonne grace; mais on y a la Danse comme un art, ou comme une profession pour divertir le monde, semblable à la profession du Théatre dans l'Europe: avec cette difference néanmoins, que dans l'Orient l'art de la Danse est non seulement deshonnête, mais même infame, sur tout à l'égard des femmes, parce que les Danseuses sont aussi constamment femmes publiques. La Danse n'est exercée dans la Perse que par des femmes, de même que le jeu des instrumens ne l'est guere que par les hommes. Pour ce qui est du chant, les hommes d'ordinaire sont les meilleurs Chanteurs, tirant une grande voix du fond de l'estomach, qu'ils font rouler avec beaucoup de force & beaucoup d'éclat. Les Danseuses chantent aussi, mais elles ne le font, ni si bien que les hommes, ni si agréablement même. Mais en revanche elles ont une agillité de corps incomparable, faisant des tours & des sauts si legérement, que souvent elles échapent aux yeux, passant en cela les meilleurs Baladins & Danseurs de corde. Je les ai vû se détordre le corps en plus de postures, que l'on ne fait ces hommes de bois que les peintres appellent *manequins:* car entr'autres elles se renversent le corps en terre jusqu'à toucher de la tête les talons, & marchent en cette posture sans s'aider des mains. Elles dansent sur une main & sur un genouil en cadence, & elles entremêlent leur Danse de cent tours d'agilité surprenans. Les femmes en Orient portent comme les hommes des Pantalons, qui leur couvrent la cheville du pied; ainsi quelques tours qu'elles fassent, & de quelque maniére qu'elles portent le corps, on n'en voit rien à découvert que le visage, les mains, & les pieds, lesquels sont toûjours tenus aussi propres que les mains, & sont souvent ornez de bagues comme les mains.

Les Musiciens, & les Danseuses, sont les Mimes, ou les Comédiens des Orientaux; ou pour mieux dire, ce sont leurs *Opera*; car on n'y fait que chanter des Vers, & la Prose n'entre point dans leurs chants. On ne fait point de fête en Perse & aux Indes sans les y appeller. Les Danseuses sont mandées à tous ces grands festins qu'on appelle *Megelez*, c'est-à-dire, *assemblée*, & à toutes les Audiences des Ambassadeurs, sinon la Troupe entiere, au moins les deux tiers; car, tour-à-tour, plusieurs sont exemptées de fonction, sous prétexte d'incommodité. Les piéces qu'elles représentent sont toûjours des sujets amoureux.

Les plus nouvelles Actrices ouvrent la Scene, qui commence par la Description de l'amour, dont elles dépeignent les apas & l'enchantement, & représentent ensuite les passions, & la fureur, ce qu'elles entremêlent d'épisodes, qui contiennent des portraits de beaux garçons & de belles filles, vifs & touchans au delà de ce qui se peut imaginer; & c'est-là d'ordinaire le premier acte. On voit au second la troupe séparée en deux chœurs, représenter l'une les poursuites d'un amant passionné, l'autre les rebuts d'une fiere maîtresse. Le troisiéme contient l'accord des Amans, & c'est là-dessus que les Actrices se passent, & qu'elles épuisent la voix & les gestes. Les Chanteurs & les Joueurs d'Instrumens sont debout aux endroits passionnez, & s'approchent d'elles plus ou moins, quelquefois jusqu'à crier dans leurs oreilles pour les animer, avec quoi elles sont mises comme hors d'elles-mêmes, & transportées; mais c'est-là aussi, où où les yeux & les oreilles, en qui il reste quelque pudeur sont obligez de se détourner, ne pouvant soûtenir ni l'effronterie, ni la lasciveté de ces derniers actes. Cependant cela ne blesse point la vertu Persane, chez qui la continence passe pour un défaut, & même pour un peché; leur Religion enseignant que les hommes sont obligez de pratiquer l'acte de mariage, dès qu'ils en sont capables. Néanmoins comme parmi ces Actrices, & ces Musiciens, il y a toûjours des gens qui connoissent tout le monde, elles assaisonnent leurs piéces au gout de ceux qui les font venir, ou qui les doivent payer. Mais c'est s'être déja trop étendu sur un tel sujet.

Les Danseuses vont par troupes, comme je l'ai observé. Celle du Roi, par exemple, est de vingt quatre, qui sont les plus fameuses Courtisanes du païs. Elles ont une Superieure, qui est d'ordinaire une des vieilles de la bande, mais sans demeurer pourtant ensemble; au contraire, elles sont d'ordinaire répanduës dans les quatre coins de la ville. La fonction de cette Superieure est de les assembler, & de les mener où l'on demande la troupe, de prévenir les querelles que la jalousie ou l'interêt fait naître entr'elles, ou de les apaiser, de les proteger aux occasions d'insulte, d'avoir l'œil sur leur conduite, & de les châtier lors qu'elles manquent à observer l'œconomie de leurs bandes; ce qui se fait par le foüet, & en cas de recidives, la Superieure les fait casser, & mettre hors de la troupe. Enfin, elle a le soin de leur faire apporter leurs gages, & celui de prendre garde que leurs habits soient riches, leurs meubles propres, & leur train en bon ordre, selon qu'il est reglé dans leur emploi. Le train de ces Danseuses est de deux filles, un laquais, un cuisinier, & un palefrenier, avec deux ou trois chevaux. Quand elles suivent la Cour, elles en ont quatre de plus pour leur bagage; car en Orient il faut porter tout avec soi, comme on fait aux armées. Un des chevaux porte deux grands coffres, un autre deux grandes valises, le troisiéme est pour la cuisine, & le quatriéme pour la nourriture & la cure des autres chevaux. Il n'y a point de tente dans leur équipage, parce qu'on leur en fournit, ou de logement, durant leur route. Leur paye est de dix-huit cens francs par an, avec une certaine quantité d'étofes pour leurs habits, & une ration de tout ce qu'il faut pour la nourriture d'eux & de leur train. Il y en a qui ont jusques à neuf cens écus, le Roi haussant leur paye, selon que les personnes lui plaisent; mais tout cela n'est que la moindre partie de leurs émolumens, y en ayant entre elles qui emportent quelquefois plus de cinquante pistoles d'un lieu où elle n'aura pas été gardée vingt-quatre heures, tant la débauche est desordonnée en Perse, & jettée dans la profusion. Le Roi leur fait souvent des presens considerables, selon que leur danse, & d'autres attraits, le touchent. Les grands Seigneurs en font de même. Je me souviens, qu'étant l'an 1665. en Hircanie, où j'étois aller trouver *Abas* second, je vis un soir à la Cour deux de ces Danseuses, qui avoient chacune pour plus de dix mille écus de pierreries sur elles; & comme j'étois dans l'admiration de les voir si superbement parées, elles m'invitérent de voir leur quartier. J'y fus le lendemain avec mon Interprete, car je ne savois pas encore parler Persan, & avec un Chirurgien François. Leur apartement étoit fort riche & somptueux, & comme les parfums sont la grande volupté des païs chauds, il y en avoit dans tout & par tout chez ces Courtisanes.

Une chose commune entr'elles, c'est de les appeller d'un nom qui marque le prix auquel elles se donnent par visite, *la dix tomans*, *la cinq tomans*, *la deux tomans*. Un *toman* vaut quinze écus de nôtre monnoye: il n'y en a point qui se donne à moins d'un *toman*, & quand elles ne le valent plus, on les met hors de la troupe, & on en met une autre à leur place. Cependant, il n'y a presque point de ces femmes, qui se retire riche de cet infame métier; parce qu'elles achettent à leur tour le plaisir qu'elles ont vendus, à quoi elles s'appauvrissent, de maniere qu'il ne leur reste de tout ce gain deshonnête, qu'un repentir de l'acquisition, lequel est plus grand que le regret de l'avoir dissipé. Les troupes des Danseuses des Provinces ne sont d'ordinaire que de sept ou de huit filles.

En Perse, les femmes publiques sont plus reconnoissables qu'en païs du monde, quoi qu'elles aillent vêtues & voilées comme les autres. Mais, outre que leur voile est plus court, & moins clos, leur contenance & leur port les fait connoître au premier regard. Leur nombre n'est pas fort grand dans les Provinces, mais à *Ispahan*, la ville Capitale, il est excessif. On me disoit, l'année 1666. que j'y étois, qu'il y en avoit quatorze mille d'enregistrées; car comme elles payent tribut, & font un Corps, qui a son Chef, & ses Officiers, on les enregître; & le tribut que l'on en tire monte à deux cens mille écus.

On

On m'a assuré qu'il y en a une fois autant d'autres qui ne veulent pas être enregîtrées, pour n'être pas connues, & que les Officiers sont bien aises de n'enregîtrer pas, parce qu'on leur en fait payer beaucoup davantage. Cependant, quoi que cette abominable profession soit si étendue, il n'y a pas de païs, je croi, où les femmes se vendent si cherement; car durant les premieres années de leur debauche, on n'en sauroit jouïr à moins de quinze ou vingt pistoles; ce qui est incomprehensible, quand on considere, qu'en Perse la Religion d'un côté, permet à chacun d'achetter des filles esclaves, & d'avoir autant de Concubines qu'on en veut, ce qui devroit diminuer le prix des femmes publiques; & que de l'autre, la jeunesse manie peu d'argent, & est mariée d'assez bonne heure. Il en faut attribuer la cause à la luxure de ces païs chauds, dont l'éguillon est plus perçant que dans les autres; & à l'art de ces créatures, qui est une espece d'enforcellement. On leur attribue avec beaucoup de justice la ruïne des gens d'épée, & de toute la jeune Noblesse qui suit la Cour. On dit communément dans le païs, que quiconque est épris d'une Courtisane, ne la peut quitter que quand elle le chasse; ce qui arrive lors qu'elles ont mis leur Amant au dernier écu. J'ai vû des gens de bon sens & de probité même, si enfoncez dans ces malheureux engagemens, qu'ils ne croyoient pas possible qu'ils s'en tirassent. Ils disent pour excuse qu'ils sont charmez & ensorcelez, & ils croyent fermement que quand ils s'efforceroient de rompre leurs chaînes, ils n'en pourroient venir à bout, & qu'il n'y a que celle qui les y a mis qui puisse les en délivrer. On connoît ces esclaves d'Amour à des brûlures qu'ils portent sur le corps, & particulierement aux bras. Ils les font avec un fer rouge, qu'ils se mettent sur la chair si fort, que la brûlure enfonce l'épaisseur d'une piéce de trente sols, ce qu'ils font au tems que leur passion est la plus ardente, pour témoigner à leur Maîtresse, que le feu de leur amour les rend insensibles au feu même. Plus on se fait de ces marques, plus on passe pour amoureux. Il y a des gens qui s'en font en tous les endroits du corps particulierement aux reins.

C'est la coûtume d'envoyer l'argent à ces sortes de femmes en les envoyant querir. Lors que c'est seulement pour les faire danser, on s'adresse à la Superieure, à qui on envoye d'ordinaire deux pistoles pour chacune autant que l'on en veut, six, sept, ou huit: & selon qu'elles dansent bien, on leur fait un present de plus. Quand c'est par débauche qu'on en fait venir quelqu'une, il faut lui envoyer son prix reglé. Elle vient à cheval, avec une ou deux servantes, & un laquais, & elle emporte par-dessus cela du lieu où elle entre tout ce qu'elle peut. Il me souvient qu'étant en Hircanie, comme je l'ai dit, il y vint un Sultan de la frontiere, (qui est, comme qui diroit chez nous, un Lieutenant de Roi de Province,) lequel ayant ouï parler d'une Courtisane, lui envoya le lendemain deux chevaux, & cinq écus, la priant de venir à son logis. Il pensoit que c'étoit un gros present; mais la Demoiselle lui fit réponse qu'il ne la connoissoit pas, qu'elle ne sortoit point de chez elle à moins de trente écus. Il lui en renvoya dix, on les refusa de même. Il en renvoya quinze, & puis vingt, avec le même succès. Ces refus n'ayant fait qu'irriter son desir, il dit à ses amis, voila une créature qui fait bien la rencherie: il n'y a pas d'apparence de l'aller enlever, nous nous ferions une affaire; mais il la faut pourtant rendre plus traitable. Sur cela, il lui envoya les dix pistoles. Elle vint, & étant entrée, le Sultan lui demanda si elle avoit reçû ses dix pistoles. Je les ai données à mes servantes, répondit elle; car pour moi je ne me donne pas pour si peu. Je suis venue par consideration pour vous. Le Sultan dit, qu'il ne vouloit sinon qu'elle chantât & dansât devant ses amis. Il la tint dans cet exercice jusqu'à minuit, sans lui donner à boire, ni à manger, quoi qu'ils fissent grand' chere; & après, il la mena dans un cabinet, où il la tint avec ses amis, tour à tour, jusqu'au jour. Le matin venu elle se croyoit hors d'affaires. Mais le Sultan, ayant fait assembler tous ses gens dans sa sale, depuis son maître d'hôtel, jusqu'au pallefrenier, il y mena la Demoiselle, & lui dit: *Ma belle, je suis un pauvre petit Gouverneur, qui n'ai pas moyen de donner dix pistoles pour une nuit; mes gens seront de part de la dépense, mais il faut aussi qu'ils soient de part du plaisir.* Ils la garderent tout le jour & la nuit suivante. Elle fit grand bruit de ce traitement qui pensa causer une grosse affaire au Sultan; mais comme il vit que la chose se poussoit contre lui, il la conta au Roi avec un tour burlesque, & qui le tira de peine, avec autres dix pistoles qu'il fallut donner pour avoir gardé la Courtisane deux nuits au lieu d'une.

Les Prostituées qui payent tribut, se tiennent dans des Caravanserais dont elles se sont emparées, personne ne voulant demeurer en telle compagnie; & celles qui n'en payent pas, de-

demeurent dans leurs propres maisons, car on ne sait ce que c'est que de Locataires en Perse, ni de portion de maison, & encore moins de logis garnis. Il y a de plus à *Ispahan* un Quartier qui en est tout plein, qu'on appelle *le Quartier des découvertes*, ou *Dévoilées*. C'étoit autrefois la coûtume dans cette ville Royale, que dès que le soir étoit venu, ces Prostituées, comme des bandes de Corbeaux, se répandoient dans toute la ville, & sur tout dans les Caravanserais, allant chercher pratique; & ce qui étoit de plus infame, c'est qu'on prostituoit des garçons de même tout publiquement, les promenant en tous endroits dans un ajustement particulier. *Saroutaki*, Grand Visir, au commencement du regne d'*Abas* second, lequel étoit un vieux Eunuque de sens & de courage, interdit par de sevéres loix cette prostitution contre nature; & après lui, *Calife Sultan*, qui lui succeda dans le Ministere, & qui fut son Emule, en fit d'autres contre les femmes publiques, qui leur défendoit de se produire d'elles-mêmes, & d'aller nulle part sans y être mandées : & comme il jugea que l'usage du vin étoit la source de ces abominables excès, il défendit d'en vendre sous de sevéres peines, en execution desquelles on vit empaler de ces prostituteurs de garçons, & précipiter du haut d'une tour une femme qui prostituoit ses filles propres, laquelle on fit en suite manger aux chiens. On esperoit alors de voir le païs repurgé, mais il se trouva que les plus sevéres châtimens ne corrigeoient autre chose que le scandale public, & l'effronterie avec laquelle les crimes les plus abominables alloient la tête levée.

Après tout ce que je viens de rapporter, qui se pratique en Perse touchant les femmes publiques, il ne sera pas mal à propos de traiter du Mariage, tel qu'il est établi dans cette Nation-là.

Je dirai auparavant que la Loi Mahometane recommande & enjoint l'acte du mariage, comme une obligation à laquelle l'homme fidéle est tenu, & elle défend le célibat & la continence, qu'elle regarde comme un vice, & un peché contre l'intention & le but de la Nature. Les Persans enseignent sur ce sujet, qu'il est bien vrai, que depuis *Jesus-Christ*, jusqu'à *Mahomet*, le célibat étoit libre, & même loué, & agréable à Dieu, parce que le Prophete de l'Alliance ou la Religion de ce tems-là étoit né d'une Vierge, & avoit vêcu dans le célibat; mais que depuis l'établissement d'un autre Culte, par un Legislateur nouveau, Dieu ne veut plus être servi par la continence, mais qu'il veut au contraire que tout homme pratique l'acte de mariage, de sorte que *Jesus-Christ* même lors qu'il reviendra au monde, vers la fin des siécles, avec *Mahammed Mehdi*, le douziéme *Iman*, ou successeur de *Mahammed*, pour détruire l'Antechrist; *Jesus-Christ*, dis-je, se mariera & aura plusieurs femmes. Ils alleguent sur ce sujet un passage de leur Livre sacré, qui porte, *qu'au jour du Jugement, la terre sur laquelle un homme vivant en célibat avoit accoûtumé de coucher, se levera contre lui, & dira: Quel crime avois-je commis, qu'un homme ennemi de la Nature m'ait foulée, moi qui travaillois incessamment à la génération & à la production des Etres.* C'est le texte de cette Religion charnelle & brutale; & comme le Commentaire va toûjours plus loin que le texte, les Docteurs Persans enseignent sur celui-ci des choses abominables : comme, qu'il faut donner une femme à un garçon dès qu'il ressent la pointe de l'aiguillon charnel : que c'est un peché de resister à l'amour : & que c'est une œuvre meritoire au contraire de soulager les passions amoureuses; & il y en a de si brutaux que de dire, qu'on peut éteindre son feu avec le premier objet qu'on rencontre, une femme avec son fils, un homme avec sa fille; ce qui fait horreur, & ce qu'aussi la plûpart des Persans détestent eux-mêmes. Il faut leur donner la gloire d'être les moins brutaux de tous les Mahometans sur le peché de la chair, ce qui paroît en deux cas fort importans. Le premier, c'est qu'au lieu que les Mahometans des autres Sectes tiennent permis le peché contre nature, les Turcs entr'autres qui usent de cette permission dans une grande étendue, les Persans le condamnent, & leur Magistrature le punit quelquefois; & bien qu'il y ait parmi eux quelques Casuistes trop relachez sur ce sujet, cependant le plus grand nombre est contre cette infame volupté. Le second cas est en ce qu'ils ne permettent point aux gens non Mahometans d'épouser plusieurs femmes, ni de prendre des Concubines, de maniere que quand un homme & une femme, tous deux Chrétiens, ou Gentils, par exemple, seroient d'accord de vivre ensemble, par le contract d'un bail, comme les Mahometans, & iroient à la justice pour en faire passer l'acte, elle ne l'accorderoit pas, comme on fait en Turquie, mais renvoiroient les parties honteusement. Ils disent pour raison de ce procedé, que les Religions ont toutes leurs austeritez, & leurs voluptez, qu'il ne faut pas sépaféparer. Que la Religion Chrétienne permet de boire du vin à plaisir, & de toutes sortes, mais ne permet qu'une femme, au lieu que la Religion Mahometane permet tant de femmes qu'on veut, mais interdit le vin jusqu'à une goutte. On enferme les filles dans les Serrails jusqu'à ce qu'on ait occasion de les marier; mais pour les jeunes hommes, on leur donne une fille esclave, ou une Concubine dès qu'ils sollicitent pour en avoir.

Les Persans ne sauroient comprendre, qu'il y ait des personnes qui volontairement, & par choix, vivent en chasteté. Ils répondent hardiment à ce que nous leur contons qui s'observe dans plusieurs pays Chrétiens sur ce sujet: qu'il y a là quelque énigme dont nous leur cachons le sens, & qu'il ne se peut faire que l'on se passe de femme, à moins que de tomber dans les crimes contre Nature. *Les Europeans*, disent-ils, *ne sont-ils pas faits comme les autres hommes, & ne mangent-ils pas comme eux? s'ils ne se servent point des femmes, il faut qu'ils fassent pis que cela.* Je me souviens là-dessus, que logeant à Ispahan chez les Capucins, un Seigneur savant, & honnête homme, de la Province de Bactriane, qui nous faisoit visite, se mit à dire au Superieur, nommé le *P. Raphael du Maus. Padri, on dit que vous autres n'avez point de femmes, mais que vous vivez à la Turque entre vous:* (cela veut dire se servir des garçons) *Est-il possible que vous soyez habituez à ce vilain Crime? Mon Dieu*, répondit le Pere, *bien loin de là, nous faisons vœu de ne toucher jamais de femme. Quoi* repliqua le Persan, *vous vivez sans toucher des femmes? Oui*, dit le Pere. *Mais, Padri*, reprit ce Seigneur fort serieusement, *vivez vous aussi sans manger? Vrayement*, poursuivit-il, *nous ne trouvons pas plus difficile de vivre sans besoin de manger, que de vivre sans besoin de femme.* Cette comparaison est sans doute outrée, mais il ne faut pourtant pas en juger précipitamment; car nous ne sommes pas constituez comme il faut pour en bien juger. Les païs chauds sont sujets à une luxure, dont l'ardeur est, graces à Dieu, inconnue chez nous, & les alimens de ce pays-là y sont d'un si grand suc, que quelque sobrieté qu'on y garde, & en quelque mortification qu'on y vive, on n'arrache jamais l'aiguillon de la chair.

Nonobstant ce que je viens de dire, la Fornication est tenue pour péché chez les Mahometans, & l'usage des femmes prostituées prohibé par leur Religion, & regardé comme infame, ou du moins comme fort deshonnête, par les gens graves & reglez. Les Villes en sont pleines néanmoins, & les gens estimez les plus réguliers, & les plus saints, s'en servent. Vous voyez tous les soirs en vous promenant dans les Colleges, ou dans les grandes Mosquées, des femmes publiques couvertes de leur voile les unes suivies de leur servante, d'autres seules, entrer dans les petits logemens des Prêtres, & des Regens, tantôt chez l'un, tantôt chez l'autre. On ferme la porte aussi-tôt, jusqu'au lendemain, qu'elles se retirent au point du jour, ou plus tard, sans que personne s'en offense: & la même chose se voit dans les Caravanserais chez les Marchands étrangers. Comment accorder tout cela? Voici comme les Persans le font. Ils vous disent premierement que les femmes prostituées sont en état de péché, dont elles ne sortent point qu'en faisant penitence, & quittant leur vie dereglée, & que c'est pour cela qu'elles sont chargées de tribut; or les femmes prostituées sont reputées infidelles en ce qu'elles font une profession défendue par la Religion. Ils disent secondement, que tout commerce avec une femme publique est un peché; mais qu'il n'y a qu'à l'épouser pour rendre ce commerce licite. Or c'est ce que font les gens scrupuleux. Ils prennent une Courtisane pour femme à louäge par un bail d'une heure, d'une nuit, d'un jour, d'une semaine, ou pour ce qu'on veut, comme je m'en vais dire plus amplement qu'il se pratique en Perse; & avec cette précaution, ils pretendent jouïr d'une femme publique en bonne conscience, croyant qu'un tel mariage est bon & licite, autant qu'aucun autre. Ils appellent cela *Sike Koudim*, termes qui signifient mot à mot, *j'ai fait le Contract de jouïssance*, c'est-à-dire, *je me suis marié.*

Pour venir maintenant au point du mariage des Persans, il faut observer qu'eux, avec tous les autres Mahometans, qui suivent les dogmes d'*Aly*, prennent des femmes en trois façons: ou en les achettant, ou en les loüant, ou en les épousant. Ils tiennent pour licites ces trois mariages d'union, leur Religion l'enseigne ainsi, & la loi Civile reconnoît pour également légitimes les enfans qui en viennent; de façon que si un homme a de son Esclave un fils, avant que d'en avoir de son Epouse, le fils de l'Esclave est reconnu pour l'ainé, & jouït des droits d'ainesse, à l'exclusion de celui de la femme légitime, fût-elle Princesse, & du sang Royal. C'est pour cela, qu'en qu'en Perse, la qualité & la Noblesse ne se tire que du Pere.

Les femmes Esclaves s'appellent *Canizé*. La Loi permet d'en avoir autant qu'on en peut nourrir, & la Police, ni Ecclesiastique, ni Civile, ne prend point connoissance du traitement qu'on leur fait, parce que dans tout l'Orient chacun a un Souverain pouvoir sur son Esclave. Quiconque a des filles Esclaves, s'en sert à tous les usages qu'il lui plaît, & non seulement est le maître de ce qu'on appelle leur honneur, mais aussi de leur vie. Ce n'est point en Orient un deshonneur à une Escave de servir de femme à son maître; au contraire, c'est le plus grand honneur, & la meilleure fortune qui lui puisse arriver; car dès qu'on s'en sert au lit, on lui donne un appartement separé des autres Esclaves. On l'habille bien. On lui donne des servantes. On lui fait pension; & si elle engendre des enfans, on lui augmente tous ces avantages, & elle n'est plus regardée comme Esclave, mais comme mere d'un legitime heritier de la maison.

Les femmes à louage s'appellent *Moutaa d'Amoüad*, qui signifie *Concubine* & aussi *servante*. On en prend tout autant qu'on veut, pour le tems qu'on veut, & pour le prix qu'on accorde. A Ispahan, qui est la Capitale de Perse, on en loüe de belles, & de jeunes, pour quatre cens cinquante livres l'année, avec l'entretien d'habits, de nourriture, & de logement. Cette sorte de Mariage est un Contract purement civil, mais qui se passe par devant le juge, & qui est bon, licite, & honnête, comme tous les autres Contracts de Mariage. On le renouvelle au bout du terme, si les parties en sont d'accord; & l'on est libre de le rompre avant qu'il soit achevé, & de renvoyer la femme qu'on a louée; mais il faut lui donner en la renvoyant tout le gage contenu dans le Contract. Lors qu'une femme à louäge quitte un homme, elle ne peut licitement se loüer, ni se laisser toucher à un autre, qu'après quarante jours. Ce terme s'appelle *les jours de purification*. Ceux du veuvage au contraire sont au nombre de cent trente; & bien que la loi Mahometane soit si favorable à l'incontinence, comme je l'ai rapporté ci-dessus, elle traite d'abominables les femmes, qui après la mort de leurs maris, ne s'abstiennent pas de la compagnie des hommes durant ce tems-là. Ceux qui savent la Loi Ceremonielle Mosaïque, reconnoissent aisément que les Mahometans ont pris des Juifs cette ordonnance, qu'ils ont modifiée. La Loi des uns & des autres se ressemble fort au sujet du Mariage, tant pour l'obligation, dont ils croyent qu'elle est à l'égard de tout le monde, que pour le traitement, qu'on doit faire aux femmes.

Les femmes légitimes s'appellent *Nekaa*. La Religion Mahometane permet d'en épouser quatre; cependant on n'en épouse gueres qu'une, par deux raisons. La premiére, le mauvais ménage que la multiplicité des femmes légitimes fait dans un logis; car chacune veut y commander, & leur mutuelle jalousie entretient toûjours la maison en desordre. L'autre, l'œconomie, ou épargne, le mariage en Perse étant de grande dépense, & où souvent l'on se ruine, de sorte qu'il n'y a gueres que les gens accommodez qui s'y engagent: les autres se contentent de Concubines ou d'Esclaves. Les gens de condition se marient d'ordinaire dans des familles de leur qualité; & si leur concupiscence ne peut se contenter de l'Epouse qu'ils ont prise, malheur qui ne leur manque jamais d'arriver, ils se servent des femmes Esclaves: la paix de la famille n'en est nullement troublée, parce que l'Epouse est toûjours Dame & Maîtresse. Au reste, qu'elle en soit contente, ou non, ses parens n'y prennent jamais de part. Il n'y a d'ordinaire que les gens de moyen état qui prennent des femmes à loüage: & ils le font pour pouvoir plus facilement s'en defaire. Les petites gens au contraire en prennent rarement, parce qu'ils n'ont pas le moyen de payer le loüage; & les gens de qualité n'en prennent pas non plus, parce qu'ils ne veulent ni le reste d'un autre, ni qu'on joüisse d'une femme qui leur a servi. S'il arrive par hazard qu'un homme de qualité prenne de l'amour pour une femme, ou publique, ou qui n'est pas de condition à devenir son Epouse, il la loue pour quatre-vingts-dix ans: c'est afin de l'avoir toute sa vie, sans se marier avec elle. Les gens de qualité usent de cet expedient, sur tout lors qu'ils sont mariez à une femme de qualité, ou de grande famille, parce que ses parens se tiendroient outragez, si on lui donnoit une compagne de basse naissance.

On se marie en Perse d'ordinaire par Procureur, à cause que les femmes ne se font point voir aux hommes. La ceremonie du mariage se fait de cette maniere. Les parens des parties s'assemblent au logis de la fille. Son pere, accompagné de ses plus proches, va recevoir le futur époux, l'embrasse, le conduit au lieu où est la Compagnie, & puis il se retire. Il ne doit point assister au Contract.

tract. Cela n'eſt pas legal, à cauſe qu'il faut laiſſer le futur Epoux en pleine liberté. Le Contract ſe fait en un lieu particulier, où il n'y a que lui, les Procureurs, & le Prêtre; car c'eſt d'ordinaire un homme d'Egliſe qu'on fait venir pour dreſſer le Contract. Ces Procureurs ſont à peu près comme en Angleterre les *Truſtées* des mariages, qui en gardent les Contracts, & en font executer les clauſes. Quand les parties ſont de la premiere qualité, c'eſt le *Cedre*, qui eſt le grand Pontife, ou le *Cheikeliſlana*, qui eſt le Grand Juge Civil, qu'on invite pour cela. Si ce ſont perſonnes de médiocre condition, ils tâchent d'avoir le *Kazy*, qui eſt le Lieutenant Civil. Et ſi ce ſont de petites gens, ils prennent un *Molla*, ou Prêtre de la Loi. L'Accordée, accompagnée de pluſieurs femmes, ſe rend dans une chambre, ou un cabinet joignant, où la porte eſt à demi ouverte, mais la portiere en demeure abatuë, en ſorte qu'on ne voit perſonne. Alors les Procureurs des parties, ſe levent, & celui de l'Accordée ſe rangeant contre la porte du Cabinet, & y étendant la main dit tout haut; *Moi N. Procureur, autoriſé de vous, N. je vous marie à N. ici préſent. Vous ſerez ſa femme perpetuelle à tant de doüaire prefix, duquel vous étes convenus.* L'autre Procureur répond ainſi. *Moi N. Procureur autoriſé de N. je prens en ſon nom à femme perpetuelle N. qui lui a été baillée pour telle, par N. ſon Procureur ici preſent, à condition de tant de doüaire prefix duquel on eſt convenu.* En ſuite, le Miniſtre, ou quiconque eſt là pour dreſſer le Contract, ſe leve, & approchant la tête de la portiere du cabinet, dit à l'Accordée *Ratifiez vous la promeſſe que N. vôtre Procureur, vient de faire en vôtre nom.* Elle répond, *Oui.*

Après il demande la même choſe à l'Accordé, & dreſſe le Contract, y met le ſeau, & le fait mettre à l'Aſſemblée comme témoins & en ſuite donne le Contract au Procureur de l'Accordée. Le Contract ſe garde par la femme pour ſureté de ſon doüaire: plus de ſeaux il y a & mieux c'eſt, mais il faut qu'il y en ait au moins dix.

Il n'y a autre difference dans la ceremonie des Mariages à tems, qu'on contracte avec les femmes à loüage, ſinon que les Procureurs des parties font les promeſſes en autres termes. Voici ce qu'ils diſent: *Moi N. en vertu de la procuration authentique que j'ai de N. je la donne à N. afin qu'il en ait l'uſage, pour un tel terme, & à tant de prix.* Et l'autre, *Moi, N. en vertu de la procuration authentique que j'ai de N. je prens, en ſon nom, N. à femme, je la prens aux conditions qu'on vient de marquer; je la prens ſur mon ame.*

Les petites gens font moins de façons à leur contract, & ne prennent point de Procureur; la femme entre voilée avec ſes parentes, dans le même lieu où ſont les hommes, & tous étans aſſis, l'homme lui dit:

Moi N. Procureur de moi même, je prens vous N. à femme perpetuelle à tant de doüaire prefix: je vous prens pour telle ſur mon ame.

Ce ſont les femmes qui traitent les mariages. Dès que les articles en ſont accordez, l'Epoux en aſſigne le doüaire ſur le plus liquide de ſon bien: & enſuitte envoye l'anneau de mariage, & les préſens à ſon Accordée. Ils conſiſtent en habits, en bijoux, & en argent comptant. L'Accordée lui renvoye des galanteries, comme des mouchoirs brodez, des toilletes, des calottes faites à l'aiguille, & d'autres nipes ſemblables, que ſouvent elle a faites elle même.

La Noce ſe fait chez l'Accordé, & dure dix jours. Le dixiéme, on lui envoye en plein jour ce qu'on appelle le trouſſeau de l'Accordée. Il conſiſte en ſes hardes, & bijoux, & quantité de meubles, en Eſclaves, & en Eunuques, ſelon ſa qualité. C'eſt ſa Dot, on ne lui donne autre choſe en la mariant. Des Chameaux le portent, ou d'autres bêtes de charge, au ſon de pluſieurs inſtrumens. Ses Eſclaves, ou Eunuques, ſont montez deſſus, ou vont à cheval: & il arrive ſouvent qu'on emprunte des meubles, & du train: & qu'on envoye des coffres, qui ſont vuides, tout cela par faſte, pour donner dans la veuë, & pour éblouïr les gens. La nuit on conduit la Mariée. Si c'eſt une fille de qualité elle eſt montée en *Cagiavat*; c'eſt une maniere de *Cunes*, ou berceau; un Chameau en porte deux, un de chaque côté. Si elle eſt de mediocre condition, on la méne à Cheval, ou à pied. Des joueurs d'inſtrumens commencent la marche, un nombre de domeſtiques ſuivent, chacun un cierge à la main: les femmes viennent en ſuite, portant auſſi chacune un cierge alumé. Elle eſt voilée du haut juſques en bas, & a de plus ſur la tête un autre voile, pliſſé comme une juppe, fait de brocard, ou de toile d'or, ou de toile de ſoye, qui la couvre juſqu'à la ceinture, & qui couvre tellement ſa taille, & ſa façon, qu'un Linx ne découvriroit pas comment elle eſt faite. C'eſt pour empêcher, dit on, que les jalouſes & envieuſes ne jettent des enſorcellemens ſur ſa perſonne. Deux fem-

femmes la menent par le bras, quand elle est à pied, & quand elle est à cheval, un Eunuque le méne par la bride. Une heure après être arrivée au logis du Mari, & quand le festin de la Nôce est achevé, les Matrones la menent à la chambre nuptiale, la deshabillent à la chemisette & au caleçon près, & la mettent au lit. Peu après le Marié est conduit au même lieu, ou par des Eunuques, ou par des vieilles femmes, & il n'y a point de lumiere lors qu'il y entre.

De cette maniere un homme ne voit sa femme, que quand il a consommé le Mariage, & souvent il ne le consomme que plusieurs jours après que son Epouse est chez lui; la belle fuyant, & se cachant parmi les femmes, ou ne voulant pas laisser approcher le mari. Ces façons arrivent souvent entre les personnes de qualité, parce qu'à leur avis cela sent la débauchée de donner si-tôt la derniere faveur. Les filles du sang Royal en usent particulierement de la façon, il faut des mois pour les reduire, & pour leur mettre en tête que leur mari est digne de les toucher. On conte de la fille d'*Abas le Grand*, qui fut mariée à un de ses Generaux d'armée, qu'elle fut long-tems sans vouloir regarder son mari en face. Ce Seigneur s'en plaignit au Roi, lui disant, *que S. M. lui avoit donné une tigresse, & non pas une femme, qu'il n'en osoit approcher: & qu'elle avoit mis deux fois le poignard à la main contre lui.* Abas ne pût s'empêcher d'en rire, & demanda au Général *combien il avoit d'Esclaves blanches dans son Serrail?* Le Géneral répondit au Roi *qu'il y en avoit environ quarante cinq. Faites les coucher l'une après l'autre avec vous*, lui dit le Roi, *je suis sur de cette voye pour reduire vôtre femme.* Le Général n'y manqua point. La Princesse s'emporta fort contre cet étrange procedé, demandant *si c'étoit la foi Conjugale.* Et voyant que son mari continuoit, malgré son courroux, elle alla s'en plaindre à son pere, en disant *qu'elle venoit lui demander justice de l'audace de son mari, qui forçoit toutes ses Demoiselles, & ses Esclaves.* Le Roi lui répondit avec un visage irrité, *que c'étoit par son ordre qu'il en usoit ainsi*, & en même tems la renvoya, lui commandant bien expressément, *d'inviter elle même la nuit suivante son mari de venir coucher avec elle.* La Princesse le fit, & elle vêcut depuis fort bien avec son Epoux. L'on fait à ce propos une assez plaisante histoire d'une des Concubines de *Sefy*, dernier Roi de ce nom. C'étoit une très-belle personne. Le Roi l'aimoit infiniment, ce qui l'avoit renduë fiere, & lui faisoit prendre la liberté de parler quelquefois trop hardiment au Roi. Un jour, *Sefy*, qui étoit cruel de son naturel, se fâcha si furieusement contre elle, qu'il voulut la faire mourir. Mais la mort ne paroissant pas un assez rude châtiment à sa colere, voici comment il la punit. Il lui ôta premiérement ses femmes, ses Eunuques, & ses meubles; ensuite, il fit brûler tous ses habits, & piler ses pierreries, & ses bijoux, dans un mortier, dont-il faisoit jetter devant elle les morceaux dans un étang; & enfin, pour comble de disgraces, il lui fit épouser un vilain negre, qui étoit un de ses Cuisiniers. La Dame infortunée fut envoyée chez lui avec une seule femme de chambre qu'on lui laissa. La femme de chambre qui étoit belle, & majestueuse, comme sa maîtresse, se mit au devant d'elle, lorsque ce hideux mari en pensa aprocher, & tirant un poignard lui dit, *Chien de Negre, si tu la touches seulement du doigt, je te mettrai ce poignard dans le cœur.* Le pauvre cuisinier se retira fort vite, & l'aventure ayant été rapportée au Roi, l'action lui plut. Il revint à lui, il maria la Dame à un Colonel, & lui renvoya des habits & des meubles selon sa qualité.

Il arrive dans les mariages des petites gens quelque chose de fort contraire; car si l'homme a été obligé de promettre un doüaire qui excede son bien, pour faire consentir les Parens de sa femme; il ferme la porte du logis lors qu'on la lui ameine, & dit qu'il n'en veut point à si haut prix. Il se fait alors un débat entre les parens des deux côtez, & ceux de la femme sont obligez de rabatre quelque chose pour la lui faire prendre, parce que ce seroit le dernier deshonneur pour eux & pour elle de la remener à la maison.

Il semble que cette façon d'épouser une femme sans l'avoir vûe auparavant, ne devroit produire que des mariages malheureux, mais cela n'est point, & même l'on peut dire en général que les mariages sont plus heureux dans les païs, où l'on épouse les femmes avant que de les avoir vûes, que dans ceux où elles sont vûes & frequentées; ce qui peut provenir de ce que ne voyant point les femmes d'autrui, on en a nécessairement plus d'attachement pour la sienne. On ne peut pas dire pourtant que les Persans se marient sans savoir du tout à qui; car la mere & les parentes, ou les autres personnes à qui l'on se rapporte du choix d'une femme, en font si souvent & si nettement le portrait, qu'on peut suffisamment juger sur leur rapport, si l'original

ginal plaira, & si l'on pourra s'en accommoder. De plus on ne tient les filles enfermées, même celles des Grands Seigneurs, qu'après qu'elles ont passé sept ou huit ans. Elles paroissent dans le logis jusqu'à cet âge : c'est afin qu'elles se fassent à la vûe du monde, & afin que le monde les observe. Ainsi il arrive quelquefois qu'on a vû petite la femme qu'on épouse après.

La Religion Mahometane tient le divorce licite, de quelque maniére qu'il se fasse, & pour quelque sujet que ce soit. Il suffit qu'une des parties soit dégoutée de l'autre, & qu'elles se veuillent démarier, fût-ce d'ailleurs les plus sages & les plus honnêtes gens du monde, ils font divorce. On prend Acte de la séparation devant un Juge, ou devant un homme d'Eglise. Cet acte s'appelle *Talaac*, c'est-à-dire, *Lettre de divorce*, & dès qu'il est fait, les parties ont la liberté de se marier à qui bon leur semble. Le mari, à la dissolution du mariage, est obligé de donner le Doüaire à sa femme, si c'est lui qui la repudie ; mais si c'est la femme qui a recherché la séparation, elle ne le peut prétendre. Les Mahometans tiennent aussi pour licite, le renouvellement des mariages dissous, & qu'on peut les dissoudre & les renouveller jusqu'à trois fois, ce qui est pris positivement des Juifs; mais que s'il arrive, après un triple divorce, que l'homme & la femme veuillent se rejoindre encore, ils ne le peuvent faire qu'à cette étrange condition; c'est qu'auparavant la femme épouse un autre mari, habite quarante jours avec lui, & qu'après elle s'en sépare. Mais néanmoins on regarde cela comme une turpitude parmi les Mahometans, de retourner avec une femme qu'on a répudiée trois fois, & les Persans, généralement parlant, usent rarement de cette ample liberté, qu'ils ont de se demarier. La bourgeoisie s'en prévaut quelquefois, mais les gens de qualité aimeroient mieux mourir, que de repudier leurs femmes, & ils leurs ôteroient plûtôt la vie que de leur accorder le divorce. Le menu peuple n'en vient presque jamais-là non plus. Ils sont trop simples & trop grossiers pour se démarier, & il leur en couteroit trop, à cause du Doüaire qu'il faut rendre en repudiant. Il se fait quelquefois à ce sujet parmi la populace une injustice criante; c'est que se voulant défaire de leur femme, sans leur donner le Doüaire, ils la traitent si mal, qu'elle est obligée de demander le divorce, & de tout sacrifier à sa Liberté. Au reste, la Justice ne connoît que rarement des differens qui arrivent entre le mari & la femme, des mauvais tours qu'ils se peuvent faire, & des sujets qu'ils ont de se séparer. Le lieu où les femmes sont renfermées est sacré, sur tout chez les gens de condition. C'est un crime pour qui que ce soit de s'enquerir seulement de ce qui s'y passe. Le mari y exerce une pleine puissance, sans la participation de personne. On assure qu'il s'y fait de cruelles executions, & bien étranges, & que le poison y dépêche bien des personnes, qu'on croit être mortes naturellement.

J'ajoûte ici que les degrez défendus chez les Persans sont presque les mêmes que parmi les Juifs; Mere, & belle-mere, sœur, & belle-sœur, tante, & niéce. On peut épouser la femme de son frere, mais cela arrive fort rarement. Les autres Mahometans ont une indulgence execrable sur ces degrez prohibez, & quand *le grand Mogor* défunt, pere d'Aurang-Zeb Roi des Indes à présent régnant, devint si étrangement passionné pour sa propre fille, qu'on le raconte en ce païs-là ; il trouva force Casuistes, qui lui dirent, *un homme peut manger du raisin de la vigne qu'il a plantée.*

Le 12. je donnai congé à l'Officier du *Can de Georgie*, qui m'avoit conduit à *Irivan*. Je lui fis présent de huit pistoles, & le chargeai d'une Lettre pour le Pere *Raphaël de Parme*, dans laquelle je lui mandois le bon service que cet Officier m'avoit fait, le priant d'en faire rapport au Prince, & de lui en faire mes très-humbles remerciemens. C'est la coûtume de donner à ces conducteurs de telles Lettres de décharge. S'ils revenoient sans cela auprès de leur Maître, ce seroit une faute dont on ne manqueroit pas de les punir.

Le 13. je fus au Palais une partie du jour, & dînai avec le Gouverneur, le 14. & le 15. j'y dînai aussi. Il me faisoit beaucoup de caresses à dessein que je lui fisse bon marché de ce qu'il vouloit avoir. Il n'est pas concevable combien de bassesses font ces grands Seigneurs Persans, quand il s'agit de quelque interêt, avec des gens sur qui ils n'ont point d'autorité. Ils ne se font point une honte d'employer les supplications pour en tirer ce qu'ils veulent : ils flattent : ils louent : ils promettent. Rien n'est trop bas pour eux de ce qui les peut conduire à leurs fins; & quand ils y sont arrivez, ils ne regardent plus les gens. On est sujet en Perse, quand on y a des affaires, à y éprouver tous les jours de ces retours d'inégalité.

Le 16. je fus voir le Patriarche d'Armenie.

Il se nomme *Jacques*. C'est un vieillard tout blanc, qui a un port fort venerable, mais c'est un esprit leger; & toute sa conduite justifie les accusations que sa Nation fait contre lui, de manquer de jugement, & d'être plein d'ambition. Il étoit logé à l'Evêché, & avoit la ville pour prison. Les méchantes affaires qu'il s'étoit faites, lui avoient attiré ce malheur. Voici le sujet de celles qu'il avoit alors sur les bras, dont il m'entretint longtems. Le Clergé Armenien est fort Simoniaque, comme je l'ai observé ci-dessus, aussi bien que celui des autres Sectes de l'Orient. Ce qu'il vend le plus cher, ce sont les saintes Huiles, que les Grecs appellent *Myrone*. La plûpart des Chrétiens Orientaux s'imaginent que c'est un baume physiquement salutaire, contre toutes les maladies de l'ame; & il y a d'entieres Communions Chrétiennes, qui croyent que la grace de la regeneration, & de la remission des péchez, se communique par l'usage de ces huiles, disant que dans le baptême, par exemple, c'est l'huile, & non pas l'eau, qui est la matiére prescrite. Le Clergé entretient le peuple en cette pernicieuse créance, pour l'avantage qu'il en tire, vendant bien cher chaque onction de cette huile. Le Patriarche a seul le droit de la consacrer. Il la vend aux Evêques & aux Prêtres. Il y a quelque douze ans que celui de Perse se mit en tête d'empêcher les Ecclésiastiques Armeniens de tout l'Orient, de se pourvoir de saintes Huiles ailleurs que chez lui. Ceux de Turquie s'en fournissent depuis longtems à Jerusalem, auprès du Patriarche Armenien qui y reside, & qui est le Chef de tous les Chrétiens Armeniens de l'Empire Ottoman. *Jacques* prétendoit, que les Armeniens de Turquie, ne devoient aller chercher l'huile Sainte à Jerusalem, que dans le tems que la guerre entre le Turc & le Persan les empêchoit de venir à son siége; & il crût qu'en faisant quelque dépense à la Cour du Grand Seigneur, il obtiendroit aisément un ordre de la *Porte*, en vertu duquel les Ecclésiastiques Armeniens de cet Empire seroient obligez de venir prendre en Perse les saintes Huiles comme autrefois. Il falloit le consentement de cette Couronne ici, pour entreprendre une affaire de telle importance. *Jacques* l'obtint facilement, & alla ensuite à la *Porte*, où ayant dépensé beaucoup, & demeuré bien du tems, il obtint enfin tout ce qu'il souhaitoit.

Le Patriarche Armenien de Jerusalem, Prélat plus fin & plus habile aux affaires de Turquie, ne se remua point de son siége, tandis que l'autre négocioit à la Cour du G. S. Il le laissa dépenser & s'épuiser, & se fit voir seulement quand *Jacques* pensoit retourner en Perse. Il n'eut pas de peine à faire reconnoître au Divan l'interêt du G. S. en cette affaire, & le dommage que sa Hautesse se faisoit, d'obliger les Armeniens de son Empire, d'aller en Perse querir les saintes Huiles, à cause du grand revenu qu'elles produisoient. Le Divan cassa l'ordonnance donnée en faveur du Patriarche de Perse, & remit les choses comme auparavant.

Jacques, pour son malheur, & pour celui de sa Nation, alla s'obstiner contre sa partie. Il fit revoir le procès, croyant que ses grands presens, & ses sollicitations le lui feroient gagner. Je ne sais point au juste ce qu'il a employé d'argent à cette méchante affaire, on en fait monter la somme à huit cens mille livres. Je sais seulement qu'il en doit cinq cens mille, qu'il a prises à Constantinople, & qu'il a depensées pour ce beau dessein. Il emprunta premiérement des Armeniens tout ce qu'il pût, & lors qu'il vit qu'il n'en pouvoit plus rien tirer, il emprunta des Turcs. Enfin il fut généralement décredité, & en même tems obligé de quitter prise, & de se retirer de Turquie, où il n'y a rien à faire pour des gens épuisez. Le Patriarche crût qu'il obligeroit les Armeniens de Perse qui vont & viennent à Constantinople, de payer ce qu'il devoit aux Turcs. Il les pressa de le faire, & l'obtint en partie. Ils payerent des sommes considérables, dans la vûe de tirer d'affaire leur Patriarche, qu'ils croyoient beaucoup moins engagé qu'il n'étoit effectivement; mais voyant qu'à mesure qu'ils payoient pour lui quelque dette, ils en découvroient de plus grosses, ils ne voulurent plus débourser d'argent, quelqu'adresse, & quelque violence qu'on pût employer. Ainsi *Jacques* fit entendre à ses créanciers Turcs, qu'il falloit qu'ils envoyassent des gens avec lui en Armenie, & qu'il les y payeroit. On le laissa aller sur cette parole. Quand il fut chez lui, il trouva les Persans & les Armeniens également irritez de ses dépenses, & de sa folle entreprise. Personne ne lui voulut donner d'argent, & l'on ne voulut point souffrir qu'il touchât au tresor Patriarchal; de maniére que deux Commis du Doüanier de Constantinople, venus avec lui pour recevoir le payement de 80. mille livres qu'il devoit à leur Maître, furent obligez de s'en retourner, trouvant le Patriarche entiérement insolvable.

Le

Le Doüanier voyant sa dette en grand risque, obtint un ordre du G. S. au Gouverneur d'Erzerum, de donner à ses gens qui retournoient en Perse tout le secours nécessaire pour se faire payer. Le Pacha leur donna des Lettres de recommandation pour le Can d'Irivan. Ces Lettres operérent peu, & comme les longueurs des Cours sont extrêmes en Asie, & que la distance des lieux y retarde fort les affaires, ces Commis Turcs furent un an à Irivan sans avancer. Enfin ils reçûrent de nouvelles Lettres de recommandation du Grand Visir, du Caimacan de Constantinople, & du Pacha d'Erzerum, pour le Gouverneur d'Irivan. Elles étoient si fortes & si pressantes, que le Gouverneur s'en émut. Il envoya querir le Patriarche, & lui dit, qu'il falloit absolument payer les 80. mille livres. Le Patriarche, qui est effectivement insolvable, fit voir son impuissance au Gouverneur le plus clairement du monde, & le supplia instamment de lui obtenir de la Cour une permission de lever cette somme sur les Eglises de Medie & de Georgie. Il fit plusieurs présens au Gouverneur pour l'obliger à la demander. Le Gouverneur y consentit à la fin. Il la demanda, & l'obtint. Dès qu'elle fut arrivée, *Jacques* envoya des Commissaires pour la faire executer. Le Clergé & les Séculiers Armeniens de ces Provinces, qui sont tout-à-fait pauvres, & continuellement vexez d'avanies, de levées de deniers, d'impôts, & de taxes, ne voulurent point payer celle-ci. Les Gouverneurs de Medie, & de Georgie, ayant pris connoissance du fait, défendirent à leurs sujets Chrétiens d'en payer un sou, & dirent que si le Gouverneur d'Armenie avoit tant de bonté pour le Patriarche, il fit faire la levée dans les Eglises de son Gouvernement. Il fallut donc encore récrire à la Cour sur cette affaire, mais le Gouverneur d'Armenie craignant que le Patriarche ne s'absentât, ou ne voulût aller lui-même à la Cour, il lui ordonna de se tenir à Irivan, & de n'en point sortir sans congé. Voila où en étoit ce Prélat lors que j'allai le voir. Il faisoit paroître une grande impatience dans l'attente des résolutions de la Cour. Remarquez qu'originairement les Patriarches Chrétiens de l'Asie recevoient des appointemens des Princes Mahometans, ausquels ils étoient sujets. Il n'y a pas encore un siécle que celui de Constantinople avoit 4000. écus. Mais leur imprudente conduite ayant beaucoup diminué le respect que l'on portoit à leur dignité, cette somme fut rabaissée à 2500. La brigue pour le Patriarchat s'étant animée on offrit au Grand Seigneur de les relâcher pour avoir l'office, & les Concurrens le mettant à l'enchere on offrit un tribut. La chose en est presentement à ce point de Simonie que c'est le plus offrant qui obtient ce Patriarchat, & le Patriarche fait annuellement de si gros présens aux Ministres, qu'ils ne trouvent pas d'avantages à donner sa place à un autre.

Le 21. du mois, qui étoit celui de Mars, quarante-sept minutes après le lever du Soleil, & le premier jour du mois *Zilhajé*, qui est le douziéme mois de l'année des Mahometans, laquelle est Lunaire, l'artillerie & la garnison de la Forteresse firent trois décharges, pour annoncer & pour célebrer la Fête du nouvel An. On l'annonce toûjours au moment que le Soleil entre dans le Signe du Belier soit de jour, soit de nuit.

Les Persans ont un grand nombre de Fêtes, tant Religieuses, que Civiles; c'est-à-dire de ces Jours consacrez, soit à la commemoration des mystéres & des événemens principaux de la Religion, soit à la mémoire des Révolutions importantes. Cependant ils ne gardent & ne célébrent solemnellement que trois Fêtes religieuses; savoir, le lendemain de leur Carême, qui leur est comme le jour de Pâques aux Chrétiens; le Sacrifice d'Abraham, & le martyre des fils d'Aly; & qu'une Fête civile, qui est la solemnité du nouvel An. Mais on peut dire que n'en gardant qu'une de cette sorte, ils la celébrent fort solemnellement. Elle dure trois jours, & en quelques lieux, comme à la Cour, jusqu'à huit, commençant, comme je l'ai dit, au point que le Soleil entre dans le Signe du Belier. On appelle cette Fête *Naurus Sultanié*, c'est-à-dire, *le nouvel an Royal*, ou *Imperial*, pour le distinguer du vrai nouvel An, selon l'Epoque presente de la Perse, lequel commence le jour que le faux Prophete *Mahammed* s'enfuit de la Mecque, dans la crainte que le peuple ne le mît en piéces en haine de sa nouvelle doctrine, duquel jour tous les Mahometans du monde comptent leur nouvelle Année. Ce nouvel An de l'Epoque Mahometane, qui, comme je l'ai déja remarqué, est une Epoque Lunaire, tombe au premier jour du mois de *Maharram*, le premier mois de cette Epoque, laquelle ils appellent l'*Hegire*. Mais pour ne parler à present que de l'ancienne Epoque qui est Solaire, les Persans font *Gemchid*, quatriéme Roi de Perse, le premier instituteur de la Fête du nouvel An; sur quoi il faut observer que les anciens

Perses faisoient fort solemnellement les Fêtes des Solstices & des Equinoxes ; mais particuliérement celle de l'Equinoxe Vernal, parce que c'est le retour du beau tems. La Fête duroit huit jours. Le premier jour, le Roi recevoit les vœux de la foule du peuple ; il donnoit le second aux Savans, & particulierement aux Astronomes ; le troisiéme aux Prêtres ; le quatriéme aux Magistrats ; le cinquiéme aux Grands du Royaume ; le sixiéme à ses Parens ; & les deux autres à ses Femmes & à ses Enfans. On continua en Perse de solemniser ainsi cette Fête jusqu'à l'invasion du Royaume par les Mahometans, qui ayant apporté avec une nouvelle Religion, une nouvelle Epoque, dans laquelle le premier jour de l'an ne tomboit plus à l'Equinoxe du Printems, mais au premier jour du mois Lunaire appellé *Maharram* ; l'ancienne coûtume de solemniser le premier jour de l'an diminua d'année en année, & vint enfin à se passer. On ne vouloit pas garder le nouvel an Solaire, par opposition au peuple du païs, qui persistant dans son ancienne Religion Ignicole, faisoit une Fête religieuse du premier jour de l'an, en le consacrant au Soleil, ce qui paroissoit une Idolatrie aux Mahometans, qui abhorroient toute sorte de réjouïssance publique ce jour-là. Et quant au premier jour de l'an Lunaire on n'en pouvoit pas faire un jour de réjouïssance, parce qu'en Perse les dix premiers jours du mois de *Maharram*, le premier mois de l'année Mahometane, ainsi que je l'ai observé, sont des jours de deuil public, consacrez à célébrer le martyre des fils d'*Aly*. Cela dura de la sorte jusqu'à l'an 475. auquel le Roi *Jelaleldin* étant venu à la Couronne, le jour de l'Equinoxe Vernal, les Astronomes du païs en prirent l'occasion de lui representer, que c'étoit un coup de la Providence, que son avenement à l'Empire fût arrivé au premier jour de l'an, selon l'Epoque ancienne, afin de lui faire rétablir la coûtume du païs de tems immemorial, de célébrer le commencement de l'année par une Fête ; que cette Fête ne pouvant être fixée au premier jour de l'an Mahometan, parce que ce jour étoit un jour de deuil, & qu'il seroit d'un méchant augure de commencer l'année par la solemnité d'un martyre, il s'ensuivoit qu'il la falloit fixer au premier jour de l'an Solaire, qui tomboit toûjours au Printems, le plus beau tems de l'année, & le renouvellement de toutes choses ; au lieu que le premier jour de l'année Mahometane tomboit successivement en toutes les saisons par ce qu'elle est Lunaire. Les Astronomes ajoûterent que s'il rétablissoit cette Fête du nouvel an Solaire, il s'y trouveroit quelque chose de particulier, c'est que selon une ancienne coûtume des Perses, qui comptoient les années par le régne de leurs Rois, le premier jour de l'année Solaire se trouveroit être le commencement de son régne. Ce Prince trouva la proposition à son gré, & rétablit l'ancienne Fête du nouvel an Royal, qu'on a solemnisée depuis avec beaucoup de pompe & d'acclamations.

On l'annonce au peuple, comme je l'ai dit, par des décharges d'artillerie & de mousqueterie, dans les lieux où il y en a, comme dans la Ville capitale, & aux autres grandes villes. Les Astrologues magnifiquement vêtus se rendent au Palais Royal, ou chez le Gouverneur du lieu, une heure ou deux heures devant l'Equinoxe, pour en observer le moment, ce qu'ils font avec l'Astrolabe sur quelque terrasse ou plateforme, & à l'instant qu'ils en donnent le signal on fait les décharges : & les instrumens de musique, les Timbales, les Cors, & les Trompettes font retentir l'air de leurs sons. Ce ne sont que chants & qu'alegresses chez tous les Grands & riches du Royaume. A Ispahan, on sonne des Instrumens tous les jours de la Fête devant la porte du Roi, avec des Danses, des Feux, & des Comedies, comme à une Foire, & chacun passe la huitaine dans une joye qui ne se peut representer. Les Persans entr'autres noms qu'ils donnent à cette Fête, l'appellent *la Fête des habits neufs*, parce qu'il n'y a homme si pauvre & si miserable qui n'en mette un, & ceux qui en ont le moyen en mettent tous les jour de la Fête. C'est le vrai tems de voir la Cour, car elle est plus pompeuse & magnifique, qu'en aucun autre tems ; chacun se parant à l'envi, de tout ce qu'il y a de plus beau & de plus riche. La promenade se fait chaque jour de la huitaine en lieux differens hors de la ville, où le concours est tout-à-fait grand. Chacun s'envoye des présens ; & dès la veille on s'entr'envoye des œufs peints & dorez. Il y a de ces œufs qui coûtent jusques à trois ducats d'or la piéce. Le Roi en donne comme cela quelques cinq cens dans son Serrail dans de beaux bassins aux principales Dames. J'en ai rapporté quelques-uns de cette sorte. L'œuf est couvert d'or, avec quatre petites figures, ou miniatures, fort fines aux côtez. On dit que de tout tems les Persans se sont donnez des œufs comme cela au nouvel An, parce que l'œuf marque l'origine &

& le commencement des choſes. On ne peut croire la quantité qui s'en débite à cette Fête. Après le moment de l'Equinoxe paſſé, les Grands vont ſouhaiter la bonne Fête au Roi, leur *Tage*, ou Bonnet Royal, en tête, chargé de pierreries, dans l'équipage le plus leſte qu'ils ſe peuvent mettre; & chacun lui fait ſon preſent, conſiſtant en bijoux, & en pierreries, ou en étofes, ou en parfums, ou en des raretez, ou en chevaux, ou en argent, chacun ſelon ſon emploi, & ſelon ſes biens. La plûpart donnent de l'or, s'excuſant ſur ce qu'on ne trouve plus rien dans le monde qui ſoit aſſez beau pour entrer dans la Garderobe de Sa Majeſté. On lui donne ordinairement depuis cinq cens ducats juſqu'à quatre mille. Les Grands, qui ſont en emploi dans les Provinces, font auſſi faire leurs complimens & leurs préſens. Nul ne s'en exempte, & c'eſt à qui paſſera les autres, & ſoi-même, à l'égard de ce qu'il a fait les années précedentes; de maniére que le Roi reçoit de grandes richeſſes en cette Fête, dont en ſuite il dépenſe une partie dans le Serrail, à donner les Etrenes à tout ce grand monde qui le compoſe. Le Roi traite magnifiquement les grands Seigneurs tous les jours de la Fête, depuis dix heures, juſqu'à une heure, qu'il rentre dans le Serrail; & les Grands font la même choſe chacun chez ſoi, où ils paſſent le reſte du jour à recevoir les viſites & auſſi les préſens de ceux qui ſont ſous leur dépendance; car c'eſt là l'invariable coûtume de l'Orient, l'inferieur donnant au ſuperieur, & le pauvre donnant au riche, depuis le laboureur juſqu'au Roi.

Les gens dévots paſſent, s'ils peuvent, tout le premier jour de la fête en dévotion dans leurs logis. Ils ſe purifient au point du jour, en ſe lavant tout le corps dans l'eau: puis ils ſe vêtent d'habits bien nets, s'abſtiennent de femmes, font leurs prieres ordinaires, & les extraordinaires du jour, liſent l'Alcoran, & leurs bons livres; tout cela à deſſein de ſe procurer par cette dévotion une heureuſe année.

D'autres gens, qui ſont adorateurs du ſiecle, font toute autre choſe; car ils étalent leurs richeſſes & leurs biens, & ſe metent au milieu, paſſant le jour à les compter, & à les admirer, à ſe rejouïr, & à prendre toute ſorte de plaiſirs, dans la penſée que c'eſt un bon augure pour une douce & abondante année. Une choſe aide fort à rendre la fête du nouvel an célébre, autant que ſolemnelle; c'eſt qu'on y fait auſſi Commemoration de l'inauguration d'*Aly* à la ſucceſſion de *Mahamed*. Les Mahometans tiennent que ce fut au jour de l'Equinoxe du Printems que *Mahamed* le proclama ſon ſucceſſeur, en preſence de ſon armée; ce qui fait, qu'au lieu que toutes les fêtes de la Religion ſont dans le Calendrier Lunaire, celle-ci ſeule & unique, eſt toûjours le premier jour de l'an ſolaire; ce qui a donné lieu à ce quadrain.

Le Printems ſe montre avec une tulipe à la main, qui reſſemble à une coupe,
Pour faire une efuſion des goutes de l'aurore ſur le tombeau du Roi qui eſt à Negef, [c'eſt *Ali.*]
En ce même nouveau jour, Ali *s'étant aſſis ſur le ſiege de la Prophetie,*
Il a rendu la fête du jour de l'an une fête glorieuſe.

Le feu Roi *Abas* ſecond avoit ordonné peu avant ſa mort qu'on ſolemniſât toutes les entrées du Soleil dans les douze Maiſons, par le bruit des inſtrumens de muſique, comme on dit que les Perſes le pratiquoient autrefois. Sa mort prématurée & ſubite a empêché le rétabliſſement de cette ancienne pratique.

Le 22. après midi je fus au Palais donner le bon an au Gouverneur. Je lui fis préſent d'un poignard, à manche & à gaine d'yvoire, fait au tour garni d'or émaillé. L'ouvrage en étoit antique & fort beau. Le Gouverneur l'admira, & en fut bien content. C'eſt en Perſe une coutume tournée en Loi de n'approcher aucun Grand durant cette fête, ſans lui faire un préſent. Le Gouverneur me fit aſſeoir proche de lui, & fit ſervir la collation en fruits verds & ſecs, & en excellens vins de Georgie & de Chiras. Le Genéral des Monnoyes & l'Envoyé du Roi, de qui on a parlé, étoient avec lui. J'y demeurai deux heures en converſation.

Le 25. il m'envoya querir, & après pluſieurs diſcours indifferens il me prit en particulier, & me dit, qu'il étoit fâché, pour l'amour de moi, que je fuſſe venu en Perſe, en un tems ſi miſerable: Qu'il n'y avoit rien à faire pour la pierrerie: que le Roi ne l'aimoit point, & n'achetoit rien: Que je ne comptaſſe nullement ſur le tems d'*Abas* ſecond, parce que ce tems-là étoit tout paſſé, & que j'aurois peine à vendre à la Cour pour trois mille piſtoles. Il me dit en ſuite, que ce n'étoit pas pour m'abatre le courage qu'il me tenoit ce diſcours, mais afin que je penſaſſe de bonne heure à ce que j'avois à faire, & ne perdiſſe point l'occaſion de vendre ce que j'avois apporté. Qu'il avoit deſſein d'en achetter pour dix mille écus, ſi je voulois lui en faire un un prix raisonnable. Je connus aisément où le Gouverneur battoit avec tout ce discours, & que cet avis quoi que bon & veritable, venoit plus de son interêt, que d'aucune part qu'il prit en mes affaires. Je l'en remerciai fort, & lui dis que j'avois ouï parler du changement dont il me parloit; mais que je ne laissois pas d'esperer de vendre, attendant de l'équité de sa Majesté qu'elle considereroit que je n'avois fait ce grand voyage, & apporté tant de pierreries, que par l'ordre du feu Roi son pere : que j'étois néanmoins bien résolu de vendre autant que je pourrois le faire sans perte, & que j'étois si reconnoissant des bontez & des soins qu'il avoit pour moi, que je lui ferois meilleur marché qu'à personne.

Le Gouverneur me fit-là dessus beaucoup de promesses de la faveur de ses fils, & de tout le crédit des amis qu'il avoit à la Cour, m'assurant qu'il me recommanderoit fortement à eux, & il fit apporter en suite tout ce qu'il avoit mis à part. Il me dit qu'il vouloit commencer par la bijouterie, & par les piéces de peu de prix, à m'acheter quelque chose, pour connoître si je lui tiendrois parole. Cette voye ne me plaisoit point. Je lui proposai de traiter de tout en un coup, & de n'en point faire à deux fois, l'assurant qu'il y trouveroit mieux son compte. Après, je le suppliai de commencer par les grosses piéces, mais il n'y eut pas moyen de lui faire accepter ni l'un ni l'autre parti. Il me sut si adroitement manier, qu'il me persuada que son procédé étoit sincere, & qu'il vouloit voir dans les choses où il se connoissoit le mieux, si je vendois cher ou non. Nous fimes prix de quarante montres de diverses façons. Je lui en fis bon marché pour gagner créance, & pour lui vendre plus de choses. Il m'envoya aussi tot à son Trésorier recevoir de l'argent; & pendant qu'on me le comptoit, il y vint, tenant à la main un grand miroir de cristal de roche monté en or, qu'il avoit mis à part parmi ceux que je lui avois fait voir. Il me dit que l'heure étoit bonne, & qu'il falloit encore faire marché de cette piéce. Je la laissai pour cinq cens écus, qu'il me fit compter avec le reste. On a dit que les Persans sont fort infatuez de l'Astrologie Judiciare, & qu'ils rapportent à l'influence des Astres tous les bons & les mauvais succès. Quand deux Astres, appellez benins, sont en Conjonction, c'est ce qu'ils appellent la bonne heure.

Il n'y a pas de peuple au monde plus superstitieux, ni qui le soit plus sottement, que les Persans, pour un peuple savant & éclairé, comme ils le sont. Ils croyent qu'il y a fatalité par tout. Tous les jours de l'année sont à leur dire heureux, ou malheureux; ou, pour parler comme ils font, *noirs* ou *blancs*, & les heures du jour aussi. C'est par là qu'ils ont tant de crainte de l'enchantement & du charme, tant de croyance aux Talismans, & tant de confiance aux amulettes. Ils les composent des passages de l'*Alcoran* & des *Hadis*, qui sont les dits des premiers Successeurs de *Mahammed*, de prieres de leurs Saints, mêlées de termes Cabalistiques; le tout écrit avec de grandes circonspections à l'égard du papier, sur tout à l'égard du tems & du lieu.

Ils les portent au cou, à la ceinture, mais plus communément au bras, entre le coude & l'épaule, en de petits sacs de soye, ou de brocard de toutes figures, grandes comme un demi-écu, plus ou moins. On les prendroit d'abord pour de petits pelotons. Il y a des gens qui portent jusqu'à sept ou huit de ces sachets cousus sur un ruban en brasselet, & il y en a d'autres qui portent ces sortes de papiers superstitieux en de petites boëtes, ou en de petits étuis, comme ceux des cure-dents, faits, d'or ou d'argent, pour les mieux conserver, & aussi afin de n'être jamais obligez de les ôter ni jour ni nuit, pas même en se mettant dans le bain. J'ai vû des gens porter ainsi tout l'*Alcoran*. Comme ils ont de ces *Amulettes* en papier, ils en ont aussi gravées sur des pierres, mais ils n'en ont point en velin, ou parchemin, parce qu'ils réputent les bêtes mortes impures, & tout ce qu'on en tire, comme est la peau dont on fait le parchemin. Enfin il y a des gens qui les enchâssent dans des bagues entre la pierre & le fonds du chaton. Ils appellent les *Amulettes*, *douaa*, c'est-à-dire *vœux*, ou *prieres*, & il faut observer qu'il y en a pour être gardé contre toute sorte de maux, & pour obtenir toute sorte de biens. Par la même superstition ils en attachent au cou des bêtes, & aux cages des oiseaux, quelquefois par douzaines; & enfin, ils en pendent aux choses inanimées, comme aux boutiques, dans la pensée que cela leur fera venir des chalans.

Je traiterai dans la suite de ce Journal des autres superstitions des Persans à mesure que l'occasion s'en presentera. Je ne parlerai ici que de ces caractéres talimanisques, entre lesquels j'en ai vû composer de cette sorte. On prenoit une feuille de papier, longue de plus d'une aune, mais large seulement de cinq à six pouces, laquelle on portoit à quarante personsonnes, l'une après l'autre, celles du pays que l'on croyoit les plus integres & les plus dévotes, les priant d'écrire dessus une oraison à leur gré, ce qu'ils croiroient de plus agréable à Dieu & de plus efficace. Chaque oraison n'étoit qu'un ou deux versets de l'*Alcoran*, & des *Hadis*. Quand le papier étoit achevé, on le plioit, & on l'enfermoit, comme je l'ai dit, & on l'attachoit sur soi. Ils donnent pour raison de cette dévotion superstitieuse, que de ces quarante personnes, il y en aura au moins une d'agréable à Dieu, de laquelle l'oraison sera efficace par consequent, & fera son effet sur celui qui en est muni. Les Moines mandians, & la plûpart des gueux qui demandent l'aumône, portent toûjours à la main, étendu devant eux, un grand papier carré de deux à trois pieds, sur lequel il y a des prieres pour obtenir de Dieu des graces spéciales, au dessous desquelles on voit un grand nombre de seaux appliquez au lieu & en maniere de signature. Ce sont les seaux des plus honnêtes & des plus devots personnages du lieu qu'on y a fait mettre; en disant que ces gens-là s'unissent de cette maniere à celui qui est chargé du papier où sont ces prieres, concourant avec lui à demander à Dieu les graces qu'elles contiennent, & qu'il est impossible que parmi tant de gens de bien, il n'y en ait quelqu'un d'agréable à Dieu, dont le suffrage soit efficace en faveur de celui pour qui il est donné. Quand ces Mandians se veulent arrêter quelque part, ils pendent ce papier sur le devant du lieu où ils s'arrêtent ou gîtent.

Le 27. le Gouverneur me fit l'honneur de me venir voir. Je me fusse bien passé de sa visite, car il m'en couta une boëte d'or de huit pistoles. Je la lui présentai pour satisfaire à la coûtume du pays, qui est de payer d'un présent les visites des Grands Seigneurs, comme on l'a dit. Le Gouverneur demeura un quart d'heure dans ma chambre, & après il alla s'arrêter devant celle des gens du Doüanier de Constantinople, qui avoient leur logement proche du mien. Il alla ensuite chez un Marchand Turc, & chez un Marchand Armenien, qui étoient logez dans le même Caravanserai. On lui faisoit un présent par tout où il alloit. A la verité c'étoit des choses de peu de valeur. Les gens du Doüanier de Constantinople lui donnerent deux ducats, le Marchand Turc un sac de *Cahvé* de la valeur de deux écus, l'Armenien deux aunes de Damas. Ce Gouverneur sort de la Forteresse, & vient à la Ville reglément deux fois la semaine, le Vendredi & le Samedi; il visite quelque quartier de la Ville, & y donne les ordres nécessaires; aussi n'y a-t'il rien de mieux policé que tout son Gouvernement. Lors qu'il s'arrête devant un logis, on ne lui fait point de présent si l'on ne veut; mais s'il entre dedans, la coûtume oblige de lui en faire. Un Officier qu'on appelle *Receveur des présens* tient compte de tout ce qu'on lui donne de quelque peu de valeur que cela puisse être.

Le 29. & le 30. je dînai avec le Gouverneur, & lui vendis pour cinq cens pistoles de petits bijoux. Nous traitions tête-à-tête, & dès que le marché étoit fait il me faisoit payer comptant. Il gâgnoit sûrement à cette bonne façon de négocier, que jusques-là je n'avois point vûe en Perse; car je lui en faisois beaucoup meilleur marché. Ce jour-là, peu de tems après que je fus de retour au logis, la Princesse sa femme m'envoya querir pour faire le prix de plusieurs bijoux qu'elle avoit choisis. Comme j'étois prêt à monter à Cheval le Général des Monnoyes, & l'Esclave du Roi me vinrent voir, ainsi je ne pus aller au Château ce jour-là. Je n'y voulus point aller les trois suivans, parce que c'étoit les derniers de la Semaine Sainte. J'y fus le 4. Avril. L'Intendant de la Princesse qui étoit un vieil Eunuque, me dit qu'elle s'étoit mise fort en colére de ce que j'avois tant tardé à venir, & que si un homme du païs en avoit fait autant, elle lui eût fait donner deux cens coups de bâton sous les pieds. Cela me fit rire & me fit demander par curiosité à l'Eunuque, si la Princesse faisoit quelquefois de telles justices? Elle est, me répondit-il, la plus fiere Dame du monde, & pour la moindre faute, elle fait châtier sévérement. Quand c'est un homme qui l'a commise, elle l'envoye prendre par des Eunuques. Ils lui lient les mains & les pieds, le mettent dans un sac, le portent dans le Serrail en sa présence, & l'y châtient comme elle l'ordonne, sans le tirer du sac, ni qu'il voye où il est. Je ne savois pas que les grandes Dames de Perse fissent de ces punitions. Je suppliai l'Eunuque, de faire entendre à la Princesse le sujet qui m'avoit retenu au logis, & de l'assurer que je serois toûjours prêt à executer ses commandemens. Je demeurai plus de quatre heures à l'entrée du Serrail, tandis que l'Intendant alloit & venoit. On convint de quatre mille livres de bijous, & j'en reçûs l'argent le lendemain matin.

Le 3. j'allai voir le Gouverneur & le supplier de me donner congé de partir, étant pressé

pressé de me rendre à la Cour. Il me promit de le faire l'après-midi. J'y retournai au point de l'assignation. Il me demanda d'abord, en riant, combien valoit la boëtte d'or que je lui avois donnée, lorsqu'il m'étoit venu voir. Je ne savois à quel dessein il me faisoit cette demande. Je lui répondis qu'elle valoit dix pistoles. Vous m'obligerez, me dit-il, de la reprendre & de m'en donner la valeur en clefs, en ressorts, & en cordes de montre. Je fus surpris de la proposition, qui ne me sembla gueres honnête pour un Seigneur de sa qualité. Je lui répondis, que je ferois ce qu'il lui plairoit; & j'ajoûtai, que j'avois des outils d'horlogeur, que j'avois apportez pour les ouvriers du Roi, & que s'il en vouloit je lui en donnerois. Il me prit au mot, m'assurant que je lui ferois un grand plaisir. Ce Seigneur connoît & aime la méchanique, & sait bien remedier à un horloge qui ne va pas juste. Il fit apporter ensuite tout ce qui lui restoit à moi. Je croyois sûrement qu'il en traiteroit, mais à mon grand étonnement il me rendit tout. J'apperçûs alors que j'avois été sa duppe, & qu'il ne m'avoit leurré d'un grand achat, que pour me faire donner à bon marché ce qu'il vouloit avoir. Je cachai le déplaisir, & le dépit que j'en sentois, & lui rendis mille remerciemens avec un visage aussi gai, que si j'eusse eu le cœur content. Je le suppliai ensuite de me donner des Lettres de recommandation pour ses fils. Il promit de le faire, & m'invita par deux fois d'aller avec lui à la Campagne, où il alloit le lendemain matin. Je m'en excusai, & l'en remerciai le mieux que je pûs. Je lui demandai en même tems l'agrément pour le *Sieur Azarie*, de me venir accompagner à Tauris. Je le vieux bien, répondit ce Seigneur, je lui recommanderai d'être vôtre *Mehemandar* ou conducteur. Cet honnête homme est l'Armenien dont l'on a parlé. Je me retirai après avoir derechef bien remercié le Gouverneur de toutes ses bontez, & lui avoir dit que je ne manquerois point de m'en louër à la Cour. Je ne voulus point le sommer de plusieurs promesses qu'il m'avoit faites; étant sûr que cela ne produiroit rien, parce que selon la coûtume du païs, il me les avoit faites, non pas pour les tenir, mais pour me faire faire plus facilement ce qu'il desiroit.

Le 5, le Gouverneur alla au Camp, qu'il avoit fait dresser à une lieuë de la ville, en une grande & belle prairie toûjours couverte de fleurs, durant la belle saison. Les deux fleuves qui passent au tour d'Irivan y serpentent doucement, & y forment plusieurs petites Isles. Le quartier du Gouverneur, celui de la Princesse sa femme, & ceux des plus considérables personnes qui les accompagnoient, étoient séparez, & chacun dans une Isle. Ils communiquoient les uns aux autres par de petits ponts volans. Les Tentes du Gouverneur étoient magnifiques. Il y avoit, en petit, toutes les commoditez d'un Palais, jusqu'aux bains & étuves. Sa maison étoit de plus de cinq cens hommes, sans compter les femmes, & les Eûnuques. Les Grands ont coûtume en ce Royaume, d'aller ainsi passer le printems à la Campagne. Ils y prennent les divertissemens de la chasse, de la pêche, de la promenade, des exercices à pied & à cheval. Ils y goûtent l'air, & la fraicheur qu'ils aiment tant. C'est-là le délassement de leur vie; & s'ils n'ont point d'affaires à la ville, qui les obligent de s'y rendre, ils continuent à le prendre, durant l'Eté, dans les plus délicieux endroits des montagnes voisines. Ils appellent cela *Yelac*; c'est-à-dire, *course de Campagne*.

Le 6. l'Intendant du Prince me donna à dîner, le Lieutenant de Roi de la Forteresse étoit au festin. Il est natif de *Dag-estaan*. C'est un grand païs tout de montagnes qui est au Nord-Est de la mer Caspie, & confine à la Moscovie. J'eus beaucoup de plaisir à lui ouïr raconter plusieurs singularitez des mœurs & des maniéres de son païs. Le Roi de Perse y est reconnu pour Souverain Seigneur, mais il n'en est pas absolument le Maître; & les peuples qui l'habitent n'obéïssent pas toûjours à ses ordres. On dissimule leurs desobéïssances, parce qu'il est difficile de les reduire, à cause de l'âpreté, & de la hauteur de leurs montagnes. Ce sont des gens farouches, & des plus barbares de l'Orient. Je crois que ce sont les restes des Parthes. Le soir, ce Seigneur m'envoya un regal de fruits, de vin, & d'un mouton.

Le 7. le Trésorier me fit un pareil régal qu'avoit fait le Lieutenant le jour précédent. Je payai de petits présens que je fis à ces Messieurs les faveurs que je recevois d'eux. Ils m'avoient rendu service à Irivan, sans avoir osé prendre de moi les droits qu'on est obligé de payer en Perse, aux Officiers des Gouverneurs, de tout l'argent qu'on reçoit à leur trésor, parce que leur Maître avoit défendu de m'en demander rien. C'étoit donc pour m'obliger à leur en donner de gré une partie qu'ils me faisoient tant de caresses, sachant bien que j'étois j'étois assez instruit des coûtumes du païs, pour savoir, qu'on n'y fait point ces sortes de courtoisies à un étranger par un pur mouvement de générosité. L'après midi je fus au Camp prendre congé du Gouverneur ; il me fit mille honnêtetez, & me donna, en me quittant, deux Lettres de recommandation pour ses deux fils ainez, qui sont les uniques Favoris du Roi, comme on l'a dit. Elles étoient à peu près de même teneur. Voici la traduction de celle qui étoit pour l'aîné.

D I E U.

Je prie le Souverain Auteur de tous les biens de conserver en vie, & en santé, le haut & puissant Seigneur, Nesr-ali-bec, mon très-honoré, & tres-heureux Fils, le favori & confident de la Majesté Royale.

Nous faisons de très-parfaits vœux au Ciel pour vôtre heureuse grandeur. Le motif que nous avons de vous écrire cette Lettre, est la part que nous prenons dans les affaires du Seigneur Chardin, qui est arrivé depuis quelque tems en cette ville, & qui en part à present pour aller en diligence au Palais qui est le [a] *refuge de l'Univers. Il faut absolument que vous vous* [b] *informiez à fonds des intentions qu'il a, & des très-humbles requêtes qu'il veut faire à la très-haute Cour, & que les ayant bien conçûes, vous appliquiez vôtre adresse à les faire répondre favorablement. Nous souhaitons d'être bien particulierement informez de l'effet qu'aura eu nôtre recommandation, & de quelle maniere cet Ami illustre aura été reçû & traité. Nous desirons aussi que vous nous donniez des nouvelles de sa santé. Nous prions Dieu de toute nôtre affection qu'il ait la grace & le bonheur d'être bien reçû de nôtre grand Roi, à qui je souhaite que tout* [c] *l'Univers rende hommage, & qu'il puisse avoir en ses affaires un parfait succès. Dieu Eternel vous donne longue vie.*

[a] Le mot Persan que j'ai traduit *par refuge de l'Univers*, est *Alempenha. Alam* signifie *le monde entier*, *la nature Universelle.* Et *Penha* signifie *retraite*, *port*, *recours*, *lieu de sûreté.*

[b] En l'original il y a *qu'ils s'informent.* Les Orientaux parlant à des personnes qu'ils respectent, se servent pour les designer de la troisiéme personne du plurier, & pour se designer eux-mêmes de la troisiéme personne du singulier. La Langue Sainte ne parle gueres autrement.

[c] Il y a dans le Persien *que toutes les ames puissent servir à son nom, à son nom.* Cette répetition est une figure fort usitée dans toutes les langues Orientales, qui la tiennent indubitablement de la Langue Sainte. Il y en a mille exemples, comme au Pseaume 68. vs. 13. *ils s'en sont fuis, ils s'en sont fuis*, pour dire, *ils s'en sont fuis entiérement*, au Pseaume 87. vers. 5. *l'homme, l'homme*, pour dire, *l'homme parfait.* Les Auteurs Grecs & Latins s'en sont servis de même, & les plus délicats & polis comme *Plaute*, *Ovide*, & *Catulle.*

Je fus ensuite prendre congé des Principaux Seigneurs du lieu : & entr'autres du Général des Monnoyes. Ce Seigneur, nommé *Mahamed-chefi*, m'avoit persuadé d'aller à *Ispahan* par la voye d'*Ardevil* m'assurant que je vendrois quelque chose en cette ville. Je lui promis de le faire, & pris de lui une Lettre de recommandation pour le Gouverneur d'*Ardevil*, qui est son proche parent. Voici ce qu'elle contenoit.

D I E U.

Très-haut, & Très-noble Seigneur, Glorieuse Majesté, digne d'être appellée Celeste, Elite des Préfets, des Lieutenants & des hommes heureux, Source de grace, d'honneur & de civilitez, Exemplaire de pureté, Modelle de Noblesse, & de beneficence, Cour integre, veritable & fidéle, Défenseur de ses intimes Amis & de ses Parens : Mon très-excellent Seigneur & Maître, je prie Dieu très-haut de vous conserver la santé, & de vous prolonger la vie.

Après vous avoir rendu mes respects & mes hommages, je donne avis à vous, Monseigneur, dont l'esprit est net, & brillant, comme le Soleil, que le Seigneur Chardin, la fleur des Négocians Europeans, ayant eu dessein d'aller par la ville de Casbin, au magnifique Palais, qui est le refuge de l'Univers, moi qui suis vôtre véritable Ami, l'ai persuadé dans l'intention de vous faire service, d'aller par Ardevil la Sainte. Il a de précieuses marchandises qu'il exposera en la présence de vôtre très-noble personne, je suis sûr qu'elle les acceptera, si elles se trouvent dignes d'elle, & je me promets que vôtre Grandeur commandera à ses gens d'avoir bien soin de ce Noble Etranger. Je me dispose à partir pour Tifflis avec l'aide de Dieu, à la fin du mois Zilhagé prochain, si je puis servir vôtre Excellence en ce païs, elle me fera beaucoup d'honneur de me le faire savoir. Je la supplie de croire qu'on me fait un riche présent, lors qu'on me donne des nouvelles de sa santé. Dieu conserve par sa grace vôtre Illustre personne jusqu'au jour du jugement.

Je suis le vrai ami des très-hauts, & très-nobles Seigneurs, *Geonbec*, *Hiaiabec*, & *Mahamed-bec:* je me persuade pour mon repos la continuation de leur santé.

Le sceau contenoit un vers dont le sens est tel. *J'ai abandonné mon sort à Dieu*, *moi Mahamed Chefy sa Créature.*

Sur le dessus de la Lettre, à un coin, il y avoit en petit caractére, *Dieu conserve le bon état de mon ami.*

C'est une politesse incomparable que celle des Lettres Missives des Orientaux, & comme ils nous passent en complimens de paroles, ils le font de même en complimens de maniéres. La premiére civilité qu'ils observent dans les Lettres est à l'égard du papier. Ils en ont de sept à huit sortes, du commun blanc, jaune, verd, rouge & de toutes couleurs: du doré & argenté du haut en bas de la feuille: le plus respectueux est le blanc peint de fleurs d'or, qui sont légerement marquées, afin que l'encre n'en coule & n'en prenne pas moins. La seconde civilité à laquelle ils prennent garde, est d'écrire le nom de la personne, ou ses titres, en Lettres de couleur, ou en Lettres d'or. La troisiéme, est de faire une marge de demi feuille & de ne commencer d'écrire qu'aux deux tiers de la feuille. La quatriéme, est à l'apposition du sceau, qui tient lieu de signature: le profond respect requiert qu'on appose son sceau au dos de la Lettre, en bas à un coin, & de l'imprimer si fort sur le bout que tout le sceau ne soit pas marqué, mais qu'il en manque une partie; c'est pour dire, *je ne suis pas digne de paroître devant vous. Je n'ose par respect me montrer qu'à demi en vôtre presence.* Il y a trois endroits où l'on a coûtume de mettre le sceau aux Lettres; car d'égal à égal, on le place en bas au coin au côté droit à nôtre maniere, qui est le côté gauche à la maniere Orientale; mais si c'est de superieur à inferieur, comme du Seigneur au sujet, ou du Maître au serviteur, on met son sceau en haut, & au contraire si c'est d'inferieur au superieur on met le sceau derriere à demi, comme je l'ai dit. La derniere civilité à laquelle on prend garde dans les Lettres, est à l'envelope dont la maniere la plus respectueuse est de mettre sa Lettre dans un sac de broderie, lié par un filet d'or & de soye, avec de petites houpes de même, & d'y apposer le sceau sur de la cire d'Espagne.

Les Persans ont trois pratiques superstitieuses sur leurs Lettres missives, dont ils ne sauroient donner de raison, ou n'en sauroient donner de bonne. La premiere, est qu'ils coupent toûjours le coin droit de la feuille avec les ciseaux, de maniere que ce n'est plus un papier carré, & à quatre coins, mais à cinq. Ils disent qu'on rend ainsi la feuille, qui est réguliere, étant carrée, de figure irreguliere en l'écornant, pour témoigner que tous nos ouvrages, & toutes nos actions, sont marquées d'imperfection, & de défaut, & par conséquent sont transitoires. La seconde est, que sur les lettres qu'ils mettent dans une envelope de papier, ils écrivent près du cachet trois fois le mot de *Cratin*, qui est un mot sans signification. Il n'y a rien de plus ridicule & de plus fabuleux que la raison que quelques-uns en donnent. Ils disent que *Cratin* est le nom du Chien des *sept Dormans*, desquels ils ont la fabuleuse Legende, comme les Chrétiens Orientaux & les autres qui l'ont prise d'eux: & que ce Chien preside aux Lettres missives. Ils content que ce Chien étoit dans la caverne des *sept Dormans*, où il faisoit le guet pendant les trois siécles qu'ils passérent à dormir; & que quand Dieu les enleva en Paradis, le Chien s'attacha à la robe d'un de ces Dormans, & fut ainsi enlevé au Ciel. Que Dieu le voyant là, lui dit, *Kratim*, par quel moyen te trouves-tu en Paradis? je ne t'y ai point amené, aussi ne veux-je pas t'en chasser; mais afin que tu ne sois pas ici sans patronage, non plus que tes maîtres, tu presideras sur les Lettres missives, & auras soin qu'on ne vole pas la valise des Messagers pendant qu'ils dorment. La troisiéme pratique superstitieuse des Persans sur ce sujet, est qu'ils ne donnent jamais les Lettres à la main, en les presentant aux gens qui sont au dessus d'eux, ou leurs égaux, mais ils les mettent devant eux à leurs genoux, & lorsqu'ils les donnent aux porteurs, aux couriers, ou à d'autres gens au dessous d'eux, ils les leur jettent de loin. C'est là leur pratique constante & sans exception; & les plus credules & simples n'en sauroient donner de raison. Ils disent sur cette pratique, comme sur les autres, *caada est*, c'est-à-dire, *c'est la coûtume.*

Pendant que j'étois encore au camp il arriva un courier du Roi, qui apportoit la réponse de Sa Majesté sur l'affaire du Patriarche. J'appris chez le Gouverneur, qu'on lui mandoit que les Ministres avoient été d'avis, qu'on vendît le trésor d'*Ecsmiazin*, avec tous les ornemens, & les richesses du Couvent, & que de ce qu'on en tireroit on payât les dettes du Patriarche; & qu'on eût suivi cet avis, sans que les Armeniens représentérent,

que

que tout cela ne suffisoit pas à beaucoup près pour le payement de ses dettes; & que si l'on ôtoit d'*Ecsmiazin* son trésor & ses ornemens, l'on ruïneroit un lieu qui attiroit beaucoup de monde en Perse; & qui produisoit annuellement une grande somme, par la dévotion & le concours des Chrétiens Orientaux; que sur cela le Roi avoit prononcé qu'on levât en Armenie, sur tous les villages Chrétiens, ce qu'il falloit pour payer les gens du Doüanier de Constantinople, qu'il étoit important de satisfaire. Le Patriarche eut beaucoup de joye de cette nouvelle: Il fit un présent à celui qui la lui apporta: mais ce procedé déplut à toutes les honnêtes gens de la ville; qui voyoient avec dépit, que ce Prélat étoit insensible à la violence qu'on alloit faire à des milliers de pauvres Chrétiens, pour payer les frais de son ambition mal-reglée.

Le 8. une heure avant le jour, je partis d'*Irivan*, je fis quatre lieuës par des côteaux & des vallées. Le païs que je traversai est rempli de villages. Je logeai dans un qui est fort grand & fort beau, nommé *Daivin*.

Le 9. nous fîmes cinq lieuës en un païs fort uni & fort fertile. Il est tout environné de montagnes. Celle qu'on appelle *la montagne de Noé* est à droite. Nous allions Sud-Ouest. Nous logeâmes à un village nommé *Kainer*.

Le 10. nous continuâmes cette route, & fîmes huit lieuës. On laisse sur la gauche, à la moitié du chemin, un grand bourg nommé *Sedarec*. C'est comme la capitale d'une contrée d'Armenie, nommée *Charour*. Le Sultan de la contrée demeure en ce bourg. Nous eûmes un fort méchant gîte cette nuit-là. C'étoit un Caravanserai ruïné proche d'un village nommé *Nouratchin*.

Le 11. nous fîmes quatre lieuës sur la même route, & en un païs aussi beau, mais moins uni, couvert de pierres & de colines. Nous passâmes un fleuve nommé *Harpasouy*, qui arrose toutes les terres voisines. Il sépare le gouvernement de cette partie d'Armenie, dont *Irivan* est la capitale; d'avec celui de cette autre partie, dont *Nacchivan* est la capitale.

Le 12. nous arrivâmes à *Nacchivan*, après avoir fait cinq lieuës, en des plaines fort unies, & fort fertiles.

Nacchivan est une grande ville détruite; ou plûtôt c'est un grand & prodigieux amas de ruïnes, qu'on releve & qu'on repeuple peu à peu. Le cœur de la ville est présentement rebâti & habité, il y a de grands *bazars*; ce sont, comme l'on a dit, de longues galeries, ou ruës couvertes, pleines de boutiques d'un côté & d'autre; où se vendent toute sorte de marchandises & de denrées. Il y a cinq *Caravanserais*, des bains, des marchez, de grands cabarets à tabac, & à cahvé; & deux mille maisons, ou environ. Les histoires Persiennes assurent, qu'il y en a eu autrefois quarante mille. Elles disent aussi, qu'avant que les Arabes prissent ce païs, il y avoit ici cinq villes qui avoient été bâties par *Behron-Tchoubin*, Roi de Perse. On voit, sur les dehors de la ville, les ruïnes d'une grande Forteresse, & de plusieurs Forts, qu'*Abas* le Grand fit détruire, à la fin du siécle passé, ne se sentant pas assez fort pour les garder. Il les fit abatre après avoir pris *Nacchivan* sur les Turcs, & l'avoir aussi ruïnée & dépeuplée. Il en usoit ainsi par tout, pour empêcher les Turcs de s'y fortifier, & d'y trouver des vivres. C'est à la vérité un objet pitoyable que cette ville, en l'état où elle est encore à present.

Les histoires de Perse font foi, qu'elle a été une des plus grandes & des plus belles villes d'Armenie, comme on vient de le dire. L'histoire dont on a parlé, qui se garde dans le célébre Monastére des *trois Eglises*, porte, que cette ville est l'ancienne *Ardaschad*, nommée *Artaxate*, & *Artaxasate*, dans les Historiens Grecs. D'autres Auteurs Armeniens font *Nacchivan* encore plus ancienne, & disent que *Noé* commença de la bâtir, & qu'il y établit sa demeure après le Déluge. Ils raportent à cette origine l'étymologie du nom de cette ville: car, à leur dire, *Nacchivan* en vieux Armenien, signifie premiere habitation, ou premier hospice. *Ptolomée* fait mention d'une ville, en cet endroit, qu'il appelle *Naxuane*, ce pourroit être *Nacchivan*. Je croi que c'est la fameuse *Artaxate*, ou qu'*Artaxate* étoit située fort proche; car *Tacite* dit, que l'*Araxe* passoit proche de la ville; & nous allons voir qu'il n'est qu'à sept lieuës de *Nacchivan*. La hauteur du Pole sur son Horison est marquée sur les Astrolabes des Persans 38 deg. 40 min. & la long. 81 deg. 34 min. Elle a un *Cam* pour Gouverneur, & elle est capitale d'une partie d'Armenie, comme on l'a dit.

A cinq lieuës de *Nacchivan*, au Nord, il y a un grand village, nommé *Abrener*. Ce nom signifie *champ fertile*. Les habitans de ce village, & des sept autres qui sont proche, sont Catholiques Romains. Leur Evêque, & leurs Curez, sont Dominicains. Ils font le service en langue Armenienne.

Ce fut un Dominicain Italien de Boulogne, nommé *Dom Barthelemy* qui rangea cette contrée sous l'autorité du Pape, il y a quelque 350. ans. Plus de vingt autres villages des environs s'y étoient rangez de même; mais ils retournerent depuis à l'obéïssance du Patriarche Armenien, & à leur prémiere Religion; & pour ceux qui persistent en celle de Rome, ils se diminuent de jour en jour, par la persecution de ce Patriarche, & des Gouverneurs de *Nacchivan*. Ces pauvres gens se sont attirez l'indignation & les violences des Gouverneurs, pour avoir entrepris de se tirer de dessous leur pouvoir & dépendance. Il vint en Perse à ce sujet l'an 1664. un Dominicain Italien, en qualité d'Ambassadeur du Pape. Il en apporta des Lettres au Roi, & de plusieurs Potentats de l'Europe. Il fit des présens à sa Majesté, & en obtint effectivement que ces villages Catholiques Romains envoyeroient tous les ans au Trésor Royal leurs tailles, & tout ce qu'ils étoient obligez de payer annuellement, sur le pied de ce qui s'en trouveroit couché dans les registres de l'Intendant & Receveur général de Medie: & que moyennant cela, il seroit ordonné à cet Intendant, aux Gouverneurs de *Nacchivan*, & à tous autres gens du Roi, de les reconnoître pour pleinement indépendans de leur jurisdiction; & de ne faire nulle levée en leur territoire. Ce réglement, qui fit peu de bien alors à ces villages, leur a produit dans la suite beaucoup de maux; & il sera un jour la cause de leur ruïne. Car les Regens de *Nacchivan* irritez de leur procedé, & des plaintes qu'ils firent d'eux à *Abas*, les ont chargez de mille avanies depuis la mort de ce bon Roi, & leur ont fait enlever trois ou quatre fois l'argent qu'ils envoyoient au Trésor Royal; de quoi ces pauvres gens n'ont pû avoir justice, soit par la mollesse du Gouvernement, soit à cause de leur bassesse, & de l'autorité de leurs parties. L'Intendant de Medie a fait pis, car il a envoyé, à la Cour, de faux extraits des registres de cette Province; par lesquels il paroît que ces villages doivent payer dixhuit mille livres annuellement; qui est justement le double de ce qu'ils prétendent avoir jamais payé. Chaque fois qu'ils portent l'imposition de neuf mille livres au trésor, on leur donne un reçû, dans lequel on met que c'est à bon compte de ce qu'ils doivent payer; avec quoi on se garde une porte ouverte à l'avanie, & à la chicane, pour les ruïner quand on voudra.

Le Gouverneur de *Nacchivan* n'étoit pas en ville quand j'y arrivai. Son fils, qui tenoit sa place, eut bien-tôt nouvelles de mon arrivée. Il m'envoya inviter à dîner, & me pria de lui faire voir des montres, & quelques bijoux. Je ne fus nullement satisfait de la maniére dont il en usa avec moi; car après m'avoir fait des caresses, & m'avoir donné à dîner, il me laissa avec ses Officiers, qui me forcerent, en quelque maniére, de donner pour cinquante pistoles, des piéces dont j'avois refusé 60 à *Irivan*. On m'eût, sans doute, traité plus mal-honnêtement encore, sans la Patente & les Passeports du Roi que j'avois. Ces sortes de lieux sont des écorcheries pour des étrangers, qui ont la réputation d'avoir du bien. Il y faut toûjours payer le passage.

Le 13. nous partîmes de *Nacchivan*, & fîmes sept lieuës: à la premiére lieuë nous passâmes sur un fort grand pont, un fleuve, à qui les gens du païs ne donnent point d'autre nom que celui de fleuve de *Nacchivan*. Le païs que nous traversâmes est sec & sterile; l'on n'y voit que des côteaux pierreux. Nous couchâmes sur le bord du fleuve Araxe, que les Orientaux nomment *Aras*, & *Ares*. On le passe à *Esquijulfa*, ou *Julfa la vieille*; ville ruïnée, que quelques Auteurs croyent être celle que les Anciens appelloient *Arriammene*. On l'appelle vieille, pour la distinguer d'une ville de *Julfa*, qui est bâtie vis à vis d'*Ispahan*. On a véritablement raison d'appeller celle-ci vieille, car elle est toute ruïnée & abbatuë. On n'y connoît plus rien, excepté la grandeur qu'elle avoit. Elle étoit située sur la pente d'une montagne, le long du fleuve, & sur ses bords. Les avenues, qui sont naturellement difficiles & fortes, étoient gardées par plusieurs Forts. La ville avoit quatre mille maisons, à ce que disent les Armeniens; cependant à en juger par les ruïnes, il n'y en pouvoit pas avoir la moitié; encore n'étoit-ce la plûpart que des trous, & des cavernes, faites dans la montagne, plus propres à retirer des troupeaux, qu'à loger des hommes. Je ne pense pas qu'il y ait au monde un endroit plus sterile & plus hideux, que celui de *Julfa la vieille*; on n'y voit ni arbre, ni herbe. A la vérité il y a dans le voisinage des endroits plus heureux, & plus fertiles, mais toûjours est-il vrai qu'il ne se peut voir de ville située en un lieu plus sec, & plus pierreux. La figure en étoit belle en récompense, ressemblant à un long Amphithéatre. Il n'y a présentement qu'environ trente familles qui sont toutes Armeniennes.

Ce fut *Abas* le grand qui ruïna *Julfa*, & tout ce que l'art avoit contribué à la fortifier. Il le fit par la même raison qu'il ruïna *Nacchivan*, & les autres places d'Armenie, qui étoient sur la même ligne; afin d'ôter les vivres à l'armée Turquesque. Ce fin Politique, & grand Capitaine, voyant ses forces inégales à celles de son ennemi, & songeant aux moyens de l'empêcher de revenir tous les ans en Perse, d'y faire des conquêtes, & de les conserver, résolut de faire un desert des païs qui étoient entre *Erzerum* & *Tauris*, sur la ligne d'*Irivan* & de *Nacchivan*; qui étoit la route que les Turcs tenoient d'ordinaire, & où ils se fortifioient, parce qu'ils y trouvoient des vivres suffisamment pour faire subsister leur armée. Il en transporta donc les habitans & le bétail, il ruïna toute sorte d'édifices, il mit le feu par toutes les campagnes, & aux arbres; il empoisonna même plusieurs fontaines, à ce que l'histoire raporte; & ceux qui l'ont lûe savent que cela lui réüssit tout-à-fait bien.

Pour retourner à nôtre gîte, l'*Araxe* est ce fameux fleuve qui separe l'Armenie de la Medie. Il a sa source dans le mont, où l'on tient que s'arrêta l'Arche de *Noé*; & c'est peut-être de ce mont celébre d'*Ararat* qu'il tire son nom. Il se rend de là dans la mer Caspienne. Ce fleuve est grand & fort rapide. Il s'enfle, durant son cours, de plusieurs petits fleuves qui n'ont point de nom, & de beaucoup de torrens. On a bâti diverses fois des ponts dessus à *Julfa*, & en d'autres endroits; mais quelque forts & massifs qu'ils fussent, comme il paroît à des arches, qui sont encore entiéres, ils n'ont pû tenir contre l'effort du fleuve. Il est si furieux, lors que le dégel le grossit des neiges fonduës des monts voisins, qu'il n'y a ni digue, ni autre bâtiment qu'il n'emporte; & à la verité, le bruit de ses eaux, & la rapidité de son cours, étonnent les gens. Nous le passâmes dans un grand bateau, fait pour passer vingt chevaux & trente personnes à la fois. Je n'y laissai passer avec moi que mes gens & mon bagage. Quatre hommes le menoient. Ils remontérent environ trois cens pas le long du bord, & peu à peu, s'étant engagez dans le fil de l'eau, ils y abandonnérent la barque, se servant d'un long & fort gouvernail pour l'en tirer, & la faire aborder à l'autre rive. Le courant l'emportoit avec une indicible impetuosité, & lui fit faire cinq cens pas en un instant. Voilà comme les bateliers de l'*Araxe* le traversent. Ils mettent plus de deux heures à aller & venir; à cause des efforts qu'il leur faut faire pour le remonter. L'hiver, que les eaux sont basses, on passe le fleuve sur des chameaux. Le gué est à demi lieuë de *Julfa*, en un endroit où son lit étant fort large, il y court beaucoup plus à l'aise.

On a dit que l'*Araxe* separe l'Armenie de la Medie. Ce Royaume, qui a tenu autrefois l'Empire de l'Asie, ne fait à present qu'une partie d'une Province de Perse, que les Persans appellent *Azerbeyan*, ou *Asurpaican*. Cette Province est une des plus grandes de l'Empire de Perse. Elle confine du côté d'Orient à la mer *Caspienne*, & à l'*Hircanie*; du côté du Midi à la Province des *Parthes*; du côté d'Occident au fleuve *Araxe*, & à la haute *Armenie*; du côté du Septentrion au *Dagestan*, qui est ce païs de montagnes, lequel confine avec les Cosaques Moscovites, comme on l'a dit, & fait une partie du mont *Taurus*. Elle enferme la Medie Orientale, nommée des anciens Auteurs *Azarca*, & la Medie Occidentale, ou mineure, qu'on nomme aussi *Atropatie*, ou *Atropatene*. L'Assyrie est une partie de la haute Armenie. Les Persans disent que cette Province a été appellée *Azerbeyan*, c'est-à-dire, *lieu de feu*, ou *païs de feu*; à cause que le plus célébre Temple du feu y étoit bâti; qu'on y gardoit un feu que les *Ignicoles* croyoient Dieu: & que le grand Pontife de cette Religion y residoit. Les *Guebres*, qui sont les restes des *Ignicoles*, montrent ce lieu à deux journées de *Chamaky*. Ils assurent, comme une verité constante, que le feu sacré y est encore; qu'il ressemble au feu mineral & souterrain; & que ceux qui vont là par dévotion le voyent en forme de flamme. Ils ajoûtent une autre particularité, qui est une bonne plaisanterie, savoir qu'en faisant un trou en terre, & mettant une marmite dessus, ce feu la fait bouillir, & cuit tout ce qui est dedans.

Pour revenir au nom d'*Azer-beyan*, l'Etymologie en est juste, car *az* est l'article du Genitif *Er*, ou *Ur*, qui en vieux Persan, comme en la plûpart des anciens Idiomes Orientaux, veut dire *feu*; & *Paican* signifie *lieu*, ou *païs*. Je n'ignore pas que quelques gens lisent & prononcent, *Asur-paican*, c'est-à-dire, *païs d'Assur*; & disent, que cette grande Province a été ainsi appellée, parce qu'elle contient l'Assyrie, qui, au sentiment de tous les Auteurs, a eu son nom d'*Assur*; mais c'est la même chose à mon avis: car je croi que ce nom d'*Assur* vient de *as Ur*, c'est-à-dire, *du feu*. *Moyse* parlant de *Nimrod*, ce Prince idolatre,

latre, qui introduisit le culte du feu, & qui envahit la *Caldée*, le partage & patrimoine de *Sem*, dit, que les fils de ce Patriarche s'en retirérent; & qu'*Assur* en étoit un. Or il est assez vrai-semblable que cet *Assur* fut ainsi nommé pour s'être retiré, ou du culte du feu; ou de *Caldée*, qu'on appelloit alors *le païs du feu*; comme il paroît au Chap. 11 de la Genése, & en tous les anciens Auteurs; qui rapportent unanimement que la *Caldée* s'appelloit *le païs d'Ur*, ou *le païs du feu*. Et *Ptolomée* fait mention d'une ville de ce païs-là, qu'il nomme *Urcoa*, c'est-à-dire, *lieu*, ou *place du feu*; *ga*, par un *a* long, ou double, étant un mot Persan, qui signifie *lieu*, *place*, *endroit*. Les noms anciens ont été si fort changez par la négligence, ou par l'ignorance des Copistes, & par les differences du langage, & de la prononciation des Auteurs, & des Traducteurs, que quand il s'agit de confronter les noms anciens avec les modernes, il ne faut pas rejetter tout ce qui n'a pas une entiére ressemblance. Ce qu'on vient de dire, fait voir l'erreur de ceux qui ont écrit, que l'*Azerbeyan* est la partie Septentrionale de la Syrie, & que ce nom d'*Azer-beyan* vient d'une ville nommée *Ardoebigara*, qui étoit la Capitale du païs. Les Persans le divisent en trois parties, *Azer-beyan*, *Chirvan*, & *Chamaky*. *Strabon* ne le divise qu'en deux, au livre 11. qu'il appelle *majeure* & *mineure*. *Ptolomée*, & les autres Géographes celébres, n'en font aucune division.

Le 14. nous fîmes cinq lieuës par un païs plein de colines sur la même route des jours précédens, savoir au Nord-Ouest, laissant à gauche cette grande Campagne, qui a été le champ des sanglantes batailles qui se sont données ces derniers siécles, entre les Persans & les Turcs. Les gens du païs y font observer un grand monceau de pierres, comme marquant l'endroit où commença celle qui se fit entre *Selim* fils du Grand *Soliman*, & *Ismaël le Grand*. Nôtre traite se termina à *Alacou*. Les Persans disent que ce lieu a été ainsi nommé d'*Alacou*, ce fameux Prince Tartare, qui conquit une partie de l'Asie, & qui fonda là une ville, que les guerres des Persans & des Turcs ont ruïnée.

Le 15. nôtre traite ne fut pas plus longue que le jour précédent, mais le chemin par où nous la fîmes étoit plus uni & plus facile. Nous logeâmes à *Marant*. C'est une bonne ville, composée de deux mille cinq cens maisons; & qui a tant de jardins qu'ils occupent encore plus de terrain que les maisons. Elle est située au bas d'une petite montagne au bout d'une plaine, qui a une lieuë de large, & cinq de long; & qui est la plus belle & la plus fertile qu'on puisse voir. Un petit fleuve, nommé *Zelou-lou*, passe par le milieu. Les gens du païs le tirent en plusieurs ruisseaux, pour arroser leurs terres & leurs jardins. *Marant* est plus peuplée que *Nacchivan*, & beaucoup plus belle. Il y croît des fruits en abondance, & les meilleurs de toute la Medie. Ce qu'il y a de particulier, c'est qu'on cueuille de la *Cochenille* aux environs, mais il y en a fort peu; & on ne la peut recueillir que durant huit jours en Eté, lors que le Soleil est au signe du Lyon. Avant ce tems, comme l'assurent les gens du païs, elle n'est pas en maturité, & plus tard le ver, dont on la tire perce la feuille, sur laquelle il croît, & se perd. Les Persans appellent la Cochenille *Quermis*, de *Querm*, c'est-à-dire, *ver*, parce qu'on la tire des vers.

Marant est à 37 deg. 50 m. de lat. & à 81 deg. 15 m. de long. suivant l'observation des Persans. On croit que c'est la ville que Ptolomée appelle *Mandagarana*. Je n'en ai point fait faire de plan, non plus que de la ville *Nacchivan*, parce qu'elles ne m'ont paru, ni assez célébres, ni assez belles pour cela. Les Armeniens ont par tradition, que Noé a été enterré à *Marant*, & que ce nom vient d'un verbe Armenien qui veut dire *enterrer*. On voit de *Marant*, quand le tems est serain, le Mont où s'arrêta l'Arche qui sauva ce Patriarche du Deluge. On le voit aussi de *Tauris*, à ce que les gens du païs assurent, lors que le Ciel n'a aucuns nuages.

Le 16. nous fîmes quatre lieuës, toûjours tournant entre des montagnes qui s'approchent fort en quelques endroits, mais qui ne se joignent nulle part. Nous arrivâmes à dix heures du matin à *Sofian*; c'est une petite ville bâtie en une plaine, où il y a beaucoup d'eaux, & de jardins. Le terroir en est admirablement fertile. Des Auteurs croient que c'est l'ancienne *Sofia* de *Medie*. D'autres tiennent qu'elle a été nommée *Sofian* des *Sofis*, qui y établirent leur demeure, lors qu'Ismaël premier quitta *Ardevil*, & transporta la Cour à *Tauris*.

Le soir le Sieur *Azarie*, cet honnête homme Armenien, dont l'on a parlé, prit les devans avec mes passeports & les Lettres de recommendation, que j'avois prises des Gouverneurs de *Georgie* & d'*Armenie*. Je le chargeai de les faire voir au *Doüannier* de *Tauris*, & de le prier, de ma part, de donner ordre

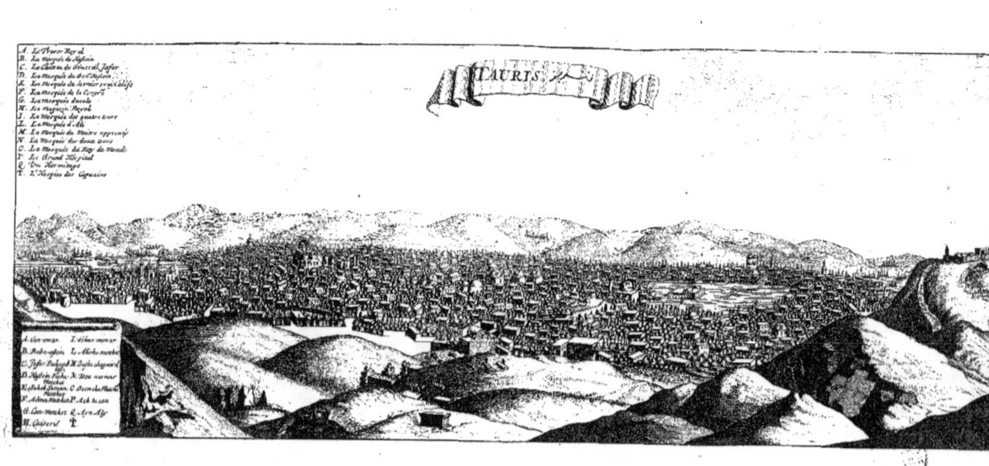

dre qu'on me laissât passer avec mes gens. Je trouvai le lendemain qu'il s'étoit fort bien acquitté de la commission, & qu'on avoit donné l'ordre aux portes, tel que je le souhaitois.

Ce jour-là 17. nous arrivâmes à *Tauris*, après avoir fait six lieuës sur la même route que les jours précédens, par des plaines belles & fort fertiles, où toutes les terres sont labourées, & où l'on voit quantité de villages. Il y a 53 lieuës Persiennes, qui sont d'environ cinq mille pas chacune, d'*Irivan* à *Tauris*. On les fait facilement en six jours sur ses chevaux. Les Caravanes y mettent le double. Les Chameaux ne font d'ordinaire que quatre lieuës par jour, & portent six ou sept cens pesant. Les chevaux, & les mulets, qui ne portent d'ordinaire que deux cens vingt, & un homme dessus, font cinq à six lieuës.

La figure, qui est ici à côté donne, sans doute, une grande idée de *Tauris*. C'est effectivement une grande & puissante ville, & c'est la seconde de la Perse, en rang, en grandeur, en richesses, en commerce, & en nombre d'habitans. Elle est située au fond d'une plaine, au bas d'une montagne, que les Auteurs modernes veulent être le *mont Oronte*, ou *Baronte*, selon *Polybe*, *Diodore*, & *Ptolomée*. Sa figure est fort irréguliére & difficile à nommer, comme ce plan le fait connoître. Elle n'a ni murs, ni fortifications qui servent. Un petit fleuve, nommé *Spingtcha*, passe au travers. Il fait souvent de grands ravages, & emporte les maisons qui sont le long de ses bords. Il en passe un autre joignant la ville au Septentrion, qui, depuis le printems jusqu'à l'automne, n'est pas moins large que la Seine l'est à Paris, durant l'hiver. Il s'appelle *Agi*, c'est-à-dire, *salé*, à cause que six mois durant l'eau en est salée, par des torrens qui s'y jettent en passant sur de terres couvertes de sel. On n'y manque pas de poisson. La ville est divisée en neuf quartiers, & partagez comme presque toutes les autres villes de Perse en *Haydar* & *Neamet-olahy*, qui sont les noms des deux factions qui divisoient au 15 siécle toute la Perse; comme en Italie celles des Guelphes & des Gibelins. Elle a 15 mille maisons & quinze mille boutiques. Les maisons, en Perse sont séparées des boutiques, qui sont la plûpart en de longues & larges ruës voutées, de 40 à 50 pieds de hauteur. Ces ruës s'appellent *basar*, c'est-à-dire, *marché*. Elles font le cœur de la ville: les maisons sont sur les dehors. Presque toutes ont un jardin. Je n'ai pas vû à *Tauris* beaucoup de Palais & de maisons magnifiques; mais il y a d'aussi beaux *Bazars* qu'en lieu de l'Asie; & il fait admirablement beau voir leur vaste étenduë, leur largeur, leurs beaux dômes, & les voutes qui les couvrent; le grand peuple qui y est durant le jour, & la quantité de marchandises dont ils sont remplis. Le plus beau de tous, & où se vendent les pierreries, & les plus précieuses marchandises, est Octogone, & fort spacieux. On le nomme *Kaiserié*, c'est-à-dire, *marché Royal*. Il a été bâti environ l'an 850. de l'hegire, par le Roi Hassen, qui faisoit sa residence à *Tauris*. Quant aux autres lieux destinez au public, ils ne sont pas moins beaux, ni moins remplis. On y compte trois cens *Caravanserai*. Il y en a de si spacieux, qu'il peut loger trois cens personnes en chacun. Les cabarets à Cahvé, à Tabac, & à ces boissons fortes, qu'on fait avec le suc de pavot; les bains & les Mosquées, répondent bien à la grandeur & à l'éclat de ces autres édifices.

Les Mosquées de *Tauris* sont au nombre de deux cens cinquante. Les principales sont marquées dans le dessein. On ne dira rien de chacune en particulier; parce qu'elles ne sont pas autrement faites que les belles Mosquées de la ville capitale du Royaume, dont l'on trouvera dans ce volume, des descriptions, & des plans. La Mosquée d'*Ali-cha* est presque toute détruite: On en a reparé le bas, où le peuple va à la priére, & la tour qui est fort haute. C'est la premiére qu'on découvre en venant d'*Irivan*. Cette Mosquée a été bâtie il y a 400 ans, par *Coja-ali-cha*, Grand Visir de Sultan *Kazan*, Roi de Perse, qui faisoit sa résidence à *Tauris*, & qui y a été enterré. Son sépulcre se voit encore à présent en une grande tour ruïnée, que l'on appelle de son nom, *Monar-can-Kazan*. La Mosquée qu'on appelle *le Maitre apprenti*, qui est aujourdhui demi ruïnée, a été construite, il y a trois cens vingt ans, par *Emircheik-Hassen*. Celle qui est marquée *O* dans le plan, est la plus belle de *Tauris*. Tout le dedans & partie du dehors est doré. Elle a été bâtie l'an 878. de l'hegire, par un Roi de Perse nommé *Geoncha*, ou *le Roi du monde*. Celle *des deux tours* est petite, mais ses deux tours sont d'une architecture particuliére, & fort industrieuse; car elles sont l'une sur l'autre; & celle d'enhaut a beaucoup plus de hauteur, & plus de diametre, que celle d'en bas, qui lui sert de base. Il y a trois hôpitaux dans la ville: ils sont assez propres, & bien entretenus.

nus. On n'y loge guére, mais on y donne à manger deux fois le jour, à tous ceux qui y viennent. Les hôpitaux s'appellent à *Tauris*, *Ach-tacon*, c'est-à-dire, *lieux où l'on fait profusion de vivres*. Au bout de la ville, à l'Occident, il y a, sur une petite montagne, un fort joli hermitage, qu'on appelle *Ayn ali*, c'est-à-dire, *les yeux d'Ali*. Les Persans disent que ce Calife, que leur Prophéte fit son gendre, a été le plus bel homme dont on ait jamais ouï parler. Et lors qu'ils veulent signifier une fort belle chose, ils disent, *c'est les yeux d'Ali*. Cet hermitage est une des dévotions, & une des promenades des *Taurisiens*.

Au dehors de *Tauris*, au Levant, on voit un grand Château, presque tout détruit, qu'on appelle *Cala-Rachidié*. Il fut bâti il y a 400 ans, par *Cojé-Rechid*, Grand Visir du Roi *Cazan*. L'Histoire rapporte, que ce Roi avoit deux Grands Visirs; parce qu'il étoit prévenu qu'un seul ne pouvoit suffire à toutes les affaires d'un aussi grand Royaume, qu'étoit le sien. *Abas* le Grand voyant ce Château ruïné, & jugeant qu'il étoit situé fort avantageusement pour défendre la ville, & pour la commander tout ensemble, le fit rebatir, il y a cinquante ans; ses successeurs en ont jugé autrement, & l'ont laissé tomber en ruïne.

On voit encore en cette ville les restes des principaux édifices & des fortifications que les Turcs y construisirent, durant les divers tems qu'ils en ont été les maîtres. Il y a peu de rochers & de pointes de montagnes joignant la ville, où l'on ne voye des ruïnes de Forts, & des monceaux de masures. J'en ai visité soigneusement une grande partie, mais je n'y ai découvert aucune antiquité. On n'y déterre que de la brique, & des cailloux. Ce qui reste de plus entier parmi ces édifices, de la construction des Turcs, est une grande Mosquée, dont le dedans est incrusté de marbre transparent, & tout le dehors est fait de parquetterie à la Mosaïque. Les Persans tiennent ce lieu souillé, à cause qu'il a été bâti par les Turcs, dont ils détestent la créance. Entre ces masures, dont l'on a parlé, on fait remarquer, sur le dehors de *Tauris*, au midi, celles du Palais des derniers Rois de Perse; & à l'Orient celles du Château, où les Armeniens disent que *Cosroes* logeoit, & où il mit en garde la vraye croix, & toutes les autres dépouilles sacrées qu'il emporta de Jerusalem.

La place de *Tauris* est la plus grande place de ville que j'aye vûe au monde; elle passe de beaucoup celle d'Ispahan. Les Turcs y ont rangé plusieurs fois, trente mille hommes en bataille. Les soirs cette place est remplie du menu peuple, qui vient se divertir aux passe-tems qu'on y donne. Ce sont des jeux, des tours d'adresse, & des boufonneries, comme en font les Saltinbanques, des luttes, des combats de taureaux & de beliers, des recits en vers & en prose, & des dances de Loups. Le peuple de *Tauris* prend son plus grand divertissement à voir cette dance; & l'on y améne de cent lieuës loin des loups qui savent bien dancer. Les mieux dressez se vendent jusqu'à cinq cens écus la piéce. Il arrive souvent pour ces loups de grosses émutes qu'on a bien de la peine à appaiser. Cette grande place n'est pas vuide le jour; c'est un marché de toute sorte de denrées, & de choses de peu de prix. Il y a encore une autre grande place à *Tauris*, & c'est celle qui paroît dans le dessein au devant de ce Château détruit, qu'on appelle le Château de *Jafer-Pacha*. C'étoit, à ce qu'on dit, la place d'armes de ce Château: c'est à présent la boucherie. On y tuë; & l'on y écorche toutes les grosses viandes qu'on vend en tous les lieux de la ville.

J'ai fait beaucoup de diligence pour apprendre à combien se monte le nombre des habitans de *Tauris*; je ne crois pourtant pas le savoir au juste: mais je pense qu'on peut dire sûrement qu'il va à 550 mille personnes. Plusieurs gens de qualité de la ville m'ont voulu faire acroire qu'il va à plus de onze cens mille.

Le nombre d'étrangers qui se trouve-là en tout tems est aussi fort grand. Il y en a de tous les endroits de l'Asie; & je ne sai s'il y a sorte de marchandise dont l'on ne puisse y trouver Magasin. La ville est remplie de métiers en coton, en soye, & en or. Les plus beaux Turbans de Perse s'y fabriquent. J'ai ouï assurer aux principaux Marchands de la ville, qu'on y fabrique tous les ans six mille balles de soye. Le commerce de cette ville s'étend dans toute la Perse, & dans toute la Turquie; en Moscovie, en Tartarie, aux Indes, & sur la Mer noire.

L'air de *Tauris* est froid & sec, fort bon & fort sain; & l'on ne se plaint point qu'il contribuë à aucune mauvaise disposition des humeurs. Le froid y dure long-tems, parce que la ville est exposée au Nord, & qu'au sommet des montagnes, qui sont autour, il y a de la neige durant neuf mois de l'année.

née. Le vent y souffle presque toûjours au soir, & au matin. Il y pleut souvent, horsmis en Eté; & l'on y voit des nuages en toutes les saisons de l'année. La lat. est 38 deg. la long. 82. Il y a abondance de toutes choses nécessaires à la vie, & l'on y vit assez délicieusement, & à fort bon marché. La mer Caspienne, qui n'en est qu'à quarante lieuës, lui fournit du poisson. On en prend aussi dans le fleuve d'*Agi*, dont l'on a parlé; mais ce n'est que quand les eaux sont basses. La livre de pain n'y coûte d'ordinaire que deux liards; celle de viande que dix-huit deniers. La volaille, le gibier, les fruits, le vin, & le fourage y sont à aussi bon marché à proportion. Les legumes s'y donnent presque pour rien, particuliérement les asperges. L'Eté il y a abondance de daims, & de gibier d'eau; mais, comme les Persans n'aiment pas le gibier, on tue peu de daims, & d'autres bêtes fauves. Il y a aussi des Aigles dans les montagnes; j'y ai vû vendre un aigle cinq sous par des païsans. Les gens de qualité volent cet oiseau avec l'Epervier; ce vol est quelque chose de tout-à-fait curieux, & fort admirable. La façon dont l'épervier abbat l'aigle, c'est qu'il vole au dessus fort haut, fond sur lui avec beaucoup de vitesse, lui enfonce les serres dans les flancs, & de ses aîles lui bat la tête en volant toûjours. Il arrive pourtant quelquefois que l'épervier & l'aigle tombent tous deux ensemble. Les éperviers arrêtent aussi les biches de cette sorte, & en rendent la prise fort facile aux chasseurs. Si ceci est remarquable, ce que je vais dire ne l'est pas moins; c'est qu'on assûre, qu'il croît de soixante sortes de raisins aux environs de cette ville. Il n'y en a point en Perse où l'on puisse mieux vivre, ni plus délicieusement, ni à meilleur marché qu'à *Tauris*.

On voit aux environs de la ville de grandes carriéres de marbre blanc. Il y en a une espéce qui est transparent. Il se forme, à ce qu'on dit, de l'eau d'une fontaine minerale, qui se congele peu à peu. Il y a fort proche aussi deux mines considérables, une de sel, & une d'or. On ne travaille plus depuis longtems à celle d'or, parce qu'on a toûjours trouvé que ce qu'on en tiroit rendoit à peine les frais du travail. Le peuple est prévenu qu'il n'y a nul profit à y travailler. Il y a aussi des eaux minerales en quantité. Les plus renommées, & les plus fréquentées sont celles de *Baringe*, à demi lieuë de *Tauris*; & celles de *Seid-kent*, autre village, qui en est à six lieuës. Ces eaux sont sulfurées. Il y en a de froides & de bouillantes.

Je ne sais s'il y a une autre ville au monde, dont les Auteurs modernes soient plus en dispute, pour en savoir l'origine, & le nom qu'elle avoit dans ses commencemens. Nous rapporterons les opinions des plus célébres d'entr'eux; mais il est bon d'avertir auparavant, que les Persans appellent cette ville *Tébris*; & qu'en l'appellant *Tauris*, comme font les peuples de l'Europe, c'est seulement pour suivre l'usage, & afin d'être plus facilement entendus. *Teixera*, *Olearius*, & d'autres Auteurs, soûtiennent que *Tauris* est la ville que *Ptolomée*, en la cinquiéme table d'Asie, appelle *Gabris*, le G ayant été mis pour le T, par un changement facile dans la langue Grecque, comme ils prétendent. *Leunclavius*, *Jove* & *Aython* veulent que ce soit la ville que cet ancien Géographe appelle *Terva*, au lieu de *Tevra*, par la transposition d'une des lettres du mot; mais *Terva* étant placée en Armenie, & étant certain que *Tauris* est en Medie, ces deux noms ne peuvent nullement convenir à une même ville. La ressemblance de nom est sans doute ce qui a trompé ces Auteurs. Le mot de *Tebris* est Persien. Il a été donné à cette ville l'an 165. de l'*Hegire*, comme nous le dirons plus amplement; & comme il y avoit alors plusieurs centaines d'années que *Ptolomée* avoit écrit, il faut croire que *Terva* & *Gabris* sont des villes fort differentes de *Tauris*. *Niger* dit que c'est *Tigranoama*; d'autres Auteurs la prennent pour *Tigranocerta*; quelques-uns ont opinion que c'est la *Suze* de Medie, si célébre dans l'Ecriture; d'autres Ecrivains soûtiennent que c'est la ville qui est nommée dans le livre d'Esdras, *Acmetha*, ou *Amatha*. Il y en a qui la mettent en Assyrie, comme *Ptolomée*, & son Interprête; d'autres la placent en Armenie, savoir *Niger*, *Cedrene*, *Aython*, & *Jove*, comme on l'a dit. *Marc Paul*, Venitien, la place au païs des Parthes. *Calcondile* la porte encore plus loin; car il la met en la Province dont *Persepolis* étoit autrefois la Capitale. Enfin c'est une confusion étrange que la multitude d'opinions qu'on a euës là-dessus. La plus raisonnable, à mon avis, est celle de *Molet*, qui a traduit & commenté *Ptolomée*, d'*Ananie*, d'*Ortelius*, de *Golnits*, de *Teixera*, de *la Valle*, de l'*Athlas*, & de presque tous les autres Auteurs Géographes modernes, savoir que *Tauris* est l'ancienne & la fameuse *Echatane*, dont il est fort parlé dans l'Ecriture sainte, & dans les anciennes histoires de l'Asie. *Minadoi*, Auteur Italien, si je ne me trompe, a fait un Traité exprès pour le prouver. J'ajoûte sur ce sujet qu'on ne voit pourtant à *Tauris* nuls monumens de son antiquité, ni aucuns restes du superbe Palais d'*Ecbatane*, où les Monarques de l'Asie passoient l'Eté; ni de celui de *Daniel*, qui servit depuis de Mausolée aux Rois de Medie, dont parle *Joseph* au Livre 10. & qu'il assure avoir été encore entier de son tems. Si ces magnifiques & superbes Palais étoient sur pied il n'y a que seize siécles, au même lieu où est *Tauris*, les ruïnes mêmes s'en sont perdues; car parmi toutes celles qu'on voit dans la banlieue de cette ville, il n'y a que de la brique, de la terre & des cailloux, qui sont des materiaux qu'on n'employoit pas anciennement en Medie, à la structure des Palais des Grands.

Les Historiens Persans marquent unanimement le tems de la fondation de *Tauris*, à l'an 165. de l'*Hegire*; mais ils ne s'accordent pas bien des autres particularitez. Quelques-uns en rapportent la fondation à la femme de *Haron Rechid* Calife de Bagdad, nommée *Zebd-el-caton*, nom qui signifie *la fleur des Dames*. Ils racontent, qu'étant malade à la mort, un Medecin Mede la guérit en peu de tems; de quoi la Princesse, ne sachant comment le récompenser, fit dire au Medecin de choisir lui-même la récompense; & que le Medecin demanda qu'on fit bâtir en son païs, une ville en son honneur; ce qui ayant été executé avec beaucoup de soin & de diligence, il nomma cette nouvelle ville *Tebris*; pour marque qu'elle devoit son origine à la Medecine: car *Teb* signifie *Medecine*, & *ris* est le participe de *ricten*, qui veut dire *verser*, *répandre*, *faire largesse*. Voilà l'opinion de quelques-uns. Celle des autres a quelque chose de semblable. Ils disent que *Halacoukan* Général de *Haron Rechid* ayant été deux ans malade d'une fiévre tierce, dont il desesperoit de guérir, il en fut merveilleusement délivré, dans l'endroit même où est à present *Tauris*, par une herbe qu'il y trouva; & que pour perpetuer la memoire d'une si heureuse guerison, il fit bâtir cette ville, & la nomma *Tebrift*, c'est-à-dire, *la fiévre s'en est allée*; car *teb* signifie aussi fiévre, & *rift* vient du verbe *reften*, qui veut dire *partir*, *s'en aller*; & que c'est par corruption, ou par adoucissement, qu'on dit *Tebris*, au lieu de *Tebrift*. *Mirzathaer*, un des plus savans hommes de qualité qu'il y ait en Perse, fils de *Mirza Ibrahim*, Intendant de la Province, m'a donné une autre raison de cette Etymologie; savoir qu'au tems qu'on bâtissoit la ville, l'air y étoit extrémement bon & favorable contre les fiévres: que cette qualité y attiroit beaucoup de gens, & qu'en vûe de cela on la nomma *Tebris*, comme qui diroit *dissipant la fiévre*. Ce Seigneur m'a assuré qu'il y a au trésor du Roi à Ispahan, des medailles avec l'inscription de cette *Zebd-el-caton*, femme du Calife *Haron Réchid*, qu'on trouva à *Maranthe*, ville proche de *Tauris*, avec quantité d'autres d'or & d'argent, au coin des anciens Rois de Medie; & qu'il en avoit remarqué avec des figures & des inscriptions Grecques, dont il se souvenoit, que le mot étoit *Dakianous*. Il me demanda si je savois qui étoit ce *Dakianous*. Je lui dis que je ne connoissois point ce nom-là, mais que ce pourroit bien être celui de *Darius*.

L'an 69. de la fondation de *Tauris*, la ville fut presque toute abatue d'un tremblement de terre. *Moutevekel*, Calife de Bagdad, de la race des *Abas* qui régnoit alors, la fit relever & agrandir. Cent quatre-vingts dix ans après, le 14. du mois de *Sefer*, un autre tremblement, plus violent que le premier, la ruïna toute entiére en une nuit. La Géographie Persane conte qu'il y demeuroit alors un savant Astrologue de *Chiras*, nommé *Aboutaher*, nom qui signifie *Pere juste*, lequel avoit prédit que le tremblement arriveroit à l'entrée du Soleil au signe du Scorpion, l'an 235. de l'*Hegire*; qui répond au 849. de l'Epoque Chrétienne, & qu'il renverseroit toute la ville: dequoi voyant que le peuple ne vouloit rien croire, il alla faire instance au Gouverneur, d'employer la force pour mettre le monde hors de la ville. Le Gouverneur, qui étoit aussi Lieutenant du Calife en toute la Province, ayant eu toûjours une grande créance en la judiciaire de cet Astrologue, se rendit à ses instances, & n'oublia rien pour faire aller le monde à la campagne; mais comme le peuple persistoit à traiter de vision la prédiction de ce tremblement, & soupçonnoit de quelque méchanceté cachée l'action du Gouverneur, il n'en sortit pas la moitié. Le tremblement arriva justement à l'heure marquée dans la prédiction, & quarante mille personnes en furent accablées. L'année suivante *Emir dineveron*, fils de *Mahamed-Roudaniaredi*, Viceroi de Perse, eut ordre du Calife de faire relever la ville plus grande & plus belle qu'auparavant; & de savoir du célébre Astrologue *Aboutaher*, sous quel ascendant il y falloit travailler. Il marqua celui du Scorpion,

pion, & assura que la nouvelle ville n'auroit nuls tremblemens de terre à craindre ; mais qu'elle étoit menacée de grands débordemens d'eaux. L'évenement, ajoûte l'histoire, a verifié, en toutes maniéres, la verité de la prédiction. *Tauris* devint depuis ce rétablissement merveilleusement grande, celébre, & florissante. On assure que du régne de Sultan *Cazan*, il y a 400. ans, sa largeur étoit, Nord & Sud, depuis *Ayn ali*, ce petit mont dont on a parlé, jusqu'à la montagne opposée, qui s'appelle *Tchurandog*; & sa longueur étoit depuis le fleuve *Agi* jusqu'au village *Baninge*, qui est à deux lieuës par delà la ville. L'histoire remarque, pour une preuve du grand peuple, dont cette ville étoit alors habitée, que la peste y étant survenuë, il mourut 40. mille personnes en un quartier, sans qu'il y parût.

L'an 896. de l'*Hegire*, & 1490. de *Jesus-Christ*, les Princes de la race de *Cheik Sefi*, ayant envahi la Perse, transportérent d'*Ardevil*, qui étoit leur patrie, le siége de l'Empire en cette ville. *Selim* la prit à composition, l'an 1514. deux ans après que le Roi de Perse, qui ne s'y tenoit pas en sûreté, s'en fut retiré, & eut établi sa residence à *Casbin*. *Selim* demeura peu à *Tauris*, mais il en emmena de riches dépouilles, & trois mille familles d'artisans, la plûpart Armeniens, qu'il établit à Constantinople. Peu après son départ, le peuple de *Tauris* se souleva, & s'étant jetté inopinément sur les Turcs, à la faveur d'une armée Persane, il en fit un furieux carnage, & se rendit maître de la ville. *Selim* mourut sans la pouvoir reprendre; mais son successeur *Soliman* le Grand le fit par le moyen d'*Ibrahim* Bacha Généralissime de ses armées. Il se rendit maître de cette ville puissante, & il y fit faire un grand Château, que l'on assure qu'il munit de trois cens cinquante piéces de canon, & d'une garnison de quatre mille hommes; mais cela n'empêcha pas le peuple de se soulever encore après son départ. Ce même *Ibrahim* Pacha fut envoyé pour tirer vengeance au bout de trois années, à savoir l'an 955. de l'*Hegire*, & 1548. de *Jesus-Christ*. Il la prit d'une maniere fort cruelle; car ayant emporté la ville d'assaut, il la donna au pillage à son armée, qui y commit des excès d'inhumanité, & de fureur, auparavant inouïs; En un mot, tout ce qu'on peut commettre de cruauté, par le fer & par le feu. Le Palais du Roi *Tahmas*, & tous les édifices considérables, furent détruits, jusqu'aux fondemens. Avec tout cela, cette ville se souleva encore, au commencement du régne d'*Amurat*, & à l'aide de peu de troupes Persannes, fit passer au fil de l'épée dix mille Turcs, qui y étoient en garnison. *Amurat*, effrayé du courage des Taurisiens, envoya une puissante armée sous la conduite d'*Osman*, son Grand Visir, pour les détruire, & pour les assujettir entiérement. L'armée entra dans la ville, & la saccagea. C'étoit l'an 994. au compte des Mahometans, & 1585. au nôtre. On fit reparer ensuite toutes les fortifications que les Turcs y avoient construites auparavant. Dix-huit ans après cette expedition, savoir l'an 1603. *Abas* le Grand reprit *Tauris* sur les Turcs, avec peu de gens; mais avec une adresse, une diligence, & une bravoure, à peine croyables. Il distribua ses plus braves soldats en plusieurs pelotons, qui en même tems surprirent les corps de garde des Turcs, qui étoient aux avenues, & ils les égorgerent tous si promptement, qu'on n'en eut aucune nouvelle à la ville. Ces pelotons étoient suivis d'un gros de cinq cens hommes, déguisez en marchands. Ils entrerent dans la ville, en disant qu'ils avoient laissé la Caravane à une journée. On les crut, parce que c'est la coûtume des Caravanes, qu'à l'aproche des grandes villes, les marchands prennent les devans, outre qu'on s'imagina que ces gens avoient été reconnus aux corps de garde. *Abas* les suivoit de près, & dès qu'il les vit entrez il fondit dans la ville à la tête de six mille hommes. Deux de ses Généraux à même tems firent la même chose châcun d'un autre côté. Les Turcs surpris, se rendirent à condition seulement d'avoir la vie sauve. L'histoire remarque, que le jour de cette expedition, ce grand Roi fit prendre pour la premiére fois des mousquets à un Régiment qui le suivoit, & qu'en ayant vû l'effet, il ordonna à une partie de ses troupes de se servir toûjours d'armes à feu. Les Persans auparavant n'en avoient jamais porté à la guerre.

Pour ne laisser rien à dire sur l'histoire de *Tauris* qui merite tant soit peu d'être sû, il faut rapporter ce que les Auteurs Armeniens en ont écrit. Ils disent que cette ville est une des plus anciennes de l'Asie, & qu'on l'appelloit autrefois *Cha-hasten*, c'est-à-dire, *place Royale*, parce que les Rois de Perse y faisoient leur sejour: & qu'un Roi d'Armenie nommé *Cosroes* changea ce nom de *Cha-hasten* en celui de *Tauris*, qui en Armenien literal signifie *lieu de vangeance*, parce qu'il défit là le Roi de Perse, qui avoit fait assassiner son frere. Le Gouvernement de la Province

vince de *Tauris* eſt le prémier du Royaume, il eſt attaché à la charge de Generaliſſime. Il rend trente mille Tomans par an, qui ſont un million trois cens cinquante mille livres, ſans compter le caſuel, qui eſt grand dans les Gouvernemens de l'Aſie. Le Gouverneur a titre de *Becler-béc*. Il entretient trois mille hommes de cavalerie, & il a ſous lui les Cams ou Gouverneurs de *Cars*, *Oroumi*, *Maraga*, *Ardevil*, & vingt Sultans, qui tous enſemble en entretiennent onze mille.

J'allai loger à *Tauris* à l'hoſpice des Capucins qui étoient venus au devant de moi. Ils n'étoient que deux, je les priai de tenir mon arrivée ſecrette une quinzaine de jours. C'étoit afin de me remettre en équipage, & mes affaires en bon ordre, comme elles étoient avant ma déroute de Mingrelie, & pour mettre en ſi bon état tout ce que je portois au Roi, que je pûſſe les montrer en arrivant à la Cour; mais l'on ſçût incontinent mon arrivée. *Mirzathaer* fils de l'Intendant, & Receveur Général de la Province, & reçû en ſurvivance, apprit que les Capucins avoient des hôtes. Il envoya le 22. dire au Superieur qu'il s'étonnoit qu'il ne fût pas venu lui donner avis de l'arrivée, & de la qualité des Europeans qu'il avoit reçûs dans ſa maiſon. Le Pere en alla faire des excuſes à ce Seigneur, & lui dit de ma part que je n'euſſe pas manqué d'aller le ſaluër ſi j'euſſe pû ſortir, mais que j'étois arrivé en aſſez mauvais état, & qu'en peu de jours je m'acquiterois de ce devoir.

Le 23. ce Seigneur, de qui j'avois eu l'honneur d'être connu à mon prémier voyage, vint me voir avec le fils du Can de *Guenjé*. Il me fit force careſſes. Il fut deux heures entieres aſſis dans ma chambre à me faire conter les nouvelles de l'Europe, particulierement pour les Sciences & les Arts. Il eut enſuite la complaiſance de me conter la fortune de ſa maiſon, & les emplois de ſes freres. Il eſt l'aîné de trois jeunes Seigneurs, tous dans la fortune, & qui rempliſſent de belles charges. Son Pere eſt Intendant & Receveur Général du Domaine du Roi en toute la Province d'*Azerbayan*, comme je viens de le dire. C'eſt ce *Mirza Ibrahim* dont le livre du *Couronnement de Soleiman* raconte divers incidens. Il n'étoit pas alors à *Tauris*; les devoirs de ſon emploi le tenoient occupé à *Chirvan*, ville proche de la mer Caſpienne. Ce *Mirzathaer* faiſoit ſa charge en ſon abſence. Il a beaucoup de literature Arabeſque, Perſienne, & Turqueſque. Un Capucin lui a enſeigné durant pluſieurs années la Philoſophie de nos écoles, & toutes nos Sciences. C'eſt un Seigneur de grande érudition, & d'un eſprit fort adroit & fort civil. Après deux heures d'entretien il me preſſa de lui montrer des bijoux & de l'horlogerie qu'il pût acheter. Je n'en avois nulle envie, & je n'étois pas bien en état de le faire, pour les raiſons que j'ai dites. Mais il m'en preſſa ſi fort, & de ſi bonne grace, que je ne pûs le refuſer. Je lui fis voir une partie des bijoux de petit prix que j'avois. Il en emporta diverſes piéces.

Le ſoir *Tahmas Bek*, qui fait la charge de Gouverneur d'*Azerbeyan* à la place de *Manſour Can* ſon Pere, qui eſt toûjours à la Cour, m'envoya viſiter par ſon Orfévre, & me fit dire que je l'obligerois de l'aller voir le lendemain, & de lui porter des bijoux & des raretez de peu de prix. Je répondis que je n'y manquerois point, en effet j'allai le voir ce jour-là & *Mirzathaer* auſſi.

Le 25. on eut chez ces Seigneurs la confirmation & le détail de la nouvelle, qu'on avoit appriſe un mois avant, d'un vol fait le mois de Decembre précédent à la grande Caravane qui va d'*Iſpahan* aux Indes par terre. Elle part une fois l'an au mois d'Août, & prend ſa route par *Candahar*, qui eſt dans la Bactriane. Ce vol étoit fort conſidérable, par le nombre de gens, & par la quantité de richeſſes qu'il y avoit dans la Caravane, & par les ſuites qu'il eut. Il ſe fit à trois journées des frontiéres de l'Inde par les *Agvan*, peuple à-peu-près comme les Tartares, & qui ſont tributaires de la Perſe. Ils eurent avis des journées de la Caravane, & ils la ſurprirent à un paſſage avantageux pour un tel coup. Ils n'étoient qu'au nombre de cinq cens hommes, mais tous bien montez & bien réſolus. La Caravane en avoit deux cens d'eſcorte, & étoit forte de deux mille perſonnes, la plûpart Indiens. L'eſcorte ne fit preſque point de réſiſtance, & ſe mit à fuir. La plûpart des gens de la Caravane prenant exemple de ceux qui la devoient défendre, prirent la fuite après eux. Il n'y eut en tout qu'onze hommes de tuez, tant on fit peu de réſiſtance. Il ne faut pas s'en étonner, car les Caravanes, & particuliérement celles des Indes, ſont compoſées en parties d'Armeniens, & d'Indiens, gens à qui pour la plûpart un bâton fait peur. Les autres qui ont du courage ſe trouvent ſeuls & abandonnez, chacun fuit de ſon côté, & c'eſt un ſauve qui peut, & un deſordre étrange. Le vol fut eſtimé pluſieurs millions. On n'en put ſavoir le compte juſte, les Marchands en de pareil-

les

les rencontres déguisant la verité, les uns afin de ne pas perdre leur crédit, les autres de peur qu'on ne découvre qu'ils cachent une partie de ce qu'ils envoyent, pour en sauver les droits. Le mémoire qui en fut donné au Roi, signé de plus de soixante intéressez, montoit à trois cens mille Tomans: ce sont treize millions, cinq cens mille livres, & cependant on assure que ce n'étoit là que la moitié de la perte. Le Gouverneur de *Candahar* fut accusé d'avoir eu part au vol, & le Roi l'envoya prendre prisonnier, commandant de l'amener à *Ispahan* sur un Chameau, le carquant au cou, avec un seul valet à son choix. On conte que les voleurs qui firent le coup étoient des montagnards, si sauvages & si ignorans des choses du monde, qu'ils ne connoissoient ni l'or, ni les piérreries. Ils partageoient entr'eux la monnoye d'or & d'argent mêlées ensemble au poids sans distinction de metal, & confondoient les perles fines avec les fausses sans y faire de difference. J'ai peine moi-même à croire cela, & je ne l'eusse pas rapporté si tout le monde ne l'assuroit constamment.

Le premier Mai, le Lieutenant du Gouverneur, envoya querir le Superieur des Capucins, pour savoir s'il n'avoit nulle connoissance de l'arrivée du Patriarche d'Armenie, dont l'on a parlé, & du lieu où il s'étoit caché. Nous le savions bien tous, mais on n'avoit garde de le dire, sachant à quel dessein on le cherchoit. C'étoit pour l'arrêter, & pour le remener prisonnier à *Irivân*. Il s'en étoit fui six jours auparavant, outré de dépit, & de chagrin, de voir que dans le soin que le Gouverneur prenoit pour payer ses dettes, il n'avoit pas tant en vûe de le tirer d'affaire, que de se ménager une grosse somme d'argent. Ce Gouverneur, suivant l'ordre de la Cour, dont on a rapporté la teneur, avoit envoyé en plusieurs endroits autour d'*Irivan*, lever sur les villages Armeniens dequoi payer les dettes du Patriarche. Les gens commis à cette levée avoient usé de beaucoup de violence dans l'éxecution, se faisant donner en chaque lieu le double de la taxe. Le Patriarche apprenoit tout cela, & le souffroit pour le bien qu'il se promettoit d'en tirer. Les prémiers deniers étant apportez à *Irivan*, il prétendit les toucher; mais le Gouverneur, bien loin de les lui remettre, n'en voulut donner que la moitié aux gens du Doüannier de Constantinople, de maniére que de quarante cinq mille livres qu'on avoit levez pour son compte, on n'en vouloit appliquer que vingt trois mille au payement de ses dettes. Il se plaignit de cette injustice, & n'en eut point de satisfaction. Le Gouverneur lui fit dire qu'il dévoit se contenter qu'on lui fournit avec le tems dequoi s'acquitter avec le Doüannier de Constantinople, & qu'il n'avoit pas à prendre connoissance de ce qu'on levoit pour cela. Il ne s'en fût pas inquietté peut-être, sans les Cris & les Imprécations qu'on faisoit contre lui. Sa nation s'étoit déchainée contre son procédé. Il résolut de l'appaiser, & de se tirer de l'oppression du Gouverneur d'*Armenie*. Il s'enfuit à dessein d'aller porter ses plaintes à la Cour. Le Gouverneur dès qu'il apprit sa fuite envoya des couriers aux Gouverneurs voisins pour le faire arrêter. Il étoit à *Tauris* quand le Courrier arriva. Les Armeniens de la ville le sauverent, non pas en le cachant en quelque lieu secret ou écarté, mais en faisant des présens aux Grands, & comme l'injustice que l'on commettoit en son affaire étoit d'une notorieté publique, on lui facilita les moyens d'aller à *Ispahan*.

Le 6. *Rustan-Bec*, Commissaire des guerres, m'envoya donner nouvelles de son arrivée. Il avoit appris chez le Gouverneur où il logeoit que j'étois à *Tauris*. Je fus le voir le même jour & renouveller l'amitié que j'avois contractée avec lui à mon premier voyage. Ce Seigneur est un des plus beaux esprits de la Cour, & des plus vaillans du Royaume : Il est frere du Gouverneur de *Candahar*, celui qu'on accusoit du vol de la Caravane des *Indes*, dequoi l'on vient de parler. Son pere étoit Gouverneur de l'*Armenie*. *Abas* second aimoit fort ce *Rustan-Bec* à cause de son Erudition, de sa Valeur, & de sa bonne Mine. Il y avoit un an, que le Roi lui avoit donné la commission d'aller en *Azerbeyan*, faire la revûë des troupes & des munitions. Il étoit à la fin de sa commission, & je sûs qu'elle lui avoit vallu 35. mille écus. J'eus beaucoup de plaisir à l'entretenir. Il me fit voir des Cartes de cette Province qu'il avoit nouvellement dressées, & m'en promit des copies. Et ayant pris un grand Planisphere, depuis peu imprimé en *Europe*, il m'y fit remarquer beaucoup de fautes. Je soupai avec lui, il ne me laissa aller qu'à minuit.

Le 7. il me fit l'honneur de me venir voir, & de passer toute l'après dinée dans ma chambre.

Le 8. & les trois jours suivans, je retirai de *Tahmas-Bec* & de *Mirzathaer* tout ce qu'ils ne voulurent point acheter, après avoir fait marché de ce qu'ils vouloient avoir. Je ne leur

leur vendis à tous deux que pour mille écus & sans profit. J'eus beaucoup de peine à conclure le marché, mais je fus payé dès qu'il eut été arrêté. Ils me mirent en compte, le premier la faveur de son Pere auprès du Roi, & l'autre celle de ses freres & de son oncle *Mirza-Sadec* grand Chancelier, & me forcerent à prendre les Lettres de recommandation qu'ils m'offrirent sur eux, en compensation du profit que je voulois faire. On ne peut croire les caresses, la flaterie, l'engageant & agréable procedé avec quoi les Grands en usent en *Perse* pour leurs interêts, quelque légers qu'ils soient. Ils agissent avec une si grande apparence de sincerité, qu'il faut bien connoître le génie du païs & de la Cour pour n'être pas leur Duppe.

Le 13. je fus prendre congé de *Rustan-Bec*, qui devoit partir deux jours après pour *Ardevil*. Il me fit la faveur de m'accorder un long entretien sur la conduite que je devois tenir à *Ispahan*, pour avoir un heureux succès. Il me donna beaucoup de bons Avis, & des Lettres de recommandation pour ses Parens, & pour *Cosrou-Can*, Colonel des Mousquetaires. C'est un des plus puissans Seigneurs & des plus considerez à la Cour. Voici mot-à-mot la Traduction de celle qui étoit pour ce Seigneur.

DIEU.

On mande au plus illustre Seigneur de la terre, & on fait savoir à son cœur très-noble & très-genereux, que le Seigneur Chardin, *Marchand François, la fleur des Chrêtiens, qui avoit été envoyé en* Europe *par le feu Roi, lequel a presentement sa* [a] demeure *au Ciel, pour aporter de ce païs de riches Ouvrages de Pierrerie, en est revenu depuis quelques jours & vient d'arriver en cette Royale Ville de* Tauris. *L'amitié & la confiance que nous avons autrefois contractée ensemble, l'a porté à me communiquer ses affaires. Il m'a témoigné qu'à cause que le grand Roi, qui l'a envoyé en* Europe, *s'est envolé au Royaume des Esprits, & est devenu Citoyen du Paradis, il desiroit que moi qui suis son intime ami* [b] l'adressasse *à une personne considerable par la prudence de la conduite, & par la grandeur de la dignité, & qui sût rendre parfaitement de bons offices, afin de s'en servir d'un Canal pour arriver à la presence du Roi très-Noble, très-Haut & très-Saint. Il s'est aussi particulierement informé à moi, qui suis vôtre Intime, des grandes & royales Qualitez que vous possedez, & l'ayant charmé par le recit que je lui en ai fait, il m'a découvert un extrême desir d'avoir* [c] l'honneur *d'être recommandé à la bonté des* [d] Esclaves *de V. A. Moi, qui en suis le veritable Ami, je le recommande de tout mon cœur à vos Soins glorieux, & tout ce qui concernera ses affaires & ses interêts. Il espere beaucoup de vôtre Royale faveur, & se fait sûr, que V. A. ayant compris ses besoins par la lettre de moi vôtre serviteur, Elle fera en sorte que les bijoux précieux qu'il a aportez auront le bonheur d'aller dans les mains benites du Roi très-noble. Une si genereuse faveur remplira de grandes esperances cet illustre Chrêtien & tous les autres Marchands de sa Nation que le commerce attire en ce St. Royaume.*

[a] Le mot que j'ai traduit par *demeure* signifie proprement *Aire d'aigle*. Les Persans en parlant de leurs Rois défunts ajoûtent d'ordinaire ces mots *Krel-koldachion*, c'est-à-dire, *dont le Nid est au Ciel.*

[b] Il y a dans l'original *l'envoyasse au service.* C'est une Phrase du langage Persan, de dire *mettre un homme au service d'un Grand*, pour dire *le lui recommander si fortement, qu'il ait ses interêts aussi chers, que s'il étoit son Domestique.*

[c] Les Persans, pour dire *avoir l'honneur*, disent *être Annobli.*

[d] On a déja parlé de cette figure de Rhétorique dont les Persans se servent en disant *les esclaves d'un Seigneur*, pour signifier *le Seigneur même.*

Le 18. je pris congé du Lieutenant du Gouverneur & de *Mirzathaer*. Ils étoient tous deux ensemble. L'un & l'autre eurent la bonté de m'offrir un Conducteur. Je les en remerciai fort humblement, & leur dis que s'ils croyoient que j'en eusse besoin pour ma sûreté, je les suppliois d'avoir la bonté de m'en donner. Ils répondirent, que les Passeports du Roi que j'avois étoient une suffisante Escorte, puisque je pouvois en les montrant prendre du monde par-tout où je voudrois, autant qu'il me plairoit; que j'étois en païs de sûreté, & que l'offre qu'ils me faisoient étoit seulement pour témoigner, qu'ils étoient disposez de tout contribuer à mon voyage. Des gens de Qualité qui étoient-là m'ayant dit au même tems, que je n'avois besoin de personne, je me contentai de demander à *Mirzathaer* un Passeport pour les Receveurs de Doüannes & des Peages, afin de n'être pas obligé de déployer ceux du Roi. Il me le fit aussi-tôt expédier & le plus honnêtement du monde, com-

comme on le peut voir dans la version que voici.

DIEU.

Aujourdhui, second jour du mois de Sefer *le victorieux, l'an.* 1084. *Le Seigneur* Chardin, *Marchand, la fleur des Marchands & des Europeans, est sur son départ pour la Cour. Il est chargé d'un merveilleux amas de bijoux précieux, & d'autres raretez, dignes du Seigneur du monde; qu'il a eu ordre d'acheter en son païs, & d'apporter aux pieds du trône qui est le vrai St. Siége du* [a]Vicaire de Dieu. *On donne cet avis à tous Officiers subalternes, Regens, Lieutenants de Roi, Juges civils & criminels, Prevôts de villes & de grands chemins, Receveurs de Droits & de Peages, afin qu'ils sachent, que cette personne est de grande considération; & qu'en conséquence d'un ordre d'en-haut, qu'il a en main, il lui faut fournir partout où il ira toutes les choses dont il aura besoin, lui donner toute l'aide & tout le secours raisonnable qu'il demandera, & faire si bien qu'il arrive avec son Train, non seulement sans nul malheur, & nul mécontentement, mais aussi rempli de satisfaction & d'honneur au Palais du très-haut. Il faut aussi bien prendre garde de ne lui pas faire sentir de quelque maniére que ce puisse être, qu'on a quelque prétention sur lui pour nuls droits de peage & de doüanne, & s'assurer qu'il faut absolument rendre compte tant de sa personne & de ce qu'il porte, que des moindres dégoûts & mécontentemens qu'on pourroit lui causer.*

A côté étoit le Seau, dont la marque est un passage de l'*Alcoran*, qui signifie, *ma Confession de Foi est au nom de Dieu, qui est mon refuge, & de* Machammed *l'Apôtre de Dieu.*

[a] Le mot que j'ai traduit *Vicaire*, est *Calife*, & signifie proprement *Successeur*. Les premiers Successeurs de *Mahammed* n'avoient point d'autre Titre, & parce que les peuples qui ont suivi sa Loi ont toûjours crû, que Dieu l'avoit établi Roi & Prophete Universel, l'avoit créé son Vicaire & son Lieutenant, & lui avoit donné le droit de gouverner tout le monde au Spirituel & au Temporel, ses Successeurs se sont entêtez de ces Titres fastueux; & ont fait croire, qu'ils leur appartenoient par Droit de Succession: Or comme la race des Rois de Perse qui régne depuis 250 ans prétend tirer son origine de *Ali*, Gendre & successeur de *Mahammed*, ils s'en sont attribué les vaines Qualitez & Prérogatives. C'est la raison de l'épithete *de Vicaire de Dieu* que les Persans donnent à leurs Rois.

Le 20. *Mirzathaer* m'envoya visiter par un de ses domestiques, pour savoir s'il étoit vrai, que je voulusse partir le lendemain seul avec mes gens, & pour me dire, que je devois bien m'en donner de garde; que j'attendisse compagnie; qu'il y avoit du danger d'aller seul alors, sur tout étant étranger & chargé de beaucoup de bien, parce que c'étoit la saison que les *Curdes*, les *Sara-nechin*, les *Turcomans*, & tous les autres Bergers, qui habitent en des Tentes à la Campagne, & qui sont la plûpart Voleurs, quittent les Plaines à cause de l'ardeur du Soleil, & vont avec leurs troupeaux & leurs maisons chercher dans les montagnes l'ombre & les pâturages. J'étois véritablement résolu de partir le lendemain, mais je fis réflexion sur l'avis, & je trouvai qu'en effet je hazarderois trop pour gagner sept ou huit jours de tems. Je m'imaginai aussi, que ce Seigneur, en me donnant cet avis, vouloit tacitement se tirer d'affaire, & se déclarer non responsable des mauvaises rencontres que je pourrois avoir. Il me vint encore de plus funestes pensées dans l'esprit, tout cela m'obligea à retarder mon départ.

Le 26. il m'envoya donner avis, que le frere du Prévôt des Marchands partoit dans deux jours, que c'étoit un fort honnête Seigneur, & que si je voulois avoir sa compagnie, il me recommanderoit fortement à lui. Je lui fis rendre mille remerciemens du souvenir & de l'affection qu'il témoignoit avoir pour moi, & lui fis dire, qu'il ne pouvoit me rendre de meilleur office, que de me mettre en de si bonnes mains. Je sus le soir qu'il l'avoit fait autant bien qu'on le pouvoit desirer. J'eus une extrême joye de ce soin officieux, à cause particuliérement qu'il me desabusoit des réflexions que j'avois faites, sur ce qu'il m'avoit envoyé dire deux jours auparavant.

Le 28. je partis de *Tauris* avec ce Seigneur frere du Prevôt des Marchands. C'est un de ces Esclaves du Roi, dont l'on a parlé. Il avoit quatorze Chevaux & dix Valets. Nous fîmes trois lieuës en un païs beau, & uni entre des montagnes, tirant au midi. Nous logeames à *Vaspinge*, grand bourg de six cens maisons. Quantité de beaux Ruisseaux y serpentent de tous côtez. Il est rempli de Jardins & de Saussayes qui sont toutes de *Peupliers* & de *Tyls*; on les entretient pour s'en servir à la structure des Bâtimens.

Le 29. nous fîmes cinq lieuës. Nous passâmes

mes d'abord une petite coline, & marchâmes toûjours ensuite par des Plaines admirablement belles, fertiles & couvertes de villages: Celui où nous logeâmes se nomme *Agi-agach.* Ces plaines sont les plus excellens pâturages de la *Medie*, & j'ose dire du monde. Les plus beaux chevaux de la Province y étoient au vert. Il y en avoit quelque trois mille. C'est la coûtume en Perse, de donner l'herbe aux chevaux, trente cinq ou quarante jours durant, depuis *Avril* jusqu'en *Juin.* Cela les purge, les rafraichit, les engraisse, & les renforce. On la leur donne à l'écurie, ou à la Campagne, & l'on ne s'en sert point durant ce tems, ni quelques jours après. Le reste de l'Eté on leur mêle l'herbe & la paille coupée fort menu. Voyant ces beaux pâturages, je demandai à ce jeune Seigneur, avec qui j'allois, *s'il y en avoit de meilleurs en* Medie, *& d'aussi belles & aussi grandes plaines.* Il me répondit, *qu'il en avoit vû d'aussi belles vers* Derbent, (c'est la Medie Atropatiene) *mais non pas de plus vastes.* Ainsi l'on pourroit croire avec assez de fondement, que ces plaines sont l'*Hypopothon* dont parlent les anciens Auteurs, & où ils disent que les Rois de *Medie* tenoient un Haras de cinquante mille chevaux; & que c'est ici aussi où il faut chercher la plaine de *Nyse*, si célébre par les chevaux *Nysains.* Le Géographe *Etienne* dit que *Nyse* étoit dans le païs des *Medes.* Je contai à ce Seigneur les particularitez que les Histoires rapportent de ces chevaux, & particuliérement celle que rapporte *Favorin*, que tous les chevaux *Nysains* étoient *Isabelles.* Il me dit, *qu'il ne l'avoit jamais lû ni entendu dire.* Je m'en suis enquis aussi durant tout mon voyage à plusieurs personnes d'érudition & de qualité, mais sans apprendre qu'il y eût aucun endroit dans la *Medie* ni en toute la Perse, où tous les chevaux naissent de couleur *Isabelle.*

Le 30. nous fîmes six lieuës par un chemin assez uni, qui serpente entre des colines. Après deux heures de marche, nous passâmes proche des ruïnes d'une grande ville, qu'on dit qu'il y a eu là autrefois, & qu'*Abas* le Grand acheva de détruire. On voit à gauche du chemin de grands ronds de pierre de taille. Les Persans disent, que ces Ronds ou Cercles sont une marque que les *Caous*, faisant la guerre en Medie, tinrent conseil en cet endroit; parce que c'étoit la coûtume de ces peuples, que chaque Officier qui entroit au Conseil portoit une pierre avec lui pour lui servir de siége. Les *Caous* sont des *Geans* Persans, ainsi nommez de *Kaous* Roi de Perse, fils de *Cobad*, fils de *Cosrou*, qui sont des Rois de la seconde race dont les Histoires ont été tournées en Fables comme sont les Romans. *Herodote* raconte quelque chose de semblable d'une armée Persanne, qui alloit contre les *Scythes.* Il dit que l'armée étant en *Thrace*, *Darius* lui montra un lieu, & commanda que chacun y mît une pierre en passant. Ce qui cause le plus d'admiration en considérant ces pierres, c'est qu'il y en a de si grosses, que huit hommes auroient peine à les remuer, & qu'on n'apperçoit point qu'elles ayent pû être tirées que des montagnes voisines, qui sont à six lieues. Nous trouvâmes sur le chemin trois grands & beaux *Caravanserais*, & logeâmes à un village nommé *Caratchiman*, situé au bas d'une coline. Il n'est pas si grand que *Vaspinge*, mais il est aussi beau.

Le 31. nôtre traite fut de quatre lieuës par des colines & par des vallées, toutes admirablement belles & fertiles. Nous passâmes à mi-chemin, à travers un grand village, plein de Saussayes & de jardins, & fort arrosé. On le nomme *Turcman*, parce qu'il y a dans les Campagnes qui l'environnent quantité de troupes de Bergers ainsi nommez. Nous nous arrêtâmes à *Pervaré*, autre village de la grandeur & de la beauté de *Turcman*, & situé de même en un fond au bas d'une coline, le long des bords d'un petit fleuve.

Le 1. *Juin* nous fîmes deux lieuës en un païs plain, & uni comme celui que nous avions traversé les jours précedens, & quatre entre des montagnes où le chemin est fort rude & fort difficile. Un petit fleuve, mais fort rapide, passe au milieu. Il va toûjours en serpentant; & l'on est obligé de le passer plusieurs fois pour accourcir le chemin. Nous mîmes pied à terre à *Miana.* C'est un bourg situé au milieu d'une belle & vaste plaine, entouré de montagnes, qui separent sur cette route la *Medie* du païs des *Parthes.* C'est la raison du nom qu'il porte, car *Miané* veut dire proprement *Mitoyen.* Il y a en ce bourg un bureau de *Doüane*, dont les Commis ont la réputation de fort tyranniser les petites gens qui y passent. Ils sûrent qui étoit le Gentilhomme avec qui j'allois, & qui j'étois aussi, cela leur ôta même la hardiesse de paroître. Il y a ce bon ordre en Perse, & presque dans tout l'Orient, que les Receveurs de toute sorte de droits, n'ont la permission ni l'autorité de rien demander aux personnes de Qualité, à aucun Officier du Roi, quelque petit que soit

soit son office, ni à un étranger de condition. S'ils avoient l'audace d'en approcher pour s'enquerir seulement de ce qu'ils portent, elle seroit punie de bastonnades.

Le 2. nous fûmes tant de tems à guayer le fleuve de *Miana*, à cause que le pont étoit rompu, & nous trouvâmes si rude la montagne qu'il faut traverser au-delà, que nous ne pûmes faire que trois lieuës. Ce fleuve est à un mille du bourg. Il est rapide & large, sur tout où nous le passâmes. On fut plus de deux heures à chercher le guai, & à faire passer les chevaux de bagage, qui passerent tous bien, graces à Dieu, & cinq heures à traverser la montagne, qui est fort haute & fort roide, & qui fait la séparation entre la *Medie* & la *Parthide*. Ces deux grandes Provinces sont separées par une chaine de montagnes, qui est une branche du mont *Taurus*; qui s'étend depuis l'*Europe* jusques à la *Chine*, traversant, comme l'on a dit, la *Moscovie*, la *Circassie*, la *Mingrelie*, la *Georgie*, le païs des *Parthes*, la *Bactriane*, la Province de *Candahar*, & les *Indes*. Au haut de la montagne nous vîmes sur une pointe de roche un grand Château ruïné. Les Persans le nomment *le château de la pucelle*, & disent qu'*Ard-chir*, l'*Artaxerxès* des Grecs le fit bâtir pour servir de prison à une Princesse du sang. *Abas* le Grand le fit ruïner, parce qu'il servoit de retraitte à une troupe de Voleurs, qui faisoient les Souverains dans ces montagnes. On y trouve çà & là de longues chaussées, que ce grand Prince a fait faire aux endroits difficiles à passer durant l'hiver. Au bout de nôtre traitte nous passâmes sur un beau pont un grand fleuve, nommé *Kesil-heuzé*, c'est-à-dire, *fleuve doré*, & logeâmes à *Sémelé*. C'est un *Caravanserai*, bâti proche le pont, pour loger les voyageurs qui ne peuvent passer outre.

Ce fleuve de *Kesil-heuzé* est plus grand & plus rapide que celui de *Miané*. Il a sa source dans les montagnes de *Derguesin*, tirant vers la *Medie Apopatiane*, au travers de laquelle il se rend dans la Mer Caspienne, après avoir passé par la celébre ville d'*Ardevil*. Il sert de bornes à la *Medie* & au païs des *Parthes*. On n'a pas de peine à reconnoître, quand on l'a passé, qu'on a changé d'air & de païs; car au lieu que la temperature de la *Medie* est assez humide & nebuleuse, qu'elle produit beaucoup de vents & de pluyes, & que le terroir du païs est fertile de soi; quoique quelques anciens Auteurs en ayent autrement écrit; l'air du païs des *Parthes* est sec au dernier degré & c'est ce qui fait qu'on n'y voit que rarement durant six mois de l'année ni pluyes ni nuages. Le terrain est sablonneux, & la Nature n'y produit rien toute seule.

Le païs des *Parthes*, qui a tenu à son tour l'Empire de l'Asie, est la plus grande & la premiere Province de la Monarchie Persane. Elle est toute du domaine du Roi, & n'a point de Gouverneur, comme la plûpart des autres Provinces. Les Persans lui donnent pour limites, à l'Orient la Province de *Corasson*, qui est la *Coromitrene*; au Midi celle de *Fars*, qui est la *Perse* proprement dite; l'*Azerbeijan*, qui est la *Medie*, à l'Occident; le *Guilan*, & le *Mazanderaan*, qui sont l'*Hyrcanie*, au Septentrion. Cette Province a deux cens lieuës de longueur, & du moins cent cinquante lieuës de largeur. L'air y est très-sec, comme on l'a dit, & le plus sain du monde presque par tout. Elle contient plus de montagnes que de païs plain. Ces montagnes sont nues, & ne produisent (generalement parlant) que des Chardons & de la Bruiere. Les campagnes sont fertiles & agréables aux endroits où il y a de l'eau, mais où il n'y en a point la terre ne produit rien du tout. Cette grande Province a plus de quarante villes, ce qui est beaucoup en Perse, qui n'est pas un Empire peuplé à proportion de son étendue.

Les Orientaux appellent le païs des Parthes *Arak-agem*, c'est-à-dire, *Arak-persienne*, pour la distinguer de l'Arabie, qu'ils appellent *Arak-arab*. Ils l'appellent aussi *Balad-el-gebel*, c'est-à-dire, *païs de Montagnes*, à cause qu'il y en a beaucoup, comme je le viens de dire. Mon opinion est que ces Scythes, de qui les anciens Auteurs ont écrit que les Parthes tirent leur origine, sont les petits Tartares qui habitent au Septentrion de la Perse, appellez maintenant *Yuz bes*, & autrefois *Bactriens*; & que cet *Arsace*, dont les histoires Grecques rapportent qu'il fonda l'Empire des Parthes, étoit du païs de *Tamerlan*, de *Halacou*, & de ces autres Princes Tartares, qui ont fait de si grandes & fameuses conquêtes en Asie les derniers siécles passez.

Le 3. nous fîmes quatre lieuës sur la même route que nous avions tenuë depuis nôtre départ de *Tauris*, savoir, au Midi. Nous allâmes toûjours en beau chemin. Nous avions des montagnes proche de nous à droite & à gauche. Nous logeames à *Sircham*. C'est un grand Caravanserai proche de trois ou quatre petits villages. Il est situé en un terroir fort sablonneux & fort sec. Les Commis, qui tirent les droits de la traitte foraine de la Province, y tiennent leur bureau.

Le 4. nous fîmes sept lieuës par des landes & des sablons. Le chemin y serpente un peu à cause de plusieurs buttes & colines de sable. Il ne laisse pas d'y avoir de côté & d'autre à peu de distance d'assez belles & fertiles campagnes, & çà & là des villages qui font une belle vûe. Le fleuve de *Zenjan* arrose toutes ces campagnes. Nous logeâmes à un grand Caravanserai nommé *Nicbé*, bâti entre cinq grands villages.

Le 5. nôtre traitte fut de six lieuës par des chemins plus beaux & moins tortus, & sur la même route que le jour précedent. Nous logeâmes à *Zerigan*. C'est une petite ville qui n'a gueres plus de deux mille maisons. Elle est située en une plaine assez étroite, les montagnes qui la renferment n'étant qu'à demi lieuë l'une de l'autre. Le terroir de *Zerigan* est assez fertile & agreable; l'air y est bon & frais en Eté. Les dehors sont remplis de jardins, & sont assez divertissans; mais le dedans n'a rien de beau & de remarquable que de grandes ruïnes.

L'histoire de Perse met la fondation de cette ville sous le régne d'*Ardechir-babécon*, plusieurs siécles avant *Jesus-Christ*. Elle remarque qu'elle étoit de vingt mille maisons, ce qui paroît assez vrai-semblable; car à plus d'un mille aux environs, on voit des ruïnes & des mazures. *Tamerlan* la détruisit entiérement la premiere fois qu'il y passa, mais la seconde, savoir à son retour de Turquie, il en fit rebâtir une partie, ayant appris qu'elle avoit été long-tems florissante par les Sciences, & qu'elle avoit produit plusieurs grands hommes. Elle est célébre pour ce sujet dans les Auteurs Orientaux. Les Tartares & les Turcs, qui ont ravagé la Perse, depuis *Tamerlan*, l'ont saccagée & détruite diverses fois, & ce n'est que depuis le commencement de ce siécle qu'on s'est mis à la rebâtir.

Le 6. nôtre traitte fut en un païs le plus beau & le plus agréable qu'on puisse voir, à travers une belle plaine, où le chemin est fort uni & fort droit. Il y a un grand Haras Royal & d'autres du Gouverneur de la Province. On y trouve plusieurs belles eaux qui coulent de source, & qui rendent ce terroir merveilleusement fertile. On y voit tant de villages, qu'on a peine à les compter, & beaucoup de Saussayes, & de jardins, qui forment d'agreables païsages, & des vûes charmantes. Nous mîmes pied à terre après cinq lieuës de marche à un grand Caravanserai, nommé *Queurq-boulag*, qui n'est éloigné que d'une grande portée de canon de la ville de *Sultanie*.

Cette ville est située au bas d'une montagne, comme on le peut voir dans le profil que j'en donne. Elle paroît de loin fort jolie & bien construite, & fait naître l'envie de la voir de près: mais quand on en approche ce n'est plus la même chose: & elle paroît encore moins belle quand on est dedans. Il y a quelques édifices publics considérables, pour l'architecture & pour la structure, avec trois mille maisons. Les gens du païs disent, que cette ville occupoit autrefois demi-lieuë de terrain du côté d'Occident, plus qu'elle ne fait aujourdhui: & que les Eglises, les Mosquées & les Tours ruïnées, qu'on voit de ce côté-là à cette distance, étoient du corps de la ville. Cela peut bien être vrai; car les Histoires de Perse assurent, qu'elle étoit la Capitale, & la plus grande du Royaume: & il y a peu de villes au monde, où l'on voye de plus vastes ruïnes. Il y a beaucoup de vivres & à bon marché. L'air y est fort bon, quoique fort changeant. On remarque qu'en toute saison il change presque à toute heure: car le soir, la nuit, & le matin, il est froid, & durant le jour, il est chaud, d'une extrémité à l'autre. *Sultanie* a 36 deg. 18 min. de latitude, & 48 deg. 5 min. de longitude. Un Sultan en a le gouvernement.

Quelques histoires de Perse portent, que cette ville est une des plus anciennes du païs des Parthes, & qu'on n'en sait point le fondateur. D'autres disent au contraire, que les premiers fondemens en furent jettez sous l'ascendant du Lion, par l'ordre & sous le régne d'*Ergon-can*, fils d'*Abkei-can*, & petit-fils de *Halacou-can*, & que n'ayant pû être achevée durant sa vie, son fils *Jangou-Sultan* la fit achever, au commencement du 14e siécle, & la nomma *Sultanié*, c'est-à-dire, *ville Royale*; car *Sultan* signifie proprement *Roi*, d'où vient *Seltenet*, qui est le terme ordinaire dont les Persans se servent pour dire *Royaume* ou *Monarchie*. Les Monarques de l'Asie, qui ont régné depuis le septiéme siécle, se faisoient la plûpart appeller *Sultans*, d'où nous est venu le mot de *Souldan*, que nos histoires donnent aux derniers Rois d'Egypte, & les Empereurs de Turquie s'appellent *Sultans*. J'ai pourtant oui dire à des gens doctes, que cette ville n'avoit été appellée *Sultanié* ou *Royale*, que depuis le tems que les derniers Rois de Perse, qui se faisoient aussi appeller *Sultans*, y eurent établi leur demeure. Ce fut *Abas* le Grand qui la transporta à *Ispahan*, à la fin du seiziéme siécle, son Pere *Ismaël Codabendé*, y étoit mort, & y avoit été en-

سلطانیه
SULTANIE

enterré proche de cette grande Mosquée qui paroît si éminente dans le plan. Si cette ville a été construite des ruïnes de *Tigranocerta*, comme plusieurs Auteurs modernes de l'Europe l'avancent hardiment, on pourroit dire que le nom qu'elle porte a été formé sur son nom ancien: *Certa* en vieux Persan signifiant *ville*, *Tigranocerta* ne voudroit dire autre chose que *ville de Tigranes*, qui étoit Roi d'Armenie, comme chacun sait. Je ne sai pas cependant comment on peut prendre *Sultanié* pour *Tigranocerta*; *Tacite* disant que *Tigranocerta* étoit à 37. milles de *Nisibe*, ville que chacun sait être dans la Mesopotamie sur le *Tigre*, à 25. lieuës de *Ninive*. Je le dis encore une fois, la Géographie des anciens Historiens est la plus confuse du monde; on ne les peut accorder, & ils étoient fort mal informez. Je ne le dirois pas si hardiment, si je ne voyois que les relations modernes font d'aussi grandes méprises en tout ce qu'elles publient, ou sur des mémoires ou sur le rapport d'autrui. Il n'y en a point dont je ne pusse tirer des exemples de cette verité. Cette ville a été plusieurs fois détruite; la premiere fois par *Cotza Rechid* Roi de Perse, que nos Historiographes nomment *Giausan*, parcequ'elle s'étoit rebellée, & qu'elle avoit pris les armes contre lui; en suite par *Tamerlan*; puis par d'autres Princes Turcs & Tartares. Les prédecesseurs d'*Ismaël Sofy* à commencer de l'an 700. de l'*Hegire*, qui répond au 1300. de l'Epoque Chrétienne, y firent quelque tems leur séjour, & l'on dit que quelques siécles auparavant, les derniers Rois d'Armenie y avoient aussi tenu leur Cour; & que de leur tems il y avoit plus de quatre cens Eglises. On en voit plusieurs de ruïnées, comme je l'ai dit, mais il n'y en a point d'entiere, & il n'y habite nuls Chrétiens.

Le 7. nous fîmes six lieuës en un païs encore plus beau que celui qu'on a décrit. On traverse un village à chaque mille qu'on fait, & l'on en voit une infinité en éloignement entourez de saussayes, & separez par de belles prairies. Celui où nous logeames est fort beau & fort grand, dit *Hibié*. Il est proche d'un gros bourg entouré de murs & bien peuplé, qu'on nomme *San-cala*: Ce mot abrégé signifie, *château de Hasan*.

Le 8. la lassitude de nos chevaux nous empêcha de passer *Ebher*, qui n'est qu'à deux lieuës de *Hibié*. Nous les fîmes à travers ces belles & charmantes campagnes, dont l'on a parlé, tirant toûjours droit au Midi. Ce qui rend ces plaines si agréables & si fertiles, est, la quantité d'eaux qui y coulent, & le labour qu'on y fait; car, comme on l'a dit, le terroir du païs des Parthes est de soi-même sec & sterile, mais par tout où on le peut arroser on y fait venir tout ce qu'on veut, & on le rend fort beau & fort bon.

Ebher est une petite ville, à ne compter que les édifices, car elle n'a pas plus de deux milles cinq cens maisons, mais elle a tant de jardins, & ces jardins sont si grands, qu'un homme de cheval est une demie heure à la traverser. Un petit fleuve, qui porte le nom de la ville, passe par le milieu d'un bout à l'autre. On dit que c'est le même que les Anciens appelloient *Baronthe*. La situation en est riante & agréable, l'air y est fort bon, le terrain abondant en fruits, & en autres vivres. Il y a des bâtimens assez bien faits. Les Hôtelleries, les Tavernes, & les places publiques sont belles pour le lieu. Il y a trois grandes Mosquées. On voit au milieu de la ville les ruïnes d'un château de terre. Elle est éloignée de l'Equateur de 36 deg. 45 min. & des Isles fortunées de 84 deg. 30 min. Cette longitude, & toutes les autres que je marque, sont prises des plus nouvelles tables Persiennes. Un *Darogué*, c'est-à-dire, *Preteur* ou *Recteur*, gouverne *Ebher*. Le *Mirtchecarbachy*, (on appelle ainsi le grand Veneur,) a ses appointemens assignez sur les revenus de cette ville. On appellé ces sortes d'assignations *Tahvil*. On dira amplement ailleurs ce qu'il faut entendre par ce mot.

Les Géographes de Perse disent, qu'*Ebher* a été bâtie par *Kei-cosrou*, fils de *Siahouch*; que *Darab-keihoni*, ou *Darius l'infortuné*, fit commencer le château; que *Skender-roumy*, c'est-à-dire *Alexandre le Grand*, le fit achever; & que cette ville a été autant de fois ruïnée & saccagée que toutes les autres dont elle est proche. Cependant il n'y paroît point à present, tant elle a été bien relevée. Ces Geographes remarquent, que cette ville est des plus anciennes de la Province. Ce pourroit bien être *Vologoo certa*, ou *Messabetha*, ou *Artacana*, dont il est souvent parlé dans les anciennes histoires de Perse.

A *Ebher*, on commence à n'entendre plus parler que Persan dans les villes & à la campagne. Avant que d'arriver-là, le langage vulgaire est le Turquesque, non pas tout à fait comme on le parle en Turquie, mais assez peu different. *D'Ebher* jusqu'aux *Indes*, on parle Persan, plus ou moins purement, selon qu'on est plus ou moins éloigné de *Chiras*, où est la pureté de la langue Persanne.

Ainsi, c'est un langage tout-à-fait grossier & mauvais, dont on se sert à *Ebher*, & aux endroits qui en sont proche.

Le 9. nous fimes neuf lieuës par ces admirables plaines, où le chemin est aussi beau & aussi uni, qu'une allée de Jardin. On ne peut voir de plus belles campagnes. Après trois lieuës de marche, nous passames un gros bourg presque aussi grand qu'*Ebher*, nommé *Parsac*. Plus outre nous laissames *Casbin* à gauche, à cinq lieues de nous. Voici la description que j'en dressai l'an 1674. dans un sejour de quatre mois que j'y fis avec la Cour.

Casbin est une grande ville, situëe en une belle plaine à trois lieues du mont *Alouvent*. Ce mont, un des plus hauts & des plus renommez de toute la *Perse*, est une branche du mont *Taurus*, qui passe par les parties septentrionales de la *Parthie*, comme on l'a dit, & la separe de l'*Hyrcanie*. La longueur de cette ville est du Septentrion au Midi. Elle a été autrefois ceinte de murs. On en voit encore les ruïnes. A present elle est ouverte de toutes parts. Elle est composée de douze mille maisons. Elle a six milles de tour, & cent mille habitans, parmi lesquels il faut compter quarante familles de Chrétiens & cent familles de Juifs, tous très pauvres. Les plus beaux lieux qu'on y voye sont l'*Hippodrome*, ou carriere pour la course des chevaux, qu'on appelle *Maydan-cha*, c'est-à-dire, *place Royale*, laquelle est longue de 700. pas, & large de 250. & est faite sur le modelle d'*Ispahan*. Le Palais Royal a sept portes. La principale s'appelle *Alicapi*, c'est-à-dire proprement, *la porte haute* ou *élevée*. Il y a au dessus une inscription en Lettres d'or dont voici le sens. *Que cette triomphante Porte soit toûjours ouverte à la bonne fortune, par la vertu de la confession que nous faisons, qu'il n'y a point d'autre Dieu que Dieu.* Les jardins du Palais sont beaux, & bien entretenus, & faits en Echiquier. Le Roi *Tahmas* avoit fait bâtir ce Palais assez petit, sur le plan que lui donna un Architecte Turc. *Abas le Grand* le fit tout changer & l'augmenta de beaucoup. Il y a peu de Mosquées à *Casbin*. La Cathedrale qu'on appelle *Métchidgiuma*, c'est-à-dire, *la Mosquée de la congrégation*, est petite. Elle a été fondée par *Haron-Rechid*, *Calife* de *Bagdad l'an* 170. de l'*Hegire*. La Mosquée Royale, qu'on appelle *Metchid-cha*, est une des plus grandes & des plus belles de *Perse*, étant située au bout d'une rue large, plantée de grands arbres, qui commence à la grande porte du Palais du Roi. Cette Mosquée a été bâtie presque toute entiére aux dépens de *Tahmas*, & de son vivant; son pere *Ismaël* l'avoit fait commencer, mais ses fondemens n'étoient qu'à rez-de-chaussée, lorsqu'il mourut. Il n'y a pas d'autre Mosquée considerable à *Casbin*. Comme les Persans font la plûpart, & presqu'en tout tems, leurs dévotions chez eux, ne croyant pas que les prieres qui se font dans les Eglises, soient plus agréables à Dieu que celles que l'on fait chez soi, ils ne sont pas si empressez à fonder des Mosquées pour son service, que des *Caravanserais* pour l'usage & pour les besoins du public. Après les Mosquées, les plus beaux batimens publics sont les *Medrezé*, ou *Colleges*, dont le plus considerable est celui qui porte le nom de *Califé Sulton*, son Fondateur, Grand Vizir de Perse, il y a cinquante ans. Il y a aussi en cette ville plusieurs beaux édifices parmi les *Caravanserais*, qui sont les Hôtelleries publiques. Celui qu'on appelle l'*Hôtellerie Royale* a 250. chambres, un grand bassin d'eau, avec de grands arbres au milieu de la Cour, & deux portes qui ménent dans la cour par deux rues de boutiques, où l'on vend les plus précieuses Marchandises. Mais ce qui fait le plus grand ornement de *Casbin*, n'est ni ces Hôtelleries, ni les Bains, ni les *Bazars*, ou places de Commerce, ni les Cabarets à tabac, à cahvé & à plusieurs boissons fortes, dont les Persans font débauche; c'est un grand nombre de Palais des Grands de *Perse*, qu'ils entretiennent de pere en fils, pour les longs sejours que la Cour Persane fait en cette ville de tems en tems. Il n'y a pas tant de jardins qu'en la plûpart des autres villes de la Province, parce que le terroir est sablonneux & sec, & qu'il n'y passe qu'un petit ruisseau, qui est un bras du fleuve *Charoud*, dont l'eau ne suffit pas. On fait venir d'autre eau de la montagne, par des Canaux soûterrains, qu'ils nomment *Kerises*. On la reçoit en des caves profondes de trente pieds. Elle est fraiche, mais elle est pesante & fade. Cette disette d'eau est aussi cause que l'air de *Casbin* est pesant, grossier, & mal sain, sur tout en été; ce qui vient de ce que la ville n'ayant point d'eau courante, n'a point d'égoût pour emporter les immondices. On dit que les Persans ne font pas passer à *Casbin* le fleuve *Charoud*, de peur que la ville ne devienne plus belle qu'*Ispahan*, & que le Roi n'aimât mieux y demeurer. Malgré cette disette d'eau, la ville jouït d'une grande abondance de vivres, & de toute sorte de denrées; parce que les campagnes d'alentour qui regorgent d'eaux, abon-

abondent par même moyen en bêtail, en grains, & en fruits. Il y croît le plus beau raisin de *Perse*. On l'appelle *Chahoni*, c'est-à-dire *royal*. Il est doré, transparent & gros, comme une petite olive. On en transporte de sec par tout le Royaume. On en fait du vin le plus violent du monde, & aussi le plus delicieux, qui est épais comme tous les vins de liqueur. Cet excellent raisin ne croît qu'à de jeunes ceps. On ne les arrose point, & ils sont cinq mois d'été en un terrain sablonneux, & sous un ciel brulant sans recevoir une goutte d'eau. Quand la vendange est faite, on laisse aller le bétail dans les vignes pour les brouter, puis on en coupe le plus gros bois, & on ne laisse que de jeunes ceps hauts d'environ trois pieds, qu'on n'a pas besoin, comme on voit, de faire soûtenir par des échalas, aussi ne s'en sert-on point. Il croît encore force Pistaches en ce terroir, & l'air y est extrémement chaud l'été durant le jour, à cause de la haute montagne qui est au Septentrion: mais les nuits y sont alors si fraiches en récompense, que pour peu qu'on s'y expose deshabillé, l'on ne manque point d'en devenir malade. *Casbin* est à 85. degrés & 5. minutes de longitude, & à 36. degrés & 35. minutes de latitude.

La plûpart des Chorographes *Europeans*, qui ont traité des villes de *Perse*, disent, que *Casbin* est l'ancienne *Arsacie*, qu'on appelloit *Europe*, avant que les *Parthes* lui eussent donné le nom d'*Arsace*, leur premier Empereur. Que c'est celle que les Grecs appelloient *Ragea*, & que l'Ecriture Sainte appelle *Ragés de Medie*. Quelques uns ont opinion que c'est la *Casbira*, dont parle *Strabon*. Les histoires de *Perse* ne la font pas si ancienne. Celle qui est intitulée *Elbeiion*, c'est-à-dire, *l'explication*, porte, que *Chapour* fils d'*Ardechir-babecon* l'a fondée, & qu'il lui donna le nom de *Chaepour*, comme qui diroit *la ville du fils du Roi*; Car *Chae*, signifie *Roi*, & *pourra* en ancien Persan veut dire *fils*. De là est venu le nom de *Chapour*, que les Auteurs Grecs prononçoient *Sapores*. L'histoire intitulée *Teduiné* dit que cette ville, qui fut nommée *Chaepour*, n'est pas *Casbin*, & qu'elle n'étoit pas bâtie au même lieu où est présentement *Casbin*; mais à trois lieuës au dessus, vers l'Occident, au confluant de deux fleuves, l'un nommé *Haroud*, dont l'on a parlé, qui vient du mont *Alouvent*, & l'autre appelle *Ebherroud*, c'est-à-dire le *fleuve d'Ebher*.

J'ai ouï dire à plusieurs Persans de consideration, qu'il y a là en effet quantité de ruines, & que tous les Auteurs sont d'accord que deux bourgs, nommez *Sartché*, qui en sont proche, ont été batis du tems *d'Ardechir-babecon*. Une autre histoire Persanne, composée par un Auteur, nommé *Ambd alla*, porte que le commencement de *Casbin* fut un château, que ce Roi, qu'on vient de nommer, fit batir, pour arrêter les courses des *Deilemites*, qui descendoient du mont *Alouvent*, & faisoient des ravages en tout ce territoire. Que ce château étoit situé au même lieu où est maintenant la Place Royale de *Casbin*, & qu'il fut ruiné par les Arabes du tems d'*Osman*, un des premiers Successeurs de *Mahammed*. Presque toutes les histoires font mention de ce Château, & disent, qu'après qu'il eut été abatu, on le rebatit plus grand qu'auparavant, & qu'il se forma un gros bourg tout alentour. *Mousaelhady-billa*, fils de *Mahamed Mehdy*, *Calife* de *Bagdad*, le fit ceindre de murs l'an 170. de l'Hegire, & fit batir à mille pas de distance une petite ville, qu'on nomma de son nom *Medine-moussi*. Un grand quartier de *Casbin* porte encore ce nom. *Moubarec-yuzbec*, affranchy du *Calife* qui avoit le gouvernement de la province, & à qui l'ouvrage avoit été recommandé, en fit bâtir un autre à pareille distance, & le nomma *Moubarekie*, pour la conservation de son nom. Les Persans quelque tems après appellerent cette ville *Moubarecabad*. *Moubarec* signifie, *benit*, & *abad*, *habitation*.

Haron-Rechid, frere & Successeur de *Mousa elhady*, joignit ces trois petites villes en une par quantité de beaux batimens qu'il fit construire dans le vuide, mit une grosse garnison dedans, & ordonna qu'on entourât de murs & de fortifications toute la place. On commença d'y travailler l'an 190. de l'*Hegire*. *Haron* avoit dessein d'en faire un rampart contre les *Hircaniens* & les *Deilemites*, & un magazin d'armes pour la guerre qu'il méditoit de porter en *Iberie*, & tout ensemble un lieu de commerce. Mais étant mort peu après l'entreprise, & avant que d'en voir la fin, l'ouvrage demeura imparfait. L'an 245. sous le régne du *Calife Muktadis-billa-Mousa*, fils de *Nusa*, qui avoit secoué le joug de ce Pontife, & usurpé l'autorité Royale dans la *Perse*, fit achever ces murs & ces fortifications, & donna à la ville le nom de *Casbin* ou *Casvin*, car on prononce ce nom tantôt par *b* tantôt par *v*, d'un mot qui signifie *châtiment* ou *peine*; parce qu'il faisoit emprisonner dans le château qui y étoit tous les Grands qu'il vouloit punir. On donne une autre raison de de cette dénomination, savoir, que cette ville étoit un *lieu d'exil*. *Acembeg*, Auteur *Armenien*, est d'un avis different, car il tient que la ville de *Casbin* a été ainsi nommée du Roi *Casbin*.

L'an 364. une partie de la muraille de la ville étant tombée, *Saheb Calife Ismael*, premier Ministre de *Alié-Fecre-deulet* Roi de *Perse*, fit relever ce qui s'étoit ruiné; & des guerres civiles l'ayant détruite depuis presque toute entiere, *Emer Cherifabou-ali Jafer*, eut soin de son rétablissement, & y fit travailler l'an 411. avec tant d'application qu'il n'y paroissoit plus de ruines deux ans après. L'histoire de *Casbin* fait mention de deux autres furieux desastres, qui lui sont arrivez par des tremblemens de terre. Le premier l'an 460. qui renversa tous les murs & un tiers des édifices. *Kehnon* Prince de la race des *Seljouge* les fit reparer trois ans après, sous l'ascendant de *Gemini*. Le second tremblement, qui ne fit pas tant de mal que le premier, arriva l'an 562. *Mahamed* fils d'*Abdalla-elmegaré* régnoit alors au païs des *Parthes*, & faisoit sa residence proche de *Casbin*. Il s'y transporta pour voir les domages du tremblement, & pour les réparer. Et parce que les murailles, qui n'étoient que de terre, ne lui semblerent pas assez belles ni assez fortes pour une si grande ville, il fit abatre ce que le tremblement en avoit épargné, & en fit faire de Brique rouge. Ces murs avoient cent mille & trois-cens pas d'enceinte, & étoient renforcez de Tours à chaque cinq cens pas. Les Tartares & les Turcs ont ruiné entierement ces tours & ces murailles à diverses reprises, & celles qu'on avoit rebaties en leur place, à mesure que quelque nouveau ravage les détruisoit. On en voit les ruines, comme je l'ai dit.

Après tout, *Casbin* s'est rétablie, comme l'on voit, & depuis plus de trois cens ans elle jouït de la paix & de l'abondance par l'avantage de sa situation, qui la rend si propre pour lier le commerce de l'*Hyrcanie*, de l'*Iberie*, & de la *Medie*, avec les Provinces meridionales du Royaume. L'an 955. de l'*Hegire*, le Roi *Tahmas*, desesperant de défendre *Tauris* contre le grand *Soliman*, se retira à *Casbin*, & fit de cette ville la Capitale du Royaume. Il la trouvoit commode en toute saison. Il y passoit l'hiver; l'été il se retiroit à trois ou quatre lieues à la Campagne, & le passoit d'ordinaire sous des tentes au pied du mont *Alouvent*, où il y a beaucoup de lieux frais, d'eaux, & d'ombrage. Ses successeurs ont passé leur vie de la même sorte, jusques à *Abas* le Grand, qui dès la première année de son régne transfera la Cour à *Ispahan*. On allegue diverses raisons de ce changement. Les uns l'attribuent à l'air de *Casbin*, que Sa Majesté, disent-ils, ne trouvoit pas bon; d'autres assurent qu'il fut épouvanté de ce que lui firent savoir les Astrologues, que les astres le menaçoient de plusieurs malheurs s'il demeuroit en cette ville. D'autres veulent, qu'il le fit pour executer mieux le dessein qu'il avoit de bâtir une nouvelle ville, s'étant mis en tête, que c'étoit un plus sûr moyen pour éterniser sa mémoire, que toutes les grandes actions qu'il faisoit. Mais ce qui est plus vraisemblable, c'est ce que j'ai ouï dire à un Seigneur, qui a été fort aimé de ce grand Roi, que dès qu'il eût conçû le dessein des grandes conquêtes, qu'il executa si glorieusement vers l'Orient & vers le Midi, il quitta *Casbin* pour *Ispahan*, afin d'être plus proche des païs qu'il vouloit conquerir.

Quoi qu'il en soit, cette ville est bien déchuë, depuis que la Cour s'en est retirée, & qu'elle a perdu tout ce qui accompagne la pompe d'une grande Cour. Les successeurs d'*Abas* y ont été faire de tems en tems des séjours d'une ou de deux années de suite. Le feu Roi étoit en chemin pour y aller quand il mourût. La ville l'en avoit fait solliciter par des présens & des requêtes; & elle eut tant de joye d'apprendre que S. M. y venoit, qu'elle donna trois cens *Tomans* de Présent, (ce sont treize cens pistoles,) à l'Officier qui lui en apporta le *mouch da louc*, c'est-à-dire, *la bonne nouvelle*. Le principal avantage qui lui revient du séjour de la Cour, est la consommation d'une infinité de denrées que le païs produit, & dont il n'y a point de transport, les Provinces voisines n'en ayant nul besoin.

Outre tout ce que l'on a dit qui rend *Casbin* une ville illustre, il ne faut pas oublier qu'il en est sorti plusieurs Auteurs célébres; entr'autres *Locman*, fameux pour les *Fables* qu'il a composées, & qui ressemblent si fort à celles d'*Esope*, que de doctes Auteurs tiennent que c'est un même livre. Le Gouverneur de cette ville a titre de *Darogué*. On y en met un nouveau tous les deux ans. Il tire chaque année six cens Tomans de ce gouvernement, c'est neuf mille écus. On donne à cette ville dans les Actes juridiques, le surnom de *Da-rel-seltenet*, c'est-à-dire, *siége de la Royauté*; parce que les Rois de *Perse*, qui ont régné le 15 & le 16 siécle y faisoient leur rési-

résidence, comme on l'a dit. On lui donne aussi l'épithete de *Gemel-abad*, c'est-à-dire, *la belle*, ou la *glorieuse ville*.

Nôtre traite s'acheva à *Kiaré*, bourg gros de cinq cens maisons. Il y a au milieu un Château de terre situé sur une éminence, & à demi ruïné. C'est un reste des lieux forts de ce païs, qui furent abatus dans le 13 siécle. Les invasions étoient si fréquentes & si subites, & les guerres civiles si longues & si animées, qu'il falloit se fortifier par-tout, & se défendre de toute sorte de gens. On voit de pareils châteaux presque dans tous les bourgs, & dans les grands villages du ressort de *Casbin*.

Le 10. nous ne fîmes que quatre lieuës, en un païs uni & agréable, comme les jours précédens, continuant d'aller droit au midi. Nôtre maniére de voyager étoit telle, particuliérement depuis *Miané*, qui est aux confins de la *Medie*. Nous partions toûjours le soir une heure ou deux avant le Soleil couché plus ou moins, selon la traite que nous avions à faire. Nous achevions les traites de cinq ou six lieuës à minuit, ou environ. Les grandes de huit à neuf lieuës nous tenoient presque toute la nuit. On voyage généralement ainsi dans tout l'Orient durant le beau tems, pour être à couvert de l'ardeur du Soleil, qui accableroit à la Campagne les hommes & les animaux. La nuit on marche plus vîte, on est plus dispos, les valets vont à pied de tems en tems sans peine, & les maîtres même sont bien-aises d'y aller un peu, pour dissiper le sommeil & de petits saisissemens de froid, que la fraicheur de l'air cause. Tout cela soulage les chevaux. Quand on est arrivé on se met au lit, & on regagne sur le jour pour dormir, ce que l'on avoit perdu la nuit. Un autre avantage qu'il y a à voyager de nuit est, que les bêtes de charge se reposent tout le tems que la chaleur & les mouches les incommodent, & qu'ils sont bien mieux pensez, les valets voyant plus clair à les soigner. De plus on trouve plus aisément durant le jour ce qu'il faut pour les hommes & pour les chevaux. Les hôtes des *Caravanserais*, qui ont dormi presque toute la nuit, parce qu'alors ils n'étoient pas employez, sont debout & prêts à tout ce qu'on leur commande. La premiére chose que font les Pallefreniers en arrivant est de promener les chevaux; on leur met après la couverture, & on leur lâche la sangle. Au bout d'une heure ou deux, on leur donne à manger, & les Pallefreniers se mettent à dormir. Tout le monde se leve à neuf ou dix heures, & l'on fait un léger répas. Les valets d'étable pensent les chevaux ensuite, & le Cuisinier aprête à manger. Le Maître cependant, ou répose de nouveau, ou s'occupe à autre chose. A quatre heures, on donne l'orge, car en tout l'Orient on ne nourrit point les chevaux d'avoine, & l'on selle: à même tems on sert le soupé. Pendant que le Maître soupe, le Cuisinier nettoye la batterie, & le Valet de chambre ferme les *mafras*. C'est une maniére de porte-manteau, où l'on met le lit & les habits, aussi proprement que dans un coffre. Un cheval en porte deux. Les Domestiques soupent ensuite, & pendant cela, le Maître s'habille & se botte. Dès que les valets ont mangé, ce qui est bien-tôt fait parmi les *Asiatiques*, le Cuisinier enferme la vaisselle, le Pallefrenier va tirer la sangle & brider, les autres plient les tapis & font le reste des choses qui sont de leur devoir. On charge après, & l'on s'en va. Ceux qui n'ont pas vû l'Orient auront peine à croire la commodité avec laquelle toute sorte de gens y voyagent. Elle est grande néanmoins, quoique pour ainsi dire, on porte toute une maison avec soi. La raison en est, que les valets ayant chacun leur emploi séparé, tout se trouve fait en un instant. Comme il n'y a non plus de Tavernes que d'Hôtelleries, sur les grands chemins, on porte toûjours avec soi dequoi boire & manger, lorsque l'on en a envie, & cela se fait aussi fort commodément dans de petits coffres que l'on appelle *yactan*. Ce sont des boëtes de bois, carrées, de dix-huit pouces de diametre, & de vingt à vingt deux pouces de profondeur, doublées de feutre, ou de drap par dehors, & de cuir par dedans. Elles tiennent l'une à l'autre comme les besaces que l'on porte en croupe, & l'on les passe sur la selle, sans que cela empêche l'homme d'être assis dessus à son aise. On enferme d'un côté du linge & d'autres utenciles de table & tout ce qu'on veut à manger. De l'autre on met du Caffé, du Sorbet, des Liqueurs, de la glace, & tout ce que l'on veut aussi; & comme l'on ne trouve pas en tous lieux de bonne eau à boire le long du chemin, ce même homme qui a le soin du *yactan*, en porte dans un outre long pendu sous le ventre du cheval, d'où on la tire fort fraiche, sur tout la nuit & le matin.

Nous logeâmes à *Segs-abad*. Ce nom signifie, *l'habitation des chiens*. C'est un bourg grand, comme *Kiaré*. Il est au milieu d'une belle plaine, où il y a quantité de villages.

A *Segs-*

A *Segs-abad*, ni à *Kiaré* l'on ne trouve point de *Caravanserais*: mais il y a en chacun quinze ou vingt grandes maisons, que les proprietaires tiennent ouvertes pour le logement des passans, & qu'ils entretiennent plus nettes que les *Caravanserais*. On y est aussi beaucoup mieux accommodé, mais il en coute plus, parce que l'hôte n'osant demander de loüage, ni sa peine, ce qui n'est pas la coûtume, il s'en fait payer sur le fourrage & les denrées qu'il fournit à ses hôtes, qu'il leur vend à discretion, au lieu que dans les *Caravanserais* tout est taxé.

Le 11. nôtre traite fut de huit lieuës. Nous fîmes les deux premiéres entre des bûtes & des colines, où le chemin est raboteux & mal-uni; les autres en une belle plaine, couverte de villages par-tout, & la plûpart labourée. On dit, que c'est celle où se donna la bataille entre *Luculle* & *Mithridate*, & que la défaite de *Crassus* a encore rendue si célébre dans l'Histoire Romaine. Nous mimes pied à terre à un *Caravanserai*, nommé *Koskeirou*, un des grands & des beaux qu'on ait jamais bâtis en *Perse*. Il y a tout joignant deux jardins, deux citernes, un bain, & un petit canal, qui en dépendent. C'est une charité de la principale femme d'*Abas* le grand. Elle fonda ce lieu avec un revenu de mille livres pour les gages de quatre valets, qui logeroient dans le *Caravanserai*, afin de le tenir net & de servir les passans: mais ces mille livres ont été diverties à d'autres usages par l'avarice des Curateurs. C'est ce qui fait, que le *Caravanserai* est fort sale presque par-tout, & que l'ordure le ruïne. Il a couté, dit-on, quatre mille Tomans à bâtir, c'est cent quatre vingts mille livres. La *Perse* a çà & là des ponts, des chaussées, des hôpitaux, des *Caravanserais*, qui sont des profusions de cette charitable Princesse. Elles ont rendu son nom célébre; & si l'on en croit la voix publique, elle a dépensé cent mille Tomans à ces œuvres pies, c'est quatre millions & demi. Elle s'appelloit *Heinab Begum*.

Le 12. nous fîmes huit lieuës, trois en la belle plaine où est *Koskeirou*, & cinq en un païs enfoncé, où le chemin est un peu tortu & rabôteux. Nous arrivâmes deux heures avant jour à *Sava*, & logeâmes au fauxbourg qui est sur le grand chemin.

Sava est une grande ville, située dans une plaine sablonneuse & sterile, à la vûe du mont *Alouvent*. Elle a deux milles de tour, & est ceinte de murs, mais elle n'est gueres peuplée, & horsmis le cœur de la ville le reste se ruïne, faute d'être habité. Les murs aussi sont mal entretenus, & il n'y a rien de remarquable à l'entour. Elle a été belle autrefois, les ruïnes de plusieurs grands édifices le montrent. Il y passe un petit fleuve & quantité de canaux. Son terroir est sec & sablonneux. Il n'y vient rien qu'à force d'art & de travail. Il y a pourtant grand nombre de jardins. L'air qu'on y respire est échauffé & assez mal sain, sa latitude est de 35 deg. 50 min. sa longitude de 85 degrez. Un *Derogué* en est Gouverneur.

Les Histoires de *Perse* disent unanimement, que toute la plaine de *Sava* étoit autrefois un marais ou lac salé, pareil à cette plaine qu'on appelle *la mer de sel*, qui n'est qu'à vingt lieuës de cette ville en tirant à l'Orient, & que l'on traverse sur une chaussée de trente lieuës, en allant d'*Ispahan* en *Hyrcanie*: mais ces Histoires ne sont pas d'accord du tems que ce marais fut desseiché. Les unes portent fabuleusement que ce fut la nuit que nâquit *Mahamed*; Les autres que ce fut *Haly* son gendre, qui en fit miraculeusement écouler les eaux. Celles-ci ajoûtent, qu'il fit ce miracle sans venir sur le lieu, en prononçant seulement une parole, & qu'il le fit à la considération des habitans de *Com*, qui tenoient son parti contre le beaupere de *Mahamed*. Elles disent aussi, que ce peuple, pour conserver la mémoire d'un si rare événement, bâtit une ville au milieu de ce marais desséché, & en posa la premiére pierre sous l'ascendant de *Gemini*. Les peuples du Septentrion la ruïnerent au 4. siécle du Mahometisme. *Coja-sehid-el-din* fils de *Melec-Cheref-el-din-Sauvegi* la fit rebâtir quarante ans après, plus grande qu'elle n'étoit avant sa destruction, & la fit entourer de murs & paver de briques rouges. Quelque tems après, *Cojé-chems-eldin* la fit agrandir du côté du Nord, y fit conduire l'eau par dix canaux, & y fit bâtir une grande Mosquée à la partie Occidentale, sur le plan de celle que *Saied-eshac* fils d'*Imam-Mousa Cazem* y avoit fait construire plusieurs siécles auparavant. Tout joignant cette Mosquée est un superbe tombeau de *Bercordar bec*, Grand Maître de l'Artillerie de *Perse*, qui mourut d'hydropisie en cette ville il y a dix ans.

Vis-à-vis *Sava*, à l'Occident, à quatre lieuës, est un pelerinage fameux par la dévotion des Persans. Ils l'appellent *Echmouil*, c'est-à-dire *Samuel*, & ils croyent que ce Prophete y a été enterré. On a bâti sur son tombeau un beau Mausolée au milieu d'une Mosquée magnifique. A l'opposite, savoir au Levant,

vant, à neuf lieues de la ville, ſous un même parallele, on voit çà & là des veſtiges de la célébre ville de *Rey*, la plus grande ville de l'*Aſie*. Les merveilles que l'on en raconte ſont incroyables, néanmoins elles ſont généralement aſſurées par tous les Hiſtoriens, & par quelques uns comme par des témoins oculaires. La Géographie *Perſane* porte, que du tems du *Calife Mehdy-billa-abou Mahamed-Davanick*, qui vivoit au neuviéme ſiécle du Chriſtianiſme, la ville de *Rey* étoit diviſée en 96. quartiers, dont chacun avoit 46. ruës, chaque rue 400. maiſons, & 10. Moſquées; Qu'il y avoit de plus dans la ville 6400. colleges, 16600. bains, 15000. tours de Moſquées, 12000. moulins, 1700. canaux, 13000. Caravanſerais. Je n'oſe inſerer le nombre des maiſons, ne pouvant pas croire qu'il y eût ſeulement la moitié autant d'hommes, & cependant nôtre Géographie eſt en cela ſoutenue de tous les Auteurs Orientaux. Les Auteurs Arabes affirment auſſi, qu'au troiſiéme ſiécle du Mahometiſme, qui eſt juſtement le même tems, *Rey* étoit la ville de l'Aſie la plus peuplée; & qu'on tenoit, qu'après *Babylone*, jamais ville n'avoit été ſi conſiderable, ſoit en nombre d'habitans, ſoit en richeſſes & en biens. Delà lui ſont venus les titres ſuperbes qu'elle a dans les Hiſtoires de *premiere des villes*, d'*Epouſe du monde*, de *Porte des portes de la terre*, & de *Marché de l'Univers*. L'origine de *Rey* n'eſt pas moins conſiderable. La Chronique des *Mages* en fait *Chus*, petit-fils de *Noé*, fondateur. Elle ajoûte qu'il en poſa la premiere pierre ſous l'aſcendant du *Scorpion*. La commune opinion eſt, qu'elle a été fondée par *Houcheing-pichdadi*, comme qui diroit *premier Juſticier*. Les Orientaux donnent ce nom à tous les Rois de Perſe de la premiere race, parce qu'ils furent les premiers Gouverneurs & Legiſlateurs dont ils ayent eu connoiſſance. *Houcheing* étoit le ſecond Roi de cette race. *Manoutcher*, cinquiéme Roi après *Houcheing*, l'agrandit conſiderablement. Elle ſubſiſta en ſa ſplendeur juſqu'aux conquêtes des premiers Mahometans, qui la détruiſirent. *Mehdy billa*, ſurnommé *Manſour*, ou *le Victorieux*, troiſiéme Calife de Babylone, la releva plus grande, & plus peuplée qu'auparavant, & ce fut ſous ſes ſucceſſeurs qu'elle parvint à cette puiſſance dont nous avons parlé. Sa derniere ruïne arriva par des guerres civiles, au tems que les Tartares étendirent leurs incurſions dans le païs des Parthes. La Religion Mahometane étoit alors diviſée en Sectes comme elle l'a toûjours été. Celle des *Chia*, qui étoit celle des Perſans, & celle des *Sunnis*, que les Turcs ſuivent, partageoient le païs. Ces deux partis ſe firent la guerre ſoixante ans durant, & la Secte des *Chia* ayant ſuccombé, à cauſe du ſecours des petits Tartares, qui ſont *Sunnis*, la Secte victorieuſe ſe partagea en deux autres opinions, qu'on appelle du nom de leurs auteurs, *Chafai*, & *Hanifei*, qui ſont encore aujourdhui en vigueur parmi tous les Mahometans *Sunnis*. Ces guerres, jointes aux incurſions des Tartares, détruiſirent la puiſſante & fameuſe *Rey*, & la reduiſirent à rien, avant la fin du ſixiéme ſiécle de l'époque Mahometane. Soixante ans après *Facre-eddin*, Prince Parthe, ayant fait la paix avec *Cazan-Can*, Roi de Perſe, de la race des Tartares, eſſaya de rebâtir cette malheureuſe ville, mais il n'en pût venir à bout. *Ptolomée* l'appelle *Raquaja*; les autres Auteurs Grecs l'appellent, comme lui, de noms qui paroiſſent formez ſur celui de *Rey*. Sa latitude eſt de 35 deg. 35 min. & ſa longitude de 76 deg. 20 minutes. Le terroir en eſt fertile & agréable, & produit beaucoup de bons fruits. L'air en eſt mal ſain, il jaunit la peau, & il donne la fiévre, & cependant on dit que le monde y vivoit auſſi long-tems qu'ailleurs. Cela eſt merveilleux & donna lieu à ce Diſtique Perſan, *J'ai vû en ſonge l'ange de la mort nud en chemiſe, qui s'enfuyoit de* Rey *au point du jour, crainte du mauvais air.*

Cette ville a produit beaucoup de ſavans hommes, & a renfermé dans ſon ſein durant pluſieurs ſiécles les plus grandes richeſſes de l'Orient. On dit que durant ſa ſplendeur cent lampes de toute ſorte de metaux éclairoient toute la nuit pluſieurs petites Moſquées & 500. les plus grandes.

Le 13. nous fîmes ſix lieues en un pays beau & uni. Le chemin y ſerpente à cauſe du fleuve, qui y ſerpente auſſi & des canaux qu'on conduit en divers endroits de la plaine pour arroſer la terre. Nous paſſâmes un grand pont & pluſieurs petits, & logeames en un grand Caravanſerai, bâti en raſe campagne proche de quatre autres plus petits. On le nomme *Jafer-abad*, c'eſt-à-dire, *l'habitation de Jafer*, du nom d'un grand Seigneur de Perſe, qui a fait bâtir les premieres hôtelleries qu'il y a eu en ce lieu.

Le 14. nous fîmes cinq lieues dans la plaine dont l'on a parlé. Nous paſſâmes à michemin le long d'un petit mont nommé *Coub-teliſme*. *Coub* ſignifie *montagne*, *teliſme* eſt ce que nous diſons *taliſman*. Ce mont a quelque chose de fort particulier en soi, que je n'avois pû croire jusqu'à ce jour. C'est qu'à mésure qu'on s'en approche, il montre une nouvelle forme, & paroît d'une grandeur, & d'une figure differente. Le sommet, ou la pointe est toûjours en face, & l'on diroit qu'elle tourne de même côté, & à mesure qu'on se tourne pour la regarder. J'ai regardé ce mont de toutes parts avec le même succès. Cet enchantement naturel peut venir, à mon avis, des diverses vûes & perspectives sur lesquelles on regarde ce petit mont, la nature y ayant fait quelque chose d'approchant à ce qu'on voit en ces Tableaux ingenieux, qui presentent divers objets à ceux qui les regardent sur divers points de vûe. Il est d'une terre noirâtre mouvante, semblable à ces terres brulées qu'on voit au bas des montagnes qui jettent du feu. Il paroît de près plein de creux & de détours, qui semblent faits exprès. Je me suis informé de plusieurs gens du pays si ce mont jettoit du feu, mais je n'ai trouvé personne qui eût ni vû, ni ouï dire qu'il en jettât. C'est une prévention publique, que ceux qui veulent y monter s'y perdent, & enfoncent dans la terre, comme on fait dans l'eau; & l'on conte, qu'un jour *Abas* le Grand y fit aller un valet de pied avec un fallot allumé sur l'épaule; que le fallot s'éteignit bien-tôt, & que l'homme ne parut plus. Ce mont est à gauche quand l'on va à *Com*.

En approchant de cette ville, nous voyions de toutes parts de petits Mausolées, & de petites Mosquées, où sont enterrez des petits fils & des descendans d'*Aly*. Les Persans appellent tous les premiers descendans de ce Calife *Ymam zade*, c'est-à-dire, *fils d'Apôtres*. Ce sont les Saints des Persans. Il y en a une infinité d'enterrez en ce Royaume. On en compte quatre cens quarante quatre autour de *Com*. Nous terminâmes nôtre journée en cette ville à dix heures du soir, & j'y pensai terminer ma vie par un malheur tout-à-fait imprevû. J'avois mis pied à terre à la porte du Caravanserai, & tenois mon cheval par la bride, attendant que mon pallefrenier le vint prendre. Un cheval de main qui étoit devant moi, & que je ne voyois pas, me sentant à sa queüe, me donna de toute sa force des deux pieds dans l'estomach; si j'eusse été un peu plus loin le coup m'eût crevé sans doute. Je ne tombai point, la tête de mon cheval me soutint, mais je fus plus de demi quart d'heure prêt d'étouffer, & sans pouvoir reprendre haleine. Dieu en ses grandes misericordes eut pitié de moi, & fit que j'échapai de ce rude coup. Je m'en sentis pourtant seize semaines, mais sans que cela m'empêchât d'agir, presque à l'accoûtumée.

Com est une grande ville située en une plaine le long d'un fleuve, & à demi lieuë d'une haute montagne. Sa figure est un carré long, sa longueur prend de l'Orient à l'Occident, comme on le peut voir dans le plan qui est à côté. Elle a quinze mille maisons au dire des gens; car je ne les ai pas comptées. Elle est ceinte d'un fossé, & d'un mur flanqué de tours à demi ruïnées. Elle est entourée de jardins. Il y en a de grands de l'autre côté de l'eau. On voit en un des plus beaux qu'il y ait le Mausolée de *Rustan-can*, Prince de la race des derniers Rois de Georgie, qui embrassa la Religion Mahometane pour avoir le gouvernement de ce Royaume-là. Ce jardin est une des plus ordinaires promenades de la populace de *Com*. Il y a deux beaux quais le long du fleuve, aussi longs que la ville, & au bout à l'Orient un fort beau pont. Il y a aussi de beaux & de grands *Bazars*, où se tiennent les marchez en gros & en détail. *Com* n'est pourtant pas un lieu de grand commerce. On en transporte des fruits frais & secs, principalement des Grenades, beaucoup de Savon, des Lames d'épée, & de la Poterie blanche & vernissée. Il ne se fait point en toute la Perse de meilleur Savon, ni de plus excellentes Lames d'épée qu'en cette ville. Ce que la Poterie blanche, qu'on en transporte, a de particulier, est qu'en Eté l'eau s'y rafraichit merveilleusement bien & fort vite, par le moyen de la transpiration continuelle. Les gens qui veulent boire frais, & délicieusement, ne se servent d'un même pot que cinq ou six jours tout au plus. On l'humecte d'eau rose la premiere fois, pour ôter la senteur de la terre, & puis on le pend à l'air plein d'eau & un linge mouillé autour. Un quart de l'eau transpire en six heures de tems la premiere fois, puis moins, de jour en jour, tant qu'à la fin les pores se bouchent par la matiere crasse & épaisse qui est dans l'eau & qui s'arrête dans ces pores. Dès que la transpiration est empêchée dans ces pots, l'eau s'y empuantit, & il en faut prendre de neufs. Il y a en cette ville quantité de profondes caves où le peuple va puiser l'eau à boire. La plûpart de ces caves ont quarante à cinquante marches de descente, & fort hautes. L'eau en est aussi fraiche, quand on la tire, que celle qui est à la glace. Elle sort par des fontaines qui se ferment au robinet. C'est un grand regal que cette eau, durant l'Eté, qui est

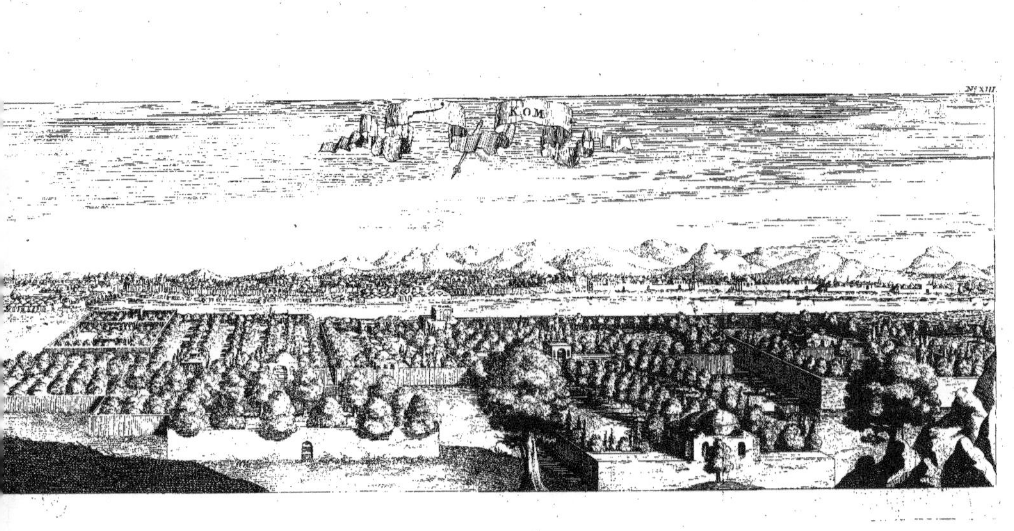
N° XIII.
KOM

N.º XIV.
Tombeaux des deux derniers
ROYS DE PERSE

eſt furieuſement chaud à *Com*, & aux environs. Cette ville a quantité de beaux Caravanſerais & de belles Moſquées. La plus belle, eſt celle où ſont enterrez les deux Rois de Perſe derniers morts.

Voici le deſſein de cette celébre Moſquée, dont l'on parle par tout l'Orient. Elle a quatre Cours, comme le deſſein le montre. La premiere eſt plantée d'arbres & de fleurs, comme un jardin. C'eſt un carré long. L'allée du milieu eſt pavée & ſeparée des parterres par une balluſtrade. Il y a deux terraſſes carrelées aux deux côtez. Elles ſont de la longueur de la Cour, & hautes de trois pieds. Sur chacune il y a vingt Chambres voutées de neuf pieds en carré, une cheminée, & un portique. A l'entrée de cette Cour, il y a à gauche une de ces profondes caves, dont l'on a parlé, & à droite une voliere. Le lieu eſt tout-à-fait recreatif. Un canal d'eau claire, qui en fait le tour, ſort d'un baſſin d'eau qui eſt à l'entrée, & ſe rend dans un autre qui eſt au bout. Dix Diſtiques en lettres d'or, ſur le haut du portail, font l'inſcription de ce Mauſolée: En voici la traduction.

La datte du Portail du Tombeau de la très-venerable & pure Vierge de Com, *ſur qui ſoit le ſalut.*

Au tems de l'heureux régne du Roi Abas *ſecond, ſoutien du monde, de qui les jours ſoient augmentez.*

Cette Porte de Miſericorde a été ouverte à la face des peuples. Quiconque jette les yeux deſſus perd l'idée du Paradis.

Quiconque a traverſé ſes cours, dont l'aſpect réjouit les cœurs, ne les a point paſſées vite comme le vent.

Maſſoum, *Vicaire du Grand Pontife; des ſages avis duquel le Soleil apprend à régler ſon mouvement, a fait faire par* Aga Mourad *, *l'un de ſes Subſtituts, ce Portail, dont la hauteur & l'excellence ſurpaſſe le Trône celeſte.*

C'eſt l'entrée du Palais Royal de la très-venerable Vierge pure, qui tire ſon extraction de la maiſon du Prophete.

Heureux & glorieux le fidéle, qui par reverence proſternera ſa tête ſur le ſeüil de cette porte, à l'imitation du Soleil & de la Lune.

Tout ce qu'il demandera avec foi de deſſus cette porte, ſera comme la fleche qui atteint le but. (c'eſt-à-dire, *Il ſera exaucé.*)

Certes, jamais la fortune n'embarraſſera les entrepriſes de celui qui pour l'amour de Dieu a élevé ce Portail à la face du peuple.

O fidéle, ſi tu demandes en quelle année a été conſtruit ce Portail, je te répons, de deſſus le Portail, *de Deſir* demande tes deſirs.

Pour entendre ce dernier Diſtique, il faut ſavoir, qu'au lieu que dans nôtre Alphabet, il n'y a que ſept lettres numerales, ou qui ſervent de chiffre, comme l'*V* qui vaut cinq, l'*X* dix, *L* cinquante, l'alphabet chez tous les Orientaux a l'uſage des nombres Arithmetiques; ainſi par un jeu d'eſprit, à quoi il faut beaucoup d'imagination, ils marquent l'année d'une choſe par des mots qui y ont du raport, & qui ſont compoſez des lettres qui faſſent juſte en leur valeur d'Arithmetique le nombre des années de leur Epoque. Celles-ci font 1061 ans. Je vai en produire un autre exemple.

Le feu Roi de *Perſe* fit faire une tente, qui coûta deux millions. On l'appelle la *maiſon d'or*, parce que l'or y reluit par tout. J'en donnerai ailleurs la deſcription. On peut juger quelle riche piece c'eſt, tant par le prix qu'elle coute, que par le nombre des Chameaux qu'il faut pour la porter, qui eſt de 280. L'Antichambre eſt faite d'un velours à fond d'or, dont la corniche eſt ornée de vers qui finiſſent ainſi; *Si tu demandes en quel tems a été fait le trône de ce ſecond* Salomon. *Je te dirai, Regarde le trône du ſecond* Salomon. Les Lettres de ces derniers mots, priſes pour chiffres, font 1057. ans. Cela tient du *galimathias* en nôtre langue, mais dans les langues Orientales cela a ſa beauté & ſes graces.

La ſeconde Cour n'eſt pas ſi belle que la premiere: mais la troiſiéme ne l'eſt pas moins. Elle eſt entourée d'appartemens, chacun à deux étages, d'une Terraſſe, d'un Portique, & d'un Canal, tout de même que la prémiere. Au milieu il y a un grand baſſin. Quatre gros arbres en marquent les coins, & le couvrent de leurs feuillages. On entre de cette troiſiéme cour dans la quatrieme, par un eſcalier de marbre de douze marches. Le Portail, qui eſt au haut, eſt tout-à-fait magnifique. Il eſt revêtu en bas de marbre blanc tranſparent, ſemblable à du Porphyre, & à de l'Agathe. Le haut, qui eſt un grand demi-Dome, eſt peint de moreſques d'or & d'azur, appliquez fort épais. Cette quatrieme cour a des chambres en bas, & aux côtez, avec des terraſſes, & des portiques, comme les trois autres. Ce ſont les logemens des gens d'Egliſe, des Regens, & des Etudians qui vivent des rentes de ce lieu ſacré.

* *Ce nom ſignifie* Deſir.

 En

En face, eſt le corps de l'édifice. Il conſiſte en trois grandes chapelles ſur une ligne. Celle du milieu a une entrée de 18. pieds de profondeur, tout à-fait magnifique. C'eſt un portail de ce beau marbre blanc, dont l'on a parlé. Le haut, qui eſt auſſi un grand demi-Dome, eſt incruſté par dehors de grands carreaux de fayance, peints de moreſques, & par dedans, tout doré & azuré. La porte, qui a douze pieds de hauteur, & ſix de largeur, eſt de marbre tranſparent. Les valves, ou battans, ſont tout revêtus d'argent, avec des appliques rapportées, de vermeil doré, de cizelé, & de liſſe, qui font une Moſaïque tout-à-fait riche & curieuſe. La Chapelle eſt octogone, couverte d'un haut Dome. Le bas, à la hauteur de ſix pieds, eſt revêtu de grandes tables de Porphyre ondé, & peint de fleurs, tirées avec de l'or & des couleurs, dont la vivacité & l'éclat ſautent aux yeux. Le haut eſt de moreſques d'or & d'azur, admirablement vives & éclatantes, & inſcrites de ſentences & d'aſpirations myſtiques ſur l'amour divin. Le fond du Dome eſt fait tout de même. Ce Dome eſt fort gros & admirablement beau, incruſté en dehors comme le portail. Au deſſus, s'éléve une grande éguille, ou *Colophon*, ſurmontée d'un croiſſant, dont les pointes ſont alongées & renverſées de la maniere que la figure les repreſente. Ce *Colophon*, qui eſt d'une notable groſſeur, eſt compoſé de boules de diverſes groſſeurs, poſées l'une ſur l'autre, & paroît d'en bas avoir plus de vingt pieds de haut, avec le croiſſant. Le tout eſt d'or fin. Les Perſans diſent, que tout eſt maſſif. S'il eſt véritable, cela vaut des millions. Quoi qu'il en ſoit, cet ornement ne peut être que de très-grand prix. Voici quelques unes des inſcriptions dont j'ai fait mention.

Tout ce qui n'eſt pas Dieu n'eſt rien.

Dieu, & c'eſt aſſez.

Toute louange, non raportée à Dieu, eſt vaine, & tout le bien, qui ne vient pas de lui, n'eſt qu'une ombre de bien.

Le Devôt ne droit pas aimer Dieu en vûe de la récompenſe. L'amant qui ſe plaint d'être ſeparé de ſon objet, & voudroit vivre toûjours dans l'union, & la jouiſſance, n'eſt pas véritable amant, puis qu'il ne ſe reſigne pas au bon plaiſir de ce qu'il aime.

Le comble du plaiſir, eſt d'être uni à l'objet qu'on aime. Je ne travaille pour moi à autre choſe, qu'à me jetter à corps perdu dans cet abyme.

Au milieu de cette Chapelle, eſt le tombeau de *Fathmé*, fille de *Mouſa-Cazem*, un de ces douze Califes, que les Perſans croyent avoir été les légitimes Succeſſeurs de *Mahomed*, après la mort d'*Aly* ſon gendre *Mouza-Cahem* étoit le ſeptiéme en ordre. Ce tombeau eſt long de huit pieds, large de cinq, & haut de ſix, revêtu de carreaux de fayence, peints de Moreſques, & couvert d'un drap d'or, qui tombe juſqu'en bas. Il eſt fermé d'une grille d'argent, haute de dix pieds, & maſſive, diſtante de demi pied du tombeau, & couronnée aux coins de quatre groſſes pommes de fin or. C'eſt afin que le peuple ne fouille pas le tombeau par ſes baiſers & ſes attouchemens, car on tient le tombeau même une choſe ſainte. Des lès de velours vert, tendus ſur la grille en dedans, en interdiſent la vûe au peuple: & ce n'eſt que par faveur, ou pour de l'argent, qu'on le voit. Le plancher eſt couvert de tapis de laine fort fins. On en étend par deſſus de ſoye & d'or, aux grandes fêtes. Au deſſus du tombeau, à dix pieds de hauteur, pendent pluſieurs vaſes d'argent qu'on appelle *Candil*. C'eſt une eſpece de lampe. Il y en a du poids de ſoixante marcs. Ils ſont autrement faits que les lampes des Egliſes, comme on le peut voir dans les figures qui ſont à côté. On n'y allume jamais de feu, & même il n'y en peut tenir, ni aucune liqueur, parce qu'ils n'ont point de fond. Je ne ſaurois dire la ſignification du mot de *Candil*, mais je croi que c'eſt de ce terme qu'eſt venu celui de *Candi laphty*, duquel les Chrétiens Grecs appellent ceux qui entretiennent le luminaire dans les Egliſes, & qu'eſt auſſi venu le mot *chandelle*, lequel ſe trouve en preſque toutes les langues de l'Europe dans une même ſignification. Les Mahometans appellent *Candilgi* ces mêmes officiers que je viens de dire, que les Grecs appellent *Candilaphty*.

A la grille, il y a des inſcriptions ſuſpendues. Elles ſont en Lettres d'or, ſur des velins épais, de la grandeur d'une feuille de grand papier. Ces inſcriptions contiennent des éloges de la Sainte & de ſa famille. Celle qui eſt en face en entrant, eſt la priere qu'ont accoûtumé de faire tous ceux qui viennent en pelerinage à ce ſepulchre. Le Pelerin, en entrant, baiſe trois fois le ſeuil, & la grille, & ſe tenant debout, le viſage tourné au tombeau, il vient un *Molla*, de ceux qui ſont là jour & nuit en ſervice, qui lui fait dire mot à mot cette priere. Le Pelerin, après la priere faite, baiſe derechef la grille, & le pas de la porte; puis donne au Prêtre quatre

ou

ou cinq sous, plus ou moins, selon ses moyens, & se retire. S'il demande acte de son pelerinage, on lui en expedie un authentique, l'expedition coute quatre francs, ou demi pistole. Ces sortes d'actes s'appellent *Hiaret namé*, c'est-à-dire *Patente de Pelerinage* ou *de Voyage*; *Hiaret* venant de *Har*, qui veut dire *aller*, *voyager*. On met tout l'argent, que les Pelerins, & les autres devots donnent, en un petit coffre de fer, semblable à un tronc, qui est à l'entrée de la chapelle. On l'ouvre tous les vendredis, & ce qui s'y trouve est distribué aux gens d'Eglise, qui servent ce lieu consacré. Il seroit long, & peut-être ennuyeux, d'inserer ici la Traduction de toutes les inscriptions dont l'on a parlé; voici seulement celle des deux principales Oraisons qu'on fait dire aux Pelerins.

Au nom de Dieu, clement & misericordieux.

JE *visite ma Dame, & Maitresse*, Fathmé, *fille de* Mousa, *fils de* Dgafer, *sur qui soit le salut & la paix éternellement. Et dans l'ardeur où je suis de m'approcher de Dieu par son intercession, je l'invoque pour moi, pour mon pere, & ma mere, & pour tous les vrais fidelles.*

Au nom de Dieu, souverainement misericordieux, je te souhaite le salut éternel, ô Apôtre de Dieu. Je te souhaite le salut éternel, ô favori de Dieu. Je te souhaite le salut éternel, ô Elu de Dieu. Je te souhaite le salut éternel, ô le meilleur, & le plus parfait de tous les hommes, Mahamed, *fils* d'Abd-alla. *Que Dieu te donne sa misericorde, sa grace, & ses benedictions, & à toute ta famille. Je te souhaite le salut éternel, ô Prince des fidelles. Je te souhaite le salut éternel, ô Seigneur & Chef des vrais Vicaires de Dieu. Je te souhaite le salut éternel, ô toi qui es la Verité même. Je te souhaite le salut éternel, & la misericorde, & les benedictions de Dieu, ô* (Ali) *qui es le veritable Baume pour les playes du peché. Je te souhaite le salut éternel, ô vierge très-pure, très-juste, & immaculée, glorieuse* Fathmé *fille de* Mahammed l'Elu, *femme* d'Ali le bien-aimé, *mere des douze vrais Vicaires de Dieu d'illustre naissance, & je le souhaite aussi, & la misericorde de Dieu, & ses benedictions, à ta mere la très-precieuse, très-pure, & très-grande* Khadidgé. *Je vous souhaite le salut éternel, & la misericorde de Dieu, & ses benedictions, ô* Hasan, & Heussein, *veritables Directeurs de la voye de verité, flambeaux célestes de la nuit obscure du monde, grands étendars de la vraye pieté, irreprochables témoins de Dieu contre le monde, Seigneurs de tous les jeunes hommes qui sont dans la gloire du Paradis. Je te souhaite le salut éternel, ô* Fathmé, *fille de* Mousa, *Vierge sainte, vertueuse, juste, directrice de verité, pieuse, sanctifiée, digne de toutes nos loüanges, qui aime souverainement les fidelles, & qui en est souverainement aimée: Fille sans tache, & exempte de toute impureté. Dieu veuille prendre son plus grand plaisir en toi, t'avoir pour agréable, & t'affermir dans le Paradis, qui est ta demeure, & ton refuge éternel. Je te suis venu rechercher, ô Dame, & maitresse de mon ame, dans la vûe de m'approcher de Dieu très-haut, par cet acte de pieté, & de son Apôtre & de ses Saints enfans. La misericorde de Dieu soit sur lui & sur eux éternellement. J'abhorre, & je déteste mes pechez, dont j'ai fait un malheureux fardeau qui m'accable, & je fais mes efforts pour briser le joug de l'enfer. Daigne m'accorder ton intercession, ô Sainte Vierge, au jour que les bons seront separez d'avec les méchants. Sois moi propice alors; car tu es d'une race, & sortie de parens, qui ne laissent tomber dans le malheur nul de ceux qui les aiment, qui ne refusent jamais rien à quiconque les vient prier, qui détournent toute sorte de mal de dessus ceux qui les chérissent, & de qui les ennemis au contraire ne sauroient jamais prosperer. O Dieu très-haut, les Saints Docteurs de la race de ton Prophete, sur qui tous soit la misericorde éternelle, ta paix & ton salut, nous ont véritablement annoncé & enseigné, que quiconque visitera dévotement* Fathmé de Com *aura le Paradis pour son partage. Je suis l'homme, ô mon Dieu, qui la viens visiter de cette façon, persuadé que je suis de sa grandeur, & de son excellence, & de celle de ses glorieux Ancêtres, purs & nets de péché, sur qui tous soit la misericorde & la paix. O Dieu, fais grace à* Mahammed *& à la famille de* Mahammed. *Rens utile à mon salut la visite que je fais à cette Sainte Vierge; confirme-moi dans la grace de son amour. Ne permets point que je sois jamais privé de celle de son intercession, & couronne moi de la gloire du Paradis, comme tu lui as promis de le faire, parce qu'à toi est la Souveraine puissance.*

JE VISITE ma Dame & Maîtresse Fathmé *fille de* Mousa *fils de* Dgafar. *La paix soit sur eux & leur soit souhaitée éternellement de tous les fidelles croyans, que la dévotion porte à s'approcher de Dieu par leur intercession.*

Au nom de Dieu, clement & misericordieux. Le salut soit sur Adam, *l'Elû de Dieu. Le salut*

salut soit sur Noé, *Prophete de Dieu. Le salut soit sur* Abraham, *l'intime Ami de Dieu. Le salut soit sur* Moïse, *la Bouche de Dieu. Le salut soit sur* Jesus, *l'Esprit de Dieu. Le salut soit sur toi, ô la meilleure des creatures de Dieu. Le salut soit sur toi, ô Elû de Dieu. Le salut soit sur toi*, Mahammed, *fils d'*Abdalla, *Seau & dernier des Prophetes. Le salut soit sur toi Prince & directeur des fidelles*, Aly, *fils d'*Abitaleb, *Vicaire des Apôtres du Seigneur des humains. Le salut soit sur toi*, Fathmé, *Dame des femmes du monde. Le salut soit sur vous deux, ô petits fils du Prophete de misericorde, & Seigneur des jeunes hommes habitans du Paradis. Le salut soit sur toi*, Ali, *fils de* Heusein, *Seigneur des hommes pieux, Joye des yeux des Saints glorifiez. Le salut soit sur toi*, Dgafar, *fils de* Mahammed *le juste. Le salut soit sur toi*, Mousa, *fils de* Dgafar *le pur. Le salut soit sur toi*, Ali, *fils de* Mousa *l'agréé. Le salut soit sur toi*, Mahammed, *fils d'*Ali *le cheri. Le salut soit sur toi*, Ali, *fils de* Mahammed *le conseiller fidele. Le salut soit sur toi*, Hasan, *fils d'*Ali. *Le salut soit sur toi, Lumiere & Soleil du monde, dernier Apôtre, & sur l'ami de tes amis, & sur le Vicaire de tes Vicaires. Le salut soit sur toi, fille de l'Apôtre de Dieu. Le salut soit sur toi, fille de* Fathmé, *& de* Khadidghe. *Le salut soit sur toi fille du Directeur des fidelles & l'ami de Dieu. Le salut soit sur toi, fille de la race de* Hassan, *& de* Heusein. *Le salut soit sur toi, fille de l'ami de Dieu. Le salut soit sur toi, Tante de l'ami de Dieu. Le salut soit sur toi, fille de* Mousa, *fils de* Dgafar. *La misericorde de Dieu, ses benedictions, & le salut soient sur vous tous. Dieu vous fasse connoître tous l'un l'autre dans le Paradis. Dieu veuille nous assembler dans vôtre compagnie, nous abreuver au bassin de nôtre Prophete, & nous donner à boire de la coupe de vôtre ayeul, par la main d'*Ali, *fils d'*Abitaleb. *Les benedictions de Dieu soient sur nous tous. Je prie Dieu qu'il nous remplisse d'allegresse & de joye, qu'il nous assemble dans la troupe de vôtre ayeul* Mahammed, *sur qui soit la misericorde & la paix de Dieu, & qu'il ne nous prive pas de votre connoissance, car il est un tuteur tout puissant. Je m'aproche de Dieu à l'ombre de votre bien-veillance, détestant vos ennemis, je lui fais l'offrande de moi même, me dévouant pour sa victime, sans honte & sans orgueuil, & de tout mon cœur je confesse que tout ce qu'a prêché* Mahammed *est la verité, & j'y donne les mains: C'est pourquoi nous demandons vôtre assistance, ô Seigneur nôtre Dieu, vôtre compassion, & la gloire du jour du jugement. O* Fathmé, *intercede pour moi, parce que tu es en estime auprès de Dieu, & que tu as du pouvoir au ciel. O Dieu, je te prie que tu me fasses avoir une heureuse fin, & ne m'ôte rien de ce que je possede. Certes il n'y a point de pouvoir, & de force, que par la faveur de Dieu très-haut & très-grand. O Dieu, exauce-moi, & aye mon pelerinage agréable, par ta liberalité, ta faveur, ta misericorde, & ta clémence. Fai misericorde à* Mahammed, *& à sa famille, & leur donne le salut & la paix, O Etre souverainement misericordieux.*

Au reste le tombeau de cette *Fathmé* a été rebati trois fois. Son pere l'amena à *Com*, à cause de la persécution que les *Califes* de *Bagdad* faisoient à sa famille, & à tous ceux qui tenoient *Haly* & ses descendans pour seuls légitimes Successeurs de *Mahammed*. Elle fit faire de beaux édifices en cette ville & y mourut. Le peuple croit que Dieu l'enleva au Ciel, & que son tombeau ne renferme rien, & n'est qu'une représentation.

Dans les chapelles des côtez sont les tombeaux des deux derniers Rois de Perse. Les Portails n'en sont ni si hauts, ni si larges, que le Portail de *Fathmé*; mais les battans des portes sont tout de même revêtus de lâmes d'argent. Elles sont d'égal diametre, l'une & l'autre au bout d'une galerie, large de douze pieds, & longue de trente cinq. A l'entrée il y a comme une Sacristie, où on garde les ornemens & les meubles. La Chapelle où est enterré *Abas*, est un Dodecagone irrégulier; l'autre où est enterré *Sefy*, est un Carré irrégulier aussi. Les sacristies, les galleries, & les Chapelles sont couvertes de riches tapis. Ceux des Chapelles sont d'or & de soye. Il ne se peut rien voir de plus beau & de plus magnifique que ces Mausolées. Le bas est incrusté de grandes tables de porphyre, peintes d'or & d'azur; les voutes sont d'une Architecture ingenieuse & delicate, tout est peint de riches moresques avec des couleurs vives jusqu'à éblouïr. L'or & l'azur est par tout appliqué si épais, qu'on diroit que c'est du rapport. Le Dome est percé en bas d'un double rang de vingt quatre fenêtres. Il y en a une fort grande à fleur de terre, qui donne sur un jardin, & une autre petite à l'opposite, qui donne sur la grande Chapelle; le Vitrage est de glaces de cristal peint d'or & d'azur, enchassées en argent massif. De belles sentences en prose & en vers, & écrites en caractéres d'or & de couleurs, composent un Listeau au dessous du cintre. En voici un échantillon.

Le

N°. X
SEPULCHRE DE ABAS SECOND

Le Roi, qui ne rend pas justice, est comme la nuée qui ne donne point de pluye.

Le Riche sans charité ressemble à l'arbre sans fruit;

Et le pauvre sans patience au fleuve sans eau.

L'homme pieux sans chasteté est comme une chandelle sans lumiére.

Et la femme sans pudeur comme une viande sans sel.

L'homme Religieux, qui ne méprise pas le monde, ressemble à la terre sterile & infructueuse.

Je renvoye le Lecteur aux desseins qui sont à côté pour prendre une idée plus nette de ces superbes tombeaux, & je me contenterai d'en dire encore ce qu'ils ne peuvent faire connoître. Le tombeau d'*Abas* est haut de quatre pieds, large de quatre, & long de huit. Les trois *candils*, ou lampes, qui pendent au-dessus, sont de fin or massif, la grande est de vingt quatre marcs, les autres sont de douze chacune. Elles tiennent à des verges d'argent qui tombent du fond du Dome. Le tombeau revêtu de briques fayencées est couvert de ce riche brocard de Perse, qui coute huit à neuf cens livres l'aune, le plus précieux qu'on puisse voir, & d'une housse d'écarlate par dessus avec une crépine d'or. Ces housses sont attachées en bas au tapis de pied, avec un Lacet de soye, qui passe en des anneaux d'or massif. Les Agraffes & les crochets des coins sont de même métal.

La gallerie du tombeau d'*Abas* a une frise qui régne tout autour, partagée en cartouches d'azur, où est écrit en gros caractéres d'or, l'éloge fameux de *Haly*, le grand Saint, la grande Idole des Persans, fait par le docte *Hasan-Cazy*. J'en insere la traduction, parce que c'est une piéce d'Eloquence, où l'on peut voir non seulement le génie de la Poësie Persienne, mais aussi le transport de la dévotion Mahometane. La piéce est en sept chants par distiques. Le premier est tout sur *Mahomet*, les six autres sur *Ali*.

Chant premier.

Je te salue, Créature glorieuse, dont le soleil est l'ombre. Chef d'œuvre du Seigneur des humains. Ciel de Majesté & de Puissance. Grand Astre de la Justice & de la Religion.

Infaillible *Expositeur des* [1] quatre livres. *Conducteur des huit* [2] mobiles. *Gouverneur des* [3] sept parties. *Chef des Fidéles.*

[4] Docteur *dans la science infuse des Prophetes. Royal Heros, célebré* [5] par les douze successeurs; *quand même le voile seroit ôté, ma persuasion n'augmenteroit pas. Lumiére de Dieu illuminante. Ame de la Prophetie. Guide des vrais Croyans.*

Premier objet de Dieu, dans la vûe d'envoyer ses ordres en terre, & un Ambassadeur. Centre des secrets divins, touchant tout le passé, & tout l'avenir, qui as fait resplendir la confession d'un Dieu dans les tenebres de l'erreur, comme le Soleil est precedé par l'Aurore, avant qu'il soit monté sur l'horison, même à travers une nuit obscure.

*Archetype des choses créées. Instrument de la création du monde. Le plus relevé de la race d'*Adam*. Ame des grands Apôtres & Envoyez.*

Tu es ce Seigneur, par lequel un verset de l'Alcoran promet l'accomplissement des desirs. Tu es ce Soleil, par lequel un autre verset dit qu'on verra la Souveraine beauté. Lumiére des yeux. Couronne de la Prophetie. Idole de l'Ange Gabriel.

Tu es dans le monde un monde de vertu & de dignité. Tu es sur la terre un soleil de Majesté & de grandeur.

La mer n'est riche & liberale que des dons de tes mains bien-faisantes. L'Ange thrésorier du Ciel fait sa moisson dans les fertiles jardins de la pureté de ta nature.

* Moyse, *le fendeur de la mer, est le portier du trone de ta justice.* Jesus, *le Monarque du quatriéme Ciel, fait la garde devant le voile du trône de ta Gloire.*

Ce Peintre incompréhensible qui a tiré tout d'un

[1] Le *Pentateuque*, le *Pseautier*, l'*Evangile*, l'*Alcoran*. Les *Mahometans* croyent que ces quatre livres sont les seuls, qui ayent été & qui doivent jamais être la Régle de la Foi.

[2] Les cieux des Planetes du premier mobile.

[3] Les sept Climats, ancienne division de la terre.

[4] Il y a dans l'original *Docteur dans la science des Prophetes qui ne savoit pas leur A. B. C.* Les Mahometans disent, que *Mahammed* étoit si ignorant dans les sciences humaines que même il ne savoit pas lire. C'est pour conclure avec plus de vraisemblance, que ce qu'il savoit étoit surnaturel.

[5] Les douze héritiers & successeurs de *Mahammed*, dont le dernier a été enlevé au ciel, & doit venir confondre le régne des infidéles.

* Les Mahometans aiment à faire aller ensemble *Jesus* & *Moyse*. *Isa*, *Mousa*, signifient, selon la cadence des termes, *le souffle de Jesus*, & la *main de Moyse*, prétendant que le premier operoit ses miracles par l'organe de son *souffle*, & le second par celui de sa *main*.

d'un seul coup de pinceau † Koun-fikoun, *n'a jamais fait un si beau portrait que le globe de ton visage.*

Depuis ta descente dans le berceau, jusqu'au dernier jour de ta vie, les [6] Anges, *qui enregîtrent les paroles, n'entendirent jamais de toi aucun mot qui ne donnât du ravissement à Dieu.*

Nul homme en quelque état que ce soit ne peut tant ressembler à Dieu que toi : mais si Dieu pouvoit avoir une image qui le représentât tel qu'il est, ce ne pourroit être que toi, cet Ambassadeur qu'il a envoyé en terre en sa grande clemence.

Heureux & Saint l'homme, qui croit tout ce que Dieu a dit dans l'Alcoran, au sens marqué par son Prophete dans le livre de ses sentences; si l'on veut le comparer à quelque être relevé, on ne peut trouver de plus parfait exemplaire que Mahammed.

Chant second.

Homme inenarrable qui n'as point d'égal que Mahammed *le Prophete élû. Dieu a assigné sur* [7] *ton amour le doüaire des Dames du Paradis.*

Le premier mobile ne lanceroit point la bale du Soleil par la sarbatane du Ciel, si ce n'étoit pour servir l'Aurore dans l'amour extrême qu'elle a pour toi.

Qu'est-ce que la puissance des Astres, & du Destin, en comparaison de la tienne? Et qu'est-ce que la lumiére du Soleil comparée avec celle de ton esprit? Le Destin ne fait qu'executer tes ordres. Le Soleil est lumineux des rayons de ta connoissance.

Quand la nombreuse troupe de ta Majesté va en sa pompe, on voit la [8] Sphere *liée à la main du chef, qui la conduit comme une clochette au cou d'un mulet.*

*Qu'*Hercule *ne nous parle plus de la force de son courage : car comment souffriroit-on une mouche piaffer sur les ailes du grand* Phenix *de l'Occident.*

Si Hercule *avoit vû la valeur de ton bras dans une action, assurément l'oiseau* de son ame *auroit de peur rompu la cage* de son corps *pour s'enfuir.*

La mer immense de ton merite jette des vagues par dessus le Ciel. Et sur cette mer de vertu les tempêtes de l'adversité ne font pas plus de desordre, que des fetus dans l'eau.

Si l'on pese ta gloire à la balance des sens relevez, les plus hautes montagnes mises en contrepoids ne paroissent pas plus que des semences de lentille.

Dans la grande carriere du bonheur, où l'emportement de ceux qui courent, les fait ressembler à des chevaux, qui prennent le mords aux dents, & jettent bas leur maître.

Et fait qu'à force de coups d'éguillons ils se piquent l'artere, surquoi l'Ange de la mort vient en funeste Médecin leur prendre le bras de l'ame.

Tu sortiras de cette rude carriere comme le Soleil sort de l'Orient. On portera devant toi l'étendard honorable de la Majesté suprême, & derriere toi les dépouilles marques de la victoire.

*Et si dans cette course, tous les habitans du monde étoient chacun aussi brave qu'*Hercule, *le plus intrepide d'eux n'auroit pas le courage de tenir un moment devant toi.*

Dieu formera un corps [9] Aerien, *qui criera de sa part à haute voix* Victoire, Victoire. *Il n'y a de brave qu'*Aly. *Il n'y a point d'épée semblable à* [10] Zulfagar *l'épée à deux pointes de ce Heros.*

Chant troisiéme.

Toi, de la pureté duquel le Ciel de l'impeccabilité tire son éclat. Le Soleil s'est fait une couronne de gloire de l'ombre de ton parasol.

Jesus, *le grand Chymiste, se servoit de la terre du portail de ta prudence pour souffre rouge*, dont*

† Que la chose soit & la chose fut. Verset de l'*Alcoran* du genre sublime, qui avec cet autre, par lequel Dieu est introduit faisant cesser le Déluge, *Terre englouti les eaux*, sont comptez les plus éloquens, ils sont indubitablement imitez du verset 3. de la Genese, *que la lumiere soit faite*, & *la lumiere fut faite.*

[6] Les Mahometans tiennent, que tout homme a deux Anges inspecteurs, dont l'un écrit le bien qu'il fait, & l'autre le mal.

[7] Les Persans disent, qu'*Aly* étoit le plus bel homme qui fût jamais, & que sa beauté étoit inconcevable, à cause de quoi les Peintres couvrent d'ordinaire son visage d'un voile, & ne le representent point. Ce que le Poëte dit ici d'*Aly*, signifie, que les bien-heureuses dans le Ciel mettent leur plus grande félicité à être aimées de lui.

[8] *La Fortune*: le sens est, tu fais tourner le monde à ton gré comme un Mulet la clochette qu'il a à son cou.

[9] La Renommée.

[10] *Zulfagar* est le nom de l'épée d'*Aly*. Les Mahometans disent, qu'elle s'ouvroit en deux au bout comme une fourche.

* *Souffre rouge* est *l'or pur*, terme chymique des Orientaux. Les Turcs disent aussi agréablement, que sagement, que le véritable *souffre rouge*, c'est l'agriculture.

dont il composoit le Takfir, *& la* [11] pierre Phale, *avec quoi il connoissoit tout & guerissoit tout.*

Le peintre éternel a peint beaucoup d'images, & mis beaucoup d'idées au jour dans le dessein de produïre ton beau visage, mais il en a trouvé peu qui approchassent de sa beauté.

Le Faucon de ton parasol ayant étendu ses aîles, a trouvé les [12] Oiseaux *du septiéme Ciel nichez sous la grosse plume de son aîle gauche.*

Quiconque a [13] scellé *son cœur de ton amour a trouvé que son cœur est devenu une mine de pierreries.*

Le tout puissant Créateur de toutes choses, a admiré au sixiéme jour de la création, cette supériorité d'excellence que tu as par dessus toutes ses créatures.

Au mémorable jour de ta victoire, la sueur de ta main fut à tes ennemis un déluge profond, qui les engloutit comme la mer.

Toi, Vautour de la constellation celeste, volois sur le sang comme une canne sur l'eau.

Froid Poëte, qui compare à la mer la sueur de la main de ton Heros. Tu es bien étonné de la pensée qui te vient que la mer à qui cette sueur ressemble est la mer [14] bleüe.

Quiconque a levé la main du besoin vers le portail de ta beneficence, il l'a toûjours ramenée à lui pleine de ce qu'il desiroit.

O, Divin Hôte, qui abreuves les Saints au bassin du Paradis. Pour dire quelque chose à ta loüange, il faut dire que la nature n'est riche & n'est ornée que par toi.

Mille & mille ans durant, le Ciel considerant le prix de ta pure essence, a vû l'eau du bassin du Paradis bourbeuse en comparaison.

Tant Dieu, *que* Mahammed, *ont toûjours trouvé ton opinion la plus juste. L'un t'a donné l'épée à deux pointes, l'autre une* [15] *pucelle incomparable.*

Si ton être parfait n'eût été dans l'idée du Créateur, Eve *seroit éternellement demeurée fille, &* Adam *garçon.*

[11] *Pierre de divination.* Les Mahometans disent, que du tems de *Jesus-Christ*, la Médecine étoit en vogue, & au plus haut degré d'excellence, & que Dieu lui donna tant de secrets en cet art, que même il ressuscitoit les morts, & pénétroit dans les pensées.

[12] C'est-à-dire les plus grands Prophetes.

[13] Figure prise de la coûtume de Perse, de sceller les mines avec les seaux du Roi & de ses Officiers, parceque les mines appartiennent en propre au Roi.

[14] Le Ciel.

[15] Fathmé.

Chant quatriéme.

Grand Saint, qui es la véritable maison de Dieu, comme le Prophete l'enseigne dans le livre de ses sentences. Tu es aussi le [16] Kebleh *du monde & de la Religion, l'ame du monde de* Mahammed.

Ta bouche est le thrésor des sens sublimes. Tu as posé la bouche sur la source de l'entendement & des sciences qui est la [17] bouche de Mahammed.

Tu es le Pontife, qui as été trouvé seul digne d'entrer dans le sanctuaire du grand Prophete, & seul capable de tenir ferme sur le marche-pied de Mahammed.

Les cœurs que ton épée victorieuse ameine continuellement à la véritable Religion, sont les fleurs dont la vapeur de l'Ocean de ta puissance couvre le jardin de Mahammed.

Depuis que la Sphere de la Loi a été illuminée d'Astres divers, la Lune n'avoit jamais paru si claire & éclatante, que depuis que tu as pris l'empire du Ciel de Mahammed.

L'Ange messager de la verité, Gabriel, *baise tous les jours le seuil de ta porte, parce que c'est le seul chemin pour aller au trône de* Mahammed.

Ta grandeur au dessus de la possibilité humaine est une comparaison impossible, mais si elle se comparoit, ce ne seroit qu'à la puissance & à l'autorité de Mahammed.

O Souverain Roi, quoi que pour célébrer tes louanges je m'étudie sur ce que fit une fois le sage Hassan *dans le tems de* Mahammed.

Je n'oserois me vanter de loüer ta Majesté, après que Dieu même en a fait l'éloge, par la bouche de Mahammed.

L'énarration de ton essence ne peut sortir de la langue des hommes mortels, si l'on en excepte ce qu'en a dit Mahammed.

Ce n'est pas de même de l'énarration de nos besoins, mais elle est inutile pour toi. Tu sais ce qui en est, & tu sais aussi que je suis l'esclave dévoüé de la maison, & de la famille de Mahammed.

Mon ame desire de s'envoler, pressée des obligations que j'ai aux hommes, fais moi quelque faveur

[16] Lieu vers lequel il se faut tourner quand on prie Dieu. Ainsi *Jerusalem* étoit le *Kebleh* des Juifs, comme la *Mecque* l'est des Mahometans.

[17] Allusion au baiser que les Mahometans disent, que leur Prophete donna à *Aly* lors qu'il le constitua publiquement son successeur & heritier. C'est une profane imitation de la maniére dont *Jesus-Christ* donna le St. Esprit à ses Apôtres.

faveur qui me délivre de l'obligation que je suis contraint d'avoir aux hommes, je t'en conjure par l'ame de Mahammed.

Ne detourne pas tes regards misericordieux & favorables de dessus mon visage. O l'Amour de mon cœur, jette un regard tendre sur moi, ô cœur du Cœur de Mahammed !

Chant cinquiéme.

Ministre, specialement élû de Dieu pour maître des fidéles, tu es l'ame du Prophete de Dieu, on ne te doit point donner d'autre nom, ô Maître des fidéles !

Ton bras toûjours victorieux a amené sous son joug les têtes des plus fiers Héros du siécle, ô Maître des fidéles !

Les trésors que la nature cache, & ceux dont elle couvre l'Univers sont sans éclat & sans prix, lorsque tu fais tes Liberalitez, ô Maître des fidéles !

Le brillant rubis se couvre de terre dans le creux de la miniere, honteux de n'être pas assez beau pour être mis en ton trésor, ô Maître des fidéles !

Je ne dirai point quelle difference il y a du Zephir *du printems au doux souffle de ta bouche, qui rafraichit l'ame & le cœur*, ô Maître des fidéles !

Tout ce que Jesus *faisoit avec son haleine, étoit un Emblême, & puis c'est tout. C'étoit un emblême qui signifioit les miracles que devoient operer les paroles de ta bouche*, ô Maître des fidéles !

Comment pourroit un esprit court & confus, comme le mien, représenter l'excellence & le prix de ta Majesté, ô Maître des fidéles !

L'Esprit Universel avec ses connoissances sublimes, ne sauroit encore arriver au portail de ta merveilleuse Essence, ô Maître des fidéles !

S'il y avoit un lieu plus exalté que le très-haut Trône de Dieu, je dirois que c'est-là ta place, ô Maître des fidéles !

Pour te loüer dignement, il faudroit dépeindre ta merveilleuse Essence, mais par cela même, il est impossible de te loüer dignement, ô Maître des fidéles !

Tu es tout ce que tu merites d'être ; mais qui comprend ton merite, que ton Dieu, ô Maître des fidéles !

Nous mandions tous comme des pauvres gueux à la porte de ta beneficence, & les Rois de la terre se trouvent entre ces Mandians, ô Maître des fidéles !

Le prix de tes faveurs surpasse la capacité de l'entendement humain. Le poids de ta Majesté, & de ta gloire, est trop pesant pour les épaules humaines, ô Maître des fidéles !

Chant sixiéme.

Etre d'une puissance inconcevable, les commandemens de la Providence s'executent par ton commandement. Le grand tour de la Sphere Celeste, n'est pour toi qu'un tour de main.

Le Soleil, à l'ombre, & sous les auspices de qui roule la nature, n'est qu'un rayon de l'éclat de l'agraffe de ta Ceinture.

La Fontaine éternelle, dont l'Ocean visible n'est pas seulement une goute, est elle même une simple goute de la mer de tes Largesses.

L'esprit humain qui divise le monde en quatre parties, n'est pas davantage auprès de toi qu'un grain de poussiere. Il divise ses connoissances en dix degrez : mais combien de ces degrez faudroit-il pour être un canton de ta science ?

[18] *L'Intendant du college de la création, l'Ange* Gabriel, *avec tout son art & toute sa science, n'est qu'un petit écolier auprès de toi.*

*Les versets de l'*Alcoran, *qui assurent les hommes de la misericorde & de la faveur de Dieu, ont été envoyez du Ciel en considération de toi.*

C'est une petite loüange pour ton ineffable pouvoir, que de l'appeller le Zenith *de la puissance, vû que le* Zenith *n'est pas davantage que le* Nadir *du pouvoir de ton Portier.*

Ces deux Astres qui sont les yeux du monde, sont deux globes qui n'ayant pas été jugez assez beaux pour entrer dans la structure de ta maison, ont été posez aux avenues.

Le fameux Oiseau qui est posé sur la voute de ton Palais, éleve de terre les neuf voutes des cieux comme un grain de bled.

Tout ce qu'enferme l'abysme de la Prédestination, ses merveilles & ses prodiges, n'est produit en lumiére & ne se manifeste que par ton commandement.

L'humble esclave de ta grandeur, le pauvre Hassen, *s'employe nuit & jour tous les ans, tous les mois, dans le païs d'*Amul *à chanter tes loüanges.*

Dévotement prosterné le visage contre terre, à la porte de ton glorieux Palais, il expose à tes yeux un cœur malade dont il te demande la guérison.

Peut-on cacher sa maladie à la vûe d'un remede

[18] Dans la Théologie Mahometane, Dieu a créé le monde par le ministére des Anges : ce qui est tiré de la Théologie des Juifs.

N.º XVI.
EPULCHRE DE
SEFY PREMIER

mede salutaire? Certainement il n'est pas judicieux de cacher sa maladie à la vûe d'un remede infaillible & Souverain.

Chant septiéme.

Glorieuse ville de Nedgef, *depuis que tu es devenuë le domicile du Soleil de la foy, ton territoire est devenu plus honorable que le Païs de* [19] Zemzen & Mecque *la Sainte.*

Nedgef *est le veritable* [20] Kabeh *des gens qui cherchent la verité, parce que l'aimant de la Religion y fait son domicile.*

Lequel est aussi le Soleil de la pure Creance, le Maître des fidelles, le Gouverneur du Royaume de l'amour de Dieu, le Chef des Citoyens de la Babylone céléste.

O destructeur de l'heresie, tu es le Secretaire des commandemens de l'inspiration divine, le Juge des choses commandées ou défendues.

Si ton idée, la plus noble dans le sens divin, n'étoit dans le monde, le monde ne seroit qu'une figure imparfaite & sans sens.

Supreme Majesté, qui as augmenté l'éclat du Thrône suprême, toutes les créatures proferent incessamment ton nom avec éloge.

Le Soleil est moindre qu'un atome dans le Ciel des assemblées où tu es honoré, & les atomes sont plus grands que le soleil sur la terre des lieux où tu as fait des miracles.

La Couronne de [21] Gemchid *est sombre, & ternie, devant l'aigrette de ton turban. Le thrône de* Fereydon *est un banc de bois en comparaison de ton siége.*

La gloire de Salomon, *qui étoit la gloire de la terre, étoit peu de chose auprès de toi, parce que ce n'étoit qu'un emprunt de la gloire perdurable de ton valet* Selmon.

L'infaillibilité de la Prédestination dépend de ta conduite. Elle a la modestie de ne mettre jamais le pied devant le tien.

C'est un péché de te comparer à un homme, car quelle comparaison y a-t-il d'un Diamant de la premiere eau, avec une motte de terre?

L'esprit ne peut trouver d'homme pareil à toi, qu'en se tournant vers Mahammed. *C'est là nôtre foi très-ferme, & très-claire, & je n'en dis pas davantage.*

On crie à haute voix sur la porte du Paradis à ceux qui visitent ta Hautesse. Vous qui avez fait penitence & êtes devenus gens de bien, recevez vôtre salaire en entrant ici pour jamais.

Le Mausolée de *Sefy* premier n'est pas moins superbe que celui d'*Abas*. La lampe qui pend au-dessus est de fin or massif. Le tombeau qui est de même forme & de même grandeur que celui d'*Abas*, est une piéce tout-à-fait rare & merveilleuse. C'est un ouvrage d'ivoire, d'ebene, de bois de bresil, de camphre, d'aloës & d'autres bois de senteur. L'ouvrage est de raport fait à la Mosaïque, & reperce sur un fond de brocard d'or à champ d'or. Les piéces qui composent cet ouvrage, sont tenues & attachées avec de petites rivûres d'or fin. Les enchassures, les crochets, les goupilles, les gons, les fermoirs, en un mot tout ce qui joint les piéces l'une à l'autre, (car cet ouvrage se peut tout démonter) sont de fin or massif. Le pied qui supporte le Tombeau a un listeau au milieu de deux frises, sur lequel est écrit en caractéres d'or de raport le 62. Chapitre de l'*Alcoran*; dont voici la traduction.

Chapitre de l'Assemblée.

Au nom de Dieu clément & misericordieux.

Tout ce qui est dans les Cieux, & sur la terre, célèbre la grandeur de Dieu, Roi très-Saint, & très-sage, sans égal (en puissance.) *Il a envoyé au Peuple de la* Mecque *un Apôtre pris d'entr'eux, pour leur reveler ses témoignages,* (les versets de l'Alcoran) *pour les purifier, & pour leur enseigner la vraye Foi & les véritables connoissances, parce qu'assurément ils étoient auparavant dans un manifeste égarement. Les autres hommes n'ont point été favorisez d'une pareille grace; mais Dieu, sans égal en puissance, & en sagesse, fait couler à son gré l'abondance infinie. L'Exemple de ceux qui ont porté le Vieux Testament en leurs mains, mais qui ne l'ont pas porté en leurs œuvres, semblables à un âne qui porte une charge de livres, est un funeste exemple pour les gens faux trompeurs, qui ont falsifié les anciens témoignages de Dieu* (l'Evangile & le Vieux Testament) *& il leur doit apprendre, que Dieu ne conduit point les faux trompeurs. Di leur,* O vous, qui vous êtes rendus Juifs, si vous croyez être les amis de Dieu préferablement aux autres hommes, desirez la mort, desirez la si vous êtes véritables (en vos paroles:) *Mais ils n'ont garde de la désirer à cause de ce que leurs mains ont commis.*

[19] Le puits d'*Abraham*, dont il est parlé dans la *Genese*, avec l'eau duquel les *Pelerins* de la *Mecque* sont obligez de se purifier un nombre de fois.

[20] La maison d'*Abraham* à laquelle l'*Alcoran* commande d'aller en pelerinage une fois en la vie.

[21] Anciens Rois de *Perse* de la premiére race & Monarques de l'Orient.

mis. Or Dieu connoît les injustes. Di leur, la mort que vous fuyez vous attrapera ; puis vous retournerez à celui qui sait également ce qui est caché & ce qui est découvert. Il mettra devant vous toutes vos actions. *O vous vrais Croyans, lorsqu'on appellera à la priere le Vendredi ; Courez célébrer les loüanges de Dieu, & laissez-là vos affaires. C'est en cela que consiste le vrai Bien, si vous avez l'esprit de le connoître. Quand vôtre priere sera achevée, allez à ce qu'il vous plaira ; mais ne recherchez que dans l'abondance de Dieu la subvention de vos besoins, & ayez toûjours Dieu en l'esprit, peut-être que* (par-là) *vous serez rendus heureux. Pour ceux qui attirez par le gain, ou par le divertissement, t'ont laissé là pour y courir, di leur* : Ce qui est chez Dieu vaut mieux que le gain & le divertissement, & Dieu est assurément le meilleur pourvoyeur de nos besoins.

Le Tombeau de *Sefy* a, comme celui d'*Abas*, un Poësle de ce riche brocard de Perse, le plus riche qu'on fasse en lieu du monde, & un autre par-dessus de fine écarlate avec une crépine d'or autour. Cette seconde couverture est attachée au tapis de pied par un lacet qui passe en des anneaux d'or, comme au Tombeau d'*Abas*. Les pulpitres qui sont vis-à-vis sont plians, & faits de bois de senteur. Il y a tout proche en des niches quantité de livres de Loi, enfermez en des sacs de brocard d'or. En verité, il ne se peut rien voir de plus beau & de plus magnifique. La propreté, & une certaine modestie, y sont tout-à-fait bien mêlées avec la pompe & la richesse. Je n'ai rien vû en Perse qui m'ait tant agréé.

Toute la vaisselle appartenant à ces Chapelles est d'or & d'argent. Elle consiste en de grands flambeaux de cinquante & de soixante marcs la piéce, en plats bassins, où l'on donne à manger aux pauvres, en crachoirs, en réchauts, en péles à feu, en cassolettes, en boëtes à suif, & à parfum. La vaisselle d'or ne sert qu'aux fêtes. Le soir on allume dans les mausolées & les galleries plusieurs flambeaux qui brûlent jusqu'au jour. On en fait brûler aussi dans la Chapelle du milieu, & à l'entrée. On en allume deux fort grands qu'on charge sur autant de gueridons. Huit Prêrres sont gagez & entretenus pour y lire tour à tour l'*Alcoran* de jour & de nuit. Ce qu'ils font avec un merveilleux air de dévotion, sans detourner aucunement les yeux sur le monde qui va & vient. Ils observent, afin de se mieux captiver, de branler la tête, tantôt devant & derriere, tantôt à droite & à gauche, à mouvement reglé, prétendant que cette agitation les rend plus attentifs. Douze autres Prêtres font la même fonction au Tombeau de *Sefy*, & vingt-cinq autres au Tombeau d'*Abas*. Au reste, je dois observer qu'encore que ces Mausolées soient ornez, servis, & entretenus, comme contenant les cendres de ces Rois de Perse, qui sont les deux derniers morts ; il n'est pas sûr, néanmoins, que ces Monarques y ayent été enterrez ; car c'est une des superstitions de ce Païs, de cacher les vrais sepulchres des Rois. Et pour cet effet d'envoyer tout à la fois, lors qu'on les enterre, six cercueuils, ou douze, à autant de differens Tombeaux de Saints ou de Saintes, en divers lieux de l'Empire, sans qu'on sache dans lequel de tous est le corps, ni si ce cercueil que l'on met dans la fosse, sur laquelle on bâtit le Mausolée le contient plûtôt que les autres.

Derriere les Chapelles, & à côté, il y a des Cours fort jolies, des Apartemens fort propres, bien meublez, & bien entretenus, & de petits Jardins tout-à-fait agreables. A gauche, il y a un grand Cimetiere de quinze cens pas en carré. On y voit une infinité de Mausolées vieux & nouveaux. On apporte des corps de tous les endroits de la Perse en ce Cimetiere, qui est veneré comme une terre sainte. A côté droit de l'édifice il n'y a rien qu'un haut mur de brique, bien large & bien épais ; il sert de digue contre les débordemens du fleuve de *Com*, qui coule au pied.

Les Persans appellent ce celébre lieu *Massouma*, c'est-à-dire, *l'innocente*, ou, *la pure*, à cause de la pretendue Sainte qui y est enterrée, qu'ils nomment communément ainsi. Ce mot de *Massouma*, dans la Théologie Mahometane, veut dire *une personne qui a acquis une Sainteté habituelle, & qui ne pêche jamais*. Le lieu a trois mille deux cens *tomans* de revenu, c'est cent quarante quatre mille livres, savoir quinze cens *tomans* pour le Tombeau d'*Abas*, mille pour celui de *Sefy*, sept cens pour celui de *Fathmé*. Ce revenu s'employe à l'entretien de l'édifice, pour reparer ce que le tems y use, ou aux meubles, à l'entretien des luminaires, & à celui de plusieurs Ecclesiastiques, & d'un grand nombre de Regens, d'Etudians, & de pauvres. On y distribue tous les jours des vivres à tous venans, & aux gens gagez. Trois grands Seigneurs de Perse ont la cure ou l'intendance du lieu, & de tout ce bien legué ; chacun d'une Chapelle & de son

ſon revenu. Leur titre d'office eſt *Turbedar*, c'eſt-à-dire, *Garde de ſepulchre* ; & ils nomment les Lecteurs, que l'on appelle *Akond*, terme abregé de *Natocoun*, qui dénote particulierement le Miniſtre, lequel, par le devoir de ſon office, chante tous les Vendredis les loüanges de *Mahammed* & de ſes compagnons : les *Muazims*, qui marquent du haut de la Moſquée les heures de la priere : le *Kandilgi*, qui a le ſoin du luminaire: le *Kamy*, qui eſt le balayeur, & qui arroſe auſſi la Moſquée : & l'*Abkech*, qui a ſoin de l'eau pour les ablutions. Celui qui eſt à preſent Curé de la Chapelle de la Sainte, eſt un illuſtre Vieillard qui a été *Courtchibachi*, c'eſt-à-dire, *Colonel des Courtchès*, qui eſt un corps de Milices gros de trente mille hommes. Il eſt auſſi Gouverneur de *Com*.

Cette ville a beaucoup d'autres édifices fort beaux & ſomptueux. C'eſt un agreable lieu, à la chaleur près, qui y eſt exceſſive. L'Eté, le fleuve qui y paſſe, n'eſt qu'un petit ruiſſeau de ſource, au dégel il ſe groſſit ſi fort des eaux qui tombent des montagnes, que quelquefois il remplit non ſeulement tout ſon lit, qui eſt auſſi large que celui de la *Seine* à *Paris*, mais qu'il entre encore bien avant dans la ville. On l'appelle communément *le fleuve de Com*. Son vrai nom eſt *Joubadgan*.

La longitude de cette ville eſt de 85 deg. 48 min. la latitude de 34 deg. 30 min. L'air y eſt bon, mais extremement chaud, comme je l'ai dit. On y brûle l'Eté, & il n'y a pas de lieu en Perſe où le Soleil ſoit plus ardent. Il y a abondance de toute ſorte de vivres & de fruits, particulierement de piſtaches. Le peuple y eſt fort traitable, & fort civil.

La plûpart des Topographes veulent que *Com* ſoit la même ville que *Ptolomée* appelle *Gauna*, ou *Guriana*. Son Traducteur dit que c'eſt celle qu'il nomme *Choama*; quelques autres veulent que ce ſoit, ou *Arbacte*, ou *Heccatompille*. Pluſieurs hiſtoires de Perſe portent que cette ville eſt fort ancienne; qu'elle a été bâtie par *Tahmous*, ſous l'aſcendant de *Gemini* : qu'elle avoit douze mille coudées de tour; & qu'elle étoit auſſi grande que Babylone. Il n'y a point de doute qu'elle a été fort grande ; car on voit tout autour beaucoup de ruïnes, & de veſtiges d'habitations : mais il eſt fort douteux qu'elle ſoit ſi ancienne que *Tahmous*. D'autres hiſtoires Perſiennes en marquent l'origine au premier ſiécle du Mahometiſme, & portent que du tems de *Mahammed* il y avoit là ſept grands villages ; & que l'an 83. de l'hegire, *Abdalla Saydan*, Calife, étant venu en ce païs avec une armée, il joignit ces ſept villages l'un à l'autre par de nouveaux bâtimens ; qu'il les enferma d'un mur, & en fit une ville ; & que cette ville crût tellement dans la ſuite, qu'elle étoit grande deux fois comme Conſtantinople. *Mouſa*, fils de cet *Abd-alla*, vint de *Baſra* à *Com*, & y apporta les dogmes de *Haly*, qu'on appelle *la religion des Chia*, ou l'*Imamiſme*. Elle y a toûjours été profeſſée juſqu'au martyre, & le peuple n'y en a jamais ſouffert d'autre. *Temur-leng*, qui étoit d'une créance contraire, détruiſit entierement la ville. On en releva peu à peu une partie, mais elle n'a commencé de refleurir qu'en ce dernier ſiécle, & ſeulement depuis que le Roi *Seſy* y a été enterré. *Abas* ſecond, ſon fils, & ſon ſucceſſeur, y releguoit les diſgraciez, afin (diſoit-il) qu'ils y priaſſent Dieu pour ſa perſonne, & qu'ils lui rendiſſent graces de la vie qu'il leur avoit laiſſée. *Soliman*, à preſent régnant, en a uſé ainſi envers ceux qu'il a voulu punir par l'éxil, & c'eſt particulierement le grand nombre d'illuſtres exilez, qui a rétabli & remis la ville au point où on la voit aujourdhui. L'an 1634. les groſſes eaux en ruïnerent mille maiſons, & il n'y a que trois ans qu'un même accident faillit à la perdre toute entiere. Deux mille maiſons & tous les anciens bâtimens en furent renverſez. Son nom ſe prononce par une double *m*, comme ſi l'on écrivoit *Comm*. Elle eſt ſurnommée *Darel mouveheldin*, c'eſt-à-dire, *la demeure des gens pieux*. Son Gouverneur a titre de *Darogué*.

Le 15. nous demeurâmes à *Com* à faire repoſer nos chevaux, & nous en partîmes le 16. à ſix heures du ſoir. Nous fimes quatre lieuës dans de belles plaines, unies autant qu'il ſe peut, fertiles, & remplies de villages. Le terroir de *Com* paroît pourtant aſſez ſec. Nous trouvions par tout qu'on fouloit le grain, la moiſſon étant déja faite. Nous logeames à *Caſſem-abad*, Bourg de trois cens maiſons, qui eſt du domaine de la Mere du Roi.

Le 17. nous fimes cinq lieuës à travers la plaine. Nous la trouvames durant tout le chemin couverte de ſables mouvans, ſeiche, ſans villages, & ſans eaux. Nous logeames en un lieu dit *Abchirin*, c'eſt-à-dire, *eau douce*, parce qu'il y a là une ſource de belle eau, & des citernes, au milieu de ſix Caravanſerais.

Le 18. nôtre traite fut à *Cachan*, nous y arrivames, après avoir fait ſept lieuës, en tirant

rant vers le midi comme les jours précedens par cette plaine dont l'on a déja parlé. Au bout de deux lieuës, nous trouvames le terroir beau, & fertile, couvert de grands villages. Nous en traversâmes plusieurs, & à moitié chemin nous laissames proche & sur la gauche, une petite ville nommée *Sarou*, située au pied d'une montagne.

La ville de *Cachan* est située dans une grande plaine, proche d'une haute montagne. Elle a une lieuë en longueur, & un quart de lieuë en largeur : Sa longueur est de l'Orient à l'Occident. Quand on la regarde de loin elle ressemble à une demi-lune, dont les cornes regardent ces deux parties. Le plan qui est à côté n'en represente pas bien la grandeur, ni la figure, ayant été pris hors de la perspective. Ce qui empêcha qu'on ne le prit, aussi bien qu'on a fait les autres, fut l'indisposition de mon Peintre, qui s'étant trouvé extraordinairement fatigué tous ces jours-là, n'eût pas la force de sortir du Caravanserai où nous étions logez. Tout ce qu'il put faire fut de monter sur la terrasse, & de prendre le plan en ce lieu-là.

La ville n'a point de fleuve, mais plusieurs canaux tirez sous terre, beaucoup de profondes sources, comme il y en a à *Com* & des citernes. Elle est ceinte d'un double mur flanqué de tours rondes à l'Antique, & elle a cinq portes, une à l'Orient nommée la *porte Royale*, parce qu'elle est proche du Palais Royal, qui est hors des murs : Une à l'Occident, nommée *la porte Fieu*, parce qu'on sort par là pour aller droit à un grand village, qui porte ce nom, lequel est à demi lieuë de la ville. Une entre l'Occident & le Septentrion, appellée *la porte de la maison de Melic*, à cause qu'elle est proche d'un jardin de plaisance, qui a été bâti par un Seigneur de ce nom. Les deux autres portes sont opposées au Sud-est & au Nord-est. Celle-là se nomme *la porte de Com* : L'autre *la porte d'Ispahan*, parce qu'on sort par là pour y aller. Il y a en tout dans la ville & dans les fauxbourgs, qui sont plus beaux que la ville, six mille cinq cens maisons, à ce que l'on assure, quarante Mosquées, trois Colleges, & plus de deux cens Sepulchres des Descendans de *Haly*. La principale mosquée est tout contre le grand marché. Elle a une tour qui lui sert de clocher, faite de pierre de taille. La mosquée, & la tour, sont des restes de la splendeur des premiers Mahometans qui envahirent la Perse.

Les maisons de *Cachan* sont bâties de terre & de briques. Il y en a peu de belles ; mais les *Bazars*, & les Bains, sont des lieux fort jolis, bien bâtis, & bien entretenus. Il y a aussi plusieurs *Caravanserais*. Celui qu'on appelle Royal, qui est hors la ville joignant la porte qui regarde l'Orient, est le plus beau de *Cachan*, & de toute la Perse. En voici la représentation à côté. Il est carré, chaque face ayant par dedans deux cens pas Geometriques, & deux étages avec une avant-chambre, ou relais, en bas, qui régne le long des faces, élevé à hauteur d'homme sur la cour, & à quatre pouces du niveau des chambres. Il est profond de huit pieds, revêtu de marbre blanc fin transparent presque comme du Porphire. Les étages des côtez ont quinze Apartemens de même figure. Les deux autres n'en ont que dix, & un grand au milieu, qui a cinq chambres. Les autres Apartemens consistent en une chambre de quinze pieds de long & dix de large, haute, voutée, avec une cheminée au milieu, & un portique carré ou avant-chambre sur le devant, qui est de dix pieds d'espace, couvert en demi-dome, où l'on a pratiqué une cheminée de chaque côté : c'est le logement des Valets. Les seconds étages sont faits comme ceux d'en-bas, à un balustre près de quatre pieds de haut, percé à jour, qui régne tout-autour. On voit dans la partie Geometrique du Plan un hexagone au milieu de l'entrée, dont chaque face est une grande boutique, où l'on vend toute sorte de provisions de bouche, du bois & du fourage. L'entrée est sous un haut & magnifique Portail revêtu de parqueterie, comme tout le bâtiment, & sur les côtez régne un Corridor ou Portique, où l'on peut loger de jour aussi commodément, & avec plus de plaisir, que dans le Caravanserai. Le bassin d'eau qui est au milieu de la Cour est élevé de cinq pieds : ses bords sont larges de quatre ; pour la commodité de ceux qui veulent faire leurs prieres dessus, après y avoir fait leurs Purifications.

Ce qui ne paroît point dans le Profil, savoir le derriere de ce beau Palais de Caravane, est encore très-digne d'être vû, & rapporté en ce lieu. Il consiste en de grandes écuries, avec des places pour les valets, & le bagage ; qui sont à peu-près de même symmetrie comme les appartemens que j'ai représentez ; au moins quant à la forme & à la grandeur : en magasins : en plusieurs départemens pour le logement des Pauvres & des Paisans, qui apportent vendre leurs denrées : & en de grands jardins qui sont derriere ce beau

Ca-

N° XVII.

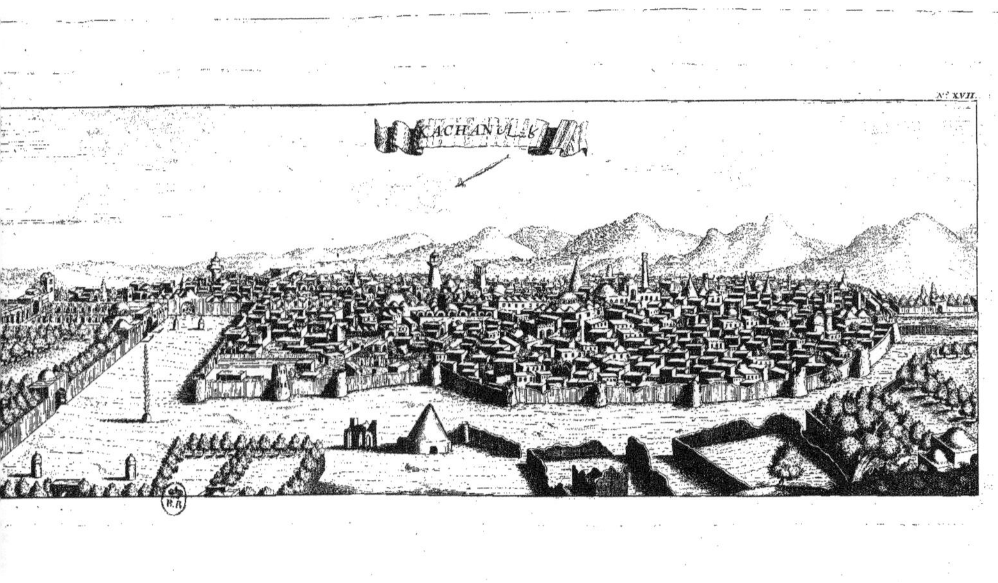

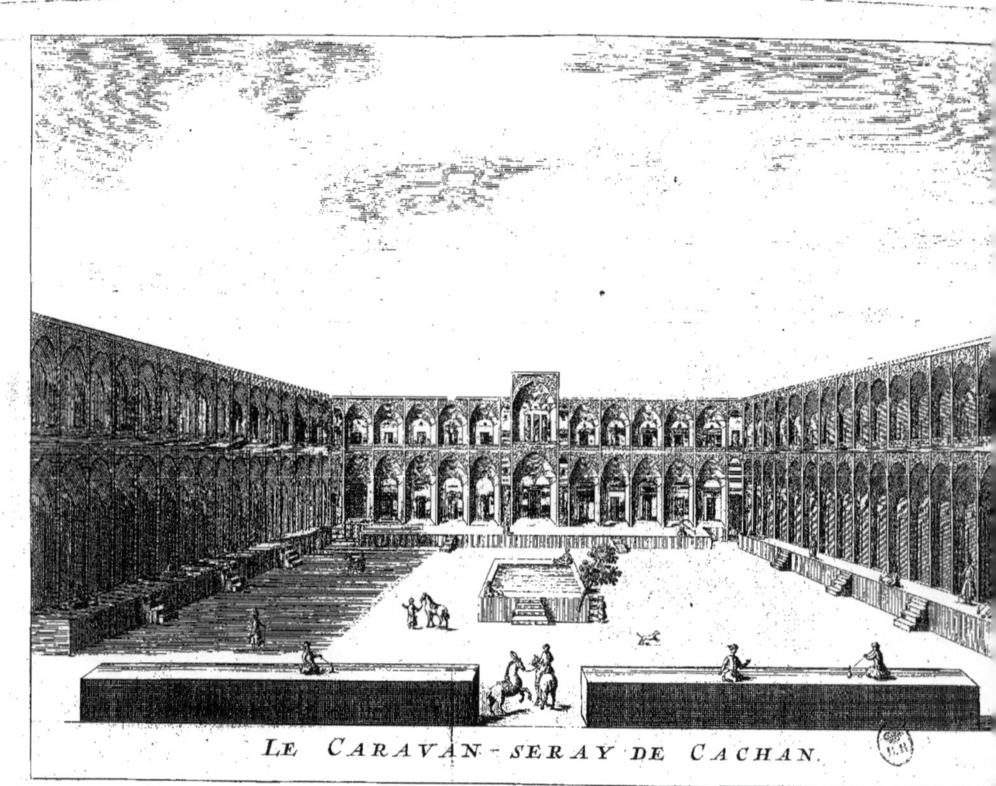

LE CARAVAN-SERAY DE CACHAN.

Caravanferay. C'eſt *Abas* le grand, qui a fait bâtir ce grand logement, au frontiſpice duquel on lit ce diſtiche.

Le monde eſt un Caravanſeray: & nous ſommes une Caravane.

Dans un *Caravanſeray* n'élevez point de *Caravanſeray*.

C'eſt pour dire que nous ne devons point nous promettre d'habitation ſtable & ſolide dans ce Monde, qui n'eſt qu'un lieu de paſſage.

Tout proche eſt le Palais Royal, & vis-à-vis, un autre qui eſt deſtiné au logement des Ambaſſadeurs; l'un & l'autre avec de fort beaux jardins qui ſont derriere, ont été faits par ce grand Monarque. Au milieu eſt la place des Carouſels & des autres exercices. Toute la richeſſe & la ſubſiſtance de *Cachan* vient des manufactures de toute ſorte d'étoffes de ſoye & de brocards d'or & d'argent. Il ne ſe fait en aucun lieu de la Perſe plus de ſatin, de velours, de taffetas, de tabis, de brocard uni, & à fleurs de ſoye, & de ſoye mêlée d'or & d'argent, qu'il s'en fait en cette ville & aux environs. Un ſeul bourg de ce territoire a mille maiſons d'ouvriers en ſoye. Ce bourg s'appelle *Aron*, il paroît de loin comme une bonne ville, auſſi eſt-il grand de deux milles maiſons & de plus de ſix cens jardins. Il eſt à deux lieuës de *Cachan*.

La ville de *Cachan* a l'air bon, mais extremement chaud. On y étouffe en Eté. La chaleur qu'on y ſent, vient de ſa ſituation, car elle eſt proche d'une haute montagne oppoſée au midi, dont la reverberation échauffe ſi fort le lieu qu'on y brûle durant la Canicule. Une autre incommodité encore plus grande, & fort dangereuſe, eſt le grand nombre de Scorpions qu'il y a en tout tems dans ce pays-là, particulierement lorſque le Soleil eſt dans le ſigne du Scorpion. On en menace fort les Paſſans. Néanmoins je n'en ai point vû, graces à Dieu, toutes les fois que j'y ai paſſé, & je n'ai point appris qu'il en arrivât de grands accidens. On dit que les Aſtrologues d'*Abas* le Grand firent l'an 1623. un Taliſman pour en délivrer la ville, & que depuis ce tems-là il y en a moins qu'auparavant. Il ne faut gueres ajoûter de foi à ce conte, ni à un autre qu'on fait, ſavoir, que les Paſſans, qui s'arrêtent à *Cachan*, étant ſoigneux de dire en entrant dans leur logis; *Scorpions, je ſuis étranger, ne me touchez point*, nul ne les approche. Ce qui eſt certain c'eſt que leur piquure eſt très-dangereuſe. Elle a donné lieu à une imprecation aſſez ordinaire dans la bouche des Perſans, *Que le Scorpion de* Cachan *puiſſe te piquer à la main*. Tout le monde y tient toûjours prêts pluſieurs remedes ſouverains contre cette piquure, & contre celle de certaines araignées, qui ſont plus groſſes que le pouce, dont cette ville n'eſt pas moins incommodée. La latitude de la ville eſt de 35. deg. 35. m. La longitude de 86. degrez. On y trouve peu de bétail & de volaille, mais en récompenſe il y a une grande abondance de grains & de fruits. On en tranſporte à *Iſpahan* les prémiers melons, & les melons d'eau, qu'on y mange, & tant que la ſaiſon des fruits dure on y en porte une grande quantité.

Pluſieurs Auteurs Europeans tiennent *Cachan* pour cette même ville, que d'anciens Auteurs Grecs nomment *Ambrodux*, ou celle qu'ils appellent *Cteſiphonte du païs des Parthes*. Les Hiſtoriens Perſans diſent, qu'elle doit ſon origine à *Zebdle-caton*, femme de *Haron-rechid*, Calife de *Bagdad*. Ils remarquent que cette Princeſſe étoit fille, lors qu'elle entreprit de faire bâtir cette ville; & que ce fut pour cela, qu'elle en fit poſer la premiere pierre ſous l'aſcendant du ſigne qu'on appelle la Vierge. Elle lui donna le nom de *Caſan*, en l'honneur de *Caſan*, ſon ayeul, petit-fils de *Haly*, qui étoit enterré là, & qui y étoit mort. Le changement de nom eſt venu d'une erreur de ponctuation. Les gens verſez aux langues Orientales ſavent, que cette mépriſe, qui eſt facile, change la Lettre S. en une qu'on nomme *chin* & qui a la même force que nôtre *ch*. *Tamerlan* s'étant rendu maître de cette ville, l'épargna par un pur caprice, dit-on, & ne la fit point détruire, comme il fit preſque toutes les autres en Perſe. Elle eſt ſurnommée *Darelmoumenin*, c'eſt-à-dire, *le ſéjour des fidéles*, ou à cauſe que les deſcendans de *Haly*, & ſes premiers ſectateurs, s'en firent un azile & une retraite durant les perſécutions des Califes, qui ne voulurent point embraſſer ſes dogmes, & tinrent pour la créance contraire; ou parce qu'il y a un grand nombre des deſcendans de ce Pontife qui y ſont enterrez. Leurs foſſes ſe ſont confonducs parmi celles qui étoient à l'entour; les mauſolées élevez deſſus ayant été abattus par les Turcs, & par les Tartares, qui envahirent la Perſe, & qui firent de ces édifices un ſacrifice à l'honneur de leurs Saints, les grands ennemis & les perſécuteurs de ces deſcendans de *Haly*. On recherche ces foſſes depuis que ce Calife eſt redevenu le maître en ce païs-ci, & l'on peut juger combien

bien on se peut tromper en cette recherche. On en reconnut une l'année 1667. qui couvrit toute la ville de confusion. Car on verifia que la fosse, sur laquelle cent ans auparavant, on avoit bâti un grand tombeau, dans la créance qu'un descendant de *Haly* y étoit enterré, étoit le sepulchre d'un prédicateur *Yuzbec*. Le peuple outré d'avoir veneré durant un siécle un lieu à son avis digne de toute son execration, alla en furie raser le mausolée, creusa le terrain qui étoit dessous, & à l'entour, & en fit une voirie. Mais ce qui est arrivé depuis, est bien digne de remarque; c'est qu'un des plus grands docteurs de Perse a fait un traité, par lequel il prétend prouver qu'il n'y a jamais eu là de *Yuzbec* enterré. Le peuple indigné de nouveau, de se voir le joüet des fantaisies de ses Pasteurs, a laissé là ce lieu comme indifferent, & l'on n'y va plus, ni pour le reverer, ni pour le salir. Le Gouverneur de *Cachan* a titre de *Darogué*, comme ceux des autres villes de la Parthide. Un Seigneur de mes amis, nommé *Rustanbec*, frere de plusieurs Gouverneurs de Province, avoit le Gouvernement de cette ville, la premiére fois que j'y passai. Les deux années de son gouvernement finies, elle étoit si satisfaite de sa conduite, qu'elle envoya des Députez au Roi supplier Sa Majesté de le continuer deux autres années en charge. Elle fit même des présens pour cela aux Ministres. On rejetta la demande, parce que ce n'est pas la coûtume d'accorder de telles prolongations.

Le 19. la lassitude de nos chevaux fatiguez nous obligea de demeurer à *Cachan*. Nous en partîmes le 20. & fîmes sept lieuës. Les deux premiéres furent à travers la plaine où cette ville est bâtie. Les autres furent au passage d'une montagne assez haute, mais assez facile à passer. Nous trouvâmes au haut un fort grand & fort beau *Caravanserai*, & plus avant un grand lac, qui est le reservoir des neiges fondues & des pluyes des environs. On en fait descendre l'eau dans la plaine de *Cachan* à mesure qu'on en a besoin.

Abas le grand a fait bâtir de fortes digues à l'entour, pour le rendre capable de tenir plus d'eau, & pour l'empêcher de la répandre. Il a fait faire là aussi plusieurs chaussées pour la facilité du passage. Après avoir descendu la montagne, on entre dans une valée profonde fort étroite qui a une lieuë de longueur. Tout cet espace est rempli d'habitations, de vignobles, & de jardins, si fort serrez, qu'il semble que ce soit un village d'une lieuë de long. Plusieurs beaux & clairs Ruisseaux y coulent de source, & y entretiennent l'Eté une admirable fraicheur. On ne peut trouver un plus charmant & agréable endroit dans le tems chaud. Le soleil s'y fait si peu sentir que les roses n'étoient pas encore ouvertes alors. Les bleds & les fruits y étoient tout verts, & à demi murs; cependant il y avoit déja un mois qu'on avoit fait la moisson, & qu'on mangeoit des fruits à *Cachan*. Nous logeâmes au bout de cette belle vallée au *Caravanserai* qu'on y a bâti, & que l'on nomme *Carou*.

Des Auteurs modernes de nos païs ont écrit que cette vallée est l'endroit où *Darius* rendit l'esprit. Cela n'est pas sans vrai-semblance, à cause que l'Histoire remarque que *Bessus* & *Nabarzanes* se séparerent après avoir commis sur ce Prince infortuné le lâche assassinat que chacun sait, que l'un tira vers l'*Hircanie*, l'autre vers la *Bactriane*; & *Cachan* est justement le lieu où l'on se rend pour aller en ces deux Provinces.

Le 21. nous fîmes huit lieuës, deux au bas des montagnes entre lesquelles est la vallée dont l'on vient de parler, & six en une belle plaine où l'on voit quantité de villages. Il y a aussi plusieurs *Caravanserais* sur le chemin. Nous mîmes pied à terre dans un qui est grand & beau, nommé *Aga-kemal*, du nom d'un fort riche Marchand, qui l'a fait bâtir, & plusieurs autres édifices publics aux environs d'*Ispahan*.

Le 22. nôtre traite ne fut que de cinq lieuës en cette belle plaine où est le Caravanserai d'*Aga-kemal*. Nous les fîmes si vîte, que nous arrivâmes à neuf heures du soir à *Moutchacoun*. C'est un gros village de cinq cens maisons, où il y a plusieurs *Caravanserais*, & des jardins, & des eaux, en abondance.

Le 23. nous partimes plus tard que nous n'avions fait les jours précédens, afin de ne pas arriver à *Ispahan* avant jour. Nous fîmes les neuf lieuës, dont nous en étions éloignez, dans de belles plaines, & tirant toûjours au midi, comme en nos précédentes traites. Nous passâmes tant de *Caravanserais* & de villages, en approchant de cette grande ville, que nous crûmes être dans ses fauxbourgs, deux heures avant que d'y arriver. Nous y entrâmes à cinq heures du matin le 24e. jour de Juin tous en bonne santé, graces à Dieu, après avoir fait 134. lieuës Persanes depuis *Tauris*.

Etant arrivez à *Ispahan*, nous allâmes loger,

ger, mon Associé, & moi, au Couvent des Capucins, qui est presque au cœur de la ville, & peu éloigné du Palais Royal. J'y trouvai un sac de Lettres, qui m'étoient adressées de presque toutes les parties du monde. Celles de *Constantinople* m'aprenoient le détail de la Campagne des Turcs en Pologne. L'année précédente, ayant passé, sans presque aucune opposition, le grand fleuve de *Niester*, ils en ravagerent les plus belles Provinces, & prirent cette célébre Forteresse de *Caminiek*, qui étoit le boulevard de la Pologne. On me mandoit, entre les autres choses, que l'armée Ottomanne avoit passé le *Danube*, sur un pont, long de cinq cens pas Géometriques, construit par les soins & aux dépens du Prince de Moldavie; & parce que la fabrique n'en plût pas au Grand Seigneur, il dépouilla ce pauvre Prince de sa Principauté, & le condamna à une amende de cent cinquante mille écus.

Mes Lettres des Indes contenoient la Rélation du Voyage de Monsieur *de la Haye*, Viceroi de Madagascar, qui étoit parti de *la Rochelle*, avec une Escadre considérable, au commencement de l'année 1670. On l'avoit envoyée sur les mémoires de Monsieur *Carron*, Directeur Général de la Compagnie Françoise, pour executer de grands desseins; &, entr'autres, pour se saisir de *Banca*, petite Isle, située à l'Orient de celle de *Sumatra*, & assez proche de *Batavia*. Cette petite Isle de *Banca*, qui est deserte, n'étoit tenue de personne avant ce tems-là. Monsieur *Carron* la jugeoit un lieu propre pour être le Magasin principal de la Compagnie Françoise aux Indes, & il projettoit de s'en emparer à l'imprevuë; mais les Hollandois, qui veillent avec grand soin pour la domination qu'ils ont fondée en ce païs-là, donnerent juste dans le dessein de cette Flotte Françoise, dès qu'ils la virent équiper. On publia vainement en France qu'on la destinoit pour les Indes Occidentales: ils ne furent point les duppes de ce prétexte: ils dépêcherent l'un sur l'autre trois Vaisseaux d'avis à *Batavie*, avec ordre au Conseil de prendre possession de *Banca*, ce qui fut executé avant même que Monsieur *de la Haye* arrivât aux Indes. Son voyage fut long; & pour son malheur, il alla relâcher à *Madagascar*, où s'étant entêté de faire la guerre aux peuples de l'Isle, à la sollicitation des François qui y étoient établis, il y perdit six mois de tems & près de mille hommes, qu'on pouvoit emploier plus utilement ailleurs; car il ne gagna rien contre ces Negres; mais au contraire il les irrita si fort, que depuis ils ne voulurent plus de paix, ni de commerce, avec les François, & qu'enfin ils les chasserent de toute l'Isle.

Monsieur *de la Haye* passa de *Madagascar* à *Surat*, & s'y arrêta jusqu'au commencement de l'an 1672. qu'il en partit avec Monsieur *Carron*, contre les avis duquel il avoit ordre de ne point agir. La Flotte étoit forte alors de six grands Navires & de quatre Fluttes. Elle relâcha à *Goa* le 21. Janvier, & y trouva le grand Breton autre Navire du Roi avec deux Fluttes. Ces treize Bâtimens tirerent vers *Ceylan*, & arriverent le 21. de Mars *à la Baye de Cotyari*, communément dite *la Baye de Trinc-male*, qui est étroite, mais bonne, à huit degrez trente minutes de latitude Nord, regardant le Nord-Est, & ayant bon fonds. Les Hollandois y avoient bâti une petite Forteresse à une lieuë du rivage. Dix hommes seulement en faisoient toute la Garnison, ils l'abandonnerent dès qu'ils apperçurent la Flotte Françoise.

Monsieur *de la Haye* ayant mouillé l'Ancre, envoya des Députez au Roi de *Candy*, le légitime Seigneur de toute l'Isle de *Ceylan*, qui lui en renvoya d'autres; & après plusieurs allées & venues, on conclut un traité, par lequel ce Prince Indien donnoit au Roi de France la Baye de *Trinc-male*, & la Forteresse que les Hollandois y avoient abandonnée. Le contract de Donation fut expedié en bonne forme, & on prit possession de la Baye & du Fort aux décharges de canon, & avec les autres cérémonies accoûtumées. Peu de jours après, on commença de bâtir une Forteresse à l'entrée de la Baye & une autre au dessus du rivage.

Pendant ces Négociations, la maladie se répandit violemment dans la Flotte. C'étoit pour la plûpart une fiévre ardente. Les Europeans appellent les maladies qu'on prend en Ceylan *le mal de la Canelle*, parce que la forte odeur de ce bois leur enflame les humeurs. Plusieurs en moururent, la plûpart en guerirent; mais ceux-ci se trouverent saisis de la disette au sortir de la fiévre; car les vivres manquerent sur la Flotte au mois d'Avril, nonobstant le bon menage du Viceroi, qui faisoit achetter tous les vivres, & les faisoit revendre, ne permettant à personne de s'en pourvoir chez les gens du païs, de peur de dissipation. La viande la plus commune de *Trinc-male* est le Buffle, mais on n'en mange guere, à cause d'une proprieté qu'a la chair de cet animal fort particuliére, & encore plus étrange; c'est qu'elle engendre des abcès aux mêmes endroits & aussi douloureux, qu'on dit que le sont ceux qu'on gagne avec les femmes débauchées, mais ce qu'il y a de fort particulier c'est que rien ne les peut guerir que l'abstinence de la chair qui les cause. On envoya trois bâtimens à la côte de *Coromandel* charger des vivres; mais ces Vaisseaux ayant été pris à leur retour par les Hollandois, la Flotte se trouva reduite à un si grand manquement de vivres, qu'encore que les deux Forteresses qu'on faisoit bâtir ne fussent pas achevées, l'on fut contraint de les abandonner pour ne pas perir de faim. On y laissa trois cens cinquante hommes pour continuer le travail avec un grand vaisseau nommé *le St. Jean*.

Le prétexte dont les Hollandois se servirent pour colorer la prise de ces trois bâtimens, fut qu'ils portoient des vivres à leurs ennemis. Ils appelloient ainsi le Roi de *Candy* & les habitans de *Trinc-male*. Ils offrirent quelque tems après de les rendre, & presserent même Monsieur *de la Haye* de les recevoir, ou d'en prendre d'autres à son choix dans la Flotte Hollandoise. On ne savoit pas encore dans les Indes que la France avoit déclaré la guerre à la Hollande, mais la nouvelle en étant venuë peu après aux Hollandois, ces Navires furent jugez de bonne prise & la Flotte Hollandoise étant allée à *Trinc-male*, elle enleva le Navire, prit les deux Forts & fit tous les François prisonniers.

Mr. de la Haye arriva le 22. Mai sur la côte de *Coromandel* à la vûe de *St. Thomé*. C'est une petite place du Roi de *Colconde*, que les Portugais, qui l'ont tenue près d'un siécle, avoient assez bien fortifiée pour le pays. Les murs sont de pierre de taille, fort hauts, & fort épais, avec des bastions réguliers, mais sans autres fortifications. Le Viceroi envoya au Commandant de la Place lui demander des Vivres pour de l'argent. Il fit refus d'en vendre, s'excusant sur le nombre des Navires de la Flotte, que l'on ne ne pouvoit, disoit-il, fournir de Victuailles sans en dépourvoir la Ville. On ne sait si cette réponse étoit sincere, ou donnée plûtôt à la suggestion des Hollandois, qui faisoient face par tout à cette Flotte, & qui la suivoient par tout, avec une autre Flotte. Le Viceroi, qui n'avoit plus de vivres, se voyant ainsi refusé, fit canonner la ville de telle force, qu'au bout de quatre heures on y vit arborer un pavillon blanc. L'on envoya là-dessus une chaloupe à terre avec ordre de demander si l'on rendoit la Ville. Le Commandant répondit qu'il n'y songeoit pas, mais qu'il étoit prêt de donner des vivres pour de l'argent autant qu'on en voudroit. Le Viceroi renvoya dire au Commandant, que puisqu'il avoit fallu le pousser à coups de Canon à une chose qui étoit si équitable, il prétendoit qu'on lui en payât les fraix. Le Commandant demanda combien on avoit tiré de coups, & à quel prix on les mettoit? On lui répondit qu'on en avoit tiré cinq mille trois cens, & qu'on vouloit vint écus de chacun. Le Commandant, pour gagner du tems, & pour penser à loisir à la résolution qu'il devoit prendre, dit qu'il ne pouvoit rien faire, que par l'ordre du Gouverneur de la Province; qu'il alloit lui en écrire; & qu'il feroit savoir sa réponse au Viceroi.

Mr. *de la Haye*, vit bien qu'on ne vouloit que temporiser. Il envoya dire au Commandant qu'il attendroit trois jours la réponse du Gouverneur de la Province; mais que si elle ne venoit dans ce tems-là, il prendroit la Ville. Il n'y manqua point. Il fit descente le troisiéme jour au soir, avec deux cens hommes, & deux piéces de campagne. Il se campa, avec cinquante hommes, vis à vis d'une des portes de la ville, sous des Palmiers qui le couvroient, & il envoya un Officier, avec le reste de la troupe à l'autre côté de la ville. Mr. *Carron* demeura avec lui sans commandement. Le lendemain, à l'aube du jour, il fit battre la porte. Toute la ville accourut sur les remparts de ce côté-là. C'étoit ce que Mr. *de la Haye* demandoit. Il donna le signal aux cent cinquante hommes qui étoient de l'autre côté, qui aussi-tôt attacherent les échelles, & se logerent sur les bastions de leur attaque, sans trouver de résistance; & descendirent dans la ville, où les habitans les trouverent, comme s'ils y étoient tombez des nuës. La garnison, toute effrayée, se jetta en bas des murailles, tant la foule étoit grande aux portes, & prit la fuite. Ainsi la place fut prise en deux heures, & sans perte de plus de vint hommes.

Il y a un incident remarquable dans cette partie du Voyage de Mr. *de la Haye*. Il avoit été informé, à ce qu'on assure, de la bouche du Roi son Maître, qu'il déclareroit la guerre aux Hollandois l'an 1671. Le Roi le lui dit ainsi à son départ, l'an 1670. & même, qu'il ne l'envoyoit aux Indes, que dans les vûës de cette guerre-là. Mais en arrivant à

Su-

Surat, à la fin de 1671. il trouva des Lettres qui l'informoient *que la guerre avoit été differée pour des raisons importantes; mais que c'étoit pour peu de tems, & qu'on lui manderoit en bref quand la déclaration s'en dévroit faire.* En effet, on lui expedia deux paquets en Août & en Septembre 1671. par lesquels on lui donnoit avis certain que la guerre se déclareroit contre les Hollandois au printems suivant. J'avois fait moi même l'expédition de ces paquets, peu avant mon départ de Paris, m'ayant été apportez par Mr. *Berrier* de la part de Mr. *Colbert*. Mr. *de la Haye* venoit de partir de *Surat*, quand ces Lettres y arriverent. On étoit d'avis de les lui envoyer par une barque expresse, & c'étoit assurément ce qu'il falloit faire; mais Mr. *Blot*, un des Directeurs de la Compagnie, s'imaginant qu'il n'y avoit rien de pressé, dit qu'il n'étoit pas besoin de faire cette dépense, & qu'il y avoit un vaisseau Indien, appartenant au Courtier de la Compagnie Françoise, qui alloit à la Côte de *Malabar*, par qui on les enverroit. L'esprit d'épargne prévalut. Les paquets furent donnez au Vaisseau Indien. Mais voyez la fatalité! les Corsaires *Malabares* rencontrerent ce vaisseau, le prirent, & au bout de six mois, les paquets de la Cour de France, ouverts, & à demi déchirez, tomberent entre les mains des Marchands François de cette Côte, & furent renvoyez ainsi à *Surat* en Février 1673. plus d'un an après qu'ils y avoient été reçus de France. On ne doute point que s'ils eussent été rendus à tems, Mr. *de la Haye* n'eût détruit aisement la Flotte Hollandoise qui couvroit *Ceylan*, & qui étoit toute la force de la compagnie Hollandoise, & qu'il n'eût ensuite conquis ce que cette Compagnie tient dans cette belle Isle. Il eut cent fois envie de se jetter sur cette Flotte Hollandoise, & il disoit de tems-en-tems à Mr. *Carron*, *Mr. Je sai que nous avons présentement la guerre en Europe avec les Hollandois, & vous voyez que nous n'aurons jamais une plus belle occasion de la commencer aux Indes.* Mr. *Carron* l'arrêtoit, en disant *nous n'en avons point encore l'ordre, il faut l'attendre, ou des avis certains que la guerre est déclarée en France. Il est vrai que vous détruirez cette flotte Hollandoise, mais il en reviendra incontinent une autre de Batavia dont nous serons accablez.* Mr. *Carron* parloit prudemment à son ordinaire; mais il se méprenoit pourtant en cette rencontre. Les Hollandois n'avoient point d'autre Flotte à *Batavia*; & si celle de *Ceylan* eût été défaite, la Flotte Angloise de dix navires qui arriva à la fin de l'année sur cette côte de *Coromandel*, & celle de *Mr. de la Haye* agissant de concert, auroient bouleversé la Compagnie Hollandoise, sur tout dans la consternation où les nouvelles de leur Pays la jetterent. Mais Dieu en avoit autrement ordonné, & ce fut la Flotte Françoise avec toute son entreprise qui alla à rien.

J'employai le jour de mon arrivée à *Ispahan*, & le jour suivant à recevoir les visites de tous les Europeans du lieu, de plusieurs Persans, & Armeniens, avec qui j'avois fait amitié à mon premier voyage, & à prendre conseil sur mes affaires. La Cour étoit fort changée de ce que je l'avois vûë à mon premier voyage, & dans une grande confusion. Presque tous les Grands du tems du feu Roi étoient, ou morts, ou disgraciez. La faveur se trouvoit dans les mains de certains jeunes Seigneurs, sans génerosité, & sans merite. Le premier Ministre, nommé *Cheic-ali-can*, étoit depuis quatorze mois dans la disgrace. Trois des premiers Officiers de la Couronne faisoient sa Charge. Le pis pour moi étoit qu'on parloit de la lui rendre & de le rétablir; parce qu'étant d'un côté fort ennemi des Chrétiens & des Europeans; & qu'étant, d'un autre, inaccessible aux recommendations & aux présens; ayant toûjours fait paroître durant son emploi, qu'il n'avoit rien plus à cœur que de grossir le trésor de son Maître, je devois craindre qu'il ne l'empêchât d'achetter les pierreries que j'avois apportées par l'ordre exprès du feu Roi son Pere, & sur les desseins qu'il m'en avoit donnez de sa propre main. Cette considération me fit résoudre à faire incessamment savoir au Roi mon retour. Ma peine étoit au choix d'un Introducteur auprès du *Nazir*, qui est le grand & suprême Intendant de la Maison du Roi, de son bien, de ses affaires, & de tous ceux qui y sont employez; je veux dire qui je prendrois pour me donner les premieres entrées. On me conseilla le *Zerguer bachy*, ou Chef des Joüalliers & des Orfevres de Perse. D'autres me proposoient *Mirza Thaer*, Controlleur Général de la Maison du Roi. J'eusse mieux fait de me fier à la conduite du premier; je le reconnus ainsi dans la suite; mais parce que je connoissois de longue main ce Controlleur Général, ce fut à lui à qui je resolus de me remettre.

Le 26. le Superieur des Capucins prit la peine de l'aller voir de ma part. Je le suppliai de lui dire qu'une indisposition m'empêchoit de l'aller saluer, mais que les bontez qu'il qu'il avoit eües pour moi, il y avoit six ans, me faisoient prendre la liberté de m'adresser à lui pour me produire au *Nazir* ou Surintendant, sûr que j'étois de n'y pouvoir aller par un meilleur canal; que je le suppliois très-humblement de représenter à ce Ministre l'ordre que j'avois eu du feu Roi d'aller en mon Païs faire faire de riches ouvrages de pierreries, & de les apporter moi même; ce que j'avois fait d'une maniere à oser me persuader qu'il n'étoit pas possible de faire mieux. J'ajoûtai à cela de grandes promesses de recompense, comme je savois qu'il falloit faire. La réponse que j'eus de ce Seigneur, fut *que j'étois le bien venu: que je pouvois compter sur lui, & qu'il rempliroit tout de son mieux l'attente que j'avois en ses bons offices; mais que je devois faire compte que le Roi avoit peu d'amour pour la pierrerie, que la Cour étoit extrêmement dénuée d'argent, & que, pour mon malheur, le premier Ministre, homme si contraire à ces sortes de dépenses, & si degagé de tout interêt, rentroit en grace. Qu'il me faisoit dire cela, non pour me décourager, mais afin de me disposer à donner à bon marché, à faire bien des présens, à prendre bien de la peine, & à avoir beaucoup de patience: qu'au reste il feroit savoir ma venuë au Nazir, de la meilleure manière qu'il pourroit, & que j'esperasse en la clemence de Dieu.* Les Persans finissent toûjours leurs déliberations par ces mots, comme pour dire que Dieu donnera les ouvertures aux affaires qu'on est en peine de faire réüssir.

En même tems, j'appris une nouvelle, qui confirmoit ces avis. C'est que le jour précédent, le Roi s'étant enyvré, comme il avoit de coutume de faire presque tous les jours, depuis quelques années, il se mit en fureur contre un joüeur de Luth, qui à son gré n'en jouoit pas bien, & commanda à *Nesr-ali-bec*, son favori, fils du Gouverneur d'*Irivan*, *de lui couper les mains.* Le Prince, en prononçant cette sentence, se jetta sur une pile de carreaux pour dormir. Le Favori, qui n'étoit pas si yvre, ne reconnoissant nul crime dans le Condamné, crut que le Roi n'y en avoit point trouvé non plus, & que ce cruel ordre étoit une pure fougue d'yvresse. Ainsi, il se contenta de reprimender séverement le joueur de Luth de ce qu'il ne s'étudioit pas mieux à plaire à son maitre. Le Roi s'éveilla au bout d'une heure, & voyant ce Musicien toucher du luth, comme auparavant, il se souvint de l'ordre qu'il avoit donné à son Favori contre lui, & s'étant fort emporté contre ce jeune Seigneur, il commanda au Grand Maître de leur couper à tous deux les mains & les pieds. Le Grand Maître se jetta aux pieds du Roi pour avoir la grace du favori. Le Roi, extrêmement indigné, & tout furieux, cria aux Eunuques & aux Gardes d'exécuter sa sentence sur tous les trois. *Cheic-ali-can*, ce grand Vizir hors de charge, se trouva là pour le bonheur de ces malheureux. Il se jetta aux pieds du Roi, en les embrassant, & le supplia de leur faire grace. Le Roi s'arrêtant un peu, lui dit: *tu es bien temeraire d'esperer que je t'accorde ce que tu me demandes, moi qui ne saurois obtenir de toi, que tu reprennes la charge de premier Ministre. Sire*, répondit le suppliant, *je suis vôtre Esclave. Je ferai toûjours ce que V. M. me commandera.* Le Roi s'appaisa là-dessus, fit grace à tous ces condamnez, & le lendemain matin, envoya à *Cheic-ali-can* un *Calaat.* On appelle ainsi les habits que le Roi donnne par honneur. Il lui envoya outre l'habit, un Cheval, avec la selle, & le harnois d'or, chargé de pierreries, une épée, & un poignard de même, avec l'écritoire, les patentes, & les autres marques de la charge de premier Ministre.

Ce Seigneur avoit été, comme je l'ai dit, quatorze mois dans la disgrace, & durant ce tems-là il n'y avoit point eu de premier Ministre; chose dont l'on n'avoit point d'exemple en Perse. Trois des principaux Officiers de la Couronne faisoient sa charge. Il alloit de tems-en-tems à la Cour, le Roi ne l'ayant ni exilé, ni chassé de sa presence. La cause de sa disgrace étoit, qu'il ne vouloit point boire de vin, s'en excusant toûjours sur sa vieillesse, sur la dignité de premier Ministre, sur le nom de *Cheic* qu'il porte, lequel revient à celui de *Beat*, & marque un homme consacré à une étroite observance de la Religion, & enfin sur le pelerinage qu'il avoit fait à la Mecque, qui l'engageoit à vivre plus purement. Le Roi le voyant seul, ferme à ne vouloir point boire de vin, le maltraittoit souvent de paroles: il lui donna même une fois quelques coups pour cela. Il lui faisoit jetter des pleines tasses de vin au visage, sur la tête, & sur les habits, & lui faisoit dans l'yvresse mille indignitez de cette nature. Mais hors de là, il le consideroit infiniment pour le parfait dévoüement qu'il avoit aux interêts de l'Etat, pour sa vertu, & ses grandes qualitez. En effet, c'est un Ministre fort sage, tout plein d'esprit, & fort integre. Sa Religion est coupable plus que son naturel des duretez qu'il qu'il a pour les Chrétiens. C'est elle qu'il faut accuser des rigueurs avec lesquelles on les maltraitte; sans les emportemens de zéle aveugle qu'elle lui inspire, les Chrétiens auroient sujet, comme les Mahometans, de bénir son Ministére. Il est vrai que ceux-ci même ne le benissent pas tous; car il empêche le Roi de faire des prodigalitez, & de dissiper ses Trésors comme ses Devanciers, ce qui ne plaît guéres à la Cour, qui est pauvre d'ordinaire, quand le Roi n'est pas liberal. Ce Ministre étoit âgé de cinquante-cinq ans. Sa taille étoit bien prise, & fort belle, & son visage aussi. Il avoit la physionomie la plus avantageuse du monde. Un calme perpetuel, & une douceur engageante, régnoient dans ses yeux & sur son visage; & bien loin d'y appercevoir aucunes de ces marques d'un esprit occupé, qui couvrent celui de la plûpart des grands Ministres, on y voyoit briller toutes celles d'un esprit débarassé, tranquille, & qui se posséde parfaitement: de maniére qu'à le regarder sans le connoître, on ne l'eût jamais pris pour un homme d'affaires. Ceux qui ont eu l'honneur de l'approcher de fort près, & de pénétrer dans son interieur, disent des choses merveilleuses de sa moderation & de sa modestie. Ils assurent qu'il y avoit aussi peu d'orgueuil dans son esprit, & de presomption dans son cœur, que de fierté sur son front, ou de vanité dans ses manieres. Cela est d'autant plus croyable qu'on ne voioit aucun luxe dans ses habits, point de pompe dans sa maison, nulle profusion à sa table.

Le 27. ce Ministre revêtu de l'habit que le Roi lui avoit envoyé, alla lui baiser les pieds, & reçût ensuite les complimens de toute la Cour sur son rétablissement dans la premiere charge de l'Empire.

Le 30. il traitta le Roi. Le Regal dura vingt-quatre heures. Le Prince y alla à huit heures du matin. Tout le chemin entre le Palais Royal, & celui de ce Ministre, étoit couvert de brocard d'or & d'argent, & bordé par ses Officiers, & ses Domestiques, rangez en haye, tenant chacun une piéce du magnifique Présent qu'il faisoit à Sa Majesté; qui consistoit en étoffes de laine, de soye, & d'or; en vaisselle d'or, d'argent, & de porcelaine; en harnois de chevaux, en selles, & en housses; en or, & en argent monnoyé. Quand le Roi fut à six pas de la porte du logis, le premier Ministre, qui l'y attendoit, fit jetter à ses pieds quelques mille livres en or, en argent, & en cuivre monnoyé. Cette maniere pompeuse de recevoir le Prince s'appelle *Pich-endas*. *Pich* signifie *devant*, *endas* est le verbe *répandre* & aussi *étendre*. On n'use de ce faste que pour le Souverain, non plus que de celui de couvrir les ruës d'étoffes. Il faut toutefois remarquer qu'on n'en couvre qu'un côté, l'autre est bien balié, bien arrosé, & tout parsemé de fleurs, sur tout lors que le lieu & le tems en peuvent fournir. Les étoffes, & l'argent qu'on jette, sont pour les valets de pied du Roi. Quelquefois, le Seigneur même qui fait la fête, rachette d'eux les étoffes. *Cheic-ali-can* en usa ainsi, afin de les gratifier davantage, sachant bien qu'ils ne les vendroient pas à beaucoup près ce qu'il leur en fit donner. Cet usage d'étendre des tapis sur le chemin au passage des Rois & grands Princes, est une des plus anciennes coûtumes de l'Orient, & des plus universelles. On en trouve le précepte dans les *Porans*, qui sont les premiers livres de Religion & de Science des *Brachmanes*.

Lors que quelque Grand traitte le Roi, il l'invite seul, lui laissant le choix de la Compagnie qu'il veut avoir. Le Roi se rend sur les huit ou neuf heures du matin au Palais où il est invité, qui est meublé le plus somptueusement qu'il se peut. Dès qu'il y est entré, l'Hôte lui fait un présent qui est toûjours fort considerable. La salle où le Roi est introduit se trouve couverte d'une magnifique collation de confitures seches & liquides, de biscuits & de masse-pains, de sorbets, & de toutes sortes de liqueurs, aigres & douces. On met devant sa personne, & devant les principaux Seigneurs qu'il a amenez, de grandes & riches cassolettes, qui brûlent jusqu'à tant qu'on en soit entêté, & qu'on les fasse emporter. Cependant les Musiciens, & les Danseuses de la Cour, sont dans un lieu proche, attendant que le Roi en veuille prendre le divertissement. Les Musiciens du Roi sont toûjours, non seulement les plus habiles du Royaume à chanter & à toucher des instrumens, mais ce sont aussi d'ordinaire les meilleurs Poëtes du païs. Ils chantent leurs propres piéces, comme on le disoit d'*Homere* & des autres Poëtes Grecs de son tems. Elles sont, pour la plûpart, à la loüange du Roi, & sur plusieurs actions de sa vie, que la flatterie est ingenieuse à exalter quelque dignes de blame ou d'oubli qu'elles soient. Les chansons rouloient ce jour-là sur la rehabilitation du premier Ministre, si j'ose me servir de ce mot. J'en vis une toute pleine de pointes assez fines & assez spirituelles. Le refrain des cou-

couplets étoit : *Lui à l'écart, tous les hommes ont paru égaux. Le Soleil cherchoit au ciel sans succès un autre astre, pour être l'astre Polaire.* Allusion ingenieuse au titre d'*Ivon medary*, qu'on donne au premier Ministre, qui signifie *le Pole de la Perse*. Sur les onze heures on sert un dîner assez leger. Toutes les viandes y sont de haut assaisonnement, c'est de la patisserie, du roti, des ragoûts. Tout ce qu'on rotit en de pareils Festins est d'ordinaire farci à l'allemande, comme nous parlons. Après le dîner, le Roi se promene dans les appartemens & dans les jardins de la maison, ou se repose, ou se divertit à voir des chevaux, à en monter, à tirer de l'arc, & à d'autres pareils exercices. Il entre aussi, s'il veut, dans l'apartement des femmes. Lors qu'il y va, le Maître de la maison ne le suit point sans son ordre exprès. Les seuls Eunuques de la maison l'accompagnent ; & bien loin que le Maître en prenne de la jalousie, il s'en fait beaucoup de gloire, tant le préjugé & la coûtume a de pouvoir sur l'esprit de ces gens-là; qui étant d'ailleurs jaloux de leurs propres freres, à qui ils défendent l'entrée de leur Serrail, sont prévenus qu'il ne peut leur arriver plus d'honneur, ni plus de bonne fortune, que lors que le Roi y entre. La raison qu'ils en rendent, est que leurs Rois sont des personnes sacrées & saintes de toute autre sorte que le reste des hommes, & qu'ils portent par-tout le bonheur & la bénediction. Il ne faut pourtant pas supposer que lors que le Roi entre dans ces lieux-là il s'y passe quelque obscenité. On assure, au contraire, qu'il n'y en a nul exemple, mais qu'il arrive quelquefois, que prenant goût à la beauté, ou à l'esprit, de quelque fille qu'il y verra, il la demande au Maître de la maison. On n'a garde de la refuser ; car on compte pour un grand coup de fortune d'avoir une fille dans le Serrail du Roi, par laquelle on puisse faire appuyer ses interêts, & les avancer.

Sur les quatre heures, on sert une Collation de fruits ; & dès que la nuit est venuë, on donne les divertissemens des feux d'artifice, d'escrimeurs, & de baladins, qu'on prépare toûjours en grand nombre. La maison, & les jardins sur lesquels la maison donne, ont des illuminations qui representent mille sujets divers, & qui sont si brillantes, que l'éclat du plus beau jour ne l'est pas tant. On ne sert le soupé que quand le Roi le demande, & c'est toûjours sa cuisine qui aprête ce repas au gré, & sur les ordres de son Maître d'hôtel. C'étoit autrefois la coûtume, que la personne qui traittoit le Roi, fournissoit au premier Maître d'hôtel tout ce qu'il demandoit pour faire le souper. *Abas* le Grand changea cette coûtume, y ayant reconnu trop de friponnerie pour la souffrir. Les Ecuyers de cuisine n'avoient jamais assez, & faisoient emporter deux fois plus de choses qu'ils n'en employoient pour le Festin. Ce Roi ordonna, que quand on le voudroit traitter, on donneroit à son premier Maître d'hôtel, pour le repas du souper, douze *tomans* seulement, qui sont cinquante-quatre pistoles. Au reste, le Maître du logis ne s'assied jamais au Festin : il est toûjours debout proche du Prince à le servir, & lors qu'il se retire, il le reconduit jusques dans le Palais Royal, comme il a été l'y prendre. On appelle en Persan ces sortes de Fêtes *Mageles*, terme qui signifie proprement & primitivement *conversation*.

Le premier Juillet, le Controlleur général envoya querir le Superieur des Capucins. C'étoit pour lui demander de mes nouvelles, & pour me faire savoir qu'il avoit parlé de moi au *Nazir*, qui me mandoit *de l'aller voir le plûtôt que je pourrois ; qu'il me connoissoit de mon premier voyage ; & qu'il savoit le sujet de celui-ci, & les commissions que le feu Roi m'avoit données ; & qu'il feroit son possible pour me procurer un heureux succès, autant que l'interêt du Roi le pourroit permettre.*

Le 6. Juillet, tout ce que j'avois apporté étant en état d'être montré, j'allai à l'hôtel du *Nazir*, un peu avant midi. C'étoit l'heure à laquelle il avoit coûtume de revenir de chez le Roi. J'avois grande envie de mener avec moi le Superieur des Capucins, pour me servir d'Interprête, ne me sentant pas trop fort de mon Persan pour un début de cette importance ; & parce aussi qu'il y a des choses qu'il est plus à propos en Orient de faire dire par tierce personne, que de les dire soi-même. Je le suppliai de me faire ce bon office, & tâchai de l'y engager par toutes sortes de raisons ; mais ce fut en vain. Il s'excusa sur ce qu'il n'alloit plus chez les Grands comme auparavant, à cause qu'ils n'avoient plus nulles considerations pour les Europeans ; autrement qu'il me rendroit avec joye le service que je lui demandois ; l'ayant fait pour des gens qu'il consideroit beaucoup moins. Ce que disoit ce bon Pere étoit vrai dans le fonds ; cependant le vrai motif de son refus, c'est qu'il croyoit que le Roi ne m'achetteroit rien. J'allai donc seul, avec mon associé, & deux François, l'un Orfévre, l'autre Horlogeur du Roi, qui tous trois ne savoient pas un un mot de Persan ; mais seulement du Turquesque, que je savois aussi. J'eus le bonheur de trouver le *Nazir* avec peu de gens, & en assez bonne humeur. Après les saluts, le *Nazir* nous fit asseoir tous quatre au bout de la salle, vis-à-vis de lui, à quelques dix pas de distance; & un peu après, il m'envoya demander par un Secretaire si nous étions ceux dont le Controlleur Général lui avoit parlé. Je répondis que c'étoit nous-mêmes. Il remarqua que je ne m'étois point servi d'Interprête pour répondre, & il s'informa du Secretaire si je parlois la langue du païs ? Le Secretaire lui répondit, que je lui avois parlé Persan. Sur cela, il m'envoya prendre seul, & me fit asseoir à deux pas de lui. Un moment après, il me dit : *Vous êtes le bien venu*, & il me le dit encore deux autres fois ; non pas de suite, mais à intervalles de cinq ou six minutes, pendant quoi il s'entretenoit avec le grand Veneur qui étoit proche de sa personne. Au bout d'un quart d'heure, il envoya prendre par un Eunuque les papiers que je tenois à la main, c'étoit la Patente, & les Passeports du feu Roi, & la Lettre de recommandation du *Nazir*, son Oncle, dont j'ai donné la traduction ci-dessus. Après qu'il eût tout lû, il me demanda quelles choses j'avois apportées. J'en avois le Mémoire en Persan. Il se le fit donner par l'Eunuque, car en ce Païs-là, il faut demeurer à sa place, sans en bouger, & quand quelqu'un se remue chez les Grands, soit qu'il soit debout, soit qu'il soit assis, on dit d'abord, *Voilà un Fou, ou un Franc*; c'est qu'ils ont observé que les *Francs*, ou Europeans, gesticulent & se remuent naturellement. Le *Nazir* ayant lû le Mémoire, me dit, *qu'il le feroit voir au Roi*, & *lui presenteroit requête sur mon sujet*. Je me levai pour me retirer, mais il me fit rasseoir, & me retint à dîner.

Le *Nazir*, ou grand Surintendant, s'appelle *Negef-couli-bec*. C'est un Seigneur actif, vigilant, laborieux, expeditif autant qu'on puisse l'être, & un très-excellent Ministre. On ne peut assez loüer la facilité qu'il y a à l'aprocher, & le soin qu'il prend d'expedier bien vîte toute sorte d'affaires. Il étoit premier Maître d'hôtel, lors que son Oncle, le feu grand Surintendant, mourut, qui n'ayant point laissé d'enfans, ce Neveu-ci fut pourvû de sa charge. Sa famille est nombreuse. Il a cinq Freres, & autant de fils, tous hommes faits, mais encore peu établis, ce qui excuse en quelque maniere l'insatiable avidité de bien dont il est possedé. Il prend par tout où il le peut faire à petit bruit ; & si la crainte qu'il a du Roi ne le retenoit, ce seroit le plus grand concussionnaire du monde. Hors de cet esprit d'avarice, c'est un assez hônnête homme.

Au sortir de chez ce Seigneur, j'allai faire visite au *Zerguer-bachy*, qui est le Chef des Orfévres & des Joüalliers du Royaume, & l'Intendant de tous les ouvrages d'or, d'argent, & de pierreries, qui se font pour le Roi. Il met le prix à toutes celles que l'on vend à la Cour, sur lesquelles il a un droit de deux pour cent, de même qu'il a droit d'un pour cent sur ce que l'on en vend dans la ville. Il est aisé de juger là-dessus combien sa faveur m'étoit nécessaire en cette rencontre. J'avois été déja deux ou trois fois pour le voir, mais sans le rencontrer. Je lui demandai pardon de n'avoir pas assez cherché l'occasion de le saluër, lui disant, entre les autres choses, que je savois bien que le succès de mon affaire dépendoit de lui. Il me répondit, qu'il eût été bon que je lui eusse fait voir en particulier ce que j'avois apporté pour le Roi, avant que de voir le *Nazir*, parce que nous aurions conferé sur le prix, avec quoi il auroit mieux sû comment le mettre. Toutefois, qu'il n'y avoit rien de gaté pour cela ; que le *Nazir* & lui étoient bien amis, & se confioient l'un à l'autre ; que pour lui, il n'avoit jamais donné sujet à aucun Marchand de se plaindre de son procedé ; qu'il ne m'en donneroit pas non plus ; & qu'il ne tiendroit pas à lui que je ne vendisse tout. Je le remerciai fortement, l'assurant que je ne manquerois point à la reconnoissance. C'est une chose qu'il ne faut jamais oublier de dire en Perse, *Je ne prens de dons de personne*, me répondit-il, *pour les services que je leur rends*, *je suis homme de bien* ; *Je me contente de mon droit de deux pour cent sur ce que l'on vend*. En disant cela, il me fit donner le Cahvé, & des fleurs, & s'entretint avec moi jusques bien avant dans la nuit. Les Grands en Perse se font de fête plus qu'en lieu du monde pour produire les choses qui plairont au Roi, mais il faut prendre garde à bien choisir son Introducteur ; car si je me fusse adressé à cet homme-là, par exemple, le *Nazir*, qui est *le voyant du Roi*, c'est-à-dire, son grand Ministre, & son principal Agent, & Surintendant, en auroit été indigné, prétendant qu'il faut lui porter droit tout ce qu'on a dessein de faire voir au Roi.

Le 7. à trois heures du soir, je fis porter dans un coffre chez le *Nazir*, tous les bijoux specifiez dans le memoire que je lui avois délivré le jour précedent. Il étoit chez le Roi qui

qui l'avoit envoyé querir. Il revint à cinq heures. Le Président du Divan, un des principaux Officiers de la Couronne, le Chef des Orfevres, & plusieurs autres Seigneurs de la Cour étoient avec lui. Il vit tout piéce à piéce, le confronta sur le mémoire, & ayant tout fait remettre dans le même coffre, il fit appliquer le sçeau sur la serrure, & l'envoya à sa Garderobe. Il fit tout cela d'un air négligent, & avec une indifference fort grande; mais elle étoit affectée, tant à cause de la compagnie qui étoit presente, qu'afin que je ne pusse prendre aucun avantage en discernant le moins du monde ce qu'il trouvoit de plus beau & de mieux fait. Je ne fus ni surpris, ni découragé de cette façon de faire, connoissant la maniere des Persans dans ces sortes d'occasions, & l'adresse & la facilité qu'ils ont de se composer selon que leur interêt le demande. Après que ce Seigneur eut expédié quelques affaires, il me demanda si je n'avois apporté que ce que je lui avois fait voir. Je lui répondis, qu'il me restoit quelque bijouterie que j'avois laissée chez moi, ne la jugeant pas digne d'aller à la vûe du Roi. *Apportez moi*, me dit-il, *tout ce que vous voulez vendre dans ce Royaume : il faut que Sa Majesté en ait la premiere vûe, & si vous en usez autrement, vous vous ferez une affaire, & à moi aussi.* Je répondis, que j'apporterois sans faute le lendemain matin tout ce qui me restoit.

Ce jour là 8. je fus chez ce Seigneur à sept heures du matin. Il étoit déja sorti. Un de ses Officiers m'attendoit, & me mena par son ordre dans un appartement du Palais Royal, qu'on appelle *Chiraconé*, ou *la maison du vin.* Il étoit-là en Conseil avec le premier Ministre & plusieurs autres Grands de la Cour. J'y demeurai près de trois heures à me promener dans le beau jardin au milieu duquel cet appartement est situé, après quoi on me mena dans une sale ouverte sur ce jardin & basse presque à rez de chaussée. Le *Grand Vizir*, & le *Nazir* y étoient assis, accoudez sur le ballustre. Une foule d'Officiers, & de domestiques, étoient dehors debout à côté, & à distance propre à recevoir leurs ordres. Ceux qui me menerent proche du ballustre me dirent de faire la reverence, & d'entrer. Le premier Ministre, dès que je l'eus salué, me demanda où j'avois appris à m'habiller si bien à la Persane, & à parler le langage Persan. Après ces questions obligeantes, on me fit entrer dans la salle, & on me fit asseoir proche de ces grands Seigneurs, mais au milieu de la Salle, & hors de rang. Le *Nazir* me demanda si je savois lire toutes les langues de l'Europe, & à même tems il me presenta une Lettre pliée, & cachettée à nôtre maniere, avec la suscription en François en me demandant si je l'interprêterois bien. Je répondis que j'en donnerois le sens nettement. Sur cette réponse, il me dit de l'ouvrir. Je le fis & la lus en Persan. Le premier Ministre étoit attentif à la Lecture. Dès que je l'eus finie, il se leva & sortit.

Le *Nazir* demeura, & me demanda où étoient les bijoux qui me restoient. Je les lui fis voir, & il les retint, les faisant coucher sur le mémoire. Il me dit ensuite d'un air enjoüé, *avez-vous senti la faveur que je vous ai faite, de vous faire saluer le Grand Vizir? Je l'ai entretenu du sujet de vôtre venuë*, ajoûta-t-il, *& j'en ai aussi parlé à sa Majesté, vous en aurez, avec la Grace de Dieu, un heureux accueil.* Il sortit après avoir commandé à un Secretaire de coucher en Persan la Lettre que je venois de lire. Elle étoit d'un Capitaine de la Compagnie des Indes Orientales de France, qu'un accident avoit revêtu du Caractere d'Ambassadeur pour les affaires de cette Compagnie. Je veux croire qu'on ne sera pas fâché qu'avant que d'en dire le sujet, j'insere ici quelques particularitez sur l'établissement de cette Compagnie.

Peu de Gens en ignorent le tems, qui fut l'an 1664. tems mémorable en France, par tant de belles constitutions à l'accroissement des Sciences & des Arts, que la bienveillance du Prince y a fait fleurir, plus qu'en nul endroit du monde. Mr. *Colbert*, Ministre éclairé & vigilant, dont le Roi se servoit pour cela, avoit à cœur les manufactures & le commerce, par dessus toutes choses. Celui des Indes Orientales, comme le plus important, fut le premier résolu. Mais parce qu'on ne savoit comment le mettre en train, sans étrangers qui le connussent bien, & qui l'eussent exercé sur les lieux; on résolut d'engager des Hollandois autant qu'il se pourroit, & à quelque prix que ce fût. Mr. *de Thou*, qui avoit été les années précedentes Ambassadeur en Hollande, fut chargé de l'affaire, & il fut fait Directeur de la Compagnie. On engagea en Hollande plusieurs sujets qui avoient servi la Compagnie Hollandoise aux Indes, mais pas en aussi grand nombre, ni de tant de capacité que les grands appointemens qu'on offroit donnoient lieu de l'esperer; à la reserve, néanmoins, de Mr. *Carron*, homme illustre, & de grandes vûës dans le commerce. C'est de lui même que je tiens les pié-

piéces que je vais rapporter, que j'ai traduites assez mot à mot de son Hollandois, la langue en laquelle il écrivoit uniquement alors, ne sachant pas encore le François.

A Son Excellence Mr. de Thou, Comte de Meslay, &c. Directeur de la Compagnie des Indes Orientales de France.

MONSIEUR,

J'ai appris avec admiration l'entreprise de nôtre grand Monarque, touchant le commerce des Indes Orientales, qui est le même dessein que le Roi *Henri le Grand*, de Glorieuse mémoire, avoit conçû, & qu'il avoit résolu l'an 1609. & lequel commençoit même de s'exécuter par un Marchand d'Amsterdam, très-habile, & très-experimenté, nommé *Isaac le Maire*, lorsque la mort de sa Majesté l'arrêta. Cela fait beaucoup à la gloire du Roi, de vouloir exécuter le dessein formé par ses glorieux Ancêtres, il y a plus de 50. ans; lequel s'il avoit eu l'effet attendu en son tems, la France seroit à présent maîtresse des lieux où se recueuillent les épiceries, lesquels sont dans la possession de la Compagnie de Hollande, mais qui étoient alors en celle des naturels du païs. Ce fut l'an 1615. que cette Compagnie Hollandoise s'appropria l'isle d'*Amboyna* où croît le *Girofle*. Elle fit la même chose de *Benda*, où croît l'arbre qui porte *la Muscade* & le *Macis* l'an 1621. Et elle a conquis depuis, en 10. ans cette partie de l'Isle de *Ceylan*, où croît la *Canelle*, à commencer de l'an 1635. jusqu'en l'an 1644. inclusivement. Cette Compagnie, avec ces quatre épiceries, fait un négoce dans les Indes & dans l'Europe qui produit des gains si immenses, que quand elle ne négocieroit que de cela, il lui suffiroit pour s'entretenir & se maintenir. Comme au contraire, si elle étoit privée de la possession de ces épiceries, elle ne pourroit subsister, & beaucoup moins s'agrandir; l'experience montrant assez dans les Anglois, & dans les Portugais, que le commerce du poivre, des toiles, des soyes, du salpêtre, de l'indigo, des drogues, & de tout le reste qu'ils apportent en Europe, ne leur sauroit donner de fort considerables profits.

Cela m'oblige à conjecturer (sauf le sentiment des gens plus habiles & plus pénétrans) que la Compagnie Françoise ne pourra faire des profits dignes de son établissement. Elle n'en sera pas privée tout-à-fait, mais bien loin de pouvoir être comparez avec ceux de la Compagnie de Hollande, ils seront peut-être moindres que ceux des Anglois à present, & des Portugais aussi. Ces deux Nations se rafinent depuis long-tems dans le Commerce qu'ils font aux Indes, par l'émulation respective, & par celle des Hollandois qui négocient aussi avec eux par tout où ils sont. Or les François arriveront là-dessus & feront la quatriéme Nation qui se trouvera au marché. Elle sera obligée de prendre le chemin des autres dans son commerce, n'y ayant que ce chemin-là, & apparemment donc elle n'y réüssira pas mieux.

Il y a un autre inconvenient, c'est que le gros du Négoce se devra faire avec l'Or & l'Argent qu'on transportera annuellement de France aux Indes, à moins d'avoir le Commerce libre à la Chine & au Japon, qui est ce que je voudrois rechercher principalement, & sur tout. Le moyen de l'obtenir, est d'envoyer une honorable Ambassade au nom du Roi au Grand Cham des Tartares & Roi de la Chine: Et ensuite, à l'Empereur du Japon. Il y a beaucoup d'apparence, & de lieu d'esperer, qu'on obtiendra d'eux ce commerce, pourvû que les Envoyez se comportent sagement & prudemment. Il faudra dresser leurs instructions avec bien du conseil & de l'attention, & qu'on les exécute & suive très-ponctuellement. Il faudra aussi faire exercer le Commerce dans le Japon par des François de la Religion Reformée: (on ne prend garde à la Réligion dans les Européans en nul endroit des Indes qu'au Japon) & si l'on fait le contraire, il est à craindre que le Commerce du Japon ne se puisse, ni obtenir, ni entretenir. On a vû ce qui est arrivé aux Espagnols, & aux Portugais, pour avoir voulu, contre la défense qui leur avoit été faite, étendre & planter la Réligion Romaine parmi les Japonois. Ce fut pour cela qu'ils furent bannis; les Espagnols l'an 1616; les Portugais l'an 1639. sur peine des biens & de la vie, sans pouvoir jamais y retourner; à quoi les Portugais ayant contrevenu, s'imaginant de se relever de cet Arrêt par voye d'instance & de supplication, toute l'Ambassade & l'Equipage fut mis à mort au nombre de 95. hommes, & le Navire, & tout ce qui étoit dedans fut mis en feu: ce qui arriva l'an 1640. Il faudra donc que le Commerce du Japon s'exerce par gens non Romains, & aussi que les Vaisseaux qui y iront soient destituez de toutes les marques & les enseignes de la Religion Romaine.

Si la Compagnie Françoise obtient le Négoce du *Japon*, elle est bien dans ses affaires, & envoye de grands profits : & en ce cas, il faudra faire tous les ans une cargaison pour la *Chine*, la plûpart en Argent. Il faudra emporter de la *Chine* une autre cargaison en soyes & en étoffes selon l'assortiment prescrit d'entre trois à cinq millions de livres. Cette cargaison sera venduë au Japon Argent comptant à 60. ou 70. pour cent de profit; & de ce provenu, il en faudra tirer le fonds d'un nouvel achat à la *Chine*, savoir environ quatre Millions, & le reste sera employé dans les *Indes* à l'achat du poivre, des toiles, & des autres marchandises, qu'on demandera. On pourra, entr'autres, faire emplette de soyes, & d'étoffes de soye de la *Chine*, & de *Bengale*, pour l'Europe; car elles rendent aumoins cent pour cent. *La Chine* en peut fournir autant qu'on veut : & le Japon en consumer autant qu'on y en portera; & ce négoce est tout ce qui peut enrichir la Compagnie Françoise, pourvû qu'il soit concedé librement, exercé sagement, & aidé de la bénediction du Ciel.

Les Portugais, du tems qu'ils étoient en la fleur de leur Commerce, emportoient annuellement du Japon dix Millions comptant. Les Chinois en emportoient cependant à même tems douze; & les Hollandois trois. Cela fait 25. Millions en Argent comptant; & cependant pour ces grandes traites, l'Argent n'étoit point plus rare au *Japon*, ni les soiries plus cheres à la Chine. Il est vrai que ce grand Empire a été ruiné par la guerre & les ravages des Tartares; mais il sera toûjours à mon avis très-facile d'y employer 3. à 4. Millions, & d'année à autre davantage. Ce Négoce exempteroit d'envoyer tous les ans de l'Argent de France aux Indes, soit à l'achat de ce qu'il faut annuellement rapporter en Europe, soit à suppléer ce qui pourroit manquer par fois au gain des trois Millions proposé de faire par an au *Japon*; à moins que le commerce de la *Chine* n'augmentât en Capital, en sorte que le gain attendu allât toûjours au delà de la somme marquée: & il ne faudroit emporter d'Argent de France que pour le commerce du *Sud*, ce qui n'est pas considerable. En attendant le mouvement de cette rouë de négoce, la Compagnie Françoise doit être bien attentive à ses affaires en ces commencemens, & avoir un grand Capital pour ce Négoce de la *Chine* au *Japon*: pour le Négoce du *Sud*: pour les frais & pour les avances nécessaires à s'établir dans les places de commerce & dans les entrepôts. La Compagnie en a besoin d'un proche de la Ligne Equinoctiale pour le Negoce du *Nord*, & d'un, ou de deux sur la côte des *Indes*, pour le Négoce du *Sud*. A l'égard de celui du *Nord*, l'Isle de *Banca* paroît la plus propre. On pourroit l'avoir par voye d'achat du grand Mataram Roi de l'Isle de *Java*. Il lui faudra envoyer un Ambassadeur pour cela. Cet achat seroit une affaire fort avantageuse pour la Compagnie, parce qu'apparemment, le poivre, le ris, & toute sorte de provisions de bouche y afflueront de tous côtez, & plus qu'à *Batavia*, où toutes ces denrées ont toûjours été portées de dehors jusqu'à présent; & parce que les Chinois, Gens de si grand service, & si dociles, qui habitent dans le territoire de *Batavia*, se viendront infailliblement jetter parmi les François, pour se délivrer des insupportables charges & impôts mis sur eux depuis quelques années en ça, par la Compagnie de Hollande, avec une extrême rigueur.

Les entrepôts & rendez-vous à la Côte des Indes pour le Négoce du *Sud*, pourroient être; l'un à la Côte de *Malabar*, l'autre à la Côte de *Coromandel*. Il y a sur cette côte-ci une place nommée *St. Thomé* qu'on pourra avoir sans grande difficulté. Cependant comme l'établissement du Négoce, dans les quartiers du *Sud*, est une grande & importante entreprise, & que le succès dépend d'une sage conduite, il est nécessaire d'envoyer promptement une députation au *Grand Mogol*. Cette députation établira les affaires en ces quartiers-là, & l'on aura en arrivant le commerce libre à *Surat*, à la Côte de *Coromandel*, & à *Bengale*, les trois principaux endroits du commerce. Le poivre & la Cassalinga s'acheteront sans peine assez abondamment à la Côte de *Malabar*, sur tout si l'on en hausse tant soit peu le prix.

Au reste, il faut commettre l'execution de tout cela à gens déja experimentez, tant dans le commerce, que dans la connoissance de ces païs-là. Ils pourront tracer les voyes aux François, leur degrossir le travail, & les mettre en train; après quoi, ceux-ci pourront suffisamment bien & sagement conduire le Négoce proposé. On pourra s'étendre plus amplement sur cette matiére, de voix, ou par écrit, & marquer les lieux en particulier où il faudra s'établir; ce que je viens de dire n'étant que le projet & le plan sur lequel je pense que la Compagnie de France doit bâtir: & sur lequel elle peut raisonnablement atten-

attendre la benediction du Ciel. Je recommande V. E. à sa protection, & je demeure &c.

A Paris le 29. Mai 1665.

Amplification du sujet.

AYant eu l'honneur d'être entretenu le 31. du passé par Monsieur *Colbert* & par V. E. sur les voyes les plus propres de mettre en train le Négoce de la Compagnie : & sur la ferme résolution du Roi de la maintenir de tout son pouvoir, & de la couvrir de sa Royale protection ; j'ai apris, entr'autres choses, ce que j'avois déja ouï dire en Hollande, que la Compagnie a dessein de faire peupler l'Isle de *Madagascar* avec l'aide de Sa Majesté : d'y envoyer un nombre de gens de guerre & d'ouvriers, & de s'en servir d'entrepôt & de rendez-vous. Ce dessein est à la verité bien concerté. Les Vaisseaux, qu'on envoira aux Indes, pourront se fournir promtement & abondamment de vivres en cette Isle, & apparemment la Compagnie en tirera les autres avantages qu'elle s'en promet, & qui pour n'avoir pas été recherchez par la Compagnie Hollandoise, ne lui sont pas connus, ni à moi non plus. Cependant, sauf l'opinion de V. E. l'Isle de *Madagascar* est un peu éloignée des quartiers du Sud, savoir de la Côte de l'*Inde*, de celle de *Malabar*, de *Bengale*, de *Surat*, de *Coromandel*, & de *Perse:* & l'on pourroit bien, à ce qu'il me semble, trouver une autre place plus propre vers ces quartiers du Sud, qu'on pourroit fortifier plus facilement & mieux, parce qu'elle seroit de petite étenduë.

Monseigneur *Colbert* m'a fait aussi connoître que le dessein de la Compagnie est d'établir son commerce premiérement dans les quartiers du Sud, ce qui étoit bien mon avis aussi ; & je trouve qu'on ne sauroit mieux commencer que par l'envoi de deux petits vaisseaux, de 400. tonneaux chacun, à la *Chine*, & au *Japon*, pour demander la liberté du commerce, & pour le mettre en train, après en avoir eu la permission ; car il se passera à cela au moins deux ans, & peut-être plus.

Ces Navires, outre les envoyez du Roi, & les présens pour ces païs-là, devront avoir pour commencement de négoce, une petite cargaison, consistant en draps, en ras de Chalons, en étamines, en Sergettes, en perpetuanes, & en toute autre sorte de Serges, le tout assorti de couleurs rouge, violet, incarnat, cramoisi, bleu celeste, & autres semblables couleurs, avec un peu de noires, un peu de blanches, & un peu de gris de perle, le tout pour environ 50000 livres. Il faudra y charger aussi pour environ 25000, d'ambre jaune, & de quincaillerie de la sorte, demandée à la *Chine*, & au *Japon*, & que les Hollandois y envoyent depuis quelques années, pour autres 25 mille livres de poivre, que les vaisseaux iront acheter à la Côte de *Malabar:* & 250000 livres d'argent comptant.

Cette somme, qui monte à 350000 livres, sera employée en soyes, & en étoffes de soye, propres pour la *France*, & non pour le *Japon*; parce qu'il n'est pas permis de porter aucunes Marchandises au *Japon* qu'après avoir eu audience de l'Empereur, & après en avoir obtenu la liberté du Négoce. Il faut donc que le vaisseau qui ira premiérement au *Japon*, aille à vuide, & ne serve que pour l'Ambassade de Sa Majesté, sans être chargé, ni de Marchandises, ni de Marchands. Il n'y a point d'endroit au monde où la politique, & le point d'honneur soient si scrupuleux. On s'y arrête beaucoup moins dans le reste des Indes. Ce sera une très-bonne affaire pour la Compagnie que la liberté du Commerce à la *Chine* & au *Japon*. Celui du *Japon* pourra être fait avec tout ce qu'on y portera de la *Chine*, avec des soyes, & des étoffes de soye, de *Bengale*, & de *Tunquin*, & avec un assortiment de toute sorte d'étoffes de laine faites en France.

Les présens du Roi pour les Empereurs de la *Chine* & du *Japon*, seront composez de toute sorte d'armes à feu, des plus curieuses de l'Arsenal : de fins & beaux draps les plus exquis qu'on pourra trouver : des plus fines serges, & de quelques riches brocards de soye. Il faudra faire entendre que tout cela est du fruit du païs. On pourra envoyer encore quelques piéces rares par l'usage & par l'invention. Il faudra, entr'autres, qu'il y ait dans le présent pour le *Japon*, trois machines de la nouvelle invention pour éteindre le feu. On en trouve à Amsterdam, & elles seront agréables au *Japon*, parce que les maisons y sont assez sujettes à l'incendie : plus trois Marbres en forme de Bassins, cizelez sur le bord, aux armes de l'Empereur du *Japon*. Un bassin sera de Marbre blanc, l'autre de Marbre rouge, l'autre de Marbre blanc & noir. On se sert de ces bassins au *Japon* à se laver les mains : & il n'y en a point d'autres que d'un Marbre vert sombre, mêlé de brun. Il les faudra semblables à la figure qui est à la marge : & les enfermer soigneusement

ſement dans des caiſſes de bois pour empêcher toute ſorte d'accidens. On ne doit pas faire difficulté de prendre cette peine & de faire cette dépenſe pour le *Japon*, parce que les étrangers n'y payent nulle ſorte de droits ni d'impôts de tout le commerce qu'ils y font, ſoit d'entrée, ſoit de ſortie, quelque opulent & riche que ce commerce puiſſe être. Ils ſont obligez ſeulement d'aller tous les ans une fois faire la reverence à l'Empereur & à ſes Miniſtres, & leur faire quelques préſens, petits dans le fonds, quoique proportionnez néanmoins à leur commerce. C'eſt un honneur pour les Nations étrangeres que cette viſite; car les vaiſſeaux de l'Empire ſont obligez à la même choſe; mais cette viſite & ces préſens annuels ne ſe feront pas au nom du Roi, mais au nom de ſes Sujets négotians au *Japon*.

Les Lettres pour ces Empereurs ſeront écrites en caractéres d'or, non ſur du parchemin, mais ſur de grand papier fort épais, lequel doit être fin pourtant & uni le plus qu'il ſe pourra. La Lettre ſera miſe en une boëte d'or garnie d'un cercle de Diamans, & la boëte enfermée en un ſac carré de drap d'or très-riche & couſu d'or trait: Le ſac en une boëte d'argent de même forme, en laquelle il entre bien juſtement & ſur laquelle il y ait une chaſſe gravée des deux côtez, & on mettra enfin cette boëte d'argent en une Caſſette de bois marbré & poli, le plus beau qu'on pourra trouver. Il faut que la Lettre ait toutes ces parures, & quant à la forme, il la faut d'une bonne grandeur, & de la longueur du papier, prenant bien garde de ne la plier point la moitié, en ſorte que le haut & le bas portaſſent l'un ſur l'autre.

Il faudra donner à l'Envoyé des Inſtructions amples, exactes, & préciſes, & l'engager à les ſuivre dans la derniére exactitude; car tout dépend abſolument de la conduite & des déportements de l'Envoyé. Cela ſe peut obſerver dans les Ambaſſades faites au *Japon*, l'une de la part du Roi d'Eſpagne l'an 1624. par deux Chevaliers de la Toiſon d'or; & l'autre de la part de la Compagnie de Hollande de l'an 1628. & dans l'Ambaſſade faite à la *Chine* de la part de la même Compagnie l'an 1656. il ne fut point donné d'audience aux Ambaſſadeurs Eſpagnols ni aux Hollandois au *Japon*: & il ne fut rien octroyé à ceux-ci à la *Chine*; tout cela pour avoir voulu agir à leur fantaiſie, & s'être écartez de leur inſtruction. Les Eccléſiaſtiques de la Religion Romaine ſont fort eſtimez & conſiderez à la Cour de la Chine. Ils pourront aider beaucoup aux affaires de la Compagnie Françoiſe & les mettre en bon chemin. Au reſte, comme d'une part la négociation eſt difficile, & de l'autre qu'il faut prendre les *Monſons* à point nommé pour le voyage, le retardement d'un mois, ou de vingt jours ſeulement, en cette occurrence, entraine la perte d'une année. Et comme il peut arriver d'ailleurs que la négociation languiſſe & ſoit retardée en ces Cours par des accidens, ſoit de maladie, ou de mort du Roi, & d'autres, qu'on ne ſauroit prévoir; il eſt très-néceſſaire de ſe hâter, & Vôtre Excellence voit ſans doute fort clairement que le plûtôt qu'on mette la main à l'œuvre, ce ſera le meilleur, afin qu'on puiſſe ſemer à loiſir pour recueillir enſuite une ample moiſſon; juſqu'à ce que l'on puiſſe avoir le fruit attendu & deſiré, il faut faire compte qu'il ſe paſſera beaucoup de tems malgré nous. C'eſt tout-à-fait mon avis que ſi ce commerce de la *Chine* & du *Japon* réüſſit à ſouhait, il rendra beaucoup plus de profit que celui de tout le *Sud*. Il y a grande quantité de cuivre au *Japon*, & qu'on peut avoir à 6 ou à 7 ſols la livre au plus: il peut ſervir de Leſt aux navires deſtinez pour le retour: & être vendu ici quinze ſous la livre.

L'envoi qu'on fera à la *Chine*, doit prendre port en la riviere de *Nanquin*, ſituée entre les 30 & 31 degrez de latitude *Nord*. On y peut cingler à pleines voiles juſqu'à quatorze lieuës de la ville. Il ſeroit meilleur de prendre port en la riviere de *Pekin*, car elle eſt plus haute & plus proche de la Cour; mais elle a moins de fonds. Le dernier Ambaſſadeur de la Compagnie de Hollande ne ſachant où il valoit mieux aborder alla jetter l'ancre à *Canton* ſituée vers le 20. degré, mais il échut aſſez mal, parce que *Canton* eſt une Province remplie de Tartares. Cependant c'eſt un païs où il ſemble que l'on pourroit faire un débit conſidérable d'étoffes de laine; choſe qu'il faudra obſerver dans la ſuite,

Pour exercer ce commerce de la *Chine* & du *Japon*, qui eſt en effet ſi utile & ſi néceſſaire: & celui des païs des *Malays* & de tout *l'Oüeſt*, & particulierement des *Moluques*, de la Côte de *Ceram* & des quartiers qui en dépendent, & où croît le poivre de *Bantam*, de *Palinbang*, de *Jamby*, de *Benjar-maſſing*, de *Solor*, de *Timor*, tous lieux ſituez à *l'Oüeſt*; pour exercer ce commerce, dis-je, il ſera fort néceſſaire d'un rendez-vous propre; qu'on ne ſauroit mieux choiſir qu'en l'Iſle de *Banca*. La Compagnie de Hollande s'eſt mille fois re-

repentie de n'avoir pas fortifié cette Isle, & de n'en avoir pas fait la Capitale de sa residence & de ses forces : & cela à cause des grandes guerres & des siéges qu'elle a soutenus à *Batavie* contre le Roi de *Bantam* d'un côté, & contre celui du *Grand Mataram* de l'autre, qui ne la laisseront jamais paisible & en repos. Il y a de très-beaux & bons endroits en cette Isle de *Banca* pour l'ancrage des vaisseaux, & pour en bâtir, & pour en radouber. Le bois propre pour cela se tirera de la Côte de *Java*, & on tirera de là, & de plusieurs autres endroits, tout ce qui sera nécessaire pour les atteliers. Il y faudra bâtir des logemens, & une Forteresse, afin d'être en sûreté. L'Isle de *Banca* est presque toute couverte de bois. Il faudra en couper une partie, défricher la terre, & la planter de quelques milliers de Cocotiers. Cet arbre de Coco est d'une extrême utilité, & fait beaucoup de profit. La Compagnie reconnoîtra avec le tems la bonté de cette Isle à l'égard de sa situation, & de tous les avantages qu'on en tirera. Il y faudra établir des Officiers habiles & de merite. Il y a presentement à Amsterdam un certain *Vander-muyden*, qui a été Conseiller ordinaire des Indes & Gouverneur de Ceylan. On y attend l'Eté prochain un nommé *Coyet*, qui a été aussi Conseiller des Indes & Gouverneur de *Formose*. Ces deux hommes rendroient de grands services à la Compagnie. Il y a encore en Hollande un *Denis des Maîtres*, qui a servi la Compagnie de Hollande en qualité de Marchand, & quelques Pilotes très-experimentez dans les mers des Indes, à la connoissance des côtes & des marées, & des endroits perilleux, de laquelle dépend souvent la conservation des navires. Il seroit fort nécessaire d'attirer de ces sortes de gens, & de se fournir pour ce long voyage de gens qui l'ayent fait plusieurs fois ; parce que comme l'on ne doit pas donner bataille contre un ennemi puissant, sans des soldats courageux & des Officiers experimentez & sages ; il ne faut point non plus entreprendre ce grand ouvrage, ou en esperer d'heureux succès, si l'on n'a des gens pour les conduire doüez d'experience & de capacité. J'ai appris il y a déja du tems que la Compagnie a pris à son service un Hollandois, nommé *Mr. de Ligne*. Il a une grande connoissance de tous les quartiers du Sud, & est habile homme d'ailleurs. Il est bien desirable que la Compagnie engage beaucoup de telles gens à son service, pour le bien & le profit de ses affaires, parce qu'il y a beaucoup de lieux aux Indes, & tous importans, où il faut s'établir. Je veux croire que quand ils sauront que je suis au service de la Compagnie Françoise, ils se resoudront plus facilement à y entrer.

Il faut avoir un grand soin des marchandises & des victuailles, prenant très-exactement garde que rien ne manque aux emballages & aux futailles ; car autrement les unes & les autres se gâtent, & il arrive que les marchandises, pour être endommagées, ne raportent aucun profit, & que les victuailles pour être gâtez rendent le monde malade & le font mourir, avec quoi la Compagnie tombe dans l'inconvenient d'un cavalier démonté. Un bon cavalier a un soin particulier de son cheval : & ne lui plaint pas l'avoine. La Compagnie doit faire de même envers les matelots, & les soldats, & le reste du commun qui la sert. C'est le cheval qui tire la charruë, on ne sauroit rien faire sans lui. La Compagnie de Hollande l'a bien appris à ses dépens, & avec de grandes pertes, durant plus de cinquante ans qu'il lui a fallu pour remedier aux défauts de son établissement, & pour redresser toutes choses. Les hommes sont chers aux Indes, parce qu'il coûte beaucoup à les y passer : & parce qu'on n'y en peut trouver de frais ; les Indiens ne sont nullement propres à naviger sur des vaisseaux Europeans : & ils sont de plus grands voleurs & meurtriers. La Compagnie de Hollande ne s'en sert jamais.

Il faut observer soigneusement d'avoir toutes les bariques & pipes neuves, pour mettre l'eau deux fois au moins, remplies & rafraichies de nouvelle eau une fois par semaine ; sans cela l'eau devient noire, & cause de grandes maladies. Il faut observer aussi que toutes les pipes d'eau, de vin, de vinaigre, d'huile, de bœuf, de lard, & de chair, & généralement toutes celles qu'on enferme au fond de calle, soient des futailles fortes, neuves, & reliées de cercles de fer. Les cercles de bois se rompent durant les chaleurs, & ce qui est dedans se perd, comme on en a fait plusieurs & fort dommageables épreuves. Il faut encore plus prendre garde que les ancres, les cables & les cordages ne soient ni affoiblis, ni endommagez, ni étouffez, en les estivant. Egards qui semblent de peu d'importance, & dont cependant l'inobservance peut causer de grands retardemens, & d'autres malheurs, par la raison qu'un petit accident empêche souvent un grand exploit. La Compagnie doit les considerer tous, & d'autant plus que les cargaisons de ces navires seront riches, & les équipages nombreux. Je croi, & l'apparence le dit, qu'on qu'on aura en Hollande plus commodement, & à meilleur prix, tout ce qu'il faudra pour l'équipage des navires.

J'ai parlé ci-dessus des Lettres qu'il plaira au Roi d'écrire aux Indes. Voici un modelle pour celle de Sa Majesté à l'Empereur de la Chine.

Au grand Empereur des Tartaries Orientale & Occidentale, Roi de la Chine, un perpétuel accroissement de bonheur, & longue vie, souhaite le Roi de France & de Navarre.

J'ai appris avec joye l'accroissement de vôtre Empire, & les Triomphes que vous avez remportez sur vos ennemis depuis quelques années. Moi, qui marche sur les traces de mes Ancêtres, Rois de mes Royaumes, Princes très-glorieux, renommez par tout le monde, j'ai une inclination particuliere de faire connoissance avec Vôtre Majesté, celébre dans tout l'Univers. C'est ce qui m'a porté à vous offrir ma bonne affection, & à vous faire connoître le desir que j'ai de faire tout ce qui pourra donner du contentement à Vôtre Majesté. J'envoye expressément pour cela à Vôtre Majesté le porteur de cette Lettre, N. N. mon Envoyé, avec les présens ici marquez, le tout comme un signe de ma cordiale affection; ils consistent en . . . . J'assûre Vôtre Majesté que je serai ravi qu'il y ait quelque chose dans mes Royaumes qui lui puisse être agreable, & qu'il n'y a rien que je ne fasse très-volontiers pour entretenir une longue correspondance & alliance entre les Royaumes de Vôtre Majesté & les miens. C'est en cette vûe que je prie Vôtre Majesté d'accorder à mes Sujets un libre accès & un libre commerce dans ses Etats avec ses Sujets, sans nul trouble & nul empêchement. Je lui ouvre de tout mon cœur toutes les portes des miens, afin que Sa Majesté en fasse transporter tout ce qu'elle trouvera de propre & d'utile à son service. Ecrit en mon Palais du Louvre.

A Paris.

(L. S.) Le grand Sceau. Le Roi,

LOUIS.

Instruction pour N. N. Envoyé du Roi de France, au Grand Cham, Empereur de Tartarie, & Roi de la Chine, suivant laquelle il se conduira pour l'execution des ordres qui lui ont été donnez.

Sa Majesté ayant agréé & trouvé bon les très-humbles propositions, & très-instantes prieres, qui lui ont été faites par les Directeurs de la Compagnie des Indes Orientales, d'aider & de favoriser leur commerce de sa Royale protection; & ces Directeurs lui ayant representé en particulier le desir qu'ils ont d'établir leur commerce à *la Chine*, si la liberté leur en étoit octroyée par le Roi de ce païs-là; Sa Majesté a trouvé bon de la faire demander par une expresse députation, afin de l'obtenir plus aisément du Roi de *la Chine*, & avec plus d'avantages: & afin aussi de donner plus de poids & plus de credit au commerce de la Compagnie. C'est à ce dessein que Sa Majesté a fait choix de vôtre personne pour vous envoyer en son nom au Roi de *la Chine*, avec sa Lettre Royale, & les présens qui sont mentionnez dedans. Vous la delivrerez avec toute sorte de respect & de reverence par les voyes qui vous seront ouvertes & montrées quand vous serez à *la Chine*.

Vous ferez vôtre voyage d'ici aux Indes, suivant l'instruction qui vous sera donnée pour cela par la Compagnie, & vous le poursuivrez de là à *la Chine* lors qu'elle vous l'ordonnera. Vous ferez vos efforts d'aller à la hauteur de *Macau*, place Portugaise, située entre le 19. & le 20. degré de latitude au dessous du Tropique du Nord. Vous chercherez là des Pilotes Chinois, & tâcherez d'attirer en vôtre compagnie tous les hommes qui connoissent par experience la côte de la Chine, & qui vous pourront conduire à la riviere de *Nanquin*. S'il ne vous est pas possible d'en rencontrer de tels, ou pas assez pour vous confier sur eux du succès de vôtre voyage, vous monterez plus haut jusqu'au 23. degré vers la riviere de *Chincheu*. Les Hollandois y seront apparemment établis. Vous trouverez infailliblement en chemin beaucoup de vaisseaux Hollandois, & de bâtimens Chinois, qui vous fourniront le moyen de faire sûrement vôtre route, jusqu'en la dite riviere de *Nanquin*, car il y a toûjours des gens sur ces bâtimens avec qui vous pourrez parler.

Il pourra arriver, qu'avant d'être à la hauteur de *Macau*, vous soyez rencontrez par les vaisseaux du fameux Pirate *Jacquun*. On dit qu'il fait sa retraitte dans la grande Isle d'*Aynan*, & qu'il a de nouveau une autre puissante armée de mer. Vous vous garderez de cingler droit où vous verrez plusieurs voiles, ou de les attendre si elles viennent à vous. Vous les éviterez le plus qu'il vous sera possible en continuant pourtant vôtre route. Vous ne de-

devez point avoir peur d'un, ni de deux, ni de trois navires; mais vous devez cependant être toûjours ſur vos gardes, vous mettre en défenſe & en bon ordre, à toutes occaſions. Si vous rencontrez des vaiſſeaux Hollandois, & que vous ayez beſoin de quelques munitions de navire, vous les pourrez demander, en offrant de les payer raiſonnablement. Vous leur cacherez ſoigneuſement vôtre deſſein, & leur direz ſeulement, *nous allons vers le Nord reconnoître ce qui s'y peut faire.*

Etant arrivé, Dieu aidant, en la riviere de *Nanquin*, vous ferez voile avec toutes les circonſpections poſſibles pour éviter les mauvais accidens. Les ſables vous retiendront à environ quinze lieuës de la ville, & là les pecheurs Chinois viendront en grand nombre à vôtre bord. Vous en louerez un, celui que vous jugerez le plus propre, & vous envoyerez avec lui deux de vos gens du commun, au Gouverneur de la ville, avec une Lettre en François, & la traduction en Chinois. Vous lui manderez qu'il eſt arrivé en ce lieu un Envoyé exprès de la part du Roi de France, avec des Lettres & des Préſens pour le grand Empereur de la Chine: & qu'il lui plaiſe d'envoyer au plûtôt quelqu'un à la Cour ſavoir l'état des affaires, afin de pouvoir enſuite travailler à executer la députation en toute la diligence & en la maniere convenable, ſuivant les ordres de l'Empereur. Il faudra attendre patiemment la réponſe, étant toûjours ſur vos gardes & en défenſe, ne laiſſant pas entrer trop de monde à la fois dans vos vaiſſeaux. Agiſſez cependant avec toute ſorte de courtoiſie & de civilité envers un chacun, & que vos gens qui iront par la ville faire emplette des choſes néceſſaires, en uſent de même, ſe gardant de toute ſurpriſe & mauvaiſe aventure. S'il y a, par exemple, vingt ou trente Chinois à bord d'un vaiſſeau par viſite, ou pour curioſité, & qu'il y en voulût entrer davantage, vous leur ferez dire qu'ils prennent la peine d'attendre que les autres en ſoient ſortis, & qu'alors on les recevra volontiers. Il pourroit arriver auſſi que le Gouverneur de la ville, ou le Viceroi de Province, vous priveroient de quelques effets, & vous feroient en cela quelque injuſtice, fondez ſur ce méchant prétexte, que vous ne ſeriez pas encore en la protection de ſon Roi. Il faudra vous ſervir de toute vôtre prudence en ces facheuſes rencontres: ne refuſez pas tout à plat, & n'accordez pas auſſi tout ce qu'on demandera. Il faudra faire de néceſſité vertu, vous tenant content d'avoir eſſuyé ces importunitez, non comme vous auriez voulu, mais comme vous aurez pû. Vous prierez toûjours & ſans ceſſe le Gouverneur & les autres Magiſtrats d'accelerer l'arrivée de vôtre expedition de la Cour ſelon leur pouvoir, & de vous donner les paſſeports neceſſaires pour aller ſûrement avec vos gens à *Pekin*, qui eſt la réſidence du *Grand Cam.*

Le Gouverneur de *Nankin* vous fera conduire, & remettre entre les mains du Chancelier du Royaume à *Pekin*. Vous le ſuppliérez d'abord de vous permettre par grace de porter en perſonne aux yeux de l'Empereur la Lettre & les Préſens de Sa Majeſté, avec toutes les ſolemnitez accoûtumées, & de vous procurer une favorable audience. Quand le jour en ſera venu, & que vous ſerez devant l'Empereur, vous lui declarerez que vous êtes envoyé expreſſément de la part du Roi vôtre Seigneur, pour ſavoir l'état de ſa ſanté, & pour lui ſouhaiter un régne long & heureux. Vous lui preſenterez enſuite vos ſervices, & vous ſupplierez très-humblement Sa Majeſté de vouloir répondre favorablement à la Lettre du Roi vôtre Seigneur. Il eſt indubitable, qu'avant vôtre audience, vous aurez aſſez de tems de vous entretenir avec diverſes perſonnes, pour en tirer le plus de lumieres que vous pourrez, vous le ferez particulierement avec les Eccleſiaſtiques Romains, qui ſont en cette Cour-là, & fort eſtimez & conſiderez. Vous avez pour eux des Lettres de recommandation des Prélats de Paris. Vous les engagerez de tout vôtre pouvoir à vous aider en vôtre deſſein.

Après avoir délivré la Lettre & les Préſens du Roi, vous en ferez d'honnêtes au Chancelier de l'Empire, & aux autres Miniſtres qui vous pourront ſervir, à chacun à proportion de ſon emploi, & ſelon la coûtume du païs. Vous ne manquerez point de gens qui vous conſeilleront juſtement, à qui, & comment, il en faut faire; parce que tous les Chinois, & particulierement les Marchands, ravis de vôtre venuë dans le regard du négoce lucratif qu'ils eſpereront de faire avec les François, s'intereſſeront dans la liberté que vous en venez demander. Ils vous conſeilleront droitement ce qu'il faudra faire pour l'obtenir le plûtôt, & le mieux, & rechercheront ſincerement vôtre amitié. Vous ſerez honnête, civil, & affable à tous, ſelon que vôtre experience vous aura déja enſeigné de l'être, & particulierement aux gens qui ſont au change: & à ceux qu'on vous aura donnez pour eſcorte en chemin, & pour gardes à la Cour, fai-

faisant vos efforts d'obliger tout le monde à publier le merite de vôtre personne, & de vôtre nation. Et il faut pour cela tenir sévèrement en devoir toute vôtre maison, & les autres gens qui dépendent de vous.

Aprés avoir eu audience de l'Empereur, & lui avoir fait vos présens, & aux Grands de la Cour, vous solliciterez le Chancelier d'obtenir de sa Majesté, l'Octroi, & la liberté demandée dans vôtre Lettre: & particuliérement celle de vendre les marchandises, & d'employer le Capital que la Compagnie vous aura donné. Quand vous l'aurez obtenuë, vous vous en servirez: & vôtre soin principal doit être d'observer très-exactement quelles manufactures de France sont les plus demandées, & quelles sortes de marchandises sont le plus de débit à la Chine & ce qui peut y donner le plus de profit. Vous emploierez ensuite vôtre Capital en marchandises, savoir les deux tiers en fine soye crue, blanche, par assortiment, vous informant toûjours soigneusement s'il n'y en a pas de meilleure sorte que celle qu'on vous montrera; car il est certain que s'il n'y a pas des gens fort connoisseurs commis à cet achat, on ne vous présentera pas d'abord de la meilleure sorte. La Province de *Nanquin* produit la meilleure soye de la *Chine*, mais elle n'est pas toute d'une sorte. Vous emploirez l'autre tiers en étoffes de soye, savoir en Peling blanc, simple, demi-double, & triple, presque tout ouvré, & peu d'uni. Les étoffes de *Nanquin* se vendent presque toutes par assortiment, tant pour l'usage du païs, que pour le Négoce du *Japon*. Elles consistent en *Pelings*, *Linthées*, *Panghfils*, *Gielems*, & *Armosin*. Les Hollandois n'apportent de tout cela que des *Pelings* en leur païs, parce que c'est ce qui donne le plus de profit. Vous apporterez néanmoins cent piéces des sortes nommées pour servir de montre, & à même dessein, quatre vingt ou cent livres de soye de Bogi, de soye de Poil, de soye à coudre, & de soye à broder; & pas plus de châcune, parce que vôtre Cargaison ne sera pas portée au *Japon*, mais apportée en France. Il ne se fait ni velours, ni Brocards, ni Damas, ni Satin, ni Pous de soye en la Province de *Nanquin*. Les Portugais en ont établi des manufactures dans celle de *Canton*, vers le Sud. On en pourroit apporter pour servir de montre. Le *Picol* de soye qui est de 125. livres poids de Hollande, se vendoit de mon tems à la *Chine* 200. piastres. La premiere sorte, c'est environ 4. livres 15. sous la livre; la seconde sorte 4. livres 5. sous; & la troisiéme sorte 3. livres 10. sous la livre. Sur ce pied la soye de *Nanquin* assortie, coute 4. francs la livre, & se vend au moins sept francs au *Japon*. Il est fort important en l'achat des soyes ouvrées, & des étoffes de soye, d'acheter tout au poids à raison de la bonté. Les unes & les autres donnoient autrefois soixante & quatre vingt pour cent de profit au *Japon*. Les étoffes simples coûtent 4. francs 10. sous à 5. francs la piéce. Les entieres coutent entre 7. a 8. francs. Les doubles entre 12. & 15. Tout consiste à avoir égard au poids, & à la qualité de la soye. Il faut agir avec d'autant plus de circonspection en ce premier achat, que ce sera la leçon où la Compagnie étudiera ici ce négoce, & où les Chinois observeront nôtre capacité.

Vôtre négoce de vente & d'achat doit être exécuté avec toute la diligence possible, pour ne perdre point de tems: & quand il sera achevé, vous ferez demander vôtre congé à l'Empereur par le Chancelier. Vous le supplierez très-humblement de remercier sa Majesté, de l'assûrer que les Agens de la Compagnie ne manqueront pas de revenir l'année prochaine, & toutes les années ensuite avec un grand fonds d'argent & de marchandises: & de requerir humblement en vôtre nom la bien-veillance & la protection de sa Majesté pour nôtre Nation.

Enfin tenez un journal exact & juste de tout ce qui se passera sur mer, & sur terre, tant soit peu remarquable. Donnez le à tenir à quelque sujet capable, curieux, & desireux d'apprendre, qui fasse toutes les recherches possibles, & mette tout par écrit. Il seroit bon de laisser à *Pekin*, deux ou trois jeunes, hommes d'esprit, prudens, & de bonnes mœurs pour apprendre le Chinois. Il en faut avoir permission du Chancelier, & l'on laisse à vôtre discernement les termes de la demande & le tems de la faire. Il sera bien le mois d'Octobre avant la fin de vôtre négociation; c'est le tems que les vents du Nord commencent à souffler, vous vous en servirez pour vous rendre au lieu qui vous aura été marqué à vôtre départ des Indes pour la Chine. Dieu veuille donner sa benediction à vôtre voyage & à vos affaires.

Quand le commerce aura été octroyé au Japon, & qu'il y sera établi, les navires qu'on y envoyera se devront rendre environ la my-mai, vers la ligne, pour pouvoir être à la fin de Juin à la *Chine*, & partir de là au commencement d'Août pour le *Japon*; car c'est-

là

là le meilleur tems: & si on ne le prend pas, la navigation est sujette à beaucoup de fatigues & à beaucoup de dangers.

Au Souverain, & Très-haut Empereur & Regent du Grand Empire du Japon, dont les sujets sont très-soumis & obéïssans. Le Roi de France souhaitte une longue & heureuse vie, & beaucoup de prosperité en son Régne.

PLusieurs guerres, que mes Ancêtres, les Rois de France, ont faites, & plusieurs victoires qu'ils ont remportées, tant sur leurs voisins, que sur les Royaumes éloignez, ayant été suivies d'un grand repos dont je jouïs à présent; les Marchands de mes Etats, qui négocient en toute l'Europe, ont pris occasion de me supplier très-humblement, de leur ouvrir le chemin de voyager, & de négocier dans les autres parties du monde, comme font les autres Nations de l'Europe. Leur supplication m'a été d'autant plus agréable qu'elle est appuyée & du desir des Princes & Seigneurs mes sujets, & de ma propre curiosité, d'être exactement informez des mœurs & des coûtumes des grands Royaumes hors de l'Europe, dont nous n'avons rien sû jusqu'ici que par les rélations de nos voisins qui voyagent en Orient. J'ai donc résolu, pour satisfaire, & à ma propre inclination, & aux prieres de mes sujets, d'envoyer mes Députez en tous les Royaumes de l'Orient. J'ai choisi pour envoyer à Vôtre Haute & Souveraine Majesté *François Carron*, qui sait la langue Japonnoise, & qui a eu plusieurs fois l'honneur de faire la réverence à Vôtre Majesté, & d'en avoir audience. C'est pour cela que je l'ai fait venir exprès en mon Royaume: & parce qu'il est, comme je le sai fort bien, de bonne extraction, déchu de sa fortune à la verité par le malheur des guerres; mais rétabli par moi en son premier état, & élevé en honneur & en dignité, pour être plus digne d'aborder Vôtre Haute & Souveraine Majesté, avec le respect convenable. Je l'ai choisi d'ailleurs, de peur qu'un autre, pour ne savoir point les sages ordonnanees, & coûtumes, établies par Vôtre Majesté, ne commît quelque chose contraire à leur intention, & ne vînt ainsi à déplaire à Vôtre Majesté: & qu'ainsi mes Lettres & ma demande vous soient présentées par ledit *François Carron* avec les solemnitez requises, & soient par-là mieux reçûes de Vôtre Majesté: & afin aussi qu'il lui fasse connoître ma bonne affection, & le franc desir que j'ai d'accorder à Vôtre Souveraine Majesté ce qu'elle me demandera, en reconnoissance de l'octroi des demandes que je lui fais; lesquelles consistent en ce que les Marchands de mes Royaumes & Etats, unis en corps de Compagnie, ayent le commerce libre en tout l'Empire de Vôtre Majesté, sans trouble, ni empêchement. Je vous envoye le présent ici marqué bien que ce soit chose de peu de valeur. . . . . Je souhaite qu'il soit agréable à Vôtre Souveraine Majesté & qu'il se trouve en mes terres quelque chose qui lui soit utile, je lui en laisse volontiers toutes les portes ouvertes & libres.

A Paris la 24. Annéc de mon Régne.

(L. S.) Le grand Sceau. Le Roi
LOUIS.

Instruction pour François Carron, *Envoyé du Roi de France & de Navarre, à l'Empereur du Japon, pour lui délivrer la Lettre & le présent de Sa Majesté: & suivant laquelle il se conduira pour l'execution des affaires projettées, & qui lui sont commises.*

LA Compagnie vous donnera une Instruction pour vôtre voyage aux Indes, & pour ce que vous ferez vers le Sud. Quand vous en aurez rempli tous les ordres, vous en partirez à la *Mossoum*, pour pouvoir être à la fin d'Avril, ou au commencement de Mai, sous la ligne. Vous prendrez de là vôtre route à la *Chine*, droit au lieu de l'établissement de la Compagnie; non pour y prendre aucunes marchandises, mais pour apprendre seulement l'état de ses affaires: & afin d'en faire rapport au *Japon*; car il est fort nécessaire que si l'on a obtenu la liberté du Négoce à la *Chine* on le fasse savoir aux Ministres du *Japon*.

Vous irez de là au Nord chercher le *Japon*. Vous prendrez garde sur toutes choses de n'aborder à aucune place hors d'une extrême nécessité, & du peril de la vie: & vous rendrez à la baye de *Nangasaky* située à 33 degrez 40 minutes. Vous y entrerez sans crainte jusqu'à demi-lieuë de la ville. Il est infaillible qu'avant d'arriver à ladite Baye, il viendra à vôtre bord des barques de la garde des côtes. On vous demandera d'où est le Navire, & à qui il est. Vous répondrez que le vaisseau vient de France avec une Lettre & des Envoyez exprès du Roi de France, pour le haut & Souverain Empereur du *Japon*: & qu'il leur plaise de vous montrer l'ancrage, & d'aller ensuite faire rapport de vôtre ar-

arrivée au Gouverneur de la ville: prendre ſes ordres & vous les apporter, parce que vous vous réglerez deſſus parfaitement. La choſe paroîtra nouvelle & rare, & vous ſaurez promptement ce que vous aurez à faire. Si l'on ne vous méne pas d'abord chez le Miniſtre de l'Empereur, établi audit lieu en qualité d'Agent, & d'Intendant des affaires étrangeres, à cauſe que vous êtes l'Envoyé d'un Roi; on députera à vôtre bord des gens de qualité pour Commiſſaires. Ils auront grand train, & pluſieurs Interprêtes, vous ferez couvrir de tapis le lieu où vous les recevrez, & les ferez aſſeoir deſſus. Ces Commiſſaires vous interrogeront, & feront écrire mot à mot toutes vos réponſes, & tous vos diſcours. Leurs demandes ſeront quelles affaires vous aménent? d'où vous venez? quel eſt vôtre païs? de quel Royaume vous êtes? à quel deſſein vous êtes venu? & ce que vous avez apporté? Il faudra répondre que vous venez du Royaume de France: que vous êtes envoyé du Roi de France, avec une Lettre & un préſent pour les porter (après la permiſſion néceſſaire) au très-haut & Souverain Empereur du *Japon:* que vous avez apporté des victuailles & les choſes néceſſaires pour vôtre voyage ſeulement: que toute vôtre commiſſion & vôtre ordre conſiſte uniquement à demander, à la façon accoûtumée dans le *Japon*, audience de l'Empereur, afin de pouvoir délivrer en la forme requiſe, & avec les ſolennitez accoûtumées, la Lettre & le préſent de vôtre Roi à ſa Haute & Souveraine Majeſté du Japon.

Ces Commiſſaires vous interrogeront enſuite fort amplement ſur diverſes choſes, & ſur celles mêmes dont ils ſeront inſtruits, & feront écrire vos réponſes comme auparavant: entr'autres quel païs eſt la France? quelle eſt ſon étenduë? quels ſes limites: ce qu'il y croît: ſi le Roi en eſt Souverain abſolu: quelles armées il entretient? contre qui il fait la guerre? qui ſont ſes alliez, quelle eſt la police, quelle eſt la Religion, quelles les coûtumes de ſon Royaume? & cent queſtions ſemblables. Davantage quelle perſonne vous êtes, vous, ſon Envoyé, de quelle qualité, & condition, & quel eſt vôtre emploi? ſi vous avez des charges? Quelle ſorte de Lettre eſt celle du Roi? Comment elle eſt écrite, comment elle eſt cachettée, comment elle eſt empâquettée, & de quelle façon vous la gardez?

Il vous ſera fait bien des ſemblables queſtions, tant par les Miniſtres de *Nangaſacky*, que par ceux de la Cour, & par d'autres perſonnes conſidérables. Il faut que vous preniez fort garde à vos réponſes: qu'elles ſoient non ſeulement toûjours prêtes en vôtre mémoire; mais encore que vous en teniez regître pour l'uniformité, en ſorte qu'il ne ſe trouve pas la moindre varieté en vos diſcours. Les Japonnois obſervent naturellement les étrangers de fort près, & ſur tout depuis la ſurpriſe qu'on leur fit l'an 1628. qu'un Ambaſſadeur Hollandois leur en fit acroire. La Compagnie de Hollande l'avoit envoyé pour feliciter l'Empereur de ſon avénement à l'Empire. Il dit qu'il étoit Envoyé du Roi de Hollande: & là-deſſus, il reçût le traitement & les honneurs qu'on fait-là à l'Ambaſſadeur d'un Roi; mais celui-ci ayant mal-gardé ſon caractére, & s'étant équivoqué dans ſes réponſes, parce qu'enfin la verité ne ſe déguiſe pas long-tems aiſément; il fut reconnu pour Ambaſſadeur de la Compagnie, & on le renvoya avec deshonneur, & ſans lui vouloir donner audience. Il faut donc que vous agiſſiez avec bien de la prudence, & bien de l'attention, pour ne tomber en aucun des piéges qu'on tendra à vôtre langue, & afin que le reſpect dû au Roi, vôtre Seigneur, ſoit maintenu, & que ſes demandes ſoient accordées.

Vous répondrez ſur tous ces articles franchement & ſans déguiſement: que la *France* eſt le premier & le plus conſidérable Royaume de l'Europe; le plus grand, & ſitué dans le plus heureux climat, le plus fertile, & le plus riche, qui fournit de pluſieurs choſes toute l'Europe, à chacun ſelon ſes beſoins, qu'il a ſes limites à l'*Eſpagne*, d'un côté, à l'*Allemagne*, d'un autre, & à l'*Italie* de l'autre, étant flanqué de deux grandes mers, l'une la *Mediterranée*, l'autre celle qui entoure l'*Angleterre*.

Que la France a une ſi grande puiſſance qu'elle tient en bride toute l'Europe, & tous ſes voiſins en balance, ſans s'agiter pour cela extraordinairement, qu'elle entretient toûjours cinquante mille hommes bien équipez, tant de Cavalerie, que d'Infanterie: qu'elle en peut lever trois fois autant dans les néceſſitez preſſantes, qu'elle eſt gouvernée par un Roi Souverain, qui a pouvoir ſur la vie & ſur les biens de ſes Sujets, de quelle qualité qu'ils ſoient; lequel dès ſon Enfance a fait diverſes guerres contre ſes voiſins, principalement contre l'*Eſpagne*, l'*Italie*, & l'*Allemagne*, qu'il a encore envoyé de puiſſantes armées de trente à quarante mille hommes en *Hon-*

Hongrie, en *Pologne*, en *Moscovie*, & en *Suede*, les unes pour attaquer, les autres pour défendre, selon l'interêt de la France. Que ce grand Prince est à présent en paix avec tout le monde, l'ayant faite & acquise par la puissance de ses armes, & par sa sage politique. Que son Royaume est une école de Sciences, d'Arts, de Loix, & de coûtumes auquelles presque toute l'Europe se conforme, & où on envoye de toutes parts la Noblesse s'instruire & s'élever.

Vous direz sur l'article de la Religion, que celle des François est de deux sortes: l'une, la même que celle des Espagnols, l'autre la même que celle des Hollandois: que Sa Majesté ayant appris que la Religion des Espagnols est desagreable au *Japon*, elle a ordonné qu'on y envoye de ses sujets qui professent la Religion des Hollandois. Que c'est ce qui s'executera ponctuellement: & que les François ne seront jamais convaincus de vouloir contrevenir aux commandemens de l'Empereur. Ils feront une objection, savoir, si le Roi de France dépend du *Pape*, comme le Roi d'Espagne, & d'autres: vous répondrez, qu'il n'en dépend point, le Roi de France ne reconnoissant personne au dessus de lui, & qu'il est facile de voir la nature de la dépendance que Sa Majesté a au *Pape*, en ce qui arriva il y a deux ans, pour un outrage fait à Rome en la personne de l'Ambassadeur de Sa Majesté. Car le *Pape* ne l'ayant pas fait réparer assez tôt, Sa Majesté envoya une armée en Italie, dont tous les Princes, & le *Pape* même, ayant été effrayez, le *Pape* lui envoya un *Legat à latere*, chargé de supplications très-humbles & très-instantes; ausquelles Sa Majesté ayant égard rappella ses troupes déja campées sur les terres du *Pape*. Qu'ainsi le Roi n'est pas seulement très-souverain & absolu dans ses Etats; mais qu'il fait encore la Loi à plusieurs autres Potentats, étant un jeune Prince, âgé de vingt-cinq ans, vaillant, sage, & puissant, plus que tous ses Ancêtres; & de plus si curieux, qu'outre une particuliere connoissance de toute l'Europe, il recherche avidement de savoir la constitution des autres païs du monde.

Voilà les plus particulieres questions qui vous seront faites, ausquelles il faut que vos réponses soient toûjours égales, & que vous ajustiez dessus tous vos discours, & tout ce que vous ferez, sans varier aucunement dans la substance de vos paroles.

Vous serez conduit à terre, & logé, pendant que les couriers dépechés à la Cour porteront les nouvelles de vôtre venue. Vous aurez grand soin alors que tous vos gens se comportent sagement, civilement, & humblement avec les Japonnois, & de vous conduire en toutes choses comme le Gouverneur vous prescrira. S'il arrivoit que vous ne fussiez pas tout-à-fait logé & traité à vôtre aise, n'en témoignez ni incommodité, ni chagrin: & pensez toûjours que c'est de l'Empereur que vos aises & vos commoditez doivent venir. Vous garderez vos plus beaux habits, & que vous n'aurez jamais mis au *Japon*, & ceux de vôtre suitte, pour quand vous serez à la Cour, & pour le jour de l'audience. Dès que vous y arriverez vous ferez chausser vos gens avec de petits escarpins de cuir, & des pantouffles. Les planchers des maisons sont couverts de tapis au *Japon*, c'est pourquoi il faut ôter ses souliers en y entrant, & en avoir sans cartiers afin de les quitter plus facilement.

Dès les premiers ordres qui viendront de la Cour à vôtre sujet, & peut-être avant, on vous demandera à voir la Lettre du Roi, & on en voudra faire la traduction par écrit. Vous ne le refuserez point, & délivrerez une copie de la minute qu'on vous en a donnée. La cassette, où sera la Lettre du Roi, doit être enfermée dans le plus beau de vos coffres, ou en quelque beau cabinet. Vous le porterez en la haute place de vôtre chambre, sur quelque estrade, ou quelque pied haut élevé. Vous n'en devez jamais approcher la tête couverte. Ce n'est point la coûtume du *Japon* d'être couvert près des gens de qualité & des gens de merite, comme on fait assez souvent en Europe. Il faudra suivre en cela la coûtume du païs, & sur tout, quand on ouvrira le cabinet, ou le coffre, où sera la cassette de la Lettre; quand on la regardera, & quand on la remuera. Si les Japonnois ne vous donnent personne pour la remuer & apporter quand vous le direz, vous choisirez deux Officiers des plus honorez de vôtre suitte, qui tête nuë, & les bras étendus la prendront des deux mains & la porteront là où vous ordonnerez. On mettra cette cassette dans une caisse qu'on emballera bien: & on la fera porter seule dans un *Palanquin*, qui est une sorte de brancard, en vous menant à la Cour. Faites toûjours marcher ce brancard devant vous, & le suivez incessamment. C'est pour témoigner vôtre respect envers la personne du Roi vôtre Seigneur, & de sa Lettre: & pour exciter les Japonnois à en user de même, comme ils ne manquent point de faire aux Lettres & aux Ambassadeurs des Rois.

 Si

Si vôtre commiſſion & cette Lettre étoient pour feliciter d'un mariage : pour des affaires d'Etat : pour offrir aſſiſtance, ou pour la demander, ou même pour une ſimple congratulation, comme on a dit que les Hollandois en envoyerent faire une l'an 1628. il faudroit obſerver bien d'autres cérémonies : aller avec plus de train & d'appareil, qu'il n'en ſera apparemment néceſſaire en cette occaſion ; parce qu'il ne s'agit que d'une liberté de Négoce pour un Corps de Marchands : & les Marchands ſont beaucoup moins eſtimez au Japon qu'en Europe : & cependant les Japonnois, ſelon toutes les apparences, ne vous recevront pas ſi ſimplement. Mais s'il arrivoit néanmoins au contraire, que le defrai ne fût ni à vôtre gré, ni aſſez ſplendide, il vous faut abſtenir très-particulierement d'en rien témoigner, & recevoir & prendre toutes choſes avec tous les remercîmens poſſibles, & tout le contentement apparent que vous pourrez demontrer : & à même tems vous ferez acheter ſous main ce dequoi vous ne pourrez vous paſſer. Ayez ſoin juſqu'au ſcrupule de témoigner en toutes rencontres des civilitez & affabilitez extrêmes aux Commiſſaires qui vous meneront, & à ceux qui vous garderont à la Cour. Suivez toûjours leur conſeil, lors même qu'il eſt le plus contraire à vôtre humeur, & à toutes les maximes, & les lumieres du raiſonnement d'Europe. Leurs mœurs & leurs coûtumes ont mille choſes toutes oppoſées aux nôtres : ils les eſtiment, & ils mépriſent au contraire ce que nous ſuivons. L'unique moyen d'être reſpecté & conſideré parmi eux, c'eſt de ſe faire à leurs manieres, comme une longue experience l'a montré.

Les Préſens du Roi pour l'Empereur ſont ſpécifiez exactement dans la Lettre du Roi à l'Empereur. Vous vous informerez de ceux que vous devez faire aux Miniſtres, & aux autres perſonnes de qualité. Vous trouverez aſſez de gens qui vous conſeilleront juſtement ce que vous leur devez preſenter : & ils ne vous diront point d'en trop faire, les Officiers étant taxez en ce qu'ils reçoivent des étrangers, & ne ſe hazardant jamais à prendre par deſſus. Vous compoſerez ces préſens des étoffes de laines, qu'on vous aura données pour cela. Lors que vous ſerez mené à l'audience de l'Empereur, & que vous approcherez de ſa perſonne, on ſera bien aiſe, & on vous en eſtimera beaucoup, ſi vous ôtez vôtre épée & la donnez à garder à un de vos gens, avant qu'on vous diſe de le faire, comme il arriveroit aſſurément qu'on vous le diroit. Vous n'aurez rien ſur la tête, pas même une calotte, tout le tems que vous verrez le viſage de l'Empereur. Ce ſera un grand Seigneur qui vous preſentera à Sa Majeſté, ſavoir celui qui ſera de garde ce jour-là. Il ſera à genoux proche des Préſens & de la Lettre, au milieu de l'eſpace qui vous ſeparera de l'Empereur. Il recevra vos paroles, & les lui portera, vous lui direz le commandement que vous avez reçû du Roi, d'aſſurer de ſa bonne volonté & affection, Sa Majeſté Imperiale, à qui vous ſouhaittez une longue & heureuſe vie, & toute ſorte de proſperitez en ſon regne. Vous la ſupplierez de vouloir favorablement octroyer les demandes contenues dans la Lettre du Roi vôtre Seigneur ; & de vouloir prendre en ſa protection la nation Françoiſe qui viendra au *Japon*. Il pourra arriver que l'Empereur aura avec vous un peu d'entretien, il ſera court, ſans doute, & s'il a des demandes à vous faire, ce ſera par l'entremiſe du Seigneur qui vous aura mené à l'audience. Ils en uſent de même avec toutes ſortes d'Ambaſſadeurs, non par mépris, mais par honneur ; & c'eſt ainſi qu'ils l'expliquent. Vôtre audience vous ſera donnée à la nouvelle, ou à la pleine Lune, parce qu'alors tous les Rois, les Princes, & autres Grands du *Japon* viennent à la Cour voir l'Empereur, & lui faire la reverence.

Après vôtre audience, vous irez ſaluer les Miniſtres du Conſeil, qui auront quelque influence en vôtre négociation. Vous leur ferez des préſens : vous les ſupplierez de vous aider à avoir une favorable & prompte réponſe, à la Lettre de ſa Majeſté. On ne vous fera point languir après. Elle vous ſera apportée avec des préſens de ſa Majeſté. Vous recevrez le tout avec beaucoup de reverence & de reſpect : & ferez porter toûjours la Lettre de ſa Majeſté comme la Lettre du Roi vôtre Maître. Vous reconnoîtrez, à vôtre retour, par des préſens réciproques ceux qu'on vous aura faits en chemin en allant à la Cour ; ne faiſant profuſion de rien, & ne demeurant redevable de rien. Vous en uſerez de même envers le Gouverneur de *Nangaſacky*, quand vous y ſerez de retour : & vous le ſupplierez très-inſtamment de favoriſer la Nation Françoiſe qui viendra au *Japon*, ſupportant ſes ignorances des manieres & coûtumes du païs : & les lui faiſant enſeigner le mieux qu'il ſe pourra. Vous partirez enſuite, & ſi le tems le ſouffre, vous paſſerez par la *Chine*, pour voir ce que fait la Compagnie. Ne vous expoſez pas néanmoins aux vents & tempêtes qu'il qu'il fait sur la côte de la *Chine* durant la *Mousson* du Nord. Allez en suite, supposé que le libre commerce du *Japon* ait été obtenu, comme l'on espere, à la côte de *Java*, prendre terre à *Bantam*, pour vous transporter de là au grand *Mataram*.

Sur ces Mémoires, la Compagnie fit aller par terre à la Cour de *Perse*, & à celle du grand *Mogol*, trois Envoyez, qui se joignirent à deux Députez du Roi, mais sans caractere, pour préparer ses voyes. Voici la teneur de la Lettre dont ils étoient chargez pour le Roi de *Perse*, comme je l'ai tirée de la traduction qui en fut faite en Persan.

Très-Haut, très-Excellent, très-Puissant, très-Invincible Empereur de Perse, nôtre très-Honoré, & très-Cher ami; Nous avons eu beaucoup de joye de voir plusieurs de nos sujets resolus de faire savoir à vôtre Hautesse l'établissement d'un Commerce qu'ils ont dessein de porter dans ses Etats; en quoi la plûpart des Grands de Nôtre Royaume s'interessent & prennent part. Nous ne doutons point que V. H. ne conçoive que c'est une entreprise dont nos sujets & les siens pourront remporter beaucoup de fruit. Quant à nous, elle nous est d'autant plus agreable, que c'est un moyen de renouveller l'amitié qu'il y a eu d'ancienneté entre les Empereurs de Perse vos Prédecesseurs, & les Rois nos Dévanciers. C'est pour vous faire paroître combien nous estimons la continuation de cette bonne amitié, & combien nous avons à cœur que vous favorisiez les Marchands de cette Compagnie, qu'ayant appris, qu'avec les Députez qu'elle envoye vers V. H. pour lui représenter leurs intentions, quelques Gentils-hommes se sont joints, curieux de voir Vôtre Cour; Nous les avons chargez de vous en faire les Instances, nous persuadant qu'ils auront près de V. H. toute sorte de favorable accès. Nous finissons en priant Dieu pour la continuation de sa grandeur & prosperité.

A juger de cette Lettre sur nos idées, & sur nos manieres, il n'y a assûrement rien à redire, mais la civilité de cet autre monde, à qui elle s'adressoit, y trouva deux défauts. Le prémier d'être à cachet volant. Ces Souverains en Orient ont des cachets de diverses grandeurs: les plus grands comme un écu, les plus petits comme une piéce de cinq sols; les uns, & les autres, de differentes figures; carrez, ronds, ovales; mais les plus petits ne s'appliquent qu'aux Lettres & aux ordres qui s'adressent à personnes de moindre rang, ou aux sujets. On fait cela depuis long-tems à *Vienne*, à *Venise*, à *Rome*, en *Pologne*, & en *Moscovie*, par le commerce reciproque; aussi toutes les Lettres, qu'on écrit de ces Pays-là, au Roi de Perse, sont au grand seau & ce seau enfermé dans une boëte d'or; car c'est une autre civilité de l'Orient de mettre les lettres dans de riches boëtes, ou dans des sacs dont l'étoffe est plus ou moins riche, selon la qualité des gens à qui elles sont adressées.

Le second défaut, que la Cour de Perse trouva à la Lettre du Roi de France, c'est qu'elle étoit *envoyée par occasion seulement*, ou par voye d'ami, comme on parle entre les négocians; c'est-à-dire, par *deux Gentils-hommes curieux de voyager*, & non pas par un Ambassadeur exprès. On excusa néanmoins tout cela, en disant, pour le premier point, que le *Roi de France* écrivoit ainsi à cachet volant à l'*Empereur*, au *Pape*, & au *Grand Seigneur* même; & pour le second, que le Roi n'avoit osé envoyer un Ambassadeur, parce qu'il falloit passer par les Etats du Turc, mais qu'il en enverroit dans peu de tems par mer.

Ces excuses furent reçuës. *Abas* second, qui aimoit particulierement les Europeans, & qui avoit une forte passion de contracter d'étroites liaisons avec nos Princes, pour se rendre plus rédoutable au *Grand Seigneur*, & au *Grand-Mogol*, reçût fort bien ces Députez, & les combla d'honneur & de caresses. On en trouve les particularitez dans le troisiéme volume de Mr. *Tavernier*; mais, en y renvoyant le Lecteur, je suis bien aise de l'avertir, que ce n'est pas par aucune estime que je fasse des piéces; bien loin de là, je n'en regarde la plus grande partie, que comme un indigne recueil de débauches & d'avantures de petites gens, la plûpart Hollandois, publié par esprit de flatterie, ou par complaisance pour l'animosité que l'on avoit en France contre cette Nation, lors que cette rapsodie se mit sous la presse.

Pour revenir à l'établissement de la Compagnie Françoise en *Perse*, je trouvai deux de ces cinq Députez à la Cour de *Perse* l'an 1666. l'un de la Compagnie, l'autre du Roi, nommé Mr. *de Lalain*; & je puis dire que ce fut pour leur bonheur, parce que la Cour de *Perse* n'ayant pas eu de bonnes informations en faveur de cette Compagnie, elle étoit résolue d'attendre l'arrivée de ses Vaisseaux avant que d'accorder aux Députez aucune de leurs demandes: mais ce que je représentai au Roi & aux Ministres fut écouté, & ils obtinrent tout ce qu'ils démandoient.

Il y a lieu de croire que la Compagnie Françoise ne connoissoit point du tout le Négoce de *Perse*, quand elle l'envoya demander par des Députez; car ses premiers Directeurs étant arrivez dans les Indes pour la premiere fois l'an 1668. & ayant de là mieux consideré les avantages de ce Négoce de *Perse*, ils jugerent qu'ils n'étoient pas assez considerables pour y envoyer leurs vaisseaux & ils n'y en envoyerent point. D'autres Directeurs étant arrivez aux Indes l'an 1672. à savoir Mrs. *Baron*, *Gueston*, & *Blot*, on parla d'y en envoyer. Il faut observer que de ces trois Messieurs, il n'y avoit que le dernier qui entendît le commerce. Mr. *Baron* avoit été pris pour faire une Ambassade au *Grand Mogol*, & il en avoit la commission & les instructions. Mr. *Gueston*, pensant qu'il n'acquerroit ni gloire, ni profit, à demeurer à *Surat*, se mit en tête une expedition semblable. Les Capucins de *Perse* lui en fournirent l'occasion, en renouvellant les instances qu'ils faisoient depuis longtems à ce que la Compagnie envoyât un Ambassadeur & des presens en *Perse*, qui dégageât la foi des promesses que depuis six ans ils faisoient à cette Cour sur ce sujet. Les Agens de la Compagnie à *Ormus*, & à *Ispahan*, faisoient les mêmes instances, en représentant, qu'il y alloit de l'honneur de la Nation de faire des présens au Roi & aux Ministres de *Perse*, en récompense de l'exemption des Doüanes qu'il avoit accordées, & dont on avoit joüi aux occasions. Mr. *Gueston* crût qu'il y avoit-là dequoi justifier son entreprise; de sorte que malgré les avis & les remontrances des Marchands de la Compagnie, qui lui représentoient que le Négoce de *Perse* ne valoit pas les fraix, il se fit Ambassadeur de son Chef sans Lettre de créance & sans instructions, attendant de s'en faire à lui-même quand il seroit sur le lieu; car il ne parut jamais qu'il se fût déterminé sur ce qu'il devoit demander, ni traitter en *Perse*.

Il s'embarqua à Surat au commencement de Mars 1673. emportant avec lui de beaux présens pour le Roi & pour les Ministres, & beaucoup de Marchandises pour fournir aux fraix du voyage; mais il emmena peu de suite, & pas un homme capable d'aucune négociation. Il arriva en vint jours à *Ormus*, d'où étant parti avec précipitation, sans faire les provisions pour un si grand & si rude voyage que celui d'*Ormus* à *Ispahan*, qui est de plus d'un mois de marche, il tomba malade dès les premiers jours avec tout son monde. On le conjuroit de s'arrêter, & de se donner quelques jours de repos, mais c'étoit en vain, il vouloit faire ses journées en Messager, plûtôt qu'en Ambassadeur. Les Gouverneurs des lieux où il passoit lui offrirent des brancards, mais il n'en voulut pas entendre parler non plus, craignant la dépense, tout autant que le retardement. Un autre mal pour lui & pour sa suite, c'est qu'on ne le put porter à suivre le régime du Pays.

Il arriva donc à *Chiras* plus mort que vif, & presque tout son monde de même. Plusieurs ne releverent jamais du lit. Il eût la douleur de voir mourir le premier de tous son fils unique le douziéme jour de son arrivée, & il mourut lui même le dernier au bout de quinze jours.

Les Missionnaires Carmes, dans la maison desquels il étoit mort, prétendant qu'il avoit ordonné en mourant qu'on se conduisit par leur conseil, furent d'avis que cette troupe délabrée, parmi lesquels il n'y avoit aucun homme de mine, ni d'experience, s'en retournât en laissant les présens en dépôt à *Chiras* dans un endroit sûr. Ils disoient pour leurs raisons, que ne se trouvant dans les papiers du défunt, ni Lettre de créance, ni instructions, ni mémoires, ni projet pour l'Ambassade, c'étoit une vraye folie de s'aller exposer à une Cour habile & éclairée comme celle de *Perse*, & de dépenser vint cinq à trente mille écus en se rendant la risée des Nations. C'étoit un bon avis, mais il ne fut pas suivi. L'Interprête de la Compagnie, un Marchand François, né & élevé à *Ispahan*, lequel étoit en effet l'ame & l'esprit mouvant de l'Ambassade, ne trouvant pas son compte à l'avis des Carmes, porta un Capitaine de Navire, & un Commis, qui étoient les plus considerables de la Troupe, à s'opposer à cèt avis. Après plusieurs débats, on convint de s'en remettre à l'opinion des Capucins d'*Ispahan*, quoi qu'il fallût bien trois semaines pour en être informé. Ces bons Peres Capucins s'étoient trop fait de fête d'une Ambassade Françoise pour la laisser évanouïr, ou la remettre à une autrefois. Leur Superieur, homme de savoir & de conduite, nommé le Pere *Raphaël du Mans* écrivit, *qu'on n'avoit qu'à venir, que le manquement de Lettres, d'ordres, & d'instructions importoit peu; parce que cela se suppléeroit, & qu'on n'auroit pas un succès moins heureux que le Défunt l'auroit pû avoir.*

Ces encouragemens plurent beaucoup à la petite troupe Françoise de Chiras. Les Chefs, ce Capitaine de Navire, & ce Commis, dont j'ai j'ai parlé, s'étoient déja accoûtumez à mettre les habits du défunt, & à être traitez en Ambassadeurs, & ils en trouvoient le traitement trop doux pour refuser le présent que leur en faisoit la fortune. Le Capitaine, se trouvant être Neveu de Mr. *Berrier*, fut choisi pour representer l'Ambassadeur. Le Commis fut établi pour la seconde personne. Je ne puis m'empêcher de raporter un incident fort plaisant dans ce recit; c'est que l'Interprête, dont j'ai parlé, qui étoit leur guide, & leur Directeur absolu, fut sur le point de se faire lui-même l'Ambassadeur, plûtôt que de produire deux tels personnages à une Cour si fine, & si polie, que celle de Perse. Il est vrai qu'il avoit assez de mine & assez d'esprit pour en soûtenir le Caractere, mais il n'osa le prendre, venant à faire reflexion combien ce seroit une piéce burlesque de le voir à la tête d'une Ambassade, lui sujet du païs, né parmi les Armeniens, qui en sont les plus bas sujets, & qui servoit cette Compagnie depuis le commencement en qualité d'Interprête, qui est un office de serviteur. Il m'a avoüé plusieurs fois que ce qui l'empêcha uniquement de hazarder le paquet, c'est qu'il ne pût se déterminer s'il s'habilleroit à la Françoise, ou à la Persane. Si je m'habille, disoit-il, à la Persane, qui est mon habit naturel, cela sera absurde, & ridicule, de voir un Persan natif, & habillé à la Persane, Ambassadeur François, avec une suitte de François, habillez à leur façon; & si je m'habille à la Françoise, les enfans courront après moi, & toute l'Ambassade passera pour une mascarade. Des Europeans de toutes nations donnent assez souvent en Orient de pareils exemples d'imprudence & d'irregularité.

Lors que cet Ambassadeur fut proche d'*Ispahan*, il écrivit une Lettre au *Nazir*, ou grand Surintendant, pour lui en donner avis, & c'est la Lettre qui a donné lieu à cette digression. Il mandoit qu'à l'arrivée de feu Monsieur *Gueston*, & de lui, à *Bandar-Abassi*, ils lui avoient dépeché un Exprès pour l'en informer, & pour le supplier de leur faire donner un hôtel près de la Cour pour y loger, à quoi n'ayant point eu de réponse, & étant arrivez près de la ville, il renouvelloit ses instances, pour savoir la volonté du Roi touchant le jour qu'il devroit faire son entrée, & touchant le lieu où il mettroit pied à terre.

Le soir, je fus chez le *Nazir*, & j'y rencontrai l'Interprête de la Compagnie Françoise, ce même Marchand dont je viens de parler. Le *Nazir* lui dit, qu'il avoit presenté requête au Roi pour l'Ambassadeur François, & que Sa Majesté avoit ordonné de lui donner un hôtel, & de lui faire tous les autres honneurs qu'on a accoûtumé de faire aux Ambassadeurs. Il faut observer que les Orientaux appellent *Ambassadeurs* tous ceux qui viennent de la part d'un Souverain, sans distinction de titre, ni de caractére, comme parmi nous.

Le 9. j'allai saluër *Mir-ali-bec*, & *Nesr-ali-bec*, les favoris du Roi, fils du Gouverneur de l'Armenie, & leur rendre les Lettres de recommandation que j'avois de leur Pere. Ils me promirent toute sorte de secours, mais ils n'en firent rien, comme je le reconnus dans la suite. J'allai rendre visite ensuite ce jour-là, & le suivant, à plusieurs autres personnes de grande qualité, que j'avois connues à mon premier voyage, & particulierement à tous ceux pour qui j'avois des Lettres de recommandation.

Le 11. le *Nazir* m'envoya plusieurs Cavaliers, pour m'amener à son hôtel, quand il seroit de retour de chez le Roi. Il y avoit fait assembler les plus habiles Joüalliers de la ville, Mahometans, Armeniens, & Indiens, au nombre de dix-huit à vingt. Le Chef des Orfévres étoit assis au dessus des Joüalliers Mahometans. Les Armeniens, & les Indiens, étoient dans une autre salle, separée de celle-ci par un balustre, avec des chassis de verre. Le *Nazir* étant entré, fit apporter tous mes bijoux. Ce que le Roi en avoit choisi, étoit dans un grand bassin d'or de la Chine à gaudrons. Je fus frappé comme d'un coup de foudre, en jettant les yeux sur ce que le Roi avoit mis à part, qui n'étoit pas le quart de ce que j'avois apporté. Je devins pâle & immobile. Le *Nazir* l'apperçut, & en fut touché. J'étois assez proche de lui. Il se pencha vers moi, & me dit assez bas. *Vous vous affligez que le Roi n'ait agréé qu'une petite partie de vos bijoux. Je vous proteste d'avoir fait plus que je ne devois, pour lui donner envie du tout, & pour lui en faire prendre au moins la moitié; mais je n'y ai pû réussir, parce que vos grandes piéces, comme le sabre, le poignard, & le miroir, ne sont pas bien faits à la mode du pays. Remettez vous, toutefois, vous vendrez, s'il plait à Dieu.* Ces mots, prononcez tendrement, me firent revenir de la consternation où j'avois été jetté sans m'en appercevoir. Je fus bien surpris & bien affligé que le *Nazir* l'eût reconnu. Je me composai le mieux que je pûs, sans pourtant trop déguiser le déplaisir que j'avois, & qui étoit si juste, voyant que les grandes peines que j'avois prises qua-

quatre ans durant, bien loin de faire ma fortune, & de me combler d'honneur, comme le feu Roi de *Perse* me l'avoit promis, ne devoient me produire que de la perte & de nouveaux soins.

Le Chef des Orfevres prit devant lui le bassin où étoit ce que le Roi avoit mis à part, & commençant par les petites piéces, il me demandoit tout bas le prix de chaque bijou l'un après l'autre, & puis il le faisoit estimer aux Joüalliers, premierement aux Mahometans, puis aux Armeniens, puis aux Indiens, à chaque corps à part. Les Négocians en *Perse*, qui traitent quelque marché devant le monde, n'employent jamais la parole, pour se dire le prix : ils le font entendre avec les doigts, en se donnant la main sous un bout de la robe, ou sous un mouchoir, en sorte qu'on n'en puisse voir le mouvement. Fermer la main qu'on prend, c'est dire *mille:* prendre le doigt étendu marque *cent*, & plié par le milieu *cinquante*. On marque le nombre en pressant le bout du doigt, & la dixaine en pliant le doigt. Et lors qu'on veut marquer plusieurs mille, ou plusieurs cens, on repete l'action & le maniment de la main ou des doigts. Cette maniére est aisée & sûre pour exprimer sa pensée sans être entendu. On s'en sert par tout en Orient, & principalement dans les Indes, où elle est universelle.

A une heure après midi, on servit le dîné qui fut grand & propre, & le dîné fait, le *Nazir* donna congé à tous les priseurs, après avoir pris leur estimation par écrit. Ensuite, m'ayant fait asseoir près de lui, il me dit, *qu'il y avoit une si grande difference du prix que je demandois, à celui que les priseurs avoient mis, qu'il n'y auroit pas moyen de faire affaire, si je ne rabattois du moins la moitié: qu'il m'avoit dit, & fait dire, de considérer le rabais dans lequel la pierrerie étoit tombée, parce que le Roi ne s'en soucioit point, & la pauvreté de la Cour, qui n'étoit pas capable de m'en acheter pour un sou: que le tems du feu Roi étoit passé, & que sans ses sollicitations auprès du Roi, il n'auroit pas seulement regardé mes bijoux; qu'ainsi, je ne devois pas m'attendre à de grands gains, comme je pouvois en avoir fait autrefois; qu'il étoit surpris des prix excessifs que j'osois mettre aux choses, & qu'à considérer ce que les Armeniens les avoient estimées, eux qui alloient & venoient continuellement en Europe, & qui savoient fort bien le cours que les pierreries y avoient, il trouvoit que je voulois gagner deux sur un.* Le *Nazir* mêloit son discours de tant d'honnêtetez, & de protestations de me vouloir faire du bien, qu'à ne point mentir, je donnai dans son piége, & pris tout ce tour d'adresse pour une ouverture de cœur. Je me mis à lui parler aussi fort naïvement. Je le remerciai premiérement de toutes ses bontez, protestant de m'en souvenir éternellement. Je lui dis ensuite, qu'à la verité, je ne faisois pas mon compte de perdre sur mes pierreries, ayant fait un si long & si pénible voyage, à travers tant de risques, & de dépenses, par l'ordre, & pour le service d'un Grand Roi; mais qu'aussi, je ne me flattois nullement de l'espoir de grands gains, & qu'en verité je me contenterois qu'ils allassent à vingt-cinq pour cent. Il me prit au mot, & si vite, que je reconnus en même tems que je m'étois trop avancé. Il me dit, „ que „ vingt-cinq pour cent étoit un gain trop rai„ sonnable pour me le refuser, que je décla„ rasse donc fidellement & sur ma foi le prix „ d'achat de chaque chose, & qu'on me le „ donneroit avec ce profit. " J'eusse bien voulu reculer apprehendant quelque tromperie, mais je ne voiois pas de lieu pour le faire. Je répondis, que si l'on me donnoit des assurances de me tenir parole, je déclarerois le prix d'achat & avec serment si on le desiroit. Le *Nazir* me dit, „ qu'il me connoissoit as„ sez, pour me croire, sans que j'en jurasse, „ & que pour lui il juroit sur *Aly*, c'est le „ Grand-Saint de la secte Persane, sur l'*Al*„ *coran*, sur Dieu, & sur la Religion, de me „ tenir sa parole. " Le Chef des Orfevres l'interrompit, en disant, *que j'avois tort d'exiger des sermens d'un Nazir de Perse.* D'autres Seigneurs, qui étoient présens, se recrierent aussi là-dessus. Je répondis que je ne les exigeois nullement, que sa simple parole me suffisoit. Sur cela, il me fallut déclarer au vrai le prix d'achat de chaque chose, par un nouveau mémoire. On me conseilloit de n'y être pas si exact, mais j'en rejettai la proposition.

Quand le Chef des Orfevres & le *Nazir* eurent vû ce nouveau mémoire, ils se récrierent étrangement sur une partie des articles, & me dirent que je mettois plusieurs bijoux beaucoup plus qu'ils ne valoient. Ce discours me surprit, & m'échauffa. Je ne pûs m'empêcher de dire que c'étoit avec grand tort qu'on revoquoit mon serment en doute, après avoir juré de me croire sur ma simple parole. Le *Nazir* termina le different, en disant, *qu'il présenteroit requête au Roi pour cette affaire*, & en faisant une infinité de protestations, qu'il ne tiendroit point à ses soins, que

que je ne vendisse; mais que je songeasse à baisser le prix de mes bijoux. Je me levai en remerciant fort ce Seigneur de ses bontez, & notamment, d'avoir été huit heures occupé de mon affaire, ce que je comptois pour une extrême faveur. Il prit goût à ce remerciment, qui étoit exactement véritable; car il étoit alors plus de cinq heures du soir.

Le 12. le *Nazir* m'envoya querir de grand matin. J'y fus vîte, croyant que c'étoit pour mes bijoux qu'il me faisoit venir, mais je fus trompé; c'étoit pour voir un diamant brute de soixante & dix carats que le Roi vouloit acheter. Il étoit égrisé, & avoit déja toute sa forme. Le *Nazir* me dit que le Roi voulant acheter ce Diamant, lui avoit ordonné de me le montrer, pour savoir s'il ne manquoit rien à l'eau & à la netteté. Je lui dis que je ne me connoissois pas assez en Diamans pour donner mon avis sur une si grande pierre, mais que mon Associé étoit un fort habile connoisseur. Il le jugea de la premiére eau & parfaitement net. Il apartenoit au Prévôt des *Armeniens* de *Julfa*, qui est le fauxbourg d'*Ispahan*, où ils habitent. Le Roi l'acheta trois mille cent cinquante Tomans comptant; c'est quelque cinquante mille écus. Cette pierre eût valu en Europe cent mille écus. C'est le plus beau Diamant qu'on puisse voir de ce poids.

L'après-midi je retournai chez le *Nazir*. Il me dit, *qu'il n'avoit osé parler au Roi de mon affaire, parce que le prix que je mettois à mes bijoux étoit excessif.* Il recommença ensuite les mêmes protestations, & les mêmes remontrances, qu'il m'avoit faites les jours précédens. J'étois indigné outre mesure d'un tel procedé, qui me paroissoit indigne, & bas, au delà de l'expression. Je n'en tirois pourtant nul mauvais augure, connoissant le génie du païs. Je dis au *Nazir* pour toute réponse, que j'étois au desespoir qu'il ne voulût croire ni ma parole, ni mon serment. Il s'emporta à ce mot & demanda brusquement, *est-ce que vous êtes Prophete pour qu'on soit d'obligation de croire vôtre parole?* Il me prit une si forte envie de rire de cette plaisante repartie que je ne pûs m'en empêcher. Le *Nazir* se retournant vers la Compagnie, d'un air irrité, dit en me montrant de la main, *Par Dieu, les Frangui sont tout-à-fait extravagans: ils prétendent que leur parole soit un Oracle, comme s'ils n'étoient pas des hommes pécheurs.* Je répondis sans m'effrayer qu'effectivement nous étions des hommes; mais qu'en nos païs, comme c'étoit une friponnerie de donner de fausses paroles dans le commerce, on ne pouvoit faire un plus grand affront à un négociant que de l'en accuser.

Le 13. je fus de nouveau chez ce Seigneur. Il m'avoit ordonné de venir tous les jours le voir; c'est qu'en effet il avoit tous les jours quelque chose à faire avec moi, quelques bijoux à acheter ou à vendre, pour lui, & pour ses amis. Il me proposa de troquer tout ce que j'avois aporté contre des Diamans ou de la soye. Je le refusai, en disant qu'étant obligé de passer aux Indes, le païs des Diamans & de la soye, l'argent me seroit plus avantageux. J'avois besoin de beaucoup de précautions, pour me donner garde des piéges du *Nazir*, qui ne manquoit point chaque jour de m'en tendre quelque nouveau. Entre les Diamans qu'il m'offroit, il y avoit une pierre de cinquante six carats, dont le Roi avoit fait présent à sa Mere, qui en étoit dégoutée, & la vouloit vendre. On l'estimoit quarante mille écus.

Comme on déservoit le dîné, le Prevôt des *Armeniens* & l'Interprête de la Compagnie Françoise vinrent trouver le *Nazir*. Il dit au Prevôt, *que le Roi avoit commandé de lui payer son Diamant comptant, & de lui donner calate.* On appelle ainsi les habits que le Souverain donne par honneur aux gens à qui il en veut faire extraordinairement: & il dit à l'Interprête, *que le Roi avoit commandé de préparer un logement pour l'Envoyé de la Compagnie: qu'il en pouvoit choisir un lui-même dans le quartier qu'il aimeroit le mieux, & qu'on le meubleroit de la garderobe du Roi.* L'Interprête répondit que l'Envoyé ne souhaittoit que la maison seulement, & qu'il avoit assez de quoi la meubler. Le *Nazir* commanda en même tems à deux de ses Officiers d'aller avec l'Interprête lui faire ouvrir toutes les maisons du Roi dans le quartier où l'Envoyé désiroit loger. Il choisit celui où demeurent les Capucins, afin d'avoir le Superieur de ce Couvent, qui étoit son grand Conseil, toûjours près de lui, pour la régle de sa conduite.

Le Roi a plus de trois cens maisons dans *Ispahan*, qui lui apartiennent en propre, ayant été dévolues à ses Prédecesseurs, & à lui par droit de succession, ou par confiscation, ou en payement. Ces maisons, qui sont toutes grandes & belles, comme l'on peut penser, le Roi n'ayant rien à démêler avec de petites gens, sont presque toûjours vuides & se détruisent faute d'entretien, & de suffisantes reparations. On les donne aux Ambaſſadeurs & aux Etrangers de conſidération qui viennent à *Iſpahan*. Les Commiſſaires des quartiers où elles ſont ſituées ont les clefs de ces maiſons & ſont chargez de les tenir nettes.

Le 13. au point du jour un Orfevre du Roi me vint avertir de la part du Chef des Orfevres, que le *Nazir* m'enverroit querir le même jour, ou le lendemain, & me rendroit tout ce qu'il avoit marchandé pour le Roi, & pour lui-même, & pour ſes amis, mais que je n'en témoignaſſe, ni ſurpriſe, ni déplaiſir, & fiſſe bonne mine; parce que c'étoit une feinte pour me faire baiſſer les prix, & qu'on ne laiſſeroit pas paſſer huit jours ſans tout reprendre. Je fis remercier le plus fortement qu'il me fut poſſible le Chef des Orfevres de l'obligation que je lui avois d'une ſi particuliére faveur; mais je l'avois encore bien plus grande au *Nazir*, car c'étoit par ſon mouvement que l'avis m'étoit donné, comme je l'apris dans la ſuite. C'eſt-là un bon échantillon de la fidélité des Miniſtres d'Etat dans l'Orient. On peut dire en quelque ſens que tout ce qui ſe fait dans ces païs-là eſt une tromperie réciproque.

Sur les dix heures j'allai chez le *Nazir* à mon ordinaire. Après le dîné, il me fit aſſeoir proche de lui, & me dit fort haut afin que la Compagnie, qui étoit fort grande, l'entendît; *Que le ſoir précédent le Roi ayant ſû par ſa bouche, que je tenois mes bijoux à ſi haut prix, il s'étoit mis fort en colére, & lui avoit ordonné de me rendre tout; ſur quoi il avoit très-humblement ſupplié S. M. de daigner conſidérer que je n'avois apporté cela que par l'ordre du feu Roi ſon Pere; que ce Grand Prince ayant eu tant de bonté pour moi, S. M. qui étoit l'Heritier de ſa generoſité, autant que de ſa Couronne, pouvoit me faire ſentir la ſienne. Que c'étoit bien peu de choſe au plus Grand Roi du monde d'achetter d'un étranger quelques galanteries un ou deux mille piſtoles au-deſſus de leur valeur. Qu'il lui avoit repreſenté de plus qu'il conviendroit bien à S. M. d'en uſer ainſi quand ce ne ſeroit que pour ſa gloire, & qu'il lui avoit allegué pluſieurs autres raiſons ſemblables, mais que le Roi bien loin de lui accorder la grace qu'il demandoit pour moi s'étoit irrité contre lui, & lui avoit défendu de parler davantage de mes affaires: Qu'il étoit marri de ce fâcheux changement, mais que j'en étois cauſe. Que ce qu'il pouvoit faire deſormais pour moi étoit d'achetter lui-même mes pierreries & de me payer partie en argent partie en marchandiſe, brocards, turquoiſes, ſoye, ou diamans, à mon choix. Je vous parle franchement*, me dit-il, *& l'affection que j'ai pour vous eſt ſi grande qu'elle me porte à vous la découvrir ainſi à nud.* On ne peut exprimer avec quel ſerieux le *Nazir* diſoit tout cela. J'aurois crû faire un crime en y entendant fineſſe, s'il ne m'en eût fait avertir lui-même. Je tâchai donc pareillement de bien jouër mon perſonnage, ſur tout ayant devant les yeux tant de Seigneurs, la plûpart auſſi fins & auſſi ruſez que le *Nazir*.

Je lui répondis par bien des remercimens, de s'être expoſé au courroux du Roi pour un Marchand étranger. Que ſon affection m'étoit un nouveau motif d'agir rondement avec lui; mais que je lui proteſtois d'avoir dit la verité, & que je tenois le Roi un Prince trop équitable, pour vouloir que les riſques, les peines, & les dépenſes d'un voyage de ſept ans ne me produiſiſſent que des pertes. Qu'en un mot, je ne pouvois donner mes pierreries pour moins que ce qu'il avoit eu la bonté de me promettre. Qu'au reſte, il lui plût de me permettre de lui dire, que le Roi les eût priſes ſans doute, s'il lui eût dit qu'elles étoient à bon marché, comme elles l'étoient en effet. *Comment*, reprit-il, en élevant ſa voix, *pouvois-je faire moins? Dois-je mentir au Roi pour vous obliger, & mangerai-je ſon ſel en perfide ſerviteur? De plus, n'ai-je point une tête à perdre? & ſi je n'avertis Sa Majeſté de la cherté des choſes, peut-il manquer qu'il ne le ſache, & qu'en venant à le ſavoir, il ne me l'envoye ôter de deſſus les épaules.* Je fus deux heures vis-à-vis de ce Miniſtre à pouſſer la conteſtation ſans aucun ſuccès, & je m'étonnois qu'un ſi grand Miniſtre, ayant tant d'affaires à traiter, & de ſi importantes, eût tant de tems de reſte pour joüer un perſonnage ſi peu ſortable à ſa dignité; mais tout eſt geſte & fiction, à force d'art & de fineſſes, dans ces Cours Orientales, comme je l'ai ſouvent obſervé.

Ce même jour, un Ambaſſadeur de Moſcovie fit ſon entrée à *Iſpahan*. Tout le monde jugeoit à voir ſon train que ce n'étoit qu'un pur Marchand, qui venoit principalement pour achetter & pour vendre, comme il vient ſouvent de Moſcovie, de Tartarie, & de divers autres Païs voiſins, de grands Marchands, revêtus du caractére d'Ambaſſadeurs, pour être francs de droits, pour aller avec plus de ſûreté & de facilité, & pour faire leur commerce plus avantageuſement; mais on découvrit des choſes dans la ſuite, qui firent juger que celui-ci étoit venu négocier auſſi des affaires d'Etat. Il avoit pour environ deux cens cinquante mille écus de marchandiſes, conſiſtant

sistant en draps, en laiton, en vif argent, en or monnoyé, & en fourures. Tout son train consistoit en neuf miserables Moscovites de si mauvaise mine, & si pauvrement vêtus, qu'on les eût pris pour des gueux de l'Hôpital. Le prétexte de sa venuë étoit de rendre une Lettre de civilité du Grand Duc au Roi de Perse, en donnant avis que le *Czar* lui devoit envoyer en peu de tems un Ambassadeur Extraordinaire. Ces sortes de Marchands Ambassadeurs sont traitez & considerez comme tous les autres Ambassadeurs sans distinction; leurs Marchandises passent pour leur bagage. On les defraye, on les loge, & on les conduit en venant & en retournant aux dépens du public; mais il faut qu'ils fassent en récompense tant au Roi & à ses Ministres, que par tout où ils passent, des présens qui soient à peu près aussi considerables que leur dépense. Le Maître des Cérémonies alla par ordre du Roi recevoir cet Ambassadeur Moscovite à la tête de cinquante Cavaliers fort lestes, la plûpart gens de la Cour. Le Prévôt des Armeniens de *Julfay* y étoit aussi, suivi de sept ou huit des principaux Marchands de sa nation. On le logea dans leur Quartier, dans une maison qu'on avoit meublée exprès. Il y fut traité trois jours par le Roi, & au bout de ce tems, on lui ordonna soixante *abassis* par jour pour son entretenement, ce qui fait dix-huit écus de nôtre monnoye.

Le 14. le Roi fit donner deux cens bastonnades sur le derriere au Capitaine de la porte du *Haram*; c'est cette partie du Palais Royal où demeurent les Femmes, que les Turcs appellent *le Serrail*, & dont l'accès est interdit à tout autre homme qu'au Souverain. Ce Capitaine, homme déja d'âge, de qualité, & de réputation, étoit ainsi traité pour avoir souffert que quelques valets des Eunuques, qui en ont la garde, approchassent jusqu'à la vûe de la troisiéme porte, jusqu'où l'on ne permet à nul homme d'approcher. La premiere porte du Serrail est gardée par des Huissiers du Roi: quiconque a affaire au Palais, & les gens de qualité y passent librement. La seconde porte est gardée par le Capitaine de la porte avec plusieurs Domestiques & plusieurs Gardes, & il n'y a que les Officiers de la maison du Roi qui y puissent passer, à moins d'être mandez exprès. La troisiéme est gardée par des Eunuques, & de celle-ci il n'est pas permis d'en approcher à vûe. Veritablement il faut être tout dessus pour la voir; car elle est recognée dans un détour fait exprès, afin qu'on ne puisse la découvrir.

Le même jour le premier Ministre ayant fait savoir au Roi, que de jeunes Seigneurs s'étant enyvrez, avoient fait du desordre proche du Palais Royal: il fit enjoindre à tous soldats & Officiers d'ouvrir le ventre sur le champ à tout homme qu'ils trouveroient yvres dans les ruës, excepté ceux qui auroient une permission de boire du vin scellée du petit sceau. Le Roi en fit donner aussi-tôt à tous les Grands qui avoient accoûtumé d'être de ses débauches.

On dit en Perse, *ouvrir le ventre*, comme on dit chez nous *pendre*, ou *couper la tête*, parce que le plus commun genre de supplice est d'ouvrir le ventre, ce qu'on fait en enfonçant un large poignard dans le ventre au côté gauche, & le tirant en rond jusqu'au dos; supplice, qui n'est pas si subit que la décollation.

Le 15. ayant dîné chez le *Nazir*, comme à l'ordinaire, avec plusieurs gens de qualité, il se fit apporter tout ce qu'il avoit de pierreries à moi, & me fit asseoir proche de lui: puis me dit: *Voilà vôtre marchandise; si vous voulez la vendre, mettez y un prix raisonnable; tout ce que le Roi a mis à part a été estimé mille quatre-vingt sept tomans seulement, encore vous a-t-on fait faveur à l'estimation. Si vous voulez le donner pour onze cens* (*c'est quelques cinquante mille livres*) *je presenterai requête au Roi pour la lui faire prendre à ce prix: vous baiserez ses pieds sacrez, vous aurez un habit Royal, un cheval, & des passeports pour voyager, & pour trafiquer dans tout l'Empire, sans payer, ni doüanes, ni droits, sinon emportez là; mais songez bien à la résolution que vous allez prendre, car la chose le merite. Si vous suivez mon conseil, vous ne balancerez point à la donner.* Toute la compagnie prit aussi-tôt la parole, & me dit, que je devois contenter le Roi & le *Nazir*, & qu'en d'autres affaires je pourrois gagner davantage. Il eût fallu bien de pareils discours pour m'émouvoir. Je répondis, que le *Nazir* m'ayant obligé de donner mes bijoux à vingt-cinq pour cent de profit au delà de ce qu'ils me coûtoient, en quoi je souffrois déja beaucoup de perte, considerant les frais d'un si long voyage, & m'ayant engagé là dessus la parole du Roi, j'esperois qu'on me la tiendroit. Que le Roi & le *Nazir* pouvoient faire de moi, & de tout ce que j'avois, ce qu'il leur plairoit, mais que je ne pouvois me relâcher au dessous de l'accord. Le *Nazir*, qui n'avoit pour but avec tous ces gestes, que d'imposer aux gens qui étoient autour de lui, & par leur moyen à la Cour,

& particulierement à son Maître, s'emporta contre ma réponse, jusqu'à me dire des injures : Que j'étois indigne des bontez qu'il avoit eûes pour moi, & du bien qu'il avoit pensé de me faire. Mais voyant que sur quelque ton qu'il le prît, il ne gagnoit pas davantage, il me dit de tout emporter, & à même tems, il se mit à déchirer les mémoires, avec un dépit si apparent, si trompeur, si bien imité, que j'avois toutes les peines du monde de m'empêcher de rire. Je repris mes bijoux, je les mis dans une cassette que je fis emporter, & puis je me mis à remercier ce Seigneur de ses bontez, dans l'application qu'il avoit eûe à mon affaire, & à lui faire plusieurs discours propres pour ceux qui nous écoutoient; après lesquels il me donna congé.

Comme j'allois sortir, le *Mehemandar-bachi*, qui est l'Introducteur des Ambassadeurs, entra. Le *Nazir* lui dit, qu'il l'avoit envoyé querir pour lui faire savoir les volontez du Roi sur le sujet de l'Envoyé de la Compagnie Françoise, qui étoient qu'il l'allât prendre le dix-huitiéme, sur les neuf heures du matin, au lieu où il étoit hors de la ville, & qu'il l'amenât à la maison qu'on lui avoit préparée, en se faisant accompagner d'une cinquantaine de Cavaliers, du Prevôt des Armeniens, & de sept ou huit des principaux Marchands de la nation.

Le même jour, le Clergé de *Julfa*, ce grand fauxbourg d'*Ispahan*, la demeure de tous les Chrêtiens Armeniens, qui est de l'autre côté du fleuve au Midi; alla, le Patriarche en tête, presenter requête au premier Ministre, pour être déchargez de l'impôt mis sur les Eglises de ce lieu-là. Ils esperoient que ce Ministre feroit répondre favorablement à leur requête, mais ils furent trompez. Il leur dit, qu'il falloit qu'ils payassent l'impôt dont leurs Eglises avoient été chargées, ou qu'ils les abatissent. Il est de six mille écus par an pour dix Eglises. Le Grand Visir à present dans le Ministére le fit imposer il y a deux ans.

Le 18. l'Envoyé de la Compagnie Françoise fit son entrée. Son train consistoit en douze Gardes avec leur Capitaine vêtus d'une livrée, & six Officiers. Ce qui rehaussoit son train, étoient plusieurs valets de pied, gens du pays, fort bien couverts. L'Introducteur des Ambassadeurs l'alla prendre, accompagné de vint Cavaliers Persans, du Prevôt de *Julfa*, & des principaux Marchands *Armeniens*. Tous les François d'*Ispahan* & beaucoup d'autres Etrangers lui firent cortege jusque dans l'Hôtel qui lui avoit été preparé, où il fut traité trois jours durant par les Officiers du Roi. Ils servirent le diné en cette maniere. On étendit devant toute l'assemblée des napes de brocard d'or, & on mit dessus, tout du long, du pain de trois ou quatre sortes, fort bon & fort bien fait. On apporta aussi-tôt onze grands bassins de cette sorte de mets, qu'on appelle du *pilo*, qui est du ris cuit avec de la viande. Il y en avoit de toutes couleurs, & de toute sorte de goûts, au sucre, au jus de grenade, au jus de citron, au saffran. Chaque plat pesoit plus de quatre vint livres, & eût seul suffi à rassasier toute l'assemblée. Dans les quatre premiers il y avoit douze poulardes en chacun. Dans les quatre suivans un agneau en chacun. Dans les autres il n'y avoit que du mouton. Avec ces bassins, on servit quatre marmittes plattes, si grandes, & si pesantes, qu'il falloit aider à décharger ceux qui les portoient. L'une étoit pleine d'œufs farcis, une autre de potage aux herbes, une autre étoit remplie d'herbages, & de viande hachée, la derniere l'étoit de poisson frit. Tout cela étant sur la table, on mit devant chacun une grande écuelle, haute quatre fois comme les nôtres, remplie de sorbet aigre-doux, & une assiette de salades d'hyver & d'Eté, & puis des Ecuyers tranchans se mirent à servir de chaque plat dans des assiettes de porcelaine, à tous les conviez. Nous, François, habituez en Perse, fîmes bonne chere à ce festin, mais les nouveaux venus se repurent d'admiration de la magnificence du service, qui étoit tout d'or fin, & qui surement valloit plus d'un million. L'Introducteur des Ambassadeurs ne voulut ni manger, ni boire, & répondit toûjours aux diverses instances qu'on lui en fit, qu'étant là seulement pour prendre garde qu'il ne manquât rien à l'Envoyé, il n'étoit pas séant qu'il mangeât. Après le diné, ce Seigneur m'entretint de mes affaires, & me dit au bout d'un entretien assez long, *qu'avec l'aide de Dieu, j'aurois à la fin satisfaction de la Cour.* Il se retira dès que les Ecuyers de Cuisine eurent remporté toute la vaisselle, suppliant fort l'Envoyé de lui faire savoir tous ses besoins, afin de les lui procurer promptement. Il lui présenta aussi un *Mehemandar*, ou *garde hôte*, & lui dit qu'il le lui bailloit de la part du Roi, afin de le servir en tout ce qu'il lui commanderoit.

Le 21. la nuit, le Roi étant en débauche, & yvre autant qu'on le peut-être, fit présenter du vin au Grand Vizir *Cheic-ali-can*. Ce Ministre

Miniſtre le refuſa comme il avoit toûjours fait, au peril de ſa fortune, & même de ſa vie. Le Roi voyant ſa fermeté, dit à l'Echanſon de lui jetter le vin au nez : cela fut fait auſſi-tôt qu'il fut dit. Le Roi s'étant levé en même tems alla tout contre ce Miniſtre, & l'enviſageant d'un air moqueur lui dit. *Grand Vizir, je ne puis ſouffrir davantage que tu gardes ici ton ſens raſſis, tandis que nous ſommes tous yvres. Un homme yvre, & un homme qui ne boit point, paſſent mal leur tems enſemble : ſi tu veux te divertir avec nous, & nous faire trouver du plaiſir avec toi, il faut que tu boives autant que nous avons fait. Cheic-ali-can* ſe jetta aux pieds du Roi, entendant cet ordre. Le Prince voyant qu'il ſe vouloit excuſer ſur la Religion, lui dit ; *ce n'eſt pas de vin que j'entens que tu t'enyvres, boi du Coquenar.* C'eſt une infuſion de ſuc de pavot beaucoup plus enyvrante & entêtante que le vin. Ce Miniſtre ne put s'en défendre. Il en bût pluſieurs coups, & fut bien-tôt yvre, & abattu. Il ſe laiſſa tomber ſur des carreaux. Le Roi éclata de joye de le voir en cét état, & durant deux heures ne fit qu'en rire & en railler avec ſes favoris auſſi yvres que lui. Il commanda enſuite à un d'eux d'apporter une taſſe de vin à ce Miniſtre, s'imaginant qu'il le boiroit ſans ſavoir ce que c'étoit. On le leva ſur ſon ſeant, mais ne ſe remuoit non plus qu'un mort. Le Roi, toûjours riant, lui crioit : *Grand Vizir, voila ce qui te fera revenir.* Ce Miniſtre aprenant le lendemain les indignitez que ſon Maître lui avoit faites, & l'état abominable dans lequel il avoit été forcé de ſe jetter, ne voulut voir perſonne, & ſe tint caché tout le jour à digerer ſa confuſion & ſon ennui. Le Roi, qui le ſût, lui envoya un habit Royal, & lui fit commander de venir au Palais à l'accoûtumée.

Le même jour l'Introducteur des Ambaſſadeurs alla voir l'Envoyé de la Compagnie Françoiſe, pour lui offrir de la part du Roi l'entretien accoutumé durant ſon ſejour à *Iſpahan*, c'eſt-à-dire tout ce qu'il faut pour entretenir leur table & leur écurie. On en uſe ainſi avec tous les Ambaſſadeurs & les Envoyez, & il eſt à leur liberté de ſe faire donner leur ſubſiſtance, ou aprêtée dans la Cuiſine du Roi, ou crue & en denrées, ou la valeur en argent. L'Envoyé remercia le Roi de cette offre, comme tous les Europeans ont coûtume de faire par un eſprit de generoſité à la maniere de leur Païs. C'étoit ſur ce modele que l'Envoyé ſe régloit.

Le 23. le *Nazir* lui envoya de la part du Roi, une aſſignation pour recevoir des Pourvoyeurs du Roi, en une, ou pluſieurs fois, à ſa volonté, les denrées ſuivantes.

Soixante quintaux de ris.
Soixante quintaux de farine.
Douze quintaux de beurre.
Vint moutons.
Deux cens volailles.
Mille œufs.
Six vint quintaux de bois.
Soixante quintaux d'orge.
Quatre cens ſacs de paille broyée.

Pour peu qu'on ait lû des Rélations d'Orient, on ſait que la paille broyée & l'orge y ſont la nourriture ordinaire des chevaux, comme dans l'Europe l'avoine & le foin, & auſſi que toutes les denrées ſe comptent au poids, non à la meſure. L'Envoyé fut obligé d'accepter ce préſent qui valoit environ cent Louïs d'or. Les Pourvoyeurs demanderent à ſes gens s'il en aimoit mieux la valeur en argent. Il leur avoit commandé de prendre les denrées mêmes : une partie fut donnée aux Capucins.

Le 24. le *Nazir* m'envoya dire par un Domeſtique de venir chez lui, & d'apporter toutes les pierreries qu'il m'avoit renduës. Je fis ſemblant de n'entendre pas bien l'ordre. Je fus à ſon Hôtel. Il étoit chez le Roi, d'où étant revenu à midi, il me fit aſſeoir aſſez proche de ſa perſonne, & me fit dîner avec lui. Il me demanda après, où étoit ce qu'il m'avoit rendu. Je répondis qu'il étoit dans mon logis. Il ſe tourna ſans me rien dire davantage, & ſe mit à parler d'autres affaires avec des perſonnes qui étoient autour de lui. Au bout d'un quart d'heure, il ſe retourna négligemment vers moi, & comme ſans deſſein, & arrêtant ſes yeux ſur les miens il me demanda ſi j'étois revenu. Je ne voulus pas le contraindre à plus d'explication. Je me levai, & j'allai en hâte querir tout ce que je ſavois qu'il vouloit avoir. Il le reçût, & après m'avoir laiſſé plus d'une heure à attendre, il me dit de revenir le lendemain & qu'il penſeroit à moi.

Le 28. étant à la Cour, j'appris que le Grand Vizir y avoit reçu du Roi, le ſoir précedent, un affront encore plus rude que tous les autres. C'étoit dans le vin comme à l'ordinaire. On a obſervé que ce Miniſtre eſt tout blanc & fort venerable. Il porte la Mouſtache courte, & le poil des jouës, & du menton, aſſez long, parce qu'il fait profeſſion d'une étroite obſervance de la Religion Mahometane, qui enſeigne que la bienſeance eſt d'en d'en user ainsi; mais les Persans Originaires de Georgie, sur tout les gens de Cour, & les gens d'Epée, portent au contraire le poil des jouës & du menton fort court, & la moustache si longue, qu'ils pourroient pour la plûpart la retrousser sur l'oreille. Le Roi ne voyant que son premier Ministre suivre une autre mode, les fumées du vin lui troublant l'esprit, il commanda de lui faire la barbe à la mode de la Cour. Le Valet de Chambre qui rase le Roi, se mit en devoir d'executer ce bizarre commandement, le Grand Vizir lui dit tout bas de ne pas couper le poil si proche de la peau qu'on pût la voir. Le Barbier fut assez malheureux, & assez mal avisé, pour lui obéir. Il lui en couta le poing. Le Roi le lui fit couper sur le champ parce qu'il n'avoit pas executé son commandement avec assez d'exactitude. Il lui en pensa même couter la vie. Le premier Ministre fut percé jusqu'au fonds du cœur d'un affront si sanglant. Il se troubla, & ne put se posseder. La patience & la retenuë lui échaperent. Il sortit de devant le Roi sans en demander congé, comme c'est la coutume, & se retira chez lui, accablé du plus cuisant ennui qu'il pût ressentir, à ce qu'il témoigna à ses amis.

Le Roi revenu à lui, le lendemain matin, ne voyant point ce Ministre venir à l'heure accoûtumée, jugea d'abord quelle en étoit la cause. Il se souvenoit de l'Injure qu'il lui avoit faite. Il l'envoya querir. Le premier Ministre n'avoit pas encore digeré l'amertume de cette insulte. Il répondit à l'Officier, qui faisoit le message, qui étoit un homme de qualité: *Il vaudroit bien mieux que le Roi envoyât querir ma tête, que ma personne; non que je sois las de souffrir, mais parce que les affronts qu'il me fait rejaillissent sur Sa Majesté même, & la deshonorent; & c'est proprement cette honte là que je ressens, & qui me perce le cœur. Sa gloire, pour laquelle seule j'ai du ressentiment, m'interesse contre moi-même, & je me hais parce que Sa Majesté m'outrage, & que je suis l'occasion que ses sujets, ses voisins, & les étrangers, chez qui les continuels opprobres qu'elle me fait sont publics, ont moins de veneration & de respect pour sa personne, que je ne le voudrois. Ces égards, Seigneur, m'ont rendu la vie pesante & ennuyeuse, & si le Roi me l'envoyoit ôter, j'en benirois l'ordre & le moment.* Tout ce discours fut raporté au Roi mot à mot. Il en considera le bon sens & la verité, & ayant envoyé une seconde fois querir ce Ministre, il lui tendit la main, & lui promit de reparer les injures qu'il avoit faites à sa dignité, en offençant sa personne. Le Ministre, ménageant ce bon moment, se jetta aux pieds du Roi, & encore émû de la grande agitation qu'il venoit de ressentir, lui dit; *qu'il étoit son Esclave & sa Creature, & si pleinement dévoüé à Sa Majesté, qu'il ne pouvoit sans un déplaisir mortel voir qu'il outrageât sa propre gloire, ruinât sa santé, & risquât sa vie dans les excès du vin, comme il faisoit continuellement.* Il poussa le discours avec tant de force & de tendresse, que le Roi lui promit avec serment de ne boire plus comme auparavant.

Le premier Août les Agens de la Compagnie Hollandoise obtinrent d'être déchargez de la moitié de la soye, qu'elle est obligée par contract de prendre du Roi tous les ans. Pour mieux faire entendre en quoi consiste ce contract, je ferai en peu de mots la relation de l'établissement de cette Compagnie en Perse.

Ceux qui ont lû l'histoire des derniers siécles, savent les grandes vûes sur lesquelles les Illustres Princes d'Orange porterent les Hollandois à aller aux Indes, dont la principale étoit de combattre les Espagnols dans la source de leur puissance, afin de leur enlever ces immenses richesses, par le moyen desquelles ils accabloient les Provinces Unies, & y renvoyoient tous les ans contr'elles de nouvelles forces. L'entreprise étoit glorieuse, sage, & utile, s'il y en eût jamais. Elle fit bien voir que l'argent est le nerf de la guerre; car dès que l'Espagne se vit attaquée dans ces Païs-là, où elle n'entretenoit, ni armées, ni flottes, ne s'imaginant pas d'y être jamais assaillie, elle se confondit, & ses forces se diminuerent. Les grands avantages qu'il y a au négoce des Indes attacherent extrêmement les Hollandois à cette entreprise. Ce Peuple, naturellement fin & intelligent, né pour le commerce, & qui a les plus favorables dispositions pour le trafic, considerant les grands profits qu'il tireroit des Indes en s'y établissant, ou par des Contracts, ou par des Conquêtes, y mit tous ses soins & y fit tous ses efforts. On peut dire qu'ils y ont réussi au delà de leur attente; car apparemment ils ne s'imaginoient pas au commencement, ni même durant plusieurs années, de devenir les Maîtres de ce que les Indes Orientales ont de meilleur. C'est ce qui fit qu'ils ne formerent pas d'abord une Compagnie. Ils laisserent faire de leur mieux tous les particuliers qui voulurent y envoyer des vaisseaux; mais lors qu'ils eurent bien connu le commerce du païs, & qu'ils se virent en train de prendre

racine

racine aux Indes, ils s'unirent ensemble, & formerent ce Corps de Marchands associez, qui a été nommé *la Compagnie des Indes Orientales.* Elle s'établit en *Perse* l'an 1623. & durant plusieurs années son commerce n'étoit pour la plûpart qu'un troc avec le Roi. La Compagnie déchargeoit ses vaisseaux dans les magasins du Roi, qui prennoit la plus grande partie des marchandises, & leur donnoit en payement des denrées du Païs, comme entr'autres des laines, des tapis, des soyes, & des brocards. Cette permutation devint fort onereuse aux Hollandois. On alloit toûjours baissant le prix de leurs marchandises, & haussant celles du Roi. On leur en donnoit de mauvaise qualité, & d'ordinaire plus de celles-là. Enfin, comme c'étoit tous les ans quelque nouvelle avanie, ils envoyerent l'an 1652. un de leurs Conseillers des Indes, nommé *Cuneus*, en Ambassade en *Perse*, avec de beaux Présens pour le Roi & pour les Ministres. Le Grand Visir eût, entr'autres choses, onze cens ducats d'or, plusieurs raretez, & plusieurs étoffes d'Europe. Cet Ambassadeur cependant fit un Traité desavantageux pour sa Compagnie. Il contenoit que les Hollandois auroient tous les ans pour un million de marchandises franches de droits en quelque lieu du Royaume qu'ils voulussent les transporter, mais que s'ils en apportoient davantage ils en payeroient les droits accoûtumez; & qu'à l'encontre ils seroient obligez de prendre du Roi tous les ans six cens bales de soye cruë, du poids de deux cens seize livres chacune, à vingt-quatre *tomans*, qui font quelque onze cens livres la bale, & le tout environ six cens cinquante mille livres. C'est là le Traité de Commerce qu'il y a entre le Roi de Perse & la Compagnie Hollandoise; Traité dont cette Compagnie s'est toûjours plaint, comme dommageable & onereux, parce que la soye qu'ils reçoivent, ne vaut pas sur le lieu la moitié de ce qu'ils la payent. De leur côté ils rendent tant qu'ils peuvent la pareille au Persan, apportant souvent pour plus de deux millions de marchandises, qu'ils font passer pour n'en valoir qu'un. Ils gagnent les Officiers à force de présens, afin de faire passer du clou de giroffle pour du poivre, des toiles fines pour des grosses, & deux bales pour une. Cela n'est pas difficile en Perse, où la friponnerie est un mal commun. La Compagnie envoya l'an 1666. un autre Ambassadeur en *Perse*, nommé *Lairesse*. Il n'avoit point d'autre commission que d'assurer le Roi des respects de la Compagnie, lui demander la continuation de sa bien-veillance, & se plaindre du Gouverneur de la Province de *Perse*, qui faisoit beaucoup de méchants tours à ses Commis, & à leurs voituriers. Le Général de *Batavia* chargea le Directeur qui étoit à *Bandar-abassi*, de dresser les instructions de l'Ambassadeur. Cela fut executé; les présens qu'il fit au Roi, & aux Ministres, valoient environ dix mille écus. Ils consistoient en deux Elephans, en oiseaux rares, en draps, en brocards, en porcelaines, en bijouteries, en cabinets du *Japon*, & en or monnoyé un peu de chaque sorte. Cet Ambassadeur fut reçû, traité, & expedié parfaitement bien.

Le feu Roi, qui vivoit encore, ne pouvoit concevoir qu'une Compagnie de Négocians lui envoyât un Ambassadeur avec des présens si considérables, sans quelque dessein particulier. Il s'informa plusieurs fois quelles demandes l'Ambassadeur avoit à faire, & pourquoi il étoit venu. Quand il reconnut, qu'en effet, c'étoit seulement pour lui témoigner le respect & la reconnoissance de ses Maîtres; ce généreux Prince y prit tant de goût, que si l'Ambassadeur avoit eu tout l'esprit & toute la hardiesse qu'un tel emploi demande, il auroit pû dans ce bon moment obtenir de très-considérables avantages pour ses Maîtres. Il fut expédié vîte & avec beaucoup d'honneur, & eût outre les présens ordinaires d'habits & d'étoffes, un cheval, & une épée de Turcoises, de la valeur de quatre cens pistoles.

Pour revenir présentement au sujet de cette digression, les Hollandois de *Perse*, considérant l'an 1673. qu'il ne leur étoit point venu de Navires depuis deux ans, à cause de la guerre, & craignant qu'il n'en vint point non plus cette année ici, crurent qu'ils ne se devoient point tant charger de soye, mais garder au contraire le plus d'argent comptant qu'ils pourroient. Ils représenterent donc aux Ministres qu'ils ne pouvoient prendre de soye cette année, & qu'ils n'y étoient pas obligez, parce que le traité portoit qu'ils en prendroient six cens balles à l'encontre d'un million de Marchandises qu'ils apporteroient franches de Doüannes: qu'il étoit clair là-dessus, que n'ayant point reçû de Marchandises, ils ne devoient point prendre de soye. Ils disoient de plus qu'ils ne le pouvoient faire n'ayant pas de quoi la payer. Après bien des contestations, on convint qu'ils n'en prendroient que trois cens balles.

Le 7. étant tombé malade, le *Nazir* me fit

fit l'honneur de m'envoyer visiter par un Secretaire, qui me dit fort civilement de sa part, que si je desirois d'être vû des Médecins du Roi, il m'enverroit celui que je voudrois: il ajoûta que son Maître lui avoit particuliérement commandé de me dire d'envoyer prendre à son hôtel toutes les choses dont j'aurois besoin.

Les jours suivans, j'eûs l'honneur d'être visité de plusieurs personnes de marque, & entr'autres d'un des freres du Grand Maître, de celui du Gouverneur de *Candahar*, & du Chef de l'Arsenal d'*Ispahan*. Celui-ci, voyant que je beuvois de l'eau de saule, m'en envoya un flaçon, qui tenoit environ vint pintes.

Le 11. il arriva deux Courriers l'un sur l'autre avec de méchantes nouvelles, savoir que les deux tiers de *Metched* capitale du *Corasson*, qui est la *Choromithrene*, la moitié de *Nichapour*, autre grande ville de la même Province, & une petite ville proche de *Nichapour*, avoient été renversées par un tremblement de terre. Ce qui touchoit le plus les Persans & particuliérement les Dévots, étoit le dommage arrivé à la Mosquée de *Metched*, dans laquelle est le tombeau d'*Iman Reza*, Mosquée magnifique & fameuse dans tout l'Orient. Le Dome en étoit tout abattu, mais le reste de l'édifice restoit, dit-on, assez entier. Le Roi envoya aussi-tôt en Poste une personne de qualité, pour reconnoître plus exactement le dommage. Il fit partir peu après deux autres Seigneurs pour porter ses ordres aux Officiers de la Province dans une si grande calamité.

Le 15. l'Introducteur des Ambassadeurs, & le Receveur des présens qu'on fait au Roi, se rendirent au logis de l'Envoyé de la Compagnie Françoise. Le premier, pour s'enquerir à fond de la part du premier Ministre du sujet de sa venuë, & des demandes qu'il étoit chargé de faire. Le second, pour voir les présens qu'il avoit apportez pour le Roi, les reconnoître, & en faire l'Inventaire. Le Receveur des présens s'appelle *Peskis Nuviez*.

Le 16. il arriva un Envoyé du Bassa de *Basra*, sous le titre de *Salem Chaoux*, c'est-à-dire, *heraut de Paix*, ou pour traduire plus juste, *huissier de Paix*, avec un Arabe de qualité, nommé *Mirhagez*, c'est-à-dire, selon le sens du mot, *Prince des santifiez*. On donne ce nom aux Chefs de ces grandes Caravanes de Pellerins, qui vont à la Mecque, ville de l'*Arabie Petrée*, qui avec les païs d'alentour, à vint lieuës de distance, fait la Terre Sainte des Mahometans. Le dessein de ces Envoyez étoit de supplier le Roi de lever une défense qu'il avoit fait publier d'aller à la Mecque par la voye de *Basra*. C'étoit à cause des véxations & des avanies que les Arabes faisoient aux Pelerins Persans sur cette route-là. Le Bassa de *Basra*, & ce *Mirhagez* souffroient beaucoup de cette défense, les péages que les Pelerins ont coûtume de payer étant fort grands, & le nombre des Pelerins allant quelquefois à dix mille personnes chaque année. Les Lettres du Bassa portoient qu'il avoit fait châtier exemplairement ceux qui avoient molesté les Persans, & qu'il avoit mis si bon ordre pour les bien traiter à l'avenir, qu'ils en seroient très-satisfaits. *Mirhagez* venoit lui-même confirmer ces assurances, enroller les Pelerins, & traiter avec eux de tous les droits qu'ils payeroient, de *Basra*, à la *Mecque*, à aller, & à revenir. En effet dès qu'il eût obtenu ce qu'il demandoit, il fit dresser un grand pavillon dans le vieux marché de la ville, & fit publier que toutes les personnes, d'un & d'autre sexe, qui voudroient faire le pelerinage, vinssent se faire enroller, & qu'il traiteroit avec chacun à un prix fort honnête.

Le 18. me trouvant en bonne santé, graces à Dieu, je montai à cheval, & allai remercier le *Nazir* de la bonté qu'il avoit eûe pour moi. J'eûs sept accès de fievres, trois fort violens, quatre assez doux. Je n'usai de nuls autres médicamens que de deux legeres Médecines, & de deux remédes. On me faisoit faire une si grande diette qu'en vint quatre heures je ne prenois que trois ou quatre onces de ris cuit, dans du lait d'amande. On me laissoit boire à discretion, & je beuvois furieusement. Mon breuvage étoit d'eau d'orge, & d'eau de saule, mêlées ensemble.

J'attribuai ma guerison à l'eau de saule, car elle est extremement rafraichissante, & fort agréable à boire. On l'appelle *Arac bid*, *Bid* veut dire *saule*, *Arac* signifie *une liqueur extraite par l'alembic*, & c'est le nom qu'on donne ordinairement en *Perse* à *l'eau de vie*, & à tous les autres extraits. On fait boire en *Perse* de cette *eau de saule*, ou pure, ou mêlée d'eau commune, dans toutes les fievres. Les Europeans entendus à la Medecine, qui connoissent le temperament de ce païs-là, disent que c'est un excellent remede pour les guerir.

Environ ce tems-là, on eût nouvelles de l'arrivée des Portugais dans le sein Persique, avec une flotte, mais qui n'étoit composée que

que de petits vaisseaux. Ils faisoient courir le bruit qu'ils étoient venus pour aller assiéger *Mascate*, ville de l'*Arabie*, proche d'*Ormus*, avec laquelle ils sont depuis long-tems en une guerre, qu'on peut dire qui se fait des deux côtez de Turc à More; mais il s'en falloit beaucoup que leur flotte ne fût capable de former un tel siége. Tout ce qu'ils firent fut de croiser sur les barques & les autres petits bâtimens Arabes, dont on dit qu'ils firent pour quelques quarante mille livres de prises. Ils vinrent ensuite au port de *Congue*, & y eurent plusieurs démêlez avec les Persans pour des vaisseaux Arabes, qui étoient dans ce port. Ils y prirent le Présent, qu'on a accoûtumé de leur faire tous les ans, pour le droit qu'ils ont sur la moitié de la Doüane de ce Port. Ils allerent de là à *Bahrin*, Isle célébre du Golphe Persique, pour la pêche des perles, qui s'y fait. Cette pêche étoit autrefois entre les mains des Portugais, qui ont pour cela de vieilles prétentions sur tous ceux qui y pêchent. Ils en tirerent un petit Présent, & reprirent ensuite la route de *Goa*. On faisoit courir le bruit qu'ils vouloient aussi aller à *Basra*, où ils ont de pareilles prétentions, & de même datte, mais ils n'en firent rien : ils savent que pour tirer de là quelque chose, il faut bien du courage & plus de force qu'ils n'en ont.

Les Portugais ont été durant quelque cent ans les Maîtres de presque toutes les Indes. Ils possedoient, non seulement tout ce que possedent les divers peuples de l'Europe, qui pour la sûreté de leur Commerce ont fait des conquêtes en ces vastes Païs, mais encore plusieurs Isles, plusieurs Côtes de mer, beaucoup de Villes, & beaucoup de Forteresses, qui ont été reprises par les anciens possesseurs. Les Isles d'*Ormus*, de *Kichmiche*, de l'*Arecque*, & de *Bahrin*. La Côte Persane du Golphe, les Ports, & les Forteresses d'*Abas* & de *Congue*, sur cette Côte-là, sont des biens qu'ils avoient, & qu'ils ont perdus : & quoi qu'ils n'eussent d'autre droit dessus que celui de conquête & de possession, toutefois ils maintiennent toûjours ce droit, & ils le font valoir dans les occasions. Ce fut entre l'an 10. & l'an 25. du siécle passé qu'ils perdirent les Isles & les Ports que l'on vient de nommer, & comme ils conserverent long-tems après *Mascate*, ville maritime de l'Arabie, à quarante lieuës d'*Ormus*, & que pour la conserver ils avoient un fort grand besoin du commerce de la Perse, ils firent un accord avec le Roi cette année-là (1625.) au moyen duquel ils lui remirent tout ce qu'ils tenoient encore sur la Côte de son Royaume, à condition d'avoir le droit de la pêche des Perles qui se fait à *Bahrin*, & la moitié de la Doüane de *Bandar-congue*, qui est un Port à trois journées de chemin d'*Ormus*. Les Persans, en accordant de si avantageuses conditions aux Portugais, les menageoient par politique, pour en tirer du secours dans le besoin, contre les Anglois & les Hollandois, s'ils venoient à se brouiller ensemble. Cet Accord a été tenu tant que les Portugais ont gardé *Mascate* ; mais dès qu'ils l'eurent perdu, ce qui arriva l'an 1649. les Persans ne leur tinrent plus rien de bonne foi. Ils les frustroient de presque tout leur droit, & ne leur donnoient que ce qu'ils vouloient, qui souvent n'alloit pas à cinq mille écus l'an, de plus de soixante mille qu'il leur devoit être fait bon. Enfin ces dernieres années, le Viceroi de *Goa* ayant envoyé un Ambassadeur à la Cour de Perse, il fut convenu que l'on payeroit aux Portugais quinze mille écus par an dans le Port de *Congue*, & que moyennant cette somme ils renonceroient à toutes prétentions sur la Côte de Perse. Cependant, comme le point de la pêche des Perles n'est point mentionné dans ce Traité, les Portugais prétendent toûjours en être les Seigneurs, & que les pêcheurs sont obligez de prendre leurs passeports, lesquels ils font payer environ une pistole la piéce ; mais fort peu de barques en prennent. On compte qu'il y en a environ mille d'entretenues à cette pêche.

Le 20. l'Envoyé de la Compagnie Françoise presenta au Divan une Requête, dont voici la teneur.

DIEU.

[a] *Requête du plus humble de vos serviteurs*, [b] *l'Envoyé de la Chambre generale des Indes Orientales de France.*

„ Il [c] supplie très-humblement, avec tou„te l'instance possible, qu'on considere le „ long-tems qui s'est écoulé depuis son arri„vée dans le [d] Siége de la Monarchie, & „ que par faveur on y ait égard. L'ardent „ desir de cet humble serviteur, est qu'on le „ fasse venir à l'audience, afin qu'il ait l'hon„neur & la gloire de baiser les pieds du très-„ Noble Lieutenant des [e] Prophetes, qu'il „ puisse exposer le sujet de sa venuë, & qu'il „ soit après congédié. Le tems propre d'al„ler de Perse aux Indes par mer s'avance. „ Les vaisseaux qui ont amené le suppliant

„ au [g] *St. Port Abas*, y reſtent inutiles : ils „ perdent beaucoup à l'attendre. Ainſi plûtôt on l'expediera, plus ſes affaires, & celles „ de ſes Maîtres y gagneront. Voilà la Requête que ſon preſſant beſoin l'a obligé de preſenter. Vos [h] commandemens ſont par- „ deſſus tout.

[a] C'eſt la coûtume en Perſe de traitter par Requêtes avec le Roi & avec les grands Miniſtres. Ces Requêtes s'appellent *Arzé*, ou *Arizé*, c'eſt-à-dire, *Propoſition*.

[b] J'ai obſervé en un autre endroit que les Orientaux donnent le titre d'*Ambaſſadeur* à tout homme qui eſt envoyé d'un Souverain à un autre, quand il ne ſeroit chargé que de rendre une Lettre ; & la raiſon, à mon avis, pourquoi ils en uſent ainſi, eſt de faire croire au peuple que leur Roi eſt reveré dans tout l'Univers, & que de toutes parts on lui rend hommage par des Ambaſſadeurs & par des Préſens.

[c] Dans la langue Perſane on parle toûjours à la troiſiéme perſonne, quand on veut parler civilement, & au lieu du pronom relatif on employe des termes de ſoumiſſion, comme *bendé*, c'eſt-à-dire, *Serviteur*, *Eſclave*, & *Douagou*, c'eſt-à-dire, *priant*, pour dire *un qui prie toûjours pour vous*.

[d] C'eſt-à-dire, *à Iſpahan*, & les Perſans donnent cette épithéte à toutes les Villes où les Rois font leur ſéjour.

[e] Les Perſans tiennent que c'eſt la volonté de Dieu que le monde ſoit gouverné par des Prophetes, ou par leurs Lieutenans, ou Vicaires, en leur abſence ; & c'eſt dans ce ſens que leurs Rois s'appellent par honneur *Lieutenans, ou Vicaires de Mahamed, d'Aly, & des Prophetes en géneral*.

[f] *Mauſſom* eſt le mot Perſan que j'ai traduit *le tems propre à aller de Perſe aux Indes par mer :* c'eſt le mot dont les Orientaux ſe ſervent pour ſignifier les ſaiſons propres à naviguer d'un lieu à un autre. Ceux qui ont lû la Topographie des Indes, ſavent que les vents y ſoufflent conſtamment de certains côtez par ſemeſtre. Ainſi, depuis Octobre, juſqu'en Mai, par exemple, ils ſoufflent favorablement pour ceux qui veulent toucher la côte Orientale des Indes ; mais durant les autres mois ils leur ſont contraires.

[g] Toutes les Requêtes, les Placets, & les Mémoires qu'on preſente en Perſe, ſont toûjours conclus par ces mots *amr-ala*, dont le ſens, comme les Perſans le donnent, eſt, *la réponſe que vous ferez à ma requête réglera mes deſirs.*

Le 24. fut un jour d'affliction pour tous les Chrétiens d'*Iſpahan*, ſur tout aux Armeniens, par la revolte de leur Chef, ou Gouverneur, nommé *Aga Piri Calentar*, c'eſt-à-dire, *Prévôt* de ce grand fauxbourg d'Iſpahan, où ils habitent. C'étoit un demi-ſavant, qui ayant lû *Avicenne*, & d'autres Philoſophes Arabes, & des Controverſiſtes Mahometans, n'avoit pas ſû reſoudre leurs objections, de ſorte que ce fut l'aveuglement & l'eſprit d'erreur qui le ſeduiſirent, plûtôt que l'amour du monde, ni la volupté. Ses amis diſoient que c'étoit l'opprobre de *Jeſus-Chriſt*, ſelon le langage de l'Ecriture, c'eſt-à-dire, le mépris & les rebuts attachez à la profeſſion du Chriſtianiſme, dans les Etats Mahometans. Quinze jours avant ſon apoſtaſie, il alla trouver le *Nazir*, & l'ayant ſupplié de l'écouter en particulier, il lui fit préſent d'une bourſe de ſix cens ducats d'or, & lui dit, *qu'étant depuis long-tems Mahometan d'eſprit & de cœur, il deſiroit de faire profeſſion ouverte du Mahometiſme ; mais qu'ayant à craindre l'averſion de toute ſa nation, & le deſeſpoir de ſa famille, en abjurant leur Religion de ſon propre mouvement, comme auſſi que les Facteurs qu'il avoit en Europe avec de grands biens, n'en priſſent occaſion de les garder, & de ne revenir jamais, il croyoit néceſſaire, & il ſouhaittoit de tout ſon cœur, que le Roi lui dit de ſe faire Mahometan, afin que ſon changement pût paſſer pour une violence.* Le *Nazir* l'embraſſa, & lui promit toutes les choſes du monde. C'eſt ce que ſes plus proches parens m'ont conté ; quoi qu'il en ſoit, voici comme ſon changement arriva. Il avoit fait un an auparavant un beau préſent de fruits au Roi, pour lequel on lui avoit envoyé un habit Royal, il y avoit huit jours, & étant allé vêtu de cet habit, & ſuivi par honneur des plus conſiderables gens de ſa Nation, comme c'eſt la coûtume, pour remercier le Roi de cette grace, le Roi le fit approcher de lui, & lui dit : *Aga Piri, j'aprens que tu as lû nos livres de Science & de Religion. D'où vient que connoiſſant preſentement la verité, tu ne te fais pas Mahometan* ? Il baiſſoit la tête le viſage tourné vers le Roi. Le premier Miniſtre s'approcha de lui, & lui dit fort haut : *Le Roi vous ordonne de vous faire Mahometan : il faut le contenter.* C'étoit le ſignal que ce perfide attendoit. Il répondit fermement, & ſans être troublé : *La volonté du Roi ſoit faite : je me déclare Mahometan.* On le mena incontinent aux pieds du Prince, & après y avoir fait les trois proſtrations accoûtumées, on lui fit prononcer à haute

voix

voix la confession de foi Mahometane. Le Roi dit ensuite au Grand Pontife, qui étoit là present, de le faire *sunnet:* cela vouloit dire, *de le circoncire*; & pour conclusion, il commanda au *Nazir* de lui faire donner un habit Royal de la sorte qu'on donne aux Gouverneurs de Province, avec un cheval, & le harnois de pierreries.

Les avantages de l'esprit, & les biens de la fortune, dont Dieu avoit favorisé ce malheureux Apostat, rendent sa desertion encore plus criminelle; car c'est un des plus riches Marchands du païs, qui possede plus de deux millions de livres, sans avoir ni enfans, ni freres. Les Mahometans triompherent de sa conquête, disant qu'on ne pouvoit attribuer sa conversion à aucun motif humain, ni à l'ignorance; mais que c'étoit l'ouvrage de la Verité toute seule. Pour lui, il voulut faire accroire à ses parens que le Roi l'avoit menacé de mort s'il n'abjuroit, mais il n'y a rien de moins vrai, & personne n'ajoûta foi à ses lâches excuses.

Tous les *Armeniens*, le Clergé, & le Patriarche, qui étoient à lors à *Ispahan* furent consternez de ce malheureux accident. Ils craignoient qu'on ne leur fit quelque violence, qui emportât les plus foibles du Troupeau; mais, graces à Dieu, on ne leur en fit nulle. Le premier Ministre les envoya querir, & leur dit, *que le Roi avoit un grand zele pour leur conversion, & que pour lui, il compteroit pour le plus grand bonheur de sa vie, que du tems de son Ministere, ils voulussent embrasser la véritable Réligion.* Ils répondirent, en tremblant, *que S. M. ayant un Monde d'Esclaves Mahometans, sa bonté pouvoit laisser vivre dans la Religion du Prophete Jesus les plus bas de ses Esclaves, & leur laisser leurs Eglises, où ils ne faisoient rien plus souvent & avec plus d'ardeur que de prier Dieu pour la vie de S. M. & pour celle de ses Ministres.* Ils firent aussi entendre que s'ils se rendoient Mahometans, il arriveroit que leurs Facteurs qui étoient en Europe ne retourneroient point, ce qui feroit perdre à l'Etat des richesses immenses; de plus que les Princes Chrétiens ne les laisseroient plus trafiquer dans leurs Etats. On ne les pressa pas davantage sur cette matiere.

Les Missionnaires ayant appris toutes ces démarches, firent insinuer au Patriarche qu'il devoit implorer le secours des Princes Chrétiens en faveur de sa Nation & il y prêta l'oreille. On m'en demanda mon avis. Je ne voulus pas lui ôter l'esperance qu'il avoit de ce côté-là. Je me contentai de dire à ceux qui entroient dans le dessein, qu'ils prissent bien garde aux consequences de leur députation, si elle venoit à être sue, soit par l'interception de leurs Lettres, soit par quelque faux frere, soit même par l'Office que les Princes Chrétiens pourroient faire auprès du Roi de *Perse* par des Lettres, ou par des Ambassadeurs, qui pourroient leur nuire, plûtôt que de leur servir. Les Missionnaires faisoient dire aux Armeniens par l'Envoyé de la Compagnie Françoise, que si le *Pape* prioit le *Roi de France* de les proteger, il n'y manqueroit point. Ainsi il ne s'agissoit que de la recommandation du *Pape*; mais on faisoit entendre au Patriarche, que pour l'avoir, il falloit reconnoître sa souveraine autorité, & s'y soumettre. Le Patriarche répondit que s'il ne falloit que cela pour sauver sa Nation du Mahometisme, il s'y soumettroit. Après plusieurs conferences, il fut résolu que le Patriarche écriroit au *Pape*, à la *Congrégation de la Propaganda*, au *Roi de France*, & au Pere Confesseur, ce qui fut executé peu de jours après.

Les Lettres du Patriarche étoient touchantes & pressantes. Il y mettoit en termes clairs qu'il reconnoissoit la Monarchie du *Pape*, & soumettoit sa personne, & son Troupeau, à l'autorité de l'Eglise Romaine; mais qu'au nom de Dieu on lui donnât des secours promts & efficaces. Cette députation ne produisit rien pour les *Armeniens*, car les Augustins & les Carmes, jaloux & indignez de n'y avoir point eu de part, écrivirent à Rome qu'ils ne voyoient que des motifs humains dans toute cette menée. Les grands Marchands du lieu ayant appris tout ce qui s'étoit passé, en furent fort irritez, craignant que si la Cour en étoit informée elle ne s'en vengeât sur eux. En effet, ils ont sujet de tout apprehender sous le Ministere de ce Grand Vizir *Cheic-alican*; car c'est un Mahometan outré, qui hait furieusement la Réligion Chrétienne: jusques-là qu'il croit que le pays-même est pollu & dans un état d'impureté par le sejour que les Chrétiens y font; à cause de quoi il voudroit en chasser tous les habitans Chrétiens, sans en excepter les Etrangers.

Les principaux Marchands de *Julfa* prirent cette occasion pour presser leur Patriarche de travailler à la reformation du Clergé, & sur tout à celle de la vie débordée des Religieuses, dont la dissolution étoit devenue d'une notorieté publique, & d'un scandale étrange; car elles ne se contentoient pas de se prostituer elles mêmes, elles faisoient métier de cor-

corrompre les autres, & de menager les plus infames intrigues. On trouva le desordre trop général & trop enraciné pour y remedier; c'est pourquoi on renvoya les Religieuses chez leurs parens, & on sécularisa le Monastere. Il avoit soixante ans de fondation. Les Carmes m'ont assuré que c'étoient eux qui en avoient dressé le plan & les constitutions.

Le 25. je terminai enfin, graces à Dieu, mon affaire avec *le Nazir*. Le Chef des Orfevres en conclut le marché. Je ne dirai point les fourberies, les ruses, les disputes, les menaces, les promesses, dont l'on me fatigua durant dix jours, & notamment ce jour-là, pour me faire baisser les prix de ce peu que le Roi vouloit avoir. J'étois si las de toutes les méchantes manieres, dont le *Nazir* se servoit pour arriver à ses fins, que j'en avois honte pour lui, & doutois souvent s'il agissoit par feinte ou tout de bon. Je lui dis à la fin que plûtôt que de le voir s'exhaler en cris & en aigreurs contre moi, je le suppliois de me rendre mes bijoux. *Qu'en ferez vous*, me repartit-il brusquement? *j'empecherai bien que vous n'en vendiez pour un sou, ou que vous les emportiez aux Indes.* Je lui répondis que je ne craignois rien de pareil de son équité. Ce qui le fâchoit le plus, comme il disoit, c'est que je me tenois toûjours à l'accord, sans en démordre. Il s'étoit mis si fort en colere une heure avant que de conclure, qu'on eût dit qu'il m'alloit devorer, & j'eusse apprehendé de méchantes suites de cette grande irritation, si je n'avois bien sû les façons de faire des Persans dans de pareilles occasions.

Ce que j'avois le plus de peine à soutenir, c'étoit les reproches des personnes de la Cour qui étoient là avec lui, qui s'imaginant, qu'à la maniere des Marchands Orientaux, je n'aurois pas dit la verité d'abord, trouvoient fort étrange que je me tinsse toûjours à mon premier mot, & ils attribuoient cela les uns à obstination, les autres à une envie de gagner excessivement. Le *Nazir* voyant qu'il ne réussissoit par aucune voye, fit mine de me rendre tout. Il l'envoya querir & me le fit délivrer. Comme je le recevois, on le vint querir de la part du Roi. Il sortit, en disant un mot à l'Oreille au Chef des Orfévres. Celui-ci, qui étoit, comme je l'ai observé, un bon vieillard, honnête homme, me tirant dans une chambre particuliere, me dit, *il est tems de finir cette affaire. Je suis las moi même de ces feintes outrées. Relachez un peu de vôtre droit, quelque juste qu'il soit, & ne poussez pas le Nazir à bout. Considerez qu'il peut vous faire vendre d'autres pierreries. Si on vous laisse les grands ouvrages que vous avez, où les porterez vous? Quel autre Roi que le nôtre peut vous les achetter? Croyez moi, & me laissez terminer le different en le partageant entre vous. Il vous faut, à vôtre compte, quelques dix sept cens tomans. Le Nazir ne vous en veut donner que douze cens. Je conclurai le marche à quinze cens*, (c'est quelques sept mile pistoles) J'avois si grande envie de faire affaire, que je fus ravi de la proposition; mais il falloit se contenir, & faire encore le difficile. Je répondis au Chef des Orfevres en le remerciant des peines qu'il prenoit pour mes interêts; mais que le *Nazir* avoit de fort méchantes manieres, s'emportant jusqu'à me dire des injures. *Ne prenez pas garde à cela*, me répondit-il, avec un geste de rebut & de mépris, *poc y edy*, c'est-à-dire, à traduire honnêtement ces mots *il a maché de l'ordure*, & cela signifie que l'on a tout à fait mal parlé. L'action & la réponse de ce Seigneur me donnerent une grande envie de rire. Je repartis que ce qu'il vouloit me rabattre étoit la moitié du profit que l'on m'avoit promis, & que l'autre s'en iroit en droits, cinq pour cent au Thrésor en recevant l'argent, deux pour cens à lui pour son droit, & ce qu'il faudroit donner au *Nazir*, qui monteroit à plus de deux pour cent. Le Chef des Orfevres me répondit qu'on m'exempteroit des cinq pour cent, & enfin après quelques reparties de part & d'autre je me rendis.

Au bout d'une heure le *Nazir* revint. Le Chef des Orfevres se mit à le supplier tout haut de s'avancer à un prix raisonnable, & de sacrifier un milier de pistoles en consideration des peines que j'avois prises, qui en meritoient beaucoup plus. Le *Nazir*, qui poussoit encore la feinte, s'emporta contre lui, & lui demanda, *s'il vouloit être Caution que mes bijoux valussent cela, & pourquoi c'étoit, que ne les ayant estimez que cinquante mille francs, il lui disoit d'en donner septante. J'ai estimé la Marchandise*, répondit le Chef des Orfevres, *selon le cours qu'elle a présentement dans la ville, & non selon sa véritable valeur. La ruine du Négoce, arrivée depuis la mort du feu Roi, a diminué de moitié la valeur de la pierrerie. J'ai agi sur le pié de cette diminution; sans égard à la beauté, au choix, au rare assemblage des pierres que je vous laisse à considerer.* Il y eut encore quelques paroles de part & d'autre, sur le présent que je prétendois du Roi. Enfin, le Chef des Orfevres me prit la main, & regardant le Grand Maître,

tre, lui dit: *je donne vôtre parole à Aga Chardin pour quinze cens tomans avec un habit Royal.* (On a dit en plusieurs endroits qu'on appelle ainsi les habits que le Roi donne) *& un Cheval, lesquelles choses il accepte pour plein & juste payement des pierreries que le Roi prend de lui.*

Le Nazir me fit donner sur le champ deux piéces de dixhuit sols pour arres, & m'ayant fait signe de m'approcher de lui, il me dit d'un visage gai & serain, changé en un instant du blanc au noir, comme on parle; *Tout sujet de contestation est à présent ôté. Nous vivrons bons amis à découvert. J'ai été obligé d'en user avec vous comme j'ai fait, pour l'avantage du Roi, dont j'ai l'honneur d'avoir les biens en maniment. Si j'agissois autrement, je volerois son pain que je mange. Outre cela, j'ai une tête à perdre: mais je vous aime, & vous le connoîtrez dans la suitte.* Après cet obligeant discours il me demanda, *si je voulois être assigné sur le fermier Général des Doüannes du Golphe Persique. Vous y aurez beaucoup d'avantage*, me dit-il, *puisque vous devez passer aux Indes, car cet argent sera tout porté à Bandar-abassi & vous n'aurez qu'à l'embarquer.* J'avois déja fait réflexion sur l'assignation que je devois demander. Elle m'étoit véritablement fort avantageuse à *Bandar-abassi*, mais je craignois que quand je serois là à cinquante journées de la Cour, on ne me fit quelque chicane, ou quelque avanie, soit pour retarder mon payement, soit pour avoir un présent. Je demandai d'avoir mon assignation sur les Hollandois, ce que le *Nazir* m'accorda sans replique, de quoi je me sentis fort obligé. Je sortis de chez lui assez tard, fort satisfait du succès, & loüant Dieu de n'avoir pas été aussi malheureux que chacun le croyoit. Le *Nazir* me dit en sortant, qu'encore que nous eussions fait marché, que je ne laissasse pas de le venir voir tous les jours, sur tout à l'heure du diner.

Peut-être que j'aurai été ennuyeux en rapportant ainsi au long ma négociation avec le *Nazir*. Je l'ai fait, parce que ces sortes de Narrations font mieux connoître aux gens intelligens le genie du pays, que les plus exactes descriptions ne sauroient faire. On procede avec autant de mesquinerie & de bassesse dans tous les Etats Orientaux, & j'ai vû bien pis que cela à la Cour du *Grand Mogol*, quoi que ce soit le centre pour ainsi dire de toutes les richesses du monde.

Le 26. le *Nazir* commença la Noce de son fils ainé, qui étoit premier Maître d'hôtel, avec une fille du *Divan beghi*, ou Président du Divan, une des plus grandes charges du Royaume, nommé *Mahamed Hassen*, homme fort avide de bien, & grand Tyran. Il déchiroit les Chrétiens, les Juifs, & les Gentils qui tomboient dans ses mains, & il n'y avoit point de droit, pour clair & bien établi qu'il pût être, qu'il n'oprimât pour de l'argent. Il étoit du reste plein d'esprit & de feu, & fort bien fait de sa personne.

La Noce dura quatorze jours. Les trois premiers, les Parens seuls furent traitez: plusieurs Seigneurs de la Cour le furent le quatriéme: les Favoris du Roi le cinquiéme, & le sixiéme les Generaux d'armée: le septiéme les deux Pontifes, & les plus considerables Ecclesiastiques. Le premier Ministre fut traité le huitiéme, & le Roi le lendemain. Le dixiéme fut pour le Chancelier & pour les Secretaires d'Etat. Le onziéme pour les principaux Lettrés. Et les quatre derniers jours on invita d'autres gens notables; de maniere qu'il n'y eût personne de considerable à la Cour & dans la ville qui ne fût à la Noce. On dit qu'elle couta au *Nazir* quatre cens mille livres, la plûpart en présens faits aux Invitez. Ceux qu'il fit au Roi valoient vingt mille écus. Ce jour là même, il eut la bonté de penser à moi; Il m'envoya un regal de fleurs, de confitures, & de fruits, les plus beaux qu'on puisse voir.

Le 31. *Zael-can*, Gouverneur de la Ville & de la Province de *Candahar*, fut amené à *Ispahan*, accusé d'être complice du vol d'une Caravane qui alloit aux Indes riche de plusieurs milions. On le donna en garde au *Kelonter*, ou Prevôt de la ville, qui est comme le Lieutenant Civil. Le prisonnier n'avoit qu'un seul Valet, & étoit au Carcan, lequel en Perse est fait de trois piéces de bois carrées mises en triangle, dont l'une est presque du double plus longue que les deux autres. Le Cou du Criminel est enfermé dans ce triangle, & sa main au bout de la plus longue piéce dans un demi cercle de bois qui y est cloüé.

Le 1. de Septembre *le Nazir* me delivra mon ordonnance de comptant, sur les Hollandois, qui étoit en ces mots.

DIEU.

„ Commandement du Roi du monde, adres-
„ sé à ses hôtes de la Nation Europeane,
„ portant injonction à eux de payer à bon
„ compte, & sur le tant moins des soyes,
„ qui leur ont été vendues & délivrées *à l'an*
„ *du Pourceau*, la somme de quinze cens *To-*
„ *mans*,

„ *mans*, monnoye de [b] *Tauris*, aux Seigneurs „ *Chardin* & *Raisin*, Négocians Europeans, „ la fleur des Négocians & des Europeans, „ en payement de joyaux & pierreries couchées au dos de ce sublime commandement. „ Ces joyaux & pierreries ayant été présentées par l'entremise du très-haut & très-excellent le *voyant* de la maison du Roi à Sa Majesté, dont les regards ont la vertu de la Chymie, elle les a agrées & elle a commandé par un ordre sublime & absolu de les acheter. En execution de ce Saint Commandement, la fleur de la Noblesse, favori de la très-haute Majesté, le Chef des Orfevres a été commandé pour estimer ces joyaux & pierreries, avec l'avis des plus habiles Joüalliers & des meilleurs connoisseurs de la Royale ville d'*Ispahan*. Ils les ont apréciés à onze cens quatre vingt six *Tomans*, & vingt huit *Abassis*; mais comme lesdits Aga *Chardin* & *Raisin*, n'étoient point contens de cette évaluation & la rejettoient, faisant voir qu'à compter sur le pied de l'achat, & d'un profit honnête ils ne pouvoient donner lesdits bijoux moins de quinze cens *Tomans*; il a été arrêté en conséquence de l'ordre du Roi très-haut, qui est intervenu là-dessus, que sans avoir d'égard à l'estimation des Joüalliers, on donnât cette somme aux vendeurs afin qu'ils fussent satisfaits à plein. Il a été ordonné ensuite que ces bijoux & pierreries fussent apportées au trésor Royal, & délivrées au haut & Majestueux Seigneur sublime & honorable au delà de toute comparaison, accompli dans les devoirs de l'amitié, favori du Roi très-grand, appui du plus glorieux trône de la terre, Pelerin des Nobles & sacrez [c] saints lieux, le [d] Chef & Surintendant du [e] Palais des femmes du très-haut & très-excellent Monarque, afin qu'il les reçoive & en réponde suivant l'endossement de cette présente ordonnance. On doit savoir que tout cela a été executé très-exactement, & que la dépense faite à cet achat a été aprouvée & passée en compte. Fait au mois de *Gemadi*, le premier, l'an mille quatre vingt quatre. "

Au dos de l'Ordonnance, qui étoit sur une grande feuille de papier, au milieu de la feuille étoit le mémoire des bijoux, la qualité & le prix au haut, & aux côtez étoient les contreseins des principaux Ministres qui ont l'Intendance des biens du Roi. Celui du premier Ministre étoit le premier en ces mots.

DIEU.

Par ordonnance du Roi très-grand . . . . . contresigné de l'endossement du très-haut, très-heureux, & très- [f] *chery Lieutenant de l'Etat*, Cheic-ali-can, *très-excellent*, *très-glorieux*, *& très-éclatant*, *éminentissime confident du Roi des Rois très-clement & très-bon*, *appui & premier Ministre du plus grand des Royaumes de la terre élevé au dessus de toute grandeur.*

Sous la signature, tout contre, étoit le sceau & le paraphe du premier Ministre. Ce paraphe s'appelle *Togra*, comme celui du Roi. C'est un lacs de plusieurs Lettres Arabesques qui composent cinq mots en cette langue, lesquels signifient, *il faut se munir du secours de Dieu très-haut dans toutes les affaires temporelles.*

La seconde signature étoit celle du *Nazir*, en ces mots, *contresigné de l'endossement du très-haut*, *très-heureux & très-cheri Seigneur* Negef-couli-bec, *suprême Intendant des biens Royaux*, *Lieutenant du Roi*, *favori de S. M. Grand Voyant de sa Maison Royale.*

A la moitié de la page sur le bord à côté droit, étoit le sceau & le contresein de *Mirza Kebir*, Controlleur Général du Domaine, en ces mots, *Cette Ordonnance a passé par la plume du Controlleur des Finances.*

A côté gauche, & aussi sur le bord, étoit le sceau & le contresein de *Mirza-casem*, Controlleur des Regîtres de la Chambre des Comptes en ces mots: *Cette Ordonnance a été vûe.*

Sous ces contreseins, il y en avoit trois autres. Le premier d'*Ismaël-bec*, *Nazir*, ou Controlleur de la Chambre, en ces paroles, *Cette Ordonnance a été homologuée au bureau du Nazir.* L'autre de *Mahammed Jafer*, premier Officier de la Chambre des Comptes, en ces mots-ci, *Cette Ordonnance a été inserée dans les regîtres du Domaine.* Le troisiéme de *Mirza-aboul Hassein*, Receveur Général qui étoit ainsi: *Cette Ordonnance a été inserée.*

[a] C'est une des douze années, qui composent l'Epoque dont l'on se sert en *Perse* dans tous les Bureaux des Finances. Les Tartares l'ont introduite dans tous les païs où ils ont porté leurs Sciences, ou leurs armes, comme on le trouvera expliqué plus amplement dans les volumes suivans, au traité de l'Astronomie des Persans.

[b] On specifie toûjours dans les Contracts, que les payemens se feront *monnoye de Tauris*, parce

parce que cette grande ville eſt en réputation de fabriquer les eſpéces à plus juſte titre, que les autres; mais ce n'eſt qu'une formalité, la monnoye des autres villes de Perſe ayant cours tout de même.

[c] Les lieux ſaints des Mahometans ſont les villes de la *Mecque*, & de *Medine*. Ils les appellent *haraminvé cherifin*, c'eſt-à-dire, *ſacrez & Nobles*.

[d] Le terme original eſt *rich ſefid*, c'eſt-à-dire, *barbe blanche*. On ſe ſert de cette figure par tout en *Perſe* pour dénoter la perſonne principale & plus éminente d'un lieu, celle qui gouverne les autres, comme un pere de famille dans ſa maiſon, un Capitaine dans ſa Compagnie, un Bailli dans le bourg où il commande, & le Chef d'une Caravane. Ce qu'il y a d'abſurde dans cet uſage, eſt de donner ce titre à des gens qui n'ont & ne ſauroient avoir de barbe comme l'Officier déſigné en cet endroit, qui eſt un Eunuque; mais on fait bien plus, car on le donne auſſi à des femmes & à des filles de condition. Cette figure eſt priſe de la déference que les Orientaux, plus que nuls autres peuples du monde, ont eûe de tout tems pour les vieillards.

[e] L'appartement des femmes en Perſe s'appelle *Haram*, c'eſt-à-dire, *un lieu ſacré, dont l'entrée eſt interdite & défenduë*.

[f] Le mot que j'ai traduit par *cheri*, ſignifie proprement, *qui fait ſa charge au contentement du Roi*.

Le *Nazir* me délivra cette ordonnance toute expédiée. S'il m'eût fallu la faire paſſer moi-même, je n'en fuſſe pas venu à bout dans un mois, ni pour cinquante piſtoles. Comme il m'avoit fait ſentir en pluſieurs rencontres qu'il ne vouloit point perdre ſes faveurs, je lui fis connoître que je ſentois bien celle-ci. Il m'en fit une autre le même jour, qui fut de me faire vendre pour ſept mille écus de bijouterie aux Grands qu'il avoit invitez. Il avoit gardé tout ce que j'avois de petit prix, & par une vilainie incroyable dans un homme de ſa qualité, il le faiſoit porter à vendre en mon nom dans les grandes maiſons, & lors qu'on lui faiſoit un aſſez bonne offre de quelque bijou, il me l'achetoit incontinent, à moins que ce qu'on lui en offroit. C'eſt pour cela qu'il me diſoit ſouvent de ne rien vendre de ce que le Roi avoit vû, de peur qu'il ne le redemandât ; mais je reconnus bien-tôt ſon intrigue.

Le 3. qui étoit le jour qu'il traittoit le Roi : j'allai chez lui de bon matin pour en voir les aprêts. Son hôtel eſt tout proche du Palais Royal. On avoit ſablé le chemin pour où le Roi devoit venir, dont un côté étoit couvert de brocards d'or & de ſoye, étendus, & l'autre parſemé de fleurs. Il ne ſe peut rien voir de plus propre & de plus magnifique que l'Appartement où il traita le Roi. Il donne ſur un jardin qui n'eſt pas fort grand, mais qui eſt fort beau, au milieu duquel il y a un grand baſſin d'eau, incruſté de marbre blanc tranſparent, dont les bords ſont percez pour des jets, à quatre doigts l'un de l'autre. A l'entour du baſſin, on avoit étendu des tapis de ſoye & d'or, & mis des carreaux d'une fort riche broderie pour s'aſſeoir. Le grand ſallon, au milieu duquel eſt un autre baſſin carré, dont le centre eſt marqué par quatre jets d'eau, étoit couvert de riches tapis de ſoye & d'or, les plus beaux qu'on puiſſe voir, & garnis tout autour de carreaux de même façon, mais plus riches d'étoffe & d'ouvrage. Aux quatre côtez du baſſin, on voyoit quatre Caſſolettes de Vermeil doré d'une extraordinaire grandeur, entre huit caſſettes carrées d'yvoire, garnies d'or émaillé, pleines de ſenteurs. Toute la ſale étoit couverte de grands baſſins de confitures, & le tour des baſſins d'eau de ſenteur, de bouteilles d'eſſences, de liqueurs, de vin, & d'eau de vie de pluſieurs ſortes. Le ſoir, il y eut un grand feu d'artifice tiré au milieu du jardin. On ne fait jamais de feſtin au Roi de *Perſe*, ſans lui donner un feu d'artifice pour divertiſſement. Le Roi paſſa toute la nuit au feſtin, à boire, à tirer de l'arc, & à d'autres exercices. Ses Favoris l'ayant loüé de la force de ſon bras, il prit tant de plaiſir à ces loüanges, que pour montrer mieux combien il les meritoit, il prit des taſſes d'or émaillé épaiſſes d'un écu blanc, & les preſſant d'une main il les plia en d'eux l'une après l'autre. Cela eſt preſque incroyable. Véritablement ce Prince a une taille & un port d'homme auſſi fort & robuſte qu'on puiſſe voir. Il ſe fit emporter à la pointe du jour, ne pouvant ſe tenir à cheval, ni ſur les pieds, à force de laſſitude, & de bonne chere. Les Grands qui avoient été de la fête étoient ſi las, & ſi yvres, que la plûpart ne ſe pouvant tenir à cheval en retournant chez eux, ſe firent coucher en chemin ſur des boutiques. Le *Nazir*, qui en fut averti ſur le champ, envoya poſer des ſentinelles à l'entour, afin que perſonne n'approchât d'eux, & ne les vît dans un état ſi ſale & ſi indigne de leur qualité.

Le 4. l'Envoyé de la Compagnie des Indes Orien-

Orientales de France présenta requête au *Nazir*, pour avoir audience du Roi; & le sixiéme, par l'avis de ce Ministre, il en présenta une semblable au Grand Vizir, dont voici la traduction.

DIEU.

Requête d'une personne qui fait des vœux pour vous de tout son cœur, l'Envoyé de la Compagnie des Indes Orientales de France.

„ Il représente avec tout l'empressement „ au très-haut Seigneur, magnifique en ti- „ tres, inébranlable baze du Royaume, très- „ digne Lieutenant suprême, excellent, no- „ ble, magnanime, l'élû de la Couronne, „ le favori du très-haut & très-puissant Maî- „ tre du Monde; que depuis son arrivée en „ la Royale ville d'*Ispahan* il a reçû d'extrê- „ mes faveurs & liberalitez de Vôtre Gran- „ deur, & des autres Hauts & Puissans Sei- „ gneurs de la Cour, particuliérement du „ *Nazir*, & Grand Surintendant de la Mai- „ son du Roi, qui lui a fait fournir tout ce „ qui est nécessaire à la [a] subsistence d'un E- „ tranger de sa qualité. Comme son très- „ haut & très-puissant Roi est en guerre avec „ le Roi de [b] Hollande, ce qui rend la Na- „ vigation dangereuse, & que le Suppliant a „ plusieurs demandes à faire à cette Cour, „ baze & appui du Ciel, il supplie que par fa- „ veur on le fasse venir en la Royale assem- „ blée des audiences, qui est l'image du Pa- „ radis, & qu'on fasse savoir son état & ses „ requêtes au très-haut & très-noble Monar- „ que, à qui le Ciel sert de [c] marche-pied. „ Le Suppliant se promet de la bonté de Vô- „ tre Grandeur, qu'il rendra bien-tôt les Let- „ tres & les présens dont il est chargé, pour „ celui de qui les regards ont la même force „ & vertu que la Chymie: qu'il en aura un „ favorable accueuil; & qu'ensuite il exposera „ à V. G. qui est la vraye source de la No- „ blesse, le sujet de sa venuë.

„ Les Commandemens de Vôtre Gran- „ deur regleront ses desirs.

[a] Les mots Persans signifient, *la sustentation de cet atome a été faite de la part des Ministres. Hospitalité* en Persan s'appelle *la Nourriture de l'Etranger.*

[b] Le Gouvernement Républicain est inconnu en *Perse*, & plus avant, jusqu'au bout du monde. On n'y connoît que le Gouvernement Despotique, & on n'y sauroit concevoir ni l'administration de la Souveraine puissance par plusieurs hommes égaux, ni même cette sainte & heureuse autorité des Loix qui sert de barriere contre la Tyrannie. On est accoûtumé dans tout l'Orient au joug d'un homme dont le caprice est la Souveraine Loi, & qui fait & défait à son gré sans raison & sans sens. Les Hollandois, pour ne pas offenser ces maniéres, parlent toûjours de leur païs comme d'une Monarchie, à la façon des autres païs, & lors qu'ils envoyent quelque Ambassadeur en Perse, les Lettres sont faites au nom du Gouverneur de *Batavia*, ou au nom du *Prince d'Orange*. Les premiéres Ambassades qu'ils ont envoyées aux Indes étoient toutes au nom des Princes d'Orange & avec leurs Lettres.

[c] *Sepeher recab*, que j'ai traduit par *à qui le Ciel sert de marche-pied*, signifie aussi *monté sur le Ciel: recab* veut dire proprement *étrier.*

Le premier Ministre étoit mal satisfait de l'Envoyé, qu'il voyoit s'attacher uniquement au *Nazir*, sans s'adresser à lui. Cependant il ne laissa pas de répondre favorablement à sa Requête. Il dit à l'Interprête *qu'il employeroit ses offices auprès du Roi en faveur de la Compagnie Françoise.*

Le 9. le *Nazir*, avec un de ses freres, & un des Favoris du Roi, allerent le matin chez le Prévôt de *Julfa*, qui s'étoit fait Mahometan. Beaucoup d'Ecclésiastiques des plus considérables de la ville s'y étoient rendus. C'étoit pour le circoncire. Un Chirurgien domestique du Grand Pontife fit l'operation dans un Cabinet joignant la grande sale, où étoit l'assemblée. On lui donna le nom de *Mahammed Piri* à sa circoncision. On le fit entrer au bain immédiatement après; & au sortir, on le vêtit d'habits blancs neufs. Pendant qu'on faisoit cette cérémonie, l'assemblée poussoit des actions de graces au Ciel pour la conversion d'un si illustre Neophyte, & mille vœux pour celle de tous les Chrétiens de *Perse*, & pour l'exaltation du Mahometisme. Au bout de deux heures, on donna un grand diner à la Compagnie. Il fut apporté de la Maison d'*Agazaman*, Intendant de la Mere du Roi, parce que la famille du Converti n'étant pas encore Mahometane, ce qu'on y eût apprêté eût été pollu. Cet *Agazaman* lui donna sa fille en mariage un mois après. La circoncision est fort douloureuse dans les gens avancez en age, qui sont d'ordinaire quinze jours, ou trois semaines, avant que de pouvoir marcher.

Le

Le 14. j'allai voir *le Cedre*, ou Grand Pontife, qui m'avoit envoyé querir plusieurs fois pour la Princesse sa femme, qui vouloit acheter des bijoux. Il y a deux grands Pontifes en *Perse*; l'un établi sur les biens leguez par les Rois, qu'on appelle *Pontife du Domaine*; l'autre, établi sur les biens leguez par les Particuliers, qu'on appelle *Pontife des Royaumes*. C'étoit le Pontife du Domaine qui m'avoit envoyé querir & à qui j'avois à faire.

Ce Seigneur, après avoir vû piéce à piéce, avec beaucoup de plaisir, tous les bijoux que je lui avois apportez, les fit ranger l'un contre l'autre dans un grand bassin d'argent, & alla lui-même les porter à la Princesse sa femme dans le Serrail. Je voulois prendre congé & me retirer, mais il me fit attendre; & afin que je ne m'ennuyasse point, il commanda à deux Officiers de me faire voir son Palais. On achevoit de le bâtir : deux cens ouvriers y travailloient encore continuellement, mais on voyoit bien que ce seroit un des beaux édifices d'*Ispahan*. Selon la supputation des Architectes, il ne devoit revenir qu'à quatre cens mille francs, mais j'ai sû depuis qu'il a beaucoup plus couté. Je parle seulement de la partie habitée par les hommes; l'autre partie, qui est l'apartement des femmes, ayant plus couté encore, & étant plus grande & plus magnifique. Pendant que je me promenois par le logis, on m'apporta du sorbet, du caffé, & des confitures, & on me traitta en tout avec un excès d'honnêteté, je dis pour le païs même, où l'on sait mieux caresser & flatter qu'en païs du monde. J'en étois fort aise, moins pour le plaisir de ce doux traitement, que pour l'esperance que j'en concevois que la Princesse m'achetteroit des bijoux; car en Perse, on ne fait jamais rien qu'à dessein & par interêt. Au bout de deux heures, les Eunuques me rapporterent dans deux bassins, tout ce que j'avois montré au Pontife, dont l'un contenoit ce que la Princesse vouloit avoir, & que je laissai dans leurs mains après leur avoir donné le mémoire des prix. Comme je montois à cheval, le Pontife me fit rappeller, & m'ayant fait asseoir proche de lui, il me mit sur le discours de l'Europe, & particulierement de nos Sciences & de nos Arts Méchaniques. A une heure de nuit, il me donna congé, & des gens pour me conduire.

Le 15. dès la pointe du jour, on fit vuider la Place Royale de toutes les boutiques & de tous les revendeurs qui y étallent d'ordinaire, afin de rendre plus magnifique l'Audience, & la Fête, que le Roi vouloit donner le lendemain à tous les Ambassadeurs & Envoyez qui étoient à la Cour. On la balaya, & on en ferma toutes les avenues, afin que personne n'y pût passer. Le premier Ministre fit en même tems donner avis à tous les Ambassadeurs, par le *Mehemandar bachy*, ou *Garde-hôte général*, qui est l'Introducteur des Ambassadeurs, de se préparer avec leurs Présens pour avoir audience. L'Envoyé de la Compagnie Françoise, ou, pour mieux dire, son Conseil, fut bien surpris du dessein du Roi, de donner audience à tous les Ambassadeurs à la fois, & particulierement, ayant eu avis qu'un Agent de la Compagnie Angloise, qui étoit à *Ispahan*, devoit aussi avoir audience, & qu'il avoit de longue main ménagé secretement les Ministres pour la préseance sur lui. Il presenta incontinent des Requêtes au *Nazir*, & au *Grand Visir*, pour empêcher qu'on ne lui fît cette injure, dans lesquelles il representoit, *que le droit de la Nation Françoise étoit d'avoir la préseance sur toutes les Nations Chrétiennes tant en Orient qu'en Occident*. Ces Requêtes ayant été examinées dans le Conseil des Ministres, elles furent répondues au gré de l'Envoyé. Le *Nazir* me le dit au sortir de chez le Roi, & me chargea d'en porter la nouvelle de sa part à l'Envoyé, & de lui dire que c'étoit lui seul qui avoit tenu bon en sa faveur. L'Ambassadeur Moscovite alleguoit pour raison de préseance, la vaste étendue des Etats de son Maître, que tous les Princes Chrétiens appelloient *Grand* par excellence, en quoi ils témoignoient, disoit-il, de le reconnoître au dessus d'eux. L'Agent Anglois disoit qu'ayant une Lettre du Roi d'Angleterre à rendre, au lieu que l'Envoyé François n'avoit qu'une Lettre de la Compagnie Françoise, une Lettre de Roi devoit aller devant celle d'un Corps de Marchands. Je trouvai toute la maison de l'Envoyé François occupée à délivrer aux Bourgeois du Quartier les présens qu'elle devoit faire; & voici en quel ordre cela se fait. Le *Piskis Naviez*, ou Receveur des Présens, fait savoir au grand Prevôt & Gouverneur de la ville, qu'il lui faut un tel nombre de gens, un tel jour, en tel endroit, pour porter les Présens d'un tel Ambassadeur. Le Gouverneur envoye chercher le Commissaire du Quartier, & lui donne ses ordres conformément, & le Commissaire les délivre aux principaux Bourgeois du Quartier. Le mot Persan pour dire *Bourgeois* est *Ket-Koda*, qui signifie *Image de Dieu*, parce qu'un bon Chef de Famille represente dans sa maison la conduite de Dieu dans l'Uninivers. Ces Bourgeois, au nombre de huit ou dix, prennent un homme de chaque boutique du Quartier, autant qu'il en faut, & se transportent avec un Commis du Receveur des Présens au logis de l'Ambassadeur, où ils reçoivent ses Présens selon le mémoire, & les consignent à ces porteurs. Chacun en prend une piéce & s'en va. Cinquante hommes portent souvent à l'Audience ce qu'un seul homme porteroit facilement. On en use ainsi pour l'honneur de la personne qui fait le Présent, parce que cela le fait paroître plus considerable; & pour la grandeur du Roi, parce que les peuples en voyant les Présens qu'on lui apporte, jugent qu'il est fort consideré des Nations étrangeres. Le Présent est ainsi gardé par les porteurs jusqu'au lendemain matin, qu'ils se rendent au lieu qu'on leur a assigné, chacun avec la piéce qu'on lui a mise en main. Il arrive quelquefois que le Présent est même huit ou dix jours dans leurs mains. Il sembleroit que dans la confusion que fait une troupe de cinq ou six cens hommes du plus petit peuple, (car on en employe quelquefois autant à porter un Présent) on devroit perdre toûjours quelque chose; mais cela n'arrive jamais, & le compte se trouve très-juste. C'est une chose impossible en Perse que de dérober au Roi; & comme disent les Persans, *la mer même est obligée de rendre ce qu'elle lui prend.*

Les Anglois furent promtement informez de la résolution qu'on avoit prise en faveur des François. Leur Interprête, homme d'intrigue, bien venu chez les Ministres, & qui n'épargnoit rien en de pareilles occasions, fit tant par ses allées & venues, que les Grands étant assemblez le soir chez le Roi, l'affaire de la préseance fut derechef mise sur le tapis & fort contestée: à la fin il fut résolu qu'on en feroit à deux fois, que l'Audience seroit donnée le lendemain aux Moscovites, & que les François & les Anglois seroient remis à huitaine. Le premier Ministre fit régler le different de cette maniere, disant entr'autres choses: *Le Moscovite est nôtre voisin, & nôtre ami, & le Commerce est établi entre nous d'ancienneté & sans interruption: nous nous envoyons des Ambassadeurs reciproquement presque toutes les années, mais nous connoissons à peine les autres. La puissance de leurs Rois peut être aussi grande qu'on le dit, mais elle est si loin de nous qu'à peine en avons-nous des nouvelles. Il faut menager les voisins à quelque prix que ce soit.*

Le 16. sur les huit heures du matin on vit la Place Royale arrosée de bout en bout, & ornée comme je vais le dire. A côté de la grande entrée du Palais Royal, à vingt pas de distance, il y avoit douze Chevaux des plus beaux de l'écurie du Roi, six de chaque côté, couverts de harnois les plus superbes & magnifiques qu'on puisse voir au monde. Quatre harnois étoient d'Emeraudes, deux de Rubis, deux de Pierres de couleur mêlées avec des Diamans, deux autres étoient d'Or émaillé, & deux autres de fin Or lisse. Outre le harnois, qui étoit de cette richesse, la selle, c'est à dire le devant & le derriere, le pomeau & les étriers, étoient couverts de pierreries assorties au harnois. Ces chevaux avoient de grandes housses pendantes fort bas, les unes en broderie d'Or & de Perles relevée, les autres de Brocard d'or très fin & très épais, entourées de Houpes & de Pommettes d'or parsemées de perles. Les Chevaux étoient attachez aux pieds & à la tête avec de grosses Tresses de soye & d'or, à des Cloux d'or fin. Ces Cloux sont longs de quinze pouces environ, & gros à proportion, ayant un gros Anneau à la tête par où l'on passe le licou, ou les entraves. On ne peut en verité rien voir de plus superbe, ni de plus Royal, que cet équipage, à quoi il faut joindre douze Couvertures de velours d'or frizé, qui servent à couvrir les Chevaux de haut en bas, lesquelles étoient en parade sur le balustre qui régne le long de la face du Palais Royal. On n'en peut voir de plus belles, soit qu'on considere la richesse de l'étoffe, soit qu'on regarde l'artifice & la finesse du travail.

Entre les Chevaux & le Balustre on voyoit quatre Fontaines hautes de trois pieds, & grosses à proportion, tout comme celles dont on se sert à Paris à garder l'eau dans les maisons. Deux étoient d'or, posées sur des trepieds, aussi d'or massif, deux autres étoient d'argent, posées sur des trepieds de même metal. Tout contre, il y avoit deux grands Seaux, & deux gros Maillets, des plus gros qu'on puisse voir, tout cela aussi d'or massif jusqu'au manche. On abreuve les Chevaux dans ces Seaux, & les Maillets sont pour ficher en terre les Cloux ausquels on les attache. A trente pas des Chevaux, il y avoit des Bêtes farouches dressées à combattre contre des jeunes Taureaux. Deux Lions, un Tygre, & un Leopard, attachez, & chacun étendu sur un grand Tapis d'écarlate, la tête tournée vers le Palais. Sur les bords des Tapis il y avoit deux Maillets d'or, & deux Bassins aussi d'or, du diametre des plus grandes cuvettes rondes. C'est pour donner à manger à ces bel-

belles bêtes, lors qu'on les fait paroître en public. Il faut remarquer que toute la Vaisselle d'or, qui est chez le Roi, est de ducat, comme je l'ai éprouvé. Vis-à-vis le grand Portail, il y avoit deux Caroſſes à l'Indienne, fort jolis, attelez de bœufs, à la façon de ce païs-là, dont les Cochers, auſſi Indiens, étoient vêtus à la mode de leur païs. A côté droit, il y avoit deux Gazelles, (c'eſt une eſpéce de biches, de poil tout blanc, avec des cornes droites comme une fléche, & fort longues;) & à côté gauche, étoient deux grands Elephans, couverts de houſſes de brocard d'or, & chargez d'anneaux aux dents, & de chaines & d'anneaux d'argent aux pieds, & un Rhinoceros. Ces animaux étoient l'un près de l'autre ſans averſion & ſans peine, quoi que les Naturaliſtes diſent au contraire, que l'Elephant & le Rhinoceros ont une invincible antipathie, qui les tient perpetuellement en guerre. Aux deux bouts de la Place, on promenoit en leſſe les Taureaux & les Beliers, dreſſez au combat; & il y avoit là auſſi des troupes de Gladiateurs, de Lutteurs, & d'Eſcrimeurs, tout prêts à venir aux mains au premier ſignal qui leur en feroit donné. Enfin, il y avoit en huit ou dix endroits de la Place des brigades des Gardes du Roi rangez ſous les armes.

La Salle preparée pour donner l'Audience, étoit ce beau & ſpacieux Sallon bâti ſur le grand Portail du Palais, qui eſt le plus beau Sallon de cette ſorte que j'aye vû au monde. Il eſt ſi haut élevé, qu'en regardant en bas dans la Place, les hommes ne paroiſſent pas hauts de deux pieds, & regardant au contraire de la Place dans le Sallon on ne ſauroit reconnoître les gens. J'en ai mis la figure dans la deſcription d'*Iſpahan*. Le Roi y étant entré ſur les neuf heures, & toute la Cour, au nombre de plus de trois cens perſonnes, on vit entrer dans la Place, par le coin Oriental, l'Ambaſſadeur des *Leſqui*. C'eſt une Nation tributaire de la Perſe, qui habite un Païs de montagnes, aux confins du Royaume, vers la Moſcovie, proche de la mer Caſpienne. L'Ambaſſadeur étoit un jeune Seigneur, fort beau & fort bien couvert. Il n'avoit que deux Cavalliers à ſa ſuite, & quatre valets de pied, qui marchoient autour de lui. Un Aide des Céremonies le conduiſoit. Il le fit deſcendre de cheval à cent pas environ du grand Portail, & le mena fort vite au Sallon où étoit le Roi. Le Capitaine de la porte qu'on appelle *Ichic agaſi bachi*, le prit là, & le conduiſit *au baiſer des pieds du Roi*. On appelle ainſi le ſalut que lui font ſes ſujets, & les étrangers qui ont l'honneur de l'approcher de quelque qualité qu'ils ſoient. *Pabous* eſt le terme Perſan, qui ſignifie *baiſer les pieds*. On l'appelle auſſi *Zemin bous*, c'eſt-à-dire, *baiſer la terre*, à *Ravi zemin*, c'eſt-à-dire, *le viſage en terre*. Ce ſalut ſe fait en cette ſorte. On méne l'Ambaſſadeur, ou autre, à quatre pas du Roi vis-à-vis de lui, où on l'arrête, & on le met à genoux, & on lui fait faire trois fois un proſternement du corps & de la tête en terre, ſi bas, que le front y touche. L'Ambaſſadeur ſe reléve après, & délivre la Lettre qu'il a pour le Roi au Capitaine de la porte, qui la met dans les mains du premier Miniſtre, lequel la donne au Roi, & le Roi la met à côté droit ſans la regarder. On méne enſuite l'Ambaſſadeur à la place qui lui eſt deſtinée.

Celui de *Moſcovie* parut un quart d'heure après. Il entra du même côté, amené ſur les Chevaux du Roi par l'Introducteur des Ambaſſadeurs; car cet Ambaſſadeur Moſcovite étoit un ſi grand miſerable, qu'il n'entretenoit pas un Cheval. L'Introducteur mit pied à terre, à cent cinquante pas du Palais, & dit à l'Ambaſſadeur de deſcendre auſſi de Cheval. Je ne ſai ſi le Moſcovite avoit été informé que l'Ambaſſadeur *Leſqui* n'étoit deſcendu de Cheval que beaucoup plus proche de l'entrée, ou que par grandeur, & pour l'honneur de ſon Maître, il voulût paſſer & aller plus avant; tant y a, qu'il fit réſiſtance, & donnant des talons à ſon Cheval il le fit avancer trois ou quatre pas malgré l'oppoſition des Valets de pied de l'Introducteur, qui avoient mis la main à la bride de ſon Cheval pour le retenir. On l'arrêta alors tout à fait, & comme il faiſoit encore réſiſtance, & vouloit avancer, les valets de pied donnerent de leurs bâtons ſur le nez du Cheval pour le faire reculer, & l'Ambaſſadeur fut forcé de deſcendre. Il mit donc pied à terre, avec deux de ſes gens, qui le ſuivoient à Cheval, ſavoir ſon Interprete, & ſon Intendant. Les autres Domeſtiques, au nombre de neuf ou dix, alloient à pied, en aſſez pauvre équipage, pour une telle décoration. L'Ambaſſadeur étoit vêtu d'une robe de ſatin jaune, & par deſſus d'une grande veſte de velours rouge fourrée de martre, qui pendoit juſqu'en terre. Il avoit un bonnet auſſi de martre, couvert de velours cramoiſi, fort haut, brodé de petites perles ſur le devant, avec deux treſſes de perles, qui tomboient du derriere ſur le dos, juſqu'à la ceinture. C'étoit un Vieillard tout blanc, de bonne mine & fort vene-

 rable.

table. Son Interprête marchoit à sa gauche portant la Lettre du *grand Duc* dans un sac de Velours cachetté. On le conduisit au baiser des pieds du Roi comme l'on avoit fait l'Ambassadeur des *Lesquil*, & on le plaça vis à vis de de lui à la gauche. L'Envoyé de *Basra* vint en suite. On le fit descendre à l'entrée de la place Royale, & on le mena dans le même ordre à l'audience du Roi. *Basra*, que les Europeans appellent aussi *Balsura*, est cette ville célébre au fonds du Golphe de *Perse*, à l'endroit où le *Tygre* & l'*Euphrate* se rendent dans la Mer.

Les Présens de ces Ambassadeurs étoient cependant au bout de la place, près de la Mosquée Royale. C'est toûjours là qu'en est l'entrepôt, & d'où on les fait marcher, lors que le Roi donne audience dans ce salon sur la place Royale. Les dévôts disent qu'en faisant venir les présens du côté de l'Orient, & de devant la Mosquée, on veut témoigner que Dieu est la source & le Donateur de tous les biens temporels, tellement que tout ce que les hommes reçoivent de bien, est un présent de Dieu. On fit passer ces présens un quart d'heure après que les Ambassadeurs eurent pris séance. Ceux de l'Ambassadeur de *Moscovie* passoient les premiers, portez par soixante & quatorze hommes, consistant en ce qui suit.

Une grande Lanterne de Cristal, peinte.

Neuf petits Miroirs de Cristal, peints sur les bords.

Cinquante Martres Zibelines.

Six vint aunes de drap rouge & vert.

Vint bouteilles d'eau de vie de Moscovie.

Le Présent de l'Ambassadeur des *Lesqui* consistoit en cinq beaux jeunes garçons, vêtus de brocard, en une chemise de maille, & en une armure de Cavalier complette.

Celui de l'Envoyé de *Basra* étoit une autruche, un jeune Lyon, & trois beaux Chevaux Arabes.

Il pensa arriver alors une plaisante bévûë: c'est que les gens qui avoient été chargez le jour précedent du Present de l'Envoyé de la Compagnie Françoise, comme l'on a dit, n'ayant pas sû que l'audience de cet Envoyé avoit été remise à une autrefois, l'avoient apporté dans la place, & s'étoient mis à la suite des autres. Le Receveur des Présens s'appercevant de cette lourde méprise, fit charger ces Porteurs de coups de bâton, en leur commandant de reporter le tout jusqu'à la huitaine.

Dès que les Présens eurent passé, les Tambours, les Trompêtes, & plusieurs autres instrumens commencerent à joüer. C'étoit le signal pour les jeux & pour les combats; & au même instant, les Lutteurs, les Gladiateurs & les Escrimeurs, se prirent ensemble. Les Geoliers des bêtes feroces les lâcherent sur de jeunes Taureaux, qu'on tenoit assez proche, & les gens qui gouvernent les Boucs, & les Taureaux, dressez à s'entrebattre, les mirent aux prises. C'est un Carnage, plûtôt qu'un Combat, que ce que les bêtes feroces font avec les Taureaux. Voici comment. Deux hommes tiennent la bête feroce par la lesse, à l'endroit du cou. Le Taureau, dès qu'il l'apperçoit venir, se jette à la fuite; la bête le poursuit, & si vite, qu'en trois ou quatre sauts, elle l'attache & l'acculle. Les Geoliers, qui ont ces bêtes en garde, se jettent alors sur le Taureau, lui abattent la tête à coups de hache, & donnent son sang à la Bête. La raison pourquoi on ne laisse pas la Bête & le Taureau se battre jusqu'à la mort, & qu'on se ruë ainsi sur le Taureau, c'est que le Lyon étant le hieroglyphe des Rois *de Perse*, les Astrologues & les Devins disent qu'il seroit de mauvais augure que le Lyon qu'on lance sur le Taureau, n'en fût pas entierement le Vainqueur, peu après l'avoir attaqué. Le spectacle de ces diverses sortes de combats dura jusqu'à onze heures. Ceux qui suivirent étoient plus divertissans, & plus naturels. Le premier fut de trois cens Cavaliers environ, qui parurent des quatre côtez de la place, fort bien montez, & vêtus aussi richement & aussi galamment qu'il se puisse. C'étoit la plûpart de jeunes Seigneurs de la Cour, qui avoient tous plusieurs Chevaux de main. Ils s'exercerent une heure au mail à Cheval. On se partage pour cet exercice en deux troupes égales. On jette plusieurs boules au milieu de la place, & on donne un mail à chacun. Pour gagner, il faut faire passer les boules entre les pilliers opposez, qui sont aux bouts de la place, & qui servent de passe. Cela n'est pas fort aisé, parce que la bande ennemie arrête les boules, & les chasse à l'autre bout. On se moque de ceux qui la frapent au pas du Cheval, ou le Cheval étant arrêté. Le jeu veut qu'on ne la frape qu'au galop, & les bons joueurs sont ceux, qui en courant à toute bride, savent renvoyer d'un coup sec une boule qui vient à eux.

Le second spectacle, fut des Lanceurs de Javelot. On l'appelle *Girid-bas*, c'est-à-dire *le jeu du dard*, & voici comme on s'y exerce. Dou-

Douze ou quinze Cavaliers se détachent de la troupe, & serrez en un pelotton vont à toute bride, le dard à la main, se présenter pour combattre. Une pareille Troupe, qui se détache, les vient rencontrer. Ils se lancent le dard l'un à l'autre, & puis se rendent à leur gros, d'où il se fait un autre pareil détachement, & ainsi de suite tant que le jeu dure. Parmi cette belle Noblesse, il y avoit une quinzaine de jeunes *Abyssins* de dix huit à vint ans, qui excelloient en adresse à lancer le dard ou le javelot, en dexterité à manier leurs Chevaux, & en vitesse à la Course. Ils ne mettoient jamais pied à terre pour ramasser des dards sur la lice, n'y n'arrêtoient leurs Chevaux pour cela; mais en pleine course ils se jettoient sur le côté du Cheval, & ramassoient des dards avec une dexterité & une bonne grace qui charmoit tout le monde.

Tous ces exercices, qui sont les Carrousels des *Persans*, finirent à une heure après midi, après le congé donné aux Ambassadeurs. Le Roi ne leur dit point une parole, & ne les regarda pas seulement. Il passa le tems à voir les jeux, les combats, & les exercices, qui se faisoient dans la place, à entendre la symphonie qu'il y avoit dans le salon, composée des meilleures voix, & des plus excellens joüeurs d'instrumens qui soient à ses gages, à discourir avec les Grands de son Etat qui étoient dans l'assemblée, & à boire & manger. Dès que les Ambassadeurs furent entrez, on servit devant tout le monde une collation de fruits verds & secs, & de confitures séches & liquides de toutes sortes. Ces collations sont servies ordinairement dans des bassins, plus grands que ceux dont l'on se sert dans nos païs, faits de bois lacré & peint fort délicatement, contenant vint cinq ou trente assiettes de porcelaine. On sert de ces bassins devant chaque personne, & quelquefois deux ou trois, selon l'honneur que l'on lui veut faire. Au bout du Sallon, vis à vis de l'entrée, il y avoit un buffet, garni d'une part de cinquante grands flaçons d'or de diverses sortes de vins; quelques uns de ces flaçons émaillez, les autres couverts de pierreries, & quelques uns de perles; & de l'autre de soixante à quatre vingt coupes, & de plusieurs soucoupes de même sorte. Il y a de ces coupes qui tiennent jusqu'à trois chopines, elles sont larges & épatées, montées sur un pied haut de deux doigts seulement. On ne peut voir en lieu du monde rien de plus pompeux, de plus riche, & de plus brillant. Les Ambassadeurs ne burent point de vin: on servit seulement à celui de *Moscovie* de l'eau de vie de son païs. Je m'étonnai qu'on ne donnât point de vin à cet Ambassadeur, puisque le Roi en beuvoit à longs traits, & la plûpart des Grands. J'en demandai le sujet à un Seigneur qui étoit là présent. C'est par grandeur, me répondit-il, & pour garder davantage le respect de la Majesté Royale; & puis, ajouta t-il en riant, on se souvient de ce qu'un de ses Compatriottes fit à une celébre audience qu'il eut du feu Roi. Je demandai aussi-tôt ce que c'étoit. Il me répondit que l'an soixante quatre, deux Ambassadeurs extraordinaires de *Moscovie* étant à l'audience du Roi, ils bûrent si fort qu'ils s'enyvrerent jusqu'à perdre la connoissance. Le Roi bût à la santé de leur Maître, & voulut qu'ils fissent raison dans une coupe d'environ deux pintes. L'Ambassadeur, qui étoit le second en rang, ne pouvant digerer tant de vin, fut pressé de vomir, & ne sachant où rendre gorge, il prit son grand bonnet de martre, qu'il remplit à moitié. Les Moscovites portent comme l'on sait des bonnets hauts & larges. Son Collegue, qui étoit au dessus de lui, & le Secretaire de l'Ambassade, qui étoit au dessous, desesperez d'une si vilaine action, faite sous les yeux du Roi de *Perse*, & de toute la Cour, lui firent quelques reproches, & le presserent du coude pour l'obliger à sortir. Lui yvre, ne sachant ce qu'on lui vouloit dire, ni ce qu'il faisoit, mit son bonnet sur sa tête qui lui couvrit à l'instant le visage & les habits d'ordure. Le Roi, & toute l'assemblée, firent un éclat de rire, qui dura demie heure, pendant que les Compagnons de ce salle Moscovite le forçoient à coups de poing de se lever & de sortir. Le Roi ne s'en facha nullement; il rompit seulement l'assemblée, & dit en se retirant, *que les Moscovites étoient les Yusbecs des Francs*. Il vouloit dire, que comme entre les Mahometans, il n'y a point de nation si salle, si mal aprise, & si rustique que les *Yusbecs*, qui sont les *Tartares* du fleuve *Oxus*, il n'y en avoit point non plus parmi les *Europeans* qui eussent ces vilaines qualitez plus que les *Moscovites*.

A midi, on servit le dîné. Chaque invité n'eut qu'un bassin, mais d'une grandeur audessus de tous ceux dont on se sert dans nos païs. Il y a dans ces grands plats du *pilo* de cinq ou six sortes, au Chapon, à l'agneau, aux poullets, aux œufs farcis avec de la viande, aux herbes, au poisson sallé, & par dessus, du roti de plusieurs façons, en quantité. Quinze hommes sans exageration épuiferoient fur un tel plat la plus ardente faim. Le plat qu'on fervit devant le Roi fut apporté & pofé devant lui fur une Civiere d'or. On fervoit avec chaque plat, une grande écuelle de forbet, une affiette de fallade, & de deux fortes de pain. Le Roi fe retira fans dire un mot aux Ambaffadeurs, & fans tourner feulement la tête de leur côté. Celui des *Lefqui* fortit le premier, & trouva fes Chevaux au même lieu où il avoit mis pied à terre. L'Ambaffadeur de *Mofcovie* le fuivoit de fi près qu'il le vit monter à Cheval: il prétendit qu'on lui amenât fon cheval au même endroit. L'Introducteur des Ambaffadeurs, qui le reconduifoit, lui dit qu'il avoit ordre de le faire monter à cheval à la même place où il étoit defcendu, & que la coûtume étoit d'en ufer ainfi. Le Mofcovite allegua l'exemple du *Lefqui*, & protefta de fe reffentir de l'affront qu'on lui faifoit. Il menaça, il tempêta durant un quart d'heure, frapant des pieds, & retrouffant fon bonnet avec un étrange emportement; mais après tout, il fut contraint d'avancer à pied, & d'aller prendre fes Chevaux au lieu où il les avoit laiffez. Voila comment les Perfans en ufent, pour faire honneur à leur Religion, & les égards qu'ils ont pour ceux qui la profeffent. Ils avoient facrifié à un *Mofcovite*, qui paroiffoit n'être qu'un fimple Marchand & n'avoir d'autres interêts en *Perfe* que ceux de fon petit commerce particulier, les Envoyez des Compagnies de France & d'Angleterre, & cela fur des vûes de politique que l'on a remarquées; ils facrifierent par un femblable égard, le rang du *Mofcovite*, à l'Envoyé des *Lefqui*, qui font leurs Tributaires, des montagnars à demi fauvages. Ils ménagerent pourtant les honneurs entre ces Envoyez, faifant mener l'Ambaffadeur de *Mofcovie* par l'Introducteur des Ambaffadeurs, & l'autre par un aide de ces cérémonies feulement, & faifant paffer les préfens du *Mofcovite* les premiers. Mais il eft facile de voir, que dans ce partage d'honneurs, le *Lefqui* avoit les plus effentiels; car il fut mis à la droite du Roi, & quand l'Ambaffadeur de *Mofcovie* voulut s'en plaindre; on lui répondit qu'on avoit donné la droite au *Lefqui*, parce qu'il étoit venu le premier. A dire le vrai c'étoit parce qu'il étoit Mahometan.

Sur le foir, l'Introducteur des Ambaffadeurs alla rendre vifite à l'Envoyé de la Compagnie Françoife, pour l'affurer qu'en peu de jours le Roi lui donneroit audience. Il envoya auffi-tôt querir le Superieur des Capucins pour parler pour lui. Ce Pere repréfenta le tort qu'on faifoit à l'Envoyé, en lui préferant, d'un côté, un *Mofcovite*, un *Lefqui*, & un Député de *Bafra*, & de l'autre en mettant en compromis le droit de la préfeance que la Nation Françoife a fur l'Angloife. L'Introducteur répondit avec force bonnes paroles à la façon du païs; car les Courtifans Perfans ne fe fâchent ni ne s'échauffent jamais, quelque fujet qu'on puiffe leur en donner. C'eft ce qui faifoit dire affez agréablement à un Ambaffadeur de Portugal, en parlant d'eux, *que jamais les Perfans ne vous parlent mal: & jamais ils ne vous font de bien.*

Le 18. j'arrêtai le prix de onze mille francs de bijoux avec le *Nazir*. Je faifois mon compte de lui en donner trois mille, tant pour fon droit de deux pour cent de ce que j'avois vendu au Roi, qu'en reconnoiffance de fes bons offices; mais je fus bien étonné de voir qu'il en prétendoit huit mille. Il me le fit dire par fon premier Secretaire, & par le Chef des Orfevres. Il remarquoit de la place où il étoit de quel air je recevrois cette propofition. Je dis à ces Meffieurs, avec les exagerations ordinaires du Païs, que le *Nazir* pouvoit prendre tout mon bien, parce que je ne pouvois affez le payer de fes bontez, mais qu'ayant beaucoup perdu dans l'affaire que j'avois faite avec le Roi, je ne pouvois lui donner ce qu'il demandoit, fans me ruiner entiérement. On ufe de ces figures en Perfe dans le langage ordinaire, & aux plus legéres occafions, & c'eft la coûtume qu'un homme à qui l'on ôte un fou, crie *qu'on met le feu à fa Maifon.* Le Chef des Orfevres, branlant la tête à cette réponfe, me dit tout bas, „ c'eft en vain que vous penfez vous en „ tirer par des paroles, la perfonne à qui vous „ avez affaire ne s'en paye pas. C'eft un „ homme qui pour un fou dépouilleroit un „ gueux des ruës; à préfent fur tout, qu'il „ eft épuifé par les grandes dépenfes qu'il a „ faites à la nôce de fon fils. C'eft pourquoi, „ faites un effort, fongez que le *Nazir* vous „ a fervi, & qu'il peut vous faire du bien en„ core en ce qui vous refte à vendre." On peut juger combien ce difcours m'importunoit. Le bien que ce Seigneur me pouvoit faire me tenoit au cœur, & je fongeois auffi qu'il me pouvoit faire du mal pour peu que l'envie lui en prît. Je dis au Chef des Orfevres de fupplier le *Nazir* d'agréer quatre mille francs que je lui donnois de bon cœur. Il n'en fut pas content, & me fit reparler encore re, pour m'obliger à prendre cinq mille livres, pour les onze de pierreries qu'il avoit à moi. Comme il vit que j'y resistois il me dit d'un grand sens froid qu'il ne pouvoit ni ne vouloit me forcer, que je reprisse mes pierreries, & que je les emportasse.

Je fus bien empêché de la maniére dont j'en devois user, étant poussé d'un côté de reconnoissance & de crainte, & de l'autre ne pouvant me resoudre à faire de si grands présens. Comme j'étois dans ces doutes, le Chef des Orfevres me tira à part, & me dit de ne pas perdre l'amitié du *Nazir* pour une centaine de pistoles, & qu'il étoit en grande faveur auprès du Roi. Enfin, je me résolus de perdre, & je suppliai le Chef des Orfevres d'accommoder donc l'affaire à cinq mille francs de présent. Cela fut fait & à même tems le Nazir fit venir deux mille écus, & me les fit compter devant lui. Il me fit cent caresses ensuite, me conviant de suivre le Roi au voyage qu'il alloit faire à *Casbin*, qui est l'ancienne *Arsacie*, me promettant que le Prince me donneroit pension & me défrayeroit. Il me dit après, d'aller chez l'Envoyé de la Compagnie Françoise, & de lui dire de sa part qu'il avoit lû au Roi la Requête qu'il avoit présentée pour avoir le pas sur l'Agent Anglois, & qu'il l'avoit appuyée de si bonnes raisons que le Prince avoit répondu qu'il donneroit audience aux François les premiers: mais le succès ne suivit pas la promesse; car il la donna aux deux Envoyez à même tems comme on le verra dans la suite.

Le 19. la Princesse, Tante du Roi, & femme du Grand Pontife, m'envoya par six hommes quatre grands bassins de confitures, avec des pôts de sorbet, des pains de sucre ambré, des massepains, & d'autres douceurs pareilles. Je fus agréablement surpris de ce beau régal, si galant & si parfumé. J'étois bien empêché quel remerciment je ferois à la Princesse. Le jour suivant, l'Eunuque dont elle se servoit pour me parler se chargea de le faire. Je croi qu'il s'en acquitta bien, car les Eunuques sont pour la plûpart de fines langues, douces, flatteuses, & insinuantes, qui savent merveilleusement bien trouver le chemin du cœur.

Le 20. j'allai visiter le Chef des Orfevres, & lui porter cinq cens écus pour son droit de deux pour cent. Il s'en contenta, & il me dit entr'autres choses, que pour lui il haïssoit les fourberies des Persans; qu'il prenoit ce qui lui apartenoit; & qu'il n'en desiroit pas davantage.

Le 21. l'Envoyé de la Compagnie Françoise eût audience du Roi, au même endroit, & presque tout de la même maniére, qu'on l'avoit donnée le 16. aux autres Envoyez. Il fut amené sur les huit heures par l'Introducteur des Ambassadeurs, qui le fit descendre de cheval à cent cinquante pas du Palais Royal. L'Introducteur marchoit devant lui. Il avoit son second, & son Chirurgien, & son Interprête à ses côtez, celui-ci tenant à deux mains, dans un sac de broderie d'or, la Lettre qu'on avoit contrefaite au nom de la Compagnie pour le Roi de *Perse*. Après venoient deux Domestiques, ses douze Gardes, & plusieurs valets de pied, gens du païs, vêtus à leur façon, en fort bel équipage. On fit asseoir l'Envoyé sur un grand Perron, qui est sous le grand Portail à gauche. L'Introducteur alla querir ensuite l'Agent de la Compagnie d'Angleterre, qu'il amena de la même maniére il étoit suivi de son second, & de deux Commis, de quatre Interprêtes, & de dix valets de pied, tous bien vêtus à la façon du païs. On le fit asseoir sur le Perron opposé à celui où étoient les François, & tout vis-à-vis. *Mirhagez*, cet Arabe, Capitaine des Caravanes de Pelerins qui vont à la *Mecque*, par voye de *Basra*, fut amené ensuite par un aide des cérémonies.

Sur les deux heures, on mena à l'audience ces Envoyez, le François le premier, chacun avec son Interprête & deux personnes de sa suite, & un quart d'heure après on fit passer leurs présens. Celui du François consistoit en ce qui suit.

Une Chaine d'émeraudes & de Diamans.
Une bague d'émeraude.
Un anneau, fait d'un rubi ballet.
Une boite de portrait, de diamans & d'émeraudes, avec le Portrait du Roi en émail, rapporté derriere.
Deux grands lustres de cristal.
Quatre miroirs de cristal de cinq pieds de haut, trois avec la bordure de cuivre doré, l'autre avec la bordure de cristal.
Un tableau du Roi de France, à grandeur de corps, en un cadre de bois doré.
Une bourse d'Ambre gris, du poids de cinquante huit onces.
Deux bouteilles d'essence de Giroffle.
Quatre piéces de brocard d'or, de vingt aunes chacune.
Trois piéces de satin.
Cinq marcs de dentelle d'or & de soye.
Sept piéces de toile blanche des plus fines qu'on fasse aux Indes, de quatre aunes & demie la piéce.

Six-

Six piéces de Tapisserie de soye & d'or, de la Savonnerie.
Deux mille trente trois aunes de drap de Paris.
Quatre Lunettes d'aproche de trois pieds de longueur.
Trois cens six piéces de Porcelaine de *la Chine*, de diverses grandeurs.
Soixante & dix livres de Thé.
Quatre grands bassins remplis de bougies blanches de *Goa*.
Quatre fusils Damasquinez, d'un ouvrage fort beau & fort délicat.
Deux paires de pistolets, de même ouvrage.
Quatre Canons de nouvelle invention, sur leurs affuts.
Deux Coulevrines Cizelées, avec les armes de la Compagnie sur l'embrazure.
Cinquante balles de poivre, du poids de cent trente livres chacune.
Le Présent des Anglois venoit après, consistant en ce qui suit.
Vingt piéces de Drap d'Angleterre.
Quarante Tocques, ou Turbans, de soye & d'or de divers prix.
Quarante piéces de Satin de diverses sortes.
Trente piéces de Taffetas.
Vingt piéces de Taffetas rayé d'or & d'argent.
Douze piéces de Damas.
Quarante étuis de couteau & de fourchette à manche d'ambre.

Le Présent de *Mir-hagez* suivoit, consistant en cinq beaux chevaux Arabes, & en un harnois complet de vermeil doré, avec la housse de drap d'or.

Après ces présens, on en fit passer deux autres, l'un du Gouverneur de *Jaron*, que son fils présenta. C'étoient six beaux chevaux, trente piéces d'Indiennes les plus fines, vingt piéces de brocard d'or. L'autre Présent étoit du Gouverneur de *Guenja*, ville de l'Armenie, & il ne consistoit qu'en chiens de chasse.

De l'endroit où le Roi regardoit dans la Place, il étoit impossible qu'il discernât rien dans ces présens. Les Rois de *Perse* sont si accoûtumez à en recevoir qu'ils ne daignent pas les regarder. Les Ministres lui disent de quel endroit le présent vient, & en quoi il consiste; & lors que le Roi demande à en voir quelque chose de près, on l'envoye dans le Serrail, ou au lieu que le Prince ordonne. Au reste, c'est par faste qu'ils reçoivent les présens de si loin, & avec tant d'indifference. C'est comme pour dire que cela n'est pas digne d'aller à leurs yeux. Après que les présens furent passez, on régala les Envoyez comme l'on avoit fait les Ambassadeurs de *Moscovie*, & des *Lesqui*, la semaine précédente, par de pareils spectacles, par de pareils divertissemens, & par un festin tout semblable, excepté qu'on ne leur donna ni vin, ni eau de vie à boire. Un peu avant le dîner, le Roi fit venir le fils du Gouverneur de *Jarron*. Il entra dans la sale, salua le Roi à la façon Persane, & présenta la Lettre de son Pere sans dire une seule parole, & sans que le Prince lui en dit une non plus. Le Roi en use ainsi par grandeur, & pour tenir davantage dans le respect ses sujets, & les Etrangers. Le feu Roi son Pere étoit plus affable aux uns, & aux autres. Il faisoit approcher de lui les Ambassadeurs, & les Envoyez, plusieurs fois durant la fête de leur audience, & les entretenoit de leurs affaires, ou du moins de choses indifferentes. Toutes les fois que j'eus l'honneur de l'approcher, & j'eûs cet honneur cinq fois en dix semaines de tems que je demeurai à sa Cour l'an 1666. il me fit toûjours la grace de me parler. Ce n'étoit pas directement à la verité; il disoit sa pensée au *Nazir*, le *Nazir* la rapportoit à mon Interprête: mon Interprête me la rapportoit, & ayant reçû ma réponse, elle passoit à lui par le même canal. Si j'eusse sû alors le Turc, ou le Persan, comme je l'appris depuis, ce bon Prince sans doute n'y eût pas fait tant de façon.

Le 22. on mit le prix aux présens des Envoyez. C'est la coûtume en *Perse*, de porter le présent qu'on fait au Roi, dans un grand appartement du Palais Royal, nommé *Chiraconé*, c'est-à-dire, *la Maison du vin*, parce que c'est-là le buffet & le Magasin où l'on garde tout le vin qui est pour la bouche du Roi. On consigne les Présens au Chef du gobelet, qui est le Surintendant de cet appartement-là. On y met le prix les jours suivans, sur l'estimation des Marchands & des Connoisseurs les plus habiles. Chaque piéce du présent est ensuite départie aux Officiers du Roi qui sont établis sur les choses de même nature que ces piéces. La tapisserie par exemple, est livrée au Magasin du lieu où en est la Manufacture Royale. Les armes & les Canons sont mis dans l'Arsenal. Les pierreries sont consignées au Trésor, & ainsi du reste. Les Intendans particuliers de chaque département en chargent leurs livres. On enregître aussi le présent à la Chambre des Comptes du Domaine, & on l'écrit sur tant de regîtres qu'il est impossipossible que rien s'en perde. Si l'on vouloit savoir un par un tous les Présens qu'on a faits aux Rois de *Perse* depuis deux cens ans, il n'y auroit rien de plus facile, & on le sauroit dans tout le détail.

Je fus appellé de la part du *Nazir* à l'estimation des Présens. J'allai, après en avoir informé les Envoyez, & leur avoir demandé s'ils desiroient qu'on mît le prix aux choses selon la juste valeur, ou plus, ou moins. Je faisois cette demande, parce que les Présens qu'on fait au Roi payent vingt-cinq pour cent de regal en argent comptant, aux Officiers de sa maison, lesquels on prend sur le pied de l'estimation; & qu'elle soit bien ou mal faite, il faut que la personne qui a fait le Présent y acquiesce & paye ces vingt-cinq pour cent. A cet égard là, il y a veritablement du dommage pour un Ambassadeur à estimer son Présent haut, mais l'on regagne aussi d'autre côté ce que l'on y perd; parce que le Roi & les Ministres, se faisant toûjours informer de la valeur du Présent, pour y avoir égard dans les demandes que l'on leur fait, on trouve là son compte à faire estimer un Présent plus qu'il ne vaut. J'allai à l'assignation sur les neuf heures, où je trouvai le Prévôt des Marchands, un Controlleur de chez le Roi, le Chef des Orfévres, les Intendans des Manufactures d'étoffes d'or & de soye, le Grand Maître de l'Artillerie, le Chef des Peintres, & dix ou douze des principaux Marchands d'*Ispahan*. Ils avoient commencé l'appréciation. Les Présens de l'Envoyé de la Compagnie Françoise, non compris les Canons, furent estimez près de vingt mille écus. Ceux de l'Envoyé de la Compagnie Angloise furent mis à trois mille cinq cens écus. Chaque chose fut ensuite départie en son lieu comme on l'a dit. Les miroirs, les lustres, les pistolets, le tableau, & les lunettes d'approche, furent portées au Tresor commun, qui est au Château d'*Ispahan*, où tout cela est consommé par le tems & par la poussiere, avec une infinité d'autres piéces de cette nature, que des Europeans, & entre les autres les Moscovites, les Turcs, & les Armeniens, ont donnez aux Rois de Perse, depuis deux cens ans. C'est que ces choses-là n'étant point à l'usage du Païs, on les laisse perir dans un coin, croyant qu'il n'est pas de la grandeur du Roi de les faire vendre, ni de les donner. On porta le Poivre, le Thé, l'Ambre, & l'huile de Girofle, au *Cherbet-Kané*, c'est *le magazin des liqueurs*. Les Porcelaines demeurerent au buffet, & les Etoffes enfin furent departies en diverses garderobes du Roi, y en ayant une pour chaque sorte d'étoffe.

Le même jour, étant à dîné chez le *Nazir*, la conversation tourna sur les deux Audjences, dont l'on a fait la relation, sur les Europeans, & enfin sur les contestations qui s'étoient élevées entre l'Envoyé de la Compagnie Françoise, & celui de la Compagnie Angloise, pour la préseance. On me demanda si dans l'Europe l'on se faisoit une affaire de ces vains sujets. Je répondis en souriant, qu'ils avoient raison, à mon avis, de traiter ainsi ces sortes de contestations, mais que dans l'Europe, on ne les appelloit pas de même: qu'on les croyoit des choses essentielles, & que non seulement les Royaumes combattoient pour des préseances, mais qu'il n'y avoit guere de particulier qui n'y prît garde, & ne ménageât son rang comme son plus cher interêt. Le grand Ecuyer, qui étoit là, dit, que les Mahometans étoient bien heureux d'être gueris de ces foiblesses, & de n'avoir point mis l'honneur dans de si importunes & si dangereuses chimeres.

On conta là, entre les autres nouvelles, que le premier Ministre avoit fait donner le matin deux cens coups de bâton sous les pieds à un *Molla*, ou Docteur, parce que de bas Officiers de l'Artillerie lui avoient présenté des Requêtes, que ce Docteur avoit écrites, où le sens étoit si confus, & si embarassé de complimens, & de vieux Phebus, qu'on avoit beaucoup de peine à le penetrer, quelque attention qu'on y fît. Après que ce miserable eut reçû un si rude châtiment, le premier Ministre le fit porter en sa presence, car il n'étoit pas en état de marcher. *Un grand Visir*, lui dit-il, *a bien d'autres choses à faire, que de lire tes méchans complimens, & de débrouiller le chaos des Requêtes que tu écris. Use d'un stile plus clair & plus simple, ou n'écris point pour le public; autrement je te ferai couper les mains.*

Le 23. ce Ministre remit à un Renegat Portugais, Interprête du Roi, les Lettres que les Envoyez avoient delivrées au Roi & au *Nazir*. Ce Renegat, qui faisoit accroire aux Persans, qu'il entendoit toutes les langues de l'Europe, quoi qu'il ne fût que sa langue naturelle, alla porter ces Lettres aux Augustins Portugais Missionnaires à *Ispahan*, croyant qu'ils les lui expliqueroient, mais il les en trouva aussi peu capables que lui. Ils envoyerent querir l'Interprête des Hollandois. C'est un Arabe qui a demeuré long-tems en Europe, & qui a un grand talent pour les langues.

Il fut bien aise d'avoir ces Lettres en main, pour en donner des Copies à ses Maîtres, qui sont fort curieux des affaires d'autrui, sur tout de celles qui ont relation aux leurs, & qui regardent le Commerce ; mais il ne put traduire la Lettre du Roi d'Angleterre, n'entendant pas l'Anglois. Il mit les deux autres en Persans.

Le 24. l'Envoyé de la Compagnie Françoise envoya aux Ministres les Présens qu'il avoit preparez pour eux, savoir

A l'*Etmadeulet*, ou Grand Visir,

Dix-sept onces d'Ambre-gris.
Deux *Chals*, ou Ceintures des Indes, très fines.
Six Turbans de Soye d'or & d'argent.
Une petite Horloge.
Une Montre.
Douze livres de Thé.

Au Grand Maître.

Dix-sept onces d'Ambre-gris.
Trois Turbans de Soye d'or & d'argent.
Trois Ceintures.
Trois Montres.
Douze livres de Thé.
Quinze cens écus en argent comptant.

A *Mirzataher*, Controlleur de la maison du Roi.

Deux Turbans.
Quatre fines Indiennes.
Trente-quatre piéces de Porcelaine de la Chine, de diverses grandeurs.
Trois livres de Clou de giroffle.
Trois livres de Canelle.
Trois livres de Thé.
Trois livres de Cardamome.
Cinquante Noix muscade.
Trente livres de Poivre.
Cent cinquante écus en argent comptant.

Le même jour, sur les dix heures du matin, l'Ambassadeur de Moscovie fut amené sur les chevaux du Roi, à un apartement du Palais Royal, où le Grand Visir, & les autres principaux Ministres du Conseil s'étant rendus peu après, il fut deux heures en conference avec eux. On le regala en suite. Le Festin fut splendide en viandes & en liqueurs, mais on n'y servit ni vin, ni eau de vie.

La Negociation de cet Ambassadeur fut tenue assez secrete. Les Ministres publierent que sa commission consistoit à faire savoir au Roi de Perse que son Maître lui enverroit bien-tôt un Ambassadeur Extraordinaire ; mais on apprit dans la suite qu'il étoit venu proposer au Roi d'entrer dans la Ligue que le Grand Duc avoit nouvellement faite avec les Polonois contre le Turc. Le Roi de Perse n'y voulut pas entendre. Il promit seulement que si les Moscovites & les Polonois étoient une fois bien engagez dans la guerre contre le Turc, & qu'ils voulussent après lui donner des sûretez de ne faire point la paix sans lui, il prendroit les armes, & se jetteroit sur *Bagdad*. C'est la réponse qu'on donna à l'Ambassadeur, & sur laquelle il fut expedié. Il en demandoit instamment une plus précise, mais le premier Ministre lui ferma la bouche en disant ; que les Chrétiens avoient plusieurs fois engagé les Rois de Perse à faire la guerre avec eux contre le Turc, & qu'après ils avoient fait la paix sans leur participation.

Le 27. le premier Ministre m'envoya querir de grand matin fort en hâte. J'étois encore au lit, & mon palefrenier & mon laquais étoient sortis. Je dis à ses gens, qu'ils n'avoient qu'à s'en retourner, & qu'aussi-tôt que mes valets seroient venus, j'irois à l'hôtel de leur Maître. *Comment Monsieur*, me répondirent-ils en souriant, *ne savez vous pas que nous n'oserions retourner sans vous amener* ? En disant cela, un d'eux courut à l'écurie me seller un cheval. Un autre s'offrit de m'habiller, & il fallut que je le souffrisse. Comme je descendois, quatre autres Cavaliers arrivoient pour me faire hâter. J'avois de la peine d'aller sans laquais, la coûtume étant d'en mener toûjours un ou deux par les ruës d'*Ispahan*, à cause de la presse. Mais ils me dirent qu'en allant ils me feroient bien faire place, & que pour le retour ils me donneroient des laquais. J'observe cela, pour faire connoître avec quelle promtitude on execute en Perse les ordres des Grands. Un Officier n'ose dire à son Maître qui l'a envoyé querir quelqu'un, qu'il ne l'a pas trouvé, ou qu'il n'étoit pas à la maison, ou qu'il ne sauroit venir ; il faut qu'il le trouve & qu'il l'améne, autrement les coups de bâton punissent sur le champ la négligence du messager. J'allai aussi vîte qu'on me mena, tant pour complaire aux gens qui me menoient, que pour savoir ce qu'on me vouloit, de quoi j'étois un peu en peine. Le premier Ministre me dit, qu'il m'avoit envoyé querir pour traduire la Lettre du Roi d'Angleterre, & celle de la Compagnie Françoise. Il me les mit à la main en même tems, & commanda à deux Secretaires de me conduire dans un Cabinet, & de prendre la tra-

traduction de ces Lettres. Je ne sai si la premiere Version qu'il en avoit fait faire ne l'avoit pas satisfait, ou s'il vouloit en avoir diverses, pour plus grande sûreté. Je les mis en Persan, le mieux que je pûs, & j'en pris des copies. Celle du Roi d'Angleterre étoit en Anglois, écrite sur un grand velin, en lettres d'or & noires, le haut & les côtez à la largeur de six doigts, peints en miniature. Le Portrait du Roi, ses Armes, sa Devise, ses Chiffres, y étoient enchassez dans une frize de Moresques. Avant que d'en donner la copie, je ferai un recit abregé de l'établissement des Anglois en Perse.

Les Anglois allerent la premiere fois en Perse, environ l'an 1613. Ils furent assez bien reçûs par les Persans à *Bandar-abassi*, mais ils le furent fort mal des Portugais à *Ormus*, Isle qui n'est qu'à trois lieuës de *Bandar-abassi*. Les Portugais, qui étoient alors les Maîtres du Commerce dans toutes les Indes, n'ayant pas dessein d'en faire part à ces nouveaux venus, mais au contraire de les en priver, se mirent à les traverser de tout leur pouvoir; & entre les autres duretez, ils leur faisoient payer à *Ormus*, où étoit le grand Négoce du Golphe Persique, plus de Droits qu'à tous les autres Peuples. *Abas* le Grand, alors Roi de Perse, qui étoit bien informé de ce qui se passoit entre ces Europeans, fit offrir le Négoce aux Anglois dans ses Ports de terre ferme. Il leur envoya des Présens: il attira quelques-uns d'eux à sa Cour, où il leur fit mille caresses, & enfin l'an 1620. il les engagea dans une Ligue pour chasser les Portugais du Sein Persique. Il n'étoit pas moins irrité contr'eux que les Anglois, parce qu'ils chargeoient en toutes rencontres ses sujets d'affronts & d'outrages; & leur empêchoient le Commerce. On ne pouvoit passer aisément aux Indes que sur les vaisseaux Portugais: or quand quelques Marchands Persans alloient à *Ormus* demander passage aux Portugais; le Chef d'*Ormus* leur demandoit ce qu'ils vouloient aller faire aux Indes, & quelle sorte de marchandise ils vouloient achetter; & quand ils le lui avoient dit, il les menoit aux magazins du lieu, & leur faisant voir de grandes parties de ces marchandises, il leur disoit: *Voilà de ce que vous demandez: achettez le premierement, & s'il vous reste de l'argent à employer, je vous ferai passer aux Indes.* Les Portugais, avec cette dureté, obligeoient les Marchands étrangers, ou à retourner sans rien faire, ou à achetter les choses d'eux aux prix qu'il leur plaisoit.

Abas s'en plaignit plusieurs fois au Gouverneur d'*Ormus*, mais toutes les réponses qu'il en recevoit étoient si hautaines & si offensantes, qu'elles donnoient un nouveau sujet de plainte. Ce grand Prince resolut de ruiner un si superbe pouvoir. Il manquoit de vaisseaux pour passer ses troupes à *Ormus*, qui étoit la principale Forteresse des Portugais dans le Sein Persique, & celle qui incommodoit particulierement la Côte de Perse. Il proposa aux Anglois de se joindre ensemble, & ils l'accepterent. Le Traité portoit, „ que l'on „ attaqueroit à frais communs ce que les Portugais tenoient dans le Golphe. Que les „ Anglois passeroient les Persans dans l'Isle „ d'*Ormus*, & dans les autres voisines, & durant les siéges, empêcheroient les secours „ par mer. Que les Places qu'on prendroit „ demeureroient à la Perse, mais que la dépouille, & tout ce qui se trouveroit dedans, „ seroit partagé également. Que le Négoce „ seroit transferé à *Bandar-abassi*, où les Anglois seroient non seulement pour toûjours „ exemts de toute sorte de droits, mais qu'ils „ partageroient également avec les Persans „ les entrées & doüanes, à condition toutefois d'entretenir dans le Golphe quatre „ vaisseaux de guerre, ou deux au moins, „ afin d'assurer la navigation aux Marchands, „ & de les garentir contre les vaisseaux Portugais.

Ce Traité produisit la prise d'*Ormus* sur les Portugais, l'an mil six cens vint trois, & de deux autres Isles tout proche, & depuis cela il a reçu de continuelles infractions de part & d'autre. Les Persans, qui n'observent pas les choses avec assez de bonne foi, & qui usent de fourberies par tout où il y a lieu de le faire, n'ont point tenu parole aux Anglois, qu'ils ont crû assez payez, de ce qu'ils avoient contribué à la prise d'*Ormus*, par le riche butin qu'ils y firent, & par le Négoce qu'ils ne pouvoient avoir auparavant; au lieu de considerer que c'étoit aux Anglois qu'ils devoient la prise de ces importantes places, & la liberté de leurs Côtes & de leur trafic. Ils se sont mis à diminuer, d'année en année, aux Anglois ce qui leur appartenoit de la moitié des Doüannes de *Bandar-Abassi*; & enfin, ils en sont venus jusqu'à leur donner seulement huit ou dix mille écus pour leur moitié, quoi que le total monte d'ordinaire à sept ou huit cens mille livres; & ce qui est tout à fait injuste, ils obligent l'Agent des Anglois de leur donner quitance de la moitié de la Doüanne, à moins de quoi ils ne lui veulent rien donner. Le pre-

pretexte dont ils se servent pour colorer cette injustice, est que les Anglois n'ont point entretenu de vaisseaux de guerre dans le Golphe, comme ils y étoient obligez par le Traité. Ils leur imposent aussi de passer sous leur nom des Marchandises qui ne leur appartiennent point, & de transporter de grandes sommes d'or & d'argent hors du Royaume, contre les défenses. Les Anglois ont été obligez durant long-tems d'en passer par tout où les Persans ont voulu, ne pouvant mieux faire; mais songeant au tort qu'on leur faisoit, la Compagnie Angloise s'adressa au *Roi d'Angleterre* l'an 1670. le suppliant d'écrire au *Roi de Perse*, en faveur de leurs légitimes prétentions. L'Envoyé de la Compagnie Angloise obtint des Lettres patentes du *Roi Persan* aux fermiers de *Bandar-Abassi* de payer quarante cinq-mille francs par an aux Anglois, outre la franchise des Doüannes pour tout ce qui leur appartenoit; mais comme la Compagnie Angloise ne fut pas contente de cet accord, elle pria de nouveau S. M. Britannique de lui donner une autre Lettre plus pressante pour le *Roi de Perse*; ce qui fut fait, & c'étoit cette Lettre qu'on me donna à interprêter. En voici la copie.

„ CHARLES Second, par la grace de Dieu „ Roi d'Angleterre, d'Ecosse, de France, & d'Irlande, Défenseur de la Foi; au „ Haut & Puissant Monarque *Cha Soliman*, „ Empereur de Perse, de Medie, d'Hircanie, „ & de plusieurs autres vastes Païs & Seigneuries. Nous avons été informez des Directeurs de la Compagnie des Indes Orientales de l'élevation de V. M. au Thrône de „ vos fameux Ancêtres, & de la paix & „ tranquilité dont ce Grand & Puissant Empire *de Perse* jouït sous l'obéïssance de V. M. „ Nous en congratulons avec joye V. M. desirant fortement que le bonheur & la prosperité dont elle jouït augmentent & durent „ autant qu'il est possible, & que Dieu tout „ puissant la conserve couverte de gloire „ & comblée de tous les biens du corps & de „ l'esprit. Ladite Compagnie des Indes „ Orientales nous a très-humblement représenté qu'il y a environ cinquante-ans qu'elle fit un Traitté avec le fameux *Cha Abas*, „ un des plus renommez predecesseurs de V. „ M. par lequel ce grand Prince, en vertu „ des grands & importans services que cette „ Compagnie lui avoit rendus à ses dépens, „ & particuliérement pour l'aide & le secours „ qu'elle lui donna pour prendre le Château „ de *Kichmich*, & le château, la ville, & „ l'Isle d'*Ormus*, lui accorda entr'autres privileges & avantages la moitié des droits de „ Doüannes, qui se payent par tous les Marchands qui négocient du côté d'*Ormus*, „ tant par mer que par terre; comme il paroît „ par l'Article 3. dudit Traité. A présent, „ cette Compagnie se plaint que depuis plusieurs années, les Officiers de V. M. frustrent ses Agens de la plupart des droits, „ & leur font une part si modique du revenu „ de cette Doüane, que c'est d'ordinaire moins „ de mille *Tomans* qu'ils leur donnent, quoi „ que ce revenu aille au delà de trente mille „ *Tomans* par an. Nous desirons sur cela „ avec beaucoup d'affection, que l'égard de „ l'ancienne amitié & bonne correspondance „ qu'il y a entre les deux Nations, étant considéré comme il le doit être, l'exposition „ & la remontrance que nous faisons avec un „ cœur droit du tort & des dommages qui sont „ faits à cette Compagnie, lui servent auprès „ de V. M. pour lui en faire avoir justice; „ Et que V. M. ordonne qu'on la paye & „ satisfasse des arrerages de ces droits de „ Doüanne, c'est-à-dire de ce qui manquoit „ à ce *qui lui a été* payé-ci devant pour faire „ sa juste moitié. Nous desirons aussi que „ V. M. fasse un ferme & inalterable établissement là-dessus pour l'avenir, & commande absolument à ses Officiers & Ministres, „ que desormais ils satisfassent les Agens de ladite Compagnie de la moitié toute entiere „ de la Doüanne, en une juste mesure & proportion, suivant les termes du Traité mentionné, afin que la sincere amitié & la bonne correspondance, qui dure depuis tant „ d'années entre les deux Nations, continuë „ sans aucune violation ni alteration. Sur „ quoi nous récommandons V. M. à la protection du Tout Puissant.

Le premier Ministre eût du chagrin de voir que les Anglois ne se contentoient pas de ce qu'il avoit fait en leur faveur, deux ans auparavant, mais qu'ils revenoient encore à la charge. Il ne put contenir son ressentiment. Il dit à l'Interprête de la Compagnie Angloise, un jour qu'il sollicitoit avec chaleur une plus favorable composition que la premiére fois; *C'est toi qui encourages les Anglois à nous fatiguer de demandes reiterées. Tu mets deux aunes d'écarlate, avec quelque clincan, sur le dos d'un Commis, & nous l'ériges en Ambassadeur. La Perse a mille fois payé aux Anglois le service qu'ils nous reprochent si fort, & qui est l'uni-*

l'unique que nous ayons jamais reçu d'eux. Ce n'est point nous qui avons commencé d'enfraindre le Traitté, ce sont les Anglois qui l'ont fait les premiers, & nous serions bien fondez à n'y avoir plus aucun égard. L'Agent Anglois ne pût obtenir rien davantage; mais pour ne le pas renvoyer toutefois à vuide, on lui donna une nouvelle expedition des Lettres patentes de l'an 1670. & une Lettre pour le Roi d'Angleterre qui étoit cachettée. A la verité on ne peut pas excuser les Persans sur ce point-là, car il faut toûjours garder les Traitez dans toute leur étenduë; mais il faut avouër néanmoins qu'ils ne laissent pas d'être loüables de continuer à laisser les Anglois négocier francs de toute sorte de droits dans leur Empire, & de leur donner tous les ans cinquante mille livres pour un service rendu cinquante ans auparavant, dont on peut dire qu'ils furent payez dès lors fort abondamment.

Quant aux Lettres de l'Envoyé de la Compagnie Françoise pour le Roi & pour le *Nazir*, c'étoit des piéces trop mal faites pour être publiées. Leur datte étoit du premier Mai 1671. & cependant il y étoit parlé *des grandes victoires du Roi de France contre les Hollandois*, qui n'arriverent que dans l'année suivante, & de leur *fin & destruction totale qui étoit prête d'arriver*; Ce sont les termes; & c'est ainsi que se brouillent & s'égarent les Moines, lors qu'ils se veulent mêler des affaires du monde : car c'étoit le Superieur des Capucins Missionnaires à *Ispahan* qui avoit composé ces Lettres, & qui dirigeoit toute l'Ambassade. Les Anglois & les Hollandois firent bien sentir ces contradictions; & les Persans mêmes reconnurent aisément que ces Lettres étoient supposées, par ceci particulierement, qu'elles faisoient mention de *deux Envoyez égaux en qualité, & Collegues*, & cependant la Lettre que Mr. *Gueston* avoit écrite au *Nazir* à son arrivée à *Bandar-Abassi*, & celles du Gouverneur & des gens du Roi, de ce lieu là, qui donnoient avis de sa venuë, ne faisoient mention que de lui seul pour Envoyé, de sorte que c'étoit une verité de notorieté publique qu'il n'avoit ni Collegue, ni second. Ils savoient bien d'ailleurs, qu'après sa mort tous les gens de sa Suite furent long-tems à resoudre ce qu'ils feroient, & que dans les premiers jours ils dirent à tout le monde & firent dire au Gouverneur de *Chiras*, qu'ils vouloient s'en retourner à *Bandar-Abassi*, n'ayant point de commission pour passer outre.

J'ai ouï raconter chez le *Nazir* une chose assez burlesque sur le sujet de ces Lettres; c'est que comme il les lisoit au Roi, il vint à ce Prince une plaisante pensée dans l'esprit sur les noms des Envoyez de la Compagnie. Celui-ci s'appelloit de *Joncheres*, mot qui mal prononcé en Persan, signifie *jeune Lyon*, & l'un des trois premiers Envoyez s'appelloit *Beber*, qui signifie *vieux Tygre*. Le Roi entendant repéter ces noms, arrêta le *Nazir*, en disant, *qu'est-ce qu'ils écrivent ces Marchands François, qu'ils ont envoyé premiérement un vieux Tygre, & qu'à présent ils envoient un jeune Lyon*? Ces Equivoques le firent bien rire & tous ceux qui étoient autour de lui.

Le 28. j'allai donner avis aux Envoyez François & Anglois que j'avois mis leurs Lettres en Persan par l'ordre du premier Ministre. L'Envoyé Anglois me témoigna d'en être fort aise, & m'en remercia, m'assurant que la Compagnie d'Angleterre m'en demeureroit fort obligée. En effet, il avoit sujet d'être content que j'eusse fait cette traduction, parce que j'avois conservé à l'original toute sa force; chose que les gens du Pays n'osent faire, craignant de s'attirer l'indignation des Ministres en disant quelque chose qui puisse déplaire, quoi qu'ils ne le fassent que par ordre. Pour l'autre je reconnus au travers de ses remercimens, qu'il étoit bien fâché que j'eusse vû ses Lettres, parce qu'il n'étoit pas possible que la supposition n'en sautât aux yeux à un François.

Le premier Octobre, le Roi partit d'*Ispahan* à trois heures du matin pour son voyage de *Casbin*, qui est l'ancienne *Arsacie*, & alla mettre pied à terre à la maison *d'Hazar gerib*, qui est au bout du cours d'*Ispahan*, à demie lieuë de son Palais. Les Astrologues le firent lever à cette heure là pour une traite de demie lieuë, parce que c'étoit le moment d'une constellation favorable pour le commencement d'un grand voyage. La mere & les Favorites partirent à même tems.

Le second, je me rendis du matin au *Chiraconé*, qui est le Buffet du Roi, pour le voir emballer pour le Voyage. L'Intendant, qu'on appelle en Persan *Chi-rachi-bachi*, c'est-à-dire *Chef des pourvoyeurs de vin*, eut la bonté de me faire voir tout ce qu'il a de plus beau en maniment. Ce sont plusieurs douzaines de cueilleres assorties, des Vazes, des Coupes, des Soucoupes, des plats, des bassins, des brocs, des pots à l'eau, des nefs, des bouteilles, des crachoirs, tout cela partie d'or émaillé, partie garni de pierreries, & partie garni de perles. Il n'y a rien là que d'or fin, & travaillé, ou garni. C'est une chose incroyacroyable que le nombre & la valeur de cette vaisselle. Il y a des coupes si grandes, qu'on ne les sauroit tenir d'une main, quand elles sont pleines. Il y a aussi de ces tasses faites comme des cueüilleres à pot, dont on se sert souvent à la table du Roi, & qu'on appelle *Azar-peché*, c'est-à-dire *mille Chimeres*: c'est pour exprimer qu'on est si yvre, quand on en a bû quelques unes, qu'on a la tête toute troublée. Il y a de ces sortes de tasses-là, qui ne tiennent que demi setier. Les plus grandes tiennent trois chopines. Les ordinaires sont d'une pinte. Ce qui me parut le plus royal, ce fut une douzaine de cueuilleres longues d'un pied, grandes à proportion faites pour boire du bouillon, & des liqueurs. Le cueuilleron étoit d'or émaillé. Le manche étoit couvert de rubis. Le bout étoit un gros diamant de quelques six carats. Cette douzaine de Cueuilleres pouvoit valoir seize mille écus. Il ne faut pas s'étonner qu'elles ayent le manche long d'un pied, parce que comme dans tout l'Orient, on mange à terre, & non sur des tables, il faudroit trop se baisser pour prendre du bouillon si les cueuilleres n'étoient aussi longues. La plûpart de toutes ces piéces sont antiques. A moins de voir soi-même la quantité qu'il y en a, on ne sauroit croire ce qui s'en peut dire. J'ai tâché plusieurs fois de savoir à combien tout cela se monte sur les regîtres, car il est marqué, & l'on le fait très-exactement, mais je n'ai pu le découvrir. Toute la réponse que j'en pouvois tirer, c'est qu'il y en avoit pour des sommes immenses, & que le compte en étoit infini. Je suis persuadé après ce que j'en ai vû, qu'il y en a pour plusieurs millions. Le Chef de Gobelet m'a dit une fois que le buffet du Roi contenoit quatre mille piéces, ou ustenciles, toutes d'or, ou garnies d'or, & de pierreries, comme je l'ai rapporté. Ce Seigneur me donna à diner, & me fit boire de plusieurs sortes de vins & d'eaux de vie, tant que la tête m'en tourna en un quart d'heure ; car ces vins sont violens, & les eaux de vie le sont encore plus. Si l'eau de vie n'est forte comme l'esprit de vin elle ne plaît point en *Perse*, & le vin qu'on y estime davantage, est celui qui est très-violent, & qui enyvre le plus vîte. Il me traitoit en Persan, croyant que c'étoit me bien régaler que de m'enyvrer d'abord. On appelle le vin en Perse *Cherab*, terme qui dénote en son étymologie toute sorte de liqueur. Le nom de Sorbet, & celui de sirop, viennent de ce terme de *Cherab*, que les Mahometans Religieux ont en telle horreur, à cause que le vin enyvre, qu'il est impoli de le proferer seulement en leur présence.

Le 3. je conclus un marché de mille pistoles avec la femme du grand Pontife, qui est sœur du feu Roi, comme je l'ai observé. Le marché fait, elle m'envoya dire qu'étant du Voyage du Roi, elle avoit besoin de son argent comptant, mais qu'elle me donnoit le choix de prendre une assignation à deux mois de terme, ou de l'or en plat. J'acceptai de prendre de l'or, & on me remit au soir. Dès que j'eus comparu à l'assignation un Eunuque, Intendant de la Princesse, apporta un plat bassin du poids de six cens onces, à fort peu près. J'avois amené avec moi un changeur Indien, fort habile en or & en argent. Il toucha le plat en divers endroits, & le jugea à vint trois carats & demi, & me dit qu'il le garentissoit à ce titre. J'en fis le marché à cinquante six francs l'once. J'eusse volontiers achetté tout le bassin à ce prix-là, mais on ne m'en voulut donner que ce qu'il me falloit pour mon payement.

Le soir, étant allé chez le Roi, pour voir plusieurs Seigneurs qui me devoient de l'argent; le premier Maître d'Hôtel du Roi, le Capitaine de la Porte, & le Receveur des présens, qui étoient du nombre, me prierent de voir l'Envoyé de la Compagnie Françoise, & de lui dire, *qu'on s'étonnoit à la Cour qu'il ne voulût pas payer le régale des présens qu'il avoit faits au Roi. Qu'on l'informoit mal en cela des coûtumes de Perse, puisque tous les Ambassadeurs, & généralement tous ceux qui font des présens au Roi, de quelque part qu'ils vinssent, payoient ce régale, qui étoit un droit établi, & le principal émolument de leurs charges, & des autres Officiers qui y avoient part. Que c'étoit vainement qu'il se faisoit une affaire de ne le payer pas, parce que sûrement il faudroit qu'il le payât.* Ces Seigneurs me dirent la chose beaucoup plus fierement que je ne la raporte. D'autres Interessez dans ce même droit me chargerent aussi du même Message, de maniére que je crus être obligé de le raporter à cet Envoyé, afin qu'il pût prendre plus sûrement ses mesures. Je le trouvai prévenu pour sa conduite. Il me répondit, „ qu'il „ avoit fait entendre à ces Seigneurs la pre„ miére fois qu'on lui avoit parlé de ce droit, „ qu'il étoit venu faire un présent au Roi, „ mais qu'il n'avoit rien apporté pour les Of„ ficiers, & qu'absolument il ne leur donne„ roit rien, & qu'il me prioit de leur porter „ cette réponse à ma commodité. On fai-

„ soit

„ soit parler l'Envoyé de cette sorte, & on „ lui avoit mis en tête que le *Nazir* l'affran- „ chiroit du droit prétendu. " Ce Seigneur fit effectivement quelques démarches pour cela. Il lût au Roi la Requête que l'Envoyé présenta à cet effet. Les Grands qui étoient interessez présenterent aussi requête à l'encontre, & le different fit bruit. Le premier Ministre ne se déclaroit point. L'Envoyé alleguoit pour ses raisons que son Collegue qui avoit des ordres libres étoit mort; mais que lui n'avoit point le pouvoir de rien donner, outre ce que portoit sa commission. Les Grands alleguoient la coûtume, & que ce droit fait une partie de leurs appointemens. Enfin le Conseil Royal ordonna qu'on informeroit la chose chez les Anglois, chez les Portugais, & chez les Hollandois, & que s'il se trouvoit qu'on eût jamais fait grace de ce droit à quelque Ambassadeur ou Envoyé de ces Nations-là, on la feroit aussi à cet Envoyé. On fit venir les Interprêtes de ces Nations, & on fit apporter les regîtres du Receveur des présens. Ils demeurerent tous d'accord que nul European n'avoit jamais été affranchi de ce droit, & il fallut que l'Envoyé François en passât par-là. On lui fit pourtant grace de quelque chose, & il en fut quitte pour dix mille huit cens livres.

Ce droit est de quinze pour cent par constitution. Les abus qui s'y sont glissez l'ont fait monter à près de vingt cinq. Le Grand Maître d'Hôtel en prend dix, lesquels de droit il faudroit qu'il partageât avec les *Yessaouls*, qui sont comme les Gentils-hommes ordinaires de chez le Roi, lesquels sont au nombre de vingt quatre; mais il ne leur en donne presque rien. Les autres quinze pour cent sont pour les Intendans des Galleries, ou Magasins, où le présent est consigné, comme on l'a dit; ainsi les droits de la pierrerie dont on fait présent au Roi sont pour le Chef du trésor, & le Chef des Orfevres, & ainsi du reste.

Le même jour, le Grand Maître vendit aux Armeniens, au nom du Roi, un Diamant de cinquante trois carats, apartenant à la Princesse sa Mere, cent mille francs, à payer en dix-huit mois. Ce Ministre avoit fort tâché de le troquer avec moi contre une partie de ce que j'avois apporté, mais n'ayant pas voulu m'en charger, & la Mere du Roi en étant dégoutée, & s'en voulant défaire à quelque prix que ce fût, on obligea enfin le corps des Marchands Armeniens de l'acheter. Ils se défendirent de ce marché tant qu'ils purent; mais on les sollicita & pressa si fort de faire ce plaisir à la Mere du Roi, qu'ils furent enfin contraints de se rendre. Si d'abord ils eussent fait présent de sept ou huit cens pistoles au *Nazir*, il les eût garentis de cette avanie. Ils m'offrirent huit jours après ce Diamant à un tiers de perte.

Le 4. l'Envoyé de la Compagnie Françoise eut une conference avec le premier Ministre. Il se rendit à dix heures à l'Hôtel de ce Seigneur. Le *Nazir* y étoit & plusieurs autres Ministres. On mit sur le tapis les Lettres qu'il avoit présentées & le mémoire de ses demandes, & on lui demanda qu'est-ce qu'il offroit en échange des exemptions de droits & des autres graces qu'il prétendoit. Il se trouva empêché de répondre, & il supplia qu'on envoyât querir le Superieur des Capucins. On le fit, & ce Capucin étant venu, il répondit au nom de l'Envoyé, *qu'il n'avoit nul pouvoir de traiter, & qu'il n'étoit venu pour autre chose que pour faire un présent au Roi, & pour demander la confirmation des privileges accordez par le feu Roi à la Compagnie, & confirmez par le Roi regnant.* Les Ministres répondirent, „ que les premiers Députez de la „ Compagnie qui étoient venus l'an mil six „ cens soixante cinq, avoient donné parole, „ en recevant ces privileges, qu'au bout de „ trois ans, il viendroit de nouveaux Dépu- „ tez de la Compagnie non seulement appor- „ ter des présens, mais aussi faire un Traité „ de commerce avec la *Perse*, & que c'étoit „ uniquement sur cette parole qu'on leur „ avoit donné ces privileges, & que le Roi les „ avoit confirmez au commencement de son „ régne. " Le premier Ministre ajoûta ces paroles: *Les Anglois ont les exemptions que vous demandez pour avoir mis Ormus dans les mains des Persans. Les Portugais en jouissent pour avoir cedé à la Perse les terres qu'ils tenoient dans le Golphe. Les Hollandois les ont aussi en vertu de six cens bales de soye qu'ils prennent tous les ans du Roi, à un tiers plus cher qu'elle ne vaut au marché. Les François que veulent-ils nous donner pour avoir les mêmes exemptions qu'eux?* Le Superieur des Capucins répondit pour l'Envoyé, „ qu'il n'avoit point d'ordre „ de traiter aucunes conditions. Que Mon- „ sieur *Gueston*, qui étoit Plénipotentiaire, „ en eût traité s'il fût venu; mais qu'étant „ mort, l'Envoyé ici présent n'avoit d'autre „ ordre que de faire au Roi le présent qu'il „ avoit fait, & demander la continuation de „ l'Octroi accordé à la Compagnie. " Le premier Ministre, se retournant vers les autres

tres Ministres, leur dit avec un faux serieux, *qu'il croyoit que cela étoit vrai, y ayant toute sorte d'apparence que la Compagnie n'auroit pas fait choix pour une négociation d'importance d'une personne si jeune que l'Envoyé.* Il se retourna ensuite vers le Superieur des Capucins, & lui demanda, *comment-il accordoit la réponse qu'il venoit de faire, avec la Lettre que l'Envoyé avoit renduë au Roi de la part de la Compagnie, où il y a que les Sieurs Gueston & de Joncheres sont égaux en qualité, & en pouvoir, & qu'elle envoye deux Députez afin que si l'un meurt l'autre puisse remplir la Députation.* Le Pere Capucin se trouva un peu embarrassé de cette contradiction, & tâcha de l'éclaircir; mais le Divan en fut si mal satisfait, qu'il ne daigna pas y répondre. Le premier Ministre fit là-dessus une longue énumeration „des bons traitemens qu'on avoit faits „ à tous les gens de la Compagnie, & en faveur de leur commerce, depuis leur établissement en l'an 1664. qu'on les avoit „ laissé trafiquer sans leur faire payer aucuns „ droits, & qu'au lieu de tenir la parole que „ les premiers Députez de cette Compagnie „ avoient donnée par écrit en son nom, on „ venoit leur demander la continuation de „ ces faveurs sans rien offrir en échange.“ Le Conseil de l'Envoyé répondit en promesses & en bonnes paroles. Au bout d'un assez long entretien, le premier Ministre dit, „ qu'on informeroit le Roi de ce qui s'étoit „ passé dans cette conference, & que S. M. „ selon sa générosité ordinaire, ne manqueroit pas de répondre favorablement les Requêtes de l'Envoyé, & qu'il pouvoit l'espérer ainsi. Il le chargea aussi d'écrire à la „ Compagnie que le Roi étoit tout-à-fait bien „ porté pour l'avancement de son Négoce, „ & tous ses Ministres pareillement, & que „ l'on feroit toutes choses raisonnables en sa „ faveur. La Négociation finie, on servit „ le dîné, qui fut tout-à-fait magnifique, & „ un quart d'heure après, on donna congé à „ l'Envoyé.

Le lendemain, l'Agent de la Compagnie Angloise eût une pareille conference avec le Divan, ou Conseil, sur les affaires. Il représenta fort au long l'injustice que l'on rendoit depuis plusieurs années à la Compagnie, en la frustrant de la moitié qu'elle a dans la Doüanne de *Bandar-abassi*, par le contract solemnel fait avec les Rois de *Perse* derniers morts. Ensuite le peu d'égards qu'on avoit pour les Anglois depuis un certain tems, & les duretez qu'on leur faisoit ressentir à plusieurs péages en visitant leurs valises, & leurs meubles. Le premier Ministre répondit, *que l'on avoit fait cela sans ordre, & qu'il en feroit faire justice, quoi que ce ne fût pas tout-à-fait sans sujet, parce que les Anglois avoient la réputation d'emporter tous les ans de grosses sommes de ducats, contre les loix du Royaume, & avoient été surpris en le faisant.* Il répondit ensuite sur le principal, *que pour ce qui regardoit la Doüanne de Bandar-abassi, les choses étoient fort changées depuis la prise d'Ormus, & que si les Persans faisoient des infractions au Traité, c'étoit sur le modelle de la Compagnie Angloise. Que cela paroissoit en ce que ce même Traité portoit qu'ils entretiendroient une escadre de Navires dans le Golphe de Perse pour tenir la Mer nette, & pour assurer le Commerce, & que cependant il y avoit plusieurs années qu'on n'y avoit vû un seul vaisseau Anglois pour ce dessein. Que cela étoit cause que les Portugais & les Arabes l'infestoient étrangement au dommage de la Perse; ceux-là entrainant les vaisseaux par force à d'autres ports que Bandar-abassi, & leur faisant mille avanies.* Cette conference fut longue, & le *Grand Vizir* y fit de rudes reproches aux Anglois, de ce qu'ils faisoient passer sous leur nom des Marchandises qui ne leur apartenoient pas. L'Envoyé assura *que cela se faisoit à l'insçu, & contre les ordres de la Compagnie, & qu'il pourvoiroit qu'à l'avenir cela ne se fît plus.* Il fut traité ensuite splendidement à dîner.

Le même jour, la Princesse femme du grand Pontife me fit montrer un fil de perles, un bijou, & une paire de pendans, qui meritent bien qu'on leur donne un article dans ce Journal. Ce fut à propos de mes bijoux qu'elle me fit cette faveur. Elle m'avoit fait demander les plus beaux qui me restoient, & j'avois fort estimé un colier de perles que je lui envoyai, qui étoit de dix mille écus. Quand la Princesse l'eut vû, & tous mes autres bijoux, elle m'en fit remercier, & m'envoya son tour de perles. Je n'en ai jamais vû de si beau, ni de si gros. Il est de trente huit perles Orientales, de vingt trois carats piéce; toutes bien formées, de même eau, & de même grosseur. Ce n'est pas un fil pour le cou, mais pour le visage à la mode de Perse. On l'attache au bandeau à l'endroit des temples. Il passe sur les jouës & sous le menton. Les deux pendans d'oreille qu'elle me fit voir aussi, sont deux rubis ballets, cabochons, mal-formez, mais nets & de bonne couleur, qui pesent deux gros & demi la piéce. L'Eunuque me dit qu'un Ambassadeur de

Perse en *Turquie*, envoyé par le Roi *Sefi*, Pere de cette Princeſſe, les avoit achetez ſix vingt mille écus à *Conſtantinople*. Le bijou étoit de Rubis & de Diamans, avec des pendeloques de Diamans. Il ne s'en peut voir de plus beaux pour la netteté, la beauté, & la vivacité des pierres.

Les bijoux de cette Princeſſe montent à quarante mille Tomans qui ſont dix-huit cens mille livres. L'Eunuque me dit que la Princeſſe avoit tant de bonté pour moi, qu'elle me les eût fait voir, s'ils n'euſſent pas été couſus ſur des habits, & accommodez en ceinture la plus grande partie ; mais que parmi eux ce n'étoit pas la coûtume que les Dames fiſſent voir leurs habits. Cela eſt vrai, la choſe paſſeroit pour une eſpece d'infamie ; & de plus ils diſent qu'en voyant les habits d'une Dame, on peut juger deſſus de ſa taille & de ſa façon & faire avec cela des ſortiléges ſur ſa perſonne. Les Perſanes ont l'eſprit tout-à-fait foible ſur le ſujet de l'enſorcellement, elles y croyent comme aux plus grandes veritez, & le craignent plus que l'enfer.

Le 9. je fus à la maiſon des Orfevres du Roi, qui eſt dans le Palais Royal, pour voir forger des plaques dorées, en forme de tuille, qu'on faiſoit pour couvrir le Dome de la Moſquée d'*Iman-reza*, à *Metched*, qu'un tremblement de terre avoit abattu, comme je l'ai rapporté. Mille hommes, à ce qu'on dit, étoient employez à rétablir cette Moſquée, & ils y travailloient avec tant d'application, qu'elle devoit être achevée à la fin de Decembre. Ces plaques étoient de cuivre, carrées, de dix pouces de largeur, & de ſeize de longueur, épaiſſes de deux écus. Il y avoit deſſous deux lames larges de trois doigts, ſoudées en travers, pour enfoncer dans le plâtre, & ſervir de crampons pour tenir les tuilles. Le deſſus étoit doré ſi épais qu'on eût pris la tuille pour de l'or maſſif : chaque tuille conſumoit le poids de trois ducats & un quart de dorure, & revenoit à près de dix écus. L'ordre étoit donné d'en faire trois mille d'abord, à ce que me dit le Chef des Orfevres, qui en avoit l'intendance.

Le 13. au matin, on porta des *Calates* à tous les Ambaſſadeurs, & à tous les Envoyez, qui étoient à *Iſpahan*. Ce ſont ces habits que le Roi donne par honneur, dont j'ai parlé diverſes fois. Le premier Miniſtre leur fit dire de les mettre, & de venir recevoir leur Audience de congé, à la Maiſon de plaiſance, où étoit la Cour depuis ſon départ d'*Iſpahan*.

Nul Ambaſſadeur ou Envoyé n'a ſon Audience de congé autrement que revêtu de cet habit ; & lors qu'on le lui envoye, c'eſt une marque certaine qu'il va être congedié. Les *Calates* ſont de diverſes ſortes. Il y en a qui valent juſqu'à mille *tomans*, qui ſont quinze mille écus. Celles-là ſont garnies de perles & de pierreries. Les *Calates*, en un mot, n'ont point de prix limité, & l'on les donne, plus ou moins riches, ſelon la qualité des gens. Il y en a qui contiennent tout l'habillement juſqu'à la chemiſe, & aux ſouliers. Il y en a qu'on prend dans la garde-robe particuliere du Roi, & entre les habits qu'il a mis. Les ordinaires ſont compoſées de quatre piéces ſeulement, une veſte, une ſurveſte, une écharpe, & un turban, qui eſt la coiffure du païs. Celles qui ſe donnent aux gens de conſideration, comme des Ambaſſadeurs, valent d'ordinaire quatre-vingt piſtoles : les autres qu'on donne aux gens de moindre condition, ne valent que la moitié. On en donne quelquefois qui ne valent pas dix piſtoles, & ne conſiſtent qu'en une veſte & une ſurveſte. Enfin, la qualité de la perſonne régle entierement le prix & la qualité des *Calates*, qu'on lui donne. J'en ai vû donner une l'an 1666. à l'Ambaſſadeur des Indes, qu'on eſtimoit cent mille écus. Elle conſiſtoit en un habit de brocard d'or, avec pluſieurs veſtes de deſſus, doublées de martre, garnies d'agraffes de pierreries : en quinze mille écus comptant : en quarante très beaux chevaux, qu'on eſtimoit cent piſtoles la piéce : en des harnois garnis de pierreries : en une épée & un poignard qui en étoient tous couverts : en deux grands coffres remplis de riches brocards d'or & d'argent : & en pluſieurs caiſſes de fruits ſecs, de liqueurs, & d'eſſences, tout cela s'appelloit *la Calate*.

On ne ſauroit croire la dépenſe que fait le Roi de Perſe pour ces Préſens-là. Le nombre des habits qu'il donne eſt infini. On en tient toûjours ſes garderobes pleines. Le *Nazir* les fait délivrer ſelon la volonté du Roi. On les tient dans des magazins ſeparez par aſſortiment. Le *Nazir* ne fait que marquer ſur un billet le magazin dont l'habit que le Roi donne doit être tiré. Les Officiers de ces magazins & garderobes ont un droit fixe & taxé ſur ces habits, qui va à plus de la moitié de la valeur. Ce droit eſt le principal émolument de ces Officiers ; & lors que le Roi commande que quelque habit ſoit délivré gratis, & défend d'exiger ce droit, choſe qui arrive fort rarement, il le fait bon aux Officiers, de de maniere qu'ils ne le perdent jamais. Il en est de même de tous les présens que le Roi fait. Si c'est en argent comptant, le Surintendant du Trésor prend cinq pour cent, qui se partagent entre plusieurs Officiers de la Maison du Roi. Le *Nazir* en a seul deux pour cent pour sa part : si c'est de chevaux, le grand Ecuyer a un pareil droit dessus. Si c'est de pierreries, le Chef des Orfévres s'en fait payer deux pour cent, & ainsi des autres choses. Au reste, le Roi de Perse ne congedie jamais un Etranger, qu'après lui avoir envoyé une *Calate*, & aux principaux de sa suite, & à son Interprête.

La *Calate* de l'Ambassadeur de Moscovie consistoit en un beau cheval, avec le harnois d'argent doré, la selle & la housse en broderie ; en trois habits complets de brocard, l'un à fonds d'or, l'autre à fonds d'argent, l'autre à fonds de soye : & en neuf cens pistoles, moitié comptant, moitié en étoffes. Celle de l'Envoyé de la Compagnie des Indes Orientales de France consistoit en un cheval nud sans harnois, en quatre habits de brocard, deux complets à fonds d'or, & à fonds d'argent : deux à fonds de soye non complets, & en cinq cens pistoles, moitié comptant, moitié en étoffes. L'Agent de la Compagnie Angloise eut pour *Calate* un cheval nud, comme celui de l'Envoyé de la Compagnie Françoise : trois habits comme ceux de l'Ambassadeur de Moscovie ; & une épée garnie de Turcoises de la valeur de trois cens cinquante pistoles. Ces Messieurs se rendirent à la Cour l'après-midi. On y avoit donné congé le matin aux Ambassadeurs Mahometans, dans le grand Salon, qui est au bout du Jardin de ce beau Palais. Les Salles en étoient fort propres. Les cascades joüoient : les eaux faisoient un charmant murmure ; & toute la Cour y étoit dans un ordre & dans une pompe admirable. L'Introducteur des Ambassadeurs mena celui de Moscovie à l'Audience. L'Envoyé de la Compagnie Françoise suivoit, conduit par un Aide des Ceremonies. L'Agent de la Compagnie Angloise venoit après, conduit par un pareil Officier. Ils se joignirent tous trois à l'entrée du Salon, où étoit le Roi & toute la Cour. L'Ambassadeur de Moscovie entra avec son Second & son Interprête, revêtus de *Calate*. Ils allerent jusqu'à quatre pas du Roi, & là l'Ambassadeur, & son Second, s'étant mis à genoux, s'inclinerent trois fois en terre, & se releverent. En même tems, le *Nazir* prit des mains du premier Ministre la Réponse du Roi à la Lettre du Grand Duc, & la mit dans celles de l'Ambassadeur. Il voulut par honneur se l'attacher au front comme un bandeau ; mais elle ne tint pas, & tomba. Il la releva aussi-tôt, & la porta sur ses mains. Cette Lettre étoit enfermée dans un sac de brocard d'or, fort épais, long d'un pied & demi, large comme la main, avec le sceau apposé à des cordons d'or dont le sac étoit lié. Pendant que l'Ambassadeur se retiroit, l'Envoyé de la Compagnie Françoise avança au même endroit, & fit une pareille réverence. Son Second, & son Chirurgien, qui l'accompagnoient, en firent autant que lui. L'Agent Anglois s'avança ensuite à la même place. Il fit sa réverence à l'Europeane, & son Second aussi, & il se retira. Comme il s'inclinoit la troisiéme fois, le *Nazir* lui passa dans les plis de son turban la Réponse du Roi à la Lettre du Roi d'Angleterre. Elle étoit pliée, empacquettée, & cachettée comme celle qu'on avoit donnée à l'Ambassadeur de Moscovie. L'Envoyé de la Compagnie Françoise fut le seul qu'on expedia sans réponse. On le remit à quelques jours. Le Roi le regarda, & tous ces autres Europeans, avec une grande envie de rire, de leur voir porter si mal l'habit Persan. En effet, on ne pouvoit s'empêcher d'en rire, tant cet habit leur alloit mal, & les défiguroit. Le Roi donna congé ensuite à quantité de gens étrangers & du païs qui étoient venus à la Cour, & reçut divers présens.

Le 14. le Roi partit sur le soir, & alla coucher dans une Maison de plaisance à deux lieuës de celle-ci, à l'autre bout de la ville. Il passa par les dehors, les Astrologues ayant trouvé dans le mouvement des étoiles qu'il ne falloit pas passer dans la ville. Les Armeniens l'attendirent en Corps sur le chemin, leur Chef en tête, pour lui souhaiter bon voyage ; & parce qu'il ne se faut jamais présenter devant le Roi les mains vuides, ils lui firent un présent de quatre cens cinquante pistoles.

Le 17. le *Nazir* me mena parler au Roi. Il étoit en robe de chambre dans un petit Jardin, appuyé contre un arbre sur le bord d'un bassin d'eau. Le Roi me dit de lui faire venir les pierreries mentionnées dans un mémoire que le *Nazir* me donneroit, & que je serois content.

Le 18. le Roi partit pour continuer son voyage, & alla mettre pied à terre à deux lieuës, à un gros bourg, nommé *Deuletabad*, c'est-à-dire, *l'habitation de la grandeur*. Les traittes du Roi ne sont jamais plus longues que cela, & il trouve à chacune une Mai-

Maison qui lui appartient, dans toutes les Provinces de son Empire.

Le 27. l'Interprête de la Compagnie Françoise, qui avoit suivi la Cour, en revint avec les expeditions pour l'Envoyé, consistant en trois Ordonnances du Roi en faveur de quelques demandes de l'Envoyé, en une Lettre du Roi, & en une Lettre du *Nazir* à cette Compagnie. Ce n'étoit pas la moitié de ce qu'il attendoit. On lui fit dire qu'il pouvoit assurer la Compagnie que quand elle envervoit un Député pour traitter du Commerce, on lui accorderoit toutes ses prétentions. Il avoit demandé quelques graces de peu de conséquence pour les interêts des Capucins & des Jesuites, cela fut refusé comme le reste. Voici la traduction des Ordonnances & des Ordres.

DIEU.

„ Edit du Roi du Monde, adressé au Gouverneur, à l'Intendant & autres Officiers Royaux de la ville de *Chiras*, le theatre des Sciences, qui doivent se tenir tout sûrs de nôtre bien-veuillance, & de nos faveurs Royales. Les grands Rois qui ont été élevez au Ciel après avoir été durant leur vie les veritables Lieutenans du vrai Prophete, qui est en Paradis, savoir le Roi nôtre Pere (dont Dieu veuille écouter les excuses en Jugement) & le Roi nôtre Ayeul (aux cendres Royales, duquel Dieu veuille faire misericorde) ayant permis par leurs Lettres patentes aux Compagnies Hollandoises & Angloises de transporter tous les ans au *St. Port Abas*, & à *Ispahan*, le Siége de la Monarchie, tout le vin nécessaire à leur usage, la Compagnie Françoise a recherché par de très-humbles Requêtes à nous presentées, la faveur de transporter aussi de *Chiras* au *St. Port Abas* autant de vin qu'il faut pour leur boisson. A ces causes, nôtre très-Noble Majesté leur a fait expedier ces honorables Lettres patentes, à vous adressées, afin que vous permettiez aux Commis de cette Compagnie de faire du vin, dans leur maison, & cela en tout tems, lors même que nous vous défendons de faire du vin dans vôtre Gouvernement, attendu que ces défenses ne regardent que les Fidéles. Ainsi prenez soigneusement garde que nul n'empêche les Commis de la dite Compagnie de faire du vin, & de le transporter où ils voudront. Vous devez savoir aussi, que cet Edit est fait sur de rigoureuses peines, & que l'on ne peut l'enfreindre sans s'exposer capitalement. Fait au mois de *Rejeb*, l'an de l'*Hegire* mille quatre-vingt quatre.

DIEU.

„ Edit du Roi du Monde, adressé aux Gouverneurs, & aux Intendans, des célébres villes de *Lar* & de *Jaron*: Ils doivent savoir que présentement l'Envoyé de la Compagnie des Indes Orientales de France, a fait entendre par des requêtes répandues dans nôtre Palais Royal qui est la copie du Ciel de Dieu, qu'en venant à *Ispahan*, le siége de la Monarchie, de certains voleurs entre *Lar* & *Jarron* ont pris quelques hardes à ses Domestiques pour la valeur de seize Tomans, monnoye de *Tauris*, à ces causes, nous commandons absolument par ces Lettres patentes, aux Régens & à tous les Officiers Royaux de ces villes, de faire faire une très-exacte & soigneuse enquête de ce vol, de le recouvrer de quelque maniere que ce puisse être, & de prendre les Larrons & les châtier suivant l'exigence du crime, après le leur avoir fait confesser par instances ou par tourmens. En cas que le vol ni les voleurs ne se puissent trouver, lesdits Regens & autres Officiers Royaux doivent être responsables du vol & en payer la valeur. Vous devez savoir, &c.

DIEU.

„ Edit du Roi du Monde, adressé au Gouverneur, à l'Intendant, & au Fermier Général du St. *Port Abas*. Ils doivent savoir que l'Envoyé de la Compagnie des Indes Orientales de France a eu son congé. Il nous a demandé présentement, dans une très-humble requête, permission pour ladite Compagnie d'emmener tous les ans quelques Chevaux de Perse en France. Nous lui avons octroyé sa demande, & avons ordonné & ordonnons par ces presentes Lettres patentes, qu'on permette aux François, une fois l'an d'emmener cinq chevaux du St. *Port Abas* en leur pays, sans leur donner là dessus la moindre peine, y mettre de l'opposition, & leur faire de l'empêchement, & sans leur demander ni faire paroitre qu'on prétend d'eux nul droit pour la traite foraine de ces chevaux. Vous devez savoir, &c.

Les Persans connoissent encore si peu le Monde, qu'ils demandent souvent, s'il y a des

des chevaux dans l'Europe, en voyant tous les Europeans en emmener de Perse tant qu'ils peuvent. Ils croyent que nous les transportons dans nôtre pays, mais c'est pour s'en servir dans les Indes, où il n'y a que de petits chevaux, mal faits, & en petit nombre.

La Lettre du Roi & du Nazir à la Compagnie étoient telles.

„ Aux très-Honorables Seigneurs *Colbert*, „ *Berrier*, *le Pelletier*, *Chapellier*, *Jabac*, „ *Chanlatte*, *Cadeau*, très-illustres Chefs des „ Négocians Chrétiens, Directeurs du Grand „ commerce des François : soyez seurs de „ nôtre grace & bienveuillance Royale, & „ sachez que les demandes, & les présens, „ que vous avez envoyez à nôtre Cour qui „ est l'azile de l'Univers, par Messieurs „ *Gueston* & de *Joncheres*, vos Députez, y „ sont heureusement arrivez. Celui-ci, la „ fleur de ses égaux, a eu le bonheur & la „ gloire de paroître aux yeux de nôtre très-„ haute Majesté, & d'en recevoir un regard. „ Nous, conformément aux Lettres paten-„ tes, que le feu Roi, de haute & invincible „ mémoire, vous a octroyées & que nôtre „ Majesté a confirmées, & renouvellées, avec „ honneur pour vous il y a quelque tems, „ avons commandé absolument qu'on hono-„ re & considere les célébres Marchands du „ Royaume de France, qui vont & viennent „ dans nos Royaumes, les mieux policez de „ toute la terre. Ainsi donc, connoissant la „ grace & faveur entiére que vous fait nôtre „ très-haute Majesté qui n'a besoin de rien, „ appliquez-vous entierement au Négoce, & „ à la Marchandise, avec toute sorte d'espé-„ rance & d'attente d'heureux succès : faites „ aller & venir vos Commis & Facteurs dans „ toute l'étenduë de nôtre vaste Empire, se „ confiant pleinement en nôtre bienveuillan-„ Royale, & s'assurant d'en obtenir toute „ sorte de faveurs. Députez nous aussi un de „ vos Marchands, & l'envoyez à nôtre haute „ Cour, qui est l'azile du genre humain : „ sur toutes les affaires que vous y aurez à „ traiter, faites nous présenter des requêtes „ & vous tenez sûrs qu'elles seront honora-„ blement répondues, & qu'autant que la Rai-„ son le permettra vous obtiendrez tout de „ l'extrême bonté & de la clemence de nôtre „ Majesté la vive image de Dieu. Dès que „ la marque de nôtre très-haute Majesté aura „ été mise sur cette Lettre & que nôtre pa-„ raphe & nôtre seau très nobles, très saints, „ & très-hauts l'auront embellie, & remplie „ d'éclat & de force, il faut qu'on y ajoute „ toute créance, & que l'on y rende une „ Obéïssance absoluë. Fait au mois de Rejeb „ le grand, l'an de l'hegire mil quatre vingt „ quatre.

DIEU.

„ Eminens & puissans Seigneurs, *Colbert*, „ *le Pelletier*, *Berrier*, *Chapellier*, *Jabac*, *Chanlatte*, *Cadeau*, gens remplis d'honneur & de „ magnificence, Illustres entre le peuple qui „ suit la Loi de Jesus, Directeurs en Chef „ d'une puissante Compagnie de Marchands „ Chrétiens. Après vous avoir fait nos ci-„ vilitez, & vous avoir assurez que cette Let-„ tre est une seure marque de la bienveuil-„ lance & de l'amitié que nous vous portons; „ nous vous faisons savoir l'arrivée de vos Dé-„ putez M. *Gueston*, & M. des *Joncheres*, à „ qui vous aviez donné Commission de ve-„ nir à cette Cour. Le premier des deux étant „ mort M. de *Joncheres*, personne de digni-„ té, de capacité, & d'honneur, s'est char-„ gé seul de toute la Commission. Il est ar-„ rivé ici en un tems bon, heureux, & favo-„ rable avec les présens & les requêtes dont „ vous l'aviez chargé pour cette Cour, le „ réfuge de tout le Monde. Lui, ses pré-„ sens, & ses requêtes ont eû par faveur un „ regard de nôtre très-haut, très-puissant, très-„ noble, très-grand, très-sublime, & très-„ saint Monarque, à qui il ne manque rien, „ le Roi de l'Univers, & l'image de Dieu; „ que mon ame, & celle de tous ses autres „ esclaves, puissent être sacrifiées à la poudre „ de ses pieds benits. S. M. a fait connoître „ combien tout cela lui étoit agréable, par „ les privileges qu'elle a fait expedier à vôtre „ dit Député, pleins de son ordinaire magni-„ ficence.

„ Vos premiers Députez, qui vinrent ici „ du regne du feu Roi, lui présenterent des „ requêtes, & il leur fit expedier avec une „ générosité incomparable de fort honorables „ Lettres patentes, dont la teneur étoit, que „ les Fermiers des Doüanes & les Receveurs „ des droits & peages de *Perse* eussent à re-„ connoître vos Facteurs & Commis exempts „ de tous droits, de quelque nature que ce „ pût être, durant le tems & espace de trois „ années, prenant bien garde de témoigner „ le moins du monde de prétendre rien du „ tout sur leurs marchandises ; seulement „ qu'on tint compte de tous les effets qu'ils „ apporteroient durant ces trois années là, „ mais sans en prétendre nullement de Doüane

„ &

„ & cela parce que vos dits Députez promettoient qu'au bout de ce terme, vous envèrriez à cette Cour, le réfuge de l'Univers, „ de beaux & de riches présens, en équivalent & par compensation des droits de Doüane, & des peages qu'ils auroient dû payer, „ & que les trois ans expirez on se gouverneroit de part & d'autre dans la suite sélon „ ce qui seroit accordé dans un traité de commerce. A même tems que ce réglement „ fut achevé de dresser, il fut annullé à la „ requête de vos dits Députez, & par un excès de bonté & de faveur on leur fit expedier fort honorablement d'autres Lettres patentes qui portoient injonction à tous les „ Officiers des Doüanes, des droits, & des „ peages de Perse, de reconnoître vos Commis & Facteurs pour être exemts de toute „ sorte de taxes & droits, & hors des bornes „ de leur pouvoir & autorité, sans tems prescrit; prenant bien garde d'exiger d'eux „ nulle chose que ce pût être, moyennant „ qu'ils en usassent dans les termes de l'obligation par écrit qu'ils livrerent aux Officiers „ de nôtre Cour, l'image du Paradis. Ces „ Lettres patentes ont par honneur & par faveur été confirmées & renouvellées en la „ même forme & teneur par nôtre très-haut, „ très-grand, & très-noble Monarque, au „ bonheur de qui il ne manque rien. Voici „ près de dix ans aujourdhui que cela s'est „ fait, sans toutefois qu'il soit venu personne de vôtre part. Ce qui embarasse, est „ que cette obligation de vos premiers Députez ne se trouve point, parce que *Mac-sud-bec*, Nazir, à qui Dieu a donné l'absolution, dans les mains duquel elle avoit été „ délivrée, s'est démis de sa vie. Ainsi l'on „ ne peut dire sûrement quelles en étoient „ les clauses, articles, & conditions. Nous „ avons eu une conference sur tout cela avec „ l'éminent M. de *Joncheres*. Toute la réponse qu'il nous a faite c'est qu'il n'étoit, „ ni vôtre Commis, ni vôtre Député, pour „ savoir vos affaires. Sur cette réponse nous „ avons proposé à nôtre très-grand Roi, qu'on „ vous donnât de nouveau trois ans de tems „ pour envoyer à cette très-haute Cour un „ Député faire une autre obligation & un autre engagement. Ma proposition a été agréée, par bonheur, & l'on s'en est tenu-là. „ Ne manquez point, éminens Seigneurs, de „ nommer & d'envoyer à cette très-haute „ Cour, avant l'expiration de ce terme, un de „ vos Commis, qui donne une autre obligation, & présente requête sur toutes les demandes que vous aurez à faire. La Nation Angloise a rendu plusieurs importans „ services à la Perse, en récompense desquels „ on lui a accordé beaucoup de privileges, „ & d'avantages. On attend la même chose „ de vôtre Nation, & qu'on en recevra de „ bons offices, en payement des faveurs Royales que vous avez reçûës de S. M. & de „ l'éxemption de toute sorte de droits qu'il „ a accordez à vôtre commerce. Quant aux „ huit petitions couchées dans la Lettre que „ vôtre Envoyé nous a renduë, on vous en „ a accordé quelques unes, savoir la confirmation des privileges qu'on vous avoit auparavant octroyez, & l'on en a expedié „ de nouvelles Lettres patentes: & pour „ les autres on en a remis l'octroi & la concession à la venuë d'un nouvel Envoyé. „ Soyez très-surs & pleinement persuadez „ que la personne que vous députerez au „ marchepied de l'inebranlable trône de nôtre „ Monarque, obtiendra toutes ses demandes, „ & remportera un succès tout conforme à vos „ desirs. Ne differez point de l'envoyer, & n'en „ usez point d'une maniere que j'aye de la „ confusion de l'accommodement que j'ai fait „ faire, & des paroles que j'ai données de vôtre gratitude & reconnoissance. En toute „ sorte d'affaires que vous aurez ici, faites „ nous connoître vos intentions, & assurez „ vous qu'avec l'aide de Dieu, & par la faveur de nôtre grand Roi, dont la très-haute, & la très-solide fortune n'est point sujette au changement, elles auront un succès qui remplira & passera même vôtre attente. Le mois de *Rejeb* le grand, l'an de „ l'*Hegire* mil quatre-vingt quatre.

Les Anglois eurent leur expédition peu de jours après, consistant en une confirmation de leurs privileges, mais ils n'eurent point de satisfaction sur les arrerages de la moitié des Doüannes de *Bandar-abassi*, qu'ils demandoient, ni sur les assurances d'en être payez ponctuellement. Le premier Ministre répondit comme auparavant, que la *Perse* n'étoit pas obligée de garder le traité d'*Ormus*, sur ce point-là, parce que les Anglois l'avoient rompu les premiers, en n'entretenant point de vaisseaux dans le Golphe, pour le tenir net de Portugais, & d'autres Ennemis, & en ne fournissant pas la moitié de la dépense pour l'entretien du du Château d'*Ormus*, & des forts de *Bandar-abassi*, comme ils y étoient obligez par ce contract: que les Doüannes d'ailleurs, n'étoient plus au Roi: que S. M. les avoit affermées, & ne s'en mêloit plus: qu'elqu'elle avoit commandé toutefois au Fermier Général des Doüannes de donner par an quinze mille écus à l'Agent Anglois, & qu'il s'en contentât. Il fallut en effet s'en contenter, & l'on ne put tirer autre chose. Le premier Ministre leur donna aussi un Officier afin qu'il accompagnât l'Envoyé, depuis *Ispahan* jusqu'à *Chiras*, & fit sur tout le chemin une exacte recherche, & une sévere justice des insolences faites aux Anglois par les Commis des Doüannes, & péages. Cette canaille en usoit avec eux, depuis quelques années, d'une maniére si dure & si fiere, qu'ils visitoient leurs Marchandises sur le chemin, & jusqu'à leurs valises, & porte-manteaux, sous prétexte de voir s'il n'y avoit ni or ni argent dedans. L'Officier du Roi alla jusqu'à *Chiras*, mit à l'amende tous les Commis du chemin, & n'en laissa pas échaper un sans lui faire donner des bastonnades sur la plante des pieds, qui est la peine ordinaire du païs.

Le 5. de Novembre je reçûs des Hollandois les septante mille livres que le Roi m'avoit donné à prendre sur eux. Après que l'on m'eût compté l'argent ils me prierent d'aller avec leur Interprête au logis du *Cheicel-islam*, qui est le principal Tribunal Civil d'*Ispahan*, pour y faire une quittance Juridique; car en ce païs les écrits sous seing privé sont de nulle valeur en justice, il faut que tout soit fait juridiquement. Le Grand Juge me demanda, *si je m'appellois* Chardin, *si j'étois celui qui avoit vendu au Roi les bijoux marquez au dos de l'Ordonnance, & si j'avois reçû à mon contentement la somme qui y étoit contenuë*. Je répondis *oui* à toutes ces demandes; & comme par bonheur le Grand Juge me connoissoit d'ailleurs, il se contenta de ma réponse. Autrement, il m'eût fallu produire des témoins que j'étois celui dont il s'agissoit. Après mes réponses, il ordonna à un de ses Secretaires de dresser la quittance, où il mit son sceau & son paraphe, ensuite de quoi le Notaire, deux témoins, & moi après tous, mîmes chacun nôtre sceau, voici ce qu'elle contenoit.

DIEU.

„ Par devant nous, le Sieur *Chardin*, Négociant European, du Royaume de France, la fleur des Négocians Europeans, a confessé & reconnu ce qui suit. C'est à savoir, qu'il a été Créancier du Roi très-noble, de la somme de quinze cens Tomans, monnoye de Tauris, de bon alloi, au coin de l'invincible Soliman (nous avec une pleine certitude & entiére connoissance prononçons que la [a] moitié de cette somme-là fait sept cens cinquante Tomans monnoye de Tauris susdite) laquelle somme de quinze cens Tomans lui étoit légitimement duë pour payement de quelques bijoux d'Orfevrerie & de pierrerie visiblement fines, entiéres, & en bon état, qu'il a venduës aux Nobles Officiers du Roi très-saint. La liste, le prix, le nombre de ces Orfevreries & pierreries sont distinctement & sans erreur endossées à l'Ordonnance du Monarque, à qui tout l'Univers doit hommage & obéissance, & dont le visage a l'éclat des rayons du Soleil. Par cette Ordonnance il est porté que ledit Sieur *Chardin* recevra ladite somme des Commis de la Compagnie des Indes Orientales de Hollande, à bon compte de ce qu'ils doivent pour la soye à eux venduë & livrée *l'année du* [b] *Cochon*, comme il est plus amplement porté & contenu dans ladite sainte Ordonnance du Roi très-noble. Confesse & reconnoît aussi ledit Sieur *Chardin* d'avoir reçû comptant à sa satisfaction ladite somme de quinze cens Tomans complets des Sieurs *Bent*, Chef, & *Casembroot*, Second du Comptoir de la Compagnie Hollandoise dans cette ville, la fleur de tous les gens de leur qualité, dequoi ledit Créancier donne par ces présentes reçû & décharge Juridique ausdits débiteurs, de maniére que ledit Créancier n'a plus & n'aura à l'avenir nul droit & prétention sur lesdits débiteurs pour & en vertu de ladite somme de quinze cens Tomans, ni pour partie de cette somme. A ces causes, si le Créancier, ou quelque autre en son nom, vient à intenter procès, ou à produire quelques piéces contraires, ou differentes à ce qui est ici contenu, son acte est déclaré faux & nul de toute nullité. Cette quittance a été dressée au sû & du consentement desdits Débiteurs pour leur satisfaction & pour leur servir de certificat. Fait le dix-huitiéme du mois de *rejeb* le grand, l'an de l'hegire mil quatre vingt quatre.

Au haut, à la gauche de la page, étoit le sceau & le paraphe du Grand Juge, avec ces mots: *Il est vrai que les parties nommées en cette quittance ont confessé devant moi tout ce qui en fait la teneur, en la même forme qu'il y est couché.* Au dessous de cette attestation étoit celle

celle du premier Assesseur du Grand Juge en ces mots : *Moi, Mahammed Taher, certifie avec assurance qu'on a avoüé devant moi les sommes ici contenuës, en la forme qu'elles sont couchées.*

Au bas de la quittance deux autres témoins, savoir le Controlleur, & le Greffier du Grand Juge avoient mis ces mots.

Témoignage de David, fils de Mahammed Said, témoin de la verité de ce qui est contenu en cette quittance.

Mahammed Mehdy, qui a dressé cette quittance, témoigne que sa teneur est la pure verité.

La Chicane des Persans est aussi embarrassée que la nôtre, & les termes dont elle se sert aussi difficiles à reduire dans un sens uni. Elle l'est même plus, parce que leur droit étant en Arabe, leurs procédures sont pleines d'expressions Arabesques, toutes particuliéres au sujet, & fort difficiles à expliquer. Les attestations ou témoignages se couchent tous en Langage, & en Caractéres aussi particuliers que des chiffres. Il y a ceci de plus que la Lettre de leurs procédures est totalement differente de l'autre ; de maniére que pour l'apprendre il faut aux Persans même autant de peine & de longueur qu'à savoir lire un Caractére étranger.

[a] C'est la coûtume dans tout l'Orient que dans les actes pecuniaires, les billets simples, comme les autres, on met après la somme que la moitié en est tant, & souvent on ajoûte encore que le quart fait tant. Les Persans disent que c'est pour empêcher la fraude, étant facile d'alterer un mot, ou un chiffre, mais non plusieurs differens.

[b] Une des 12 années de la periode artificielle dont les Tartares se servent. J'en ai traité amplement ailleurs.

Le 9. de Decembre il commença de pleuvoir en cette ville. La pluye dura quatre jours de suite. Il pleut rarement à *Ispahan*, même en hyver, mais lorsqu'il pleut c'est si fort & si continuellement que la terre en est pénetrée à plus de trois pieds, & c'est ce qui l'humecte si bien.

Le 23. il fit une autre pluye qui étoit pleine d'orages, & si furieuse, que je n'en ai jamais vû de semblable. Elle dura vingt quatre heures, & remplit d'eau toutes les ruës, les logis & les jardins. Elle fit du dommage à une grande quantité de maisons, & renversa beaucoup de murailles. Elle grossit si fort le fleuve, que se débordant il abattit une partie des édifices du quai ; entra dans cette belle allée qui est le cours d'*Ispahan* entre le pont & le bourg de *Julfa*, & y monta à la hauteur de quatre pieds. Les jardins en cet endroit-là en furent inondez, & les maisons de plaisance renversées. Comme tous les murs d'*Ispahan* sont de brique de terre, pétrie avec de la paille coupée menu, & seichée au soleil, il n'y a qu'à mettre l'eau au pied d'un mur pour le faire écrouler. Si elle y est seulement vingt quatre heures tout ou partie ne manque point de tomber, à moins qu'il ne soit fort épais. Le dommage causé par cet orage alla à plus de deux millions. Le Roi seul en souffrit pour cent mille écus. Deux jours après l'eau s'étoit toute écoulée, & deux autres jours après il n'y paroissoit plus. Le terrain d'*Ispahan* boit l'eau comme une éponge. Quatre goutes le détrempent, & un quart d'heure de soleil, ou de gelée, le desséche entiérement.

Fin du premier Tome.

[illegible]